面朝
东方大地

赛珍珠
与中国小说传统

张春蕾 著

上海人民出版社

本书出版获 2017 年度国家社会科学基金项目《赛珍珠与中国文学传统研究》(17BWW021) 资助。

张春蕾教授的这部新著研究的是 20 世纪中外文学关系史上的一朵奇葩——美国女作家赛珍珠（Pearl Sydenstricker Buck，1892—1973）的创作与中国小说传统的关系。作为一位美国女作家，赛珍珠的独特成就在于，她以《大地》三部曲等一系列取材于中国现实的作品，以史诗般的笔触描写了中国社会生活，特别是中国农民生活，提供了内容真切而丰富的长幅艺术画卷，为西方读者展示出他们前所未见的新世界，并于 1938 年获诺贝尔文学奖，当之无愧地被称为"自 13 世纪马可·波罗以来描写中国的最有影响力的外国作家""一座沟通中西方文明的人桥"（尼克松语）。更值得注意的是，赛珍珠在她的诺贝尔文学奖获奖演说中明确宣称："虽然我生来是美国人，……但是恰恰是中国小说而不是美国小说决定了我在写作上的成就。"赛珍珠的独特成就和特有文学资源，决定了她是最值得中国学者研究的美国作家之一，她的创作与中国文学的关系，也是中外文学关系研究领域一个不可绕开的课题。

中外文学关系研究是整个比较文学研究中最基本、最重要，也最有可持续发展前景的领域。我国老一辈著名学者钱锺书先生早就说过："从历史上看，各国发展比较文学最先完成的工作之一，都是清理本国文学与外国文学的相互关系，研究本国作家与外国作家的相互影响。""要发展我们自己的比较文学研究，重要任务之一就是清理一下中国文学与外国文学的相互关系。"[1] 季羡林先生也坦陈："搞比较文学研究，就是搞文学关系研究，不能脱离文本。我当初写《罗摩衍那》在中国，就收集了好多个译本，我只能根据文本来说话。"[2] 两位前辈学者以自己深厚的学养和睿智的眼光，指明了比较文学研究的发展方向。在我国学者遵循老一代学者把比较文学研究不断推向前进时，也出现了一些偏离这一方向的现象，如在"全人类""全球化"或"世界性"等口号下，片面追踪所谓"理论前沿"，试图构建大而无当、不着边际的"世界文学""世界诗学"新谱系，把具体而扎实的中外文学关系研究丢弃一边，因此受到学界同仁的诟病。春蕾教授没有盲目跟风，不仅以这部脚踏实地的新著推进了中外文学关系视域中的赛珍珠研究，而且从一个特定侧面重申了比较文学研究的题中应有之义。

遵照比较文学研究中"影响研究"注重于"事实联系"的原则，本书把发掘赛珍珠接受中国文化和文学的史料作为全书论述的前提。作者细致而全面地考察了赛珍珠接触和学习汉语、了解中国社会和民众生活、熟悉中国文化和文学的经历，尤其是深入研究了她对中国传统小说的认知和把握，从而廓清了她接受中国传统小说影响的基础和资源。经由作者的详细描述，可以看到赛珍珠在中国将近 40 年的生活，成为她能够创作出如此之多的中国题材小说的必要准备。身

---

1. 张隆溪：《钱钟书谈比较文学与"文学比较"》，《读书》1981 年第 10 期。
2. 谢天振：《听季老谈比较文学与翻译》，《文汇读书周报》2008 年 7 月 18 日。

为传教士的父亲在江苏镇江家中为两岁的女儿请的中国保姆王妈，使赛珍珠最先接触到汉语口语；从那时起，她还从家中保姆、厨师、园丁、街坊邻居和小商小贩那里直接学习汉语，并产生对中国民间故事的浓厚兴趣。1910—1914年赛珍珠回美国读完大学后重返镇江，师从私塾孔先生系统学习汉语阅读和书写基本功，从而获得真正的中英语双语教育。后来在镇江崇实女子学校教学之余，她则开始阅读中文书籍，研究文学书面语言。在镇江生活期间，赛珍珠还听过当地盛行的淮书、扬州评话和扬州评弹，观看过草台班子演出的戏曲。由此可知，赛珍珠在镇江期间已为自己学习汉语和中国文学与文化打下了坚实的基础。

沿着赛珍珠在中国的学习与生活历程，本书依然以"事实联系"为据，勾画出她在中国文学研读方面进一步提升的脉络。1919年，赛珍珠随着被聘为金陵大学农学院教授的丈夫迁居南京，1926年，开始在金陵大学和国立东南大学教授英语与宗教学课程。在金陵大学任教期间，她在龙墨芗先生的指导下，循序渐进地阅读了大量中国传统小说，并在龙先生的协助下，将《水浒传》译为英文，这部译本随后以《四海之内皆兄弟》为名在美国出版，产生了很大影响。《水浒传》的英译过程不仅极大地提高了赛珍珠的汉语水平，而且使她更深入透彻地把握到中国传统小说的精髓。同样是在龙先生的引导下，赛珍珠开始关注中国现代作家鲁迅的文学创作和理论著述。鲁迅的《中国小说史略》使她有了关于中国古典小说发展史的清晰而系统的认识。此外，赛珍珠对胡适、郭沫若、冰心、丁玲等中国现代学者和作家都十分关注，并与徐志摩、老舍、曹禺、林语堂等作家有直接交往。这时，她已开始自己的中国题材、中国精神和中国样式的小说创作，以对于中国生活的真实反映、中国人心灵的出色表现震撼了西方读者，让他们开始用平等而友善的目光看待中国，激发了他们深入了解中国的热情。这样，本书就不仅通过精微细致的爬罗剔抉，以翔实的资料呈现出赛珍珠亲近中国文学的路径，而且肯定了她描写中国人生活的小说创作的独特贡献。

对赛珍珠的中国小说观的梳理与概括，为春蕾这部新著系统研究她对中国小说的借鉴提供了不可或缺的铺垫。作者以赛珍珠的诺贝尔文学奖获奖演说《中国小说》以及她论及中国小说的多篇文章、演讲等为依据，提炼出她关于中国小说的发展与特质的认识。赛珍珠在完整把握中国小说从兴起到发展的历史进程的基础上，颇具眼力地发现了中国小说的主导品格和艺术特征。在她看来，前者取决于中国作家的平民立场、人本主义精神和对现实人生的深切关怀，后者则体现为中国小说的真实、自然和平易，以及讽刺手法的广泛运用，人物动作与对话在作品中往往起着重要的作用。赛珍珠把中国小说归结为"寓教于乐"的载体，其实是说明了中国小说在其主旨上吻合西方古典主义奠基人、古罗马诗人贺拉斯的基本诗学观。她关于中国传统小说常常出现挪用其他作品的情节、故事内容往往重复的看法，也揭示出中国小说草创时期的某些特点。赛珍珠事实上始终是以英国小说为参照来考察中国小说的起源、发展和基本特征的，这一独特的视角既使她具有了一种"旁观者清"的优势，也难免给她造成某种隔膜，因此她对中国小说特点的概括未必十分精当。但是，这些概括正是赛珍珠对中国小说的认识、理解和接受的条理化表述，也必然成为中国学者解读她的小说创作的主要着眼点。

根据赛珍珠中国小说观的理论要点，春蕾这部新著进一步考察了赛珍珠在她的创作中接受中国传统小说的主要层面。著者认为，赛珍珠借鉴了中国小说"汇聚式"累积和"生长式"累积的成书方式，立足于平民立场，秉持现实主义精神，在其小说创作中凸显人的主体地位，在形象刻画中呈现人性的丰富，并侧重运用中国传统小说的自然、率真、通俗和充满谐趣的艺术手法和文体风格。这样，著者就在赛珍珠小说理念与作品生成实践的结合中，精准地把握到这位美国作家如何把自己的中国题材小说写成了中国式的小说。这也就为著者具体研究赛珍珠小说中的社会书写、家庭书写和知识分子书写与中国小说的内在联系打开了思路。著者以文本实际内容为主要依据，论证了赛珍珠在《儿子们》《爱国者》《龙子》等以叙述中国近现代社会生活的小说中，往往仿效《水浒传》的思想、情节和人物，其社会书写与《水浒传》有着十分密切的联系；赛珍珠从《东风·西风》到《大地三部曲》，以及其后的《母亲》《龙子》《群芳亭》《牡丹》和《同胞》等小说，以家庭或家族为轴心，将人物命运与时代风云联系起来，描绘出一幅幅中国社会的风俗画，这类家庭书写多方面地借鉴了《金瓶梅》《醒世姻缘传》《林兰香》《红楼梦》和《歧路灯》等中国明清时期的家庭小说；赛珍珠以知识分子为主人公的中国题材作品《东风·西风》《分家》《爱国者》《同胞》《北京来信》等，与她熟知的中国古典小说《儒林外史》以及鲁迅的《呐喊》《彷徨》中的知识分子题材小说存在着明显的对话与互文关系。应当指出的是，在考察赛珍珠的这些作品与中国小说的关系时，著者并未拘泥于寻找"事实联系"并由此而形成自己的结论，而是依据法国文学史家、批评家居斯塔夫·朗松的观点，致力于把握中国小说对赛珍珠的精神影响，也即一种"泛影响"。朗松曾写道："真正的影响，较之于题材的选择而言，更是一种精神存在。而且，这种真正的影响，与其是靠具体的有形之物的借取，不如是凭借某些国家文学精髓的渗透，即谓之'作品的色调和构思的恰当'而加以显现，真正的影响理应是得以意会而无可实指的。"春蕾这部新著在研究方法上的灵活性，于此可见一斑。

这部新著在关于赛珍珠与中国文学—文化关系的研究中，还敏锐地注意到了以往研究者未能充分注意的某些问题。著者谈到，赛珍珠亲历了中国新文化运动的整个过程，对五四新文学中最热门的题材，如婚姻自由、妇女解放、新旧思想冲突中人物的命运等都作出了积极回应，与五四新文学作家达到了一定程度的契合。难能可贵的是，赛珍珠同时又坚持认为，传统是民族之根和文化之本，离开传统，一个民族的精神必将因失去营养而枯萎和凋谢。这一文化立场显示出赛珍珠艺术眼光的睿智和超前性，在时代浪潮的喧嚣沉寂下来后，其可贵价值更是显而易见。另一方面，在现代主义迅速成为西方文坛的主流风尚的背景下，赛珍珠并没有与时俱进，而是坚持认为现实主义并未过时，因此她在创作西方题材的作品时，着重借鉴的是狄更斯、萨克雷、马克·吐温等人的作品，而在进行中国题材创作时，中国古典白话小说以及鲁迅等现代作家的深受传统文学熏染的作品，则成为她摄取的重要资源。著者的这些发现，不仅深化了我们对于赛珍珠其人其作的认识，且进一步显示出这部新著的学术分量。

张春蕾教授的这部新著是她在学术道路上执着追求的鲜明标志之一。这种追求的坚定性早在她两度报考博士生前后就已显现出来。第一次报考时，她已是学校科研部门中层领导，有学术专著正式出版。但因当年招生名额有限，她很遗憾地未被录取。数年之后，她已被聘为正教授，然而她仍选择了再次报考，最终被录取。这一选择，在她

面朝东方大地

供职的南京晓庄学院一度被传为佳话。她的求学，决不是为了获得博士学位、找到一份称心的工作，或职称上的晋升，而是为了在一个新的高度上继续自己始终不愿荒废的学术追求。本书的完成，正是这一追求的硕果之一。这部著作的结撰过程中不免会有种种艰辛，但作者在回望一路走来的足印时，也一定有一种成功的喜悦。我们相信著者不会就此停下脚步，还将把新的研究成果献给同时代人和后辈学子！

2024 年 8 月于南京

（作者为南京师范大学文学研究所所长、中国外国文学学会理事）

　　美国作家赛珍珠以全面、客观、公正地书写中国题材、反映中国社会和中国人民的生活而著称于世，她创作的凝聚着丰富文化信息的中国题材作品至今仍具有当代价值。赛珍珠的文学创作活动始于 20 世纪 30 年代的中国，她最重要的小说几乎都是叙写中国的，且在创作方法上大量学习、借鉴、化用中国文学，尤其是中国古典小说的技巧和方法，其创作与中国小说之间存在着显而易见的呼应和对话关系。她更是在多种场合宣称，她是在中国学习到叙述故事的方法的，是中国小说而不是美国小说决定了她在写作上的成就。20 世纪上半叶，这种推崇中国小说传统的写作立场和美学取向，在刚刚经历过新文化运动洗礼后的现代中国，以及全心致力于反传统的现代主义文学实践的美国都显得特立独行，不合时宜，这也使赛珍珠在中美文坛都颇受争议和诟病。时过境迁，在今人看来，选择自己认同并与个人的写作内容相契合的艺术形式，而不盲目追随时代大潮，这恰恰体现出一位自由写作的艺术家卓尔不群的个性立场和目光深邃的独到见解，是极具前瞻性的，在如何增强民族文化自信，如何正确估价中国文学传统的价值，如何清理中国文学与外国文学的相互关系等方面，仍对我们具有启发意义。

　　20 世纪 80 年代以来，随着改革开放的不断深入，中国学界对赛珍珠中国书写的题材、形象、主题、语言、社会价值、跨文化写作的特殊性，赛珍珠的小说观、小说创作技巧、小说创作与中国文化与文学之间的关系等方面的研究都取得了较为丰富的成果。一批较早涉足赛珍珠研究的专家学者都就此问题发表了见解深刻独到的论文，对后来的研究者颇具启发意义。这些研究比较深入地探究了赛珍珠对中国小说的认识和总结，中国小说对赛珍珠小说观的形成、创作实践的影响与启发等问题。但限于论文篇幅，这类研究未能广泛结合古典文学的具体创作展开专题式或系列性研究，也只限于常见的几部赛珍珠作品，缺少以众多文本为依据的全面探析，影响了结论的普遍性。

张春蕾教授长期从事赛珍珠研究工作，曾在各类学术期刊发表过相关论文 20 多篇。本书是其国家社科基金年度项目结项成果，也是她多年赛珍珠研究工作的总结。本书从六个方面，系统考察并细致梳理了赛珍珠小说创作与中国文学传统和资源的内在联系，力求对赛珍珠的创作路径进行一次回溯之旅，还原在赛珍珠小说创作思路的形成过程中，中国文学资源的渗透、启迪和变形再现。前三部分为总论，对赛珍珠有关中国传统文学知识的积累、对中国小说的认知和借鉴作了总体论述；后三部分为分论，分别就赛珍珠的社会书写、家庭书写和知识分子书写展开论述，并对其接受中国小说的影响进行深入的探究与论述。阅读之后，认为该书立意新颖，具有鲜明的创新与特色，具体梳理如下：

第一，新领域。关于赛珍珠的中国小说观，已有不少学者关注过，而从中国小说兴起与发展的过程、主旨内涵、艺术特征、创作过程以及寓教于乐的教化形式等方面进行细致、系统而全面的梳理，并能将中国古典小说和赛珍珠的具体创作结合起来进行论述，尚属首次。

第二，新视角。该书分别研究了赛珍珠在社会、家庭和知识分子等几个角度对中国传统文学的借鉴和吸纳，视角新颖。如《水浒传》这部小说与赛珍珠的创作之间的联系密不可分。作为该小说的首位英译者，赛珍珠对这部小说可谓烂熟于心。《水浒传》对其创作的影响不言而喻。张春蕾教授正是从赛珍珠对中国社会的呈现、战争的想象和政治形态的构想等几个维度逐一展开影响研究，具有开拓性。

第三，新观点。该书在对材料进行比较分析的基础上，提出了一些新的见解，如在赛珍珠小说的成书过程、结构布局与类型呈现、谐趣文风等方面都受到了中国小说的影响。在比较鲁迅与赛珍珠有关知识分子书写后指出，赛珍珠的写作既明显受到鲁迅的影响，同时，在探寻中国知识分子出路方面，她的思考方向与鲁迅又有所不同：鲁迅更注重对人物精神的挖掘、灵魂的拷问，而赛珍珠更注重中国知识分子对改变社会现状、引领社会前行、实现自我价值等方面的建设性探究。

第四，新材料。该书对不同时代中国小说和赛珍珠的创作均有比较广泛的涉猎。中国小说涉及《水浒传》《西游记》《金瓶梅》、"三言""二拍"、《醒世姻缘传》《林兰香》《儒林外史》《红楼梦》《浮生六记》《镜花缘》《再生缘》《呐喊》《彷徨》等；赛珍珠的创作包括《东风·西风》《大地》《青年革命者》《元配夫人》《母亲》《爱国者》《男与女》《永生》《龙子》《群芳亭》《牡丹》《同胞》等，研究涉及的作品比较丰富，不仅面广，而且有助于增强结论的可信度。

提起赛珍珠，人们最先想到的往往是美国总统尼克松那句著名的评价："一座沟通中西方文明的人桥"，这句评价充分肯定了赛珍珠在向世界、向西方客观公正地展示了一个真实的中国方面所作的贡献。过去，我们最常提及的是这座"人桥"的"引进"价值，就是向西方介绍中国传统文化，引导西方游客前来观赏中国、了解中国，中国文化是"被看""被观赏"的对象。而通过对赛珍珠更深层次的探究，我们发现，这座"人桥"还有"送去"价值，她看到中国传统文化与文学所蕴藏的宗教、哲学、政治、文学、美学、语言等精神财富与西方文化与文学之间的呼应、共鸣，在一定程度上可以成为世界文学的新观念。中国文化不是需要别人认可其价值的弱者，而是以其丰富内涵和完备形式拥有与西方文化平等对话资质的独立体系，甚至能给西方文化提供借鉴、成为楷模，具有启迪意义，赛珍珠的创作就是极好的范例。因此，这座连接中西方文化的"人桥"是有双向车道的。这是赛珍珠最独特的发现，也是她文学创作的最大亮点，本书正是聚焦这一亮点并做出了深入的探索。

　　本书主要运用影响研究的理论与方法，探讨中国文学传统对赛珍珠创作的影响与渗透。而赛珍珠除了长期浸润于传统文学外，与同时代中国现代文坛的诸多名家如徐志摩、林语堂、老舍、曹禺、冰心等人也有交集，对郭沫若、茅盾、丁玲等人的创作也很关注，对鲁迅、胡适更是赞叹倾慕，密切关注他们的创作活动和创作成果，成筐购买他们的作品进行阅读。她从这些同时代作家身上同样受到过良多启发。所以，除了对传统文学与赛珍珠创作之间进行纵向的影响研究外，也需要将她与同时代中国现代文学作家们进行横向的平行研究，这已然是本书作者及其他赛珍珠研究者继续深耕的学术事业。

2024 年 8 月 26 日于南大和园

（作者为南京大学外国语学院原院长、《当代外国文学》主编）

目 录

序 一 汪介之 ····· 1

序 二 杨金才 ····· 1

绪 论 ····· 1

第一章 赛珍珠对中国文学的接受 ····· 27

一、汉语是第一语言 ····· 29

二、接受中国文化与文学的滋养 ····· 34

（一）文学启蒙老师狄更斯 ····· 35

（二）中国塾师孔先生 ····· 40

（三）家中"讲故事的人" ····· 45

（四）淮书、扬州评话和民间戏曲 ····· 46

（五）研读中国古典小说 ····· 60

三、与新文化运动中的中国作家互动交流 ····· 69

（一）新文化运动的影响 ····· 69

（二）受鲁迅创作与研究的启发 ····· 73

（三）与徐志摩、林语堂、老舍等现代作家交往 ····· 76

第二章 　赛珍珠的中国小说观 85

一、中国小说的兴起与发展 86

二、中国小说的主旨内涵 92

（一）中国小说的根本在于其平民立场 92

（二）中国小说的精髓在于其人本精神 101

（三）中国小说的基调是现实关怀 108

三、中国小说的艺术特征 115

（一）中国小说的最高真实是生活真实 115

（二）中国小说的情节线索和叙事结构体现着"自然"原则 119

（三）中国小说刻画人物性格的手法是动作和对话 125

（四）中国小说的语言风格是通俗平易 128

（五）中国小说的行文特点是戏谑讽刺 132

四、中国小说的创作过程 137

五、中国小说是寓教于乐的载体 147

第三章 　赛珍珠对中国小说的借鉴 152

一、对中国小说成书方式的借鉴 152

（一）汇聚式累积 154

（二）生长式累积 161

二、立足平民立场的创作实践 173

三、以人本精神为精髓的创作主题 178

（一）凸显人的主体地位的开篇 180

（二）呈现丰富人性的形象刻画 183

四、对现实主义创作基调的继承 186

面朝东方大地

五、对中国传统小说艺术形式和表现手法的借鉴 193

（一）最高的技巧就是无技巧 193

（二）注重对人物自然本性的呈现 197

（三）依据"自然"原则设置情节和结构布局 198

（四）"话须通俗方能远" 202

（五）兼收并蓄的谐趣文风 211

第四章　赛珍珠的社会书写与中国小说 217

一、《水浒传》与赛译《水浒传》 218

（一）选译《水浒传》的动机 221

（二）译著版本的选择 227

二、赛珍珠对中国社会的呈现与《水浒传》 234

（一）《水浒传》的社会主题 234

（二）《水浒传》对赛珍珠中国社会呈现的影响 240

三、赛珍珠对中国战争的想象与《水浒传》 251

（一）《水浒传》对北宋时代战争的再现 251

（二）《水浒传》对赛珍珠战争想象的影响 257

四、赛珍珠对中国政治形态的构想与《水浒传》 262

（一）《水浒传》表现的北宋时期国家政治形态 263

（二）《水浒传》对赛珍珠构想国家政治形态的影响 266

第五章　赛珍珠的家庭书写与中国小说 272

一、赛珍珠的家庭书写对中国传统小说的借鉴 275

（一）家庭生活中的女性书写对中国传统小说的借鉴 277

（二）家庭生活中的男性书写对中国古典小说的借鉴 306

二、赛珍珠的家族书写对中国传统小说的借鉴 321

（一）对家族制度下伦理关系嬗变的书写 323

（二）以家族为核心的家族—社会的多维叙写 357

三、赛珍珠的家国书写对中国传统小说的突破 368

（一）从超越现世到跨越民族与文化的演变 369

（二）从家庭、家族小说到家国同构书写的突破 373

第六章　赛珍珠的知识分子书写与中国小说 380

一、赛珍珠与中国"士"文化传统 381

（一）对儒家士文化传统的弘扬 384

（二）对中国士大夫人文情怀的延续 395

二、赛珍珠负面知识分子形象塑造与中国小说资源 407

（一）迂阔懦弱、百无一用的知识分子 409

（二）吟风弄月、玩赏智力的知识分子 415

（三）数典忘祖、自私利己的知识分子 421

三、赛珍珠正面知识分子形象塑造与中国小说资源 434

（一）追求独立人格的知识分子 436

（二）充满忧患意识的知识分子 439

（三）具有担当精神的知识分子 443

结　语 452

参考文献 458

后　记 475

面朝东方大地

众所周知，美国女作家赛珍珠（Pearl S. Buck, 1892—1973）前半生近四十年的时光是在中国度过的，她始终是中国传统文化的推崇者和热心、坚定的传播者："中国值得夸耀的，就是他们自己几千年历史所形成的文明。"[1] 她也是从写作中国题材切入文学创作的，并以"对中国农民生活史诗般的描述，这描述是真切而取材丰富的"而在 1938 年登上了诺贝尔文学奖领奖台。多数人都关注到授奖词的前半句，"由于她的著名作品为人类的同情铺路，这种同情跨越了远远分开的种族边界"，而忽略了后半句，"还由于她对人类理想的研究，这些研究体现了伟大和生动的写作技巧"[2]。就是说，一般人只注意到赛珍珠向世人讲述中国人的生活，而忽略了她同时也是以与写作内容交相辉映、相得益彰的中国艺术手法和艺术语言描绘这种生活。在题为《中国小说》(*The China Novel*, 1938) 的获奖演说中，她详细介绍了自己的小说创作思路、写作技巧和讲故事的形式源于古老的中国古

---

1. Pearl S. Buck：*China past and present*. New York: The John Day Company, 1972, p. 162.
2. 佩尔·哈尔斯特龙：《授奖词》，裕康译，载刘龙主编：《赛珍珠研究》，云南人民出版社1992 年版，第 61 页。

典文学，她在用中国人的方式讲述中国人自己的故事。她不仅是"一座沟通东西方文明的人桥"（尼克松语），让西方人通过这座桥梁走进中国、打量中国、了解中国，她还告诉世人，这座桥梁的设计理念也源于中国。她之所以能成为一个作家，恰恰是古老的中国小说艺术形式造就了她。她之所以能站在这里，不仅因为中国人务实、坚韧、勇敢、勤劳、善良的生活态度打动人心，还因为中国小说的言说方式魅力十足，十分动人。中国是一个值得西方人了解的国度，其深厚的文学传统孕育出了一个具有世界影响的西方作家；中国不是一个受同情、被审视的弱势民族，而是一个能向世界输送有示范价值的艺术理念和艺术形式的民族。她甚至宣称，"中国小说对西方小说和西方小说家具有启发意义。"[1] 中国是一个值得仰视的文学大国，它那长期被视作通俗文学的古典小说有许多艺术技巧和思想理念足可成为西方小说的先导。赛珍珠以视野宏阔、观察精细、涉猎广泛的中国题材小说，向世人宣讲了中国人战胜困难、创造生活的非凡勇气和乐观精神，且以渗透着多重中国小说创作元素的艺术技巧，昭告了源远流长的中国文学传统在世界文学大家庭中理应占据举足轻重的地位。本书拟将赛珍珠部分中国题材的小说与中国小说（主要是古典白话小说，兼及鲁迅的知识分子题材小说）放在一起进行对读，分析、梳理两者之间的内在联系，揭示赛珍珠如何通过对中国古典小说的深入研读、细心揣摩、摹仿学习，将最具中国本土特色的创作技巧化用到自己的创作中，力求用原汁原味的中国民间语言讲述中国老百姓自己的故

---

1. 赛珍珠：《中国小说》，王逢振译，载姚君伟编：《赛珍珠论中国小说》，南京大学出版社 2012年版，第114页。

事，从而成为"自十三世纪的马可·波罗以来描写中国的最有影响力的外国作家"[1]。

作为传教士之女，赛珍珠生于美国而长于中国，既接受过正统的美式中等和高等教育，也接受过中国传统的私塾教育和中国文学家庭教师的辅导，她对中美两种文化都有系统认知和深入研究，并深受两种文化的熏染。这种特殊的履历不仅造就了她看待世界与人生的特殊视角，也使她得以与中英两种语言文学传统都保持密切联系。作为一个会说两种语言、有着两个祖国的文化边缘人，她是吸吮着中西方双重文化滋养长大的，她的白种人血脉最初却是汲取东方大地上涌出的甘泉、长出的五谷滋育才得以丰沛的；虽然西方文化借助先祖的遗传基因贯注她的灵魂，但就文学构思和语言表达而言，她的精神底色却是为她提供了最初阅世经验的中国文化注入的。略一浏览她的主要文学创作，就不难发现，那些有关中国题材的文学书写大多生动传神，文思泉涌，而她一旦双足离开东方地母的怀抱，涉猎父母之邦的美国题材时，则显得有点力不从心，灵气顿失。

一、从生活和阅读中零距离获取素材和经验

赛珍珠曾坦言："倘使美国是我的母国，将肉体给我，那么，中

---

1. James C. Thomson, Jr: *Pearl S. Buck and the American Quest for China*. Elizabeth J. Lipscomb, Webb, Frances E., and Conn, Peter eds. *The Several Worlds of Pearl S. Buck: Essays Presented at a Centennial Symposium*, Randolph-Macon Woman's College, March 26—28, 1992. West Port, Connecticut: Greenwood Publishing Group，1994, p. 14.

国便是我的父国，将精神和心思给我，我的心情是属于两国的。"[1] 父精母血共同孕育出她，中西方文化共同培育了她，在她白种人的身体里蕴藏着一个中国式灵魂。

　　赛珍珠生于美国，长于中国，髫龄之年即接受母亲亲授的英语文学训导及中国儒生孔先生的汉语及中国传统思想文化教育。其实，就系统教育和书面阅读而言，西方小说占了先机，日后她在《我欠狄更斯一笔债》(*My Debt to Dickens*，1936)一文中曾详尽叙述过自己七八岁时是如何如痴如醉地沉浸在狄更斯小说中的情形，她接受的官方系统教育也是英语文学教育。按常理推导，她关于小说的知识和创作技巧，首先应该得之于英语文学而非中国文学。但赛珍珠在诺贝尔文学奖授奖仪式上的获奖演讲《中国小说》中非常明确地宣称："虽然我生来是美国人，……但是恰恰是中国小说而不是美国小说决定了我在写作上的成就。我最早的小说知识，关于怎样叙述故事和怎样写故事，都是在中国学到的。"[2] 这句话的真诚性和真实性当然不应受到任何怀疑。那么如何解释一个把狄更斯视为自己文学启蒙老师的人，却把中国人、中国文化、中国文学说成是她文学创作更重要的资源呢？作为一个用英语创作的美国小说家，赛珍珠必然会自觉接受英语文学传统的影响并从中汲取营养，但是，"纸上得来终觉浅"，写在纸上的文学作品再生动、再深刻、再有力，也无法和亲身体验的真切的生活相比，比文学传统更有力地影响她的正是这鲜活的生活本身。赛珍珠

---

1. 伯雨：《勃克夫人》，原载《读书顾问季刊》1934年第1卷第2期，转载郭英剑编：《赛珍珠评论集》，漓江出版社1999年版，第62页。
2. 赛珍珠：《中国小说》，王逢振译，载姚君伟编：《赛珍珠论中国小说》，南京大学出版社2012年版，第114页。

从小生活在中国大地上，她接触到的都是活生生的中国人，她熟悉他们的饮食起居，懂得他们的喜怒哀乐，亲历他们的生老病死，她的精神血脉是与这片东方土地紧密相连的。她阅读英语早于汉语，但她讲汉语却比讲英语早，汉语口语是她从家中的保姆、厨师、园丁，街坊邻居，邻家的中国孩子，茶馆里的说书人，街市上卖麦芽糖、烧饼油条和吹糖人的小商小贩那里直接学来的，所以她称汉语是她的母语。再真切生动的文学叙事，哪怕再优秀，也只是对生活的摹仿，是生活的复制品；而生活本身，哪怕再粗劣的生活，也都是最鲜活、最能打动人心的原创之作，真实的人永远比语言符号更有生命力。赛珍珠曾谆谆告诫那些将要诞生的小说家，"他初生时的全部生活经验乃是他终身所需的题材的来源"[1]，而她自己，"我的过去的生活，可以说全部是在中国的，所以中国对于我，比美国对于我更要熟悉、接近，所以我不能阻止我要写中国的一种自然愿望。"[2]

一方水土养一方人。童年的经历和记忆是一个人生命的基调和底色，成年后的任何经验都无法加以改变。赛珍珠的父母很开明，他们把家安在中国百姓中间，而不是传教士集中居住的大院，这个决策日后给赛珍珠带来的巨大益处是为父为母者始料未及的。这种居住环境使她有更多机会和中国人零距离接触，让她得以在中国文化了无痕迹的熏育中自然成长。小时候，她吃中国的大米粥、白面馒头、烧饼、水饺、面条、咸菜，吃糖醋鱼、熏牛肉、清蒸螃蟹，口袋里装的零食

---

1. 赛珍珠：《忠告尚未诞生的小说家》，天虹译，载姚君伟编：《赛珍珠论中国小说》，南京大学出版社 2012 年版，第 89 页。
2. 赛珍珠：《我的创作经验》，南枝记，载姚君伟编：《赛珍珠论中国小说》，南京大学出版社 2012 年版，第 85 页。

是炒花生，还有货郎担上的麦芽糖。长大后，她品尝过广西沙田柚、烟台苹果、德州红枣、南京莲藕、新疆哈密瓜、葡萄干，饮用过祁门红茶、福州铁观音、杭州菊花茶，时隔半个多世纪，她对这些中国美食依然记忆犹新。古朴典雅的中国建筑，美轮美奂的丝绸锦缎，佛教寺庙中的香火和多姿多彩的神像，以及云台山下流过的滔滔长江，都给她留下了深刻印象。但她最感兴趣的还是人。不论是仙风道骨、年高德劭的长者，还是聚啸山林、出没市镇的劫匪，她都感兴趣。她爱观察引车卖浆的小商小贩，更爱走进农家小院，坐在炕头上和农妇话家常。她和中国孩子一起玩耍，常常到他们家蹭饭，家中的保姆、厨师、花匠都是中国人，她经常背着母亲津津有味地吃他们食用的饭菜。她最爱听别人讲故事，好奇心很重，喜欢东问西问。来自四面八方、三教九流的故事，她都很感兴趣。"但是她最最感兴趣的还是她周围那些普通人的生活。她还记得，只要有人愿意同她谈天说地，无论是谁，她都可以一连几小时地听他说下去。"[1] 保姆王妈会说很多佛教和道教故事，厨师则能把三国、水浒故事讲得绘声绘色，镇江黑桥一带还常有表演淮书和扬州评话的说书艺人来献艺。生活是一本大书，这本无字书给赛珍珠提供了直接的创作素材。而因为血管里流淌的毕竟是美国人的血液，因而，她对这份异质文化的兴味和感悟，与本土中国人相比，则别有一番意趣。

从生活真实到艺术真实，当然还离不开对中国语言的深入学习，对中国文学三昧的体悟。赛珍珠汉语学习的启蒙老师是孔先生，汉语水平的提升和中国文学（主要是中国小说）的自由阅读则始于1914

---

1. 保罗·多伊尔：《赛珍珠》，张晓胜等译，春风文艺出版社 1991 年版，第 3 页。

面朝东方大地

年。那时，她从美国伦道夫—梅肯女子学院毕业后回到中国，她在照顾母亲和在镇江崇实女子学校教学之余，开始阅读中文书籍，研究文学书面语言。而对中国古典小说的系统研读，则是在 20 世纪二三十年代居住南京期间，在龙墨芗先生指导下进行的。通过阅读，她再次认识到小说镜像里的中国，一个通过艺术语言描绘出来的中国。同时，也是在龙先生的引导下，她开始关注中国现代作家鲁迅的文学创作及其文学理论，她对鲁迅十分推崇，鲁迅的《中国小说史略》尤其引起她的关注[1]。这是关于中国古典小说发展历史的第一部完整论著，赛珍珠对中国小说发展走向的认识很大程度上源自这部专著的启示。

对中国古典文学丰富的知识储备以及对中国小说创作中模仿、沿袭传统的熟知和认同，赛珍珠在进行中国题材小说创作时，十分自然且自如地化用传统中国小说的元素，采用与内容相适应的形式，使其与中国题材、主题、内容相辅相成，相得益彰，达到有机统一，尤其在回美国定居后创作的中国题材小说如《今天和永远》《龙子》《群芳亭》《牡丹》《同胞》中，由于缺失直接生活经验，她求助于文学传统的成分更加显著。无字书为她积累了创作的第一手素材，熟悉了中国人的审美趣味，有字书则让她了解中国小说的大量故事情节、人物形象，学会了中国人讲故事的语调节奏、布局结构、叙事技巧等。她将自己的创作源泉明确归于中国小说传统，的确是一句大实话，与此同

---

1. 据章伯雨《勃克夫人访问记》(载郭英剑编：《赛珍珠评论集》，漓江出版社 1999 年版) 所述："(赛珍珠)是看过不少现代中国作家的小说的，她特别提出鲁迅来，说她很重视他的《中国小说史略》，并且她愿意将来做一部《中国小说史》，要用小说的体裁写成关于中国艺术的历史。"1934 年以后，在沃尔什和她主办的《亚洲》杂志上，他们也刊登了鲁迅小说的译作。

时，赛珍珠在借鉴中国文学传统的同时，也以自身杰出的艺术才华、敏锐的艺术悟性和对西方文学技巧的吸纳，对这一传统进行了革新和发展。赛珍珠的中国书写，既是中国古典文学传统浇灌下的丰硕成果，又是延续这一传统的重要环节，如果我们从文学传统这个视角去解读其人其作，对她会有更深层面的新的理解。

二、赛珍珠文学取向的价值和启示——传统与个人

如果我们把赛珍珠文学创作起点设定在第一部长篇小说《东风·西风》(*East Wind: West Wind*) 发表的 1930 年 [1]，则会发现她是在中国新文化运动落潮时期以及西方现代主义文学思潮风起云涌的大趋势下开始写作的。就中国文化潮流而言，当时中国思想界的主流是倡导革故鼎新，全盘西化，打倒孔家店。1914 年，赛珍珠从美国伦道夫—梅肯女子学院毕业返回中国，那时正值新文化运动开始前夕，她亲历了新文化运动的整个过程。她兴致勃勃地关注这场运动的推进："在革命方面，最使我感兴趣的莫过于新文化运动了。当中国为找不到适合于现代社会的政治体制而苦苦挣扎时，一场深刻的文化革命正在进行。" [2] 作为一个对时局十分敏感的现实主义作家，赛珍珠的创作

---

1. 实际上，赛珍珠第一部大型文学作品是创作于 1921 年的为母亲凯丽所写的传记《异邦客》(*The Exile*)，但此作直至 1936 年才得以出版，所以，按照发表时间顺序，《东风·西风》应为其第一部长篇作品。
2. 赛珍珠：《我的中国世界——美国著名女作家赛珍珠自传》(以下简注为《我的中国世界》)，尚营林、张志强、李文中、颜学军、鲁跃峰、张晰译，湖南文艺出版社 1991 年版，第 137 页。

不可能不反映时代的变迁，特别是创作之初，她对新文化运动中最热门的题材如婚姻自由、妇女解放、新旧思想冲突中人物的命运等都作了回应，体现在《东风·西风》《青年革命者》(*The Young Revolutionist*, 1932)、《元配夫人》(*The First Wife, and Other Stories*，1933，李敬祥译为《元配夫人》，常吟秋译为《结发妻》)、《分家》(*The House Divided*, 1935) 等长短篇小说的创作中。通过《东风·西风》中的桂兰哥哥、《分家》中的王源以及收录在《元配夫人》中的短篇小说《雨天》中的李德俊等人的经历，她对争取个性解放、争取婚姻自主的男女青年表现了理解和同情，"在这一点上，赛珍珠与五四新文学作家达到了一定程度的契合。"[1] 在这场运动中，她是一个热切而又审慎的旁观者，新文化运动对现实主义倾向的小说创作的大力推崇让她欢欣鼓舞，对人的精神解放让她由衷赞同，但同时，她又对这场新思潮给人们的命运、给文学发展带来的影响进行了冷静而理性的分析。她既看到新文化运动给中国带来的勃勃生机，又看到了其杂糅性。发起者的动机是良好的，而参与者却鱼龙混杂，参差不齐。发起者是要将被僵化的封建制度和礼教压制的民族生机和活力解放出来，而参与者的动机却十分复杂，行为也各有偏颇和失当，比如，有人因从小接受西洋教育，古汉语功底差，而热心地向文言文宣战，主张将典故、讽喻、寓言等传统文学中独具的精华统统摒弃掉，这种极端的主张是赛珍珠所反感的。据章伯雨记载，她看过不少现代中国作家的小说，特别关注鲁迅，但对大多数现代作家的创作理念和创作方法并不苟同。"完

---

1. 徐清：《赛珍珠家庭题材小说》，《福州大学学报》(哲学社会科学版) 2000 年第 3 期，第 59 页。

全抄袭西洋的，不，我的意思是受西洋作风的影响太深；这正足以表明中国现代作家都是没有什么天才；要知道《水浒》中的108位好汉的不同个性描写，和《红楼梦》中细微复杂切实的情节的设想是最奇妙的伟作，这些是真正的高尚艺术。"[1]面对汹涌而至的新文化大潮，赛珍珠冷静地采取了与之相反的文化立场，即追随中国本土文学传统，书写中国人的传统品格和美德。在现实层面，赛珍珠并不主张现代中国要拒绝新文化即西方文化的影响，相反，她把西方科技、教育、医学尤其是发展物质文明看作是中国走向现代化的必由之路。在《东风·西风》《青年革命者》《分家》《群芳亭》(*Pavilion of Women*，1946)、《同胞》(*Kinfolk*，1949) 等作品中，赛珍珠都鲜明表达了这一立场，小说中的主人公无一不是在西方文明的启发下走向新生的，中国社会的活力和出路也都必须借助西方文明精髓的输入。在大量非文学的政论中，赛珍珠也直截了当地阐明此类观点。而不像有的学者推测的那样"她似乎不愿中国走出几千年的农业文明，走出封闭愚昧的传统生活方式，不愿中国走向现代文明、工业化。"[2]但在文化层面，她完全不同意新文化运动中抛弃本国传统、追求西洋化（或东洋化）的偏激做法（虽然这并非新文化倡导者的本意，如陈独秀就曾批判过新文化运动中背离旧道德观念的某些不良行为）。坚持传统是民族之根、文化之本、灵感之源，离开它，一个民族的精神必将因失去营养而枯萎、凋谢，这便是赛珍珠对中华文化的发展走向、中国文学的创作路径的独立而坚定不移的立场。这种呼声与新文化运动的主旋律并

---

1. 章伯雨：《勃克夫人访问记》，原载《现代》1934年第4卷第5期，转引自姚君伟编：《赛珍珠论中国小说》，南京大学出版社2012年版，第144页。
2. 赵梅：《赛珍珠笔下的中国农民》，《美国研究》1993年第1期。

不合拍，显得保守、另类、不合时宜，因而备受冷落甚至批评诋毁，实在是情理之中的事。但在后殖民主义批评理论已被人们普遍接受的今天，再来反观这一文化立场，则不得不佩服赛珍珠艺术眼光的睿智和超前。她没有参与同时代中国作家主流群体弃绝本民族文学传统的集体行为，在当时显得异常孤立，但时过境迁，在时代浪潮的喧嚣沉寂下来之后，便很容易看出这种坚持的可贵价值。

就西方文学潮流而言，从 20 世纪 20 年代开始，各种在思想上追求反传统，在艺术上追求实验性、创新性的现代主义文学流派风起云涌，诸如后期象征主义、未来主义、表现主义、意识流、达达主义和超现实主义等，不一而足，各领风骚。尽管这些流派在思想、艺术上的主张并不相同，甚至差异很大，但它们显著的共同之处是一致主张冲破现实主义、浪漫主义等传统文学观念形成的创作规范和藩篱，坚决主张另辟蹊径，大胆变革。这种现代主义思潮立刻得到刚刚遭受过第一次世界大战摧残，对传统价值观产生了严重怀疑，被迷惘、创伤情绪笼罩的西方人的热烈回应，迅速成为西方文坛的主流风尚。在此背景下，赛珍珠开始了自己特立独行、逆流而上的文学之旅：对中外新旧文化或新旧文学创作主张之争置之不理，固守内心原则，只选择自己认同并与本人的创作题材互为表里、彼此交融的创作形式和创作方法。当她进行西方题材的创作时，狄更斯、萨克雷、麦尔维尔、马克·吐温等人是她的主要借鉴对象，而在进行中国题材创作时，中国古典白话小说以及鲁迅等现代作家创作的深受传统文学熏染的作品则成为她借鉴、效仿的重要资源。她捡拾起为中西文坛竭力摒弃的传统形式，不惧成为中西文坛上的双重边缘人。她在和青年谈及小说创作时曾明确表示：

我不想定下任何规则，正如我上文所说，对任何规则，我都十分厌恶，我也不想采用我在通常的文学讲座中听到的那些陈词滥调，譬如"意识流"、"传统的、现代的潮流"等等。它们不能激发起我的兴趣，对我来讲，它们根本不是什么重要的东西。所有这些形式，无论是传统的，还是现代的，都不过是我们可以选择，或者不选择的模式。

　　富有创造力的艺术家也决不受什么模式的摆布。

　　无论何时你听到某个小说家，或文学专业学生谈到小说创作的现代方法对于老方法来讲是一种进步，你听到的便是一派胡言。

　　最优秀的小说家开始写小说的时候，心里根本不会考虑什么形式。如果他真是一肚子故事，他的故事、他的人物本身会以最适合它／他们的形式出现。

　　真正的艺术家并不关注流行的格言，他清楚自己的天赋所在。一如他选择自己的素材，他也选择自己的方法，以满足他内心希望表达他认为的最高现实之美和形式之完美的要求。[1]

　　在她眼中，为中国新文化运动领袖和主将口诛笔伐、为西方现代派作家一致诟病的传统思想和方法，与备受追捧的、时尚的现代思潮和方法没有任何价值上的高下区别，合适于自身创作内容的形式就是最好的。而对于她来说，传统方法最切合其创作需要，因而成为她当然的选择。

---

1. 赛珍珠：《论小说创作》，载姚君伟编：《赛珍珠论中国小说》，南京大学出版社 2012 年版，第 67、68、69 页。

　　　　　　　　　　　　　　　　　　　　　　　　面朝东方大地

英国诗人托马斯·斯特恩斯·艾略特（Thomas Stearns Eliot，1888—1965）在《传统与个人才能》(*Tradition and the Individual Talent*，1920）中曾对诗人的创造才能与传统的关系做过精辟论述："我们称赞一个诗人的时候，我们的倾向往往专注于他在作品中和别人最不相同的地方。我们自以为在他的作品中的这些方面或这些部分看出了什么是他个人的，什么是他的特质。我们很满意地谈论诗人和他前辈的异点，我们竭力想挑出可以独立的地方来欣赏。实在呢，假如我们研究一个诗人，撇开了偏见，我们却常常会看出：他的作品中，不仅最好的部分，就是最个人的部分，也是他的前辈诗人最有力地表明他们的不朽的地方。"[1] 将此处的"诗人"扩展为"作家"时，其论亦当。当后代作家在前人"影响的焦虑"中倍感压抑，殚精竭虑地追求标新立异、独辟蹊径、张扬个性时，艾略特却慧眼独具地认识到置身传统对于作家的重要性和必然性，抽离传统，则根本谈不上个人创造。文学传统是一个民族代代相传的血脉之源，是由该民族特殊编码构成的艺术之链，形成传统的往往是文学中最核心、最必不可少的成分。每个新作家、每部新作品的诞生，都无可避免地在传统的羊水中浸润过，从中啜饮过养分，同时，这些作品又构成传统之链上新的一环，将文学传统传承、接续下去。一个作家是否能在文学史上拥有巩固的地位，关键在于他能否以自己独特的心灵棱镜折射出传统中不朽的内核，使其闪现异彩，而非另起炉灶，烧制出彻头彻尾的新瓷器。事实上，那种全新的文学绝不可能出现。艾略特还进一步对"传统"的内

---

1. 托·斯·艾略特：《传统与个人才能》，卞之琳译，上海译文出版社 2012 年版，第 2 页。

涵进行解释和限定：

> 如果传统的方法仅限于追随前一代，或仅限于盲目地或胆怯地墨守前一代成功的方法，"传统"自然就不足称道了。……传统是具有广泛得多的意义的东西。它不是继承得到的，你要得到它，必须用很大的劳力。第一，它含有历史的意识，……历史的意识又含有一种领悟，不但要理解过去的过去性，而且要理解过去的现存性；历史的意识不但使人写作时有他自己那一代的背景，而且还要感到从荷马以来欧洲整个的文学及其本国整个的文学有一个同时的存在，组成一个同时的局面。[1]

这种共时性的传统在不断地产生新的组合，最终形成每一时代独具风貌、同时前后接续、系统完整的文学序列："现存的艺术经典本身就构成一个理想秩序，这个秩序由于新的（真正新的）作品被介绍进来而发生变化。这个已成的秩序在作品出现以前本是完整的，加入新花样以后要保持完整，整个的秩序就必须改变一下，即使改变很小；因此每件艺术作品对于整个的关系、比例和价值就重新调整了；这就是新与旧的适应。"[2] 保罗·利科（Paul Ricoewr）也说过："合理的东西仅仅来自创造精神和传统精神的对话过程。"[3]

　　艾略特对传统与个人才能、创作特点与成就之间关系的深入论

---

1. 托·斯·艾略特：《传统与个人才能》，卞之琳译，上海译文出版社 2012 年版，第 2 页。
2. 托·斯·艾略特：《传统与个人才能》，卞之琳译，上海译文出版社 2012 年版，第 3 页。
3. 保罗·利科：《解释学与人文科学》，陶远华等译，河北人民出版社 1987 年版，第 67 页。

面朝东方大地

述，可以看作是对赛珍珠文学观的理论佐证。传统不是已经过时、落伍、固化的东西，而是一根不断被接续因而不断生长的生命链。每部不朽的作品都会以自身的价值增加这个传统的长度，因而自己也成为传统中的一环。

初涉文坛面临的社会环境和文学环境，也使赛珍珠愿意更亲近文学传统而远离当代文坛。赛珍珠在20世纪20年代末期开始文学创作时，恰好遭逢中国文化与文学发生现代化转型的重大历史时期，对于中国文坛而言，她是个异邦客；对于美国文坛而言，她是个浪游者。在两个民族文学潮流中，她都是"边缘人"，被悬置在两个文坛的边界空地。这种特殊地位，一方面固然使她未能与任何一个文坛走得太近，而游离于两个民族文学发展的主流之外；另一方面，也使她能置身庐山之外，不为任何一种流行的潮流掣肘，另辟蹊径，走出与当代文坛时尚款较远而与文学传统经典款较近的道路。在20世纪以中英两种语言进行文学创作的作家中，赛珍珠当属对文学传统最服膺、最亲近并最忠实地承继其思想、题材和创作方法的作家之一。在西风东渐的大潮中，一个西方作家如此推崇中国文学与文化，实属难能可贵，但也并非个例，实也受到坚守中国文化立场的思想者的启示。如被称为"复古派"的康有为便对当时中国社会的日渐西化十分反感，1913年发表文章对此大加抨击：

今中国近岁以来，举国狂狂，抢攘发狂，举中国之政治、教化、风俗不问是非得失，皆革而去之。凡欧美之政治、风化、祀俗，不问其是非得失，皆服而从之。彼猖狂而妄行者，睹欧美之富强而不知其所由也，袭其毛皮，武其步趋，以为吾亦欧美矣。[1]

在五四前后发生的"中西文化论战"中，中国知识分子围绕西方文化与东方文化孰优孰劣展开激烈的争论，分成"西方文化派"和"东方文化派"两大阵营。前者把西方文化看作是中国图强的必由之路，后者以梁漱溟等人为代表，认为现代人类文化将发生"由西洋态度变为中国态度"的"根本转变"，全世界都要走"中国的路，孔子的路"，未来文化将是"中国文化的复兴"[2]。这种对中国文化的自信和崇尚与赛珍珠的观点十分契合。但赛珍珠不同于"复古派"和"东方文化派"之处在于，她并不因推崇东方文化而否定西方文化，她主张不同文化共荣共生，与20世纪20年代兴起的、处于新文化大潮边缘的"学衡派"所持的观点更为相近。1922年成立的"学衡派"，以"昌明国粹，融化新知"为《学衡》杂志的办刊宗旨，表现出与倡导欧化、反对传统的新文化运动迥然不同的文化守成主义旨趣。其主要代表人物吴宓认为，新文化运动者"其取材则惟选西洋晚近一家之思想，一派之文章，在西洋已视为糟粕、为毒者，举以代表西洋文化之全体"，从立场到眼光都错了。正确的态度应该是，"今欲造成中国之新文化，自当兼取中西文明之精华，而熔铸之，贯通之。吾国古今之学术德教，文艺典章，皆当研究之、保存之、昌明之、发挥而光大之。而西洋古今之学术德教，文艺典章，亦当研究之、吸取之、译述之、了解而受用之。"具体做法则是，"中国之文化，以孔教为中枢，

---

1. 康有为：《中国颠危误在全法欧美而尽弃国粹说》，载汤志钧编：《康有为政论集》，中华书局1981年版，第890—891页。
2. 梁漱溟：《东西文化及其哲学》，商务印书馆1935年版，第199—200页。

以佛教为辅翼，西洋之文化，以希腊罗马之文章哲理与耶教融合孕育而成，今欲造成新文化，则当先通知旧有之文化。"[1] 这种文化立场与鲁迅提出的"拿来主义"，与毛泽东提倡的"古为今用，洋为中用"的观点在精神上完全一致，也与主张将中西方传统文化乃至经典文学同时并举的赛珍珠的看法如出一辙。虽然笔者尚未发现赛珍珠与学衡诸公交往的资料，也未见过她评论"学衡派"的文字，但从 20 世纪 20 年代初开始直到她离开中国，她基本生活和工作在"学衡派"重镇南京，受其影响当在情理之中。赛珍珠不仅在早年就明确反对全盘否定中国传统文化的观点，在晚年所著的《中国今昔》中，仍坚持自己的一贯立场：现代中国人的问题，主要是与中国灿烂的传统文明割裂了。赛珍珠生前身后在中外文坛上都饱受争议，原因是多方面的，而她经常不合时宜地秉持与主流社会相悖的观点，也是重要原因之一。然时过境迁，时至今日，赛珍珠的文学立场和审美取向越来越显示出独特的价值，对此问题进行探讨是十分必要且很有意义的。

三、本书的基本框架及研究意义

就理论依据而言，本书采用的是影响研究中的渊源学理论和方法，即从赛珍珠这位"接受者"角度出发，探究其中国题材小说创作中题材、情节、主题、人物、风格乃至艺术技巧的中国传统文学

---

1. 吴宓：《论新文化运动》，载孙尚扬、郭兰芳编：《国故新知论——学衡派文化论著辑要》，中国广播电视出版社 1995 年版，第 78、88、89 页。

元素。立论依据首先是口头渊源，主要是 1938 年赛珍珠在诺贝尔奖授奖仪式上的获奖演说《中国小说》中的声明："恰恰是中国小说而不是美国小说决定了我在写作上的成就。我最早的小说知识，关于怎样叙述故事和怎样写故事，都是在中国学到的。"[1] 另外还有《忠告尚未诞生的小说家》等演讲。影响研究渊源学强调，一个作家的创作，"显示出某种外来效果，……是他的本国文学传统和他本人的发展无法解释的"[2]，赛珍珠的创作风格与英语文学传统相距甚远，而其自陈又明确了这一"外来效果"的来源方向是中国文学传统。其次是书面渊源，即从赛珍珠创作文本中寻觅她借鉴、模仿中国小说的各类或明或暗的印痕。再次是印象渊源。赛珍珠在中国生活了近 40 年，对中国历史、文化、文学以及这块东方大地上的人民都非常熟知，她能说一口流利的汉语，汉语阅读能力也很强，这些都是她进行中国写作的必要准备。

不过，赛珍珠虽对中国小说推崇备至，但在公开场合和私人书信中谈及具体创作所受的影响并不多，给研究带来一定的困难。就具体文本而言，我们尚未找到足够的资料证明它们所受影响的确切渊源，容易给人以仅在作品之间进行简单比附的阅读印象。本书提出的观点大多是建立在从文本分析和判断中发现的某种非常可能的联系，并由此形成的有待进一步论证的推论。而在阅读过程中，我们确实发现赛珍珠小说与中国古典小说之间存在着某些"家族相似"的亲缘关系，

---

1. 赛珍珠：《中国小说》，王逢振译，载姚君伟编：《赛珍珠论中国小说》，南京大学出版社 2012 年版，第 114 页。

2. 约瑟夫·T. 肖：《文学借鉴与比较文学研究》，盛宁译，载北京师范大学中文系比较文学研究组选编：《比较文学研究资料》，北京师范大学出版社 1986 年版，第 119 页。

同时，我们依据法国文学史家、权威批评家古斯塔夫·朗松（Gustave Lanson，1857—1934）的观点作为立论基础，他在《试论"影响"的概念》一文中指出："真正的影响，较之题材的选择而言，更是一种精神存在。而且，这种真正的影响，与其是靠具体的有形之物的借取，不如是凭借某些国家文学精髓的渗透，即谓之'作品的色调和构思的恰当'而加以显现，真正的影响理应是得以意会而无可实指的。"影响是"一部作品所具有的由它而产生出另一部作品的那种微妙、神秘的过程"，是一种"创造的刺激"，而影响的结果应该是像"雄狮在自己体内消化羔羊"（瓦莱利语），虽了无痕迹，但已将摄来之物归为己有[1]。约瑟夫·肖也说过："列出令人信服的作品之外的证据来说明被影响的作家可能受产生影响的作家的影响，是完全必要的。……可是，最基本的证明又必须在作品本身。"[2]文本本身体现出来的显在的相似和隐的风格、意蕴是赛珍珠接受中国文学资源影响的有力的明证，因此，本书将考察重点放在赛珍珠的中国小说观以及中国题材的创作实践中，即以寻求印象渊源和书面渊源为主。胡适在《〈西游记〉考证》中提出，孙悟空这个形象是从印度最古的纪事诗《拉麻传》（Rāmayāna）和10世纪到11世纪的戏剧《哈奴曼传奇》中的猴子国大将哈奴曼演化来的，"我假定哈奴曼是猴行者的根本"[3]，他得出此推

---

1. 转引自大塚幸男：《"影响"及诸问题》，陈秋峰、杨国华译，载北京师范大学中文系比较文学研究组选编：《比较文学研究资料》，北京师范大学出版社1986年版，第131、130页。
2. 约瑟夫·肖：《文学借鉴与比较文学研究》，盛宁译，载北京师范大学中文系比较文学研究组选编：《比较文学研究资料》，北京师范大学出版社1986年版，第120页。
3. 胡适：《〈西游记〉考证》，见《中国章回小说考证》，安徽教育出版社2006年版，第234页。

论采用的就是书面渊源研究法。

赛珍珠的文学创作与中西文学传统都有密切联系，这是许多学者关注并思考的问题，也有一些学者就此类问题进行过研究和分析。如雨初认为，"中国小说叙事率直，描写简单。勃克夫人乃用中国的风格描写中国的材料。"[1] 熊玉鹏认为，"网状的框架结构，生动的故事，敏捷的节奏以及白描的叙述方法，这是中国小说的主要特点，也是赛珍珠的小说《大地上的房子》所以能走俏西方文坛的奥秘所在。"[2] 张子清认为，"她的这些小说除了写中国的人和事之外，最大的特色是具有中国式的说书或章回小说的浓郁味，而且遣字造句很少令人感到是西化，虽然满篇是英文，相反倒有明显的汉化……"[3] 姚君伟认为，"赛珍珠的小说观念和小说创作已经不仅仅是一个外国作家合理地借鉴中国小说而使自己的作品着上了中国小说色彩的问题，可以说，赛珍珠的小说理论与小说本身就是中国的，至少是中国式的，尽管她以英文写作。"[4] 王玉括在《赛珍珠的中国小说观》一文中，对赛珍珠的中国小说观作了客观公正的评述。他认为，赛珍珠主要从中国小说的发展、中国小说的形式与结构以及中国小说的创作目的及常用手段三个方面阐述了她的中国小说观。有许多见解很独到准确，比如中国小说故事情节的推进迅速，用白描手法刻画人物，用行动和语言展示人

---

1. 雨初：《〈大地〉作者勃克夫人》，载郭英剑编：《赛珍珠评论集》，漓江出版社1999年版，第85页。
2. 熊玉鹏：《赛珍珠与中国小说——读〈大地上的房子〉》，《文艺理论研究》1991年第5期，第43页。
3. 张子清：《赛珍珠与中国——纪念赛珍珠诞辰一百周年》，《外国文学研究》1992年第1期，第72页。
4. 姚君伟：《论中国小说对赛珍珠小说观形成的决定性作用》，《中国比较文学》1995年第1期，第86页。

物性格，通常采用全知视角等；但也有些观点失之偏颇，比如，认为中国小说的起源是"土生土长"的，没有接受外来影响，中国小说的结构是"生活化"的，没有真正的情节高潮等等，都是值得商榷的。[1]可能是受论文篇幅所限，这些颇具真知灼见的观点并未得到充分展开，至今尚无人就赛珍珠文学创作如何接受中西文学传统的影响展开全面系统的研究，更无一篇硕博论文以此为选题。本书从六个不同方面对赛珍珠中国题材的小说写作与中国文学传统的关系进行比较细致的梳理和分析，具体呈现赛珍珠与中国传统文学之间的渊源关系，可补当前赛珍珠研究领域之不足。同时，本书对中国古典小说的创作资源、创作模式和创作规范都有涉足，在后殖民主义语境下，这种对中国传统文学的回顾和弘扬，既是对赛珍珠创作取向的回应，也是对民族文化立场的坚守。在当前倡导文化自信，弘扬中华文化传统之际，对摆脱文学研究被西方话语垄断的境遇，文学研究者如何建立一套适合中国学术界的研究话语，也作了一些思考。

目前国内外有关赛珍珠研究的理论与方法，主要有社会—历史批评研究、文化相对主义研究、后殖民主义研究、女性或女权主义研究、新批评（文本细读）研究、比较文学或比较文化研究等。本书从细读文本入手，应用比较文学中两个最基本也是最经典的研究方法——影响研究与平行研究，探讨赛珍珠对中国文学传统中的主题、题材、人物形象、语言特征和艺术取向等的发现与借鉴，并通过她的创作实践，将中国传统文学中的许多元素复活起来，让西方读者在了解中国文化与中国社会的同时，对中国文学的美学特征也有与内容相

---

1. 王玉括：《赛珍珠的中国小说观》，《四川外语学院学报》2000 年第 1 期，第 7—11 页。

应的认识，这对赛珍珠研究视野的扩展、研究领域的拓宽和研究进程的推进具有新的价值。

本书将赛珍珠小说创作放在中国文学传统的源流中加以考察，研究其作品与中国文学之间的对话关系，包括对中国文学的借鉴、化用、丰富和超越。研究至少包括三个方面：赛珍珠对中国古典小说和鲁迅等人创作的现代小说在题材、主题、结构、技巧等方面的模仿、学习和超越；赛珍珠如何以中国小说为镜，去了解中国社会结构，认识中国文化精神，理解中国民众的情感与心理；赛珍珠基于中国小说镜像展示的民族意识，对中国未来政治形态作出的预测，对底层人民尤其是农民、对家庭背景中的女性以及知识分子的前途命运、人生设计提出的建议，显示出这位异国女作家的独特见解和非凡的预见性。

本书主要从六个方面探讨赛珍珠与中国文学传统之间的关系：

第一章"赛珍珠对中国文学的接受"，从汉语是第一语言、接受中国文化与文学的滋养、与新文化运动中的中国作家互动交流三个角度阐述赛珍珠对中国古典文学（主要是古典白话小说）的接受途径与过程，重点论述语言决定思维。由于汉语是她学会的第一语言，从小在汉语环境中浸润的赛珍珠对中国人的生活、中国人的文化、中国小说有了直接感知和深度了解，新文化运动让她摆脱了中国传统对小说的偏见，并帮她确立起现实主义小说创作的主流方向。由此论证，她的小说创作主要是在中国文学传统的影响下进行的，中国文学传统决定了她的小说创作上的特点和成就。

第二章"赛珍珠的中国小说观"，主要以赛珍珠谈论中国小说的文章、演讲等为依据，从中国小说的兴起与发展、中国小说的主旨内涵、中国小说的艺术特征、中国小说的创作过程以及中国小说是寓教于乐的载体五个方面谈赛珍珠对中国小说的认知和判断。赛珍珠以英国小说为参照对象，分析中国小说起源早而发展慢的原因，同时阐述中国古典小说独特的创作主旨和艺术特征，强调中国古典小说对于平民的教化功能，尤其对中国小说不同于英国小说的创作过程进行了分析。这些认知和判断绝大部分是比较客观准确的，但也有一些偏颇之处。更重要的是，赛珍珠是立足创作谈中国小说的，对中国小说的认知与赛珍珠的文学创作实践之间存在着密切的联系。

第三章"赛珍珠对中国小说的借鉴"，主要论述赛珍珠从成书方式、平民立场、人本精神、现实主义创作基调以及艺术特征等几个方面对中国小说传统的学习借鉴。赛珍珠中国题材小说的成书方式，尤其是对农民形象、知识分子形象和传教士形象的塑造对中国传统小说的成书方式多有借鉴。赛珍珠中国题材的小说在创作主旨上有两大突出特点，一是以民本意识、人道主义精神为核心的平民立场，二是以对人性的热爱、尊重为基础的人本精神，这两点皆与中国小说发展的巅峰时代——元明清时代转向现实主义文学思潮，底层民众的日常生活被充分书写、人性丰沛的文学形象成为创作的第一要素同气相求，也与王阳明及其传人倡导的心学、平民化倾向的"泰州学派"主张的"百姓日用即为道"等哲学思潮遥相呼应。在小说创作艺术上，赛珍珠倾向于传统小说再现生活真实的近乎自然主义创作立场，追求通俗平易的风格，是对市井小说、说书艺术等民间文学的仿效。但对古典小说中超现实叙事的模仿也造成她的创作时有不切实际的离奇、巧合情节，简化问题，弱化矛盾，削弱了作品的艺术感染力。

第四章"赛珍珠的社会书写与中国小说"论述赛珍珠的社会政治

书写对中国文学传统的借鉴。赛珍珠明确表示她对政治不感兴趣，但她却十分关注对千百万人的命运产生巨大影响的中国社会各类重大事件，以及在动荡变乱中苦苦挣扎的人们。《大地》对中国农民生活的人类学考察；《儿子们》表现近代中国社会的阶级分化、土匪横行、官民对立和时代变迁；《龙子》表现侵略战争带来的生灵涂炭、秩序混乱和人心败坏；《群芳亭》《牡丹》等表现贵族家庭生活状态，《分家》《爱国者》等设想、预测未来中国的政治形态，等等。她对这些问题的观察、思考及探寻，一方面固然建立在现实基础上，同时又在很大程度上借助对中国古典小说《水浒传》《三国演义》《红楼梦》以及鲁迅部分小说的阅读经验。这些文学资源启发了她的文学想象，为她提供了理解中国社会结构和政治形态的知识，加深了她对中国社会的了解，但另一方面又导致她在创作中间或以古代经验解释现实问题，发生时代错位，有时甚至以小说情节弥补生活经验的匮乏，逻辑荒谬，人物失真，损害了小说的艺术真实性。

第五章"赛珍珠的家庭书写与中国小说"分别从家庭书写、家族书写和家国书写三个方面谈赛珍珠对中国传统小说的借鉴和突破。家庭书写重点论述置身家庭背景中各类女性形象，诸如知性聪慧而胆识过人的女性，被负心、被欺凌的忍辱负重的女性，寄生的女性等不同类型女性形象的特征。赛珍珠小说中的女性无论是否主角，往往都比男性更智慧、更勇敢，或更有情义、有胆识。赛珍珠认为女性在见识、智力与能力方面丝毫不逊于男性，女性应自强不息，《大地》中的阿兰、《母亲》中的母亲、《群芳亭》中的吴太太、《牡丹》中的牡丹等形象皆如此。这些人物类型均可从中国古典小说《红楼梦》《浮生六记》《镜花缘》《再生缘》等作品中找到依据。家族书写主要分析在新时代、新观念的冲击之下，人伦关系的嬗变，并展开对家族—社会之间的多维书写。家国书写分析赛珍珠抛弃了中国古典小说中超现实的宿命意识，代之以超越民族、文化和国家的"天下一家"的家国同构书写，是对中国传统家庭小说的超越和提升。

第六章"赛珍珠的知识分子书写与中国小说"，论述赛珍珠的知识分子书写与中国文学传统之间的关系。赛珍珠重视知识分子在国家中的地位，认为"一个没有知识分子的民族是不能长久存在的"。她塑造的负面知识分子形象，有的迂腐懦弱、百无一用，有的吟风弄月、玩赏智力，有的数典忘祖、自私冷漠；而正面知识分子形象，有的追求独立人格，有的充满忧患意识，有的具有担当精神等。这些形象大都可从《儒林外史》《呐喊》《彷徨》等中国知识分子题材的小说中找到相应人物，他们或在经历、性格上有相似之处，或在精神气质上彼此贯通。但由于民族、文化的阻隔，赛珍珠缺乏吴敬梓、鲁迅等人对现实生活的冷峻、犀利和深刻的揭示，也缺少宏观、整体的观照，而习惯将复杂问题简单化，将尖锐矛盾肤浅化，她总能为处于困境中的知识分子找到出路，在她快刀斩乱麻般地一顿操作后，原本山重水复的困局瞬间化解，这既是她乐观、积极的天性使然，也是她认知表层、肤浅的标志，同时也显然受到中国传统小说常见的大团圆结局的影响。不过，她为中国知识分子设计的走向民间的道路，仍具有较高的建设性。

"结语"，进一步揭示赛珍珠接受中国文学传统影响而又不为所囿的多元主义文化立场。赛珍珠是在中英两种文学传统的双重滋养下进行小说创作的，中国文学传统在她的创作中留下了特征鲜明的胎记，虽然无可否认的是英语文学同样也是造就她创作成就的重要资源。某种意义上，她的创作就是对两种文学对话关系的揭示，是对中英文学传统的融通。事实上，赛珍珠是一个世界主义者，她推崇所有民族文学"各美其美、美美与共"的"世界文学"立场。不过，这是一个需要另外具文加以探讨的话题。

第 一 章
赛珍珠对中国文学的接受

    美国作家赛珍珠（1892—1973），英文名 Pearl Sydenstricker Buck，1892 年 6 月 26 日出生在美国西弗吉尼亚州赫尔斯保罗地区一个传教士家庭。赛珍珠的父亲押沙龙·赛顿斯屈克（Absalom Sydenstricker，1852—1931），中文名赛兆祥（赛珍珠在传记《异邦客》《战斗的天使》中称他安德鲁），是个有着德国血统的美国人，毕业于美国弗吉尼亚州华盛顿和李学院，获神学博士学位。母亲卡洛琳·赛顿斯屈克（Caroline Sydenstricker，1857—1921），是荷兰裔美国人（赛珍珠在传记《异邦客》《战斗的天使》中称她凯丽，Carie）。1880 年 7 月 8 日，两人结为夫妇，随即便作为美国基督教南长老会最早派驻中国的传教士到中国传教。这对年轻夫妇乘上东京号远洋轮横渡太平洋，并于 1880 年 9 月在上海登岸，接着就被派往杭州，此后又在江苏苏州、山东淄博和江苏淮安、宿迁等地传教，最后定居在江苏镇江。他们共育有七个子女，但只有一子二女三人活了下来，其余四个孩子都死于瘟疫或疾病。赛珍珠是七个子女中唯一出生于美国的孩子，她是父母在美国休假期间孕育并降生的。那时，母亲刚刚在中国失去一个孩子，精神沮丧到了崩溃的边缘。女儿的降生带给她极大的慰藉，于是，他们给孩子起名 Pearl Comfort Sydenstricker，意谓这个孩子是带给他们极大安慰的掌上明珠，因父亲中文名用的姓是"赛"（根据 Sydenstricker 音译），所以她的中文名就叫"赛珍珠"。

这位传教士之女日后成为向西方世界尤其是美国传播亚洲文化最主要的中国文化的名人，成为沟通中西方文化的一座桥梁，这是其父母始料未及的。赛兆祥夫妇一生醉心于把西方的基督福音传播到中国，而他们的女儿一生都热衷于用中国小说的创作精神和创作形式将中国文化介绍给西方、介绍给美国，为西方和美国人打开了一个东方魔盒，让对东方充满无知和偏见的西方人尤其是美国人能用平等、友善的目光看待中国，激发了他们了解中国的热情。父母在传教事业上投注了多少热情，赛珍珠在传播东方文化中也就投入了多久的专注，这似乎是上苍安排好的投桃报李的交流与互赠。

站在诺贝尔文学奖领奖台上，最先涌进赛珍珠脑海的念头，是向世界人民郑重介绍中国小说，她用感激和仰慕的口吻热情洋溢地介绍滋养了她小说创作灵感的中国小说的独特成就，第一次引领西方人一起走进中国小说这个丰富奇特而又神秘陌生的文学宝库。"虽然我生来是美国人，我的祖先在美国，我现在住在自己的国家并仍将住在那里，我属于美国，但是恰恰是中国小说而不是美国小说决定了我在写作上的成就。我最早的小说知识，关于怎样叙述故事和怎样写故事都是在中国学到的。"她非常推崇中国小说，面向那些对中国文学极度隔膜，骨子里带着或隐秘、或直露的轻蔑的西方人宣称："我认为中国小说对西方小说和西方小说家具有启发意义。"[1] 赛珍珠活了 81 岁，

---

1. 赛珍珠：《中国小说》，王逢振译，载姚君伟编：《赛珍珠论中国小说》，南京大学出版社 2012 年版，第 114 页。

这样的人生不可谓不漫长，她一生做过很多事，获得的荣誉也不计其数，而与中国小说的不期而遇，则是她一生中最紧要的一步，这决定了她一生的走向，决定了她立身处世的基本态度。小说是她了解中国的一个窗口，是她理解中国文化的途径，也是她介绍中国、传播中国文化的有效手段。

一、汉语是第一语言

1892 年 9 月，出生才三个多月的赛珍珠被父母放在一只篮子里带到中国。从此，直到 1934 年离华返美，除了回美国伦道夫—梅肯女子学院读大学和回美国康奈尔大学读硕士之外，赛珍珠在中国生活了将近 40 年。她先是被带到清江浦（今江苏淮安）和宿迁，1894年，正在牙牙学语的赛珍珠随父母迁居长江与京杭大运河交汇处的江苏镇江，并长期定居于此。从婴幼儿时期开始，家中每天陪伴她的除母亲之外，还有籍贯扬州的中国保姆王妈。王妈原是扬州一个家境殷实的小商人的女儿，在太平天国运动中，她的父母、公婆、丈夫惨遭杀戮，她也随之失去了生活依靠，沦落风尘。凯丽将她从逃难的人群中领回家，雇佣她看小孩，从此她成为赛家的一员。在 1933 年的《自传随笔》中赛珍珠写道："我决不会忘记在我童年时代的另一位重要人物，那就是我的中国老保姆。她照料我们全家，并和我们共同生活了 18 年之久。她给我讲她童年的故事，和她曾生活在那太平天国起义时的极端恐惧。我花了许多长长的但愉快的下午来倾听；而她一边补缀袜子，一边讲她和她的家遭遇到的意外事件。她也常常给我吃些芝麻糖或一碗特别美味的点心。"[1] "'天下美女出扬州',我的中国保姆就是其中一个。虽然我记忆中的她已是个掉了几颗牙齿的老太婆,却依然显得标致。"[2] 所以,她在学会说英语之前就先学会说汉语。家中还雇有中国厨师、花匠等佣人,他们一般应为镇江当地或附近居民,赛珍珠幼年生活中的汉语语境首先就是由他们营造出来的。而她的英语环境则由父母家人及其美国基督教会构成,所以赛珍珠开始说话时就学会了中英两种语言,置身中美两种文化环境:"我在一个双重世界长大——一个是父母的美国人长老会世界、一个小而干净的白人世界;另一个是忠实可爱的中国人世界——两者间隔着一堵墙。在中国人世界里,我说话、做事、吃饭都和中国人一个样,思想感情也与其息息相通;身处美国人世界时,我就关上了通向另一世界的门。"[3]

赛珍珠童年和少年时期更大更丰富的汉语语境是由镇江家的中国邻里提供的。赛珍珠一家来到镇江后,曾几经辗转,几次迁居,最后定居在镇江西部润州山上临近润州中学的一座平房里,周围的邻居大都是中国农民。从 1894 到 1910 年赛珍珠回美国读大学,她在此度过了从童年至少女时代的 15 个春秋,直到 1910 年她回美国伦道夫—梅肯女子学院读大学[4]。1914 年润州中学扩建,赛家居所在拆迁范围内,原来的平房所在处被改建成润州中学教工宿舍。美国南长老

---

1. 赛珍珠:《自传随笔》,夏镇译,载刘龙主编:《赛珍珠研究》,云南人民出版社 1992 年版,第 4—5 页。
2. 赛珍珠:《我的中国世界》,尚营林等译,湖南文艺出版社 1991 年版,第 45 页。
3. 赛珍珠:《我的中国世界》,尚营林等译,湖南文艺出版社 1991 年版,第 9 页。
4. 1909—1910 年,赛珍珠离开镇江,在上海一所由美国基督教会专为英美传教士子女创办的朱威尔女子学校就读一年,作为大学入学前的预备教育。

教会便为他们在登云山顶新建了一座东印度风格的两层小楼，依旧邻近中国平民。这种居住环境对赛珍珠日后创作的影响是巨大的，因为这意味着她能直接同中国儿童和百姓接触、交往，她的玩伴基本是中国小朋友，汉语更是成了她的日常语言，她最先会说的汉语应该是镇江方言。据李真、徐德明记载，扬州评话说书艺术家、一代宗师王少堂（1889—1968）晚年曾回忆，他12岁正式从业、开始说书时，先选择的是距离扬州评话中心书场稍远的镇江历练自己。15岁那年（应为1904年），一次他在镇江有余书场说书，赛珍珠（时年应为12岁）曾随父亲来书场听书，并在说书结束后用流利的镇江话和他交流，称赞他的说书很精彩，中国书真好玩，还表示自己将来也要写书[1]。赛珍珠日后在自传回忆中也称汉语是她的第一语言，英语是她的第二语言。

　　赛珍珠学习汉语的热情当然还要归功于其父赛兆祥。赛兆祥是个非常敬业的美国基督新教传教士，也是杰出的语言天才。他精通多国语言，作为德国移民的后裔，他从小先会说德语才会说英语。上了神学院以后，学习希腊语和拉丁语。决定去中国做传教士后，为了能够无阻碍地和中国教民沟通，他在初次去中国的越洋轮船上就开始学习中文，以后一直孜孜不倦地攻读，到了精通汉语的地步，能说会写。他曾以一己之力将希腊文《新约全书》翻译成通俗易懂的白话中

---

1. 李真、徐德明：《王少堂传》，江苏文艺出版社1996年版，第30、328页。但据镇江学者裴伟考证，认为这段材料不太可靠。因有余书场坐落在陶家门，由魏宝森创办于民国10年（1921年）以后，时间对不上。此观点见裴伟：《赛珍珠与"王水浒"童年相晤质疑》，《扬州史志》2002年第4期。笔者认为此段回忆基本可信，只是书场名称有可能因时间久远造成讹误。

文，这比陈独秀和胡适提倡白话文运动早了几十年，他的译作被收藏在美国纽约《圣经》学会博物馆里。他对汉语方言俚语也很有研究，这些研究成果被保存在美国华盛顿特区的国会图书馆里。这种语言天分和学习语言的热情无疑对赛珍珠起到了潜移默化的影响。赛兆祥虽身为美国基督教传教士，但他对中国文化并无西方人士常有的傲慢与偏见，相反，因为他曾认真研究过中国哲学和宗教，对包括儒家哲学和佛教教义在内的中国文明十分尊重，认为佛教与基督教有许多共通之处，可以相互参证。"我父亲是个学者，多年来一直潜心研究佛教以及亚洲的其他宗教，还撰写了一篇有关基督教和佛教的共通性的论文。"[1] 他认为，佛陀给信徒制定的生活规则与神传授给摩西的十诫十分相似，佛陀对僧侣传授的教义也很像基督宣讲的道。1950 年出版的《金陵神学志》中也有一段对他的评价："他是一位得于圣经原文的学者，主张重译圣经，眼光颇有独到之处，在华年久，很重视中国文化。……任函授科主任以来，颇多贡献，受其教益者不下数百人之多。"[2] 因此，他支持女儿学习中文和中国文化。那时，西方传教士拜中国老秀才为师学习中文，以便于在华传播基督教义，是一种普遍风气，但鼓励子女学习汉语和中国文化则为数不多。而在赛珍珠才及10 岁髫龄之年（1902 年），在母亲为她进行英语开蒙教育的同时，父亲赛兆祥又为她专门聘请了一位中文老师孔先生。也就是说，赛珍珠在一个多世纪前就开始接受了双语教育。这一行为对赛珍珠一生的文化立场和人生走向都产生了不小的影响。

---

1. 赛珍珠：《我的中国世界》，尚营林等译，湖南文艺出版社 1991 年版，第 69 页。
2. 王玉国编著：《赛珍珠》，南京大学出版社 1991 年版，第 3—4 页。

面朝东方大地

孔先生是一位年近 50 的晚清秀才，北京人，因八国联军烧毁了他家房舍，为躲避战乱流落到镇江。孔先生说官话，操一口纯正的京腔京韵，"他那抑扬顿挫的北京话让我入迷"[1]。每天下午两点钟他准时来到赛家，四点结束课程，用的是严格的传统私塾授课方式，教她用北京官话阅读，教她雅致准确的语言表达，纠正她从仆佣小贩、农民百工等处学来的粗俗词汇，教她区分汉语的四声调和送气音 p 和不送气音 b 的发声，还教她用毛笔书写汉字。所以，赛珍珠从小对中国官话也很熟悉[2]。多年之后，赛珍珠在回忆性自传中依然深情地谈到中国官话："我喜欢听人们交谈，听他们讲最纯正的中国官话，中国官话是人类语言中的精华。"[3] 他们授课的内容主要是儒家经典，主要课程应该是传统私塾中的必修课四书五经，此外，孔先生也喜欢讲当朝历史掌故，讲佛教因果思想、中国历史、古典文学、处世格言、风俗民情等等，给她讲解"源"与"流"的关系。语言是思想的载体，随着对中国官话的学习，以儒佛为核心的中国传统文化也渗入她的精神深处。1905 年 9 月，孔先生因感染霍乱骤然离世，赛珍珠与父亲一起去参加葬礼。她头缠白布，以弟子身份与孔家孩子一起跪在棺材前恭敬地磕头致礼。赛珍珠受教于孔先生三年，这是赛珍珠少年时代接受汉语正规教育的时期。这段学习使赛珍珠在学会听说汉语之后，又学会了用汉语读写。曾在镇江外事办工作、现定居美国的赛珍珠早期研究者徐和平先生在美国西弗吉尼亚州存放赛珍珠手稿的威士林学院发

---

1. 赛珍珠：《我的中国世界》，尚营林等译，湖南文艺出版社 1991 年版，第 27 页。
2. 扬州评话也很讲究中州韵。在扬州评话中，正角一般都说官话，只有丑角才纯用方言土语叙述。所以赛珍珠在接触孔先生之前，对官话应已有初步了解。
3. 赛珍珠：《我的中国世界》，尚营林等译，湖南文艺出版社 1991 年版，第 301 页。

现了两份赛珍珠中文手稿，内容是她应英国BBC和美国之音广播电台战时华语广播节目的要求写的，镇江赛珍珠纪念馆中有这两份手稿的照片陈列，证明赛珍珠有书写汉语的能力[1]。

孔先生去世以后，赛珍珠每天上午仍跟着母亲学习，下午则前往离家不远的美国耶稣教美以美会传教士玛丽·罗宾逊女士（Miss Mary C. Robinson）创办的镇江女子学塾（即镇江崇实女中）借读。该学塾课程设置全面，兼顾中西文史、语言及科学，中国文化方面的课程有"三字经""百家姓""千字文""四书易知""四书摘要"等，赛珍珠在此借读，跟随中高级班继续学习"圣经""万国通史""左传摘要""东莱博议"、数学、地学指略等课程。长期处于汉语为直接用语的环境，使赛珍珠习惯了首先用汉语思维，成年后进行文学创作时，她仍然习惯先用汉语构思，然后转换成简洁、清晰、明快的英语句子[2]。

二、接受中国文化与文学的滋养

赛珍珠幼时师从母亲和孔先生两人学习，接受的是中西双语的开蒙教育。母亲卡洛琳严格按照当时美国流行的卡尔·威特函授教育课程体系教她英语、英语文学、音乐，数学则由父亲赛兆祥教授，同时

---

1. 徐和平编著：《再见赛珍珠》，江苏大学出版社2022年版，第152—153页。但对这个问题学者是有争议的。因除了这两份手稿外，在位于青山农场的赛珍珠国际以及美国其他纪念馆、图书馆，皆未见赛珍珠另有中文手稿留存，所以有些学者对赛珍珠能否直接用汉字写作表示质疑。
2. 希拉里·斯波林：《赛珍珠在中国》，张秀旭、靳晓莲译，重庆出版社2011年版，第148页。

由寄宿在赛家的得克萨斯人汉考克先生辅导她拉丁文。到七八岁时，赛珍珠就开始阅读英语文学作品，如《希腊罗马名人比较列传》、福克斯的《殉烈传》、钦定本《圣经》、《莎士比亚全集》、丁尼生和勃朗宁的诗等，家中也有司各特、乔治·艾略特和萨克雷的小说等藏书。母亲卡洛琳像外公赫尔曼努斯·斯塔尔汀一样善于讲故事，赛珍珠后来成了一个专业讲故事的人，似乎也遗传了他们的天赋。但课堂不是赛珍珠接触小说的渠道，相反，孔先生是思想保守的正统文人，具有清教思想倾向的母亲卡洛琳同样是崇尚高雅趣味的西方人士，他们在对小说采取鄙视立场方面显示出惊人的一致，认为小说不过是供人茶余饭后娱乐的雕虫小技。赛珍珠不仅无缘从课堂上接受有关中西小说的任何知识，而且还被母亲警告不许阅读那些不登大雅之堂的低俗故事。母亲认为马克·吐温、狄更斯都是属于下层社会的粗俗的小说家，不赞成女儿阅读这类书籍，家中的狄更斯全集被束之高阁，置于书橱顶层，因为它们是小说（日后赛珍珠从事小说创作且已取得巨大成功后，她还是无法得到传教士父亲的认可和夸赞）。赛珍珠的文学教育和小说阅读，基本是通过自我教育完成的。同时，父母出于传教士职业观念，认为写小说、读小说都是不务正业的行为，小说只能用来作为消遣之用。但母亲并未粗暴地干涉她阅读小说，只是经常把她读的小说藏起来以示立场。可赛珍珠还是在暗中悄悄阅读，不可救药地迷上了小说，这可能是命中注定的文学缘分。

（一）文学启蒙老师狄更斯

第一个把她带进小说天地的人是被她称为自己的文学启蒙老师的英国作家查尔斯·狄更斯（Charles John Huffam Dickens, 1812—1870）。

虽说赛珍珠的小说创作主要应归功于中国小说的影响，但西方文学也并非完全缺席。相反，作为一个美国人，赛珍珠最初的文学启蒙老师恰恰是狄更斯。7岁时，她偶尔在父亲的书橱最顶层看到一套灰蓝色的《狄更斯全集》，它们排成长长的一排。出于好奇，她抽出其中的《奥列弗·退斯特》与《艰难时世》的合订本，从此一发不可收拾地将这套全集全都读了一遍。她在《我的几个世界》中曾细致描述过狄更斯如何给童年时代的她带去欢乐："许多冬日的下午，我到房前南廊下有阳光的一角，自个儿读书。狄更斯全集，我读了一遍又一遍，累了就吃些桔子和花生。"[1] 狄更斯激发了她对文学尤其是小说的兴趣，此后她便一发不可收拾，"由于儿童读物的匮乏，小小年纪的我只好读成年人的书。结果是，我还远远不到十岁，就已经决定当一名小说家了"，"立志做一名讲故事的人"[2]。

狄更斯在童年赛珍珠记忆中打下的印记如此之深，足以让她铭记终生，感激终生，以至于始终觉得自己欠了文学引路人狄更斯一笔债。1936年，她写了一篇题为《感谢狄更斯》的文章，登载在《星期六文学评论》第13卷上，称狄更斯是带她"走进了自己血统的人"，"除了把狄更斯对我的帮助写下来之外，我不知道还有什么更好的办法来还债。"她深情地描述自己阅读狄更斯的感受："我无法向你述说那几个时辰是怎样度过的。我只知道6点钟他们叫我吃晚饭时我才站起身，神情恍惚地环顾四周，发现山谷里已是夕阳斜照。我记得我曾经两次合上书，泪流满面，无法承受主人公奥利弗·退斯特的悲惨遭遇。""我把这排书读了一遍又一遍，十年不断。十年之后，我

---

1. 赛珍珠：《我的中国世界》，尚营林等译，湖南文艺出版社1991年版，第24页。
2. 赛珍珠：《我的中国世界》，尚营林等译，湖南文艺出版社1991年版，第80、79页。

仍然在手头放一本狄更斯的书，以便随时翻阅，找回感受。今天我对狄更斯的感情是一种与我对任何其他人的感情都不同的感情。是他让我看到了形形色色的人，他教会我热爱这些人，无论他们地位高低、贫贱富贵、是老人还是儿童。他教我憎恶虚伪和道貌岸然的夸夸其谈。他使我知道，在冷峻粗俗的外表下面也许是一颗仁慈的心，而仁慈是世界上最美好的德行，善良是世界上最美好的东西。"[1]父亲家中那套老版的狄更斯小说集陪伴了她一生，几十年来，不论她搬迁到哪里，不论是辗转于中国各地，还是漂洋过海回到美国，总把它们带在身边，同时又另买了一套新版全集以供阅读。她的妹妹格蕾丝（Grace Sydenstricker Yaukey，1899—1994，笔名 Cornelia Spencer）说："狄更斯小说世界里的人物，已经成为她生活里的一部分，那是一段正常的、愉快的生活，那几乎就是她的整个生活。"[2]1973年，赛珍珠临终前几个月，她"做了一个古怪却感人的临别姿态。她躺在床上，请德瑞柯（她的私人秘书——笔者注）把她的旧的狄更斯小说摆在周围，再次表达她对自己文学蒙师的崇敬。她抚摸着那些曾给稚子和少女的她如许欢乐的书，重温旧事。"[3]她的妹妹格蕾丝对此作了一个意味深长的解释，说她"是在试着回到源头"。她还曾多次表示，是狄更斯史诗般的小说激发了她幼年时的想象，使她萌发了当一个作家的念头。

在赛珍珠的小说创作中，狄更斯的影响随处可寻。例如，他们都习惯将个人和家庭置于画面的中心地位，对其命运的描写构成了他们

---

1. 赛珍珠：《感谢狄更斯》，张志强译，载姚君伟编：《赛珍珠论中国小说》，南京大学出版社 2012 年版，第 99—102 页。

2. Cornelia Spenser, *The Exile's Daughter A Biography of Pearl S. Buck*, New York: Coward-Mccann, Inc., 1944, p. 43.

3. 彼德·康：《赛珍珠传》，刘海平等译，漓江出版社 1998 年版，第 422 页。

笔触中最动人的部分，但这些个人和家庭的命运往往是与宏大的时代和历史背景紧密联系在一起的，这使他们的作品带上了史诗般的恢宏特质。在狄更斯的小说《奥列佛·退斯特》《尼古拉斯·尼克尔贝》《艰难时世》《荒凉山庄》《小杜丽》等小说中，英国的议会政治、司法界、教育界、济贫院、工商业界乃至伦敦的负债人监狱、贫民窟等不同社会阶层都被作了一次全景式扫描，全面展现了19世纪中叶维多利亚时代英国社会的完整画面。而赛珍珠的作品也展示了20世纪初期到中期现代中国社会波澜壮阔的历史画卷，如《东风·西风》（1930）和《结发妻》（1933）中的母子、夫妻间的尖锐冲突是由新旧文化的激烈碰撞引发的。《大地三部曲》（*The Good Earth*，1931—1935）通过王龙一家三代人的经历，把中国人民尤其是农民在水旱蝗灾、列强蹂躏、军阀混战、兵匪抢劫等种种苦难中辛苦挣扎的生活，以及他们寻求科学救国的历程大体真实地再现了出来。《龙子》（1942）以林郯家庭为中心，将抗战时期日本侵略者在中国的暴行以及中国人民机智勇敢的抗争做了全景展现。《牡丹》（*Peony*，1948）以一个中国家庭与两个犹太家庭之间围绕儿女婚事产生的纠葛，呈现的是中华民族与犹太民族的文化冲突。《同胞》以旅美华人知识分子梁文华家庭父子两代人的不同生活道路的选择，展现的是中西文化观念的冲突与分化。赛珍珠缺少对工厂生活的实际体验，不妨推想，当她在《爱国者》中对上海缫丝厂工人恶劣的工作环境进行描写时，狄更斯《艰难时世》中描写的焦煤镇庞得贝的纺织工厂可能给她提供了良多启发，适时填补了这方面的空白。再例如，在小说主题和基调的确立上，狄更斯小说同情底层民众的悲天悯人的圣诞精神和人道主义情怀，也为赛珍珠完美继承。狄更斯写出了济贫院的孤儿、负债人监狱中的关押者、穷苦的洗衣妇和许许多多在贫困线上挣扎着的城市贫民的悲苦命运，赛珍珠终其一生都关心底层的农民、被奴役的妇女、弱智儿童、被遗弃的孤儿、挣扎求生的灾民、被侵略被欺凌的弱小民族和少数族裔，她在作品中展现他们经常被忽视的美好的内心品质，在生活中为他们呼吁呐喊、争取公平正义。

狄更斯十分善于通过气氛的烘托渲染人物的生活环境。《圣诞欢歌》有对圣诞节浓郁的节日气氛的渲染，赛珍珠《大地》有对中国新年春节的喜庆和热闹气氛的渲染，《牡丹》有对犹太家庭隆重庆祝逾越节的描摹。狄更斯善于运用富有象征意味的意象表达某种思想情感，如《艰难时世》中延伸到空中的无穷无尽的长蛇似的浓烟和焦煤镇到处被浓烟熏黑的建筑物，《我们共同的朋友》中赫然矗立的垃圾山，都为小说情节的展开奠定基调，设定出特殊的氛围。同样，赛珍珠也非常注意用意象来表达情感，传递思想，表现人物命运。《大地》中，人物命运始终和"土地"这个意象紧扣在一起，土地既是人物赖以生存的命脉所在，是人们生于斯死于斯的基础，与人物一切喜怒哀乐的情感律动息息相通。《群芳亭》中吴家的牡丹园和兰园、《牡丹》中高廉从犹太同胞尸体上拔回的长剑、《同胞》中从焘大叔身体中割出的巨瘤等都是重要的象征意象。甚至连赛珍珠的基督教观念和立场的形成也受到狄更斯的影响。狄更斯在自己的作品中树立了一个乐于为她所接受的上帝形象，让她"第一次看到了一个和蔼可亲的英国人的上帝，一个类似父亲的上帝，一个性情纯朴的穷苦人乐于求助的上帝。"[1] 狄更斯对平等立场、对仁爱精神、对救世观念的倡导，在一

---

1. 赛珍珠：《感谢狄更斯》，张志强译，载姚君伟编：《赛珍珠论中国小说》，南京大学出版社 2012 年版，第 103 页。

个世纪以后的赛珍珠的身上产生了回应。赛珍珠否认基督教为唯一宗教观念，也不认可上帝为唯一神的观念，主张不同民族、不同国别的宗教相容共存、彼此平等。她不重视教规教义，而更强调宗教对社会和人民的直接贡献，这使她的基督教观念带有明显的世俗化倾向，更多地体现为一种面向社会人生的精神。这些观念的成因自然不是单一的，但狄更斯的影响却起到了至关重要的作用。就连两人的文学活动轨迹、他们在文学史上地位的升降沉浮、他们受到的反差极大的褒贬毁誉等等，都有惊人的相似之处。

但因为从小生活在中国大地上，所以，中国文化与文学对赛珍珠的影响无疑更为直接、全面。

（二）中国塾师孔先生

孔先生对赛珍珠实施的是中国正统私塾教育，主要教授以童蒙养正为目的的四书五经、汉语阅读和书写基本功。从赛珍珠的回忆中，可以把孔先生对她的教育内容大致归纳为三个方面：

第一个方面是儒家哲学和诗礼教化。通过授课，孔先生将儒家的温、良、恭、俭、让的思想灌输给赛珍珠，引导她确立"贫贱不能移，富贵不能淫，威武不能屈"的品德。假如一个人变得幸福了，他就应该饮水思源，对师长感恩戴德，不应该对邻居和往日的朋友趾高气昂，那些把头抬得比别人高的人，迟早会被斩首。孔先生推崇儒家礼乐文化，教授她敲击扬琴，母亲卡洛琳还专门为她买了一架精致的黑金色扬琴。孔先生教会她待人接物的礼仪，而他自己又是孝悌观念的践行者，虽然已经年届 50 岁，在传统中国，已届接受晚辈孝敬的老年，但他对自己 72 岁的老母依然唯命是从，从不违拗。老母担心他雨天出门会弄湿鞋子，容易生病，为了免除母亲忧烦之苦，雨天他便会停止前往赛家授课。"中国人持久的凝聚力正是来自代与代之间的挚爱和尊敬。'孝父敬母，长命百岁'，是亚洲人的箴言和圣训。"[1]《大地》中，王龙对其父亲的孝行与孔先生对母亲的依顺何其相似！孔先生对儒家哲学的教诲，对赛珍珠的人生观、价值观和世界观的形成产生了关键性影响。在她成为一个作家之后，她选择以平民作为小说主角和受众主体，也有受儒家亲民思想影响的成分。她对蒋家王朝和国民政府失败结局的预测，也是基于统治者的腐败行径已经背离儒家"民为贵，社稷次之，君为轻"的精神。在孔先生的教育下，赛珍珠对《论语》和孔夫子的儒家思想印象最为深刻，孔夫子思想的影响贯穿了她的一生。

第二个方面是佛道思想和哲学。作为一名中文教师，孔先生对构成完整的中国文化的另外两个要素——释和道自然也是了然于心，并传授给自己的学生。他解释儒道之间的区别是，儒家给人秩序，道家教人自由；道家让人从严厉刻板的儒学中解放出来，非常有利于艺术创造。"在行为上遵循儒家，在情感和思想上遵循道家。"[2]赛珍珠由此了解道家给中国人提供了一个精神上的自由空间。孔先生还教导赛珍珠理解佛道文化中正确的命运观："命运不是盲目迷信，我们不能无所作为，愚蠢地等待可能发生的一切。命运之不可变易仅仅是指某种原因必然产生某种结果，但原因本身并不是不可避免的。如果人们不是一味无知，而有所作为，就可以开创自己的世界。"[3]这阐述的正是

---

1. 赛珍珠：《我的中国世界》，尚营林等译，湖南文艺出版社1991年版，第52页。
2. Pearl S. Buck, *China Past and Present*, New York: The John Day Company, 1972, p. 68.
3. 赛珍珠：《我的中国世界》，尚营林等译，湖南文艺出版社1991年版，第52页。

道教"我命由我不由天"的思想。《老子西升经》云:"我命在我,不属天地。"北宋高道紫阳真人张伯端在《悟真篇》中也说:"一粒灵丹吞入腹,始知我命不由天。"强调人要坚持自我修炼、通过主体意志自主地掌控自己的命运。这也与佛教强调要在因地上下功夫的思想是一致的。《楞严经》云:"因地不真,果遭迂曲",要在因地上正本清源,所以,通达真理的觉者总是慎于始,"慎于始者易于终,忽于始者困于终","菩萨畏因,众生畏果"。同时,前因也可通过后天的修为改变,只要坚持改过迁善,行善积德,就可以改变命运。明代袁黄在诫子家训《了凡四训》中讲的便是此理。孔先生还向她阐述佛教的因果观,告诉她凡事皆有因果联系,"事出必有因。没有偶然之事,或无因之果。最小的风也必有其起因。要了解现在发生的事情,就必须寻找其缘由。那原因也许需要追根求源才能见其发端,但总能找得到。"这就是所谓的"种瓜得瓜,种豆得豆",与基督教教义是相通的。孔先生对基督教圣经也曾涉猎,与赛兆祥一样,他对这种来自西方的异质宗教也没有采用简单粗暴的否定态度,相反,他喜欢引用圣经中的语录,表明他是个开明的儒学派。"他最喜欢引用的经文是'种下一恶,收到十倍的恶报'。孔先生经常以温文尔雅的态度提醒我,不要期望荆棘丛中结出无花果来。"[1] 前一句经文,《我的中国世界》采用的是意译,赛珍珠的原文是:"... and his favorite text was the one about reaping the whirlwind if one sowed the wind, ..."[2] 此句经文见《旧约·何西阿书》第八章第七节:"他们所种的是风,所收的是

---

1. 赛珍珠:《我的中国世界》,尚营林等译,湖南文艺出版社 1991 年版,第 52 页。
2. Pearl S. Buck, *My Several Worlds*, New York: The John Day Company, 1954, p. 57.

面朝东方大地

暴风。"此句除了种恶因得恶果之意外，还有对人"勿以恶小而为之"的劝诫；后一句经义在《福音书》中多处被提及。《新约·马太福音》第7章第16—18节："荆棘上岂能摘葡萄呢？蒺藜里岂能摘无花果呢？这样，凡好树都结好果子；唯独坏树结坏果子。好树不能结坏果子，坏树不能结好果子。"第12章第33—35节："树好，果子也好，树坏，果子也坏。因为看果子就可以知道树。……善人从他心里所存的善就发出良善来；恶人从他心里所存的恶发出恶来。"《新约·路加福音》第6章第43—45节："没有好树结坏果子，也没有坏树结好果子。凡树木看果子就可以认出它来。人不是从荆棘上摘无花果，也不是从蒺藜里摘葡萄。善人从他心里所存的善，就发出善来；恶人从他心里所存的恶，就发出恶来。"

第三方面，孔先生还给她讲解中国历史、风俗民情，了解中国历史文化与地理景观，为日后的小说创作和《水浒传》的翻译奠定了第一块基石。孔先生也以自己绅士般的高贵言行影响了赛珍珠，对她的人格和品位产生了积极影响，"从孔先生那里，我学会了在知识青年中寻找挚友，然后投身到他们的革命事业中。"[1] 赛珍珠对孔先生十分敬重，在长篇小说《牡丹》（1948）中，她以儒雅、宽容、开明的孔先生为原型，塑造了一个中国儒商孔诚的形象，用这种形式让自己的中国文化启蒙恩师长存于世。当然，孔诚对不同宗教和文化的兼容并包的立场，也可见到赛兆祥的精神投影。

但孔先生对不登中国正统文学大雅之堂的末流小技——小说也十分轻视。他同赛珍珠父母一样，认为读小说是浪费时间，小说只是供

---

1. Pearl S. Buck, *China Past and Present*, New York: The John Day Company, 1972, p. 12.

游手好闲者娱乐用的，是为那些不懂欣赏真正的文学、不懂道德和哲学的人而写的，任何有名望的作家，都不会屈尊去写小说，因为小说算不得真正的文学。然而，赛珍珠在诸种文学形式中，偏偏最喜欢不被父母和老师看重的小说，"人们渴望创造自己喜爱的东西，而我最爱听人们生活中的故事。"[1]可以说，孔先生教给赛珍珠中国文化的基本素养，但对小说的热爱、对小说创作的兴趣，完全是由赛珍珠自发产生的，是她听从心灵召唤的自然结果，她是为兴趣而作，为真性情而作。

可是，因为父母和师长的立场，她对自己萌生出阅读小说和写作小说的兴趣，在很长时间内都感到羞愧，认为写小说不算什么伟业，只不过供人茶余饭后消遣，打发一段难熬或无聊的时光。成年后，她写作和翻译的中国题材小说《大地》《水浒传》等作品出版后，被纽约每月图书俱乐部选为当月最优秀图书，畅销全美，但父亲却丝毫不感兴趣，更不用说为女儿感到自豪。她又被美国同行看作是畅销书作家，不算真正的严肃文学作家，因而受到非议和排斥，致使赛珍珠对自己写作小说的不安和缺少自信的认知一直持续到1938年她获得诺贝尔文学奖之时。

天性中的热爱是一个人行动的最大动力。无论父母和师长如何反对，赛珍珠对小说的阅读和写作热情，仍在不知不觉中潜滋暗长。虽然赛珍珠曾坦言，是中国小说而不是美国小说（英语小说）决定了她在写作上的成就，但完全无视西方文学的滋养显然不是客观公正的态度。赛珍珠文学创作的诱因既有来自中国文学的养分，也有来自西方

---

1. 赛珍珠:《我的中国世界》，尚营林等译，湖南文艺出版社1991年版，第79页。

文学的触发，准确地说，她的文学热情是建立在中西文学奇妙的叠合处和交叉处的，是两种文学相互拥抱、相互结合后的混血儿。但要追寻更深层次、更具持久影响力的历史性源头，仍当属中国文学。

（三）家中"讲故事的人"

尽管对狄更斯这位英语作家的影响应作充分肯定，但赛珍珠对小说的热爱更多地还是由中国文学激发出来的。

第一个激发起赛珍珠对中国民间故事热情的是家中的中国保姆王妈。王妈很善于讲民间故事，经常用一口地道的扬州话给她讲白娘子水漫金山的故事，讲观音菩萨普渡众生、救苦救难的事迹。在孩子心中，她似乎有讲不完的故事。她会领赛珍珠去金山，给她讲白娘子和法海斗法的故事，给她讲佛龛中笑容可掬的大肚弥勒，讲救苦救难的观音娘娘如何慈悲，让小小的赛珍珠联想到观音菩萨是圣母玛利亚的姐妹，她在天上用悲悯的眼光俯视着大地上的芸芸众生。赛家的中国厨师长得瘦小干瘪，但善于烹饪，而且很会讲历史故事。"我们的厨师会给大家讲他从书本上读到的历史故事，他读过《三国演义》《水浒传》，还有《红楼梦》。他屋子里还放有其他一些书。"[1] 他让赛珍珠早早就结识了桃源三结义的刘关张，熟悉梁山泊一百零八将，了解到宝黛的爱情悲剧。距离他们家不远处的甘露寺就是刘备招亲的地方，北固山上的驻马坡、试剑石，是孙权、诸葛亮留下的遗迹，叱咤风云的历史人物原来就近在身边，经中国厨师的渲染，从此生动鲜活地留在了赛珍珠的记忆之中。

---

1. 赛珍珠：《我的中国世界》，尚营林等译，湖南文艺出版社 1991 年版，第 58 页。

（四）淮书、扬州评话和民间戏曲

王妈和厨师让小赛珍珠窥见中国民间文学和古典文学的一角，但真正让她进入中国小说堂奥、领略其妙境、咂摸其滋味的是说书艺术。镇江地处江南，属江淮方言区。据史料记载，以及赛珍珠自传和与友人谈话推测，赛珍珠生活在镇江之时，听过的说书主要应为在当地盛行的淮书、扬州评话及扬州评弹等。此外，草台班子演出的戏曲也是她了解中国小说的一条渠道。

说书这种民间伎艺，在我国已有久远历史。说书是一种非常古老的传统曲艺，一般指只说不唱的曲艺，如宋的讲史、元的平话，以及现代的苏州评话、北方评书等。有时也作广义使用，兼指某些有说有唱的曲艺，如弹词等。"说书"开始被称做"说话"，宋代的说书艺人就被称作"说话人"。"说书"就是讲故事，这种民间伎艺应该开始得很早，但把它当作一门艺术并见诸确凿可凭的文献资料，则最早可溯源至唐代。在敦煌写本中，有大量变文，即僧人们为了便于让信徒理解佛教经义而写的俗讲本。这些变文，除了有对佛经和佛教故事的俗讲，如"大目犍连冥间救母变文""维摩诘经讲经文"等之外，还有大量历史故事、时事故事和民间故事，如"昭君变""伍子胥变文""汉将王陵变""秋胡小说""张议潮变文""张淮深变文"等。到了宋代，说话艺术因受到市民阶层欢迎而得到大力发展，逐渐开始有了固定书场，也逐渐有了说话凭借的底本——话本。

宋代话本题材广泛，说书人员也很复杂，其话本也多经过文人加工。元明出现了大量讲史的平话、弹词等讲唱文本，如《全相武王伐纣评话》《三宝太监下西洋》《英烈传》等。明代弹词很发达，清初陶真怀在弹词小说《天雨花》中有"弹词万本将充栋"之句，从中可见盛况之一斑，可因社会对民间说书艺术不够重视，这万本弹词多已失传，只留下《玉钏缘》《珍珠塔》《双珠凤》等少量作品。

清代说书艺术十分兴盛，北方评书、南方评话（又称"大书"）、弹词、鼓词等都很发达，内容有讲史、讲公案侠义、神话灵怪，还有说书人自创的反映市井生活的现实题材评话，如评书艺术家浦琳创作的《清风闸》（又名《皮五辣子》），范围和形式都更加多样。近代至民国，由于沿海各大商埠商业经济繁荣，市民阶层得到空前发展，他们喜闻乐见的说书艺术也盛极一时，露天书场、茶楼书场、专业书场（又称"清书场"）比比皆是。仅以镇江为例，据镇江著名学者鲍鼎的外甥、地方文史学者孙金振（1922—1991）先生根据其前辈吕发荃的回忆整理：清末镇江有书场 36 家，民国初年为 18 家，北伐前后只剩 8 家[1]。清末镇江山巷中段有一支巷，地名即为"书场巷"，镇江还成立过书社联合会、书场业同业公会等民间组织，可见当时说书业之繁盛。

1. 听淮书

淮书又被称为"小书"，陈汝衡先生在《说书史话》中曾有描述："苏北清淮一带艺人们用小锣小鼓说唱，名称是'说淮书'，也是一种鼓词。"[2]赛珍珠应该不止一次听过淮书，她总是听得如痴如醉，被说书人的故事深深吸引，这种中国民间艺术样式给她留下了深刻印象，以后她曾在各种不同场合谈及说书艺术。她在自传中写道："我们也

---

1. 孙金石编印：《孙金振遗稿续编二》，第 43 页。

2. 陈汝衡：《说书史话》，作家出版社 1958 年版，第 221 页。

听周游四方的说书人讲故事。他们在乡村道上边走边敲小锣，到了晚上，就在村中打谷场上说书。一些江湖戏班也常到村里来，在大庙前找个地方唱戏。这些艺人的演出，使我很早就熟悉了中国历史，以及历史上的英雄豪杰。"[1] 她在演讲中谈过："也有艺人在乡间各地作露天巡回演出，成千上万的人闻讯而来。"[2] 这种描述颇似淮书的说书情形。

据吕发荃回忆：当时镇江"露天书场有两处，一处在黑桥，另一处在五十三坡下面，露天书场唱锣鼓书，又名说淮书"[3]。回忆中提及的两处露天书场皆离赛珍珠在镇江的家不远，赛珍珠那时可能曾随着王妈，或与其他小伙伴一起挤在人群中看过这些艺人的表演。

淮书是清淮一带（清江浦、淮安，即今天江苏省淮安市、淮安区）的民间艺人表演的说书，他们的听众也多是逃难来镇江的清淮一带的下层民众。那时有不少清淮民众移民到地处江南的镇江谋生，尤其是 1905 年淮河水灾，灾民顺运河漂泊至镇江，麇集在宝盖山、云台山、镇屏山一带，他们的文化娱乐主要是看淮剧、听淮书。镇江本地文人对淮书表演者和观赏者两方面均表轻蔑："……此外露天书场一种，在黑桥、邹家巷、江边等处，所说者为打鼓书，狂哼乱叫，类皆齐东野语，而其魔力则甚大。每日午后，蠢男俗女，围座而听者，每处总有数十人，较之通俗演讲时，有过之无不及也。"[4] 听惯扬州评话的扬州文人对淮书的评价也颇为不恭："据地为场，敲锣击鼓，信

1. 赛珍珠：《我的中国世界》，尚营林等译，湖南文艺出版社 1991 年版，第 25—26 页。
2. 赛珍珠：《中国早期小说源流》，载姚君伟编：《赛珍珠论中国小说》，南京大学出版社 2012 年版，第 19 页。
3. 孙金石编印：《孙金振遗稿续编二》，第 43 页。
4. 朱瑾如、童西蘋编：《镇江指南》，镇江指南社 1922 年版，第 61 页。

面朝东方大地

口雌黄，大抵无稽之言居多，听者士大夫无一焉。"[1] "笔者幼年就听爱听扬州评话的祖父带有歧视性地说那些淮安人说的'小书''下三流书'，说这些书是给'苏北扛大包'或不识字的妇女听的。"[2] 称淮书为"小书""下三流书"，是为了与被称为"大书"的扬州评话相区别。这些评论，一方面反映出淮书在组织材料与表演技艺方面比较粗糙，缺少打磨，另一方面也反映出自恃文化品位较高，因而排斥外地文化的镇江、扬州本邦人带有几分褊狭的地方主义心态。淮书虽然粗放（"打鼓书，狂哼乱叫，类皆齐东野语"），但其艺术魅力却不可小觑（"魔力则甚大"），受欢迎的程度也不亚于扬州评话（"每处总有数十人，较之通俗演讲时，有过之无不及也"）。所以，赛珍珠丝毫不鄙视淮书，她从这种深受广大底层人民欢迎的想象丰富、粗放夸张的说书中看到了中国民众被释放出来的生命活力，看到他们心底被压抑的渴望和情绪，或为生活之苦，或为不平之气，或为幸福之求，通过说书人之口得到了宣泄：

> 中国人幽默、热情，多少个世纪以来，他们尽管受到传统宗教和思想枷锁的束缚，因而行为举止受到压制，然而，就如河岸挡不住暴涨的河水一样，他们挣脱了束缚，以更大的力量和激情表现在他们的小说和戏剧中非传统的行为和想法上。他们像所有激情澎湃的人一样，很快就遨游于想象的天地之间。[3]

---

1. 徐谦芳：《扬州风土小记》，广陵书社 2002 年版，第 49 页。
2. 裴伟：《赛珍珠与淮扬说书》，《博览群书》2006 年第 4 期，第 95 页。
3. 赛珍珠：《中国早期小说源流》，张丹丽译，载姚君伟编：《赛珍珠论中国小说》，南京大学出版社 2012 年版，第 20 页。

这种对底层民众释放生命、宣泄激情、申述诉求的理解，使她充分认可淮书等民间伎艺的精神价值和审美价值，并将这种汪洋恣肆的民间野趣确定为自己美学追求的重要成分。

在《大地》中，她写到王龙听书的情节倒很像听的是淮书：

> 他曾经路过一个说书摊，在挤满人的长凳子的一头坐了一会儿，听那个说书的人讲古代三国的故事——那时候的将军又勇敢又狡猾。然而他仍然感到烦躁，不能像别人那样被说书人的故事迷住，再说那人敲锣的声音也使他烦躁，于是他又站起来走了。[1]

这里写到"敲锣的声音"，与讲淮书时"敲锣击鼓"非常相似。

2. 听扬州评话

与淮书相比，扬州评话规模大，书艺高，书目多，从业者众，影响也更大，所以被称为"大书"。这与扬州自明清以来商贸兴盛、经济繁荣关系密切。何谓扬州评话？《扬州市志》在"曲艺"的条目下这样界定："扬州评话，又名'维扬评话''扬州评词'，俗称'说书'，即以扬州方言说讲故事，流传于苏北、镇江、南京、上海和皖东北部分地区"[2]。这种以扬州方言为基础的讲说表演的曲艺形式，源于唐代的"说话"和宋代的"平话"艺术。扬州评话历史悠久，最早留下文字记载的是明万历年间泰州艺人柳敬亭，开启了真正意义上的

---

1. 赛珍珠：《大地三部曲》，王逢振等译，漓江出版社1998年版，第136页。
2. 江苏省扬州市地方志编纂委员会：《扬州市志》，中国大百科全书出版社上海分社1997年版，第2469页。

面朝东方大地

扬州评话表演活动，被尊为评话艺人的祖师。此后，扬州评话开始盛行，至乾隆中叶已经盛极一时。李斗在《扬州画舫录》中写道：

> 郡中称绝技者，吴天绪《三国志》、徐广如《东汉》、王德山《水浒记》、高晋公《五美图》、浦天玉《清风闸》、房山年《玉蜻蜓》、曹天衡《善恶图》、顾进章《靖难故事》、邹必显《飞砣传》、谎陈四《扬州话》皆独步一时。近如王景山、陶景章、王朝干、张破头、谢寿子、陈达三、薛家洪、谌耀庭、倪兆芳、陈天恭，亦可追武前人。[1]

乾隆中叶以后，评话书目不断增加，表演伎艺也不断提升，逐渐形成各自风格，这种盛况一直持续到嘉庆、道光以后。乾隆、嘉庆、道光三朝近百年，是扬州评话艺术渐趋成熟，真正发展为一个独立剧种的时期。从咸丰至清末再至辛亥革命一百年，扬州评话达到了艺术巅峰。经代代传承创新，书目编创和演说技艺不断突破提升，涌现出一大批才艺高超的说书艺术家和富有特色的演出书目，如《八窍珠》《绿牡丹》《西游记》《平妖传》《岳传》《英烈传》《彭公案》《杨家将》《封神榜》《济公传》《飞龙传》《九莲灯》，以及清代扬州评话艺人浦琳独立创作的《清风闸》（又名《皮五辣子》）都是常演的书目，出现了流派纷呈的繁荣局面。一些著名的书目如《三国》《水浒》《清风闸》《绿牡丹》等都有完备的传授体系，《三国》《水浒》等甚至有两个

---

1. 转引自扬州评话研究小组，任千执笔：《扬州评话概述》，载扬州评话编写组编：《扬州评话选》，上海文艺出版社1962年版，第358页。

以上的传授体系，比如有"文《三国》"和"武《三国》"、或"前《三国》""中《三国》"和"后《三国》"、"文《水浒》"和"跳打《水浒》"之分。至民国初年，出现了说《三国》的康国华，说《平妖传》的樊松山，说《清风闸》的程月秋，说《施公案》的樊紫章，说《水浒》的王少堂等大师。为避开扬州本邦过于激烈的竞争，也为扩大市场，评话艺人开始跑码头、走江湖，到周边地区去讲演。据扬州评话"王派《水浒》"传人王筱堂（王少堂嗣子）《艺海苦航录》回忆，从1910年至1980年，王家四代人去过的书场之地"依次为淮安、高邮、镇江、上海、盐城、泰州、江都、十二圩、南京、樊川、东台、淮阴、丹阳、南京、无锡、苏州等。这些书场肯定不止是'王派《水浒》'的艺人去说书，也应该是广大扬州评话艺人的活动空间"[1]。扬州评话艺人演出的范围基本上是同属于江淮方言区的运河沿线城镇，苏北地区主要在泰州、清江浦、淮安、高邮、邵伯、南通、盐城等地，苏南地区主要有镇江、南京等地，皖北一带也有了他们的身影。因"十里洋场"上海是开放性大都市，那里生活着很多扬州人和苏北人，所以扬州评话也开始向上海渗透，影响范围不断扩大，知名度也越来越高。扬州评话大师王少堂甚至与京剧大师梅兰芳齐名一时，在上海滩上赢得了"看戏要看梅兰芳，听书要听王少堂"的口碑。

镇江一直是扬州评话表演的重镇。镇江与扬州隔江相望，近在咫尺，王安石有"京口瓜洲一水间"的诗句，"瓜州"即在扬州南郊，

---

1. 肖淑芬、杨肖：《扬州评话发展史及海外影响》，社会科学文献出版社2016年版，第286页。

今属扬州市邗江区。登临镇江北固山，可以"夜深灯火见扬州"，而登临扬州蜀冈大明寺平山堂，也可见江南诸山，历历在目，似与堂平，"隔江山色近在几案"。镇江方言与扬州方言非常接近，因此，清初以来，扬州评话风靡镇江城内外，成为镇江最受欢迎的民间艺术品种之一，时称"扬州评话镇江说"。据《镇江指南》记载：

> 镇埠书场，城内外不下数十处，类都破桌断凳，污秽不堪，只陶家门、吉康里等处略为修整，听者多中下流社会人物。其所说之书，大书以西汉、《三国》、《水浒》等为重，弦词以《珍珠塔》、《双珠凤》等为重，说书者多维扬籍。[1]

此处"弦词"指的是用琵琶和三弦伴奏的扬州评弹，但后来发展没有苏州评弹好，更缺少扬州评话的影响力。这些"维扬籍"艺人把扬州评话变成镇江人最重要的娱乐形式之一。据《镇江曲艺志》记载：

> 嘉庆初期，镇江家班中已有说"评话"的先生（见《红楼复梦》）。清咸丰八年（1858）以后，镇江辟为商埠，成为长江下游进出口重要港口，商贾云集，市场繁荣，书场众多，是扬州评话艺人常年演出的大码头。光绪时期著名艺人王少堂常年在镇江献艺，张捷三一生除扬州外都在镇江演出。民国十八年（1929）以后，镇江市为江苏省会所在地，成为全省的政治文化中心，王少

---

1. 朱瑾如、童西蘋编：《镇江指南》，镇江指南社 1931 年版，第 61 页。

堂等许多扬州评话名艺人竞相来此献艺。当时供评话演出的书场、茶馆多达三十余家，郊县亦有数十家，常年吸收了差不多所有扬州评话的名家，是评话演出最繁盛、最集中的地方，因此不少艺人便长期留驻镇江。已知定居的有吴少良、康又华、仲松岩、张继青、樊紫章、黄少章等，加上本地若干艺人，镇江实际上形成了扬州评话的第二根据地。[1]

赛珍珠从小就是评书迷，虽然她在自传回忆或其他文字中并未明确提及淮书、扬州评话、扬州弹词这些具体种类和所听的具体书目名称，但扬州评话在镇江演艺如此普及，如此兴盛，她不可能不熟悉并热爱。她对说书艺人极富感染魅力的表演有过十分细致的描述，便可视作对扬州评话等说书艺术的生动再现：

　　因为多数人不识字，村里有职业的说书人。他们把乡下和街上的男男女女召集在一起，一讲就是几个小时。他们讲起故事来口若悬河，绘声绘色，听得人如痴如醉。我见过一群身着蓝布褂的百姓，他们一边两眼盯着身子扭曲、神情紧张的说书人，一边泣不成声，泪流满面，只见说书人动情地表演着，声音喑哑，泪如雨下，悲苦万分的样子，他是在讲述一个虚构的，或者也许是历史上发生过的某男、某女的故事。但等到故事讲到太凄惨的地方，说书人却会直起身子，抖擞精神，神采飞扬，爆发出一阵让人感到宽慰的爽朗笑声，转眼间，大家都跟着他哈哈大笑起来，

---

1. 镇江市文化局编：《镇江曲艺志》，2007 年印，第 27 页。

面朝东方大地

眼睛里还泪水涟涟呢。¹

　　赛珍珠既然是扬州评话的拥趸者，王家《水浒》是最具魅力的扬州评话，王少堂又是扬州评话艺人中的翘楚，他说的评话《水浒》赛珍珠肯定不会错过。据王少堂嗣子王筱堂回忆，王氏家族从祖父开始即说《水浒》，其祖父王玉堂被称为"活李逵"，伯祖父王金章被称为"活武松"，叔父（也即生父）王少卿被称为"活时迁"，而其父（也即伯父）被称为"《水浒》王"²。从时间与个人回忆资料推算，赛珍珠在镇江生活期间听到的是王少堂说的《水浒》。1958 年 8 月，王少堂随江苏曲艺代表团进京参加全国第一次曲艺观摩演出，并在大会作了《我的学艺经过和表演经验》的报告。演出期间，全国文联主席、作协副主席老舍先生特来拜访他，告诉他自己早已听闻过他的大名，而且是从美国作家赛珍珠口中得知的！"那年我跟曹禺去美国参加笔会，美国有位女作家叫赛珍珠，闲谈的时候，她谈到听过您说书，还说，她翻译《水浒》，学写小说就是听书引起的兴趣。"老舍先生还夸赞王少堂："你说书影响了一个外国作家，还获得诺贝尔文学奖。我们中国人可是要向您叨教？"³老舍的话引发王少堂的回忆，他说的确记得这个说一口镇江话的外国女孩来听他说书，并且还曾交流过。对于这段记载的真实性曾有学者提出过质疑，但笔者认为可信度较大。赛珍珠与老舍关系密切，赛珍珠对老舍评价很高，称他是"中国伟

---

1. 赛珍珠：《中国早期小说源流》，载姚君伟编：《赛珍珠论中国小说》，南京大学出版社 2012 年版，第 19 页。
2. 刘龙：《赛珍珠的镇江恋》，载《永恒的赛珍珠：刘龙先生文札选集》，江苏大学出版社 2022 年版，第 76—77 页。
3. 李真、徐德明：《王少堂传》，江苏文艺出版社 1996 年版，第 328 页。

大的小说家""当代中国最重要的作家""是中国的狄更斯和马克·吐温"[1]。1946年，老舍和曹禺受美国国务院邀请赴美讲学、参加笔会一年，期满后，老舍一人又滞留美国，住在纽约，直至1949年底才回国。在美期间，二人交往密切。赛珍珠不仅帮助老舍延长签证，帮助他出版了《骆驼祥子》《离婚》《四世同堂》《鼓书艺人》等小说的英译本，还多次邀请他参加东西方交流协会及美国文艺界各种集会，经常亲自开车接送。她还至少邀请老舍到她的位于宾夕法尼亚州的青山农场家中做过两次客，其中一次，他们和一群受邀来玩的战争伤兵度过了一个愉快的周末[2]，可见两人之间相处的密切程度。老舍也非常热爱说书艺术，滞留美国期间，写作出版了《鼓书艺人》（1948—1949），他们聊起扬州评话和"王《水浒》"的可能性极大。从赛珍珠对说书艺术如数家珍般的熟悉程度来看，她听过的扬州评话也肯定不止《水浒》。《镇江曲艺志》中提及的常来镇江献艺以及后来定居镇江的评话艺人中，吴少良、康又华说《三国》，张捷三、仲松岩说《清风闸》，樊紫章是扬州评话宋门（宋承章）《水浒》传人，后来又以说《施公案》著名，黄少章说《八窍珠》（其子黄俊章至今依然在镇江社区书场为听众义务说书）。扬州评话带她走进中国小说这个广阔而极富魅力的艺术天地。赛珍珠以后在众多小说中都写到说书和演戏的场面。

3. 看民间戏曲

戏曲表演同样是中国民众喜欢的娱乐形式。戏园是每个稍有规模的城市必建的，有钱人家还会养戏班子，《红楼梦》中的贾家就在

---

1. 舒乙：《赛珍珠和老舍》，载刘龙主编：《赛珍珠研究》，云南人民出版社1992年版，第197页。
2. 赛珍珠：《我的中国世界》，尚营林等译，湖南文艺出版社1991年版，第417—418页。

面朝东方大地

梨香院养了一个戏班子，12个女孩在此演习昆曲。民间百姓逢年过节、寿诞嫁娶、农闲时分等喜庆闲暇日子，也会请人来家，或在寺庙或在村社搭个戏台唱上几天大戏。"赛珍珠是个戏迷，听戏的人里她是唯一的外国人，她要么蹲在寺庙院子的角落里，要么在打谷场的地上听戏。"[1] 可见她看戏的地方不是正规的戏园，而是混在草民中间看露天戏台上演的戏。赛珍珠自己也自陈过儿时的观戏经历："我一直不喜欢神鬼故事里总以心地丑恶的东方人为反角。就像我在童年时，也同样不喜欢那些粗糙的中国戏曲中，总把反角画成一位西方人。"[2] "粗糙的中国戏曲"自然不是在正规戏园里上演的"大戏"。据镇江学者裴伟考证，赛珍珠"蹲在寺庙院子的角落里"看戏之所应为庙台，是建在庵观寺庙包括祠堂里的戏台，俗称"万年台"，上演香火戏用于庙会日致祭演戏酬神。而"在打谷场的地上听戏"的场所应为流行于乡间的草台[3]。赛珍珠儿时看的是在庙会上演的戏和民间草台班子演的戏，清末民初镇江一带流行的剧种主要是昆曲、徽戏等。

赛珍珠对中国戏曲了解较多，成年之后，她应该不止一次去正规戏园看过戏，对京剧、昆曲这些中国传统剧种都有很直观的了解。1932年，赛珍珠带着养女珍妮特去北京，在各大图书馆查找不同版本的《水浒传》，欲为英译《水浒传》寻找插图。其时《大地》已好评如潮，为赛珍珠赢得极大声誉，以至于京剧四大名旦之首的梅兰芳

1. 希拉里·斯波林：《赛珍珠在中国》，张秀旭、靳晓莲译，重庆出版社2011年版，第42页。
2. 赛珍珠：《我的中国世界》，尚营林等译，湖南文艺出版社1991年版，第448页。
3. 裴伟、周小英、张正欣：《寻绎赛珍珠的中国故乡》，江苏人民出版社2015年版，第56—60页。

也听闻其大名，她得以结识这位伟大的表演艺术家，并在他美丽的宅院中度过了愉快的一天。"那天，他谈到许多事情，并为我表演了唱段，弹奏了琵琶。他还让我看了他珍藏的乐器，都是些无价之宝。他的厨师乃京华高手，赫赫有名，特为我烹制了可口的蒙古甜食和精美的中式糕点。梅兰芳吃得津津有味，却又内心不安，因为他当时已稍嫌发福，而中国古剧中的坤角都是窈窕淑女。据说，抗日期间，他到了上海，却拒绝为侵略者演唱，并留髭蓄胡，以示罢演决心。抗战结束后，他才返回北京，住进他的大宅，并且剃去胡髭，重新登台，以他那永不凋谢的演技为观众献艺。"[1] "听书要听王少堂，看戏要看梅兰芳。"赛珍珠听过王少堂的扬州评话，想必不会错过梅兰芳的京剧表演。她对这一天的铭记，也是出于对中国戏曲的热爱。

她在小说中常常写一些看戏的情节。《同胞》一开头就十分详尽地描述了旅美华人学者梁文华为了在暑期给美国学生开一门中国戏剧课，去唐人街中国戏院看粤剧的情景。

> 唐人街的戏院挤满观众，连几个进口都站着人。每天晚上，从广州来的戏班子演唱着中国的古装戏。
> ……
> 今晚上演的戏是《花木兰》。花木兰是一千多年前的巾帼英雄，她替父从军，保家卫国，击退了入侵的敌人。这是深受观众喜爱的一出戏。尽管它是每个剧团都要拿出来的戏码，但唐人街的居民却百看不厌。

---

1. 赛珍珠：《我的中国世界》，尚营林等译，湖南文艺出版社 1991 年版，第 300 页。

面朝东方大地

他（梁文华）的思想集中在五彩缤纷的舞台上。在他的内心深处，他并不欣赏这种程式化的传统戏剧表演。他客居纽约时间太长，经常出入百老汇大街和无线电城的娱乐区。而眼前舞台上这些大摇大摆、高声吟唱的演员和他们色彩鲜艳的古代服装，给人一种幼稚、傻气的感觉。这样的演出很可能符合中国农村观众的口味，符合坐在庙宇前山坡上看戏的农民和乡巴佬的口味，但显然不符合一个现代民族的口味。

这时，鼓乐齐鸣，观众又突然安静下来。明星即将登场。幕启之后，一位光彩夺目的人物冲上舞台。此人就是花木兰，她身穿古代战士的戎装，台下观众纷纷喝彩叫好。她挥动鞭子，在舞台上昂首阔步来回走动。这鞭子表示她是骑着战马。她一边走动，一边用假嗓子尖声尖气地唱着。梁博士从演员的嗓音里觉察到，花木兰是由一个青年男子扮演的。观众也知道这是男人演的，却依然天真地想象着台上的花木兰是一位健壮而美丽的年轻女子。[1]

虽然我们不排斥赛珍珠自己有去纽约唐人街戏院看粤剧的经历，在中国江淮方言区长大的赛珍珠与小说中出生于华北地区的梁文华教授一样是听不懂粤剧的，但她对戏的喧嚣、热闹的表演形式和歌颂古代英雄或神灵的表演内容的描述，与她幼时在镇江庙会和打谷场上看到的香火戏也有几分相似。在《帝王女人》（1956）中，她多处写到慈禧太后在夏宫（即颐和园）看戏的情节，看戏几乎成了赛珍珠想象

---

1. 赛珍珠：《同胞》，吴克明、赵文书、张俊焕译，漓江出版社1998年版，第1—5页。

中的慈禧太后娱乐生活的全部内容。宫中的戏班子是由太监组成的，他们演出《赵氏孤儿》等不同戏剧。在一出"一位聪明的书生在两百年前写的戏"中，"剧中的丑角是一位大鼻子的欧洲人——葡萄牙海军上尉，他腰带上配着一把长剑，鼻子下面的一绺小胡子就像乌鸦展开的翅膀"，而主角则是"中国宫廷里的外交大臣"[1]。这与赛珍珠小时候在庙台或草台上看过的那些"粗糙的中国戏曲"中，总是把反角刻画成一位西方人是相同的。此处，赛珍珠再一次将自己的观戏经验移植到了对慈禧太后宫廷娱乐生活的文学想象之中。

（五）研读中国古典小说

要写中国自然要用中国人的语言，为此，赛珍珠在阅读有字书方面也下了很大功夫，这是她日后成为作家的必要的知识准备。1914年，赛珍珠从伦道夫-梅肯女子学院（Randolph-Macon Women's College, Lynchburg, VA）毕业后回到中国，"一方面伺候母亲，另一方面她还给几个高中学生讲授英文，业余时间她则刻苦研究中文的书面语言"[2]，这可能是她系统阅读汉语文学作品的开始。但她真正系统而目标明确地阅读中国小说，则是在1919—1933年她居住南京、在金陵大学任教期间，在其中国文学老师、英译《水浒传》的合作者龙墨芗先生的指导下进行的。龙墨芗先生国学造诣很深，在他的指导下，赛珍珠阅读了大量的中国古典小说，对中国文学史也有了系统了解。至此，童年和少年时期的文学启蒙活动得到了实质性的飞跃和落实。

1917年，赛珍珠与美国农业传教士约翰·洛辛·布克（John

---

1. 赛珍珠：《帝王女人》，王逢振、王予霞译，东方出版中心 2010 年版，第 211 页。
2. 保罗·多伊尔：《赛珍珠》，张晓胜等译，春风文艺出版社 1991 年版，第 8 页。

Lossing Buck，1890—1975，旧曾译为卜凯）结婚，随夫迁居至安徽宿县，帮助其开展农业传教工作，并深入观察了解当地农民生活，积累了宝贵的创作素材。1919 年下半年，巴克受聘为金陵大学新成立的农学院教授，赛珍珠随夫迁居南京。1926 年赛珍珠获得美国康奈尔大学文学硕士学位后，也在金陵大学和国立东南大学两处教授英语与宗教学课程。巴克到南京后，为了能胜任农学院教授工作，研读中国农业典籍，并在日后撰写有关农业研究方面的书籍，希望寻找一位中国教师指导自己学习中文。在农学院系主任约翰·赖斯纳的推荐下，巴克结识了金陵协和神学院秘书中国学者龙墨芗先生（1887—1940），拜为老师，每天上班前由龙先生教授一小时中国经书。这种学习直接催生了《中国农田经济》和《中国土地利用》的问世，这两部书成为此后两代中国农学研究者的必备参考书。

赛珍珠也随丈夫一道跟着龙先生学习中文，以后，龙先生还教授过他们的女儿学习中文。"我很抱歉，除了我的两个小女儿之外，看起来我不能每样事情都谈到了。一个外去上学了，只有五岁的一个和我们住在家里，由一位年纪大的中国家庭教师每天教她读写中文，这位教师也曾教我中国文学多年。"[1] 这篇《自传随笔》写于 1933 年。从年龄上推算，这个五岁的女儿应是他们的养女珍妮特，而那个"外去上学了"的，是已被送到美国新泽西州瓦恩兰康复学校的亲生女儿卡萝尔。所以龙先生实际上是赛珍珠一家三口共同的中文教师，可见龙先生与他们家庭关系之密切程度。

---

1. 赛珍珠：《自传随笔》，夏镇译，载刘龙主编：《赛珍珠研究》，云南人民出版社 1992 年版，第 7 页。

赛珍珠学习中文的目的和内容与巴克不尽相同，她学习中文更多的是为了文学创作和文学翻译。赛珍珠对文学的爱好由来已久，从小就萌生了创作小说的想法："我在十岁时就决定了将来要做个小说家。"而真正计划着手文学创作还有更加现实的考量。此时亲生女儿卡萝尔已经确诊为智障，她也因为产后并发症接受手术而丧失生育能力，赛珍珠为此痛彻骨髓，需要转移注意力：此时"投入到一些别的脑力活动中是明智的，这可以让我没有时间去考虑自己的事情"[1]。而另一个更强烈的动机是，她必须为女儿在康复学校支付高额的费用，为她留一笔巨额遗产。她给朋友写信说："爱玛，我现在要再一次为卡萝尔作打算了，我必须使出浑身解数挣尽可能多的钱。从此以后，你会读到更多粗制滥造的作品了。"[2]她也曾对龙墨芗坦言计划写作的目的："我得给这女儿筹好一辈子的费用才安心呢，可是卜凯先生教书的收入很有限，我呢，又两袖清风，哪里来这许多钱呢？我想还是努力来著作，用著作上的进益来解决这个问题吧。"[3]

鉴于她的这种学习目的，龙墨芗先生对她的中文教育内容主要是辅导她阅读中国古典名著、中国小说史等。与孔先生不同的是，龙先生不仅国学功底深厚，且热衷阅读和研究中国古典小说，对古典小说有深厚的研究和思考。1924年，鲁迅先生的《中国小说史略》出版后，龙先生在感佩其中精辟论断和独到见解之余，又对一些作品缺少

1. 希拉里·斯波林：《赛珍珠在中国》，张秀旭、靳晓莲译，重庆出版社2011年版，第118页。
2. 希拉里·斯波林：《赛珍珠在中国》，张秀旭、靳晓莲译，重庆出版社2011年版，第175页。
3. 胡仲持：《〈大地〉序》，载刘龙主编：《赛珍珠研究》，云南人民出版社1992年版，第478页。

面朝东方大地

评论或评论过简感到遗憾，并自己动笔撰写中国小说史，对鲁迅未加详论的《西游记》《封神榜》等小说的若干问题，诸如作品生平考证，小说情节、人物等创作艺术的问题作出评介。所以，在赛珍珠请他辅导自己研读中国古典小说及其发展历史时，龙先生指导她阅读了《太平广记》《金瓶梅》《红楼梦》《野叟曝言》《镜花缘》《天雨花》《笔生花》等作品，并将自己尚在撰写中的书稿提供给她阅读，让她对中国小说的创作特征进行理论上的认知和思考。这对赛珍珠的创作和翻译影响颇大。通过研读，赛珍珠学习到了中国式说书和章回体小说倚重用语言、动作刻画人物的白描写法，这些不仅被吸纳进她日后的中国题材小说创作中，同时对赛珍珠中国小说观的形成也产生了决定性的影响。

时至今日，我们已经很难完整精确地复原赛珍珠的中国小说阅读书目，除了她本人在一些演讲中提及的部分作品外，其余只能从总体上去体昧、描摹赛珍珠对中国小说中人文精神及美学旨趣的继承。

在《小说镜像里的中国》(*China in the Mirror of Her Fiction*，1930)、《中国早期小说源流》(*Sources of the Early Chinese Novel*，1932)、《中国小说》等文章和演讲中，赛珍珠列数了中国古典小说的优秀代表作。她提及的中国小说或小说集有周朝（战国时期）的《山海经》，唐代传奇《东城老父传》《会真记》（即《莺莺传》，到宋金元明清则演变为各种版本的戏曲《西厢记》)，笔记体小说《教坊记》《裴丽诗》，宋代笔记小说集《宣和遗事》（即《大宋宣和遗事》)、《太平广记》（汉代至宋初的文言小说总集），宋代传奇《梅妃传》（赛珍珠在《中国小说源流》中说它是唐人传奇，而据鲁迅《中国小说史略》考证则为宋代传奇)、《白蛇传》（相传产生于南宋），元末明初的长篇章回体小说《三国演义》《水浒传》，明代中后期的《西游记》《金瓶梅》，清代的《隋唐演义》《红楼梦》《儒林外史》《野叟曝言》《镜花缘》以及弹词《天雨花》《笔生花》《梦影缘》等。在这些作品中，她尤其重点介绍了描写爱情悲剧的《会真记》和《西厢记》系列作品，以及《梅妃传》，元末明初以来的几部长篇章回体白话小说《三国演义》《水浒传》《西游记》《红楼梦》《儒林外史》和《镜花缘》，内容涉及版本、主题的演变，主要情节和人物，艺术成就及其对当时中国社会的影响等方面。除了提及具体作品而外，赛珍珠对中国小说发展的几个阶段的特征进行过总结和描述。在《中国早期小说源流》中，她描述了元代以前几个朝代小说发展的大致脉络：

> 在周朝（公元前 1122—前 249 年），人们首先看到的是简短的故事，人与超自然合为一体。
>
> 汉代的故事风格上很有特点，它们用辞简洁、生动、有力、活泼，如同"骏马奔腾"。
>
> 六朝的故事在文风上具有音乐性、软弱无力的特征，题材也狭窄……
>
> 唐朝是故事写法得到高度发展的时代。唐代传奇以集中描写一人、一事为特征，故事时常运用动作峰点和收场的手法。
>
> 到了宋代，故事的篇幅大大增加……
>
> 到了蒙古人的侵入，故事的篇幅也在加长，自然而然地成了长篇小说。[1]

---

1. 赛珍珠：《中国早期小说源流》，张丹丽译，载姚君伟编：《赛珍珠论中国小说》，南京大学出版社 2012 年版，第 24—27 页。

面朝东方大地

这些演讲或文章是印象式的描述，并非严格意义上的研究性论文，作者并未作谨严细密的论证，但从中我们不难看到，赛珍珠对中国文学发展历程是经过系统学习和思考的，对不同时代小说的基本特征都仔细揣摩、比较过，深有颖悟，把握也较为准确。这些阅读和思考多是在龙墨芗先生的指导下进行的。

龙墨芗先生对赛珍珠更大的帮助是两人合作翻译《水浒传》。1929年至1933年，在写作《东风·西风》《大地》《儿子们》等作品的同时，赛珍珠在龙先生的协助下，将《水浒传》翻译为英文小说《四海之内皆兄弟》。赛译《水浒传》是第一个英译本，在美国出版后影响很大。

赛珍珠对《水浒》的故事很早就耳熟能详，她在中国古典文学名著中首选《水浒传》作为翻译对象，与儿时的民间文学熏陶是无法分开的。而她对该书进行专业性阅读乃至最终能顺利完成翻译工作，则是在龙墨芗的指导和帮助下完成的。龙先生不仅向赛珍珠提供了《水浒传》的各种不同版本，指导她考辨不同版本的真伪优劣，赛珍珠最终采用七十回本作为首选译本当是参考了《水浒传》考证与评论专家的建议，自然也得到了龙先生的首肯。在翻译过程中，龙先生全程充当着赛珍珠的助手和合作者。每次翻译时，一般先由龙先生逐句阅读原文，解释其内容，再将诗词、俚语改换成现代西方人易懂的口语，再由赛珍珠逐句翻译成英文。龙先生还向赛珍珠解释小说中出现的中国风俗习惯、兵器，以及当时已经不再使用的一些词语的含义。这种翻译方式可以说是事半功倍，效率很高。赛珍珠在《水浒传》英译本导言中也写道："首先我独自重读了这本小说。然后龙先生大声读给我听。我一边听，一边尽可能准确地翻译，一句接一句。我发现由他一边读、我一边翻译的方式比我独自翻译要快。同时我也把一册《水浒传》放在旁边，以备参考。翻译完成以后，我和龙先生一起将整个书过一遍，将翻译和原文一字一句地对照。"这种翻译方法应该是受到了林纾的启发，事实上，赛珍珠对林纾的翻译很感兴趣："有一个对我特别有吸引力的人，他就是林纾。林纾对英文一窍不通……他找了个朋友读给他听。他一边听，一边翻译。"[1]

不仅如此，龙墨芗先生还为赛译《水浒传》写了一篇序言（《英译〈水浒传〉序》），此文刊载在 1935 年 11 月 9 日南京《中央日报》副刊《文学周刊》上。作者在序言中表明，他的这篇英译本之序既不同于古人从古代角度评定这部书的作用，又不同于胡适从新文化的角度评定其价值，而是为了向西洋人士"略略的指明""它的历史、背景等等"，这就是相比较胡适先生分别写于 1919 年、1920 年和 1929 年的洋洋几万言的《〈水浒传〉考证》《〈水浒传〉后考》和《百二十回忠义水浒传序》，龙先生的序比较简略的原因。虽然篇幅不长，龙先生却提出了自己的独到见解。针对胡适认为金圣叹七十回本《水浒传》应确有古本可依，作者当是施耐庵，龙先生提出这七十回本《水浒传》实为金圣叹自己所著，只不过假托古人之名，迂回曲折地抒发内心的不平之气而已。为防止西洋人误将中华民族当作生番民族，龙先生指出"书里的一切记载，只可以看作中国人神权思想的象征，却不可以误为中国社会的缩影"，唯其如此，书中一些情节才显得不合情理。对小说中一些谬误，龙先生也实事求是地加以指出。

---

1. 赛珍珠：《我的中国世界》，尚营林等译，湖南文艺出版社 1991 年版，第 140 页。

卜凯夫人，是一个美国兴起的文学家，她新近的作品《善地》与《东风·西风》，在欧美文艺界中，已经大得声誉。现在又将这部《水浒》译成英文，出版之后，行将一纸风行，大家以先睹为快。

……

我的学识与经验，俱感缺乏。今勉应卜凯夫人之约，助译此书，我自己常怕不能胜任。幸有邵仲香先生肯牺牲精神，代为校正。又幸亏卜凯夫人擅长文学，所以才没有发生困难。惟其中尚有谬误之处，至希海内外读者不吝教正。[1]

这篇序言发表于 1935 年，而赛译《水浒传》（英译本名为《四海之内皆兄弟》）已于 1933 年由美国约翰台公司出版，并未采用龙墨芗先生的序言。从"现在又将这部《水浒》译成英文，出版之后，行将一纸风行"之语看，序言当是在二人合作翻译甫毕时即已写成，很可能是应赛珍珠之请而写的。龙先生从报刊上得知赛译《水浒传》业已发行且很火爆后，为向世人表明自己是英译《水浒传》的合译者、邵仲香是校正者，决定将此序公开发表。赛珍珠与龙先生合作翻译时，曾主动向龙先生承诺，将来待英译本在海外出版后，如果发行看好，会向龙先生支付稿酬。但 1933 年译作出版后，很受市场欢迎，名列美国每月图书俱乐部畅销书榜，但赛珍珠却丝毫未向龙先生透露，更未支付许诺的稿酬。龙先生序中提及的为英译《水浒传》做校正工作

---

1. 龙墨芗：《英译水浒传序》，载姚君伟编：《赛珍珠论中国小说》附录 2，南京大学出版社 2012 年版，第 146—152 页。

的邵仲香先生是金陵大学教授邵德馨（字仲香），曾助陶行知先生在南京近郊创办晓庄试验乡村师范学校，赛珍珠在英译本导言中并未提及他，只写到了龙先生助其翻译的情况。

　　1937 年、1948 年《水浒传》英译本再版之时，赛珍珠又请林语堂夫人廖翠凤帮助自己再次核对译文，由廖翠凤为她朗诵《水浒传》，赛珍珠逐句校对、修改润色英文。1948 年英译《水浒传》再版时，赛珍珠又邀请林语堂为译著作序。而对于龙墨芗先生与其合译《水浒传》的工作，赛珍珠只是在 1938 年从金陵神学院麦斐德小姐处得知龙先生一家在抗战时期的生活窘况，才通过她转交 100 美元给龙先生。至于龙先生写的序言，赛珍珠究竟有没有读到过，还是明知其存在但弃而不用，而改请名气更大的林语堂为其作序，则不得而知。赛珍珠的行为是对龙、邵二先生尤其是龙墨芗先生付出的不尊重，是不公平的，这实在不能不说是赛译《水浒传》中的一大憾事，镇江学者刘龙先生曾撰写《赛珍珠失信龙墨芗之谜》一文，对此事件的来龙去脉详加考证。但赛珍珠与龙墨芗先生合译《水浒传》是中外文化交流史上值得大书一笔的重要事件，不仅首次将这部中国古典小说名著传播到海外，也让赛珍珠经历了一次系统深入地学习中国古典小说的过程，龙先生是赛珍珠当之无愧的中国古典小说的导师和引路人。赛珍珠在他的教育下完成了中国小说的进修学习，让幼年时代的兴趣爱好有了质的提升，从一个看热闹的门外汉变成了中国小说的行家。虽然赛珍珠是康奈尔大学的英语文学硕士，而给她更多教益的则是中国文学课堂，这是一所不设学位的大学，但赛珍珠在此学到的知识和创作经验却更加丰富，那篇题为《中国小说》的诺贝尔文学奖获奖演说就是她向世界提交的优秀论文。

三、与新文化运动中的中国作家互动交流

（一）新文化运动的影响

赛珍珠生活在中国期间，正值新文化运动在中国发生、发展并在全国造成极大影响的时期。新文化运动是一批接受过西方思想教育的先进知识分子为挽救民族危亡而兴起的一场思想启蒙运动，以1915年陈独秀在上海创办《青年杂志》(后更名为《新青年》)为标志。陈独秀、李大钊、胡适、鲁迅、钱玄同等主将高举民主和科学两面大旗，在全中国兴起了一场巨大的思想变革。其时，赛珍珠已于1914年从美国大学毕业回到镇江，虽然离新文化运动的中心北京较远，但凭借敏锐的感知能力、对中国社会的强烈兴趣以及儿时的汉语功底，她依然能通过阅读报纸了解到周围正在发生的巨变。"很少有西方人士读过陈独秀和胡适在《新青年》上发表的论文，赛珍珠正是其中之一。"[1]1919年，赛珍珠随丈夫巴克从安徽宿州搬迁至南京，并成为金陵大学和国立东南大学教师。南京是新文化运动的中心城市之一，也是与新文化运动相对峙的文化保守主义"学衡派"的重镇，身为大学教授的赛珍珠在此自然能直接接收到新文化运动的许多信息，并得以与一些置身运动中心的文化名流、知识分子交往，使她对新文化运动有了直接的了解和感受。如著名诗人徐志摩就曾是她家的座上宾。

赛珍珠对新文化运动总体评价是赞同和肯定的。"我自己一向对政

---

1. 彼德·康：《赛珍珠传》，刘海平等译，漓江出版社1998年版，第81—82页。

治不感兴趣，所关心的只是人们的思想变化，所以，我继续密切关注着新文化运动。"[1] 她认为这是"现代中国一股新生力量"，将会释放出"被压抑了许多世纪"的能量，并将这个时代称为"梦幻时代"。她看到那些年轻学者风华正茂，异常活跃，如饥似渴地寻找新思想、新形式、新笔友，"连我也受了感染，充满了激情，又一次对中国产生了信心。"[2]

这场运动带给赛珍珠最直接的精神解放是传统文学僵化的价值观念受到动摇，传统文化顽固的堡垒被攻毁，对小说的观念彻底转变，她不再以喜欢读小说为耻，这给她带来了极大的兴奋。

> 使我最感兴趣的是，这些现代知识分子第一次把中国小说看作文学，而不是视为不登大雅之堂的、下贱人阅读，并由周游四方的说书人和戏子传播的故事了。过去，如果一个故事是由一个学者创作的，那么这个学者总是使用笔名或匿名，因为故事总是用粗俗的口语写成的。而现在，胡适发表了一篇令人耳目一新的关于中国小说的论文，这样的论题以前从未有学者选过。我受孔先生的熏陶，从不敢承认我是多么喜欢读故事和小说。我发现孔先生确实死去了，我这个年龄的年轻人不仅开始读小说，并以读小说为荣，而且开始写小说了。[3]

加在中国小说身上许多世纪的歧视和偏见此刻一下子松了绑。这不仅是对中国那些"受过教育的男女青年的大解放，他们可以怎么

---

1. 赛珍珠：《我的中国世界》，尚营林等译，湖南文艺出版社 1991 年版，第 193 页。

2. 赛珍珠：《我的中国世界》，尚营林等译，湖南文艺出版社 1991 年版，第 140 页。

3. 赛珍珠：《我的中国世界》，尚营林等译，湖南文艺出版社 1991 年版，第 139 页。

面朝东方大地

想就怎么写，不用顾及是否合乎僵硬的旧文体"，也是对赛珍珠的一次精神大解放，她终于可以光明正大地把她对小说的爱好转变成创作的热情，把她十岁时就萌发的当一名作家的理想公之于众了。在她即将启程向作家的目标行进时，这样的信号无疑来得非常及时。虽然她还不知道写小说将给她带来巨大的荣耀，但至少她此刻已经明白，即使在中国，写小说不再是一件不光彩的事。要知道这个长期以来形成的观念是那么顽强坚固，不仅在中国如此，在西方同样如此。以至于在她写作《大地》时，仍然处于"并不把而且也不会将小说看得很重要"的环境中，"即便是我本人有时候也把写作当成是自我消遣"[1]。小说写完后，赛珍珠的家人竟漠不关心，没有人愿意读一读。这样的环境下，新文化运动带给赛珍珠的另一个收益是对现实主义创作方法的肯定。赛珍珠从小受中国传统小说影响，虽然传统小说中也有灵异类、神魔类小说，但由于文化隔膜，她对这部分小说的理解在很大程度上受到阻断，所以她感兴趣的基本上是现实题材类的古典小说，她的创作兴趣和创作才华也是以这种方式呈现的。彼德·康认为："赛珍珠具有把原本生疏的事物变成似乎熟悉的事物的天赋。……她的思想更适合于已有的事实而不是再生创造。"[2]这种"天赋"就是现实主义的创作方法和思路，这与新文化运动倡导的写实主义主潮恰好能无缝对接。胡适在1917年1月《新青年》第二卷第五号发表《文学改良刍议》一文，认为文学改良应从包括"不用典""不讲对仗""不避俗语俗字"等"八事"入手；陈独秀在《新青年》第二卷第六号发表

---

1. 希拉里·斯波林：《赛珍珠在中国》，张秀旭、靳晓莲译，重庆出版社2011年版，第148页。
2. 彼德·康：《赛珍珠传》，刘海平等译，漓江出版社1998年版，第428—429页。

的《文学革命论》一文中，明确提出"三大主义"，作为反封建文学的响亮口号："曰，推倒雕琢的阿谀的贵族文学，建设平易的抒情的国民文学；曰，推倒陈腐的铺张的古典文学，建设新鲜的立诚的写实文学；曰，推倒迂晦的艰涩的山林文学，建设明了的通俗的社会文学。"李大钊在《什么是文学》一文中明确指出："刚是用白话写作的文章，算不得新文学。刚是介绍点新学说，新事实，叙述点新人物，罗列点新名词，也算不得新文学……我们所要求的新文学，是为社会写实的文学，不是为个人造名的文学。"[1] 这些振聋发聩的新思想对赛珍珠无疑是令人振奋的，也与她原有的文学观念不谋而合。她的现实主义创作理念就是在这股文学潮流中确立起来的。"由于赛珍珠与新文化运动的'亲密'接触，所以她对小说这体裁更加肯定，对现实主义写作手法也更加认同，而这种肯定以及认同对于助推她更为自信地踏上文学之路，极有裨益。"她像当时的许多作家一样，关注"婚姻自由、妇女解放、小家庭制、追求个性解放的知识分子、持新旧思想人物之间的矛盾和冲突等"[2]，这让她的一部分创作与中国现代作家一致起来。有学者甚至把她写进现代中国文学史，将她纳入中国现代文学作家的行列，认为她参与了中国现代文学的发展进程，理应在中国现代文学史上占有一席之地 [3]。

---

1. 《什么是新文学》，《李大钊文集》（下），人民出版社 1984 年版，第 164 页。
2. 朱春发：《动情的观察者：赛珍珠与中国新文化运动》，《文艺争鸣》2016 年第 12 期，第 132 页。
3. 汪应果、吕周聚主编：《现代中国文学史》，南京大学出版社 2007 年版。在该著作中，赛珍珠被列入"第七章　自由主义色彩的现实主义文学""第五节　赛珍珠及其基督教文学"。笔者认为，把赛珍珠纳入中国现代文学发展进程是很有创见的，认为其创作作为具有自由主义色彩的现实主义文学也很有见地。但将她归为"基督教文学"一类则未能突出其最重要的文学成就。

但赛珍珠对新文化运动中的作家及其创作并不是毫无保留地加以赞誉，相反，她时常站在旁观者的角度对这场运动中出现的问题加以批评。她批评这一时期虽然出版了大量的白话文作品，但"这些作品大都质量低劣"；一些青年作家"与传统决裂得太突然，失去了自己的根基，接受西方文化太快，也太肤浅"，所以当他们写作时，就只能摹仿西方作家，结果他们没能成为"真正的现代中国人"，只是"西方化的中国人"；因为缺少真正的生活和思考，"他们互相评论对方的作品及西方的著作，文章也都很肤浅"[1]。她不满于中国年轻知识分子对体力劳动者的蔑视，与底层民众的脱节，她也批评当时文坛的浮躁、急于求成："他们的书都写得很短……即便他们的长篇小说也很短，好像他们没有时间来写长篇似的，每一种新的感受、新的感觉都被匆匆写进书里。一本书刚刚发行，另一本又问世了。"[2]中国现代文学虽然有乡土作家群，却未能创作出长篇小说。赛珍珠的《大地》之所以打动众多读者，与她摒除了这种浮躁气当不无关系。对新文化运动中一味泥古，拒绝接受西方文化的保守主义倾向，她也予以批判。

（二）受鲁迅创作与研究的启发

尽管鲁迅先生对赛珍珠评价并不高，但赛珍珠对鲁迅先生却十分景仰。赛珍珠非常关心中国新文化运动，对这场运动的主将之一鲁迅自然不可能不留意到，她对鲁迅先生的思想和学识都十分钦佩，称赞他是"第一个写中国普通人的作家（后被公认为中国 20 世纪最伟

---

1. 赛珍珠：《我的中国世界》，尚营林等译，湖南文艺出版社 1991 年版，第 194 页。
2. 赛珍珠：《我的中国世界》，尚营林等译，湖南文艺出版社 1991 年版，第 195 页。

大的作家）"[1]。《水浒传》英译本的合作者龙墨芗先生激赏鲁迅先生在《中国小说史略》中的精辟论断和深刻见解，并有意着手另写关于中国小说的书稿，对鲁迅先生的著述加以补充。这些内容他都曾与赛珍珠交流过，并将自己尚未出版的书稿提供给赛珍珠阅读。当他指导赛珍珠阅读时，鲁迅为中国小说写的第一部历史是他们经常谈起的话题。她非常欣赏鲁迅的作品，在演讲和评论中多次提及这一点。

1933 年，在南京家中接受同在金陵大学农学院供职的青年教师、其小说《青年革命家》（1932）的译者章伯雨采访时，赛珍珠主动问及鲁迅先生的情况：

> ……她告诉我，她在北京的好几年前，是看过不少现代中国作家的小说的，她特别提出鲁迅来，说她很重视他的《中国小说史略》，并且她愿意将来做一部《中国小说史》，用小说的体裁写成关于中国艺术的历史。
>
> "鲁迅有多少年纪了？"她颇关心地问。
>
> "大约五十开外了吧。"我不能确定地回答，"他现在已是普罗作家了。"我又补上这一句。
>
> "那真是值得惊奇的事，五十多岁的人！"她颇为感佩地，并又很关心地问，"他现在受到什么压迫吗？"
>
> "他是不能自由的发表他的著作和意见的。"我不愿在她面前和盘托出现实的文坛情形。

---

1. 希拉里·斯波林：《赛珍珠在中国》，张秀旭、靳晓莲译，重庆出版社 2011 年版，第137 页。

　　　　　　　　　　　　　　　　　　　　　　　　面朝东方大地

"在美国可不是这样的，"她接着低声地说，低着头，"那太不好，这样的做法。"[1]

然而，这种令人作呕的浪漫主义逐渐自我净化了，那些最有头脑的人开始转向他们的同胞。周树人——笔名鲁迅——也许是第一个清醒者。他意识到虽然自己的灵感可能来自西方文学，但只有把自己新产生的激情用于写自己的民族，才能摆脱摹仿。于是，以日常生活中的普通人物为题材，他开始写杂文，写短篇小说，最后开始写长篇。[2]

赛珍珠特别重视鲁迅先生的《中国小说史略》，对中国小说发展历史、创作特征和作品评价的理性认识，获益于鲁迅先生的这部著述，她对中国小说的一些评价与《中国小说史略》甚至如出一辙。她对鲁迅的这段评价尽管是印象式的，并不完全准确，但对鲁迅关注本民族人民，注重对日常生活的书写给予了很高评价，她在写作中对鲁迅先生也多有借鉴。这一点我们将在后面章节中专门讨论。1934 年，赛珍珠与第二任丈夫威尔士接管了《亚洲》杂志，赛珍珠负责为该杂志撰稿和组稿。他们在杂志上刊登当时尚不为美国人知晓的中国重要作家如鲁迅、茅盾、柔石等人的译作，发表对中国作家的书评。埃德加·斯诺翻译的《阿 Q 正传》英译本在美国出版后，赛珍珠热情地写了评论文章。她向美国人民隆重介绍鲁迅，高度评价鲁迅是 20 世

---

1. 章伯雨：《勃克夫人访问记》，载郭英剑主编：《赛珍珠评论集》，漓江出版社 1999 年版，第 600 页。
2. 赛珍珠：《我的中国世界》，尚营林等译，湖南文艺出版社 1991 年版，第 195 页。

纪最重要的作家之一，她可能是第一个作出此评价的美国人。

（三）与徐志摩、林语堂、老舍等现代作家交往

　　除了对鲁迅先生的景仰之外，赛珍珠对中国现代文坛上的大批作家如胡适、郭沫若、冰心、丁玲等人都十分关注，并与众多知名作家如徐志摩、冰心、老舍、曹禺、林语堂等人有直接交往，还曾通过《亚洲》杂志向美国人介绍中国现代作家。这些作家的创作对赛珍珠产生过或直接或间接的影响。

　　在新文化运动中推动诗歌创新的干将徐志摩是赛珍珠家客厅里的常客。徐志摩与赛珍珠的交往给她留下了深刻印象，在她的自传性回忆录中，她和徐志摩交流的细节都历历在目，那么逼真："有一个年轻漂亮的诗人，他才华横溢，颇受读者爱戴，在被称作'中国的雪莱'时，他很是自豪。他喜欢坐在我的客厅里与我交谈，漂亮的双手不时优雅地打着手势。"[1] 在被称为"天鹅的绝唱"的最后一部回忆录《中国今昔》中，她依然念念不忘这段交往："青年诗人徐志摩……经常来看我，在我的中国家中的小客厅——那时我已大学毕业回到中国，并且结了婚——我们讨论正在发生的所有的事，从政界到知识界。"[2] 赛珍珠的传记作者彼德·康认为，赛珍珠与徐志摩之间有过罗曼史，她在二十五年后写作的小说《北京来信》(1957)中"追忆了他俩的爱情往事"[3]，英国女作家斯波林也写到，"她（赛珍珠）说她在当年夏天写的文章《一个中国女子说》中以徐志摩为超然自在的年轻

1. 赛珍珠：《我的中国世界》，尚营林等译，湖南文艺出版社 1991 年版，第 194 页。

2. Pearl S. Buck. *China: Past and Present*, The John Day Company, 1972, p. 15.

3. 彼德·康：《赛珍珠传》，刘海平等译，漓江出版社 1998 年版，第 118 页。

丈夫的原型"[1]。

　　赛珍珠与冰心也有过直接交往。冰心与赛珍珠夫妇是美国康奈尔大学校友，但没有资料显示她们在校期间曾有来往。据冰心传记作者卓如记载，1933年，赛珍珠《大地》已经出版发行，名声大噪，她"在燕京大学接见记者，是冰心负责组织，从此结识为朋友"[2]。"文革"前，根据周总理指示，冰心还曾和老舍一道写信邀请赛珍珠访华，后因种种原因未能实施计划。直至晚年，冰心仍在一篇发表于1985年的有关王安忆的文学评论中提及赛珍珠，因王安忆当年插队的地方正是赛珍珠多年前曾生活过的安徽宿州，冰心回忆道："我记得美国女作家赛珍珠 Pearl Buck 曾告诉我，那本使她成名的小说《大地》Great Earth 就是以安徽宿县为背景的。"[3] 赛珍珠则在1954年出版的《我的中国世界》中回忆道："我简直不能相信丁玲和冰心都已变了。她们过去无所畏惧，曾是我引为自豪的女作家。但是谁能告诉我答案呢？那是我所不了解的另一个世界。现有的国界切断了一切消息的来源，我无从得知他们的情况；我只记得，他们为我们当时生活的那个世界提供了一面忠实的镜子，通过他们和他们的作品，我弄明白了许多本来难以理解的东西。"[4] 既表达了她对冰心等人的倾慕，也表达了她对另一世界产生的变化的困惑不解。她们的交往对彼此的创作都应该产生了积极影响，赛珍珠在小说《雨天》《分家》中刻画的留学西方的

---

1. 希拉里・斯波林：《赛珍珠在中国》，张秀旭、靳晓莲译，重庆出版社2011年版，第138页。
2. 卓如：《冰心全传》，河北教育出版社2002年版，第368页。
3. 彭华生、钱光培：《新时期作家创作艺术新探》，人民文学出版社1991年版，第552页。
4. 赛珍珠：《我的中国世界》，尚营林等译，湖南文艺出版社1991年版，第195页。

归国知识分子与中国社会现实的种种冲突，遭遇到的水土不服、壮志难酬的种种困境，很可能受到冰心《两个家庭》《去国》等小说的启示。同时，冰心这位出身于教会学校贝满女中、燕京大学的女作家，其作品一向被看作充溢着基督之爱，但张敬珏、周铭两位学者却指出："冰心是第一位质疑美国传教士东方主义凝视、揭示隐秘的'种族主义之爱'的中国作家。冰心对传教士偏见的委婉控诉很可能受到了赛珍珠的影响"[1]。张、周二学者所说的这种"质疑"主要通过冰心小说《相片》（1933）体现出来。这篇小说写美国传教士施女士收养了一个中国孤女淑贞，她在淑贞身上倾注了母爱，但在中国孤独生活了28年、从未品尝过爱情甜美的施女士能怜爱幽静谦卑的中国式淑贞，却忍受不了淑贞被爱情和美国环境催发出来的青春、活泼、丰美，她无情摧折了淑贞刚刚萌发的爱情幼芽，熄灭了淑贞刚刚焕发出的生命之光，强行将她带回原来的生活环境中。施女士所代表的西方传教士的善良仁慈是要以代表东方文化的淑贞始终处于弱势地位为前提的。《相片》颇能反映出一度进入到宗教信仰中的冰心对宗教、艺术以及中西文化交互碰撞交流的冷静观察与思考，冰心反对那种不尊重他人意愿的强行的文化推销和虚妄的他者想象，而期待和呼唤平等的文化交流。"[2]

　　冰心用含蓄的叙事曲折暗示了隐藏在表面仁慈的"种族主义之爱"下面的居高临下的东方主义态度和殖民主义占有欲，有可能受

1. 张敬珏、周铭：《赛珍珠和冰心：跨太平洋女性文学谱系中的后殖民政治》，《外国文学》2019年第2期，第125页。
2. 乔世华：《大方之家，所见略同——赛珍珠与冰心文学文化观管窥》，《江苏大学学报》2013年第3期，第53页。

到赛珍珠的启发。赛珍珠在为母亲写的传记《异邦客》(1936)、小说《群芳亭》(1946)中都反映了她对海外传教活动的不满。从 20 年代中期开始，赛珍珠就在《基督教世纪》上刊发了一系列文章，如《传教士是基督徒吗?》(1930)、《海外传教活动有必要吗?》(1932)、《从今结束传教帝国主义》(1934)、《我不想使基督教一统全球》(1935)等，直言不讳地批评海外传教活动的种种缺陷、迷信、文化上的无知和做法上的残酷：

> 我见过教会里很有名望的正统传教士——这种措辞太糟糕——他们对本可拯救的灵魂毫不怜悯；对外族的文明一概鄙夷不屑；相互之间刻薄尖酸；在感情细腻、文质彬彬的民族面前显得粗俗愚钝。凡此种种，无不让我的心羞愧得流血。[1]

这些思想很可能给予冰心启发，促使她对西方基督教传教活动的复杂性进行思考。同样，赛珍珠对郭沫若也十分关注："郭沫若是我最喜欢的作家，尽管他的犬儒主义有时对他毫无益处。他才华横溢，一向坦荡为怀，真实的激情喷发着真理。"她与中国现代作家老舍、曹禺、徐迟、林语堂等人都有密切的交往，为林语堂、老舍等人书籍的翻译和在美国的出版作出了许多贡献。

1945 年，美国国务院接受美国新闻处主任费正清的提议，邀请老舍和曹禺两位作家赴美讲学。他们到美国后，在中国演员王莹的引见下结识了赛珍珠。王莹向赛珍珠介绍老舍是中国的狄更斯，曹禺是

---

1. 彼德·康：《赛珍珠传》，刘海平等译，漓江出版社 1998 年版，第 168 页。

中国的奥尼尔（其他作家如鲁迅是中国的高尔基，茅盾是中国的巴尔扎克，郭沫若是中国的惠特曼，巴金是中国的托尔斯泰等）。曹禺1947年回国，老舍留至1949年回国。老舍在美期间，赛珍珠热心帮助他联系出版代理人，出版了《骆驼祥子》《四世同堂》英译本。她称老舍是"当今中国最重要的作家""著名的民主人士"。《骆驼祥子》英译本成为每月图书俱乐部1945年下半年首选书目，和赛珍珠的作品一道，成为20世纪"40年代以中国题材赢得大批销量的寥寥几本书之一"[1]。老舍对底层人民的深切同情、对民间艺术的深厚热爱给赛珍珠留下了深刻印象。与赛珍珠一样，老舍对民间说书艺术也非常熟悉和热爱，在美期间，他还创作了一部讲述中国抗战风暴中说书艺人追求新生活的长篇小说《鼓书艺人》（1949）。这些无疑都会给赛珍珠以潜移默化的影响。

在中国现代作家中，赛珍珠与林语堂交往时间最长，长达二十年之久（1933—1953）。1933年10月2日，赛珍珠从美国载誉归来，在上海《中国评论》为赛珍珠举行的欢迎晚宴上，她和《中国评论》专栏作家林语堂初次见面，由于双方相同的家庭和文化背景，两人一见如故。10月4日，赛珍珠应邀为世界学社演讲《新爱国主义》，林语堂担任翻译，这是二人首次合作。林语堂幽默风趣的文风非常吸引赛珍珠，林语堂对赛珍珠的《大地》也十分推崇，更何况两人都有基督教家庭背景，共同之处很多。林语堂告诉赛珍珠自己正在用英语写一本介绍中国的书，赛珍珠对此很兴奋。她正希望有一位中国作家写一本给西方读者看的揭示中国文化精神内核的书籍，风格要轻

---

1. 彼德·康：《赛珍珠传》，刘海平等译，漓江出版社1998年版，第334页。

松幽默，适合西方人的口味，这项任务非林语堂莫属。因为林语堂的自我评价就是"两脚踏中西文化，一心评宇宙文章"。1934年，林语堂用英文写成《吾国与吾民》一书，赛珍珠十分赞赏，并亲自为该书写了序言，称这是一本"伟大的书籍"："它是忠实的，毫不隐瞒一切真情。它的笔墨是那样的豪放瑰丽，巍巍乎，焕焕乎，幽默而优美，严肃而愉悦。对于古往今来，都有透澈的了解与体会。我想着一本书是历来有关中国的著作中最忠实、最巨丽、最完备、最重要的成绩。尤可宝贵者。他的著作者，是一位中国人、一位现代作家，他的根蒂巩固地深植于往昔，而丰富的鲜花开于今代。"[1] 当时，赛珍珠因写作《大地》等中国题材小说而荣登畅销书榜首并获普利策文学奖，正在声誉鹊起之时，她的推介对于林书而言无疑是一纸品质保证书，极具广告效应。虽然赛珍珠撰写此文不可能没有为约翰台公司牟利的考量，但对于林语堂能在美国一炮而红，的确功不可没。1935年，该书由约翰台公司出版，在当年美国销售书目上名列首位，四个月内再版七次，评论界也好评如潮。1936年，赛珍珠正式邀请林语堂到美国从事创作，林语堂欣然接受。林语堂也给予赛珍珠以极高评价："……白克夫人不但为艺术高深的创作者，且系勇敢冷静的批评家。""高等华人与白克夫人所不同者，夫人知农民之甘苦，而中国士大夫不知也。""吾由白克夫人小说，知其细腻，由白克夫人之批评，知其伟大。"[2] 1934—1935年间，林语堂还多次撰文高度评价赛珍珠翻

---

1. 赛珍珠：《吾国吾民序》，载《林语堂文集》第8卷，张振玉等译，作家出版社1996年版，第7页。
2. 林语堂：《白克夫人的伟大》，载郭英剑编：《赛珍珠评论集》，漓江出版社1999年版，第109—110页。

译的《水浒传》是"代表中国赠送给西方的最精美的礼物之一"[1]，该译本提升了施耐庵及《水浒传》在世界文学史上的地位和影响："白克夫人又译笔极高雅，态度极负责，中国第一流作品居然得保存真面目与西人相见。现在西方批评家居然一致称施耐庵为东方荷马，这未始不是施的红运。"[2]1937年，林语堂《生活的艺术》一书问世，引起更热烈的反响，在欧美国家掀起了一股"林语堂热"，重印达40版。这与赛珍珠夫妇的创作建议和推介不无关系。林赛二人还计划合作把《红楼梦》译成英文，终因书中诗词太多、难度太大而放弃[3]。林语堂借鉴《红楼梦》的艺术形式，1938年至1939年用英文创作了70万字长篇小说《京华烟云》，被誉为"现代版的《红楼梦》"。赛珍珠亲自动笔对这部作品进行修改，并予以极高赞誉。与林语堂异曲同工的是，赛珍珠也受到启发，她的长篇小说《龙子》（1942）以林吴两家为中心，对中国的抗战风云做了细致而宏阔的描绘。《群芳亭》（1946）和《牡丹》对上层贵族和富商家庭生活的描绘，也深受《红楼梦》的影响，与《京华烟云》的启发也有内在联系。1948年，赛译《水浒传》再版时，赛珍珠又邀请林语堂为之作序。林语堂在美国写作的所

1. Lin, Yutang. *"All Men Are Brothers": An English Translation of "Shui Hu" by Pearl Buck*. The China Critic, 1934(1): 18.

2. 语堂：《水浒西评》，《人言周刊》1934年第4期，第77页。

3. 2015年在日本某市立图书馆发现了林语堂英译《红楼梦》手稿，译本改变了原120回本的章回体小说结构，而是以英语小说习惯，把小说改编成七卷64章加尾声，以贾宝玉的生命体验为主线，重构了小说结构。原著中200多首诗词歌赋在译文中仅保留40多处（包括刘姥姥的打油诗、妙玉的扶乩的乩文、一僧一道最后吟诵的"我所居兮，青埂之峰……"等）。经过如此删减，译文仅有原著篇幅的一半多。据考证，林语堂于1939—1944年期间开始翻译《红楼梦》，完成于1954年，至1974年修改定稿——见林丹《日藏林语堂〈红楼梦〉英译原稿考论》，载《红楼梦学刊》2016年第2辑。

有书籍均由约翰台公司出版，两家建立起稳固的友谊。然而，1945年，林语堂因发明中文打字机，投资失败，耗光积蓄，向赛珍珠夫妇预支版税遭拒，这深深刺痛了林语堂的心。之后，林语堂又得知，赛珍珠夫妇的约翰台出版公司多年来从出版他的著作中抽取了高达50%的版税，而不是通常的10%，林语堂一气之下，委托律师索回所有著作的版权，这又令赛珍珠难以接受。1954年，林语堂接受新加坡南洋大学校长一职的聘任，临行前拍电报向赛珍珠丈夫威尔士辞行，对方竟置之不理，没有回复，至此两人友谊彻底破裂。林语堂带着几分迟悟迟觉的天真说"原来朋友开书局也是为了赚钱的"[1]，说自己"看穿了一个美国人"[2]。最后结局令人叹息。但总体而言，两人的合作仍不失为中美文学交流史上的成功案例，他们相互鼓励，共同探讨，彼此的创造力在此期间都被充分激发出来。

　　长期浸润在中国古典文学尤其是通俗文学——章回体白话小说、说书评话等口传艺术、戏曲等的传统之中，赛珍珠对中国古典叙事文学主要是白话小说进行了系统的学习研究，并深深迷上了中国小说。通过小说，她了解了中国，爱上了这个民族，被中华民族深厚的文化传统打动，并折服于传统小说的精湛技艺。1930年她开始着手创作第一部中国题材的长篇小说《东风·西风》的创作时，已年届不惑，按今天的标准看可以说有几分大器晚成。然而，此后几年，她却以惊人的速度接连推出多部重量级的中国题材的长篇小说，尤其是《大

---

1. 林太乙：《林语堂传》，中国戏剧出版社1994年版，第217页。
2.《红牡丹》，《林语堂名著全集》第8卷，东北师范大学出版社1994年版，第5页。

地》的创作和《水浒传》的翻译，为赛珍珠在文学史上的重要地位奠定了两块牢固的基石。而这一切都是她之前三十多年在中国古典文学的知识宫殿和中国民众的生活两方面探究积累后厚积薄发的结果，只有当我们了解到赛珍珠对中国古典小说有多深入的准备，才能理解她的小说创作成就是真正的水到渠成、瓜熟蒂落。

第 二 章
赛珍珠的中国小说观

　　赛珍珠并没有写作过严格意义上的、系统规范的文学批评论文或论著，但她在《论小说创作》(*On the Writing of Novels*, 1933)、《忠告尚未诞生的小说家》(*Advice to Unborn Novelists*, 1935)、《文学与生活》(*Literature and Life*, 1947) 等几篇创作谈或演讲中谈及过自己的小说创作主张，为后来的研究者追溯她的小说创作观的发生和建构提供了可靠路径。她十分关注中国传统小说，曾在《小说镜像里的中国》(*China in the Mirror of Her Fiction*, 1930)、《中国早期小说源流》(*Sources of Early Chinese Novel*, 1932)、《东方、西方及其小说》(*East and West and the Novel*, 1932) 以及《中国小说》(*Chinese Novel*, 1938) 等文章或演讲中系统介绍中国小说的创作主题、创作理念、艺术风格、传播方式、影响范围、接受效果等问题。赛珍珠对中国小说的阐释，一定程度上也可以看作是她对本人创作的自我阐释。当然，她研究中国小说主要是为其积累创作经验和创作资源，而非学者式的科学考证和研究分析。从章伯雨的《勃克夫人访问记》(1934) 中我们得知，她很重视并深入研究过鲁迅先生的《中国小说史略》，并也曾有过写作一部《中国小说史》的打算，用小说这种体裁写成关于中国艺术的历史。

尽管这部计划中的著述没有最终问世，但鲁迅有关中国小说发展轨迹的简笔勾勒和精辟评价对她的影响是深远的，上述有关小说创作的随笔和演讲的问世，与她对中国小说和小说史的关注无法分开。相反，除了《东方、西方及其小说》这篇比较文学视角的研究外，她并没有专门论及西方小说的演讲或文章。诚然，这与她期待的阅读对象是西方人，介绍中国小说比介绍西方小说更有读者市场的商业考量分不开，但更为重要的是，赛珍珠对中国传统小说创作所反映的主题、思路、技法都十分认同，她对中国小说的创作理念有深入研究，最终对她本人的小说观以及小说创作技法、风格的形成产生了决定性影响。如她所坦言："我最早的小说知识，关于怎样叙述故事和怎样写故事，都是在中国学到的。"她甚至认为："中国小说对西方小说和西方小说家具有启发意义。"[1] 考察赛珍珠小说观的形成与中国传统小说产生的影响之间的关系，不仅有助于我们了解赛珍珠的美学立场，更有利于我们从整体上把握赛珍珠小说创作的特点。

一、中国小说的兴起与发展

赛珍珠对中国小说的兴起与发展及其影响因素有独特的认识和比较清晰准确的把握。首先，她认为，中国小说起源时间远远早于西方小说（以英国小说为例），但发展速度却比西方小说慢，在文坛上占据的地位也比西方小说低。

---

1. 赛珍珠：《中国小说》，王逢振译，载姚君伟编：《赛珍珠论中国小说》，南京大学出版社 2012 年版，第 114 页。

面朝东方大地

中国小说的起源大大早于英国小说，可发展则要缓慢得多，英国小说出现很迟，18世纪才羽毛丰满。英国小说的花朵在文学花园里虽姗姗来迟，却迅速绽放，并立即为时人所注目，受到大众的喜爱，在文坛占据主要地位，我们可以举出两个名字来标示这繁荣的时刻——理查森和菲尔丁，而中国小说的发展却没有类似的时刻。[1]

她认为，小说在中国之所以萌芽早而发展迟缓，是因为中国长期受儒家思想的影响，把言志之诗、讲史论政之文作为文学主流，小说"长时间被排斥在正统文学的大门之外"，"孔子明确表示故事就其本身而言毫无价值，只有教导或说明道义时方有价值"[2]，小说登不上大雅之堂，长期不被主流价值观接受和承认，因而发展受到阻滞。而在英国，小说一旦产生，即与史诗、随笔、冒险故事等同样得到文学界的承认，没有高低差异。直到元代，当蒙古贵族入主中原，废除了儒家的正统地位，文人地位迅速下降[3]，失去了以往的进身渠道，不得志之余，他们只能将才华和精力用于小说创作，这使小说在元代得到迅猛发展。赛珍珠对中国小说的这些认知和概括都是比较准确的。

---

1. 赛珍珠：《东方、西方及其小说》，张丹丽译，载姚君伟编：《赛珍珠论中国小说》，南京大学出版社2012年版，第35—36页。

2. 赛珍珠：《东方、西方及其小说》，张丹丽译，载姚君伟编：《赛珍珠论中国小说》，南京大学出版社2012年版，第36、37页。赛珍珠列举的孔子的观点见《论语·子张》："子夏曰：'虽小道，必有可观者焉，致远恐泥，是以君子不为也。'"

3. 按照元制，国人被分成十等，有两种说法，一种是宋代郑思肖《心史》中载的版本：一官、二吏、三僧、四道、五医、六工、七猎、八民、九儒、十丐。清代赵翼《陔余丛考·九儒十丐》也持同样观点；另一种出自南宋遗民谢枋得之口："一官、二吏、三僧、四道、五医、六工、七匠、八娼、九儒、十丐"，读书人地位甚至排在娼优之下。

在谈到中西小说与宗教的关系时，她也做了比较准确的判断：

在西方，清教徒曾经长期是小说的敌人。但在东方，佛教徒
却是智者。他们到中国以后，发现文学已经远远脱离人民，在历
史上所谓六朝时期的形式主义的影响下濒临死亡。文学家甚至不
关心他们要说的内容，而一味追求文章和诗歌中的文字对仗，而
且他们对所有不符合他们这种规则的写作都不屑一顾。佛教翻译
家来到这种封闭的文学气氛当中，随同他们带来了极其可贵的自
由精神。他们当中有些是印度人，但有些是中国人。他们直说他
们的目的决不会符合那些文学家的文体概念，而是要向普通人讲
明白他们要传授的东西。他们把宗教教义变成普通的语言，变成
小说用的那种语言，而且因为人们喜欢故事，他们还把讲故事用
作传教的手段。最著名的佛教著作《梵书》的前言写道："传布神
的话时，要说得简明易懂。"这话可以看作是中国小说家的唯一文
学信条，……[1]

这段文字论述的是佛教俗讲对中国小说发展的影响。佛教自汉
代传入中国以后，为了扩大影响，便借助于民间文学的形式宣传佛
法，如六朝时期的志怪小说（宣扬因果报应等）、口头演说的"唱导"

---

1. 赛珍珠：《中国小说》，王逢振译，载姚君伟编：《赛珍珠论中国小说》，南京大学出版
社 2012 年版，第 119 页。其中，所译《梵书》原文为 "Fah Shu Ching"，民国时曾译
为《法华经》《佛经》《法珠林》等，镇江赛珍珠研究会秘书长裴伟认为应译为《法句经》。
《法句经》是三国时期译经家支谦翻译的一部佛经，是佛经中的偈颂集，也是我国早期
翻译的佛经之一。

（"唱导者，盖以宣唱佛理，开导众心也"——《高僧传》），唐朝的"俗讲"（一种有说有唱、绘声绘色的讲经方式，面向广大善男信女宣讲佛经经义，劝化众生）等。佛教俗讲是佛法在中国得以广泛传播的有效方式，本意是借助广大底层民众喜闻乐见的娱乐形式，将深奥的佛教教义宣讲出来，便于他们接受，但客观上却促进了小说这种文学样式的发展。这与西方清教徒把包括小说在内的一切娱乐形式视为破坏宗教禁欲生活的障碍完全不同。对佛法的"唱导"和"俗讲"，也进一步激励了唐宋民间说书技艺的发展。到宋代，话本小说和拟话本萌生繁衍，小说艺术得到进一步繁荣。在这一点上，赛珍珠的阐释和剖析是相当准确的。

但赛珍珠认为，中国小说不同于欧洲各国小说是在接受并输送影响的过程中发展起来的，亦即是在相互影响、彼此交流中发展起来的，比如，"英国小说受益于法国、俄国、西班牙及其他一些国家"，而早期中国小说是独立发展起来的，"既未得益于这些国家，也未对它们的小说有所影响"。她还认为，直到20世纪初期的新文化运动，中国现代小说才"受到来自异国的强烈影响"[1]。这个观点显然不符合史实，中国小说在新文化运动之前至少接受过两次外来文化的影响。第一次是佛教传入中国时，将印度文学的形式和内容都带到了中国，包括小说的思想主题（如善恶有报、因果相续、六道轮回、前世今生、无量法门等）、小说题材（如志怪小说、神魔小说等）、小说形式（如长篇小说等）、叙事方式（如韵散相杂，在散文叙事过程中经常插

---

1. 赛珍珠:《东方、西方及其小说》，张丹丽译，载姚君伟编:《赛珍珠论中国小说》，南京大学出版社2012年版，第34页。

入诗歌形式等）、语言词汇（如醍醐灌顶、当头棒喝、一尘不染、四大皆空、天女散花、皆大欢喜等）、艺术形象（如十方三世佛、菩萨、阿罗汉、四大金刚、阎罗王、阎浮世界、十八层地狱等），等等，在各个层面都给中国小说带来全方位的影响。但赛珍珠却认为，佛教对中国小说的影响不能算是外来影响，"因为佛教开始渗入到中国文学之中时，已经完全被中国同化，基本上不再有外国味了。今天我们只是从一些相当正式的小标志，诸如文章段落的结尾、开头等，才看到印度经文对中国文学影响的印迹。"[1] 这种说法值得商榷。汉传佛教受中国本土文化影响很深，在许多方面受到改造，演变为不同于原始佛法的大乘佛教，这是史实。但就佛教及其随之传入的印度文学对中国文学尤其是中国小说的影响而言，它给后者带来的异质化成分是非常众多而显著的，不是中国小说同化了佛教的影响，而是佛教影响并拓展了中国小说的表现形式和表现空间，丰富并深化了中国小说的思想内容。"在魏晋之前，中国文学的形象思维格局流于单一，小说文体介于诗赋与史传之间，叙事思维机制尚未摆脱情感宣泄和生活复述的初级状态。而注重叙事因果性和序列性的佛经经典则为中国人拓宽了思维视野。被中原文人大量翻译和流传的《佛本行经》和《普曜经》，佛教小说《须赖经》《维摩诘所说经》《思益梵天所问经》，虽然旨在宣扬彰善瘅恶、因果报应，但在艺术思维上，却自觉地把讲究因果逻辑和叙事秩序的思维逻辑贯注于故事的艺术叙述之中。这种获得社会和民众普遍认同的佛教经典文体，不仅改观了中国文人对文体和叙事美学偏执和狭隘的理解，而且把叙事因果序列甚强的佛教故事文体（包

---

1. 赛珍珠：《东方、西方及其小说》，张丹丽译，载姚君伟编：《赛珍珠论中国小说》，南京大学出版社 2012 年版，第 35 页。

括'变文'故事）直接运用于中国小说的形象思维，由此孕育了六朝后期的志怪、神魔小说，也开了中国话本小说文体的先河。"[1] 佛经东传对中国小说的影响是在艺术思维上的根本改变。同时，中国小说的变化也影响了日本、朝鲜、越南等周边国家和地区。第二次是明清之际"西学东渐"过程中，随着基督教的传播，西方传教士也将西方人的物质文明观念传入中国。1583 年，意大利天主教耶稣会传教士利玛窦（Matteo Ricci，1552—1610）来华传教；1807 年，英国基督教新教传教士马礼逊（Robert Morrison，1782—1834）来华传教。随着天主教和基督教的传播，他们也陆续将西方的思想观、价值观带给中国人，对中国人的思想转变产生了极大影响。明代中后期工商业加速发展，不仅为小说的繁荣提供了极大的便利，如印刷业的发展使图书刊行便利了许多，使得创作于元代的两部白话小说巨著《三国演义》和《水浒传》在此时得到了广泛传播。城市经济的迅速发展使城市居民人口剧增，为小说的刊行打开了读者市场。同时，市民阶层拥有了经济实力，社会地位的不断提升，也逐渐改变了人们对小说的偏见，小说地位较之前影响范围更广，于是一些下层文人加入了小说创作队伍，使明清小说创作出现异彩纷呈的繁荣局面。而这一切都离不开异民族文化的输入。虽然"西学东渐"对小说的影响不如"佛教东传"的影响那么直接，但其中的因果联系不容忽视。其实，除了上述影响之外，中国小说在发展过程中，各民族文学彼此之间就一直存在着相互影响和渗透，很难说一个民族的文学是在完全"独立"的状态中发展起来的，在世界文学发展的长河中，很难找到纯而又纯地只属于本

---

1. 吴士余：《中国小说美学论稿》，三联书店 1991 年版，第 41 页。

民族的成分。虽然包括中国在内的东亚、东南亚国家和地区文学交流不像欧洲各国文学相互影响那么频繁、密切，但彼此之间的交流远在20世纪之前就已经开始了。这一点，赛珍珠的分析判断不够准确。

二、中国小说的主旨内涵

我们在第一章已经谈到，赛珍珠接受的有关中国文化的启蒙教育是儒家伦理思想和社会理想。她曾说过："早在童年时，孔子便铸就了我的思想、行为和个性，儒家思想是我的参照标准。"[1] 儒家"以天下为一家"的大同思想铸成了她的世界观，"四海之内，皆兄弟也"的平等观念构成了她的人类观，"敬鬼神而远之"的理性精神形成了她的宗教观，这些内容构筑起赛珍珠小说主题的基本框架。赛珍珠对中国古典小说主旨内涵的把握也主要建立在此框架下。

（一）中国小说的根本在于其平民立场

赛珍珠之所以对中国小说非常认同，首先是认为中国古典小说的根本特征在于其鲜明的平民立场。赛珍珠一向秉持建立在民本思想根基上的平民主义立场，因而她对中国小说中那些如实、生动、逼真地叙写普通民众生活的作品格外关注。在中国，小说被排斥在正统文学行列之外，地位不高。《论语·子张》："子夏曰：'虽小道，必有可观者焉，致远恐泥，是以君子不为也。'"[2]《汉书·艺文志》："小说家

---

1. Buck, Pearl S. *China Past and Present*, New York: The John Day Company, 1972，p. 59.
2. 杨伯峻译注：《论语译注》，中华书局1980年版，第200页。

者流，盖出于稗官。街谈巷语，道听途说者之所造也。……闾里小知者之所及，亦使缀而不忘。如或一言可采，此亦刍荛狂夫之议也。"[1] 小说只是君子不屑为之的"小道"，是"街谈巷语""刍荛狂夫之议"，只因"闾里小知"喜闻乐见，因而在文坛的一角勉强给它一席容身之地。赛珍珠认为，中国正统文人"主张小说必须有社会意义才能被承认是一种艺术"，他们的推论是这样的：

> 文学是艺术。
>
> 一切艺术都有社会意义，
>
> 这种书没有社会意义，
>
> 因此它不是文学。
>
> 所以，小说在中国不算文学。[2]

赛珍珠批评这种忽视文学审美价值的过于僵化、功利、狭隘的艺术观："他们教我文学艺术是由有知识的人发明的。……艺术不论古今都是塑定的形式，必须把水注入这种形式才能为文人和批评家利用。""但普通的中国人并不这样利用。故事的天才之水随意奔流，任凭天然的岩石阻拦，林木劝阻；而且，只有普通的人才来饮用，从中得到休息和乐趣。"[3] 人民大众并不理会文人制定的艺术理论，也根本不去读文人写的深奥难懂的理论文章，他们依照自己的兴趣创造小

1.《二十五史》卷一《汉书》，线装书局 2007 年版，第 479 页。

2.《中国小说》，王逢振译，载姚君伟编：《赛珍珠论中国小说》，南京大学出版社 2012 年版，第 118 页。

3.《中国小说》，王逢振译，载姚君伟编：《赛珍珠论中国小说》，南京大学出版社 2012 年版，第 118 页。

说。小说的社会意义就在于它是人民喜怒哀乐的表现，表达的是人民的审美爱好和价值取向。既然小说难登庙堂，便只有走向民间，变成与典雅、纯正、节制、拘谨、中规中矩的正统文学迥然不同的俗文学。而赛珍珠却认为，不被正统文人和高雅文学认可，反而是小说的幸运，小说因此保全了通俗文学自身的生气和活力。"中国小说是自由的。它随意在自己的土地上成长，这土地就是普通人民；它受到最充沛的阳光的抚育，这阳光就是民众的赞同；它没有受到文人艺术那种冰霜寒风的侵袭。"[1]

这种文学最大的魅力就在于其真实，是对生活的原样复制和准确再现，未经任何雕琢和加工，未被任何先入之见和观念扭曲。这种文学从未经雕琢和限制的原始心灵中流淌出来，狂放粗犷，生气勃勃：

> 故事和小说……到处都是随心所欲、个性张扬、充满激情的男男女女，盗贼、仆人、和尚、农夫、游手好闲之徒、听差、妓女、小家碧玉，这些人因为生活圈子狭窄，完全处在原始的本能状态之中，他们说话、行事、嫁娶、生死，一切顺其自然。由着他们的本性，他们杀人容易得像呼口气，他们同样也会因为爱或者失望的缘故而轻易自杀。[2]

在《小说镜像里的中国》《中国小说》中，赛珍珠详细谈及文学

1.《中国小说》，王逢振译，载姚君伟编：《赛珍珠论中国小说》，南京大学出版社 2012 年版，第 117 页。

2.《中国早期小说源流》，张丹丽译，载姚君伟编：《赛珍珠论中国小说》，南京大学出版社 2012 年版，第 18—19 页。

面朝东方大地

的民间性内涵给她留下的深刻印象。"故事的男女主人公来自人民，同时又是为人民所塑造。"[1] "街上充满喧嚣，男人和女人表现自己的技巧也不像雕像那样完美。他们难看而有缺陷，甚至作为人也不够完美，而且他们从何处来到何处去也无从知道。但他们是人，因此远比那些还站在艺术台上的雕像更让人喜欢。"[2] 鲁新轩认为"这一批评理论实际上有一种实用主义批评倾向"，符合美国批评家 M. H. 艾布拉姆斯（M. H. Abrams）在《镜与灯》中指出的当批评倾向于读者这个文学要素时所产生的实用主义批评，也与古希腊诗人贺拉斯提出的"诗人的目的在于给人教益或使人愉悦，或寓教于乐"一致，英国批评家菲利普·锡德尼（Philip Sidney, 1554—1586）认为愉悦是达到教育最终目的的一种手段，用愉悦为手段以达到道德影响，观点也与此相同。[3]

平民立场不仅体现在对创作题材的选择，还体现在对预期读者的定位和选择方面。赛珍珠毫不避讳自己面向普罗大众进行创作的立场，小说创作应该为普通民众和广大读者提供精神养料和娱乐素材："像中国小说家那样，我受的教育就是要为这些人写作。如果有一百万人读他们的杂志，我愿意我的小说在他们的杂志上发表，而不想在有少数人读的杂志上发表。他们是比其他任何人都更清醒的法官，因为他们的感官未受破坏，他们的感情是自由的。"[4]

1.《小说里的中国》，张丹丽译，载姚君伟编：《赛珍珠论中国小说》，南京大学出版社 2012 年版，第 4 页。

2.《中国小说》，王逢振译，载姚君伟编：《赛珍珠论中国小说》，南京大学出版社 2012 年版，第 138 页。

3. 鲁新轩：《试论赛珍珠的文艺观》，《河南师范大学学报》（哲社版）1997 年第 6 期，第 81 页。

4.《中国小说》，王逢振译，载姚君伟编：《赛珍珠论中国小说》，南京大学出版社 2012 年版，第 138 页。

赛珍珠对中国小说体现的平民立场的评价是比较准确的。从中国小说的发展史来看，从汉以前盛行的神话与传说，六朝盛行的被鲁迅称为"志怪""志人"小说，到唐代盛行的传奇，宋代盛行的话本，这些作品大都以灵怪、传奇、说经、讲史为主，因此时的小说创作主要仍出自文人手笔。而到中国小说发展的巅峰时代——元明清时代，民间艺人大量参与到小说创作中来，不仅涌现出数量众多的小说杰作，且类型繁多，品种齐全，文言、白话小说并茂，长篇、短篇小说齐行，从内容上分，则有世情小说、讽刺小说、历史演义小说、英雄传奇小说、神魔鬼狐小说等等。此时，小说的现实性大大增强，市井黎民、底层民众的日常生活在这一时期的作品中被充分书写，历代小说中少见的平民化特点在此时被充分彰显。

从取材看，元末明初的章回体小说《三国演义》延续讲史传统，书写群雄逐鹿，权力更迭，明中后期的《封神演义》讲述宫廷争斗、仙魔封神，清代的《红楼梦》反映贵族家庭兴衰荣枯，这些作品仍主要流连于上流社会，但除此之外，元明清时代绝大多数小说作品是从市井黎民、平头百姓的生活中取材的。如《水浒传》以聚啸山林、打家劫舍的强盗土匪为对象，除柴进、林冲、杨志、卢俊义、徐宁等少数人原本是属于上层社会的皇亲、官员、富豪财主之外，大多数梁山好汉是来自民间的草根。如吴用是洛第秀才，武松是尤业游民，李逵先为农民、后为避罪的逃犯，阮氏三雄、张横张顺兄弟等都是渔民，解珍解宝是村中猎户，石秀是屠夫，杨雄是狱卒，燕青是家仆，等等。即使是晁盖、宋江、鲁智深、戴宗等人，也不过是村中保正（即保长）、县衙押司（即刀笔小吏）、军中提辖、牢房节级等下级官吏。他们无牵无挂，没有牵绊，造反十分容易。《西游记》更是以"不伏

　　　　　　　　　　　　　　　　　　面朝东方大地

麒麟辖，不伏凤凰管，又不伏人间王位所拘束"的化外野猴为主角，即使皈依佛门、成为取经人后，也依然跋涉于荒山野岭，居住于洞窟林壑，读者看到的是一个远离庙堂、荒凉萧瑟却自由灵动、充满趣味的乡野世界，遇难呈祥、逢凶化吉，波澜迭起，惊险不断。一旦涉及皇宫官府，则见国王无道，如比丘国国王食童心肝，灭法国国王谋害僧众；郡侯无德，招致天谴，如凤仙郡中三年大旱，民众遭殃。即使在灵霄宝殿，美猴王也敢大闹天宫；海底龙宫更是孙大圣出入自由的场所，看中定海神针说拿就拿，毫不客气。纵使在神圣庄严的灵鹫山大雷音寺，孙悟空也敢当面顶撞如来，揭露其部属捐财作弊之罪，毫无敬畏之意。上流社会统治者玉皇大帝、东海龙王、各路神仙等，在此除了充当笑谑嘲骂的对象外，毫无威严可言，作品彰显的民主立场十分鲜明。《金瓶梅》是晚明市井人情的生动画卷，短篇小说集"三言""二拍"更是在负贩商贾、青楼美妓中挖掘出人性之真之美，是城市黎民真实人性的会展。再如《儒林外史》再现周进、范进等落魄文人在八股制度下苦苦挣扎、寻找出头之日的扭曲人生，《聊斋志异》对落拓书生与狐鬼妖仙的际会，表现的也多是变形了的底层女性的真挚情感。

从主题上看，明清小说的平民化倾向更加显著。侠义公案小说推崇重德尚义的价值观，褒扬人与人之间平等互助、竭诚相待、患难与共、知恩图报的交往原则，体现出浓厚的江湖文化特质，如《水浒传》中的侠义好汉鲁智深，"禅杖打开危险路，戒刀杀尽不平人"，一生专好除暴安良，行侠义之事。这些都代表了底层民众的心愿。有些演义故事多写英雄发迹之前的"微时光景"，写他们的困窘落魄，受尽折磨，如《西汉演义》中韩信少年受屠户恶少侮辱，《新列国志》

中的范雎被人怀疑里通外国，饱受凌辱酷刑，《英烈传》中的朱元璋少年家贫为人放牛，成年又曾出家为僧等。对英雄"微时光景"的关注，说明英雄起于微末，体现出底层民众对自身发迹可能性的期待和渴盼。即使是《三国演义》这类讲史小说也表达了反对无道昏君、贪官污吏的叛逆思想，如张飞鞭打骄横跋扈的督邮，《隋史遗文》中程咬金、尤俊达大胆抢劫官府从民间搜刮来为隋炀帝建造离宫的专项资金，《南宋志传》中的赵匡胤率情任性、敢于犯上作乱，敢于与皇帝对着干，《水浒传》中的江湖好汉更是以反抗官府、横行江湖、把皇帝老儿惊得寝食难安。这些都是让普通民众拍手称快、代他们泄怨解气的快意情节。《红楼梦》虽主要描绘贵族家庭的生活，以贵公子贾宝玉一生的经历与思想感情的变化为主线，但贾宝玉却是个具有民主意识和平等思想的人，是贵族阶级的逆臣贰子，通过他的行为和心理描绘，鲜明体现出作品的民主精神和平民化的思想倾向。

明清小说的平民化倾向与明清心学大兴密切相关。明代著名思想家王守仁（1472—1529，号阳明）继承了南宋理学家陆九渊（1139—1193）奠定的心学传统并发扬光大，提出"心外无理、心外无事"的观点，就是要人们以感知内心规范取代程朱理学强加于人的外在行为规范。他指出，"天理"就是人心中的"良知"："心即理也，此心无私欲之蔽，即是天理，不须外面添一分。以此纯乎天理之心，发之事父便是孝，发之事君便是忠，发之交友治民便是信与仁，只在此心去人欲、存天理上用功便是。"[1] 这种倡导促进了明代文化思想由"尊古"向"师心"转变。既然心理为一，心之本体就是"良知"，而人人具

---

1. 王阳明：《传习录》上，《王阳明全集》第 1 卷，线装书局 2012 年版，第 76 页。

面朝东方大地

备此良知，则愚夫愚妇在良知本性上同圣人别无二致。这种思想，被平民化倾向的"泰州学派"的王艮等人继承并改造发展。王艮提出，"百姓日用条理处，即是圣人条理处。"[1] 把"百姓日用条理处"作为"圣人条理处"的源头，圣人有条不紊的学术系统是源于对"百姓日用条理"的总结。"圣人"不是超人，而是从一般百姓中成长起来的："山林田野，夫岂无格物穷理，讲学明道，修身治行而为振古之人豪者乎！"[2] 这种思想成为平民百姓争取生存权利和维护人格尊严的武器，对活跃市民阶层思想、促进大众文学的繁荣、确立小说中的平民立场起到了重要的推动作用。

个人经历及阅读取向，最终将赛珍珠的写作立场引向注重对平民生活和民本意识的表现。赛珍珠曾说，中国每一个田间老农都具备哲人般的智慧，中国是一个哲学的国度，与"百姓日用条理处，即是圣人条理处"的说法如出一辙。可以说，赛珍珠这个外国作家，对中国古典小说的命脉切得非常准确。她对新文化运动之后的中国现代文学的评价总体不高，认为中国现代文学盲目崇拜、模仿、学习西方文学中带有实验性的创作方法，而不顾这类方法是否适合表现当下的中国，存在着食洋不化的错误倾向。但她并不一味否定新文化运动和现代文学，晚清著名思想家、新文化运动的先驱梁启超，新文化运动的主将胡适等人为千百年来遭到歧视、打压的小说辩护正名，为其摇旗呐喊，大力倡导小说创作，却是赛珍珠热烈拥护的。1902年，梁启超在自己创办的杂志《新小说》上发表发刊辞《论小说与群治之关

---

1. 龚杰：《王艮评传》，南京大学出版社2001年版，第74页。
2. 龚杰：《王艮评传》，南京大学出版社2001年版，第74页。

系》，大力推崇小说对民众的教化作用："欲新一国之民，不可不先新一国之小说。故欲新道德必新小说，欲新宗教必新小说，欲新政治必新小说，欲新风俗必新小说，欲新学艺必新小说，乃至欲新人心，欲新人格，必新小说。何以故？小说有不可思议之力支配人道故。"[1] 胡适在《文学改良刍议》中，更是将古典白话小说定为中国文学传统的正宗，而将骈文律诗列为"小道"，完全是与历代以来的正统文学观唱反调。"胡适的文章为中国小说进行了辩护，这对赛珍珠来说，意义尤为重要。在传统观念中，学者将小说斥为俗物，因为它和老百姓以及大众化语言联系在一起。而胡适肯定了旧小说的活力，认为是一种文化原创性的体现。"[2] 这些宏论对热爱小说的赛珍珠当然是极大的鼓舞，她对胡适充满活力的论辩很是欢迎。

在白话文价值被胡适证明了之后，年轻的中国作家群起而效之，出版了大批白话文作品。但必须承认，这些作品大都质量低劣。出现这种令人失望的局面，是有其原因的。自认为是现代人的中国青年心中燃烧着一种无名的激情，他们既有强烈的叛逆精神，又雄心勃勃。但实际上，他们还是没有东西可写，他们与传统决裂得太突然，失去了自己的根基，接受西方文化又太快，也太肤浅，当他们写作时，也就只能摹仿。但是，因为他们拒绝摹仿中国古代的伟大作家，他们只好去摹仿那些对他们来说显得很新颖的西方作家；虽然他们的本意是成为现代人，也就是说成为

1.《论小说与群治之关系》，载《梁启超经典文存》，上海大学出版社 2003 年版。
2. 彼德·康:《赛珍珠传》，刘海平等译，漓江出版社 1998 年版，第 82 页。

面朝东方大地

西方人，但实际上当时根本没有真正的现代中国人，他们只是西方化的中国人。[1]

赛珍珠批评的是将中国文学传统丢弃的中国现代作家，是置本国民众的需求于不顾的创作倾向，但对那些始终清醒、直面现实、走向民间的作家，她从来都是毫不隐讳地热情拥戴、不吝赞美的，如鲁迅、郭沫若、老舍、冰心、丁玲这些优秀作家。赛珍珠对中国现代文坛上存在问题的观察是敏锐的，对现代文学成就的判断也基本是准确的。她最为推崇鲁迅先生，1934年回美国后，还在他们夫妇共同接管的《亚洲》杂志上刊载鲁迅、柔石等人的作品，向美国读者推介中国现代文学中最重要的作家。

（二）中国小说的精髓在于其人本精神

赛珍珠认为，人本精神是中国小说的特质："中国小说……描述各种使人们感兴趣的事物，描述传说和神话，爱情和阴谋，强盗和战争，实际上凡是构成人们生活的无所不写，不论是上层人的生活还是下层人的生活。"[2] 赛珍珠小说中所体现的人本精神，也与其推崇的中国古典小说存在着对话、呼应关系。在谈及《水浒传》时她说，这部小说之所以受推崇，就是因为它塑造了一系列活生生的英雄。"中国人对小说的要求一向是人物高于一切。……《水浒传》被认为是他们最伟大的三部小说（另两部为《三国演义》《西游记》）之一，并不是因

---

1. 赛珍珠：《我的中国世界》，尚营林等译，湖南文艺出版社1991年版，第194页。
2.《中国小说》，王逢振译，载姚君伟编：《赛珍珠论中国小说》，南京大学出版社2012年版，第122页。

为它充满了刀光剑影的情节，而是因为它生动地描绘了 108 个人物。这些人物各不相同，每个人都有其独特的地方。我曾常常听到人们津津乐道地谈论那部小说：'在 108 人当中，不论是谁说话，不用告诉我们他的名字，只凭他说话的方式我们就知道他是谁。'因此，人物描绘的生动逼真，是中国人对小说质量的第一要求，但这种描绘是由人物自身的行为和语言来实现的，而不是靠作者进行解释。"[1] 在《中国早期小说源流》中，她进一步谈到中国古典小说作为表现平民阶层生活与情感的作品，总是能把原生态的人性真实生动地表现出来。

在中国，正统文学迥异于从普通人心底流淌出来的狂放的、未被认可却生机盎然的俗文学，这两者之间的差异之大，恐怕在世界上都是绝无仅有的。正统文学纯正、冷静、典雅、拘谨，所思所行规矩很多。故事和小说则不同，这里到处都是随心所欲、个性张扬、充满激情的男男女女，盗贼、农夫、游手好闲之徒、听差、小家碧玉，这些人因为生活圈子狭窄，完全处在原始的本能状态中。他们说话、行事、嫁娶、生死，一切顺其自然。由着他们的本性，他们杀人会容易得像呼口气，他们同样也会因为爱或者失望的缘故而轻易自杀。对于西方人来说，看这些书就像揭开蒙在欧亚大陆之间的面纱，并终于明白，揭开文明的所有面纱，普天下的男男女女都是一样的，其生活中包含了同样的内容。[2]

1.《中国小说》，王逢振译，载姚君伟编：《赛珍珠论中国小说》，南京大学出版社 2012 年版，第 121 页。
2.《中国早期小说源流》，张丹丽译，载姚君伟编：《赛珍珠论中国小说》，南京大学出版社 2012 年版，第 18—19 页。

赛珍珠认为，中国古典小说摆脱了观念的束缚，而写出了各色人等人性中最原始、最真率、最普遍的因素，拥有超越国界的普世价值。

的确，《三国演义》《水浒传》《西游记》《金瓶梅》《红楼梦》《儒林外史》等，这些经典名著之所以能扣动人心，无一不是首先因为它们为我们呈现了众多血肉丰满的人物。《水浒传》一百零八将，虽不能说个个都性格饱满，但足以呈现作者刻画人物个性的过人才华。仅以三位皆以粗卤、勇猛著称的人物鲁达、武松和李逵为例。在鲁达的勇猛中突出其忠厚和义气，无论是拳打镇关西，还是大闹桃花村、火烧瓦罐寺，还是大闹野猪林，都是出于路见不平拔刀相助、锄强扶弱的正义感和古道热肠，如义愤于郑屠的蛮横，气得不吃晚饭，第二天又早早起床，赶去客店相助金翠莲父女；护送林冲必一路到底，救助史进则全力以赴，真正一片赤诚之心。但他从不滥杀无辜，教训一帮滋事的泼皮，最多就是将他们踢下粪坑。他上梁山后，遇事也理性有节，这是他最后能坐化六和塔、得以善终、修成正果的内在原因。而武松的勇猛中则突出了刚烈和挚情。景阳冈徒手打虎、飞云浦杀死公人、鸳鸯楼共杀了十五个人，都体现出他的刚烈、神勇。而杀嫂屠西门、醉打蒋门神则体现了手足、朋友之间的挚情，但武松之勇猛比起鲁达已有许多不辨是非、快意恩仇、滥杀无辜的掺杂。至于李逵的勇猛则突出其"粗卤""莽撞""野蛮"，同时还夹杂着几分天真和率性，作者用许多细节来刻画他的这种性格特点，如初会宋江时连骨吃鱼、江中夺鱼斗浪里白条、斧劈罗真人受戏弄等，都给人真率可爱之感。他见别人骨肉团聚，也想让母亲同到梁山享受富贵，却不慎使母命丧虎口，他便在沂岭一口气杀死四虎，足见他比武松更加勇猛。有时在这份粗莽中体现出他的率真和敢作敢当的正义感，如忠义堂反招安、梁山泊扯诏骂钦差等，以及多次直言要杀上东京，反了朝廷、夺了大宋江山，李逵都是言人所不敢言。他对宋江最为赤胆忠心，为他人所不能及。但小说中也有大量情节表现出他嗜血成性、杀人取乐以逞一时之快的凶残野蛮本性，如刀剐黄文炳、摔死小衙内、滥杀扈家庄等。三人虽都是勇猛过人的好汉，但秉性各异，毫不雷同，个性十分鲜明独特。《三国演义》中的各色人物的刻画同样精彩纷呈，即使是出场不多的次要人物也往往能给人留下深刻印象。虽然鲁迅先生批评过这部小说"至于写人，亦颇有失，以致欲显刘备之长厚而似伪，状诸葛之多智而近妖；……"，但同时他也肯定了对关羽的描写很成功："惟于关羽，特多好语，义勇之概，时时如见矣。"[1] 尽管《三国演义》刻画人物不乏因价值取向的好恶和艺术上的夸张而导致的扭曲，但总体而言，作品中人物大多是真实立体之人。写曹操，既写他凶狠暴虐，不讲道德，又写他豁达开朗，珍惜人才。写诸葛亮，既写出他前期不愿出仕、飘然出世的淡泊胸襟，又写出他后期出仕后的智谋过人、一心辅君的忠心赤胆。即使像祢衡、马谡、鲁肃、蒋干这类次要人物，也被写得栩栩如生。祢衡狷介狂妄，被刻画成备受夏志清赞叹的"'垮掉的一代'的儒生"，"一个具有十足天真的自我中心主义、对他人不屑一顾的喜剧性角色"[2]。杨修恃才放旷，卖弄聪明，马谡纸上谈兵，言过其实，二人皆遭杀身之祸。但杨修死于曹操忌才，马谡却死于狂妄自负，误事祸国，虽皆属咎由自取，但曹操与孔明，一个忌才一个爱才，一个狭隘一个宽厚，两种不同人格，通过杨修与马

1.《中国小说史略》，《鲁迅全集》第 9 卷，人民文学出版社 2005 年版，第 135—136 页。

2. 夏志清：《中国古典小说史论》，胡益民等译，江西人民出版社 2001 年版，第 55 页。

面朝东方大地

谡的不同死因却展露无遗。此外，周瑜韬略过人、鲁肃敦厚拙朴，蒋干愚蠢自大，张飞急躁粗莽，赵云忠勇机智等，也都令人过目难忘。《金瓶梅》与《红楼梦》都以富商或贵族家庭女性为主体，《儒林外史》与《聊斋志异》都塑造了挣扎于八股制度下的落魄书生形象，但这些作品中涉及的人物，如在两个世界，面貌、心理、经历、结局完全不可同日而语，绝无半点雷同之处。中国小说给赛珍珠带来的最大养料就是对人物形象的刻画，也是她阅读中国小说最为关注的内容。

中国古典小说如其他文学形式一样，自产生以来，便经历了一个从神本到人本、从传奇到写实的发展过程。在强调集体意志、遏制个体欲求的中国传统文化体系中，真正自由的、有独立个性的人的出现过程显得十分漫长。但人的形象毕竟顽强地一点点站立起来，从模糊到清晰，从边缘到中心，逐渐占据了小说的中心和主体地位。尤其是在明清之后的小说和戏曲中，对人性的表现越来越大胆、直露而包容。这首先得益于理学逐渐衰落、心学日益发展。陆九渊提出的"心即理"，王阳明提出的"心外无物，心外无理"，都是要将朱熹倡导的外在的"天理"内化为"良知"之"心"。朱熹将"天理"与"人欲"对立起来，以天理压制人欲，而王阳明则将两者统一起来，天理就在内心，在心之良知，这是对人自身价值的肯定和对人主体意识的提升。心学渗透到小说领域中，则体现为对作为正统思想的封建礼教和理学观念的不断冲击，对人与人性的关注。元末明初的《三国演义》用大量笔墨写天下分合兴亡，史传成分仍占据较大比重。而到《水浒传》中，在官逼民反的主题下，作为个体的人的活动则大大增强。金圣叹在《读第五才子书法》中紧紧扣住人物谈《水浒传》的艺术成就：

> 或问：施耐庵寻题目写出自家锦心绣口，题目尽有，何苦定
> 要写此一事？
> 答曰：只是贪他三十六个人，便有三十六样出身，三十六样
> 面孔，三十六样性格，中间便结撰得来。
> ……
> 别一部书，看一遍即休。独有《水浒传》，只是看不厌，无非
> 为他把一百八个人性格，都写出来。[1]

中国古典小说尤其是经自己一字一句译成英文的《水浒传》给赛
珍珠留下了最为深刻的印象，她对中国小说人本精神的体会和分析与
金圣叹等人是完全一致的。明代小说《西游记》中的人物刻画也为后
人不断称道。睡乡居士序二刻《拍案惊奇》中对此有一番精辟议论：
"《西游》一记，怪诞不经，读者皆知其谬。然据其所载，师弟四人，
各一性情，各一动止，试摘取其一言一事，遂使暗中摩索，亦知其出
自何人。则正以幻中有真，乃为传神阿堵。"[2]《西游记》所书虽是虚构
人物，但于虚幻中却体现出人物性情、言行举止的内在逻辑之真实可
信，并非信马由缰的胡编乱造，离奇怪诞中仍是对现实人生的折射。
孙悟空七十二般变化、十万八千里的筋斗云是幻，而争强好胜、爱慕
虚荣、性情急躁是真，猪八戒腾云驾雾、扇风大耳、捉妖降魔是幻，

---

1. 金圣叹：《读第五才子书法》，载施耐庵原著，金圣叹评点：《水浒传》，天津古籍出版社
   2006 年版。
2. 董国炎：《明清小说思潮》，山西人民出版社 2004 年版，第 319 页。

面朝东方大地

好吃懒做、喜好女色、偷奸耍滑也是真。唐僧不辨是非，妄信中伤诽谤，赤胆忠心、降魔伏妖、最为得力的大弟子悟空常遭呵骂，好吃懒做、凡心未退、根性不坚的八戒却被视作憨厚老实，常受偏袒，更是像极了日常生活中常常见到的是非不分、忠奸不辨的偏心的家长。虚构故事中塑造的形象依然是市井社会真实人物的变形。

清代小说《儒林外史》形式上是长篇小说，但并无贯通始终的故事情节，章回之间主要靠人物的活动加以串连。活动在这个舞台上的各色人等都有一个统一身份，就是儒生。鲁迅对此有精彩评价：

> 敬梓之所描写者即是此曹，既多据自所闻见，而笔又足以达之，故能烛幽索隐，物无遁形，凡官师，儒者，名士，山人，间亦有市井细民，皆现身纸上，声态并作，使彼世相，如在目前，惟全书主干，仅驱使各种人物，行列而来，事与其来俱起，亦与其去俱讫，虽云长篇，颇同短制；但如集诸碎锦，合为帖子，虽非巨幅，而时见珍异，因亦娱心，使人刮目矣。[1]

《儒林外史》以各色人等毕现纸上的言谈举止、心理情绪等性格特征为表现主体，而不注重情节铺陈，使整部小说如同一个个拼接、连缀在统一主题下的短篇，"虽云长篇，颇同短制"。赛珍珠对鲁迅先生这段评价十分熟悉，她对《儒林外史》的评价与鲁迅先生的观点如出一辙："这部书虽然很长，却没有一个中心人物。每一个人物都通过事件的线索与另一个人物相连，人物与事件一起发展变化，就像著

1.《中国小说史略》,《鲁迅全集》第 9 卷, 人民文学出版社 2005 年版, 第 229 页。

名的现代中国作家鲁迅所说的那样：它们像缝在一起的一块闪闪发光的锦缎。"[1] 赛珍珠不仅深解中国小说的个中三昧，且在以后的创作中，始终把人本精神作为贯穿于自己小说的主导精神。

（三）中国小说的基调是现实关怀

赛珍珠从小深受儒家思想的熏育，一个显著的标志就是她坚定的理性精神和入世情怀。她之所以否定西方基督教传教事业，是因为传教士根本不了解自己将要拯救的民众的现实需求，在民众温饱尚未解决时，他们怎么会关心灵魂的归宿？"未能事人，焉能事鬼？"她深深服膺于孔夫子的教诲，终身致力于"事人"，以极大的兴趣、宏阔的视野、敏锐的目光，关注着现实社会中人类的各种活动，尤其是重大社会问题，并积极干预时事，不在人类现实生活之外去寻求外在拯救的力量。她也敏锐地发现中国古典小说比正统文人崇尚的精英文学更能直接而具象地反映生活，她把小说称为"镜子"，一面映现现实生活的镜子：

> 小说这面中国生活的镜子一直为学者所不屑。在一千多年的时间里，中国人在这面镜子中得到映现，然而，这面镜子却黯淡无光。然而，在镜子里，我们能看到皇帝、臣子、嫔妃、神祇、衣衫褴褛的牧师、小偷和交际花，能看到劳苦大众——丈夫、妻子和孩子们的影子，或者确切地说是他们的形象，他们构成了中国人的队列，伴随着他们的是他们创造的神祇，后者稍稍高于他

1.《中国小说》，王逢振译，载姚君伟编：《赛珍珠论中国小说》，南京大学出版社 2012 年版，第 135 页。

面朝东方大地

们自己，但被完全赋予了人的情感和精神！¹

　　赛珍珠称，在小说这面镜子里，人们瞥见了一个不同于正统文人描画的"另一个异质的中国"，这里展现的是中国人"充满波折、多姿多彩、兴趣广泛的日常生活"，"这里有热闹，有激情，还有混乱，这里，经典之作清醒的冷风吹不过来"²，但这才是最真实的中国，能反映真实中国的现实状况正是小说的重要目标和价值所在。"对于小说家来说，唯一的要素是他在自身之内或自身之外发现的人类的生活。检验他工作的唯一标准就是看他的能量是不是创造出更多的那种生活。"检验小说是否杰作的标准"并不靠艺术的方法来决定，而是靠把他们读到的现实与他们自己的现实进行简单的比较。"³ 如果通过小说艺术的描写能够反映出生活的真实，则毫无疑问，这部小说就一定能为读者接受，其价值也就得到了实现。

　　同时，赛珍珠亲身经历的中国新文化运动对现实主义文学的推崇，也进一步坚定了赛珍珠对于现实主义创作基调的肯定和选择。李大钊在《新纪元》《什么是新文学》等文章中，明确地指出现实主义写作与新文学运动之间的内在联系："刚是用白话作的文章，算不得新文学。刚是介绍点新学说，新事实，叙述点新人物，罗列点新名词，也算不得新文学……我们所要求的新文学，是为社会写实的文

1.《小说里的中国》，张丹丽译，载姚君伟编：《赛珍珠论中国小说》，南京大学出版社2012年版，第1—2页。

2.《小说里的中国》，张丹丽译，载姚君伟编：《赛珍珠论中国小说》，南京大学出版社2012年版，第2、3页。

3.《中国小说》，王逢振译，载姚君伟编：《赛珍珠论中国小说》，南京大学出版社2012年版，第138、139页。

学。"[1] 在这种理念下，当时的众多知名作家纷纷关注身边的社会，致力于描绘各种人物和现象。这种倡导现实主义的文学潮流与中国古典文学精神是一脉相承的，也与赛珍珠更擅长表现已有的事实，而不是再生、创造的个人才能相契合。

赛珍珠爱好的中国古典小说是从远古神话、六朝之鬼神志怪，唐之传奇，宋之话本，宋元之拟话本，元明之讲史，明之神魔小说，清之人情小说、讽刺小说、狭邪小说、侠义小说、公案小说一路演化而来的[2]，这是一个从虚无缥缈的虚构传说不断走向切实人生的过程。到明清时代，小说中的现实关怀精神日益显著，世情小说尤其发达，出现了反映晚明社会人情的长篇小说《金瓶梅》，以及大量作为世情小说"末流"的艳情故事如《如意君传》《素娥传》《春梦琐言》《绣榻野史》《肉蒲团》等。有拟话本小说"三言""二拍"，全面展示16、17世纪之交多姿多彩的社会生活画卷，书生、商贾、贩夫、走卒、美妓、老鸨，里巷百姓，市井小民，各个社会阶层中形形色色的人物纷纷走进读者视野，武林、江湖、官场、佛寺、道观、乡野、闹市，诸多场景被生动逼真地描绘出来，有人发迹升迁，有人穷困潦倒，既有男女幽期，又有节妇烈女、伦理纲常，方方面面的社会习俗都得到了细腻入微的再现。《儒林外史》对那些被科举和八股取士制度扭曲、锻铸、碾压成各种奇形怪状的书生士子进行了入骨三分的刻画，同时，也把戏子、小贩、菜农、裁缝等各色市井奇人形象三笔两笔清晰地勾勒出来，为儒林世界提供了一个五光十色的社会大背景。《红

1.《什么是新文学》，《李大钊文集》（下），人民出版社1984年版，第164页。
2.《中国小说史略》目录，《鲁迅全集》第9卷，人民文学出版社2005年版。

面朝东方大地

楼梦》记录了封建贵族家庭由盛而衰的全部过程，既有全景扫描式的缓缓推进，又有毫发毕现的局部特写，更是封建社会末期现实世界的一次真实记录。纪实性一直是中国古典小说的一大特色，即使是那些从题材上看离现实较远的历史演义、神魔小说等，也都在历史的艺术再现或虚化荒诞的描写中灌注了时代精神，融入作者对现实的感受和体验。总结历史是为了垂戒后世，警示世人，以史为鉴、借古讽今；说鬼说魔，讲狐讲仙，其用意都是指向人的。罗贯中所著的《三国志通俗演义》《残唐五代史演义》《大唐秦王词话》等写的是我们历史上最动乱的时期，《三国演义》写董卓为强迫百姓迁都，放火将洛阳民居全部烧毁，驱赶洛阳居民迁往长安，百姓葬身沟壑者不计其数，其实这些历史画面处处闪现着元末社会动乱的影子，反映出人心图治的社会心理。李贽在《忠义水浒传序》中言："《水浒传》者，发愤之所作也。盖自宋室不竞，冠履倒施，大贤处下，不肖处上。驯致夷狄处上，中原处下，一时君相犹然处堂燕鹊，纳币称臣，甘心屈膝于犬羊已矣。施罗二公身在元，心在宋；虽生元日，实愤宋事。"[1]指明这部作品忧时愤世的忠义情怀。至于神魔小说、狐鬼小说、游仙小说这些看似与人间联系微弱的奇幻缥缈的作品，也多是世俗人情的折射。《西游记》中写因迷信妖道而以小儿心肝当药引的比丘国王、残害无辜僧众的灭法国王、车迟国王等，都有明朝中后期那些昏庸皇帝的影子。林庚先生在《〈西游记〉漫话》中将《西游记》中的诸多情节与"三言""二拍"、《七侠五义》《水浒传》等小说对读后提出，《西游记》在

---

1. 李贽：《忠义水浒传序》，郭绍虞：《中国历代文论选》（一卷本），上海古籍出版社 2001
   年版，第 256 页。

神魔故事的外表情节下，实际上写的仍是市井百姓的生活。他发现孙悟空大闹天宫与《喻世明言》中《宋四公大闹禁魂张》《七侠五义》中白玉堂闹东京的故事情节十分相似；《西游记》第八十四回孙悟空在灭法国偷客店主人衣服，与《二刻拍案惊奇》第三十九卷"神偷寄兴一枝梅"在细节上有诸多相似。《西游记》中多次写妖怪要吃唐僧肉，有的连徒弟的肉也一并想吃掉，或要蒸，或要煮，或晒成肉干，这与《水浒传》中张青夫妇开黑店卖人肉包子，朱贵的黑店将客人麻翻、片出精肉做成耙子（肉干）何其相似。《西游记》第十八回"高老庄大圣除魔"和《水浒传》第五回"花和尚大闹桃花村"从过程到对话都很相似[1]。明清小说尽管形式各异，无不充溢着浓浓的社会生活气息。这种关注现实的精神为赛珍珠所继承。

但需要提及的一点是，赛珍珠曾不止一次地谈过，中国古典小说本质上是浪漫主义的。"我所熟悉的所有的中国小说，无论多么貌似现实主义，几乎都带有浪漫主义色彩，而且其中很多完全就是浪漫主义。"[2]中国小说"……在素材方面事实和虚构杂乱不分，在方法上夸张的描述和现实主义交混在一起，因此一种不可能出现的魔幻或梦想的事件可以被描写得活灵活现，迫使人们不顾一切理性去相信它。"[3]赛珍珠把中国小说的这一特征称为"浪漫的现实主义"。赛珍珠所说的"浪漫的现实主义"指的是，中国古典小说即使主干情节和主体

1.《〈西游记〉漫话》，《林庚诗文集》第8卷，清华大学出版社2005年版，第378—406页。

2.《东方、西方及其小说》，张丹丽译，载姚君伟编：《赛珍珠论中国小说》，南京大学出版社2012年版，第45—46页。

3.《中国小说》，王逢振译，载姚君伟编：《赛珍珠论中国小说》，南京大学出版社2012年版，第125页。

精神是现实主义的，也时常会设置一个超现实的故事框架和一些超现实的情节。如《水浒传》在开头"楔子"中即设置洪太尉误放了龙虎山伏魔殿内的三十六员天罡星、七十二座地煞星，梁山泊一百零八个好汉被设计成星宿下凡，给全书罩上了一层神幻色彩。到第四十二回"还道村受三卷天书，宋公明遇九天玄女"中，宋江被捉拿他的官兵追逼得走投无路时，却遇九天玄女相救，并授其天书，这就将宋江未来成为梁山泊主说成是天意，从而变得名正言顺，不容置疑。《西游记》中，孙悟空在除妖灭怪的路上遇到无法解决的困境时，观音菩萨、灵吉菩萨、太上老君、包括如来佛祖等都会应请或主动前来帮助他扫清取经道路上的障碍。《红楼梦》同样把一个地地道道的人间故事置于具有神话色彩的宏阔背景上，以娲皇炼就、无缘补天的灵石在一僧一道的提携下，下凡历幻，劫满复归的传说，给揭示封建贵族家庭悲欢兴衰的现实主题罩上了超现实的外壳，把佛教轮回思想引入作品，从俯视人间的宇宙视角提升了小说的内涵，对人生的感悟更加悠远辽阔。李汝珍《镜花缘》的立意依然在社会人生，但他先以武则天冬日幸游上苑，令百花同时开放，导致百花因违反天条遭贬红尘，变成人间一百个品貌才学超群绝伦的奇女子，展开了一个个奇幻其外、真实其内的生活情境。陈端生的弹词《再生缘》主要展示一代奇女子孟丽君这个中心人物的绝代姿容与旷世才华，对封建时代男尊女卑观念进行了颠覆性批判，作者未能免俗，依然将几个爱情故事置于神话背景上，书中几个主要人物皇甫少华与一妻二妾孟丽君、苏映雪、刘燕玉原本是东斗星君与玉帝驾前的执拂仙女、焚香仙女和秉圭仙女，偶动凡心，相约下凡共结良缘，虽得玉皇应允，但因触犯天条而受尽磨难、历尽曲折才得如愿。现实主义的内核中总是以各种不同形式掺和着浪漫主义因素，称之为"浪漫的现实主义"不谓不可。赛珍珠从小说中读出中国民众对超自然力量十分迷信："中国人自然是无神论者，……然而，几个世纪的故事里都是半人半神的神祇鬼怪的言语和行为。神变成人，人变成神，动物也是鬼魂缠身，女人则是罪恶的动物，是披着人皮的花妖狐魅。"[1] 她认为，这是民间意识受到佛道思想影响的结果："中国的宗教对小说故事的发展贡献巨大，尤其是道教，成了许多包含超自然因素的故事的来源，……在道教故事中，泛灵论随处可见，神灵出没其间。人们常说：'书没写完，神会写完它。'换言之，作家依靠超自然因素来取得出奇制胜的效果。"[2] 这一判断是比较准确、切中要害的。其实，这些都是中国传统的神道思想在小说中的体现。在中国民众心中，这些不同维次的神仙鬼妖都是自然真实的存在，并不是人们头脑中想象出来的，他们救民于危难之中也不是凭空的想象，只要心地至诚，获得感应，就会得到神灵的帮助。有些事件是真实存在、真实发生过的，只是由于古代人民无法解释这些现象，因此将它们与神灵护佑联系在一起。比如《三国演义》中的火烧赤壁，在历史上是正式发生过的，但因冬季很少刮东南风，因此人们将此称作是上天助刘灭曹，并将此事的主角从周瑜移花接木到了诸葛亮身上。再如，戏剧《窦娥冤》中的六月飞雪的确是罕见的自然现象，但并非完全不可能，但人们却把这种奇特的自然现象解释为人间发生了奇冤。还有一些超自然现象的描写是人们对奇迹出现的期盼，

1.《小说里的中国》，张丹丽译，载姚君伟编：《赛珍珠论中国小说》，南京大学出版社2012年版，第7页。

2.《中国早期小说源流》，张丹丽译，载姚君伟编：《赛珍珠论中国小说》，南京大学出版社2012年版，第22页。

盼望有一种超然的力量帮助人完成难以完成的事。这些内容在小说中并不占据主体位置，因而，赛珍珠对中国小说本质上都是浪漫主义的这一评判是不够准确的。不过，中国小说的这种被她概括为"浪漫的现实主义"写作手法却被赛珍珠移用到她的一些小说创作中去了，如她的作品《大地》中王龙夫妇哄抢大户发财致富彻底改变命运的偶然事件，《龙子》中梅丽的出现拯救了林老三，《牡丹》中慈禧宫廷中的太监向牡丹求婚，改变了牡丹的生活轨迹等，对此我们在第三章还会详加讨论。这些叙写都是在作品的关键部分借助偶然事件来解决矛盾，而这些事件在逻辑层面解释时往往显得有几分牵强，一定程度上损害了作品的真实性。

三、中国小说的艺术特征

在陶醉于中国文化博大深厚和中国人民的淳厚朴实的同时，赛珍珠对中国古典小说的艺术形式同样赞叹不已。她认为，中国古典小说最主要的艺术特征在于把生活真实当作最高的艺术真实加以追求、小说的情节结构和叙事线索遵循"自然"原则、通俗平易的语言风格以及戏谑讽刺的行文特点等。

（一）中国小说的最高真实是生活真实

与强调人（尤其是底层人）是小说的主体、人的自然本性是小说家关注的中心内容相匹配，在创作技巧上，赛珍珠追求运用自然主义手法，还原和真实再现人的本来面目，而不是加以美化或拔高，塑造儒道哲学和高雅正统文学中书写的理想人格。赛珍珠十分推崇孔子和儒家哲学，她曾在《中国今昔》中坦承孔子对她的影响："在我还是一个懵懂无知的孩童时，孔子就塑造了我的思想、行为和性格。孔子是我人生的参照坐标。当我学习希腊哲学后，我认识到柏拉图和孔子的教育思想有许多相似之处，但在高尚的美德和务实精神的融合方面，后者给我的印象更加深刻。"[1] 在小说《牡丹》中，她也明确表达了自己对儒家文化代表的中国人的生活原则的推崇。她曾在不同场合、不同作品中，宣传儒家倡导的忠孝仁义礼智信的人生准则，激赏温良恭俭让的行为方式，仰慕"富贵不能淫，贫贱不能移，威武不能屈"的高尚人格，赞成"己所不欲，勿施于人"的处世之道。但同时，赛珍珠也看到，经后世的历代演变，尤其是自宋元以来，儒家道统被固化为凌驾一切之上的精神力量，逐渐演变为钳制人们言行的教条和规范；在文学方面，则有自陆机、钟嵘、刘勰以来形成的典范高雅文学的文统，两者在将中华民族精神和文学理性化、系统化、规范化的同时，也压制了活泼的创造个性和处于边缘地位的文学样式。其结果是给伪君子和迂夫子的产生造就了土壤，赛珍珠的小说《同胞》中的梁文华和《龙子》中的三堂兄便是这两类人的代表。

赛珍珠认为，推崇被排挤在正统文学之外的中国小说，在小说艺术上推崇"生活真实"，并把生活真实定为最高的艺术真实，就是倡导小说要摆脱正统的道德和文学规范，不加伪饰、无拘无束地表现人的原始的、本真的面目，从而唤回这种原始的、本真的、未受扭曲的自然、健康的人性。在《中国早期小说源流》中，她明确阐述了对

1. Buck, Pearl S. *China Past and Present*, New York: The John Day Company, 1972, p.59.

这种主张的赞许："文学的这一样式（指小说——笔者注）的发展焕发出勃勃生机，它是那么生机勃勃，贴近生活，着实让人吃惊。中国人生哲学经典著作中的人物均是中国人自己所希望成为的模样，换言之，那是理想的境界，而在故事和小说中，人们发现的才是真实的中国人。"[1] 赛珍珠认为，中国古典小说对生活的忠实程度是西方小说难以企及的，这主要是因为：首先，在古代中国，写小说并非堂而皇之的高雅行为，不能光宗耀祖或给本人带来显赫的声名和利益，所以小说往往不署名或不署作者真实姓名，如此一来，作者就少了顾虑，敢于毫无顾忌地揭露和批判各种社会问题，提出自己的理想。其次，"……大多数小说和故事至少从宋朝开始几乎已经都用白话或百姓语言写成。"[2] 底层百姓最真率、最敢讲真话，所以用百姓日用的语言写作的白话小说也就少了正统文学的矜持和含蓄，敢于痛快淋漓地抨击时弊，抒写性情。

赛珍珠推崇的真实是从生活中尤其从底层人的生活中截取原型，不加雕琢，直接写进作品。虽然他们可能不完美，但他们鲜活、生动，不是完美而僵死的大理石雕像般的精美艺术品。小说家应该从喧闹的大街上、从杂沓的人群中选择他们写作的对象，因为他们代表大多数人，生活气息最浓厚。"他（指小说家——笔者注）的位置在街上。他在街上会非常快乐。街上充满了喧闹，男人和女人表现自己的技巧也不像雕像那样完美。他们难看而有缺陷，甚至作为人也不够完

1.《中国早期小说源流》，张丹丽译，载姚君伟编：《赛珍珠论中国小说》，南京大学出版社2012年版，第17页。

2.《中国早期小说源流》，张丹丽译，载姚君伟编：《赛珍珠论中国小说》，南京大学出版社2012年版，第18页。

美，而且他们从何处来到何处去也无从知道。但他们是人，因此远比那些站在艺术台座上的雕像更让人喜欢。"[1] 她认为，对生活真实的追求能造成一种平易朴实而感人至深的艺术魅力。有评论者说："在赛珍珠笔下，中国人不再是滑稽可笑，只具有异国色彩的、黄皮肤的玩偶，而是具有喜怒哀乐的人性俱全的普通人，他们追求的生活目标极其普通，毫无匪夷所思的地方。"[2]

中国小说"为我们提供了中国人的生活和思想的图景，这些图景内容丰富，充满了迷人的变化和对照，……"[3] 明清小说多从市井黎民中取材，柴米油盐等生活琐事，家长里短等邻里人际，悲欢离合等感情纠葛等等，越来越走向平实和普通人的生活，小说中也是很少见到理学气的说教，多的是对人的自然本性的理解和同情。如《喻世明言》第一篇《蒋兴哥重会珍珠衫》，被夏志清誉为"明代最伟大的作品"[4]。"表面上，这是个把天意安排在喜剧框架里的说教故事，然而它实在是一出在道德上与心理上几乎完全协调的人间戏剧。"[5] 蒋兴哥与三巧儿夫妻恩爱，但兴哥外出经商因病滞留异乡，到约定的春暖花开之日未能如期归来。强烈思念丈夫的三巧儿与狂热爱上她的年轻商人陈大郎好合，此时，她将陈大郎完全当成了丈夫的替身，全心全意接受了他的爱。"三巧儿彻底摆脱忧虑的坦然，在道德上是令人神爽

1. 赛珍珠：《中国小说》，王逢振译，载姚君伟编：《赛珍珠论中国小说》，南京大学出版社 2012 年版，第 138 页。

2. Ann Evory (ed.). *Contemporary Authors* (Vol.1), Cale Research Company, 1981.

3. 赛珍珠：《中国早期小说源流》，张丹丽译，载姚君伟编：《赛珍珠论中国小说》，南京大学出版社 2012 年版，第 32 页。

4. 夏志清：《中国古典小说史论》，胡益民等译，江西人民出版社 2001 年版，第 329 页。

5. 夏志清：《中国古典小说史论》，胡益民等译，江西人民出版社 2001 年版，第 330 页。

的。"[1] 三巧儿既不恪守过于苛刻的贞操观念，也不沉溺于毫无节制的激情。"对肉体和精神的忠实并不总是与丈夫的爱水火不相容的；而通奸也未必意味着夫妻间的不忠，在中国小说中，表现出这样豁达的理解力的作品实在不多见。"[2] 丈夫回来休她时，她非常羞愧，但她既未自责丈夫拖延在外时自己的不是，也没有怪罪薛婆和陈大郎趁虚而入，相反，她原谅了丈夫对她的埋怨。丈夫蒋兴哥闻知妻子出轨，虽然又气又恨，但对妻子仍存一丝怜惜和愧疚："当初夫妻何等恩爱，只为我贪着蝇头微利，撇他少年守寡，弄出这场丑来，如今悔之何及！"他休妻时并未指责她，甚至不忍心说破她的事羞辱她，妻子改嫁时，他又将妻子的十六个箱笼作为陪嫁送给妻子，这都是后来他们破镜重圆的基础。就连三巧儿的母亲，在女儿被休回家、羞愧难当欲自杀时，也没有一句责备，只是劝阻、安慰，帮女儿宽心，重寻生路。整篇小说散发的是人性的温馨与热情，是人与人之间的相互理解与宽容，是道德观念的豁达和疏朗，也是对普通人性的不夸张、不掩饰的自然而然的真实呈现。这里没有任何礼教的重负、说教的痕迹，有的是人们面对现实生活的困境时听从理性和心灵的声音妥善处理问题的善巧智慧，从中我们不难发现赛珍珠小说对生活真实的认可与再现的艺术源头。

（二）中国小说的情节线索和叙事结构体现着"自然"原则

赛珍珠认为，中国小说设置情节线索与叙事结构的唯一原则就是"自然"，她曾说过："一个优秀的小说家——或者说在中国，人们是

---

1. 夏志清：《中国古典小说史论》，胡益民等译，江西人民出版社 2001 年版，第 332 页。
2. 夏志清：《中国古典小说史论》，胡益民等译，江西人民出版社 2001 年版，第 333 页。

这样教给我的——最重要的应该是'自然'，就是说丝毫不矫揉造作，非常灵活多变，完全听凭流过他头脑的素材的支配。他的全部责任只是把他想到的生活加以整理，在时间、空间和事件的片断中，找出本质的和内在的顺序、节奏和形式。"[1] 古典长篇小说如《西游记》《三国演义》《水浒传》等，情节复杂而且混乱，结构也显得支离破碎，人物登场、下场，有时隔很久才再度出场甚至干脆就不再出场，很难找到一条清晰的脉络线索，与注重情节设置和谋篇布局的西方小说迥异。此处且不论这种评价是否得当（赛珍珠对三大名著的评价恐很难赢得中国读者的赞同，如金圣叹赞叹过《水浒传》"章有章法，句有句法，字有字法"[2]，毛宗岗赞叹过《三国演义》"总起总结中，又有六起六结"，"有巧收幻结之妙"，"有以宾衬主之妙"[3]），单论作家对这种情节线索与叙事结构安排的评价，虽然赛珍珠认为这应该是小说的缺陷，但这种情节上的混乱恰恰是对生活真实的模仿和忠实再现：

> 生活就无主要情节和次要情节之分。我也无法断定这是不是艺术，但我却很清楚，这就是生活，我相信小说中如果两者不可兼得的话，含有生活比含有艺术更好。[4]
> 生活中并没有仔细安排或组织好的情节，人们生生死死，根

---

1. 赛珍珠：《中国小说》，王逢振译，载姚君伟编：《赛珍珠论中国小说》，南京大学出版社2012年版，第124页。
2. 金圣叹：《读第五才子书法》，载施耐庵原著，金圣叹评点：《水浒传》，天津古籍出版社2006年版。
3. 毛宗岗：《读三国志法》，载罗贯中原著，毛宗岗评点：《三国演义》，天津古籍出版社2006年版。
4.《东方、西方及小说》，张丹丽译，载姚君伟编：《赛珍珠论中国小说》，南京大学出版社2012年版，第42页。

本不知道故事有怎样的结局，又为何有这样的结局；人们登上生活舞台，又走了下去，没有解释，上场与退场之间也没有明确的因果关系，以后也许会被人说起，也许不会。中国小说缺乏情节连贯性，也许就是一种技巧。这种技巧如果不是精心考虑的，无意中却也是对生活本身的不连贯的模仿。[1]

赛珍珠所说的"人们登上生活舞台，又走了下去，没有解释，上场与退场之间也没有明确的因果关系，以后也许会被人说起，也许不会"，在《水浒传》中体现得非常典型。《水浒传》写一百零八将的英雄事迹，但起笔却从一百零八将之外的八十万禁军教头王进写起，目的是用他写出高俅之奸恶，不容忠臣。王进避祸逃往延安府，途中引出史进，从此神龙见首不见尾，再也没有提及。此后，史进引出鲁达，鲁达引出林冲，林冲引出杨志，杨志引出晁盖等七人，晁盖引出宋江，宋江引出武松……一百零八将逐一登场，有些中间出现过，有的直到第五十七回"三山聚义打青州，众虎同心归水泊"才再次登场。《儒林外史》用这种情节线索引出人物、结构全篇的特点更加突出。我们看到从周进、范进到严监生、严贡生，到马纯上、匡超人、王玉辉，再到杜慎卿、杜少卿、庄绍光、迟衡山、虞育德等人，人物一个接一个鱼贯而出，鱼贯而入，并无严谨周密的线索安排，如生活本身一样，行云流水，自然而然。赛珍珠从忠实于生活的高度对这种结构特点予以充分肯定。

---

1. 赛珍珠：《中国早期小说源流》，张丹丽译，载姚君伟编：《赛珍珠论中国小说》，南京大学出版社 2012 年版，第 31 页。

但赛珍珠就此认为，中国小说"没有真正的情节，一般说来，你指不出一处地方可以说，此处故事情节到了高潮，较量达到了白热化，问题在这一两页内将有个决断。没有高潮也没有结局。……常常连个主要的情景都没有，……只是一些发生在所谓的主要人物周围的事件。也没有形式上的次要情节。"[1] 这一评价则有以偏概全之嫌。事实上，在中国很多杰出的小说中，重要情节往往非常集中，《三国演义》中的"温酒斩华雄""三顾茅庐""火烧博望坡""草船借箭""借东风""火烧赤壁"等，《水浒传》中的"拳打镇关西""倒拔垂杨柳""风雪山神庙""智取生辰纲""武松打虎""大闹飞云浦""血溅鸳鸯楼""三打祝家庄"等，《西游记》中的"大闹蟠桃会""三打白骨精""偷吃人参果""智调芭蕉扇"等，《红楼梦》中的"黛玉进贾府""神游太虚境""协理宁国府""病补孔雀裘""焚稿断痴情"等，《儒林外史》中的"范进中举""杜少卿游山"等都是著名的情节，随处可见，信手拈来。中国传统白话小说也是有高潮的，只是出现的地方与西方小说不完全相同，不一定遵循"开端—发展—高潮—结局"这种模式，"一般说来，中国小说里情节的'高潮'往往远在故事的终点之前就发生了。"[2] 如《三国演义》中的"赤壁之战"，《水浒传》中"忠义堂石碣受天文　梁山泊英雄排座次"，《红楼梦》中"林黛玉焚稿断痴情　薛宝钗出闺成大礼"，《金瓶梅》中西门庆之死，等等，都堪称小说的高潮。至于谈到小说结尾，赛珍珠翻译所选的七十回本《水浒传》可能没有她所说的结尾，但一百回《水浒传》"宋公

1. 赛珍珠：《东方、西方及小说》，张丹丽译，载姚君伟编：《赛珍珠论中国小说》，南京大学出版社 2012 年版，第 41 页。
2. 浦安迪：《中国叙事学》，北京大学出版社 1988 年版，第 76 页。

明神聚蓼儿洼 徽宗帝梦游梁山泊"是一个能够与全文叙事统一的结尾;《红楼梦》如果就曹雪芹生前完成的八十回本来看,的确没有完整的结尾,但高鹗续成的一百二十回本《红楼梦》"甄士隐详说太虚情 贾雨村归结红楼梦"则是一个能回应第一回的结尾,小说首尾照应,可以说结构得严丝合缝。中国小说在结构和情节方面都有自己的设计,只是这些设计与西方小说的特点有所不同罢了。

中国小说的一大特点是注重外部情节的迅速推进,事件多,节奏快,跌宕起伏,大开大合,以便对受众有吸引力。如《水浒传》中以鲁智深为核心人物的故事,从第三回出现,到第八回暂告一段落,六个回目中接连出现了拳打镇关西、大闹五台山、大闹桃花村、火烧瓦罐寺、倒拔垂杨柳、大闹野猪林等一系列事件,几乎每一个事件都令人难忘。与鲁智深有过交结的主要人物则有史进、李忠、金翠莲父女、郑屠户、赵员外、智真长老、李忠、周通、智清长老、林冲等,有的是土匪,有的是财主,有的是正直之士,有的是地痞恶霸,有的在家,有的出家,各色人等,详描略勾,面目迥异。地点也跨越了渭州、代州雁门县、五台山、桃花村、瓦罐寺、东京大相国寺、沧州道,空间转换跳脱,有一日千里之感。

不过,需要说明的是,经典的中国古典小说,其情节线索并非真的是作者兴之所至地随意走笔而成,其实不少作者在线索安排上是匠心独运的,金圣叹在《读第五才子书法》中总结《水浒传》的线索安排"有草蛇灰线法",伏脉千里之外;毛宗冈《读三国志法》评价《三国演义》"有隔年下种,先时伏著之妙",都有技巧隐含其中。不过这种技巧更强调遵循生活实际而非作者的主观取向。

杨义先生对西方和中国小说叙事方式和叙事结构进行过对比:

西方小说往往从一人一事一景写起，中国小说则往往首先展示一个广阔的超越的时空结构，神话小说从盘古开天辟地、女娲炼石补天写起，历史小说从三皇五帝、夏商周列朝写起。这种中国和西方小说的第一关注点的差异，表明中西文化启动其世界感觉，以及进入其叙事世界的通道有着明显的不同。中国小说家以时间的整体观为精神起点，进行宏大的大跨度的时空操作，从天地变化和历史盛衰的漫长行程中寄寓着包举大端的宇宙哲学和历史哲学。[1]

这是对中国小说叙事结构艺术的高屋建瓴的总结和概括，说明中国小说并非仅仅按照"生活"的自然顺序信手写来的。

在中国古典小说中，叙事结构的安排也是顺应着所要书写的题材、所要表现的主题设置的，两者交相辉映，融为一体。《三国演义》从最外围的总体结构上看采用的是块状叙事，全书由"逐鹿中原""赤壁之战""三国鼎立"三大板块组成。在块状结构下又以汉亡引出魏、蜀、吴三方兴衰这三条发展线索，最后归并到晋朝一统天下的终局，穿插着以时间为序的线性流程。第一部分"逐鹿中原"群雄混战，犹如钟鼓齐鸣的合奏交响；第二部分"赤壁之战"经历大浪淘沙，水落石出，主体已渐次分明；第三部分"三国鼎立"侧重叙写蜀汉一国，突出光复汉室的主旋律。全书结构印证了开宗明义的第一句话："话说天下大势，分久必合，合久必分"。七十回本《水浒传》(即赛珍珠翻译的版本)主体部分采用的是线性推进的叙事结构，

---

1. 杨义:《中国叙事学》，人民出版社 2009 年版，第 136—137 页。

　　　　　　　　　　　　　　　　　　　　　面朝东方大地

人物一个牵引一个相继登场，若干条线索分头并叙，犹如金线串玉珠，直到第七十回"忠义堂石碣受天文 梁山泊英雄惊恶梦"，这才"众虎同心归水泊"，一百零八将从四面八方齐聚梁山，归并一处，交响和鸣，推向高潮。不同线索从不同层面表现了"乱自上作"的社会现实和"逼上梁山"的抗争情绪。《红楼梦》是中国小说发展的顶峰，"自有《红楼梦》出来以后，传统的思想和写法都打破了。"[1] 它采用多层次叙事节奏，多条线索齐头并进、交相连结又互相制约，犹如网状。在一僧一道一石构筑成的契合天地循环的神话世界的统摄下，"以大观园这个理想世界为舞台，着重展开了宝、黛爱情的产生、发展及其悲剧结局，同时，体现了贾府及整个社会这个现实世界由盛而衰的没落过程"，"全书三个世界构成了一个立体的交叉重叠的宏大结构"[2]，再现了一个真假莫辨、虚实相间的神秘世界，表达了作者独特的人生体验。这些不同的叙事方式对赛珍珠多有启示。

（三）中国小说刻画人物性格的手法是动作和对话

姚君伟先生在评论赛珍珠的演讲《东方、西方及其小说》时说过："赛珍珠认为，中国小说中故事的展开及众多角色的塑造，主要依靠的是小说家对于动作和对话的重视，很少有对于内心世界的描写。人物形象的生动逼真，是靠人物的行动和语言来实现的，决非靠作者出面来解释。借助语言和动作，在动态中塑造人物，采用质朴而

---

1. 鲁迅：《中国小说的历史的变迁》，《鲁迅全集》第 9 卷，人民文学出版社 2005 年版，第 348 页。
2. 袁行霈主编：《中国文学史》第 4 卷，高等教育出版社 1999 年版，第 371 页。

纯厚的白描手法，是优秀小说家的看家本领。"[1] 的确，赛珍珠曾不止一次谈到，中国小说给读者留下深刻印象的是人物的塑造，是一个个活生生的人物性格。"他们（即中国人——笔者）对小说的要求一向是人物高于一切。《水浒传》被认为是他们最伟大的三部小说之一，并不是因为它充满了刀光剑影的情节，而是因为它生动地描绘了108个人物，这些人物各不相同，每个都有其独特的地方。"而展现这些人物时，并不注重对其心理展开静态的分析解剖，或对其性格进行静态的描述，如西方小说中常见的类型。虽然"人物描绘生动逼真，是中国人对小说质量的第一要求，但这种描绘是由人物自身的行为和语言来实现的，而不是靠作者进行解释"[2] 中国小说展示一个个鲜活性格的主要手法是"动作与对话"，而"很少采用描写"，"也很少有关于内心世界的长篇描写"，至多有一些有关角色"稀奇古怪的外表、简单的服饰、身材、个头"诸如此类的简单描述。所以，作为有声思想的语言就成了刻画人物的主要手段。而中国小说也很少有长篇描述性的言论，对话和行动就承担起刻画人物的重头戏。

　　总的来说，他们平平淡淡地谈话，而且谈的也常常是看似平常的东西。然而，从谈话的方式，遣词用字，及精妙的含义中，我们可以了解这个角色，知道他是十什么的，因此一个通晓文字的人会发现，一句看似简单的话立刻就能将书中的角色摆到适合

---

1. 姚君伟：《赛珍珠与中英小说比较研究——评〈东方、西方及其小说〉》，《镇江师专学报》（社会科学版）2000 年第 1 期，第 43 页。
2. 赛珍珠：《中国小说》，王逢振译，载姚君伟编：《赛珍珠论中国小说》，南京大学出版社2012 年版，第 121 页。

面朝东方大地

他的社会阶层，适合他的职业，而且几乎总能流露出他当时的内心世界。书中似乎一直有对话，故事的继续就是由人们相互讲述所发生的事情，如果同时有两个角色出现，总是以他们之间的对话使故事继续——对话非常幽默有趣，这就构成了对话本身存在的理由。[1]

正因为对话不只承担着对人物性格的刻画，而且也是故事得以延续的重要手段，因此，赛珍珠认为中国小说不同于西方小说可以划分为冒险小说、社会风俗小说、心理小说等类型。事实上，中国小说是综合性的，是冒险故事、社会风俗小说和"各种各样人类社会情景"的结合体，"因而无法确定该归于哪一类"。"中国根本就没有什么纯粹的心理小说或意识流小说，然而，却有充满了有血有肉、栩栩如生的人物的小说。"[2]中国小说中当然也有许多成功的心理描写，《三国演义》《水浒传》《红楼梦》等中都不乏成功的案例，但的确没有西方小说中连篇累牍的静态的心理描写和分析，所以赛珍珠对中国小说刻画人物的途径的概括和总结是非常准确的。"没有人物行动，就失去了说话艺术的精髓，也失去了中国小说的精髓。如果用一句话来概括，行动性正是中国古典小说民族特色的集中表现。"[3]这一论断与赛珍珠多年前的判断完全相符。

1. 赛珍珠：《东方、西方及其小说》，王逢振译，载姚君伟编：《赛珍珠论中国小说》，南京大学出版社 2012 年版，第 49—50 页。
2. 赛珍珠：《东方、西方及其小说》，王逢振译，载姚君伟编：《赛珍珠论中国小说》，南京大学出版社 2012 年版，第 48 页。
3. 饶芃子等著《中西小说比较》，安徽教育出版社 1994 年版，第 136 页。

中国小说主要借助对话和动作来完成人物性格的塑造这一特点，同中国小说的起源和传播与口头讲唱艺术或说书艺术有着密切联系是分不开的。正是因为小说多通过说书等口头形式传播，为了更有效地诉诸听众的听觉，中国古典白话小说必须借助易于听懂、识别和记忆的简洁、明快、生动、带有丰富情节性和故事性的人物对话，才能既完成对事件的展现，同时也完成对人物性格的塑造。因而，中国小说更注重故事情节，注重外部事件的大开大合，而较少对人物内心世界的深层、细腻的表现，对人物精神世界的关注较少。另一方面，中国文化长期受儒家思想影响，重伦理关系，重集体利益，理性大于情感，"存天理，灭人欲"，对个人的内在感情、个性体验比较忽视，这不同于西方对人道主义的鼓吹和提倡，人的精神世界、人的个性特征受到重视。所以，西方小说中的个人情绪和个人情感比在中国小说中得到了更浓重的渲染，中国人对专属个人的情感本来就采取压制和忽视态度，在小说中势必较少静态的内心独白和抽象的哲理议论。这是中西方小说的一大区别，赛珍珠敏锐地捕捉到两者之间的差异并作了比较精准的评述。

（四）中国小说的语言风格是通俗平易

赛珍珠认为，与小说主题和内容上的平民立场相对应的，是中国小说在语言风格上的通俗平易。她在诺贝尔文学奖领奖台上高调宣称：在反映底层百姓生活上，中国小说生动、平易、通俗的特点令精英文学望尘莫及，并如数家珍般地将琳琅满目的中国古典小说展现在西方精英和民众面前，扩大了中国小说的国际影响力。她的获奖演说《中国小说》就是一篇中国古代通俗小说的辩护词。作为一位西方作家，在中国古典小说仍被前代精英文学家边缘化为下里巴人的低俗文学，又被同时代主流作家贬为故纸堆中的封建糟粕时，身为异国作家的赛珍珠却在国际舞台上大力宣传、竭力褒扬这种文学传统，并以毕生之力不断创作实践，继承、演绎这一通俗性的中国文学传统，这实在是一个秉持世界主义立场的有见识的文学家对自己认同的艺术立场的可贵坚守。

> 一个伟大民族的这种深远而确实令人崇敬的想象力的发展，在它自己的时代和它自己的国家竟然不被称作文学。"小说"这个名称本身指的是小的和没有价值的东西，而"长篇小说"仍然不过是篇幅长的小而无用的东西。这是错误的。中国人民在文人文学之外创造了他们自己的文学。今天，这种文学依然存在——且不说会有新的出现——而那种称作艺术的正规文学却已经死亡。
>
> 我就是在这样一种小说传统中出生并被培养成作家的。因此，我受到的教育使我立志不去写那种漂亮的文字或高雅的艺术。[1]

中国小说是人民的文学，小说读者对象是"闾里小知"、平头百姓，只要有人民在，有人民的审美需求在，小说就有了生根的土壤、生长的空间。在第一章中，我们谈到过赛珍珠童年和少年时代听扬州评话、听淮书、看民间戏曲的经历，说书艺人是赛珍珠童年时代非常熟悉的，她写过一部《中国说书人》(*The Chinese Story Teller*, 1971)专

---

1. 赛珍珠：《中国小说》，王逢振译，载姚君伟编：《赛珍珠论中国小说》，南京大学出版社2012年版，第136页。

门介绍过这些民间艺术家，在《大地》《龙子》等小说中，她也涉及过这类人的活动。赛珍珠对小说家的定位是：

> 一个小说家决不能把纯文学作为他的目的。他甚至不能对纯文学了解得太多，因为他的素材——人民——并不在那里。他是在村屋里说书的人，他要用他的故事把人们吸引到那里。文人经过时他无需抬高他的嗓子。但若一群上山求神朝圣的穷人路过时，他一定要使劲把他的鼓敲响。他必须对他们大声说："喂，我也讲神的故事！"对农夫，他一定要讲到他们的土地；对老头儿，他一定要讲到和平；对老太太，他必须讲到她们的孩子；而对年轻的男男女女，他一定要讲他们之间的关系。只要这些平民高兴听他讲，他就会感到满意。[1]

其实，讲故事的小说在中国古典小说尤其是在元明清小说中展示得非常充分，赛珍珠对元明清小说亲炙最多，用功最勤，对其通俗平易的语言特点了解得也最清楚。中国古典小说尤其是元明清以来的中国小说多写普通百姓的市井生活，因而所采用的语言也多是市井百姓的日常用语，小说多采用口语化语言。如《水浒传》第二十四回"王婆贪贿说风情　郓哥不忿闹茶肆"中武松临去东京公干前，旁敲侧击地警告嫂子潘金莲要安分持家："嫂嫂是个精细的人，不必用武松多说。我哥哥为人质朴，全靠嫂嫂做主看觑他。常言道，表壮不

---

1. 赛珍珠：《中国小说》，王逢振译，载姚君伟编：《赛珍珠论中国小说》，南京大学出版社 2012 年版，第 138—139 页。

如里壮。嫂嫂把得家定，我哥哥烦恼做甚么？岂不闻古人言：篱牢犬
不入。"潘金莲听出武松话里有话，满脸通红，恼羞成怒，指着武大
便骂道："你这个腌臜混沌，有甚么言语在外人处，说来欺负老娘！
我是一个不戴头巾的男子汉，叮叮当当响的婆娘，拳头上立得人，胳
膊上走得马，人面上行的人！不是那等搦不出的鳖老婆！自从嫁了
武大，真个蝼蚁也不敢入屋里来，有甚么篱笆不牢，犬儿钻得入来？
你胡言乱语，一句句都要下落，丢下砖儿瓦儿，一个个也要着地。"[1]
这段对话，用了好几处民间俚语、俗语，把武松的警觉、严正，潘金
莲的泼辣、凶悍、蛮霸表现得淋漓尽致。再如《西游记》第三十五回
"外道施威欺正性　心猿获宝伏邪魔"中已被拘在魔洞里的猪八戒调
侃金角大王："令弟已是死了，不必这等扛丧，快些儿刷净锅灶，办
些香蕈、蘑菇、茶芽、竹笋、豆腐、面筋、木耳、蔬菜，请我师徒们
下来，与你令弟念卷'受生经'。"[2]猪八戒油嘴滑舌，兴之所至，竟然
像说书一样点起菜名来，语言带有明显的曲艺特点。《西游记》中充
满了这类语言，使整部作品着上了浓郁的市井生活气息和轻松诙谐的
民间文学色彩。

　　赛珍珠十分欣赏这种鲜活、生动的日常生活语言："真正的小说
语言是他们（指普通百姓——笔者注）自己的语言，而不是经典的
'文理'，'文理'是文学和文人的语言。……'文理'也曾经是一种
白话。但文人总是跟不上活的、变化的、人民的语言。他们固守一种
古老的白话，乃至把它变成经典，而人民的活的语言不断发展，把

1. 施耐庵原著，金圣叹评点：《金圣叹批评第五才子书水浒传》，天津古籍出版社 2006 年
版，第 218 页。
2. 吴承恩：《西游记》，人民文学出版社 1980 年版，第 448 页。

他们远远抛在后边。中国的小说是用'白话'写的，或者说是用人们平常说的话写的，这本身就是对旧文人的一种冒犯，因为其结果是一种非常流畅可读的文体，而文人说这其中没有任何表现技巧。"[1] 这里所说的"文理"应该指的就是文言文，即中国古代书面语言和官方语言，是与日常生活语言这种"活的、变化的、人民的语言"相对应的另一套话语体系。

（五）中国小说的行文特点是戏谑讽刺

赛珍珠认为，中国小说经常用戏谑诙谐的语言刻画人物，展现人物性格，她将幽默的风格与丰富的素材、精湛的技巧和哀婉的主题并列起来，共同构成中国小说的几个主要特征。"人们为一点天真和实在的幽默发出笑声，书里多的是这种幽默，就像幽默的中国人一样。"[2] 她认为唐代"有许多充满幽默和讽刺的小说"，清代的《儒林外史》也是"一部讽刺清朝弊病、尤其是科举弊病的小说，充满了意义双关但并无恶意的对话，情节丰富，既楚楚动人又非常幽默"[3]。戏谑讽刺构成中国小说行文中一个重要特点。

中国传统文学观念强调文学的教化功能，"诗言志""文以载道"，因而对文学的要求是严肃，不能以文为戏。如唐代韩愈作《毛颖传》，以嬉笑诙谐的文风，曲折表达郁积于心的愤懑，实则为寓庄于

---

1. 赛珍珠：《中国小说》，王逢振译，载姚君伟编：《赛珍珠论中国小说》，南京大学出版社2012年版，第118—119页。

2. 赛珍珠：《中国早期小说源流》，张丹丽译，载姚君伟编：《赛珍珠论中国小说》，南京大学出版社2012年版，第31、32页。

3. 赛珍珠：《中国小说》，王逢振译，载姚君伟编：《赛珍珠论中国小说》，南京大学出版社2012年版，第128、135页。

面朝东方大地

谐的寓言体散文，颇类司马迁的《滑稽列传》，竟遭到好友张籍的批评，说该文"讥戏不近人情"，乃"文章之甚纰缪者"（《旧唐书·韩愈传》)，后来朱熹又表示不满，但赞美者也大有人在，称之为"千古奇文"（林纾语）。可见诙谐滑稽文体不为正统文学观所倡导。尽管如此，中国古典文学中仍不乏内容诙谐、用以讽喻嘲谑的文字出现。如南朝宋刘义庆的《世说新语》记录魏晋名士的逸闻轶事和玄虚清谈，文字简约传神，透出种种机智和幽默。如《任诞》记载刘伶纵酒放诞的言行，《忿狷》中描写王述吃鸡蛋时的性急窘态，皆令人捧腹[1]。《隋书·经籍志》著录邯郸淳《笑林》三卷，《新唐书·艺文志》著录何自然《笑林》三卷，虽已散佚，但从遗下的二十余篇文字中仍可领略其俳谐的文风，如"不识镜""痴婿""鲁人执竿""外学归"[2]等，既令人解颐一笑，又"嘲讽世情，讥刺时弊"[3]。明中叶以后市民思潮兴起，士子们追求快乐适意的人生享受，对文学的影响之一就是以趣为文，小说中的谐谑幽默，戏曲中的插科打诨，以及散文中的戏谑小品不断涌现。如明代冯梦龙曾编纂《笑府》《雅谑》《古今笑》等笔记体幽默讽刺小说，袁宏道文集中也有《百花洲》这样的小品。袁宏道还曾在《叙陈正甫会心集》中就"趣"作了专论："夫趣得之自然者深，得之学问者浅。当其为童子也，不知有趣，然无往而非趣也……"[4]，

---

1. 刘义庆：《世说新语》，载《汉魏六朝笔记小说大观》，上海古籍出版社1999年版，第945、987页。
2. 李昉等编：《太平广记》卷262，中华书局1961年版，第2051—2053页。
3.《中国小说史略》，《鲁迅全集》第9卷，人民文学出版社2005年版，第68页。
4. 钱伯诚笺校：《袁宏道集笺校》卷10，上海古籍出版社1979年版，转引自陈志扬、李斌编著：《中国古代文论读本》第4册（明清卷），河南大学出版社2019年版，第190页。

趣味性情节在小说中俯拾皆是。

谐趣滑稽的行文风格在元明清几部重要的章回体小说中触目皆是，信手拈来。如我国第一部长篇章回体小说《三国演义》是一部慷慨悲壮的英雄史诗，总体风格是庄重严肃的，但其中也不乏诙谐笔调。如第四十三回"诸葛亮舌战群儒"，孔明疾言厉色地斥责主张投降曹操的吴国谋士薛综为"无父无君之人"，并表示"不足与语，请勿复言！"后，席间气氛一时非常紧张而尴尬。此时，陆绩发问，诸葛亮立刻转以调笑的口吻加以回应："公非袁术座间怀橘之陆郎乎？请安坐，听吾一言。"一番雄辩之后，又笑对陆绩说："公小儿之见，不足与高士共语！"[1] 从厉声断喝到调侃取笑，态度立变，和缓气氛，同时将陆绩当做小儿看待，语调一直扣着调侃他怀橘的往事，十分得体；同时论辩语气一紧一松，一张一弛，节奏调节非常自如。陆绩怀橘是为孝母，所以不应简单斥之为窃，但私自怀橘毕竟不是光彩之事，所以以调侃语气谈之最宜。作者本为突出诸葛亮善辩之口才，而这个令人发噱的小场景给作品增添了谐趣。后主刘禅全无心肝，降魏后乐不思蜀。秘书郎郤正教他："倘彼再问，可泣而答曰：'先人坟墓，远在蜀地，乃心西悲，无日不思。'晋公必放陛下归蜀矣。"刘禅依言回答，却挤不出眼泪来，只得闭上双目。司马昭诈他说："何乃似郤正语耶？"后主竟吃惊地看着司马昭说："诚如尊命。"蠢态可掬，活画出一个"扶不起的刘阿斗"的形象[2]。不过这类文字在《三国演义》中究属偶一为之，比较少见，而在叙述江湖好汉行事的《水浒

1. 罗贯中原著，毛宗岗评点：《三国演义》，天津古籍出版社 2006 年版，第 321 页。

2. 罗贯中原著，毛宗岗评点：《三国演义》，天津古籍出版社 2006 年版，第 883 页。

传》中谐趣成分则增多了不少。如黑旋风李逵就是带有不少喜剧色彩的角色，常因与人争胜、行事鲁莽、贪吃酒肉而闹笑话。第五十三回，负命而往的李逵为了让归宁的公孙胜痛快地跟他们去救柴进，决定半夜三更人不知鬼不觉地斧劈阻止公孙胜下山的师父罗真人，其实罗真人早已察其诡计，预先设下圈套，将李逵摄上云端，从半空中摔进蓟州府厅，被当做妖人，淋了一头一身狗血屎尿，押进死牢，吃足苦头，狠狠教训了这个自以为是的夯货，却并未真正加害于他。叶昼评价说："……《水浒》文字，当以此回为第一。试看种种摹写处，那一事不趣？那一言不趣？天下文章当以趣为第一。既是趣了，何必实有是事，并实有是人？"（容本《水浒》第五十三回评语）《西游记》的趣味性更是处处可见，这部小说本身就带有明显的游戏性特征，孙悟空爱逞强、好虚荣、喜欢恶作剧的猴性，猪八戒懒惰、贪吃、好色的猪性，都被作者以轻松诙谐、调侃揶揄的笔调书写出来。如在下界闹事的美猴王被玉皇大帝召上天庭，官封"弼马温"。这"弼马温"原是"避马瘟"的谐音，利用民间认为在马厩里养猴子可以有效地去避马瘟的说法，让猴子发挥自己的作用，却利用他的无知，说给他封官，其实是在嘲弄他。猪八戒因调戏嫦娥而被贬下界，但他本性难改，道心不坚。第二十三回，黎山老母与观音、普贤、文殊三位菩萨幻化出一座富豪庄院和母女四人，"四圣试禅心"。八戒果然中计，想招亲当女婿，便假借放马，来找老母毛遂自荐。待回转来时，唐三藏问他马是否放过，他谎称"没甚好草，无处放马"，知情的悟空立即讽刺他："没处放马，可有处牵马么？""牵马"是"说媒""做牵头"的意思，此处一语双关。猪八戒明白悟空已知情，十分尴尬："呆子闻得此言，情知走漏了消息，也就垂头扭颈，努嘴皱眉，半晌不言。"

好色的八戒被菩萨用计绷在树上一夜，疼痛难禁。悟空忍不住取笑他："好女婿呀！这早晚还不起来谢亲，又不到师父处报喜，还在这里卖解儿（意指玩杂技——笔者注）耍子哩！"[1]读之令人忍俊不禁。八戒懒惰，第三十二回，师徒四人过平顶山时被告知山中有妖怪，悟空令八戒去巡山。八戒偷懒，钻进草窠里睡了一觉，并打定主意编谎回来哄骗悟空，问是什么山，就说是石头山，问是什么洞，就说是石头洞，问什么门，就说是钉钉的铁叶门，问里边有多远，就说入内有三层，问门上几个钉，就说我老猪心忙记不真。结果给悟空当场揭穿，八戒只好磕头求饶。漫漫取经路上，充满悟空对八戒的戏耍、捉弄，既表现出苦中作乐的乐观情绪，也表现出悟空寓正义感于嬉笑游戏之中的善巧智慧。悟空在"腾挪骗宝贝""三调芭蕉扇""施为三折肱"等回合中与妖怪斗智斗勇或救人急难，作者借轻松诙谐的游戏文字写出，使整部小说充满轻松意味。《红楼梦》中刘姥姥二进荣国府，凤姐、鸳鸯一起捉弄她，刘姥姥为博贾母欢心，十分配合，装疯卖傻，逗得众人尽情大笑，那是贾府众人最开心的一次，而悲剧能手曹雪芹刻画喜剧场面的功夫也得到了淋漓尽致的展现。《儒林外史》是一部讽刺小说，对人物的讽刺可谓入木三分。如五十岁中举的范进喜极而疯，母亲亡故后应"丁忧守制"，他乔张做致，在形式上下足功夫，做客吃饭都特地另要"银镶杯箸"，似乎十分尽礼，却在"燕窝碗里，拣出一个大虾元子送进嘴里"，一个细节就显露出范进卑劣的品性。胡屠户对范进的前倨后恭，相差不啻冰火两重天；严监生的二位舅爷王仁、王德，即"亡仁""亡德"之谓也；严监生的哥哥、乔

---

1. 吴承恩：《西游记》，人民文学出版社 1980 年版，第 297、302 页。

　　　　　　　　　　　　　　　　　　　　面朝东方大地

列衣冠的严贡生，讹邻猪仔，诈人钱财，赖人船资，霸占弟财，是横行乡里的恶霸……作者用一个个生动的情节，对这些人物的丑恶灵魂进行了淋漓尽致的披露和讽刺，在笑声中剥开了人性深处的丑陋。

赛珍珠对中国古典小说戏谑讽刺的行文特点十分熟知也十分推崇，日后她在中国题材小说的创作中也不时体现出幽默风趣的特点，是受到中国小说谐趣文风影响的结果。

四、中国小说的创作过程

赛珍珠认为，中国小说在创作过程中有一个迥异于西方的特点，甚至可以称之为二者分水岭之处是，西方作家非常重视独创性，尊重作家的著作权，"一个作家借用另一个作家的材料，必须加以说明。这是一个惯例。"这是大家必须遵守的规则；而在中国，小说作者对于采用他人观点的态度则完全不同，他们不仅大量采用过去作品的内容，而且习以为常，毫无挂碍。"中国作家对过去的作家过分依附，他们努力去摹仿，结果，自己的作品大多毫无新意可言，这种依附和模仿使他们完全采用别人的情节或情景，改编扩充后就自认为是一部新作品。这种情况在中国被认为是完全合乎道德的。"[1] 她把《宣和遗事》称为用这种方式形成的第一部小说，此外还列举了《白蛇传》《三国演义》《水浒传》《金瓶梅》等例子。"用《白蛇传》这个非

1.《中国早期小说源流》，张丹丽译，载姚君伟编：《赛珍珠论中国小说》，南京大学出版社 2012年版，第23页。

常有名的故事来做例子","中国小说几乎没有一部巨著本身是独立的,它们都来自历史、说书人、朝代更迭、戏剧故事的进一步发展,起先它们只是支离破碎的拼凑,随着时间的推移,新的作者对这些故事,开始着墨于某个具有中心环节作用的人物并形成某种统一。""抄袭被看成是件光荣的事,而非丑事,独创性得不到鼓励。""在中国照搬另一作品的格式或情节是对它的一种赞赏……"她认为《水浒传》不是一个人写成的,是"由宋代许多写一群强盗的故事发展而成的",而《金瓶梅》又是依据《水浒传》几个著名的章节发展起来的。赛珍珠认为,中国作家把这种不断抄袭、剽窃前代作品的行为视为理所当然,以至于这种传统已经渗透到民族集体无意识中,一直影响到现代中国一些年轻作家:"……现在偶尔有些年轻的作家从西方作品中全部或几乎全部剽窃情节,移花接木,写进自己的作品中。"[1]但他们是在中国文化传统下熏育成长起来的,对这种行为习以为常,不认为有什么不妥。在此,赛珍珠显然认为现代中国的年轻作家在模仿西方小说时尺度太大,按照西方标准而言称得上侵犯著作权了,但按照中国传统文化的标准来衡量,他们就不算违规。如果情况属实,则这一点显然会影响中国现代文学创作与世界文学创作规则的接轨。她认为,在中国古代文学史上这种沿袭甚至抄袭前人创作成风,并被视为正常现象、不以为怪的原因,一是因为小说在当时不受重视,毫无地位,仅仅是消遣娱乐的工具,不值得认真追究,二是因为中国古代"看重艺术,而非某个艺术家,直到当今,还一直是中国

1.《东方、西方及其小说》,张丹丽译,载姚君伟编:《赛珍珠论中国小说》,南京大学出版社 2012 年版,第 38、40 页。

　　　　　　　　　　　　　　　　　　面朝东方大地

的一个特性",赛珍珠把这一点看作"一个对我来说是个值得羡慕的特征"[1]。

在此,赛珍珠关注到的其实是中国小说的一个十分独特而显著的特征,就是同样的情节会在不同作者笔下被反复采用,每次加进去一些新情节和新观点,使一个故事不断生长、壮大、丰满。"中国作家对过去的作家依附,他们努力去模仿,结果,自己的作品大多毫无新意可言,这种依附和模仿使他们完全采用别人的情节或情景,改变扩充后就自认为是一部新作品。这种情况在中国被认为是完全合乎道德的。实际上,所有的名著在定本之前均以多种形式出现过。"[2]她还以《白蛇传》为例,说明中国小说在不同时期的发展演变过程。赛珍珠所论主要是指一部成熟的小说在成书之前所经历的从传奇、话本、到杂剧、长篇章回体小说这一系列发展过程,以及成书之后的若干续作,如《水浒传》《金瓶梅》《红楼梦》等都有大量续书。如果说中国古典作品"大多毫无新意"的断语失之偏颇的话,则借鉴、模仿前人作品倒的确是中国小说的一个显著特点。如中国古代小说中历史演义占据很大比重,即根据历史记载,按照一定的美学原则创作的历史演义小说数量众多,如历史演义小说的开山之作《三国演义》就是在陈寿《三国志》等历史记载的基础上创作而成的,清代学者章学诚认为它是"七分事实,三分虚构"(《丙辰札记》),这个定量分析已被后人普遍接受。沿袭性成分占据作品大部分比重,这在中国古典小说

---

1. 赛珍珠:《东方、西方及其小说》,张丹丽译,载姚君伟编:《赛珍珠论中国小说》,南京大学出版社 2012 年版,第 39、40 页。

2. 赛珍珠:《中国早期小说源流》,张丹丽译,载姚君伟编:《赛珍珠论中国小说》,南京大学出版社 2012 年版,第 23 页。

中是数见不鲜的。研究者还发现，元代文言传奇《娇红记》篇名是从王娇娘和其侍女飞红两人名中各取一字组合而成的，其后《金瓶梅》《平山冷燕》等作品很可能都受此影响。申纯和王娇娘这一对表兄妹的爱情悲剧，容易使人联想到宝黛故事，很难说《红楼梦》没有受到过它的启发[1]。再比如说，宋元话本小说《快嘴李翠莲》中李翠莲"打先生、骂媒人、触夫主、毁公婆"等行为，与《醒世姻缘传》中集泼、悍、妒、恶于一身的薛素姐的行藏如出一辙，就连其"酷谑"的叙述风格也被《醒世姻缘传》直接继承。《水浒传》对《金瓶梅》的启发已是不证自明，除了武松—潘金莲故事以及其他若干故事片段的引进和移植之外，还有它对市井风情尤其是众多家庭故事绘声绘色的描写。同时，《金瓶梅》一方面直接继承了宋元话本描摹世情的传统，另一方面又受到《三国演义》《水浒传》《西游记》等长篇白话小说的启发。其实，将对日常生活的描写从宋元短篇话本扩充为内容更加丰富的长篇，以至于美国学者韩南（Patrick Hanan）在他的力作《〈金瓶梅〉探源》中指出，《金瓶梅词话》的大多数情节都被安插在《水浒传》中原本是一个简单的故事框架内，另外还有至少二十多种作品被引录到小说之中，还不算作品中连篇累牍被引述的歌唱曲词。韩南得出的结论是："作者仰仗过去文学经验的程度远胜于他自己的个人观察。"[2]即使如《红楼梦》这部中国古典文学的珠峰与宋元话本、明清小说如《金瓶梅》《醒世姻缘传》《林兰香》等之间也有明显的渊源关系。如清人张新之就断言："《石头记》脱胎在《西游记》，借径在

---

1. 向楷：《世情小说史》，浙江古籍出版社 1998 年版，第 119—120 页。
2. 韩南：《〈金瓶梅〉探源》，载徐朔方编选：《〈金瓶梅〉西方论文集》，上海古籍出版社 1987 年版，第 1—48 页。

面朝东方大地

《金瓶梅》，摄神在《水浒传》。"[1]

但这算不算是抄袭？是不是中国人对创造性不重视的表现？抄袭，即使是公然抄袭，不论在任何情况下显然都不是一件值得称颂和羡慕的光彩的事，而独创性得不到鼓励，更是小说创作的大碍。中国小说在形成过程中存在着题材上的不断累积、扩充和丰富，对此前文已作过比较详细的论述。笔者认为，同一题材在中国不同朝代的小说中被不断沿袭、反复书写，至少可以从以下四个方面总结原因。

首先是因为中国文化传统重史轻文、"史贵于文"，史传小说在中国小说中一直占据着很大的比重。在现存宋元说话艺术的文本中，有相当一部分是讲史类的作品，其中包括《五代史平话》《新刊全相平话武王伐纣书》《新刊全相平话乐毅图齐七国春秋后集》《新刊全相秦并六国平话》《新刊全相平话前汉书续集》《新刊全相平话三国志》等。讲史平话话本大多是把史书的记载、民间传说与"书会才人"及艺人的发挥杂糅在一起，体现出来的思想和价值取向往往比较杂乱，艺术上也比较粗糙。因而，后世艺人会在前人基础上进行加工，在思想上加以校正，在艺术上加以锤炼。但因为是史传小说，其中，对历史事件的叙述、历史人物的再现，往往依据较多的历史资料，因而重复和因袭的成分较多。"作为章回小说的平话本身旨在讲述历史，评述历史人物的功过，在叙述上仍停留在史事和传奇的层面上，平话抄袭历史不仅顺理成章，更是势所必然。"[2] 这是历代古典小说在题材上不断

1. 张新之：《红楼梦读法》，载朱一玄编：《红楼梦资料汇编》，南开大学出版社 2001 年版，第 701 页。
2. 姚君伟：《赛珍珠与中英小说比较研究——评〈东方、西方及其小说〉》，《镇江师专学报》（社会科学版）2000 年第 1 期，第 42 页。

赓续、重复的原因所在，但这其实是不能称为"抄袭"的。

其次，在重史轻文、"史贵于文"传统观念影响下，中国古代小说的受众（含听者与读者）对小说讲述史实或事实的兴趣远远大过对小说本身艺术性的兴趣。一部小说是否优秀，首先看它是否指向确凿可证的具体历史或现实事件。除了热衷于听史传小说外，对非史传类小说，在阅读时也往往热衷于索隐、考证，看其是否具有真实性，小说是否真实成了衡量小说价值的重要标准，仿佛小说写了真实的人物和真实的故事才有它存在的价值。"这种观念极大地影响着小说的创作，且不说那些以历史上真实人物为模特儿的小说，就是像'三言''二拍'这样描写市井人物的短篇小说，作者叙述的时候也必须郑重地说明故事发生在何时何地。"[1]《红楼梦》开篇写《石头记》缘起，空空道人评书的那段话，正代表了中国正统小说观："石兄，你这一段故事，……第一件，无朝代年纪可考，第二件，并无大贤大忠、理朝廷、治风俗的善政……我纵然抄去，也算不得一种奇书。"[2]以此否定《石头记》故事的价值。而曹雪芹则宣称，自己讲的就是将"真事隐去"的"假语村言"，这无疑是对传统小说观念的大胆挑战，同时它也从反面证明中国传统小说对事实依据惯有的推崇态度，这种事实依据既可以是历史的真实，也可以是现实的真实。

这种阅读偏好对小说创作的影响是巨大的。作者首先想到的是如何取信于受众，然后才能虑及其他。比如，扬州评话著名艺人王少堂在讲"卢十回"时，说到吴用为卢俊义算命，原书中交代了他的生辰

---

1. 石昌渝：《中国小说源流论》，三联书店 2015 年版，第 65 页。
2. 曹雪芹、高鹗：《红楼梦》，人民文学出版社 1964 年版，第 2—3 页。

面朝东方大地

八字，是宋徽宗朝时甲子年乙丑月丙寅日丁卯时生人，吴用据此一推算，便算出他百日内有血光之灾，家私不能保守，死于刀剑之下，并指点他去东南方巽地一千里外避藏，以免此祸。这当然是吴用为"智赚玉麒麟"编的谎言。但淮安陆访书场老板周四偏偏觉得王少堂这段书说得有点"荒"（即粗疏，经不起推敲），原因是说书时没把卢俊义的流年命单交代清楚。周四认为，如果没有命理依据，是无法说服听众相信的。王少堂为了求得八百年前卢俊义一份虚构出来的流年命单，特地拜谒清江浦青帮堂主冯守义，请他出面找到清江浦第一流大命相家笪仁氏，给卢俊义补了一份"四甲平头"的流年命单，这段书说起来才周详恰切，滴水不漏，令人信服。王少堂作为说讲口头文学的评话艺人，费尽周折、绕了好大一个弯子，只为将虚构的故事说得如同真实发生的一样，正从一个侧面说明了中国古代受众把真实性当作小说艺术的第一要素，因而小说家在创作时也往往力求真实性，以满足受众的心理需求。延续前朝旧作的一个重要考量就是，这些作品已经深入人心，被人们信以为真，在此基础上进一步加工整理，会更容易打动读者。比如《金瓶梅》是从《水浒传》的母体上截取下来的一根枝条，将武松、西门庆、潘金莲的故事进行改写，同时开枝散叶，增加了许多新的内容，这样做当然是为了利用《水浒传》中武松等人故事的巨大影响力。其实，从作品的整体内容看，《金瓶梅》的创造性成分远远多过沿袭成分，作者即使抛开武松、潘金莲和西门庆等《水浒传》中原有的人物独立创作，凭借小说对市井人情和世俗家庭生活的细致描述和大胆呈现，也一定能赢得读者和市场。但由武松斗杀西门庆做引子，这个故事的真实性和吸引力当然会大大加强，从而小说一开篇就能牢牢抓住读者，吸引他们继续追寻人物的命运结局。这些主要是出于对读者追求真实性的迎合，而不是为了"抄袭"前代文人的灵感和素材。

　　第三，中国文化与西方文化的一个显著不同是中国文化强调集体，而西方文化更突出个人，这个特征在中西小说创作中也得到体现。西方小说是由作家个人创作的，文学史上流传至今的西方小说很少有遗失作者姓氏的，这是因为人们对著作权非常重视，同时小说作者也受到尊重。而中国古代小说的作者绝大部分是个谜，那些代代相传的作品要么根本没有作者署名，要么只是个假名，如《金瓶梅》的作者署名"兰陵笑笑生"。这固然是因为小说在中国地位卑下，有地位有名望的人不以创作小说为荣，反被社会视为不务正业，甘为下流，会遭人唾骂之故。如明代《剪灯余话》的作者李祯原本是达官贵人，但因写作了这部小说而遭到上层社会攻击，甚至被剥夺乡贤资格。所以小说作者宁可隐姓埋名，只为兴趣而作。但同样被视为贱业的勾栏瓦肆的杂剧和戏曲作品，作者却敢于堂而皇之地署上真名，这又作何解释？所以，中国小说常常遗失作者姓名的另一个原因就是，中国小说不是一时一地由一两个人写成的，而是在几百年中由一代代中国人集体想象、集体创作而逐渐形成的，就如赛珍珠所说，"中国小说就是从这种变成故事并充满几千年生活的民族精神中发展起来的"[1]。中国小说与西方小说的一个很大的不同就在于，中国小说是集体创作的，而西方小说是个人创作的。西方小说家用语言这种工具创作了小说这种艺术品，用小说这种文学样式书写的是个人的观察、认

1.《中国小说》，王逢振译，载姚君伟编：《赛珍珠论中国小说》，南京大学出版社 2012 年版，第 125 页。

　　　　　　　　　　　　　　　　　　　　　　　　　　　面朝东方大地

知、情感和思考；而中国人创作的不仅仅是小说，也不仅仅是一件独立的艺术品，而是这个民族的精神、性格、心理，是他们对人情百态的观察，对历史沧桑的总结，对是非成败的判断，对善恶优劣的抉择。中国古代小说作者在书写小说时，想到的不是扬名（当然写小说在当时并无美名，只会招致恶名），而是在闲暇之余，发挥自己的才情遣兴抒怀，"心闲试弄，舒卷自恣"，悦己悦友，而根本不考虑身后之名，"且未知吾之后身读之谓何，亦未知吾之后身得读此书者乎？吾又安所用其眷恋哉！"[1] 这种创作毫无名利之心，也无名利之可能，作者只希望通过他的加工，使广为流传也为他喜爱的小说思想倾向更合乎他的价值观，情节发展更加曲折复杂，更加合理，更合乎逻辑，人物性格更加鲜明，更具有吸引力，使经他加工的艺术品更加完善一些，如此他便心满意足。这样对前朝、前代、前人作品丝毫不计名利的整理加工、打磨完善并非"抄袭"，而是无偿奉献自己的才智，为一件件集体创作完成的艺术品增添一点自己的智慧。中国古典白话小说的完成过程有点类似于荷马史诗的创作过程，最后的成品是众人智慧的结晶。同时，一代代无名作者在写作小说时，也把自己的民族记忆写了进去，当小说被一点点创作出来时，这个民族底层人的性格也被一点点丰富起来。可以说，那些被排斥在正宗文学大门之外的中国文人，正是通过小说的书写来完成自己的精神塑造，同时也在无意中引导并塑造整个民族的性格。中国古代小说是中华民族集体无意识的凝聚，是民族性格的塑造者和承载物。在小说逐渐丰富完备的过程

---

1. 施耐庵：《贯华堂所藏古本〈水浒传〉前自有序一篇今录之》，金圣叹批评本《水浒传》，罗德荣校点，岳麓书社 2006 年版，第 17 页。

中，人民的性格、精神也日渐丰富、丰满、成熟。这些小说是中华民族集体无意识的镜像，是理解中国民俗精神的最好渠道。因此，对中国小说题材的因袭问题，不应以西方标准来衡量，说这是"抄袭"，而应该从中国小说的创作过程去加以理解。

关于这一点，还可以借助说书艺术的代表品种扬州评话的创造过程来帮助我们理解中国章回体白话小说的成书过程。扬州评话与中国古代小说有一个共同特点，即它们都是集体创作的结晶。以王派《水浒》的形成与发展为标志的王氏世家，就是一个典型例子。王少堂的伯父王金章、父亲王玉堂，加上王少堂本人，直至其女王丽堂，一家三代都专说《水浒》，精研《水浒》。他们把《水浒传》中有关武松、宋江、卢俊义和石秀的章节抽取出来，进行细致加工，不断打磨，用他们的行话来说是"堆肉装金"，使原著内容不断丰满，更将原书底本逐渐转化为他们自己的评话艺术作品，最终形成了王派《水浒》的四个"十回"：武十回、宋十回、卢十回、石十回。王少堂7岁随父学艺，9岁登台演出，12岁正式行艺。他继承父亲书艺，赓续伯父优点，并兼收同行之长，加上自己不断钻研、领悟，终成扬州评话艺术的一代宗师。王少堂是王派《水浒》的代表人物，他说的《水浒》既是他本人不断悟书、不断精益求精、千锤百炼的结晶，也是王家几代人共同努力的成果。王派《水浒》的创作过程与章回体小说《水浒传》由片段到整体、由枝干到血肉的累积成书过程有相似之处。

第四，不同民族、不同时代都有对已有小说或其他形式的文学作品的改写、续写、仿写、扩写、改编等作品。比如英国莎士比亚的戏剧绝大多数是对已有戏剧、小说或长诗的改写或改编，很少自己独创的题材。如《哈姆雷特》是对基德同名悲剧的改写，《奥赛罗》是根据 16 世纪意大利作家钦提奥的小说《奥赛罗本事》改编的，但这里并没有著作权的纠纷，也没有人指责莎士比亚是在抄袭。菲尔丁的小说《沙米拉》是对理查生的小说《帕米拉》的戏仿，厄普代克的《红字》三部曲是对霍桑《红字》的重构。鲁迅短篇小说集《故事新编》诸篇，都是对中国古代神话传说与历史故事的戏仿和改编。这类情况还有许多。所以对同一题材的反复书写不应简单斥之为抄袭。

然而，有一点需要强调，中国古典白话小说热衷沿袭前代题材，这说明中国人对传统的重视和依赖，喜欢陈陈相因，缺少创新意识。而西方小说则不断突破传统，在不断创新中迅猛推进。从 14、15 世纪文艺复兴运动时期小说开始出现，到 17、18 世纪小说便走向兴盛，从形式到主题都在不断进行自我突破。从形式上看，出现了流浪汉小说、戏仿骑士小说、寓言体小说、书信体小说、对话体小说、哥特式小说等类型；从主题上看，出现了哲理小说、教育小说、感伤主义小说等基调和内容，异彩纷呈，令人目不暇接。所以，赛珍珠对中国古典小说与西方小说在创作过程中不同取向的发现，其实更能说明中国文化趋向因袭保守而西方文化趋向突破创新的不同特征。

五、中国小说是寓教于乐的载体

中国小说的主要受众是广大的底层民众，小说是平民的百科全书，书场（包括勾栏瓦舍、戏园、戏台）是平民的学校，是他们学习知识、认识社会、树立道德、学习立身处世的场所。在中国千百年的历史长河中，由于生产力水平低下，物质生活贫困，"一夫不耕，或受之饥；一女不织，或受之寒。"[1] 广大底层民众不得不胼手胝足地为生计操劳，他们被挡在文化教育的大门之外。旧中国文盲遍地，一个两百人的中国乡村，可能只有一两个人能读能写，赛珍珠小说《农夫老王》(*Lao Wang, the Farmer*)、《母亲》(*The Mother*, 1934)、《龙子》(*Dragon Seed*, 1942) 中都写到乡村这种景象，《母亲》中的老先生，《龙子》中的三堂兄，都是村里唯一能读会写的人。人们与外出谋生的亲人之间的书信往来，只能通过村里唯一的识字先生代笔或代读，一个人家里来了封信，那往往不是他一家的事，许多人都会聚集到读书先生家，听信里说了些什么。人们在劳作之余，围着先生，听他讲书上读到的故事，那可能是他们唯一的精神享受，唯一的心灵之光。多数人上不起学堂，没机会读《四书》《五经》，读子曰诗云。在文盲遍地的时代，书场、茶馆就是平民的学校，说书艺人就是他们的先生，话本小说就是他们的课本。赛珍珠说，"如果《水浒传》是中国生活伟大的社会文献，那么《三国》就是关于战争和政治家治国的记录，《红楼梦》则是关于家庭和人类爱情的真实写照。"[2] 小说和戏曲起到了教化和愉悦民众的作用，是他们重要的精神食粮，是古代平民教育的重要渠道。虽然赛珍珠对孔子与儒家思想十分敬仰，推崇备至，但她非常清楚，多数中国百姓并不能直接从孔子的说教中受益，只有当儒家思想转化为百姓喜闻乐见又能理解和接受的文艺形式，诸如话本、说书、戏曲时，人们才能真正从中受益。他们通过书场里的说书

1. 贾谊：《论积贮疏》，《汉书·食货志上》，高占祥主编：《二十五史》第1卷，线装书局2007年版，第404页。
2. 赛珍珠：《中国小说》，王逢振译，载姚君伟编：《赛珍珠论中国小说》，南京大学出版社2012年版，第131—132页。

面朝东方大地

先生，通过舞台上的一出出戏曲，懂得了忠君报国、伦理纲常，了解到历史风云、朝代更迭。同时，中国小说塑造了平民大众的民族（集体）性格和精神，也是认知民众心理和性格的途径。小说家和说书艺人是教育家，书场是课堂。他们善于寓教于乐，借助书中人物惩恶扬善，伸张正义，把因果观念、孝顺贤良等观念潜移默化地灌输给听众。当然，小说也带给了他们少有的轻松快乐，可以说，对于平民而言，小说既是他们认知世界和人生的途径，也是他们得到教化的教材，同时也是提供给他们审美和娱乐的工具。所以鲁迅先生曾说："诗歌起于劳动和宗教，……至于小说，我以为倒是起于休息的。人在劳动时，既用歌吟以自娱，借它忘却劳苦了，则到休息时，亦必要寻一种事情以消遣闲暇。这种事情，就是彼此谈论故事，而这谈论故事，正是小说的起源。——所以诗歌是韵文，从劳动时发生的；小说是散文，从休息时发生的。"[1]

小说《同胞》开头，观众对梁文华讲孔子的教训不感兴趣，不代表他们没有向善之心，但他们讨厌这种干巴巴的生硬说教，习惯在愉悦的审美享受中不知不觉接受正确行为的引导。

对于那些旅居海外的华人劳工，小说、民间故事以及以此为脚本改编而来的戏剧这类直观明了、通俗易懂的艺术形式，还担当着连接海外游子与祖国、与祖先、与自己的血脉的载体。那些去海外谋生的华人劳工大多文化水平不高，通过艰难拼搏奋斗，终于在异国他乡站稳了脚跟。他们的子女生在异国他乡，但他们不希望自己的子女从此

---

1. 鲁迅：《中国小说的历史的变迁》，《鲁迅全集》第 9 卷，人民文学出版社 2005 年版，第 312—313 页。

和祖国切断精神联系，戏曲这类传统的文艺形式就是他们能够提供给子女的故土文化的直观图像，剧院就是缩微的故国，是连接故国文化的纽带，至少在当下那一刻能提供给他们回到故国的幻象，慰藉他们的思乡之情。赛珍珠在《同胞》中生动描写了纽约唐人街一个广东戏院观戏的场景，对这些海外华人对故国的心理作了准确的剖析。

　　唐人街的戏院挤满观众，连几个进口都站着人。每天晚上，从广州来的戏班子演唱着中国的古装戏。如若到阴历年底，戏院的经理潘比利声称入不敷出，唐人街的商人们便会慷慨解囊，使戏院收支平衡。对于他们来说，这戏院无疑是一座保家卫祖的堡垒。他们的孩子在美国的学校念书，讲美国英语，行为举止也跟美国孩子一样。他们这些为人父母者并未受过良好教育，不善于用言语向孩子们讲述中国是个什么样的国家，他们只会说：中国是他们的祖国，是不应该忘怀的。可是在戏院里，孩子们能亲眼目睹中国是何模样。在这里，历史可以重现，古代的英雄栩栩如生地收入他们的眼底。在唐人街，唯一可以与电影院相匹配的场所就是这座戏院。父母早早地把孩子带到戏院，一直呆到很晚才离开。他们在戏院与朋友、邻居交谈，相互请吃带去的糖果、蜜饯，拉拉家常，而一旦启幕开演，舞台上出现了与他们祖先同辈的人物时，便开始出神地看戏，脑海里带着种种梦想。[1]

　　这里虽然描述的是戏曲，但同样适用于中国古典白话小说的作用

---

1. 赛珍珠:《同胞》，吴克明、赵文书、张俊焕译，漓江出版社1998年版，第1页。

和价值。赛珍珠对中国古典小说的高度评价最根本的还是基于她的平民立场，只要是能给平民带来益处，她便认同这项事业。中国古代通俗文学是平民喜闻乐见的，是他们情感和志趣的寄托和表达的方式，与观点明确、思路清晰、态度整肃、姿态端方的正经八百地说教完全不同。他们可能无法准确清晰地表达自己的内心，但有自己的审美判断和抉择，尽管这为上层社会所不屑，但他们代表着广大人民的意愿。赛珍珠坚守"民为邦本"的立场，脱离民众者受到她的谴责和嘲讽，而时刻为民着想者则受到她的赞叹。正如她反驳旅美华人江亢虎教授的那段著名的话："倘若在任何国家内，居大多数者不能为代表，则谁复能代表？"她立场鲜明地宣称："我最爱中国的人民，和他们同在一起生活，那些人不会留意到'官衔的顶子'的。"[1] 这也成为赛珍珠评价中国传统小说的标准，同时也是她书写中国题材小说的立场，她坚持用人民喜闻乐见的形式写作，为他们提供他们喜爱并接纳的生活教科书。当她开始创作中国题材的小说时，她努力把自己在中国传统小说这个大课堂中学到的知识激活、运用，用中国传统文学的形式去再现中国人民的生活，并潜移默化地教化民众。因为她坚信，这是中国传统小说的一个创作宗旨。

---

1. 庄心在:《布克夫人及其作品》，载郭英剑主编:《赛珍珠评论集》附录 I《赛珍珠对江亢虎评论的答复》，漓江出版社 1999 年版，第 569—572 页。

第 三 章
赛珍珠对中国小说的借鉴

赛珍珠不仅对中国小说的发展历程、思想内涵和创作特征有总体准确清晰的把握，在创作中，她对中国古典小说尤其是章回体白话小说的创作方法也多有借鉴。赛珍珠一生共创作了 75 部中国题材小说，这些小说从内容到形式都灌注着中国小说传统的生气和回响。

一、对中国小说成书方式的借鉴

石昌渝先生在《中国小说源流论》中将中国章回小说的成书方式总结为两种，一为"滚雪球"式累积，一为聚合式累积。所谓"滚雪球"式，起点只是一小团雪球，越滚越大，最后成为一个庞然大物。《三国志平话》犹如一个小雪团，它虽然小，五脏俱全，情节规模也已具备，只是内容单薄、思想肤浅和艺术粗糙。经过漫长时间若干代人的不断修改创造，它便由简单到复杂，由单薄到丰满，由幼稚到成熟，像雪球似的越滚越大，终于成为鸿篇巨制的《三国志演义》。"由'滚雪球'累积而成的章回小说多是历史演义小说，其中最杰出的代表是《三国志演义》"。而所谓"聚合式",它是由题材相关的若干个早期作品聚合而成,这些早期作品有平话,如《宣和遗事》,也有"说话"中的"小说",如《石头孙立》《青面兽》《花和尚》《武行者》等早期关于宋江三十六人的故事,"所有这些相关而又不同的故事被一位文章高手熔为一炉,于是有了不朽巨著《水浒传》","《水浒传》是聚合式累积成书的典型作品"[1]。

　　赛珍珠对中国小说的这种成书方式非常了解,她在不同场合论及这种现象:"(中国)最著名的小说都已在以前以很多形式出现过,现在我们采取的形式只不过是最后或最好的一种。……在中国照搬另一作品的格式或情节是对它的一种赞赏,……"[2]"中国小说……不断发展变化,开始只是一个传说,然后经过连续不同的版本,一个故事发展成由许多人组合的结构。"[3]她曾经把这种成书方式称为"抄袭",其实,她自己的中国题材小说创作也不知不觉地借鉴了这种方式。如果借鉴石先生对章回体小说成书方式的概括并稍加改造的话,则我们可将赛珍珠部分中国题材小说的形成概括为"汇聚式"和"生长式"两类。所谓"汇聚式",就是将若干零散的情节、片段、细节汇集在一起,经过作者长期运思后,逐渐形成比较成熟完备的故事梗概和人物形象,比如《大地》关于中国农民生活的史诗性描绘和王龙这一人物典型就是以这样的方式完成的。所谓"生长式",就是以一个或几个

---

1. 石昌渝:《中国小说源流论》,三联书店 2015 年版,第 301、302、326 页。
2.《东方、西方及其小说》,载姚君伟编:《赛珍珠论中国小说》,南京大学出版社 2012 年版,第 40 页。
3.《中国小说》,载姚君伟编:《赛珍珠论中国小说》,南京大学出版社 2012 年版,第 125 页。

具有原型特征的核心事件为出发点，由内而外逐渐丰满、丰富，形成比较完备的情节和立体完整的人物性格。生长式累积类似于石昌渝先生所说的滚雪球式的累积，不同的是，滚雪球式的累积强调外部的添加和扩展，而生长式累积更强调内部的生发和扩充，同时，滚雪球式累积最终形成的往往是一个统一的艺术整体，而生长式累积则可能形成若干类似作品和系列人物形象。赛珍珠在《大地》《儿子们》(*Sons*, 1933)、《分家》《群芳亭》《同胞》等作品中塑造的中国新旧知识分子形象、土匪形象、旧式女性形象、西方传教士形象以及小说中出现的一些事件、场景、意象等，许多是以"生长式"累积的方式形成的。所不同的是，赛珍珠小说的"汇聚"和"生长"两种累积方式，多是经由她独立创作完成的，是她对某一种素材的互文性书写。

（一）汇聚式累积

出版于1931年的《大地》不仅是赛珍珠的成名作，也是她最重要的代表作，而这部给赛珍珠带来盛名的巨著只用了三个月时间就写完了。

> 每天上午做完家务后，我便坐在打字机前，开始写《大地》。故事是久熟于心的，因为它直接来自我生活中种种耳闻目睹的事情，所以写起来得心应手。正是为自己直到今天仍热爱和景仰的中国农民和普通百姓而积郁的愤慨，驱使我写下了这个故事。我没让故事发生在富庶的南方城市——南京，而是把故事的背景放在了北方，这样，素材随手可取，人物都是我极为熟悉的。[1]

---

1. 赛珍珠：《我的中国世界》，尚营林等译，湖南文艺出版社1991年版，第280页。

从作家的自叙中，《大地》的写作过程轻松而又顺利。而之所以能这样顺利，除了作者所说的"故事是久熟于心的"，"直接来自我生活中种种耳闻目睹的事情"外，还因为在《大地》创作之前，作家已不止一次接触过这类题材，同时也有过不止一次的试笔。1926年，布克的学生兼助手、金陵大学农学院的青年教师邵德馨（字仲香）和赛珍珠合写了一篇短篇小说《农夫老王》发表在《教务杂志》（The Chinese Recorder）4月刊上。1928年，赛珍珠独立创作的短篇小说《革命者》（The Revolutionalist）发表在《亚洲》（The Asia）杂志上，后收入1933年出版的短篇小说集《元配夫人》中，译者李敬祥将题名译为《王龙》[1]。1932年2月《教务杂志》上又刊发了由邵仲香创作、赛珍珠翻译的短篇小说《老王的老牛》（Lao Wang's Old Cow）。1931年，她创作了包含《春荒》（Barren Spring）、《逃荒者》（The Refugees）、《父与母》（Fathers and Mothers）、《大江》（The Good River）在内的四个短篇小说，集束成一组小说，命名为《水灾》，后收入短篇小说集《元配夫人》中。从这些短篇小说中不难发现，构成赛珍珠之后中国乡土题材长篇小说的一系列占据重要地位的核心要素或重要片段，诸如革命、买地、灾荒、剪辫子、抢大户、向往穿蓝色新长衫等细节都已具备，这些作品与同是乡土题材的长篇小说《大地》《母亲》《龙子》等先后完成，可以看作是这些长篇作品创作的试笔或准备，或者与这些小说形成互文书写。

此外，邵仲香独立在金陵大学《农林新报》"新农村"栏目也发

---

1. 赛珍珠：《元配夫人》，李敬祥译，启明书局1938年版。小说集共分"旧与新""革命"和"水灾"三部分，《王龙》收录在中部"革命"这部分。

表了多篇"老王"系列小说和随笔,如《老王的老牛》(《农林新报》
1931年第8卷第12、13期)、《老王到了首都》(《农林新报》1933年
第10卷第19期)、《劝老王》(《农林新报》1933年第10卷第22期)、
《老王的遭遇》(《农林新报》1933年第10卷第31期)等,这份期刊
当是赛珍珠非常熟悉的,与之有合作的邵仲香的作品更会受到她的
关注。打开《中国近代数字文献资源全库》,输入"老王"字样,会
找到刊载在《农民》《申报》《明报》《时事新报》等报刊上的含有"老
王"字样的标题小说、速写等800多篇,其中绝大部分主人公的身份
都是农民,农民被骗、被抢、生活贫困、遭遇灾害、因不识字而吃了
很多苦头等,"老王"似乎成了中国底层民众尤其是农民的代名词。
赛珍珠非常关注当时中国文坛的状况,她发现"出版社到处都是,书
摊上堆满了很便宜的平装小册子,花上一元钱左右就可以买一篮子
书,读上好几天"[1],可以推想这些报刊文章有一些赛珍珠也阅读过,
这些内容都取材于现实生活,给原本就有相当丰厚的乡村生活积累的
赛珍珠提供了创作构思的参照。

与邵德馨合作的《农夫老王》是赛珍珠写得最早的一篇关于农民
的短篇小说,叙述农夫老王一天的生活。他清早起床去村里茶馆喝茶
润肺,打探新闻,然后去地里干活。午饭时喝点小酒后休息至傍晚,
然后又去了茶馆,直至天黑回家。老王是个上了年纪的鳏夫,妻已亡
故,有儿有孙,家中有祖宗留下的一些田产,足可维持一家人温饱,
但不算富裕。儿子已成为地里的主劳力,媳妇负责家务,他只需做儿
子的帮手,所以有闲暇思考未来。小说主要写老王的见闻和他的心理

---

1. 赛珍珠:《我的中国世界》,尚营林等译,湖南文艺出版社1991年版,第185页。

面朝东方大地

活动，他时刻惦记着的都是家里的一亩三分地。在茶馆里听陌生人讲述大城市上海的繁华，梦想儿子能出外闯荡发财，把卖掉的祖产赎回来，同时又担心儿子被爱赌博的坏邻居诱导上邪路。他对孙子充满了期待，打算送孙子去读书，将来像村里有钱的老张那样能读会写，成为村中的教书先生，同时还希望孙子能娶老张的女儿，让他这个祖父成为受人尊重的人。《农夫老王》虽然简短概略，但其叙事模式却可视为《大地》的雏形。小说从早晨写起，和《大地》中从王龙结婚那天早晨写起很相似。农夫老王的年龄身份皆与王龙父亲相仿，连晨起咳嗽、想喝茶润肺的细节都如出一辙。农夫老王挂心孙子的婚事，王龙的父亲则亲自为儿子求亲，选定婚配对象。当然，农夫老王的一部分心理如希望发财、买地、孙子读书识字等在《大地》中则被移植到王龙身上。总之，这篇小说可视为《大地》最初的雏形和素材储备。

赛珍珠独著的短篇小说《王龙》（直译应为《革命者》）无论是主题的集中、人物性格的鲜明还是艺术的呈现都较《农夫老王》高出好几个层次，而且与《大地》靠得更近一点，小说围绕南京城郊王村菜农王龙三次与革命党人相遇，从对革命的困惑迷惘、到对革命的心驰神往、再到对革命的恐惧，最后终于亲身经历了所谓"革命"的过程，对这个中年菜农的心理变化做了十分细腻传神的描述。王龙是一家之主，上有祖父父亲，下有三个女儿，都靠着他每天进城卖菜来维持生机，生活过得十分辛苦。但因为每天进城，消息灵通，他在村里还是有地位、受尊重的人物。一次他在城里茶馆中遇到一个穿着蓝色英国毛料大衫的革命青年，向他宣讲"三民主义"，鼓动革命，王龙完全听不懂，但革命青年的蓝色大衫和他说的那句革命能让"穷汉变财主，财主变穷汉"却让他怦然心动。他于是剪掉辫子以示革命，并因此被村里人称作"王革命党"。那以后，王龙对自己受苦受累却仍然受穷的命运开始产生不满，每天都渴望发生革命，改变不平等的生活现状和不公平的命运。第二次在大街上，他又听到一个穿黑袍的革命青年发表演讲，鼓动群众，王龙又一次听到"穷汉变财主，财主变穷汉"的革命目标，激动不已，可这个革命青年当场被警察抓走，第二天就被砍了头。这让王龙吓破了胆，此后他起早摸黑在地里干活，进城卖菜，比以前更加勤谨，再也不敢抱怨命运，只求太平无事，生怕村邻再叫他"王革命党"，竭力想同革命撇清关系。就在王龙内心渐趋平静时，他第三次在茶馆里遇到一个穿黑袍的革命青年，告诉他等革命党进了城，他的"穷汉变财主"的梦想就会变成现实，并且将革命目标指向洋鬼子。这次"革命军"真的来了，但他们的枪炮把王龙的菜全都打烂了，最后他随着暴乱的群众涌进了一个洋传教士家中，在混乱中只抢到一块银元和几件破旧的衣服。他的妻子感到欣慰的是，这块银元可以维持他们的生计直至地里的萝卜成熟，王龙则在沮丧中算计着这块银元是否抵得上菜地里的损失。期盼多时的革命不过像一场闹剧。菜农王龙遭遇革命的情节与鲁迅先生笔下阿Q的革命经历颇有几分神似。

短篇《王龙》与长篇《大地》的内在联系是显而易见的，这不仅表现在主人公都叫"王龙"，更重要的是，《王龙》中的核心情节——抢大户，也是《大地》中改变王龙一家人命运的关键性情节。但两部小说的不同也非常明显。作为短篇小说，《王龙》只写了王龙生活的几个片段，而《大地》则写了王龙的一生；前一个王龙是中年菜农，后一个王龙出场时是青年农民；前一个王龙只感到生活辛苦劳累，家庭是沉重的负担，后一个王龙对生活和家庭则充满希望和梦想，对土地充满热爱……但这些只是小说的外在区别。两部小说更深层次的区别在于，在《王龙》中，王龙生活在特定的社会历史条件下，与时代的联系非常紧密，他生活的时空是具体而明确的，他在南京和城郊的王村这两个定位非常明确的城乡之间游弋活动，他的希望与失望、情绪的高涨与低落、平静与紧张都与"革命"紧紧联系在一起，而这个"革命"的显著标志就是是否剪掉辫子，可见这场"革命"的时代性特征也是非常具体明确的。菜农王龙对"革命"心驰神往，原因就是革命能让"穷汉变财主，财主变穷汉"。但最终当所谓的"革命"爆发以后，他除了在外国传教士家中抢到一块银元外一无所得，而代价却是自家菜地被"革命军"的枪炮毁损得七零八落，连基本生活保障都失去了。作家于不动声色间揭示了王龙"革命"梦的破灭过程。而在《大地》中，农民王龙更多体现为一种超时空的自然生存状态，除了辫子的存留对他生活的时代背景做了一点暗示外，他更像生活在静止的永恒环境中。他最终也剪掉了辫子，但那只是为了讨姨太太荷花欢心，和革命、和时代的变化不沾半点边。他与妻子阿兰日出而作，日落而息，每天在祖辈传下的土地上辛勤劳作，攒钱、买地、生子、接续香火，因袭着传统中国人代代相续、亘古不变的生活节奏。他最大的敌人不是财主，不是给鲁迅的闰土、茅盾的老通宝们带来无穷烦恼的苛捐杂税，甚至兵匪之灾也不是他致富路上的巨大障碍。他的主要敌人是天灾，是旱、水、蝗这类每个时代的农民都会遭遇的自然灾害，而不是人祸。所以，当农民王龙在街头听革命党演讲时，他最关心的不是通过所谓"革命"发横财，来个咸鱼翻身，实现命运的大逆转，而是"革命"能否让老天下雨，好让他能按时播种、耕耘、收获。也就是说，农民王龙渴望富有，但这富有不是靠抢、靠偷、靠碰运气，而应该是靠劳动获取。他相信只要老天爷不与农民作对，这个梦想就有实现的那一天。农民王龙在风调雨顺的年份总是能丰收—生子—买地，扩大再生产，什么谷贱伤农、什么丰收成灾，都没有给他带来过困扰，社会只是王龙一家人生活的一个模模糊糊的背景，他的身心都活在旷远辽阔而永恒静止、亘古不变的土地上。但就是这个对革命一无所知也毫无兴趣的农民王龙，却在"革命军"进城的混乱中糊里糊涂跟进抢大户的人潮中，并因此彻底改变了命运，真正实现了菜农王龙心心念念却始终无缘的"穷汉变财主"的梦想。农民王龙的发财是撞大运得来的，毫无主动革命的自觉意识，在他身上找不到一点现代性的影子。从农夫老王，到菜农王龙，再到青年农民王龙，在这老中青三个农民形象的塑造中，加上其他中国作家塑造的农民形象，赛珍珠不断汇聚中国农民的日常生活情状、具体细节，展现他们对幸福生活的梦想，他们的勤苦、务实、功利、遵循伦理纲常同时又目光狭隘的特征，不断丰富、深挖人物的精神内核，弱化人物历史性的一面，强化人物恒常性的一面，最终塑造出王龙这个既具有现实性又具有超时代性的中国农民形象。赛珍珠曾不止一次地谈到中国小说的形成："（中国）最著名的小说都已在以前以很多形式出现过，现在我们采取的形式只不过是最后或最好的一种。……在中国照搬另一作品的格式或情节是对它的一种赞赏……"[1] 赛珍珠在这种传统中开始小说创作，学会了汇聚同类素材的创作方法。当然，作为一个同时接受西方文化熏陶的现代作家，她的"汇聚"形式与古代

1.《东方、西方及其小说》，张丹丽译，载姚君伟编：《赛珍珠论中国小说》，南京大学出版社 2012 年版，第 40 页。

已有本质的区别，更多体现在多次写作，反复捉摸，最后采取"最好的一种"形式。《大地》被誉为描述中国农民生活的史诗般的作品，是因为赛珍珠非常明智地意识到小说的受众主要是西方读者，过于具体复杂的时代矛盾会给他们的阅读带来困难和障碍，而抽离了这些对于西方读者来说过于复杂的历史化成分，把人物放置在一个简单而辽远空阔的世界中，读者更容易以同理心加以辨识和理解。因而，瑞典文学院的评价"赛珍珠杰出的作品，使人类的同情心越过遥远的种族距离，并对人类的理想典型做了伟大而高贵的艺术上的表现"，是恰如其分的。

（二）生长式累积

赛珍珠总结中国小说的形成时说："中国小说……同样的情节被许多不同的作者反复采用，只是每次都加进一些新情节和新观点。"[1]赛珍珠在塑造了中国知识分子、西方传教士等形象时，也将"同样的情节""反复采用"，只是这是她接受同行作品启发后的个人反复书写，而非对他人题材的照搬。在同类题材作品中，她的确会不断"加进一些新情节和新观点"，使其作品既具有系列性、连贯性，同时又具有生长性，体现出作者的思想在逐步深化完善。这类作品的形成体现了赛珍珠对中国章回体小说成书方式的借鉴。

1. 知识分子题材小说的成书过程

赛珍珠以书写中国农民形象著称，但知识分子题材却是她涉足最早、持续时间最久的虚构类创作，毕竟她是属于这个群体的，因而最

1.《中国早期小说源流》，张丹丽译，载姚君伟编：《赛珍珠论中国小说》，南京大学出版社2012年版，第23页。

熟悉。她的第一部长篇小说《东风·西风》就是知识分子题材；《大地三部曲》虽以农民题材《大地》打头，最后却以知识分子题材《分家》收梢；回美国后创作的《爱国者》(The Patriot, 1939)、《同胞》乃至《北京来信》(Letter from Peking, 1957)等中国题材小说，男主角都是知识分子。而在创作这几部长篇小说之前，赛珍珠更是创作了大量知识分子题材的短篇小说，如收录短篇小说集《元配夫人》中的《雨天》(The Rainy Day)、《老母》(The Old Mother)等。把它们与长篇小说放在一起对读，不难发现这些形象之间的互文关系。与农民题材"汇聚式"累积不同的是，知识分子题材体现为"生长式"累积。农民题材从短篇小说中的零星写到《大地》中的王龙形象的塑造，犹如一条条涓涓细流汇聚成为巨大的湖泊，而知识分子题材则如同一棵树，从试笔的《东风·西风》和一系列知识分子题材的短篇小说这些幼苗开始，到《分家》这一题材长成了一棵大树，以后又不断生发出粗壮的枝条，从不同侧面反复呈现这类形象的不同特征，亦即知识分子中分化出来的不同类型都得到表现。传教士题材书写与知识分子题材体现出相似的特点。

赛珍珠笔下的知识分子可分为以下几种类型：

第一类知识分子在东西文化冲突中完全被吞噬了，失去了自主的力量，如短篇小说《雨天》中的李德俊、《上海景象》(Shanghai Scene)中的袁等，作者对这类人物满怀同情。《雨天》收录在短篇小说集《元配夫人》(The First Wife, and Other Stories, 1933)中，李德俊从美国留学归来，怀抱着改变家乡落后面貌、报效祖国的雄心和梦想，而等待他的却是无比骨感的现实。父母、伯父甚至整个家族当初像押赌注一般把振兴家族的希望寄托在他身上，全家资助他出国留学，留学归来的他就像一个负债人，他必须为整个家族的期望付出自由的代价。整个家族都等着他找一份好差事、拿一份优厚的薪水来偿还预支的学费，与从小定亲的陌生女子结婚，传宗接代，光宗耀祖。"他如今明白了，他们发现了他是族中的神童，才决定花钱去教育他，出来做他们防老的工具。"德俊不堪忍受等待着他的"肮脏的女人，作牛马，永远的空虚"[1]的生活，吞下三颗鸦片烟泡，以自杀的悲壮行为对不由自主的现实人生作出决然的反抗。《上海景象》收录在短篇小说集《今天和永远》(*Today and Forever: Stories of China*, 1941)[2]中。袁在新式大学毕业，怀揣着救世梦想，但毕业后却连份工作都找不到，经老父设法，才在铁路系统找到一个在火车站维护站台秩序的低等公职。他的工作就是在每趟列车进站时，放进当次列车的乘客，阻止那些只要有火车进站就盲目涌入、永远不明白自己车次的文盲乘客，一遍遍重复着单调的、永远不变的语言："你到哪里去？你有票吗？时间还太早！"这个工作与他每周用英语写一篇评论才换得的大学文凭所期待的岗位相去有如天渊。袁既沮丧又无奈，终于有一天他绝望到情绪失控，一边大哭，一边扑向一个赤裸双脚、畏怯而又坚定地要挤进站台的老农夫，把他狠狠打了一顿。"在这一个脸面上，他看出在全国各地几百万个同样的脸，到处都是这种迷茫的眼睛，这件弥补起来的衣服，这双带着尘土的跣足，这种愚蠢——这种不可救药的愚蠢！"[3]袁

---

1. 赛珍珠：《雨天》，载李敬祥译：《元配夫人》，启明书局 1930 年版，第 76、80 页。

2. 赛珍珠短篇小说集 *Today and Forever: Stories of China*，直译应为《今天和永远》，蒋旂、安仁将其译为《永生》，国华编译出版社 1942 年版。

3. 赛珍珠：《上海景象》，载蒋旂、安仁译：《永生》，国华编译出版社 1942 年版，第 62 页。

所愤恨的就是那种触目皆是，而他感到无力改变的愚昧无知，他的理想在现实面前脆弱得不堪一击，完全找不到自己的位置。这种理想与现实的碰撞所造成的精神挫败感在长篇小说《分家》《同胞》中的王源、王孟和彼得身上、在短篇小说《他的祖国》中的张约翰身上又被部分地反复书写。

　　第二类知识分子在中西文化冲突中，完全倒向了西方文化价值观，对传统文化全盘否定，数典忘祖，这类人物受到作者的谴责。如《元配夫人》中的李源、《老母》中的儿子、《分家》中的王盛、《同胞》中的梁文华等。《元配夫人》中的李源和《老母》中的儿子都是西方文化的拥趸者，他们对传统文化的陋习深恶痛绝，绝不肯有半点迁就。李源坚持休弃结发妻，另娶新式女子，没有半点通融余地，最后逼得妻子悬梁自尽。《老母》中的儿子儿媳遵循西方生活习惯，嫌弃老母不讲卫生，连孙儿孙女都不让她碰一下，剥夺了她唯一一点天伦之乐，这些行为可与《东风·西风》中桂兰哥哥捍卫个人婚姻自由的行为参照对读，哪怕面对的是恪守传统道德的母亲以死抗争，桂兰哥哥也不肯妥协半步。《分家》中王源的二堂兄王盛非常聪明，他对西方文化顶礼膜拜，并以擅长写西化的新式诗歌而自我陶醉、傲然于世，其实这个自视为民族精英的人，是只会用优雅精致的辞藻和形式吟风弄月的诗人，对民族和同胞的苦难漠不关心。《同胞》中的梁文华博士长期旅居美国，是有一定社会知名度的大学教授。他依靠向西方学生兜售中国传统文化赢得受人尊敬的社会地位和优厚的生活条件，并自视为民族文化的优秀代表，对生活在唐人街上缺少文化教养的同胞的粗俗言行，既鄙视又羞愧，为自己这类优秀精英不是祖国的唯一代表而深感遗憾。但他对处于战乱和贫弱中的祖国并不真正了解，他永远只肯做叶公好龙式的远观，他只是一个以贩卖中国传统文化来谋生的所谓的爱国知识分子。赛珍珠对这类人充满了鄙夷和不屑，她写出了这类知识分子共同的文化基因。

第三类知识分子接受过西方文化教育，深刻感受到中西文化差异，同时又有强烈的民族危机感和深沉的使命感，立足中国传统，又致力于用西方文化理念加以改造，是赛珍珠塑造的知识分子的主体。尽管他们还有许多不足之处，也走过不少弯路，出现过迷惘和困惑，但他们是作家肯定和赞扬的对象。1930年出版的《东风·西风》是赛珍珠第一部以知识分子为主体的长篇小说。小说围绕桂兰丈夫和哥哥这两个归国留学生在婚姻和事业上与家庭发生的冲突，展现了现代与传统思想的对峙与决裂。桂兰的丈夫虽然也不乐意接受家庭的包办婚姻，但他采取的行为比李源和桂兰哥哥克制、理性、温和得多，因而受到作家的肯定。他有条件地接受了这门婚姻，并用新式思想成功地改造了妻子桂兰，同时调整了小家庭和传统大家庭的关系，把新旧冲突造成的牺牲降低到最小。桂兰哥哥坚持娶美国女子玛丽为妻，为此气死了母亲，失去了长子继承权，但他和妻子的混血儿子却成了把新旧文化融合起来的象征。《大地三部曲》的第三部《分家》描述的是以王源为中心的王家第三代人的不同人生选择，沉湎在个人享乐中的大堂兄和妹妹爱兰以及孤芳自赏的二堂兄王盛都受到作家不同程度的批判和讽刺，而王源及其三堂兄王孟、王源母亲的养女梅琳则是作家肯定的人物。王孟成了激进的革命者，相信暴力才是改变旧世界、建立新世界的唯一方式，最终成为新政府的中坚力量。到《同胞》中，作家又塑造了彼得这个形象作为王孟的同道者和后继者。王孟无疑是知识分子中的佼佼者，但王源并不完全赞同他变革社会的激烈方式，他在国外学习的是农业知识，他主张用先进的科学技术帮助农民改进生产，渐进式地推动社会进步，王虎大太太的养女梅琳是王源的同道者，她学习医学，致力于减轻人民的痛苦，改善民众的健康，但王源和梅琳改良社会的主张在很大程度上都还停留在设想和计划阶段，而到《群芳亭》（*Pavilion of Women*，1946）中的峰镆和《同胞》中的梁詹姆斯和梁玛丽这些到乡村实行教育和改革的知识分子那里，则开始付诸行动了。知识分子群像在赛珍珠笔下一直不断丰富发展着。

王源这个形象是作者着力刻画的知识分子典型。出国前，父亲逼他娶为他定好的女子为妻，同时，当他从国外留学归来，才知道军阀父亲日渐失势，而他留学的费用都是父亲向二伯父借贷的，归国后，他面临的是必须由自己偿还的巨额债务。这两个细节早在短篇小说《雨天》中就已经写过，他的身上有李德俊的影子，同时体现了赛珍珠早期的短篇小说通过对典型事件和人物心理的描述和刻画，准确记录了赛珍珠对现代中国部分知识分子的观察，透露出这类人物在精神上的同根同源。但王源超越了李德俊，他在大太太和表兄的鼓励和帮助下成功逃婚，并在梅琳的爱情激励中有了忍耐种种不如意的信心，开始按月偿还二伯父的巨额债务，计划着未来的生活。

或许对王源和梅琳两个人太偏爱了，而《分家》中对他们的后期生活缺少令人信服的具体安排，所以，赛珍珠又在收入短篇小说集《今天和永远》中的《归真返璞》（*Heart Come Home*）中，把他们的故事续写下去。居住上海、家境良好的林大卫和方斐丽（两人的西洋姓名），身着华服丽装，终日出没于舞会、剧院等灯红酒绿的社交场所，但他们内心十分厌恶这种空虚无聊的生活，终于两人决定抛弃这种舶来的西式生活，卸下林大卫和方斐丽的假面，做回林勇安和方明心（两人的中式本名），回归中国传统生活方式。虽然小说结尾只留下一种模糊、抽象的憧憬，但作者借此再次表达了她的价值取向：即既不拒绝西方文明的熏染，也不抛弃传统文明，既不太新，也不太旧，而是理性选择中西文化中的合理因素。同一部小说集中的另一个短篇小说《他的祖国》（His Own Country），写一个出生在纽约唐人街古董店商家庭的华裔男孩张约翰，因为自己的黄肤黑发，从小遭到白人同学的孤立和歧视，因此他始终觉得自己是中国人，从小就暗暗立下志向，长大后要回到自己的祖国去，回到他的同族同类中去。然而，当他真的回国后，他所见到的却是贫穷、肮脏、愚昧和落后，是他与亲族之间的隔膜和距离，人们对他的爱国热情毫不理会，依然故我地生活，张约翰感到了巨大的失落。最后，他在恋人靳露丝的鼓励下，暂时打消了返回纽约唐人街的念头，决心在服务同胞中寻找自我价值。然而，这样的结尾同样仓促而无力，带有浪漫、理想的色彩，缺少切实的生活依据和可信的逻辑，让人怀疑他们的浪漫热情究竟能持续多久。于是，这个依旧未完成的故事在 1949 年出版的《同胞》中终于被续写完成。梁氏兄妹詹姆斯、玛丽和彼得离开纽约，回到祖国，他们没有在生活和工作条件优越的北京定居，而是回到了自己的故乡——华北农村的一个村庄，用西方先进的文化知识改造人们的生活陋习，改变人们的落后观念，从卫生用水、读书识字等具体小事做起，耐心、踏实而细致地落实他们的计划和目标。为了让王源、林大卫、张约翰等人的梦想更具实现的可能，赛珍珠安排詹姆斯娶了一个当地女子玉梅为妻，让他有了迅速而有效地接续中国文化传统的绿色通道。将这些作品连贯起来阅读，不难发现赛珍珠关注的中国知识分子的核心问题所在，这个写作过程，在思想和艺术方面既是连续的，也是逐步趋向深入和成熟的。在这里，我们可以清楚地看到赛珍珠是怎样用生长式累积的方式去处理题材的。

在知识分子书写中，有一个细节被作者反复采用过的，即有志知识分子殴打他们倾心帮助和解救的底层同胞。在短篇小说《上海景象》（1941）、长篇小说《分家》和《同胞》中，作者塑造了三个极有理想抱负的热血男儿，分别是袁、王孟和彼得。《上海景象》中的袁在绝望中打了一个不听劝阻的愚昧的老农民，这个情节赛珍珠在之前写的《分家》中就曾涉及过。王源的三堂兄王孟是个革命党，一心想救国民于水火之中。一次，他看到一个醉醺醺的外国水手殴打一个向他索要约定车资的中国黄包车夫，王孟气愤地冲上前去教训那个敢于欺负自己同胞的外国水手。王源赶紧拉开他们，并掏出零钱补偿给车夫。王孟看到老车夫得到几个小钱就很满足，忘了自己所受的屈辱，他满腔愤怒地打了车夫一个耳光，以至于车夫认为"这一记比任何外国人打得更狠"，而王孟流下了悲愤的眼泪，他痛心疾首地说："为这样的人民而奋斗还有什么意义？他们甚至不恨他们的压迫者。像这样的事，只消几个小钱便可以息事宁人了……"[1] 他对一个人占了两个火车座位的富人发火，因为他太霸道；他对因此没有座位坐下、只能站在过道里的穷人发火，因为他居然忍气吞声，不敢抗争；他也对容忍这两种行为的王源发火，因为他太"温吞"。王孟的怒火是出于他对同胞和祖国的强烈的爱。在《同胞》中，赛珍珠将这种心理和行为推到极端。梁文华的小儿子彼得和大学同学看到一个警察用大棒打一个

---

1. 赛珍珠：《大地三部曲》，王逢振等译，漓江出版社1998年版，第908页。

车夫的头，只因那个车夫不小心压到了警察的脚。彼得和同学们制止了这个警察，可是他们却更生那个畏畏缩缩、不敢自卫的车夫的气，结果他们一面制止警察打车夫，一面却将车夫猛揍了一顿，以此来惩罚他的胆小懦弱，打不还手。彼得的理论就是"唤醒人民的唯一途径是对他们使用暴力"，因为愚昧的人民太多了，彼得对自己的祖国感到非常绝望，他在同学张山的影响下，决定做那个摧毁旧世界的人。"我们的国家秽污不堪，我们要把它打扫干净。我们的国家腐朽不堪，我们必须铲除腐朽，将之焚毁。我看到的是莽原的风，莽原的火。火后是灰烬，干干净净的灰烬。谁来点这把火？有人手中拿根火柴就可以把它点燃。"[1] 彼得希望掀起一股摧枯拉朽的强劲风暴，把旧的世界荡涤干净，结果风暴尚未鼓动起来，他和张山等几个同学就为了这个冲动而又极端纯粹的理想而粉身碎骨、丢了性命。这个类似的情节在三篇小说中的发展变化十分明显：袁打乡下乘客，只是"怒其不争"，处理得比较简单，但心理成因与发展变化过程刻画得十分细致，合情合理；王孟和彼得等人打车夫，则增加了"哀其不幸"的悲悯成分，他们好管闲事，首先是出于对底层同胞被欺凌遭遇的同情，比袁的心理多了一个层次，人物的精神层面也提升了一大步。王孟坚持从改变生活习俗、改造人们的思想入手，企图改变民众几千年沿袭下来的传统和习惯，比如，他坚持让百姓过政府规定的新年——元旦，而不是风俗上沿袭的新年——春节，试图以此来将新观念注入民众的头脑，实现改良社会风习的目标。而彼得则采用更加极端的方法，用彻底否定、消灭传统的方法摧毁民众赖以生存的土壤，从而建立起真正的合

---

1. 赛珍珠：《同胞》，赵文书等译，漓江出版社 1998 年版，第 237、277 页。

理的世界。彼得最终失败了，说明赛珍珠对这种激烈方式的否定。从《上海景象》到《分家》再到《同胞》，通过同一个细节的处理，我们可以清晰地看到赛珍珠运用生长式累积的方式处理小说题材的思路和写作尝试。

2. 传教士题材作品的成书过程

赛珍珠出生于传教士家庭，在中国的西方传教士生活自然而然成为她关注的题材。她获得 1938 年诺贝尔文学奖，一方面是由于她"对中国农民生活史诗般的描述"，另一方面则是由于她"传记方面的杰作"，也就是为她的传教士父母写的传记《异邦客》(*The Exile*，1936，或译《放逐》)和《战斗的天使》(*Fighting Angel: Portrait of A Soul*，1936)。两部作品虽然都出版于 1936 年，但从写作年份上讲，《异邦客》在 1921 年母亲去世不久就完成了，是赛珍珠最早写作的大型文学作品。这两部传记既是对父母的纪念，也是赛珍珠对西方在华传教士工作、生活、精神状况的全面回顾。此后，她又以虚构文学形式一再重写这一题材，一些核心素材和细节则在不同作品中反复出现，但连贯起来阅读，则可发现，作家对传教士事业的认知是在不断深化的，传教士题材的作品也运用了生长式累积的方式。

《异邦客》是为母亲凯丽写的传记。凯丽当初不顾父亲的强烈反对，选择以传教士妻子的身份前往中国，是在虔诚的宗教情感驱动下，认为自己是受到圣灵感召的那个人。但在中国度过的大半生，让她对自己的选择充满了怀疑、懊恼乃至悔恨，她的天性与她选择的生活道路格格不入，以至于越到晚年，她越是经常被一种挫败感笼罩着。赛珍珠非常同情母亲，也看到类似母亲的在华传教士大有人在。她在短篇小说《晏神父》(*Father Andrea*，收录于《元配夫人》)、《天使》（*The Angel*）和《宾纳先生的一个下午》（*Mr.Binney's Afternoon*）（收录于《永生》）中，她再次表达了对母亲和母亲一类的传教士的哀悼和同情。晏神父是个来自意大利的天主教神父，为逃避失恋的痛苦而来到中国传教，他为皈依天主教的信徒施洗礼，为穷人治病，收留孤儿，夜晚则以观测星象打发漫漫的孤寂时光。但最后，这个善良的老神父却在中国反帝国主义的浪潮中被激进的革命青年打死了。晏神父的身上同样也有赛兆祥的影子，赛兆祥当年之所以选择当传教士，是因为邻居大婶说他是家中长得最丑的孩子，深深伤害了他的自尊。而母亲则为他辩护，说他是人品最好的孩子，将来当牧师一定会是顶好的那一个，这让他矢志要做一个好人，决定到中国人中传播上帝的福音。《天使》中的巴莉女士是一个老处女，凡事都力求完美，可是到了晚年，"回顾一下，我的生活只不过是与污秽懒惰作了一场恶战——而且我是战败了。"[1] 在极度绝望中，她跳崖自杀了。在《战斗的天使》中，赛珍珠曾以同情的语气叙述过这类女性的情况："为了基督，还没人叙述过老处女们的事呢。这些妇女，年轻时怀着美好的理想主义，奔赴孤寂的传教点。年复一年，她们越来越苍白，越来越沉默，日渐一日地枯槁，日渐一日地愁闷，有时，对一起共事的男子十分尖刻和粗暴，而有时又变得出奇的圣洁和温顺，一味忘我地工作。她们之中大多数人终身未嫁，因为没有男人向她们求过婚——没有可以向她们求婚的男人。"[2] 她们为了理想，听从上帝的召唤，远离亲人，独自来到异土他乡，结果在文化隔膜中连自己的身心都被扭

---

1. 赛珍珠：《天使》，载蒋旂、安仁译：《永生》，国华编译出版社 1942 年版，第 35—36 页。
2. 赛珍珠：《战斗的天使》，陆兴华、陈永祥、丁夏林译，载《东风·西风》，漓江出版社 1998 年版，第 238 页。

曲了。《群芳亭》中的夏小姐也是这样一个单身处女，她年龄并不很大，可是已经显出枯槁和憔悴，以至于受她传道的吴太太反客为主地怜悯起她来，为了成全她死后上天堂的高尚目标而礼貌地接待她。在中国富家太太这个异教徒眼中，夏小姐倒是应该被拯救的对象。《宾纳先生的一个下午》写在中国偏远省份传道的宾纳夫妇连一个子嗣都没有，尽管他们向上帝虔诚祈祷了许多次，也没得到上帝的回应。宾纳夫妇生活十分节俭，尽量把所有经费和心思都用于传道事业，可是当他想在上海为妻子玛丽买一件漂亮的粉色衣服，享受一点点生活的温馨时，却遭到同行勃朗太太义正词严的呵责，仿佛做了传教士，除了愉悦上帝之外，丝毫不应该有任何自我享受的权利。宾纳夫妇的心灵也被迫挤进偏僻狭小的空间，像冬天枯萎的荒野一样。凯丽本人也是终身都与灰尘、痰渍奋战，捍卫她的小花园，而最终她还是失败了。赛珍珠在很长时间内都对父母这辈人从事的海外传教事业持否定态度。但随着时间推移，年岁逐增，她越来越认同父亲崇高的精神世界。在小说《群芳亭》中，通过对安德鲁牧师的塑造，她表达了对父辈献身的传教事业的敬意（《异邦客》《战斗的天使》《晏神父》《群芳亭》中的神父名字都叫安德鲁，今译安德烈亚）。安德鲁牧师不属于任何教派、不守任何戒条，他只信奉超越种族、阶层和任何人间规定的爱的原则，他有着天地一样宽广的胸怀，并成为吴太太和儿子的精神导师。从《异邦客》开始、以《群芳亭》收官的关于在华传教士题材的文学创作，在人物的生活轨迹和精神特征等方面既具有高度的相似性，又体现出明显的发展性，是典型的生长式累积的写作过程，充分体现了赛珍珠对这一国际性文化行为认知和评价的逐渐改变。

当然，汇聚式累积和生长式累积两种成书方式其实并不是完全割裂、彼此独立的。事实上，在赛珍珠一系列中国题材长篇小说的创作过程中，也并不总是采用某种单一的方式，经常是两种方式兼而有之，只是某种方式体现得更为明显、突出而已。

二、立足平民立场的创作实践

与对中国古典小说认知相一致的是，赛珍珠创作伊始就体现出鲜明的平民主义创作立场和创作主题。长篇小说《大地》《青年革命者》《母亲》（The Mother，1934）、《龙子》（Dragon Seed，1942），都是书写中国农民的悲喜哀乐、人生遭际的。而收录在短篇小说集《元配夫人》《今天和永远》中的大部分篇目如《花边》（The Frill）、《勃豀》（The Quarrel）、《雨天》（The Rainy Day）、《王龙》（Wang Lung）、《新马路》（The New Road）、《春荒》（Barren Spring）、《逃荒者》（Refugees）、《父与母》（Fathers and Mothers）、《大江》（The Good River）、《跳舞》（The Dance）、《金花》（Golden Flower）、《游击队的母亲》（Guerrilla Mother）、《老魔鬼》（The Old Demon）等，都是书写中国农民、城镇小市民、游击队员、归国留学生的日常生活与家庭矛盾的。收录在短篇小说集《元配夫人》下部"水灾"中的四篇小说《春荒》《逃荒者》《父与母》《大江》反映的是 1931 年发生在长江中下游一带的水患，内容依然是赛珍珠驾轻就熟的农民题材。而同一短篇小说集"旧与新"中的《花边》、"革命"中的《新马路》则是赛珍珠描写中国城市下层市民的不多的作品。在这两篇作品中，我们看到贫苦的下层市民如何勤谨而卑微地守候着他们的生存权益和做人的尊严，但他们还是一次次被剥夺、被凌辱。与许多抱着或明显或隐秘的种族优越态度的白人作家不同的是，赛珍珠的同情没有因种族的不同而改变立场。在《花边》中，作者将愤怒的笔触指向自己的同胞——邮政局长太太，一个冷酷无情地压榨中国裁缝的白种女人，而另一方面，作者则对那个老实忠厚而命运不济的中国老裁缝寄予了深切的同情。在《新马路》中，作者写国民政府为拓宽城市街道，一夜之间就将新都南京市民世代定居的祖宅夷为平地，那些颐指气使的政府官员连一句解释和安慰的话都没有，更不必说赔偿了，下层民众的权益随时可能被任意剥夺。这些普通、平凡而真实的人的生活构成赛珍珠小说的主体，字里行间充溢着人道主义情怀。

即使是那些叙写贵族生活的小说，也体现出鲜明的平民倾向。如《东风·西风》中桂兰与哥哥及丈夫都出生于富贵的旧式家庭，但为了捍卫他们的价值立场和爱情立场，都放弃了富家公子养尊处优的优越生活，冲破古老家族的成规羁绊，自立门户，像平民子弟一样过起自食其力的独立生活。《群芳亭》中的吴太太一家为一镇首富，但吴太太却走出家门，接管意大利传教士安德鲁的孤儿院，为最底层的孤儿服务。她还鼓励从西洋留学归来的三儿子三儿媳走向乡村，开办平民学校，做平民教育工作者，为那些无力承担学费的农民子弟义务授课。《牡丹》也写一个犹太上层富商的家庭生活，但小说设定的主人公却是中国女仆牡丹，以她的观察视角为出发点，以她的感受和立场为标尺，去衡量作品中人与事的是非、对错、高下、得失，更加鲜明地体现出作者的情感取向。《分家》着力呈现王龙孙辈的生活，作者对人物的褒贬主要是依据他们和人民关系的远近来确定的，沉迷在个人享乐、流连于交际场中的王爱兰，孤芳自赏、自我陶醉的唯美主义诗人王盛，以及王盛贪图女色的长兄都受到作者不同程度的讽刺和否定。王盛的弟弟王孟希望通过一场革命改变社会秩序，与他的家人完全不同调，是家族中与王源心灵最接近的人。王虎大太太的养女梅琳，为人谦和低调，一心致力于慈善事业，心存服务社会的理想，受到王虎之子王源的仰慕。王源则因将自己所学到的西方先进科学知识传授给穷苦学生，并致力于生产实践，与社会底层紧密结合，而成为作者寄托厚望的理想人物。《同胞》对遭受内忧外患的祖国没有任何切实行动，却躲在美国大学的象牙塔中大讲中国文化之美的旅美华人学者梁文华多有嘲讽贬抑，而对他的来自民间、文化程度不高却始终保持下层女性朴素温厚本性的太太以及立志报效祖国、回到最底层的中国乡村从事医疗和教育事业的子女则表现出由衷的赞美和崇高的敬意。赛珍珠认为，那些高高在上、在异国他乡用玫瑰色涂抹祖国的知识分子，只是拿爱国当幌子，为自己换取优越的地位和舒适的生活，其实他们生活得很"不真实"，他们是无根的浮萍，寄生在他人身上，只会靠卖弄祖宗思想的残渣欺骗不明真相的外国人。梁文华的儿子詹姆斯、彼得，女儿玛丽走上了一条与父亲不同的道路，他们回归祖国，看到了与被父亲粉饰过的虚幻的中国完全不一样的国家，现实的中国千疮百孔、贫穷愚昧，但是，在底层，在真正的人民中间，他们看到了真实的活力，找到了他们可以服务于祖国的地方。玛丽嫁给了中国医生刘成，詹姆斯娶了农民的女儿玉梅，他们真正把根扎在了乡村深厚的土壤中。这种平民立场同样促使赛珍珠高度关注晏阳初在中国开展的平民教育运动，并出版《告语人民：与晏阳初谈平民教育》（*Tell the People: Talks with James Yen about the Mass Education Movement*，1945）一书，对他的工作表示敬仰和赞叹。晏阳初先生在接受赛珍珠采访时，说出自己开展这项工作的动机。他引用《尚书·五子之歌》中的"民为邦本，本固邦宁"的古训来展开自己的观点："人民是全世界之本，本固世界才能安宁。然而，当今世界上有四分之三的人住房拥挤，食不果腹，衣不蔽体，目不识丁。这就是说，四分之三的世界之本是虚弱的。倘若目前这种状况继续下去，我们用于建设世界的基础就很不可靠了。"[1]

这种基于平民立场的创作立意，还引起赛珍珠与旅美华人江亢虎之间的一场论战。早在 1931 年《大地》出版后，江亢虎即撰文，对赛珍珠的创作提出批评，其主要观点可概括为：其一，赛珍珠热衷写下层民众的生活，但下层民众人数虽多，却观念浅陋，不足为凭，不能代表中国人。其二，《大地》中很多描写不符合中国的实际情况，作品中存在着许多"荒谬的陈述"。其三，赛珍珠对社会精英组成的上流社会和普遍价值观的忽视，使其作品缺少真实性、权威性和可信度。江亢虎尤其对赛珍珠热衷写底层人民生活多有微词："布克夫人在她的作品中描写着她自己在中国的幼年生活，很多地方受着中国苦力与阿妈的影响。谈到那些阿妈大半是来自扬子江流域北部下流社会里的穷苦人家。在他们之间，很多是善良的诚恳的乡下人，助理家务非常耐勤与忠实。他们对生活的观念非常奇特，而且他们的常识亦非常有限。他们虽说是构成中国人口的大部分，但却不是中国人民的代表。尽管巴克夫人在抽取他们中间一般的生活时一无偏见，但总不能表现出一幅公正的中国写真。她从内部的一个特殊社会里，不仅选出

---

1. 晏阳初、赛珍珠：《告语人民》，宋恩荣编，广西师范大学出版社 2003 年版，第 290 页。

　　　　　　　　　　　　　　　　　　　　　面朝东方大地

几个特殊的个性，因之她的写真，距离整个中国人的真实生活太远。"[1]
他还用古代肖像画中人物必须正面、露耳朵的比喻，说赛珍珠的作品
就如同侧面所画的、把官纽给漏掉的作品，未能反映出全面真实的中
国社会。全文口气傲慢，思想僵化，流露出居高临下的优越感。

对此，赛珍珠针锋相对地予以反驳。赛珍珠认为：第一，江亢虎
主观主义地以一般常识取代特殊而真实的存在，态度武断粗暴。第
二，江亢虎所代表的高雅文化立场是由于对平民缺乏了解，他时常轻
蔑地说"苦力"和"阿妈"，而民众的良善、忠诚、忍耐、节俭、勤
奋，却是高高在上的知识分子视而不见的。她宁可跟江博士表示不屑
的苦力阶层打成一片。第三，中国精英知识分子最严重的问题就是脱
离本国国民，却空谈爱国。针对这种蔑视民众的精英主义立场，赛珍
珠质问："江教授在函中表示的观察，虽系个人意见，似无关重要，
但此点为我所熟知，且每引以为怅者，彼谓'他们（意即普通的中国
平民）或为中国人口的大多数，但实未必足以代表中国人民。'则我
只有这样问他，倘若在任何国家内，居大多数者不能为代表，则谁复
能代表？"她立场鲜明地宣称："我最爱中国的人民，和他们同在一起
生活，那些人不会留意到'官衔的顶子'的。"[2] 小说《同胞》既可以
看作是赛珍珠对江亢虎等学者的讽刺和影射（梁文华形象），也可以
看作是对晏阳初的工作表示敬意和赞美（梁詹姆斯、梁玛丽、刘成等
形象）。"民为邦本"，脱离民众者受到她的谴责和嘲讽，而时刻为民

---

1. 江亢虎：《一位中国学者对布克夫人小说的观察》，庄心在译，载郭英剑：《赛珍珠评论
集》，漓江出版社 1999 年版，第 12—15 页。
2. 参见庄心在：《布克夫人及其作品》，转引自郭英剑主编：《赛珍珠评论集》附录 I《赛
珍珠对江亢虎评论的答复》，漓江出版社 1999 年版，第 569—572 页。

着想者则受到她的赞叹。赛珍珠一直用她的文学之笔，执着地书写着这个"世界之本"。

赛江之争，是赛珍珠"边缘化"身份的开始。她有意避开当时的精英知识分子阶层，和"主流"社会保持疏远，却因此和为权贵所不屑的真正的主流——中国大地上的人民和中国真正的文化传统连在了一起。

个人经历及阅读取向，最终将赛珍珠的写作立场引向注重对平民生活和民本意识的表现。赛珍珠曾说，中国每一个田间老农都具备哲人般的智慧，中国是一个哲学的国度，与明清时代心学平民化倾向的"泰州学派"代表人物王艮的"百姓日用条理处，即是圣人条理处"[1]的观点如出一辙。

三、以人本精神为精髓的创作主题

正如赛珍珠评价中国古典白话小说最重要的成果存在于那一个个真实鲜活的人物性格，这才使那些伟大的作品拥有了超越时代、超越国界的不朽价值，她自己从事小说创作时，同样也把塑造真实生动的人物形象定为首要目标。赛珍珠在谈到着手创作《大地》时，曾说自己"没有任何情节安排和写作计划，只有那些男人、女人和他们的孩子浮现在眼前"[2]。也就是说，她是从人、人的性格刻画、人的形象

---

1. 龚杰：《王艮评传》，南京大学出版社 2001 年版，第 74 页。
2. 保罗·多伊尔：《赛珍珠》，张晓胜等译，春风文艺出版社 1991 年版，第 21 页。

面朝东方大地

创造切入小说创作的。人，尤其是中国人，是赛珍珠小说的中心，是最动人、最熠熠生辉的部分。她用人物来统一全书，用人物来带动情节，决定情节的进程。平民立场是她的小说主题的根本，人本精神则是她创作的精髓，对平民的关注也是因为在他们身上看到了坚强、真实而鲜活的人性。这种关注的意义除了让一般读者看到一个个活生生的人之外，还在远隔重洋的美国人面前还原了中国人民的本来面目，他们身上展现的普遍人性的魅力，让美国人看到中国人并非化外蛮夷，从而超越了种族和文化的重重阻隔，增进了对中国人的认识和了解。赛珍珠作品之所以能打动千千万万美国人的心，就是因为她真诚地爱着笔下的人物，在爱的灌注下，这些人物显示出巨大的生命力。

赛珍珠从小就对中国大地上众多鲜活而多样的民众怀有浓厚兴趣。瑞典学院常务秘书长佩尔·哈尔斯特龙在《授奖词》中引用赛珍珠的话讲述她对中国人民的感情："是人民始终给予我最大的欢乐与兴趣，当我生活在中国人当中时，是中国人民给了我这些。人家问我，他们是什么样的人，我答不上来。他们既非这样也非那样，他们就是人。我叙述他们跟我叙述自己的亲人一样。我跟他们太亲近，跟他们在一起生活得太密切了。"[1]这些中国人就是在田间耕耘的农民，在街道上行走的市民，热心的青年革命家，因失望而自杀的青年学生，仁善、恬静的妇人，长着黑眼珠的美貌少女……她看到他们经历各种悲喜酸辛的考验，亲眼目睹这些善良的人在内战的战火中不得不四处逃难，藏身茅屋，咬着牙关等死，在旱灾、水灾，以及各种难以

---

1. 佩尔·哈尔斯特龙：《授奖词》，裕康译，载刘龙主编：《赛珍珠研究》，云南人民出版社1992年版，第54页。

预料的灾祸中哀号哭泣，遭受难以想象的磨难。当她提笔写作时，中国大地上给她留下难忘印象的许多熟悉的陌生人便一起涌入脑海，被忠实地记录下来，永远活在她的小说中。在《大地》《母亲》《群芳亭》《同胞》等众多作品中，她淋漓尽致地展现了这类丰满而鲜活的形象。她调动一切手段，集中所有笔力，来突出"人"这个主体。

（一）凸显人的主体地位的开篇

赛珍珠非常注重小说的开篇陈述。她的开篇，不是西方小说铺叙式的环境描摹、背景介绍或气氛渲染，而是中国古典白话小说开门见山式的直接导入。开篇第一句，基本是用简洁朴实的语言切入主人公的生活轨迹及其中心事件，凸显人与人的命运的主体地位。首句一般叙述发生在主人公生活中最富有包孕性的重要事件，既能引发读者的阅读兴趣，又能点明人物的身份地位，或突出主人公的性格特征，或奠定小说的基调，或勾勒作品的框架。细读之下，发现几乎每部小说的首句都是经过作家精心设置的，信息丰富，内涵饱满，有时看似出语稀松平常，却为人物活动铺设出开阔的场景。如：

"这天是王龙结婚的日子。"（《大地》）

首句交代了王龙新生活的开端，他的一切好运都是从结婚开始的，此时阿兰虽未出场，但作为结婚对象，她的重要地位自然不言而喻。

"王龙已经奄奄一息，他躺在自己田地中间的土坯房子里，那

房子又黑又小。"（《儿子们》）

开篇就点明老一代代表王龙行将退场，新一代儿子们即将成为生活的主角，王家的家族命运将进入新阶段。

"王虎的儿子王源就这样走进了他祖父的土屋。"（《分家》）

《分家》是《大地三部曲》最后一部，也是总结性篇章，小说开头即让王家三代人同时亮相，这个兴盛一时的家族到王源身上仿佛完成了一次轮回：从王龙痴迷、眷恋土地，王家兴起；到第二代人王虎厌弃、远离土地，大家庭逐渐分崩离析，各奔东西；到第三代人王源将西方先进科学文化与中国古老传统相融合，复归祖父的土地，王家终于摆脱了黄家那样衰落的命运，摆脱了中国大家族惯常见到的"富不过三代"的循环周期，走出一条新路，出现步入新途的曙光。

"在一个农家茅屋的厨房里，母亲坐在炉灶后面一个矮竹凳上，很伶俐地向着铁锅底下烧火的灶口里投着干草。"（《母亲》）

"母亲"农村主妇的身份、其干练、劳碌、耐心、对家庭生活的热爱的性格，都在这句话中尽显出来。

午夜过了，梁夫人放下毛笔，合上了账簿。房中很宁静，楼下饭店里的客人已经走了大半，剩下的少数客人在即将打烊的明灭灯光中极其勉强地离开了饭店。（《梁太太的三千金》）

与《母亲》相同，小说开头便简明清晰地介绍了人物的身份、处境等，是一种定位定调式的开头。

《青年革命者》和《群芳亭》从人物的人生转折点写起，突出人物命运轨迹的不同寻常：

> "要满满一口茶，噢，妈妈！噢，妈妈！"
>
> 扣生艰难地从硬硬的圆枕上把头微微转动了一下，看清了坐在他的幽暗卧室里的母亲。(《青年革命者》)

小说从扣生的一场几乎夺命的大病写起，正是这场大病改变了他的人生轨迹，把他从原本平静无奇的常态生活中推出去，从而彻底改写了他的人生。

> 今天是吴太太的 40 岁生日。她坐在梳妆盒斜撑着的镜前，端详自己镇定的面容。(《群芳亭》)

小说从吴太太 40 岁生日这天清晨梳妆写起，因为 40 岁是吴太太生命的转折点，她将前半生奉献给了家人，赢得了家庭中上上下下包括公婆、丈夫、子媳、仆人在内的所有人的爱。她决定从 40 岁开始，把自己从家庭责任中解放出来，为自己活，按照自己的心愿度过后半生。这种写法也是从人生转折的重要时刻入手的。

赛珍珠的短篇小说同样延续了这种突出人的主体地位的写法。《元配夫人》开篇："这天，李茶商正等待他的独生子从海外归来。这青年离国已有七年了，这时，他爸、妈、妻子以及他的儿子、女儿都在家里等候他。"[1] 李袁留学是他离弃结发妻的主要因素，而七年时间的强调，则将没有话语权的元配夫人漫长而无怨的付出凸显出来，反衬李袁的无情无义，却显得了无痕迹。《老魔鬼》(*The Demon*)开头："王老奶奶当然晓得外面在打仗。"一句话既交代了故事发生的战争背景，又交代了一个虽老迈而绝不糊涂闭塞的乡下老太王老奶奶敏于阅世的精明机警，其后对她壮举的叙写则不显得突兀。

（二）呈现丰富人性的形象刻画

在精心设置的凸显人的主体地位的开篇之后，人物在第一时间被迅速引至读者面前，对其立体多面的性格刻画和丰富复杂的人性的客观呈现，则成为赛珍珠小说的主要构成。

赛珍珠最杰出的小说《大地》对主人公王龙形象的塑造就是一例。多伊尔对作为中国农民代表的王龙形象作了十分全面而准确的概括：

> 他具有全人类所具有的全部感情。他初次迈进黄府大门相亲时，显得那么粗鲁猥琐；他准备购置更多田地时，又是那么坚定执拗；当他获知叔父混迹匪伙时，即刻变得卑怯懦弱；他在痴呆女儿和小妾梨花面前十分仁慈宽厚；可他初次向荷花求欢成为烟花女子掌中玩物时，则又是一副愚不可及的样子；当他夺去阿兰两颗心爱的珍珠时，其不近人情的冷漠令人难以置信；他对暂居黄府外宅流民的态度表现出十足的卑鄙势利和铁石心肠；他给叔父送去鸦片做礼物时，又变得诡计多端工于心计；他既可无所事

---

1. 赛珍珠：《元配夫人》，李敬祥译，启明书局1946年版，第1页。

事游手好闲，亦可吃苦耐劳勤勉俭朴；垂垂老矣之时则只图舒适安静，一味迁就儿子们。通过这些多种多样的方式，王龙成为一个具有复杂性格的人物。尽管他始终被对土地强烈的热爱所支配，然而他首先是人，是一个具有幻想、感情、怪癖和反复无常、自相矛盾心态的人，正是这纷纷杂杂的心理观念的作用，王龙这个人物才如此溢彩流光。[1]

这就是人，真实的人，性格多面而又不断发展变化。作者以近乎自然主义的手法将这个中国农民泥土般的真实、质朴、原生态的生活作了客观、公正的纪实性描述和记录；又以王龙经历从社会底层到上层的命运变迁，现实主义地展示社会的各个阶层和多个侧面，体现出人物厚重的现实感和历史感；人物生活所显示的强烈的异国情调和陌生化效果，又让作品着上了鲜明的浪漫主义色彩，使人物经历带上某种传奇色彩；王龙对土地、对财富、对子嗣、对女性、对社会地位的强烈欲求，体现出超越种族的人类的共通特征，如同人性的寓言，带有浓厚的象征主义色彩。王龙这一形象丰富的文学价值被充分体现出来。

在长篇小说《母亲》中，赛珍珠同样为我们塑造了一个个性丰满的女性形象。这个没有姓名的农妇年轻时像阿兰一样精力充沛，吃苦耐劳，敏捷干练，仿佛力之源泉，从不抱怨无休止的劳作。内蕴丁阿兰生命中的深沉的爱演变为洋溢在母亲身上的如火的热情，她爱家庭每一个成员，婆母、丈夫、儿女甚至家畜，这种爱似乎没有边际。但她做得远非无懈可击。她爱长相清秀的丈夫，却性情暴烈地和爱虚荣

---

1. 保罗·多伊尔：《赛珍珠》，张晓胜等译，春风文艺出版社1991年版，第28—29页。

面朝东方大地

的丈夫争吵打斗，促使丈夫离家出走，使她饱受年轻寡居的孤寂和独立支持家累的重负而早衰。她有强烈的母性，希望生许多孩子，却疏忽了女儿的眼疾，最终使她因失明而远嫁山村，在遭受婆家虐待后悲惨地死去。她偏爱长相俊美、游手好闲的小儿子，疏远老实本分、踏实肯干的大儿子，导致家庭不和。她自尊虚荣，不愿在同村人面前有半点示弱，却在情欲的涌动中失身于地主的二管家，差点因私自堕胎死去。赛珍珠在塑造"母亲"形象时，几乎完全使用了自然主义手法，将构成人性的复杂多面、自相矛盾、美丑混杂等丰富的成分完全本色地展露在读者面前。"母亲"这一形象的长处是丰满而真实，甚至是一种赤裸裸的真实，尤其是对"母亲"情欲的再现方面体现了作者的大胆以及对人性的理解和宽容，不足之处则是性格比较分散，缺少贯通始终的统一精神加以提升。

《同胞》是赛珍珠集中书写知识分子题材的长篇小说，她在作品中塑造了几个理想知识分子典型，这些形象或多或少带着人为的痕迹，但赛珍珠依然写出了他们内心的彷徨、矛盾和痛苦。詹姆斯不顾父亲反对，放弃了美国舒适的生活环境和优越的科研条件，回到战乱中的祖国，一心要为祖国效力，为同胞服务。但当他发现自己将要为此失去深爱的富家女莉莉时，心痛不已，一度对自己的抱负产生了深刻的怀疑："在祖国辽阔的疆土上他凭什么把自己想得这么重要？没有他中国已存在了四千年；他死后中国还会亿万年地延续下去，祖国不会在乎他这个人。"[1]他感到现实世界裂成了两半，退回去，他可以继承莉莉父亲一大笔财产，舒舒服服地生活、研究；走向前，他就要

---

1. 赛珍珠：《同胞》，赵文书等译，漓江出版社 1998 年版，第 52 页。

面对祖国的纷乱、贫穷、愚昧和落后。但是，他还是选择了向前，而且走向社会最底层，面对真正的现实和最需要他们的民众。詹姆斯的同事刘成来自乡村，他长相粗犷，性情直率，给予病人真诚而又贴心的关怀。但这位来自底层社会的医生，却坦言自己并不爱乡民和穷人，但他关心人类，因为他对生命怀着敬畏之心，所以不愿贪图个人享受而只待在世界上几个好地方，最终在犹豫矛盾之后，"他便不情愿地成了自己灵魂的奴隶"[1]，和詹姆斯、玛丽一道走向乡村。赛珍珠开始并未将她理想中的知识分子粉饰成某种道义的化身，惟其如此，这些形象才成为具有人性多面性的原型人物，而拥有了艺术生命。而至小说结尾处，为了进一步明确她的创作意旨，她对詹姆斯的婚姻作了匆促而草率的处理，人物遵"作家之命"，与生硬出场的玉梅结合，给詹姆斯与民众之间的最后一里地架设了一座桥梁，完成了他的乡村之旅，但人物身上却安上了一条概念或思想的尾巴，终成蛇足。

尽管赛珍珠塑造的中国人物形象有的成功有的失败，参差不齐，艺术成就有高有低，但受到中国小说启示的赛珍珠始终把人本精神作为贯穿于自己小说的主导精神，把对艺术形象的塑造作为她的中心任务和终极目标，这一点通过对作品的阅读，我们可以真切地感受得到。

四、对现实主义创作基调的继承

除了《牡丹》《帝王女人》(*Imperial Woman*，1956) 等少数作品之

---

1. 赛珍珠：《同胞》，赵文书等译，漓江出版社 1998 年版，第 258 页。

外，赛珍珠创作的绝大多数小说是取材于现实的。她在中国题材的小说中塑造过中国农民、军阀、商人、文化转型期的知识分子、新旧交替时期的女性、抗战时期的中国民众，探讨过中国农民的生存境遇，文化冲突中知识分子的精神归宿，新旧时代交替中女性的生活状况，中国社会的前途和出路等。她的日本题材作品如《隐匿的花朵》(*The Hidden Flower*, 1952)，探讨由文化冲突引发的跨民族婚姻悲剧。回美国后，她同样密切关注美国国土上发生的各类重大事件，如《别的神：一个美国传说》(*Other Gods: An America Legend*, 1940)批评美国的新造神运动，《控制早晨》(*Command the Morning*, 1959)反映原子弹试验、表达对研制核武器的反对立场，等等。一方面，赛珍珠深受儒家理性精神和入世情怀的影响，对自己生活的时代十分关注。尽管中国古典白话小说中讲史小说占据了极大比重，但以史为镜、借古讽今却是很多作品不约而同的写作意图，那些来自民间和下层知识分子不敢直击时弊，于是借骂历史上的奸臣小人以泄愤懑，传达民意，伸张正义，立意仍在当下社会。明清时期，世情小说兴起，越来越多的小说直接取材于现实生活，如"三言""二拍"、《金瓶梅》《红楼梦》《儒林外史》等，这对赛珍珠的影响是深远的。另一方面，赛珍珠是在新文化运动的浪潮中开始文学创作的，处于新旧时代交替中的中国有识之士以开启民智为拯救民族的首要任务，他们对小说这种大众艺术形式竭力推崇，梁启超是第一个提出"写实派小说"的中国人，他在《论小说与群治之关系》中说"小说为文学之最上乘"，对现实主义创作倾向大力提倡，这些都对赛珍珠产生了深刻的影响，让她坚定了写作现实主义小说的目标和信念。同时，对现实主义创作方法的选择也是由赛珍珠个人才能决定的。彼德·康认为："赛珍珠具有把原本生疏的事物变成似乎熟悉的事物的天赋。然而，另一方面，最有力的小说往往是那些把原本熟悉的事物变得似乎陌生，给人们日常交往习以为常的情景和词语以崭新的内容和全新的活力。这自然是更为艰巨的任务。这需要赛珍珠所不具备的天赋。她的思想更适合于已有的事实而不是再生创造。"[1]

彼德·康所说的"最有力的小说"，就是现代主义文学常用的陌生化手段，激发人们重视并思考因过于熟悉、习以为常、认为理所当然而不加思索的事物的本质。从对中国传统写实主义创作思路的借鉴，到对中国新文化运动创作主潮的响应，加上自身创作能力的偏向与擅长，赛珍珠确定了自己的创作走向。她拒绝现代主义文学的种种创作实验，并以轻蔑的态度冷冷地加以拒绝，这不是酸葡萄的心理，而是一种发自内心的真诚的艺术自觉。中国小说构成了她小说创作本体的全部内涵。传统写法如同一道防火墙，将现代主义文学思潮完全屏蔽在外，使她对现代小说的种种创作实验都无法接受，并认为毫无益处。

赛珍珠出生于 1892 年，比威廉·福克纳（1897—1962）仅仅大5 岁，比欧内斯特·海明威（1899—1961）仅仅大 7 岁，应该说他们是同属于一个时代的美国作家。海明威首部长篇小说《太阳照常升起》出版于 1926 年，福克纳的成名作《喧哗与骚动》出版于 1929年，两部作品都带有明显的实验性。《太阳照常升起》中的非情节化倾向十分明显，是"迷惘的一代"的代表作，《喧哗与骚动》更是被认作意识流小说的杰作。赛珍珠的首部长篇小说《东风·西风》出

---

1. 彼德·康：《赛珍珠传》，刘海平等译，漓江出版社 1998 年版，第 428—429 页。

版于 1930 年，成名作《大地》出版于 1931 年，与《太阳照常升起》和《喧哗与骚动》的出版发行相距不过四五年，但他们的作品却呈现出完全不同的创作探索和尝试。如果说这与作家成长时期所接触的文学环境相关的话，那么，赛珍珠虽从小生活在中国，但她与美国的文学环境也并非完全隔绝，并非缺少受到熏染的机会。1910 年至 1914 年，年满 18 岁的赛珍珠回美国伦道夫–梅肯女子学院读大学，虽然专业是心理学，但在大学期间她就尝试写作小说和诗歌，毕业时用这两种体裁创作的作品均获头奖，可见她并未远离自己热爱的文学。1924 年至 1926 年，赛珍珠再度回美国，在康奈尔大学攻读文学硕士学位，主修英语小说、散文。彼时美国国内现代主义文学潮流已经非常兴盛，对社会和文学新思潮非常关注、极度敏感的赛珍珠不可能没有接触到这波美国文学新浪潮，但她从心理上自觉接受的依然是麦尔维尔、薇拉·凯瑟、德莱塞等传统意义上的浪漫主义和现实主义作家的作品及其创作手法，而对现代主义文学则视若无睹。她对德莱塞钦佩有加，当得知自己获得诺贝尔文学奖时感到不可思议，认为德莱塞比她更有资格获得该项奖励。这种衡量标准依然来自儿时就非常熟稔的狄更斯小说以及中国古典白话小说的传统。

童年的阅读和审美经验在每个人的文学道路上都会打上深深印记，但一般人在成长过程中会不断吸纳新的营养成分，从而使自己的文学创作风格不断丰富变化，在各个阶段出现不同风貌，并逐渐趋向由多种综合因素决定的成熟而独特的状态。但对于赛珍珠而言，似乎这种风格从一开始就定型了，并以超稳定形态延续在此后漫长的创作岁月中。这既是中国传统文学与西方现代主义思潮之间的巨大断裂自然形成的，也是赛珍珠的自觉选择：她认为，用中国传统的文学形式来写作中国人的故事，是更加明智的选择。而她的创作被广泛接纳，并在最高文学殿堂中获得认可，证明中国传统文学形式具有强大的生命力，其审美价值至 20 世纪依然能被世界接受。

需要特别提及的一个问题是，赛珍珠认为，一些基调是现实主义的中国古典小说常常会设置一个超现实的故事框架和一些超现实的情节，因而赛珍珠认为中国古典小说的现实主义不够纯粹，因此她给这种现实主义命名为"浪漫的现实主义"。之所以会出现这类现象，赛珍珠认为这是出于古代中国人的宿命意识，以此来解释他们不能理解的神秘力量，而"浪漫的现实主义"创作风格的呈现，则经常采用超自然现象 [1]，如贾宝玉含玉而生，宋江被九天玄女所救，各路菩萨神仙对唐僧师徒的护佑，等等。这种"浪漫的现实主义"对赛珍珠的创作是否产生了影响？

答案是肯定的，但从意识到形式都做了极大的变形或称为现代转型。赛珍珠在进行中国题材的小说创作时将中国传统小说中超自然的成分完全屏蔽掉了，其作品的情节主干从未跨越现实雷池一步。她不仅在情节上不涉灵异，且在精神上也完全不涉足超现实的神灵、上帝一类的话题，因为赛珍珠本人对神灵、上帝的存在就十分怀疑甚至是否定的。在《龙子》中，作者借林嫂和几个苏州妓女之口，对白种女人的上帝作了否定；在《牡丹》中，又借中国商人孔诚与犹太拉比的辩论以及大卫最终对婚姻的选择，再次表明作者的宗教立场：在两种

---

1. 赛珍珠：《东方、西方及其小说》，张丹丽译，载姚君伟编：《赛珍珠论中国小说》，南京大学出版社 2012 年版，第 46 页。

面朝东方大地

文化冲突中，拣选儒家倡导的关注人间、注重现世、地负海涵、兼容并包的伦理观，而抛弃犹太教宣传的自我隔离、自我尊奉的唯一神以及犹太人为上帝唯一选民的宗教观。不过，赛珍珠虽从不涉笔怪力乱神，但她却乐于制造人间奇迹，在小说中设置一些超越常规逻辑、不合情理的浪漫离奇的情节，则可看作是中国古典小说中超现实的神幻故事的现代转型。赛珍珠认为，在中国古典小说中，人物行动如有神助。"人做不了的，神会接着做完。"在她的小说中，也常常出现有如神助般的奇迹。如果说《大地》中王龙和阿兰走了红运一夜暴富还在情理之中，《儿子们》中王虎那些缺少真实细节支撑的传奇经历，则使这部作品的真实性和感染力大大低于《大地》。比如，王虎杀了土匪豹之后，强行将豹的妻子纳为自己的压寨夫人，但豹妻表面顺从，实质对他怀恨在心，并伺机召集旧部准备对王虎实施报复。可是这么机密的行动，精明的豹妻竟然委派王虎的麻脸侄子去送信，从而让王虎截获了豹妻试图反叛的情报，并痛快淋漓地将她杀死在床上。以豹妻的胆识和能力，她却在至关重要的环节上犯了如此低级的错误，逻辑上说不通。再如，王虎下属鹰在密谋已久后背叛了他，然而当王虎带兵去征讨他时，他几乎没有任何抵抗就兵败自杀，既无军事上硬碰硬的对抗，也无谋略上的丝毫周旋，王虎几乎未动一兵一卒就大获全胜，匪夷所思。《爱国者》中银行家之子吴一寰在抗战爆发时刚从日本回国，毫无从政经历的他竟然作为蒋介石的私人代表和特使被派往西北共区与共产党游击队领导人刘恩澜相见，吴一寰是如何取得蒋介石如此信任并被委以重任的？这番操作没有任何前期铺垫和说明，难免让读者如堕五里雾中。到陕北后，他发现家中失踪已久的女仆牡丹已经成了同窗好友刘恩澜的妻子，而此前情节中，作者给出的暗示是牡丹关心挂念的是吴一寰，与刘恩澜并无多少交集。这一系列惊人的巧合带有明显的人为痕迹，令人难以置信。《龙子》中，战争给林郯带来的深切忧虑是原本善良单纯、胆小柔顺的三儿子因遭到日军蹂躏而变得冷酷暴戾，从前连杀鸡都不敢看的毛头小伙子，一变而为视杀人如儿戏，甚至以杀人为乐的恶魔。进入青春期后，他把原本应该用来爱的激情转变成恨的烈焰，让林郯一筹莫展，甚至盼望儿子死掉，免得造下更多恶业。为了帮助林郯解除心头大患，作者设计了一个不可思议的情节，让一个生长于海外、面容像观世音菩萨一样美丽大方的外交官之女梅丽归国抗日，并与邂逅的游击队员林老三一见钟情，让她用菩萨一般的爱来融化三儿子心头的坚冰，林家瞬间摆脱困境。梅丽的突然出现，犹如《西游记》中的观世音降世，都是适时而至，救苦救难，不同的是，《西游记》中的观世音菩萨是超自然的神力，而梅丽却是现实中的凡人。从逻辑上讲，《西游记》中观世音菩萨出现是合乎情理的，因为唐僧去西天取经，原本就是出于观世音菩萨的旨意，因此一路上为自己选中的高僧保驾护航，是菩萨分内之事。而梅丽与林老三身份地位、生活背景相距天渊，林老三爱上梅丽，有点猪八戒爱慕嫦娥的意味，虽然多少有点高攀，但仍属可理解范围；而梅丽爱上林老三，则似乎只能用"无缘大慈，同体大悲"的菩萨心肠来加以解释，否则缺少说服力。《群芳亭》中，吴太太为吴老爷娶来的小妾秋明得不到吴老爷的欢心，却暗恋上年龄相仿的吴家三少爷峰镆，原本井然有序的家庭关系顿时变得复杂微妙。正当一向精明能干的吴太太暗暗着急、不知所措时，秋明自幼失散的生母碰巧经过这里，想到当年在此失散的女儿，四处打听，母女相认，将她领走。秋明有了安稳的归宿，吴家隐患也在一瞬间冰消瓦解，令人无比欣慰，但一系列巧合又难免令人生疑，不敢轻信。短篇小说《老虎！老虎！》(*Tiger! Tiger!*) 中留美归来的富家小姐曼莉竟与占山为王的土匪小老虎一见钟情，促使后者为了爱情弃暗投明，转眼成了抗日将领。这种变魔术般的情节突转过于离奇，因缺少必要的交代和铺垫而带有主观随意性。长篇小说《隐匿的花朵》结尾日本女子坂井与穗被美国丈夫艾伦·肯尼迪一家抛弃，生下了美日混血儿，面临流落美国街头的绝境时，父亲先前为她选中，却遭到她拒绝的未婚夫日本医生松井古保利适时空降而至。松井原本就爱慕与穗，此时他不计前嫌，大度宽容地向与穗表达始终未变的爱慕，及时给予这个身心都深受种族歧视伤害的姑娘以同胞手足般的温暖。善良的与穗终于找到了原本就该属于她的幸福归宿，免遭流散痛苦，着实令读者欣慰，但真实性和可信度一如前几部小说一样脆薄易碎，难经推敲。这一系列神奇的情节突转、化险为夷、绝处逢生，也是由一只"神灵"般的手操控的结果，矛盾的解决显然不是出于人的力量，而是被从外部介入的奇幻的意志和力量斩断的，只不过这力量不是来自超自然的神灵，而是来自作者的主观意愿。与中国古典小说动辄插入超现实情节的"浪漫的现实主义"相似的构思，无疑损害了赛珍珠小说的艺术真实性和感染力。

五、对中国传统小说艺术形式和表现手法的借鉴

（一）最高的技巧就是无技巧

学术界公认，相较于小说的内容而言，艺术形式是赛珍珠文学创

作的短板。美国当代文艺批评家亨利·塞德尔·坎比（Henry Seidel Canby）1939年曾在《星期六文学评论》上撰文说："赛珍珠的获得奖金（指诺贝尔文学奖——笔者注），她的最佳作品并不是属于以艺术为主要标准的所谓纯文学的范围……"[1]的确，由于创作数量众多，写作速度太快，缺少细心推敲和加工，甚至很少有耐心回头审读自己的作品，赛珍珠有些作品难免显得粗糙，形式比较单一，缺少创新和变化。但更重要、同时也更易为人忽视的一点是赛珍珠秉持的文学观念使她将艺术形式置于次等地位，也就是说，着力点不同是艺术形式受到忽视的首要原因。她认为，艺术形式不是独立于主题、情节之外、需要花太多心思细加琢磨的。赛珍珠更热心于传道般地宣讲她的世界观和文化观，她认定大道至简，如果致力于探索创作技巧妨碍或分散了读者对于真理的认识，这种技巧非但没有为作品增色，反而削弱了作品的价值。只有通向真实、真理的路，才是唯一值得走的路。

> 最优秀的小说家开始写小说的时候，心里根本不会考虑什么形式。如果他真是一肚子故事，他的故事、他的人物本身会以最适合它／他们的形式出现。[2]

艺术形式仅仅是传达生活内容的媒介，一个有悯世情怀的小说家

---

1. 转引自黄峰：《赛珍珠和她的〈爱国者〉》，载郭英剑主编：《赛珍珠评论集》，漓江出版社1999年版，第113页。
2.《论小说创作》，姚君伟译，载姚君伟编：《赛珍珠论中国文学》，南京大学出版社2012年版，第69页。

面朝东方大地

在创作时，会自然而然地选择与其要传达的思想内核与生活本质相协调的艺术形式，但不会将艺术形式看成是有独立欣赏价值的存在。赛珍珠秉持的这种立场显然受到中国正统文学主张的"文以载道"的文艺观的影响，妨碍了她在创作时更多考虑作品的美学价值，导致其部分作品过于侧重"传道"而非"审美"。但赛珍珠的审美取向和艺术自觉是与她所选取的创作素材，以及她所崇尚的中国古典小说传统紧密相连的。赛珍珠在20世纪30年代初开始小说创作时，美国文坛与欧洲文坛一样，正在经历一波又一波的现代主义文学思潮，象征主义、超现实主义、表现主义、意识流……形形色色、五花八门的新创作方法此起彼伏，各领风骚，均以反传统的实验性、创新性为标的，形式主义倾向显著，怎样写比写什么更受重视，更加重要。中国文坛也深受现代潮流影响，努力追随这种趋向，以此为白话文学的新方向，在小说、诗歌、戏剧等创作上都有不少借鉴现代派艺术手法的尝试和实践。但赛珍珠对此却不以为然，她认定中国传统的现实主义创作方法与她采用的题材、所表现的主题是相吻合的，所以她毫不犹豫地采用了这种方法，对其他方法不予理睬。这与20世纪重视在写作技巧上进行探索、创新的世界范围的现代主义文学潮流是背道而驰的，这是赛珍珠的作品得不到文学界人士认可的更重要的原因。

在西方文坛整体骚动不宁、唯新是求的大趋势下，在中国同行集体向西方看齐时，她却选择逆流而上，做一个追溯中国文学传统的独行侠，决意在新与旧的文化断裂中做承继旧传统的孤独的人，向着中国古典艺术形式的宝库不断掘进。因为她相信，艺术形式虽然存在于历史语境中，但艺术发展不同于科学进步，并非以新知推翻旧识、以真理代替谬见的线性行程，艺术价值的高低并不以出现时间的先后论定，而是以其经得起时间检验的生命力和表现力来衡定的。"真正的艺术家并不关注流行的格言，他清楚自己的天赋所在。一如他选择自己的素材，他也选择自己的方法，以满足他内心希望表达他认为的最高现实之美和形式之完美的要求。""无论何时你听到某个小说家，或文学专业学生谈到小说创作的现代方法对于老方法来讲是一种进步，你听到的便是一派胡言。"[1] 这种艺术观念无论在当时还是在今天看来都显得过于保守褊狭，因而阻碍了作家在文学道路上走得更远更高，但却显示出这位异国作家在中国文学传统被集体冷落甚至刻意回避时，依然对其情有独钟，并努力延续这种传统的意愿——虽然她在艺术上取得的成就并非一流，但这一选择体现了一个作家不盲目跟风、不趋奉时尚的独立立场，这本身就是十分可贵的。从创作实践看，她并不完全拘泥于中国文学传统，而是努力引入新时代因素，并对传统有所推进。今天，从后殖民文化立场来看，在西方文化被奉为文明轴心的时代，一个西方作家对中国传统艺术形式非但没有歧视，反而大加推崇，并在全世界一致向西看齐的大潮中发出异质化的声音，这种不带任何文化偏见、不受时尚学潮的干扰、单纯从个人艺术趣味出发的立场是难能可贵的。尽管赛珍珠一些小说在艺术形式上略显粗糙，存在瑕疵，尤其是后期创作数量较多，或为了应时［如《爱国者》《龙子》《中国天空》(*China Sky*, 1942)、《中国飞行》(*China Flight*, 1945) 等都是反映中国抗日战争的小说，作者对时效性比较期待］，

1.《论小说创作》，姚君伟译，载姚君伟编：《赛珍珠论中国文学》，南京大学出版社 2012 年版，第 68 页。

写得过于仓促急切，但其艺术主张和艺术实践中仍有大量可圈可点的闪光之处。

（二）注重对人物自然本性的呈现

赛珍珠十分推崇中国古典小说对生活的如实写照，并不为了艺术审美的需要而有意拔高美化。她本人的小说创作也力求践行这一原则。对生活真实的强调，首先体现在她对人物形象的塑造中。她在《大地》《母亲》《同胞》中塑造的王龙、阿兰、母亲、梁太太等人物，使读者在离奇的故事里感受到"从活人底心灵上流出的悲欣"[1]。作者钟爱这些人物，却并未因个人的情感偏向而拔高他们，美化他们。《大地》中的王龙勤劳、坚毅、孝顺、慈爱，他凭借自己的努力赢得了乡民的尊重。但同时他又很愚昧迷信，对神佛的态度完全是功利的。他头脑狭隘，只知个人实利，对时局和社会的动荡变化既不了解也无兴趣。阿兰更是作者饱含情感塑造的形象，她的沉默寡言、吃苦耐劳、行动敏捷、处事果断、见识不凡都给读者留下了深刻印象，但作者并未回避阿兰在逃难时坦然煮食儿子偷来的猪肉，在战乱时，挤在人群中抢劫大户人家的珠宝，且并未作任何道德方面的谴责。《母亲》中的"母亲"是一个洋溢着人性温暖的农村女性，她对生活、对家人、对一切生物都充满热情、关爱和耐心。在第一章中，作者不厌其详地描写她在地里劳作一天归来后，虽然疲惫不堪，却依然带着满足的喜悦耐心地处理种种琐碎的家务，照顾婆母、丈夫、儿女吃饭、安睡，给他们呵护，给他们安慰，连牛、猪、鸡、狗这些家畜也

---

1. 胡风：《文艺笔谈》，上海生活书店1936年版，第184—196页。

都——沐浴在她温情的慈爱中。但作者也写出了"母亲"性格的另一方面：对待贪图舒适、爱慕虚荣的丈夫简单粗暴，缺少耐心；对待患有眼疾的女儿粗心大意，延误治疗，致使女儿双目失明，最终过早夭亡；对待两个儿子一个苛责，一个偏袒，缺少公平；对待个人情欲，不够自制，偷情堕胎，险丧性命，等等。《同胞》中的梁太太是个朴实、爽直、健壮的家庭主妇，贤妻良母，但作者并未回避她文化水平不高，响亮地打哈欠、打饱嗝、说话高声大气、吃饭吱哑有声等生活陋习。赛珍珠坦率地写出这些人物的种种缺陷、过失，客观再现他们最真实的一面，却并无半点谴责、批评或讽刺，相反笔端流泻出的是理解与宽容。"对素材的纪实性处理、公正和客观的描述、强调环境和传统的作用、重视背景和细节的准确性、关心下层社会的贫民和小人物"，使她的作品"显示出自然主义的风格"，但多伊尔认为，"考虑到语义的准确性，现实主义或许比自然主义更适合赛珍珠的作品。"[1] 因为赛珍珠表现出来的向善主义、乐观主义与左拉等人相去甚远。同时，自然主义将人的行为的动机、人的命运的缘由都归因于人的天然、原始本性，而赛珍珠尽管在大量细节的处理上再现了这些天然本性，但她对人的命运的全面考量，还是大量引入社会因素，注重人所处的社会环境和社会关系。

（三）依据"自然"原则设置情节和结构布局

在情节线索的设置方面，赛珍珠大量借鉴和模仿中国古典小说的

---

1. 保罗·多伊尔：《赛珍珠》，张晓胜等译，春风文艺出版社 1991 年版，第 33、34 页。

　　　　　　　　　　　　　面朝东方大地

技巧。如《大地》中王龙的二女儿，只在出生时提及一下，此后直到第二十五章她已九岁时才再次现身。此时她正因受到裹脚之痛的折磨，借着这个小姑娘之口，王龙得知，阿兰知道自己长得不美丽，又有一双大脚，才不被丈夫所爱，导致丈夫嫖妓纳妾，所以她要为女儿裹脚。从不轻易表露自己内心感情的阿兰，她的心理活动通过女儿之口说给丈夫听，引起王龙的震撼，这是何等自然。二女儿第三次出现在第二十七章时已经十三岁，长成了一个漂亮的小姑娘。她失去了母亲，王龙担心她会受自己堂弟的骚扰，把她送到婆家去，她便从此消失，连在父亲王龙的葬礼上也没见露面。因为在中国，出嫁的女儿在娘家就是"客"了，变得无足轻重，可有可无，既然她的使命已经完成，作者不必刻意地为求严谨、周密的效果而特意给她留有一席之地。《母亲》中"母亲"的丈夫只在前四章出现过，从第五章起他就离家出走，从此杳如黄鹤，一去不归，连自己的母亲去世也没回来过。或许他变了心，另外成了家，不愿让家人来骚扰他，或许干脆死了，总之这个人在作品中半途消失，作者也不再费心追究他的下落。因为在生活中诸如此类的事数见不鲜，赛珍珠只是将这类现象如实记录下来而已。再如，《龙子》中林郯的小女儿半笑是个配角，她沉默寡言、整天关在房里织布，常常被家人忽视。在前十五章中总共出现了三次，分别在第二章、第五章和第七章，每次都只给她寥寥数语，但作者强调她爱读书、爱和识字的二嫂交流。这一细节既呼应了她内向少语的性格特点，也自然过渡到第九章她获得机会去大后方教会学校读书，这个形象暂时从情节发展中退场。半笑再度出现已是第十六章，为海归的外交官之女梅丽与当游击队员的三哥牵线搭桥后再度消失。她去了哪里？如何着落？作家不再加以交代。因为在此后的故事发展中她不再是必须出现的人物，她存在的唯一目的就是引出梅丽来拯救三哥受过摧残的灵魂，一旦任务完成，淡出公众视野也是自然而然的事。这种情节安排显然是受到中国小说而非西方小说的影响。赛珍珠非常熟悉狄更斯小说，狄更斯对笔下的每个人物，甚至一条狗的结局（如《荒凉山庄》）都会交代得清清楚楚，构思非常严密，前后呼应。赛珍珠小说的线索安排显然不是对狄更斯等西方作家的借鉴，而是从《水浒传》《儒林外史》等作品中汲取了灵感。

很少有研究者关注过赛珍珠几部中国题材长篇小说在叙事结构上的不同特点，以及每一种叙事结构的采用与各自的创作题材、表现的主题之间的内在联系。例如，《东风·西风》由上下两篇构成，上篇是桂兰讲述自我婚姻生活，下篇讲述哥哥为争取婚姻自由进行的抗争，采用的是"A+B"式的块状叙事结构。"A"和"B"之间的关联是两者都叙述了新旧交替时期中国青年的婚姻问题，所不同的是，前者在新旧关系的处理上是渐进式的，后者则是断裂式的；前者的新旧冲突主要体现在生活观念、方式方面，后者则扩大为种族、文化、家族、血统等，冲突的范围更广，程度更激烈，意义也更深远，两者既构成呼应，又有所推进。当然，这种块状叙事与《三国演义》相较要简单得多，犹如一部名著的简写本或摹写本。《同胞》写两代旅美华人与自己血脉所系的民族、国家之间的情感关系，作者以鲜明的态度、温和的语气讽刺了父辈知识分子叶公好龙式的所谓家国情怀，同时以极大的热情赞美子辈知识分子勇于奉献、舍我利他的真正的爱国精神，褒贬分明。为了表达该主题，作者采用了场景并置的叙事结构，即"A""B""A""B"式，前一章叙述父亲在美国安于享乐，同时又空虚无为的生活，后一章则转而叙述子女在中国不畏艰难，深入民间，进行乡村建设和平民教育的切实行为，在美国—中国、纽约—北京的空间场景的不断转换中，在主线父—子关系和副线詹姆斯、玛丽等人与李莉莉、宋罗兰等人的强烈对比中，作者的褒贬臧否态度不言自明。这种叙事结构也与中国古典小说中"花开两朵，各表一枝"的分头叙事法一致。《大地》展示的是王氏三代人的家族史，因而作者采用了长河式的、线性的叙事结构，在纵向的时间流上展开故事，从王龙结婚—生子—丰收—灾荒—逃难—返乡—发迹—娶妾—丧妻—得孙—死亡，一路写到第二代、第三代人的生活，再以家族命运串联起时代风云。长河式单线推进的叙事结构使整部作品带上了史诗般的悠远辽阔的恢弘气象。而《龙子》采用的是螺旋式的叙事结构，开头五章写战争来临前，江南乡村处于一派田园牧歌式的宁静、祥和、安谧的氛围中虽然此时战争已经逼近，但过惯单纯生活的人们大多对此没有充分的心理准备，把战争当作一个遥远的传说；中间十章战争爆发后，原本的世外桃源沦为充满战乱、杀戮、暴力的人间地狱，使人心中充满戾气，这种戾气甚至对世代相传的父慈子孝、兄友弟恭等人伦纲常都造成巨大冲击，引发了作者对战争造成的恶劣影响的深深忧虑。最后五章表达的是重返战前和平生活的深切期盼，是重建秩序、和睦、善良、友爱的努力。这种叙事结构，表达了作者对日本侵华战争的强烈谴责，以及对古老的东方农耕文明的由衷钦慕和推崇。对不同作品叙事结构的精心设计，反映出的是作家独具的慧心和慈心。螺旋式叙事结构与《红楼梦》非常相似。《红楼梦》围绕无才补天的顽石因慕"花柳繁华地，温柔富贵乡"的红尘，被一僧一道携到人间，投胎于贾府，经历 19 年悲欢离合，富贵穷愁，终于悟道人世间一切莫过梦幻一场，最后弃去功名，抛却家人，又随一僧一道返归大荒山无稽崖青埂峰下，完成了人生的一场大循环。然而此石已非彼石，从一块鲜莹明洁、可大可小的灵石，变成了一块巨大的写满故事和沧桑的顽石，石头虽回归原处，但已不是原来之石，而是历幻之后的石头，是一种螺旋式的复归。

（四）"话须通俗方能远"

当赛珍珠给自己设定了要做一个"讲故事的人"这种人生定位时，就意味着她要像茶社酒肆、集市村舍中的说书人那样，从文学的内容、文学的形式到文学的受众全面通俗化。这种定位使她成为畅销书作家或通俗小说家，受到不少批评家诟病，在美国文学史上地位不断下降直至边缘化为脚注。但从小说的根本意义上讲，"讲故事"是小说家能做的唯一的事。中国当代作家王安忆曾说："这些年来，有一个最重要的、越来越明显的变化，就是我对小说的认识越来越朴素。我觉得小说就是要讲一个故事，要讲一个好听的故事，不要去为难读者。我曾经写过很多实验性小说，都是很晦涩很暧昧，时空交错，目的不明确，人物面目模糊的故事，因为我很想挣脱故事，摆脱小说的陈规。可是到现在为止，我越来越觉得对我来说，小说的理想很简单，就是讲故事。"[1] 另一位小说家莫言 2012 年获诺贝尔文学奖获奖演说的标题就是《我是一个讲故事的人》，并说自己写作的方式就是用集市说书人的方式，讲自己的故事，这些观点与赛珍珠不谋而

---

1. 王安忆：《来自经验的写作》，《光明日报》2015 年 9 月 10 日第 11 版"名家光明讲坛"。

合。王安忆、莫言小说中的现代主义因素是每一个读过他们作品的读者都不陌生的，但最终他们在洗尽铅华后仍复归平淡，在最平凡朴实也是最原始基础的"讲故事"中找到了安身立命之所。这个所在，是赛珍珠一直守护并曾为之腹背受敌、遍体伤痕的。而这一点，正是赛珍珠借鉴中国明清市井小说和说书艺术影响的结果。说书艺术注重外部情节的迅速推进，事件多，节奏快，跌宕起伏，大开大合的特点，在《大地》等小说的叙事中也得到呈现。小说以外部事件的不断更迭来替代类似西方小说家热衷的心理呈现、景物描写、环境渲染等内容。比如《大地》以王龙和阿兰的家庭生活为中心，迅速展开故事情节，重大事件分别有王龙结婚、阿兰生子、王龙买地、遭受旱灾、向南逃荒、经历暴乱、发财返乡、遭遇水灾、娶妾纳婢、男婚女嫁、阿兰病故、父亲老死等，以重大事件为单位，线条简洁、走向清晰地勾勒出一代人的生命历程。

　　中国明清小说和说书艺术的另一特点是注重通过口语化的语言刻画个性鲜明、生动的人物形象，多采用市井百姓的日常用语。赛珍珠在创作中也坚持使用百姓日常口语，形成了风格朴实、简洁自然、清新流畅的语言风格。瑞典学院的授奖词评价她"语言具有生动的自发性，清新流畅，洋溢着亲切和深情的幽默。"[1] 保罗·多伊尔也盛赞《大地》的行文：《大地》的文体是作品最感人的特色之一。……朴实简洁，协调平衡，词语重复，偏重长而曲折的句子。……这种文体往往节奏缓慢，显示出特别的庄重严肃。……简洁缓慢但却稳定异常

---

1. 佩尔·哈尔斯特龙：《授奖词》，裕康译，载刘龙主编：《赛珍珠研究》，云南人民出版社 1992年版，第59页。

的发展变化，与叙事体故事本身史诗般的特色十分相宜，……"[1] 虽然由于文化的阻隔，她未能完全达到《水浒传》等作品的生动精粹、字字珠玑，但在语言的质朴简约，清新自然，对人物性格的精准再现方面已臻浑然天成之境。请看《大地》中的两例：

> 春天里，天长日暖，处处是李树和樱桃的花香。柳树长出了绿叶，叶片一天天舒展开来。树木一片葱绿，土壤湿漉漉的，蒸腾着氤氲的水汽，孕育着又一个丰收。[2]

这是王龙眼中的春天。他不是带着诗人的眼光去欣赏春光，或带着哲人的感悟去感受春光，他完全以一个农民的心态迎接春天，生机勃勃的春天，意味着秋后的收成，意味着财富，意味着有盼头的好日子。他用宗教般的虔诚专注于这种好日子。

> 孩子躺在铺在地上的一条又旧又破的被子上睡觉。孩子哭的时候，女人就停下来，侧躺在地上解开怀给他喂奶。烈日曝晒着他们两人。……女人和孩子晒成了土壤那样的褐色，他们坐在那里就像两个泥塑的人。女人的头发里，孩子柔软乌黑的头顶上，都沾满了田里的尘土。[3]

---

1. 保罗·多伊尔：《赛珍珠》，张晓胜等译，春风文艺出版社 1991 年版，第 26、27 页。
2. 赛珍珠：《大地三部曲》，王逢振等译，漓江出版社 1998 年版，第 173 页。
3. 赛珍珠：《大地三部曲》，王逢振等译，漓江出版社 1998 年版，第 34 页。

这段平易朴实而又如诗一般优美的语言将人与土地的和谐关系充分呈现出来。土地、孩子、女人,这些都是王龙生活中最重要、最宝贵的组成,都是与他的生命息息相关、血脉相连的,如今这三者如此美妙地融为一体,这便成了农民王龙眼中天堂般的景象。

再看《母亲》中一段人物语言:

> 我受过那么多的苦,就不能稍微歇歇吗(就不能稍微有点回报吗)?你干活的时候,像我一样挺着几个月的大肚子吗?你尝过生孩子的痛苦吗?你当然没有啰!你只要一回家,就能安心歇着了。但是我行吗?我一回家,就忙着煮饭,照顾孩子,伺候老人,还要张罗这个,照管那个(干这干那)……[1]

这段"母亲"抢白丈夫的语言,充分展现了性格刚烈的"母亲"快人快语、敢于抗争的强悍个性。虽然由于文化的阻隔,赛珍珠还没能达到像《水浒传》的作者那样娴熟掌握并运用那么多的俗语、俚语,但她已经能够准确使用农妇常用的习语来表情达意。在这段对白中,母亲的个性得到了充分的彰显。

有时,为了保存中国民间语言的本来面目,向西方读者零距离地传达原汁原味的汉语口语的习惯用语,她甚至不惜违背英语的习惯表达,生造一些英语词汇,创造出若干赛珍珠式的"中式英语"(Chinglish)词汇。例如在《牡丹》中,作者用中式英语书写中国人的称谓:

---

1. Pearl S. Buck: *The Mother*. New York: John Day Company, 1934. p. 3.

Where will you lords go for your feast? 你们众位老爷在哪里用餐?（第 168 页）

That son of a turtle Old Liu has bought the lotus this year in advance. 老刘这个龟儿子今年先把这片荷花买去了。（第 168 页）

you cursed son of a hare 你这个被诅咒的兔崽子（第 179 页）

孔诚的大儿子和二儿子分别被表达为 "Kung the First"（孔大），"Kung the Second"（孔二），或被称为 "you young lords"（你们这些少爷）。这些是典型的中式英语。

再如，"午饭"不用英语中常用的表达法 "lunch"，而用 "noon meal"（第 176 页）[1]

在《水浒传》（*All Men Are Brothers*, 1933）的翻译中，为了最大限度地传达汉语语言特征，赛珍珠则采用"异化"翻译策略，不断挑战译入语文学规范，"从而使赛译水浒在可接受的前提下，将原文的新异性尽情'撒播'于英语世界，完成了引领英语读者对中国语言文化及文学样式的一次'朝圣'之旅。"[2]

例如：

妇人又问道："叔叔青春多少?"（《水浒传》第二十三回）

The Women asked again, "Brother-in-law, how many green springtimes have you passed?" [3]

---

1. Pearl S. Buck: *Peony*. New York: The John Day Company, 1948.
2. 唐艳芳:《赛珍珠〈水浒传〉翻译研究——后殖民理论的视角》，复旦大学出版社 2010 年版，第 142 页。
3. Pearl S. Buck, trans. *All Men Are Brothers (Shui Hu Chuan)*. By Shi Naian, 1933. New York: The Heritage Press, 1948, p. 213.

面朝东方大地

西门庆道:"不敢动问娘子,青春多少?"(《水浒传》第
二十三回)

... and Hsi Men Ch'ing said, "I do not dare to ask how many
springs and autumns the goodwife has passed." [1]

把询问别人年龄的"青春"强行拆解成"green springtimes"或
"springs and autumns",而不是简单翻译为"How old are you?",从而
向西方读者传达出中国人询问别人年龄的方式和英语完全不同,把汉
语语言特征最大限度地保留下来。

赛珍珠对中国说书艺术的模仿,还体现在她以动态的、具体化的
方式将人物心理外化为可视的形象、可听的语言。一般评论都认为,
中国小说在刻画人物时,主要运用语言、动作描写,而不重视心理描
写,心理描写是中国古典小说的弱项。其实这种观点是偏颇的。中国
古典小说并不缺少心理描写,只是这种心理描写与西方小说、与现代
中国普遍认同的心理描写方式不同,有自身特点:

一是中国古典小说因常常与说书艺术联系在一起,为适应口耳相
传,一般不像西方小说家如斯丹达尔、冈察洛夫、罗曼·罗兰、普
鲁斯特、伍尔夫等人那样,动辄作长篇大段的静态心理描写,而往
往借助某些语言、动作进行动态的心理呈现。而这也符合中国人喜用
含蓄的方式表达情感的特点。如《水浒传》写鲁智深救金翠莲父女
俩脱离郑屠魔爪,等他们父女离去,"鲁达寻思,恐怕店小二赶去拦

---

1. Pearl S. Buck, trans. *All Men Are Brothers (Shui Hu Chuan)*. By Shi Naian, 1933. New York:
The Heritage Press, 1948, p. 228.

截他，且向店里掇条凳子，坐了两个时辰，约莫金公去得远了，方才起身。"[1]这段叙写便是典型的借助动作、行为表现心理的例子，"寻思"、"恐怕"、"掇"、"坐"、"方才"，三言两语，便把鲁达"杀人须见血，救人须救彻"的火热心肠揭示得透亮。《红楼梦》第三十六回"绣鸳鸯梦兆绛芸轩"中薛宝钗在贾宝玉房里，情不自禁地坐在宝玉床前袭人常坐的凳子上，守着熟睡的宝玉，替他绣兜肚上的鸳鸯。平日端庄矜持的宝钗轻易不肯向任何人透露自己最隐秘的愿望，连亲哥哥说破她心事也整整哭了一夜，却在一个下意识的动作中泄露了自己心底的秘密。《儒林外史》第二回写年老而仍然是童生的周进受到比他年轻的秀才梅玖、举人王惠的羞辱，十分憋屈。到省城见到梦寐以求却无缘得进的贡院，哭得晕死过去，"满地打滚，哭了又哭，哭得众人心里都凄惨起来。""哭了一阵，又是一阵，直哭到口里吐出鲜血来。"[2]此处虽未对周进的心理进行直接描写，但他撕心裂肺的号啕大哭，正是大半生遭遇的无数苦寒、辛酸、屈辱的总爆发，万千心事全在"哭"这一动作中被揭示出来。赛珍珠深谙此道。《大地》中王龙为了讨荷花欢心，强行索要走阿兰贴身藏着的珍珠时，因自觉貌丑而自卑的阿兰不敢反抗，只得忍痛把心爱的珍珠给了他。"大颗的泪珠从她的眼里沉重地慢慢滴下，但她没有举起手来把眼泪擦掉，她只是用棒槌更使劲地捣着摊在石头上的衣服。"[3]沉默寡言的阿兰不会用太多的语言表达自己，她的全部内心活动都通过慢慢滴落的大颗泪珠、

---

1. 施耐庵原著，金圣叹评点：《金圣叹批评第五才子书水浒传》，天津古籍出版社2006年版，第31页。
2. 吴敬梓：《儒林外史》，人民文学出版社1977年版，第32页。
3. 赛珍珠：《大地》，王逢振等译，漓江出版社1998年版，第148页。

举得更高、捶得更重的棒槌表达出来，这同《儒林外史》写周进的大哭手法是一致的。《龙子》第五章写林郊夫妇互诉恩爱，林嫂听到丈夫夸赞她：

> 她听了这番话后，高兴得脸涨得通红，又拿起木梳继续梳头。为了掩饰她的喜悦，她边笑边装出认真的样子。
>
> "你这个老萝卜，"她笑骂道，一边想找点事做做。"过来，老头子，让我看看你脸上的那个斑，几年之后会不会长成一个疖子。"[1]

"高兴得脸涨得通红"这个细节是林嫂受到丈夫赞美后喜悦、幸福情感的自然流露，看丈夫脸上的斑则是她掩饰想与丈夫亲昵的借口，是爱悦丈夫的心理活动的浓缩和外现。用可观的动作、可听的语言来表达心理活动，是中国古典小说描写心理的重要手段，也是说书这种艺术形式的需要，这种技巧被赛珍珠运用到了小说创作中。

二是中国古典小说一般不作抽象的心理描写，大多数心理活动围绕饮食男女、油盐酱醋等日常生活进行，是在具体情境下产生出来的直接的心理反应，而很少如陀思妥耶夫斯基式的关于犯罪、救赎等的紧张思索，或如列夫·托尔斯泰式的沉重的内省、忏悔，更不会有如伍尔夫的《波浪》中那种关于"我是谁""生与死"等一系列形而上问题的连篇累牍的沉思，体现出的是鲜明的重视现实生活的入世情怀。宋江的心理活动总是围绕着梁山的权势、朝廷的招安而来；黛玉

---

1. 赛珍珠：《龙子》，刘锋等译，漓江出版社 1998 年版，第 80 页。

的心理活动总是伤感自己寄人篱下的孤零身世，以及始终心系宝玉的专注和挚情；唐三藏虽是法师，但在小说中他很少有关于佛理的玄思妙想，而只专注在前往西天取经这件具体事情上。赛珍珠笔下人物大都也是围绕着某个具体事件展开心理活动。王龙一生最幸福的时刻是他的头生子出生，他高兴得甚至有一种恐惧的痛苦。"在这种生活里太走运是不行的。天上、地下，到处是邪恶的精灵，他们不可能让凡人幸福持久，尤其是像他这样的穷人。他急忙转到蜡烛店，那里也有香卖。他从店里买了四股香，家里每人一股，然后带着这四股香赶到小土地庙，把香烧在他和妻子曾烧过香的冷香灰里。他望着四股香燃好，然后才走回家去，心里感到宽慰了一些。这两个小小的保护神稳稳地坐在小屋顶下面——他们的力量多大呀！"[1] 此时，王龙丰富的心理活动是围绕着自己的幸福以及害怕失去这种幸福而赶紧贿赂神灵而来的。王龙一生的精神活动都没有离开过他的一亩三分地；"母亲"（《母亲》）的心理活动的半径则是她家庭的每一个成员；伊兹拉夫人（《牡丹》）的心理活动始终围绕着保持犹太人血统的纯正以及返回故国的努力。因此，赛珍珠笔下的人物是真正现实层面的人，同时也多是某一种特定性格的化身。

不少学者认为，赛珍珠简洁、平实、朴素的文体风格是受《圣经》影响的结果，类似于海明威的文风，可称为"圣经文体"，但赛珍珠对此作了明确的否定。"……我的文体并不是圣经式，它乃是中国式的。因为当我在中国描写中国人、中国事物的时候，我用的自然是中国的语调。"[2] 由此可见，赛珍珠创作中国题材小说时，是有意识

---

1. 赛珍珠：《大地》，王逢振等译，漓江出版社 1998 年版，第 33—34 页。
2. 《忠告尚未诞生的小说家》，天虹译，载姚君伟编：《赛珍珠论中国文学》，南京大学出版社 2012 年版，第 93 页。

地采用中国文体风格来加以表现的。

（五）兼收并蓄的谐趣文风

赛珍珠并非以诙谐见长的小说家，但她热爱的中国古典小说和说书艺术却不乏戏谑讽刺的精彩片段，她视为文学导师的英国小说家狄更斯也是以幽默见长的作家，赛珍珠同时受到中西两种文风的影响，文风中也时见温和的讽刺和令人发噱的谐趣。她的谐趣风格更接近《三国演义》《儒林外史》以及《匹克威克外传》《大卫·科波菲尔》等作品，主要是为了体现出一种调侃、讽刺、批评的立场。赛珍珠是个性情温和的作家，很少疾言厉色地正面批评某人某事，她对某种人、某个现象或某些行为的批判往往是用诙谐调侃的语言来加以讽刺的，没有《儒林外史》和狄更斯中后期作品那样犀利的锋芒。比如，她反对西方人的种族、文化优越感，认为那恰恰反映了自身的狭隘，于是在《东风·西风》《大地》等作品中，她站在东方民族角度将西方民族妖魔化，以产生反讽的效果。如看惯了人与人相互会面以打躬作揖的方式打招呼的桂兰，看到西方人不论男男女女见面都要握手并上下摇动，感到非常惊讶。看到丈夫居然和"丑怪"的白种人握手，竟觉得丈夫"真勇敢"。当她看到白种男人伸出的又大又瘦、长着红毛和黑斑的手，更是浑身直起鸡皮疙瘩："我不能碰这样的手。我把手缩进袖子里，只对他鞠了一躬。"[1]平心而论，中国人的见面礼仪不要求人与人之间肌肤相触的，的确应该更文明。这是对自以为是的西方文明的一种反讽。赛珍珠不赞同海外传教，认为这是一项既无意义，又

---

1. 赛珍珠：《东风·西风》，林三等译，漓江出版社 1998 年版，第 440 页。

无成就的失败的事业，但除了在 1933 年面对美国人发表的演讲《海外传教有必要吗？》中直言不讳地表达观点外，更早的时候，她都是以讽刺的口吻隐晦地加以表达的。赛珍珠首次描写传教士是通过《大地》中黄包车夫王龙的眼睛写出来的。王龙对那个白人传教士长相的怪异感和恐怖感与桂兰相似，而他塞给王龙一张印有耶稣基督受难像的纸片更给王龙一家带来困惑，他们或者以为这个被吊着的人是坏人，或者认为塞给王龙画的人要为他兄弟报仇，就是没有一个人想到这是善意之举，王龙甚至吓得再也不敢从遇见白人的那条街走。而阿兰则把这张结实的纸片纳进鞋底，这幅画对于这个家庭的唯一价值就体现在这里。而到了《群芳亭》中，传教士就不再是面目模糊的男人和女人，而具体化为来自英国的单身女传教士夏小姐。在吴太太和女仆眼中，夏小姐是个无知、笨拙的女子，无法感知别人的感受和想法，对人情世故一窍不通，一切生活所需的现实智慧她似乎都没有，而仅按自己的主观意愿一厢情愿地行事，而且根本不知道效果如何。小说第一章中，夏小姐来给吴太太宣讲福音，赛珍珠这样写道：

> "亲爱的吴太太，我今天被主引导，"她用诚挚而感人的声音说道，"给你们讲在沙土上建造房屋的那个人的故事。"[1]

夏小姐宣讲的是《新约·马太福音》第 7 章第 24—27 节的内容。原文是："所以，凡听见我这话就去行的，好比一个聪明人，把房子盖在磐石上。雨淋，水冲，风吹，撞着那房子，房子总不倒塌，因为

---

1. 赛珍珠：《群芳亭》，张子清等译，漓江出版社 1998 年版，第 14 页。

面朝东方大地

根基立在磐石上。凡听见我这话不去行的，好比一个无知的人，把房子盖在沙土上。雨淋，水冲，风吹，撞着那房子，房子就倒塌了，并且倒塌得很大。"[1] 对《圣经》异常熟悉的赛珍珠故意从吴太太心不在焉地接受角度，写出她从夏小姐难懂的中国话中捕捉到福音的一言半语，理解上一知半解，结果把意思完全弄反了，以此嘲讽夏小姐传教根本没有达到预期效果，而她却并不自知。吴太太听夏小姐传教仅仅出于礼貌甚至是对这个远离父母和同胞的孤独女子的同情和怜悯，而夏小姐却误以为她眼中流露出来的温暖的光是受到了主的感动。二人角色的错位和理解上的阴差阳错，造成了一种不动声色、委婉含蓄却十分辛辣的嘲讽效果。

赛珍珠对那些仅有一点陈旧学问而脱离实际生活的酸腐文人以及大言欺人之流多有调侃或讥讽，《龙子》中的三堂兄属前者，《同胞》中的梁文华属后者。空读了一肚子书却没有考取任何功名的三堂兄虽是村里唯一识字的人，却迂腐懦弱，他代人写信一定要加上许多冗词缀语以表学问，实质上却妨碍了表意的明晰。他胆小无用，一辈子遭受悍妻欺凌，一次甚至被妻子骂得要撞墙自杀，他对堂弟林郯诉苦衷："我是一介书生，哪像一个女人家有那么大的气力。天底下最强悍的，莫过于女人。……我们真该庆幸，那帮鬼子是男人，而非女人，要是叫女人给征服了，那男人可真就完蛋了。"[2] 在三堂兄眼中，老婆比鬼子还可怕，连躲都没法躲。这番话把一个文弱书生十足的妻管严性格活画了出来，让听者不知该笑话他还是该可怜他。梁文华躲在美

1.《圣经·新约全书》，中英对照（和合本·新修订标准版），中国基督教三自爱国运动委员会、中国基督教协会 2000 年印，第 13 页。

2. 赛珍珠：《龙子》，刘锋等译，漓江出版社 1998 年版，第 197 页。

国大学里当教授，他宣讲中国文化，撰述中国哲学，用云山雾罩的语言为自己赢得了显赫的声名和舒适体面的生活。一次，梁教授被邀请去给美国女士谈中国女性，他侃侃而谈了一个半小时后总结说：

> "至于我"，他似笑非笑地说，"作为一个中国人，一个孔夫子的信徒，我喜欢母亲型的。也许母亲型的女子才是真正的中国妇女。我太太就是母亲型的妇女。她和我已经把我们的孩子都送回了中国，让他们重归故土。我希望他们能够成为最彻底的中国人，成为大地之子，黎明之子！"
>
> 他结束了讲话，声音虔诚，头高高扬起，又鞠了一躬。片刻沉寂之后，一阵又一阵的掌声使他不得不回来一次又一次地鞠躬。他也弄不清楚"黎明之子"究竟指什么，但他突然想到了这个词，觉得很不错，就用了它。[1]

联系前后情节，这段话的讽刺意味非常明显。首先，梁博士言不由衷，心口不一。他轻视自己贤妻良母型的太太，常以她没文化、少教养而暗中羞愧，并暗恋中法混血女子宋罗兰，后来甚至追她到英国。其次，他也并非心甘情愿送子女回国的，在反对儿子詹姆斯回国时，他曾以断绝父子关系相威胁，送其他子女回国则是为了给女儿遮丑，也是情不得已。两件事都曾使他黯然神伤，可换个场合，他却堂而皇之地自我标榜起来。第三，他用"黎明之子"之类的花哨语言营造美轮美奂却不知所云的效果，其实就是儿子詹姆斯感受到的"是一

---

1. 赛珍珠：《同胞》，赵文书等译，漓江出版社 1998 年版，第 140—141 页。

张毫无实质内容的语言之网"[1]。赛珍珠通过这类语言刻画暗讽了江亢虎之类的旅美华人知识分子。

作为一个在中国大地上成长起来、同时接受过中国文化正规教育和长期熏陶的人，赛珍珠自觉接受中国文学的影响，从而在她的作品中留下了中国小说的深深烙印；另一方面，作为一个在美国接受过系统教育、对英语文学有过深入研究的美国作家，赛珍珠也不可避免地接受西方文学的影响，她的小说观和小说创作是在中英两种文学传统中形成的。所以，当我们论述中国小说对赛珍珠产生过哪些影响的同时，我们并不否认西方文学尤其是英国文学的潜移默化、逐渐渗透，忽略这一点，就不可能对赛珍珠的文学创作有全面、客观、公正的解读。何况，中西文学本身也有许多相通之处，人类精神也不可避免地会产生共振。钱钟书先生说："……中国固有的东西，不必就是中国所特有或独有的东西。"[2] 所以，当我们研究和论述中国文学传统对赛珍珠产生了一系列影响、赛珍珠的文学创作大量借鉴了中国小说的创作思想和创作技法时，并不意味着我们否认她对西方小说的借鉴，并未无视西方文学也在同时影响着她的可能性甚至是必然性。

赛珍珠中国题材作品中书写最多的人物是农民、知识分子、传教士、家庭关系中的女性和男性以及战争环境中的人，等等。因本书主要着力于赛珍珠对中国文学传统的学习借鉴，而中国传统叙事文学中涉及典型的农民形象和农民生活的较少，因此，关于赛珍珠的农民书写本书暂不讨论。虽然《水浒传》常被称为是一部反映农民造反起义

---

1. 赛珍珠：《同胞》，赵文书等译，漓江出版社 1998 年版，第 95 页。
2. 钱钟书：《中国固有的文学批评的一个特点》，转引自北京大学比较文学所编：《中国比较文学研究资料：1919—1949》，北京大学出版社 1989 年版，第 45 页。

的小说，但学者王学泰曾指出，农民的根本诉求是土地，土地被农民视为最可靠的财富，"可是《水浒传》中丝毫没有土地的位置，没有一个梁山好汉的奋斗目标是为了取得土地，没有一个人在梁山分得了大量的金银财宝后，想回家乡买房子置地，或寄回家去置下土地以为子孙安排。"农民的另一个诉求就是轻徭薄赋，而北宋农民在新法实施以后，饱受苛捐杂税之苦，渴望减轻赋税，这在《水浒传》中也没有丝毫反映。因此，《水浒传》不是反映农民生活的小说，"《水浒传》通篇歌颂的是那些敢于反抗、敢于追逐自己的利益、为此敢于杀人放火的'英雄'"，反映的是"游民"生活和"游民"文化。[1] 笔者深以为然。赛珍珠关注她身处其中的战乱频仍的中国社会，同时她又熟读《水浒传》等作品，于是她经常借助《水浒传》来理解中国现代社会中的政治、战争等问题，赛珍珠的社会书写、政治书写和战争书写从这部作品中获益良多。赛珍珠书写女性多放置在家庭背景上，在家庭矛盾冲突中、在家庭关系的处理中展示女性性格和心理特征，凸显女性智慧，揭示女性命运，而这部分作品对中国传统的家族小说如《金瓶梅》《醒世姻缘传》《红楼梦》等借鉴良多。在书写中国知识分子时，赛珍珠一方面不可避免地用移情、同理心加以理解，同时，又大量借鉴了《儒林外史》等中国古典小说的人物素材。在后面的几章中，我们将分别从社会书写、家庭书写和知识分子书写来讨论赛珍珠是如何接受了中国文学尤其是小说传统的影响的。

---

1. 王学泰：《水浒·江湖：理解中国社会的另一条线索》，陕西人民出版社 2011 年版，第206—207 页。

第 四 章
赛珍珠的社会书写与中国小说

　　赛珍珠生活在中国期间（1892—1934），恰好是中国近现代史上经历大变革的时代。战乱频仍，权力更迭，统治阶层争权夺利，外国势力不断入侵，军阀土匪各霸一方，自然灾害丛生不断，底层百姓饱受离乱，社会局势动荡不安。赛珍珠关注社会局势的变化，也关心中国的政治走向，她认为当下中国社会与《水浒传》中描写的北宋时期十分相似，名目虽变，本质相同。她生活的时代虽然极度"动荡不安"，但她仍将这看作是自己"一生最大的幸运"，因为这个时代非常"具有启蒙意义"[1]。她本人也直接受到过社会动荡的冲击，一次是1900年义和团运动爆发时，只有8岁的她亲身感受到周围的中国人对外籍人突如其来的敌意，看到母亲和其他白人变得战战兢兢，对中国人说话小心翼翼；另一次是1927年北伐军中的一支攻占南京，枪杀白人，抢劫白人住所，她们全家人在从前受过她救助的中国女仆鲁妈的帮助下才躲过一劫。这两个场景给她留下了刻骨铭心的记忆，促使她思考这一切发生的原因。1933年，她在《〈水浒传〉导言》中写

_____

1. 赛珍珠：《我的中国世界》，尚营林等译，湖南文艺出版社1991年版，第2页。

道："如今中国最新的政党——中国共产党——十分看重《水浒传》。他们发行了一个版本，里面有一位中共高级领导人撰写的前言。该领导人称此书乃是第一部共产党的文学作品，它适于今天，一如它适于它创作的年代。"[1]从清王朝到北洋军阀政府再到南京国民政府，权力频繁更迭，"城头变幻大王旗"，人民饱受蹂躏，是上层权贵权欲熏心的结果，同北宋时期一样是"乱自上作"；军阀混战，土匪横行，有的是强盗窃贼，有的是乱世枭雄，有的则是逼上梁山的英雄侠客。中国社会要想找到出路，只有跳出这个反复循环的怪圈，从西方文化中寻找思路，与世界接轨，才有走向现代的可能。正是基于这种认识，所以，赛珍珠在《儿子们》《爱国者》《龙子》等以叙述中国近现代社会的战争、政治为主题的小说中，经常仿效《水浒传》中的思想、情节和人物等种种文学想象，其社会书写与《水浒传》有着十分密切的联系。当然，这也造成她对中国近现代社会现实在理解上出现隔膜，尤其是在对战争、政治的解释上出现不少偏差，使一些中国作家对她的创作产生了质疑和诟病。但如果我们抛开偏见，对她的社会书写进行理性而细致的研究，会发现其中存在着许多真实合理之处，许多观点至今依然能带给我们思考和启发。

一、《水浒传》与赛译《水浒传》

《水浒传》原名《忠义水浒传》，是我国古典长篇小说之一。金

---

1. 赛珍珠：《〈水浒传〉导言》，载姚君伟编：《赛珍珠论中国小说》，南京大学出版社 2012 年版，第 82 页。

圣叹称"天下文章无有出《水浒》右者"[1]，胡适认为《水浒传》是一部奇书，"在中国文学占的地位比《左传》、《史记》还要重大的多"，"是从南宋初年到明朝中叶这四百年的'梁山泊故事'的结晶"[2]，赛珍珠则认为"《水浒传》是中国生活伟大的社会文献"，其中所写的各种事件一直延续至今，"这种不受时间限制的永恒性证明了这部小说的伟大"[3]，"它不应该仅被视为中国过去的一幅图画，它也绝对是当今生活的一个写照"[4]。对这部小说的热爱，促使赛珍珠于 1929 年在她和丈夫私人聘请的中文家庭教师龙墨乡先生的协助下，将这部古典名著译成英文，并于 1933 年出版发行，是为《水浒传》第一部英译本。这一行为产生的深远影响随着时间的推移才逐渐显现：赛译《水浒传》是迄今为止发行量最大、影响面最广的英译本，赛珍珠为将这部中国古典名著推向世界立了头功。之前对《水浒传》的翻译只有一些节译本，之后的全译本则比赛译本出现晚了许多年[5]。更为重要的是，此举

---

1. 金圣叹：《序三》，载施耐庵原著，金圣叹评点：《金圣叹批评第五才子书水浒传》，天津古籍出版社 2006 年版。
2. 胡适：《中国章回小说考证》，安徽教育出版社 2006 年版，第 9 页。
3. 赛珍珠：《中国小说》，王逢振译，载姚君伟编：《赛珍珠论中国小说》，南京大学出版社 2012 年版，第 131 页。
4. 赛珍珠：《〈水浒传〉导言》，钟再强译，载姚君伟编：《赛珍珠论中国小说》，南京大学出版社 2012 年版，第 82 页。
5. 迄今为止，《水浒传》共有 4 个英文全译本。第一个是美国作家赛珍珠的 70 回译本：*All Men Are Brothers*（1933 年出版，此后又在 1937、1948、1952、1957 年在英美反复再版）；第二个是英国学者杰克逊（J. H. Jackson）的 70 回译本：*Water Margin*（1937 年出版节译本，1963 年经加工修改后出版，1979 年再版）；第三个是美裔汉学家沙博理（S. Shapiro）的 100 回译本：*Outlaws of the Marsh*（1980 年出版，1981、1990、1993 年再版）；第四个是英国学者约翰·登特-扬（John Dent-Young）和亚历克斯·登特-扬（Alex Dent-Young）父子合译的 120 回本：*The Marshes of Mount Liang*（1994—2002 年由香港中文大学历时 8 年出版完成）。《水浒传》英译工作已历时 70 年。

促使她全面、深入、细致地研读《水浒传》，并借此打开了一条认识中国社会现实、政治形态乃至战争形式的通道，赛珍珠日后那些书写中国的社会、战争、政治题材的小说，不少是从这部经典名著中吸取灵感滋养的。因而，研读《水浒传》，研究赛珍珠心目中的《水浒传》的主题及内涵，也是解读赛珍珠的一把钥匙。

《水浒传》以北宋宋江起义的历史事件为蓝本，描写了一批因朝廷昏昧、奸臣当道而被主流社会淘汰出局（或因各种原因主动、被动地离开主流社会）、混迹于江湖之上的社会边缘人的生活。作者运用明快、洗练的口语白话文体塑造了一批反抗强权、锄强扶弱、侠肝义胆、神态各异、千古若活的盗贼草寇英雄形象，反抗精神与个性刻画是小说留给后人最鲜明的印象。明末清初文学评论家金圣叹（1608—1661）将《水浒传》与《庄子》《离骚》《史记》、杜诗、《西厢记》并称为"六才子书"，宣称"天下文章无出《水浒传》右者"。晚清文人燕南尚生盛赞该书为"祖国之第一小说也"，称誉作者施耐庵为"世界小说家之鼻祖"，更溢美该书集政治小说、军事小说、侦探小说、伦理小说、冒险小说于一身[1]。一位署名"定一"的作者在梁启超创办的《新小说》月报"小说丛话"专栏里评价道："《水浒》一书，为中国小说中铮铮者，遗武侠之模范"[2]。现代著名作家、学者郑振铎指出："《水浒传》是中国英雄传奇中最古的著作，也是她们之中最杰出的一部代表作，却又是矫矫不群，与一切的英雄传奇都没有什么联络的

---

1. 燕南尚生：《新评水浒传序》，载朱一玄编，朱天吉校：《明清小说资料选编》（上），南开大学出版社 2012 年版，第 327 页。

2. 定一：《小说丛话》（节录），载朱一玄、刘毓忱编：《〈水浒传〉资料汇编》，南开大学出版社 2002 年版，第 367 页。

面朝东方大地

关系。"[1] 当代美籍华人学者夏志清也将《水浒传》与《红楼梦》《三国演义》《西游记》《金瓶梅》及《儒林外史》并称为中国古典小说的六大代表："每部作品都在各自的时代开拓了新的境界，为中国小说扩展了新的重要领域，并深深影响了中国小说后来的发展路径。直到今天，它们仍然是中国人最心爱的小说。"[2] 这些评价充分说明这部文学巨著在我国文学史上的重要地位。对中国古典小说进行过深入研读的赛珍珠自然不会不了解这部小说的价值，她称许《水浒传》是"中国三部伟大的小说"中的一部（另两部是《三国演义》和《红楼梦》），并在众多中国古典名著中首先挑选了此书翻译介绍给西方读者。

（一）选译《水浒传》的动机

《水浒传》是赛珍珠非常熟悉并喜爱的古典名著之一。她多次借人物之口谈到《水浒传》。在《大地》中，王龙的三儿子王虎就是在读了"讲古代战争故事的《三国演义》和讲造反故事的《水浒传》"之后，才向父亲提出要去当兵、参加战争的。在《龙子》中，林家二儿子想送媳妇玉儿一件礼物，玉儿要的居然不是金银首饰，也不是绫罗绸缎，而是让丈夫为她买一部《水浒传》。赛珍珠还借林郯大女儿之口讲述她小时候听说书人讲《水浒》故事的情形："在我还是小孩子的时候，我总是喜欢听那个独眼老头讲故事。他讲的是住在湖边的一群强盗的故事。他讲的时候，无论大人，小孩，男的，女的，一个个听得非常专心，每当讲到要紧的地方，比如哪个人掉进陷阱里被捉住了或者马上就要打仗的时候，他就会卖关子，停下来，拿个篮子来要铜钱，听书

---

1. 郑振铎：《郑振铎文集》，人民文学出版社 1988 年版，第 95 页。
2. 夏志清：《中国古典小说史论》，胡益民等译，江西人民出版社 2001 年版，第 1 页。

的人就把铜钱往他篮子里扔，就像雹子落到稻田里一样，噼啪直响。"她把这本书的内容概括为"说的都是有正义感的强盗"[1]。不难推测，这正是赛珍珠对自己童年时代听淮扬说书人说书情景的描述。

当然，赛珍珠熟悉的中国古典名著非常多，她为何会在众多经典中首选《水浒传》作为翻译文本？这是学者感兴趣的话题。我以为大致可以归纳为以下几个原因。

首先，《水浒传》艺术价值很高，足以代表中国古典文学的成就。1933 年，赛珍珠在《〈水浒传〉导言》中称："翻译时，本人没有什么学术上的兴趣，目的及兴致仅在于一个原本就讲得十分精彩的好故事。在我看来，这本小说的中文风格与素材配合得天衣无缝。"[2]1954年她在自传《我的几个世界》中称《水浒传》是一部"奇书"。在最后一部回忆录《中国今昔》(China Past and Present，1972）等著作中，她回忆 1928 年至 1933 年间翻译《水浒传》的想法时说，《水浒传》是一部"杰作"，"在中国文学中有着了不起的、持久的声望"[3]。通过对这部"奇书""杰作"的译介，能够向西方读者展示中国小说的真实面貌，让世人了解中国小说的精湛技艺，纠正他们长期以来因盲目无知而对中国文学形成的偏见。

其次，作品展示的社会生活极其广阔。赛珍珠在《中国小说》演讲中称赞《水浒传》是"中国生活伟大的社会文献"[4]，而这些社会生

1. 赛珍珠：《龙子》，刘锋等译，漓江出版社 1998 年版，第 28 页。

2. 赛珍珠：《〈水浒传〉导言》，钟再强译，载姚君伟编：《赛珍珠论中国小说》，南京大学出版社 2012 年版，第 76 页。

3. Buck, Pearl S. China Past and Present. New York: The John Day Company, 1972. p. 71, p. 75.

4. 赛珍珠：《中国小说》，王逢振译，载姚君伟编：《赛珍珠论中国小说》，南京大学出版社 2012 年版，第 131 页。

活画面带有某种永恒的特质，并不因时间的流逝而过时，它既是对北宋末年社会生活的反映，也是对赛珍珠生活的近代中国充满内忧外患的社会现实的反映。这一思想首先反映在 1933 年她撰写的《〈水浒传〉导言》中："这部小说勾勒出的人物画面绝对忠实于生活。其实，它不应该仅被视为中国过去的一幅图画。它也绝对是当今生活的一个写照。""一部小说的现实价值最有力的证明莫过于此：虽经岁月流逝，它仍然畅销不衰，充满人性的意义。"[1] 1938 年，在诺贝尔文学奖获奖演说《中国小说》中，她又一次强调《水浒传》描写的社会并非属于一个特定的时代，而是具有超时代的永恒特质：

> 这部小说（指《水浒传》——笔者注）经历了各种事件一直延续下来，而且在中国今天这个新的时期增加了新的意义。中国共产党已经印刷了自己的版本，由一位著名的共产主义者写了前言，作为第一批中国共产主义文学重新发行。这种不受时间限制的永恒性证明了这部小说的伟大。这在今天和过去的王朝时期同样真实。中国人仍然都在读这部小说，和尚和妓女，商人和学者，好女人和坏女人，老年人和青年人，甚至顽皮的儿童，无一不读这部小说。唯一不读的人是在西方受过教育手持博士文凭的现代学者。但可以肯定，如果他最后把手中的笔放在那本书上时活在中国，他也会对自己的新知识无限伤感和不安，因为它们常常是那样无用和不适用，就像在一件旧的长袍上补过一块过小的补丁。[2]

---

1. 赛珍珠：《〈水浒传〉导言》，钟再强译，载姚君伟编：《赛珍珠论中国小说》，南京大学出版社 2012 年版，第 81—82 页。
2. 赛珍珠：《中国小说》，王逢振译，载姚君伟编：《赛珍珠论中国小说》，南京大学出版社 2012 年版，第 131 页。

赛珍珠认为，之所以说《水浒传》具有永恒性，一方面，她提醒那些有过西方教育背景的人，要想了解真正的中国必须阅读这部小说，另一方面，她也在暗示，中国社会想真正融入西方现代化的进程将是艰难的，改造中国社会的走向将是个长期而漫长的过程。

1972年，在《中国今昔》中她再次强调，自己当年翻译《水浒传》，"……主要是因为这部作品揭示了中国人民生活中十分重要的一个方面，或称之为'造反'的一面，因为中国历史上总有造反。的确，造反的权利一直都被认为是一种'不容剥夺'的权利……。""由于到当时为止我在中国的全部生活都处在这样一个时期里，因此自然而然会认为《水浒传》是一部与现实密切相关、乃至于非常重要的作品。"[1]可以说，赛珍珠把《水浒传》当做她认识中国社会现实的一面镜子，尽管透过这面几百年前的艺术古镜折射出的中国社会生活必然不够全面、真实甚至不乏扭曲之处，但透过它，作者的确也抓住了中国社会的一些局部特征。

第三，赛珍珠传记作者彼德·康提出，赛珍珠选择《水浒传》的一个重要原因就是作品的政治性，在他看来，赛氏翻译的"并不仅仅是一部与现世无关的古典文学名著"，其目的更是为了"愤怒而及时地针砭民国时局的动荡"[2]。这一点赛珍珠在《中国今昔》中，曾再一次明确强调：

　　我翻译《水浒传》……因为它在中国文字中有着崇高而持久

---

1. Buck, Pearl S.. *China Past and Present*. New York: The John Day Company, 1972. p. 75, p. 80.
2. Conn, Peter. *Pearl S. Buck: A Cultural Biography*. Cambridge & New York: Cambridge UP, 1996. p. 139.

面朝东方大地

的声誉——我不能称它为"文学",因为按照中国古代的道德评判标准,小说是不能被称为"文学"的,它最多算是"野史"或"草根文学"——但更重要的是,小说反映了中国人生活中如此重要的一个方面——造反,中国历史上一直存在造反,这被认为是一种不可剥夺的权利。中国历史上有许多造反、起义,最重大的农民起义能将王朝推翻。……我在中国的那些岁月里,一直在寻找《水浒传》的特殊影响乃至重要性。由于我在中国生活的全部时光都置身于类似的时期,我能发现《水浒传》的独特趣味乃至重要性是十分自然的。[1]

虽然经历四十多年后再来回顾当年的翻译选材动机,是否带有某种后加的主观成分,客观性和真实性都有待推敲,但赛珍珠把《水浒传》与中国近现代的政治斗争和革命历程加以联系,却是不争的事实,对此下文还将专门论述。

第四,陈敬指出,"赛珍珠在众多中国小说中选择《水浒传》是有其用意的,与她对中国农民阶层的一贯关注和同情有着密切关系。《水浒传》具有深厚的平民化倾向,自然是谙熟中国古典文学、欣赏中国民间文化的赛珍珠的首选题材。"[2] 这一论点也是言之有据、言之成理的。赛珍珠将《水浒传》称为"一部人民的小说",不仅因为小说的中心情节反映的遭受欺凌的底层民众争取自由的斗争,而且小说的成书也是由人民大众在相当长的历史时期中集体创作出来的,这非

1. Buck, Pearl S.. *China Past and Present*. New York: The John Day Company, 1972. pp. 75—80.
2. 陈敬:《赛珍珠与中国——中西文化冲突与共融》,南开大学出版社 2006 年版,第 105 页。

常合乎立志为平民大众讲故事的赛珍珠的趣味。同时必须强调的一点是，《水浒传》在情节设置、人物塑造、语言艺术和叙事技巧方面都取得了极高成就，但就其结构而言，则比较简单明了，梁山英雄逐一或三三两两登场，最后汇聚到梁山泊，线索分明，即使异域读者，也不难辨识记忆。小说的主题意蕴也比较单纯，与结构复杂、意蕴多层的《红楼梦》相比，西方读者的阅读难度显然要低很多。从林语堂《红楼梦》的英译手稿中，我们也可找到佐证。为了让西方读者不至于被这部作品的多重故事和深邃主题搞得晕头转向，林语堂将小说情节和主题作了大幅度简化和调整，把小说改造成一部贾宝玉的人生悲剧故事，以缩小作品与异域读者之间的审美距离[1]。

第五，赛珍珠选择《水浒传》作为翻译文本，与少年时代的美好记忆与心愿有关。第一章谈到，赛珍珠少女时代曾亲聆过扬州评话大师王少堂说书，对《水浒》故事留下了难忘的印象。20 世纪 40 年代，在老舍先生去美国参加笔会时，她又一次向老舍谈到听王少堂说《水浒》故事的往事，并将自己翻译《水浒传》和创作小说的动因归于扬州评话产生的巨大艺术魅力。虽然有学者对这些回忆在细节上的真实性存在怀疑（因赛珍珠和老舍都没有留下关于这段往事的文字记载），但就镇江作为扬州评话表演的重镇以及王少堂在镇江书场说书的时间而言，与赛珍珠在镇江生活的时间是吻合的；以赛珍珠自传回忆中反复提及自己对说书艺术的痴迷，以及王少堂当年的盛名，她亲聆过王少堂说书当是在情理之中的。从心理学上讲，一个人儿时的记忆往往

---

1. 林丹：《日藏林语堂〈红楼梦〉英译原稿考证》，《红楼梦学刊》2016 年第 2 辑：第 73—116 页。

会伴随其一生，影响持久而深远。从这个意义上讲，赛珍珠选译《水浒传》也有个人经历的投影。

总之，以上研究表明，赛珍珠选译《水浒传》并非偶然和孤立的行为，而是经过深思熟虑后的有计划、有针对性的工作，不仅因作品自身的历史、思想和文学价值，且有针砭时弊的现实考量。因其翻译《水浒传》与创作《大地三部曲》几乎同步进行，因而，《大地三部曲》(尤其是第二部《儿子们》)及日后其他一些中国题材小说的创作都深受《水浒传》的影响。赛珍珠不仅将这部中国古典文学名著介绍给西方读者，弘扬了中国古典文学的辉煌成就，而且将它的精神贯穿进自己对中国社会的系列书写中，在艺术地再现中国社会、战争与政治生活等方面，都可找到《水浒传》留下的深深印记。

（二）译著版本的选择

《水浒传》成书过程漫长，从南宋年间开始流传的民间故事，直至最终在元末明初，由施耐庵、罗贯中在前人创作基础上编订成书。《水浒传》版本众多且混乱。据鲁迅考证，"现存之《水浒传》则所知者有六本，而最要者四"，分别是一百十五回本《忠义水浒传》、一百回本《忠义水浒传》、一百二十回本《忠义水浒传全书》和七十回本《水浒传》。从文字的详略、描写的细密来分，又可分"简略"和"繁缛"两类，即繁本叙述"繁缛"，简本叙述"简略"[1]。鲁迅先生提出的这两个概念已经为学术界普遍接受。同时，研究发现，繁本虽叙述详细，但讲的故事比简本少，简本虽叙述简略，但讲的故事比繁本多，

1.《中国小说史略》，《鲁迅全集》第9卷，人民文学出版社2005年版，第147—152页。

于是又进一步区分为"文繁事简本"和"文简事繁本"[1]。袁行霈则认为"今知有 7 种不同回数的版本"[2]，繁本有 71 回本、100 回本和 120 回本 3 种，简本则有 102 回本、110 回本、115 回本和 124 回本等，其中最主要的有 120 回本、100 回本和 70 回本这三大类。从清代至现代三百多年间最流行的版本是经金圣叹腰斩、改动并评注的七十回本《第五才子书施耐庵水浒传》，只保留到"忠义堂石碣受天文，梁山泊英雄惊恶梦"，把接受招安、平寇立功等内容尽皆删去，添上了卢俊义的噩梦，梦中 108 人全部被杀。金圣叹诡称自己得到了《水浒传》古本，又伪造了一篇施耐庵序，其实金本是由袁无涯 120 回本删改而成，文字上作了很大改动。七十回本保留了《水浒传》最精华的部分，金圣叹用切掉尾巴的方式来解决《水浒传》艺术水平不平衡的问题，同时也将《水浒传》的主题按照自己的理解作了较大改造，使之更加符合统治阶层和正统立场的需要。其点评也有许多独到的、精辟的见解，对一般读者的阅读具有启发和引导作用，故金本一出，风行于世，诸本皆废。钱穆先生从艺术角度高度评价了金本："圣叹批七十回《水浒传》，显然是三百年来的一部活文学，而圣叹以前之各种《水浒》，皆成为死文学。"[3]胡适则对金本的价值取向作了评说："圣叹生于流贼遍天下的时代，眼见张献忠，李自成一般强盗流毒全国，故他觉得强盗是不应该提倡的，是应该口诛笔伐的。"[4]他认

---

1. 张国风：《慷慨悲壮的江湖传奇》，国家图书馆出版社 2014 年版，第 59 页。
2. 袁行霈：《中国文学史》第 4 卷，高等教育出版社 1999 年版，第 47 页。
3. 钱穆：《中国文学论丛》，生活·读书·新知三联书店 2002 年版，第 143—144 页。
4. 转引自《中国小说的历史的变迁》，《鲁迅全集》第 9 卷，人民文学出版社 2005 年版，第 335 页。

面朝东方大地

为："这三百年中，七十回本居然成为《水浒传》的定本。平心而论，七十回本得享这点光荣，是很应该的。"[1]鲁迅先生在《中国小说的历史的变迁》中对这一观点表示了赞同。由此可见，金批水浒在当时是影响最大、评价最高的版本，赛珍珠选择金批七十回本作为翻译版本，不能不说是很有眼光的。

金圣叹对《水浒传》的艺术成就赞赏有加，但对作品主题则有自己独特的理解。他认为施耐庵作《水浒传》，正是出于对北宋年间盗匪盛行的忧患："耐庵有忧之，于是奋笔作传，题曰《水浒》，意若以为之一百八人，即得逃于及身之诛戮，而必不得逃于身后之放逐者，君子之志也。""是故由耐庵之《水浒》言之，则如史氏之有《梼杌》是也，备书其外之权诈，备书其内之凶恶，所以诛前人既死之心者，所以防后人未然之心也。"[2]金圣叹批评一百回本或一百二十回本"无恶不归朝廷，无美不归绿林"的写法，以为那是真正的诲盗之书。他尤其不同意在书名前冠以"忠义"二字，因为宋江等一百零八人，"其幼，皆豺狼虎豹之姿也；其壮，皆杀人夺货之行也；其后，皆敲朴劓刖之余也；其卒，皆揭竿斩木之贼也。"[3]虽然梁山好汉多刻画得非常成功，是文学艺术的珍品，但他们却是"流寇"，是小说第一回（金本将这一回改为"楔子"）里所说的来扰乱下方生灵的"妖魔"，如果这干人能称为"忠义"，则"忠义"就是天下之"凶物""恶物"

---

1. 胡适：《中国章回小说考证》，安徽教育出版社 1999 年版，第 36 页。
2. 金圣叹：《序二》，载施耐庵原著，金圣叹评点：《金圣叹批评第五才子书水浒传》，天津古籍出版社 2006 年版。
3. 金圣叹：《序二》，载施耐庵原著，金圣叹评点：《金圣叹批评第五才子书水浒传》，天津古籍出版社 2006 年版。

了。所以，他不但删去了招安、平寇等梁山好汉归顺、表忠的内容，并将原书中"忠义堂石碣受天文，梁山泊英雄排座次"改为"忠义堂石碣受天文，梁山泊英雄惊恶梦"，以卢俊义做了一个恶梦，梁山泊英雄全体处斩结局，表明了他的态度。

鲁迅先生认为《水浒传》中人物是顶着"侠"之名的"强盗""流氓"，他们打着"替天行道"的旗号，但只反奸臣，不反天子，只打劫平民，不打劫将相。"李逵劫法场时，抡起板斧来排头砍去，而所砍的是看客。一部《水浒传》，说得很分明：因为不反天子，所以大军一到，便受招安，替国家去打别的强盗——不'替天行道'的强盗去了。终于是奴才。"[1] 鲁迅不认为梁山泊好汉是真的替天行道的义侠，对他们接受招安的行为更是鄙夷不屑，但他并不赞同金圣叹截去《水浒传》后半部的做法，曾讽刺金本是"断尾巴蜻蜓"，认为这种代表官绅立场的行为并不能代表民意，因为"官"比"寇"更可恶，正如民谣唱的那样："贼来如梳，兵来如篦，官来如剃。"鲁迅批评金圣叹的删节本，认为他并不真正了解中国社会的真实情况和百姓痛苦的深层根源所在。在评述《三侠五义》时，鲁迅又说："《三侠五义》为市井细民写心，乃似较有《水浒》余韵，然亦仅其外貌，而非精神。"[2] 意即《水浒》与《三侠五义》一样，都是为"市井细民写心"的，且《水浒传》成就远高于后者。《水浒传》写的是平民的一股怨气，书中的好汉大都是或直接或间接地吃了官的苦头，有冤无处申诉，于是铤而走险，逼上梁山的他们的遭遇容易赢得读者的同情，甚

1.《流氓的变迁》，《鲁迅全集》第4卷，人民文学出版社2005年版，第159页。
2.《中国小说史略》，《鲁迅全集》第9卷，人民文学出版社2005年版，第287页。

面朝东方大地

而因此不忍责其杀人放火、伤及无辜的非法勾当。

赛珍珠对《水浒传》的翻译态度相对认真、谨慎。她首先对市面上流行的各种版本的《水浒传》（她主要阅读了 100 回本、115 回本和 120 回本三种）进行了认真的比较辨析，最后选定金批 70 回本作为译本。据她的自我陈述，这种选择是出于以下考虑：一是因为此本在当时最为通行，影响最大，她所熟知的评论家多半认为这个版本最好（比如她说"没想到我的选择恰好与学者胡适博士不谋而合"，惊喜之情溢于言表，表明她对胡适学术眼光的尊重，能够与胡适选择一致，也算是"英雄所见略同"，可佐证她的眼光不俗）；二是出于保存作品反抗精神考虑，她认为，70 回本"更像是出自同一个折中主义的作者笔下"，而其他三个版本（指 100 回本、115 回本和 150 回本）"添增章节讲述了那些好汉的垮台及他们最终被官府捉拿的经历，其显而易见的目的是为了将该小说从革命文学的领域中排除出去，以迎合统治阶级的道德伦理"，这显然破坏了作品一以贯之的反抗性和斗争性[1]；三是出于保持作品思想和艺术的完整性、一致性的考虑，由于 70 回后接受招安、归顺朝廷、改换门庭后的情节安排，使得作品从风格到活力都与前 70 回格格不入，前后构不成一个有机的整体，差异明显。后两点选择立场在艺术的考量上与金圣叹是一致的，但在对作品主题的认同上并不相同。赛珍珠同情并肯定梁山好汉的反抗行为，认为他们是由于贪官污吏和腐败政府的逼迫才逃到山上避难的，"由于他们从不肆意扰民，因此在百姓中声名远播，代代相传。在人们所传颂的

1.《赛珍珠传》作者彼德·康也认为，赛珍珠选择七十回本是因为较长的版本结尾大多是好汉们被官府招安，而七十回本则自始至终贯穿着与官府反抗到底的思想。这种观点更加说明在对作品主题的理解上，赛珍珠与金圣叹二人相差甚远。

故事中，他们骁勇善战，同情劳苦大众，对为富不仁者及贪官污吏疾恶如仇，虽然他们从未否认过自己是强盗，是对抗政府的造反者。"[1] 或许赛珍珠对金批本的分析没有鲁迅那样深刻透辟，但她的看法的确能代表相当一部分民众的观点，且足以支持她选择金批本作为译本。

赛珍珠选择金批本作为译本，可能还有一个作者没有明说的原因，即金批本删去了其他版本中的诗词，降低了翻译的难度。虽然作者对此并无自陈，但这种推测并非毫无根据。1936 年林语堂应赛珍珠邀请前往美国定居写作，两人曾计划合作翻译《红楼梦》，终因难度太大而放弃，困难之一就是其中诗词太多，无法驾驭[2]。

1931 年，赛珍珠萌生回美国定居之念后，决定在回国前多到中国各处走走看看，并利用旅行的机会去北京图书馆仔细研究了《水浒传》的各种版本，并为其译本拍下了数百张插图，以便使其英文译本尽量接近最好的汉语原版。赛珍珠认真、严谨的态度和辛勤付出获得了回报。1933 年，《水浒传》赛译本在美国纽约和英国伦敦同时出版，在欧美风靡一时，并于 1937、1948、1957 年在英美数度再版，十分畅销[3]。赞美、肯定的评论也纷至沓来。欧文·拉铁摩尔（Owen Lattimore，1900—1989）在《纽约时报》上对它大加称赞，美国驻华

1.《〈水浒传〉导言》，钟再强译，载姚君伟编·《赛珍珠论中国小说》，南京大学出版社 2012 年版，第 78 页。
2. 2015 年在日本某市立图书馆发现了林语堂英译《红楼梦》手稿，据学者宋丹考证，林语堂是在完成了《京华烟云》的写作后，在 1939—1944 年期间开始翻译《红楼梦》的，完成于 1954 年，至 1974 年修改定稿。见林丹《日藏林语堂〈红楼梦〉英译原稿考论》，载《红楼梦学刊》2016 年第 2 辑。
3. 美国裔中国籍翻译家沙博理（悉尼·夏皮罗，Sidney Shapiro）将《水浒传》100 回本译为英文，译名为 "Outlaws of the Marsh"，北京外文出版社 1980 年版。迄今为止赛译本和沙译本是在国外影响较大的两个英译《水浒传》的全译本，但后者比前者晚了近 50 年。

记者裴斐（纳撒尼尔·佩弗，Nathaniel Peffer，1890—1964）当年就在《纽约先驱论坛报》（*New York Herald Tribune*）上撰文称赞赛珍珠"本身就是一位艺术家，她不仅使作品充满了美感，而且尽力捕捉住了汉语语言独特的韵味。……在字词的选择、短语的锤炼及句子的节奏与结构上，处处体现了汉语意趣横生、甘美醇厚、细致简洁的风格。这本身就是一项令人惊叹的文学技能"[1]，林语堂也在国内知名英文杂志《中国评论》上撰文评价译作，虽然对几处译文提出商榷，但总体上充分肯定了赛珍珠译文的质量："我拿第一回的内容同原著作过逐行对照，发现译文从头至尾都很认真负责、恰如其分。……我认为赛珍珠将这部伟大的中国小说译成英文，是她代表中国送给西方世界的最漂亮的礼物之一。"[2]1948年赛译水浒再版时，林语堂还写过一篇导言，介绍《水浒传》成书过程、内容、作者以及版本等情况[3]。在晚年撰写回忆录时，林语堂再次提及赛珍珠的翻译："赛珍珠把《水浒传》翻成英文时，并不是看着原书英译，而是听别人读给她听，而边听边译的，这种译法我很佩服。"[4]虽然鲁迅、胡适对赛译本译名不以为然[5]，但鲁迅书

---

1. Peffer, Nathaniel. "A Splendid Pageant of the Chinese People: Rev. of *All Men Are Brothers*, thans. By Pearl Buck." *New York Herald Tribune Books* 15 Oct. 1993:3.

2. Lin, Yutang. "*All Men Are Brothers*." The China Critic 7.4 Jan. 1934:18.

3. Lin, Yutang. *Introduction*. Buck, Pearl S., trans. All Men Are Brothers (Shui Hu Chuan). By Shi Naian. 1933. New York: The Heritage Press, 1948. xiii—xviii.

4. 《林语堂文集》第8卷《吾国吾民　八十自叙》，张振玉等译，作家出版社1996年版，第382页。

5. 鲁迅1933年在致姚克的书信中谈及对赛译《水浒》译名的看法："近布克夫人译《水浒》，闻颇好。但其书名，取'皆兄弟也'之意，便不确，因为山泊中人，是并不将一切人们都作兄弟看的。"据唐德刚《胡适口述自传》记载，胡适认为赛译水浒的译名"实在很差劲"，以为书名原意应为"湖畔强人"或"水边盗贼"（*The Bandits of the Marshes*）。

信中提及"近布克夫人译《水浒》，闻颇好"，说明赛译本在中国学界的反响也比较热烈，以至引起了鲁迅的注意。

二、赛珍珠对中国社会的呈现与《水浒传》

（一）《水浒传》的社会主题

《水浒传》描写的是一个游离于主流社会之外的江湖社会和一群因种种原因而被淘汰出局的社会边缘人。从20世纪开始，尤其是1949年后的主流文学批评，常常将《水浒传》的主题概括为表现农民起义。鲁迅说过："我相信源增先生（即谷源增，北京大学法文系学生——引者注）的话，表面上看只是些土匪和强盗，其实是农民革命军。"[1] 陈必信、王云波论文《鲁迅论〈水浒〉辨析》有这样的论述：

> 《水浒》反映了北宋年间风起云涌的农民起义的广阔的社会生活，展开了"撞开天罗归水浒，掀开地网上梁山"的官逼民反的历史画卷。作者以极大的热情塑造了一大群光彩动人的梁山英雄。他们打贪官，杀土豪，开仓散谷，赈济百姓，因此深得人民的拥护和喜爱，这也是《水浒》所以能广泛流传的根本原因。对此鲁迅曾作了充分肯定："宋江据有山寨，虽打家劫舍，而劫富济贫"（《南腔北调集·谈金圣叹》），充分肯定了《水浒》的人民性，并

1.《华盖集续编·学界的三魂》，《鲁迅全集》第3卷，人民文学出版社2005年版，第221页。

与《彭公案》《施公案》这类小说作了严格区别。[1]

1939年，毛泽东发表《中国革命与中国共产党》，把宋江、方腊、李自成等历史上的流寇定义为"农民的反抗运动"与"农民的革命战争"，并指出因为缺乏先进的阶级与先进的政党领导，农民革命最终只能成为统治阶级改朝换代的工具[2]。对此，文学史也基本如此定性，如游国恩等人主编的《中国文学史》："《水浒传》通过生动的艺术描写反映了我国农民起义发生、发展直至失败的整个过程。"[3]刘大杰《中国文学发展史》："《水浒传》的现实主义艺术力量，首先在于它真实而又生动地反映出北宋末年一次农民起义的生长、发展和失败的全部过程。"[4]但其实，《水浒传》梁山好汉中几乎没有正经的农民，真正农户出身的人仅九尾龟陶宗旺一个人，他是唯一可称为"农民起义军"的人。还有石碣村的渔人"三阮"（阮小二、阮小五、阮小七）、登州山下猎户"二解"（解珍、解宝）兄弟也勉强可算广义的农民。农民最关注的土地、轻徭薄赋等问题，在书中都没有得到关注，没有一个梁山好汉是因为土地被剥夺而上山。王学泰先生做过不一样的论述：

> 什么是农民的诉求？首先是土地问题。中国古代的小农社会

---

1. 陈必信、王云波：《鲁迅论〈水浒〉辨析》，载鲁迅博物馆编著：《鲁迅研究资料》第24辑，中国文联出版公司1991年版，第385页。
2. 转引自吴舒洁：《革命与政治之间——〈水浒传〉的文化政治》，《粤海风》2011年第3期，第12页。
3. 游国恩等：《中国文学史》（四），人民文学出版社1962年版，第31页。
4. 刘大杰：《中国文学发展史》，上海古籍出版社1982年版，第1041页。

以农为本，而农的根本就是土地。举国上下都把土地视为最可靠的财富，有了土地就有了一切。可是《水浒传》中丝毫没有土地的位置，没有一个梁山好汉的奋斗目标是为了取得土地，没有一个人在梁山分得了大量的金银财宝后，想回家乡买房子置地，或寄回家去置下土地以为子孙安排。

书中没有任何情节写到农民因为没有土地而苦恼，也没有任何故事写到土地占有者对无地农民剥削的残酷，也没有因土地问题而爆发的争斗。

农民的另一个诉求就是轻徭薄赋，北宋以后，徭役少了，主要是赋税问题。王安石变法许多条款中需要钱来支付，免疫、雇役把劳役地租货币化，市易、均输、青苗等新法都需要钱运行，然而农民不生产钱，只有政府铸钱。当时铜钱短缺，商业经营可以用交子替代，农民只能以农产品易钱，然后再向政府交钱。一来一往，政府从农民身上掠夺了更多的血汗。当时农民对新法不满的原因即在此，后来蔡京等人实行的新法，变本加厉，把本来以强国为目的的新法，变成了满足最高统治者奢侈性需求的手段。农民饱受苛捐杂税之苦，渴望减轻赋税，这在《水浒传》中也没有丝毫反映。[1]

---

1. 王学泰：《水浒·江湖：理解中国社会的另一条线索》，陕西人民出版社 2011 年版，第 206、207—208 页。

因此，他们是一群游走在社会边缘的"江湖人""游民"，而非典型意义上的"农民"。上了梁山以后，他们也没有提出明确的政治目标，除了李逵叫嚷过几次要反上朝廷去，且当场被宋江喝止外，其他人从未想过另起炉灶、重建政权。

事实上，一百零八将落草之前原本所属的社会阶层非常复杂，柴进是世袭贵族，林冲是八十万禁军教头，杨志是将门之后，他们原本都属于社会上层，然而，一旦他们和当朝权贵的利益发生冲突，其社会地位就变得岌岌可危，从而沦落到社会下层。好汉中更多的人原本就来自社会中下层，由于各种原因而被迫上山或自愿上山，但即使是他们，上山前或上山后也很少有置办土地的理想。所以，对《水浒传》主题的概括，还是鲁迅先生说的"为市井细民写心"是比较准确的一句评价。

长期以来我们习惯用一句"逼上梁山"来统括水浒英雄落草的原因，其实《水浒传》中一百零八将走上梁山的动机和原因各不相同。大致可分为这几种：一是遭到权贵、贪官、恶霸的无理迫害，逼不得已，"掀开地网上梁山"，如被高俅逼迫的林冲、被张都监暗算的武松、被毛太公暗害的解珍、解宝兄弟、被高廉迫害的柴进等人。二是为躲避法律惩罚而上梁山，如智取生辰纲的晁盖、吴用、阮氏三雄、刘唐、白胜七人、为晁盖等人通风报信而杀了阎婆惜的宋江、为救金翠莲父女杀了镇关西的鲁智深、一时兴起杀人的雷横、石勇、或不明原因触犯刑律的朱武、杨春、陈达等人。三是被梁山好汉逼上梁山的，如大名府第一等长者卢俊义、青州兵马总管秦明、牢头朱仝、东京金枪班教师徐宁、济州城善写书法的萧让和擅长雕刻的金大坚、建康府名医安道全等人。四是被情势所迫不得已归顺梁山的，如扈三娘、彭玘、凌振、韩滔、关胜、宣赞、郝思文、索超、单廷珪、董平、张清、龚旺、丁得孙等人。五是向往梁山泊"论秤分金银，异样穿绸缎，成瓮吃酒，大块吃肉"的快活生活而自愿落草的，如李逵、朱富、石秀、汤隆等人。六是因慕宋江之名或在宋江劝说下而上梁山的，如吕方、郭盛、欧鹏、蒋敬、马麟、陶宗旺、李立、童威、童猛、薛永、侯建、张横、张顺、穆春、穆弘等人[1]。所以，不能笼统地将梁山好汉的聚义说成是共同的、强烈的阶级仇恨让他们走到一起来。

　　从作品实际来说，《水浒传》写的是一群置身于社会边缘的游侠的故事，他们中的多数人因深受官府和权贵的压迫欺凌，走投无路，或不满权贵的横行无忌，在"替天行道，保境安民"的旗帜下聚义。梁山好汉疾恶如仇，他们闯荡江湖，锄强扶弱，劫富济贫，要除灭的是权奸和贪官，力主公道，宣传忠义，以为正义和个人自由献身、以无私无畏和蔑视金钱而名扬四海。"鲁提辖拳打镇关西""林教头风雪山神庙""景阳冈武松打虎""李逵杀死殷天锡"等回目都意在表现这类主题，作品将英雄们除恶务尽、弘扬正义的阳刚之气和英雄气概表现得酣畅淋漓。同时，《水浒传》也是一部专注于复仇的小说，虐杀和屠杀到处可见，野蛮至极。第三十回"张都监血溅鸳鸯楼"，武松为报蒋门神、张都监等人谋害之仇，一口气杀了十五人，家眷佣仆，一个不留，方才觉得出了"这口鸟气"。第四十回，宋江获救后决意要报复仇人黄文炳，不仅杀了他全家四五十口人，且在张顺活捉黄文炳后，将其剥了衣服绑在树上，李逵代宋江施行复仇仪

---

1. 参阅阳建雄：《〈水浒传〉研究》，江西人民出版社 2010 年版，第 253—263 页。

　　　　　　　　　　　　　　　　　　　　　　面朝东方大地

式，"便把尖刀先从腿上割起，拣好的，就当面炭火上炙来下酒。割一块，炙一块，无片时，割了黄文炳，李逵方才把刀割开胸膛，取出心肝，把来与众头领做醒酒汤。"[1] 其残酷的惩罚方式令人发指。第三十一回，"武行者醉打孔亮，锦毛虎义释宋江"：清风山小喽啰拿到单行的宋江，解到山上，抢了财物，还要杀了他吃心肝。"当下三个头领坐下，王矮虎便道：'孩儿们快动手，取下这牛子心肝来，造三分醒酒酸辣汤来。'只见一个小喽啰，掇一大铜盆水来，放在宋江面前。又一小喽啰卷起袖子，手中明晃晃拿着一把剜心尖刀。那个掇水的小喽啰，便把双手泼起水来，浇那宋江心窝里。原来但凡人心，都是热血裹着，把这冷水泼散了热血，取出心肝来时，便脆了好吃。"连吃人心都吃出了门道，吃成了美食家，可见行此勾当在当时是司空见惯的事。第三十三回"镇三山大闹青州道，霹雳火夜走瓦砾场"，宋江等拿住清风寨知寨刘高，花荣"把刀去刘高心窝只一剜，那颗心献在宋江面前。"[2] 第四十六回，杨雄惩罚背叛他的妻子潘巧云，"把刀先挖出舌头，一刀便割了，且教那妇人叫不的。"再"一刀从心窝里直割到小肚子下，取出心肝五脏，挂在松树上。"[3] 这种血淋淋的报复手段在文中四处可见。水浒英雄中还有许多人落草前是以卖人肉为业的，张青、孙二娘的酒店卖人肉包子，朱贵酒店也以劫杀过路客人为业。梁山好汉一方面伸张正义，主持公道，惩罚无道的

---

1. 施耐庵原著，金圣叹评点：《金圣叹批评第五才子书水浒传》，天津古籍出版社 2006 年版，第 377 页。

2. 施耐庵原著，金圣叹评点：《金圣叹批评第五才子书水浒传》，天津古籍出版社 2006 年版，第 304 页。

3. 施耐庵原著，金圣叹评点：《金圣叹批评第五才子书水浒传》，天津古籍出版社 2006 年版，第 429 页。

官府，另一方面，他们又耽于杀戮，制造新的混乱。这种个人无意识是汉民族长期积淀的对痛苦和杀戮相对麻木的集体无意识的集中体现。

综上所述，《水浒传》反映了北宋时期社会各个层面的社会生活，尤其是对官逼民反的种种复杂情况作了十分细致的描写。

（二）《水浒传》对赛珍珠中国社会呈现的影响

1. 赛珍珠对中国社会问题的判断与《水浒传》的影响

赛珍珠十分关注中国社会现实，并对自己所观察到的现实作出判断。而她对所生活的时代中国社会主要问题、主要矛盾的认识及判断，与《水浒传》的影响密切相关。她赞同《水浒传》"乱自上作""官逼民反"的观点：

> 中国的祸根在于其上层阶级的道德败坏以及农民的贫困无助。谦卑自省，面对现实，是我所看到的这个国家的唯一希望。很多人正意识到这一点。但是在上海，中国的富豪们生活奢靡挥霍，对现实漠不关心，对此我感到惊恐。我觉得自己好像生活在法国大革命爆发前夕的路易时代的法国首都。……我个人感到，如果这种局面再不改变，我们则赞同来一场真正的革命。与这种真正的革命相比，目前的局势不过是夏日午后的一场球赛。没有知识的穷人将真正起来暴动，反抗那些拥有一切的人。至于这场暴动什么时候来临，谁也难以预料。[1]

---

1. 赛珍珠：《我的中国世界》，尚营林等译，湖南文艺出版社1991年版，第256页。

这段话显示出赛珍珠对当时中国社会面临的一触即发的危机有着十分清醒的认知，对上层统治阶层的麻木不仁、腐败渎职又是多么痛恨，对"山雨欲来风满楼"的紧张局势既感到惊心动魄，同时又抱着一丝变革黑暗现实的隐约期盼，而这种复杂的心态却代表了绝大多数中国底层民众的意愿。

在这一时期的中国题材创作中，也时时可见《水浒传》留下的印记。其重要作品如《大地》《母亲》《龙子》及短篇小说集《元配夫人》等经常将底层社会作为表现主体，如果涉及上层社会，则将其成员分成两类：高高在上、脱离民众者受其鞭挞和讽刺，而走向底层、走向民众者则获其赞美。她还塑造了一系列水浒式的英雄。《儿子们》中的王虎、《龙子》中的玉儿都爱读《水浒传》，并受到其中英雄行为的激励。王虎弃农从军，正是受到水浒英雄事迹的激励，立志干一番大事业。他除灭土匪豹，并以县保安队长自居，表面看似乎的确是在除暴安良。只是他的野心和抱负很快把他变成更狡猾、更贪婪的土匪和军阀，而不是正义、公道的代言人。与王虎不同，《龙子》中的玉儿颇有梁山女英雄的侠气和豪气。作为一个女子，她向丈夫索要的礼物不是首饰，而是书籍，对丈夫买回的《水浒传》爱不释手。梁山好汉的事迹激发了她的斗争勇气。她的眼界、胆识、抱负和胸襟都远远超过了自己的同类，因为懂得"天下兴亡，匹夫有责"，也明白"覆巢之下，岂有完卵"（作为一个农妇，作品中并没有这类语言的直接表达），在整个民族面临危亡命运的时刻，是不可能有一寸国土能够保全得像世外桃源一般的。所以，她不肯像一般农民那样，安分守己地守着一亩三分地过小日子，没有像她的婆家人那样，只要日本人没打到自己家门口，就认为战争与自己无关。她是家中第一个热心国家大事的人，她关注日本侵华行径，筹划着该怎样参与到这场救亡图存的大事件中去。随着日寇步步进逼，她和丈夫随进步学生到西部解放区去参加抗战，进一步接受抗日救国思想。虽然由于作者缺乏解放区的生活经验，这部分内容在小说中虽未能得到具体展现，但日后她再度返回家乡后的坚定、勇敢的斗争行为，却以事实证明了她曾接受过抗日思想的充分洗礼。她不仅和家人一起与日军周旋，斗智斗勇，还独自乔装成乡下老妇人，潜入城中日军驻地，在其食品中投毒，毒死了五个日军。在食品中下毒的情节，会令人联想到《水浒传》中的一丈青孙二娘在酒里下蒙汗药，麻翻过往客人。而只身乔装打扮闯敌营，又令人联想到母大虫顾大嫂假扮送饭妇人去监狱劫牢，救解珍解宝。与玉儿类似的抗日女英雄还有短篇小说《金花》中的女游击队长金花、《游击队的母亲》中勇敢地支持抗日将士的贵夫人钱太太等。他们类似于《史记·游侠列传》中写到的侠客，也有类似于《水浒传》中鲁智深拥有的完全利他的"侠气"。

此外，《母亲》中"母亲"的小儿子追求的理想是"世界上将不会再有太有钱和太穷的人，大家都会变成一样的平等"[1]，与水浒英雄劫富济贫的观念也是一脉相承的。《群芳亭》中安德鲁修士路见不平，与抢劫当铺的青帮盗匪搏斗，为伸张正义献出了生命，其侠肝义胆直追鲁智深、武松等人。即使是不直接书写土匪或战争的作品，其人物身上也曲折体现了"替天行道"、"行侠仗义"的主题。《群芳亭》中吴太太的二儿子泽镬参加抗战为国捐躯，三儿子、同时也是安德鲁的学生峰镬坚持带着一向养尊处优的年轻太太琳媶到乡村创办平民教

---

1. 赛珍珠：《母亲》，万绮年原译，夏尚澄编译，东方出版中心2010年版，第172页。

育，为底层佃户服务，吴太太则担当起继续养育安德鲁收养的孤儿的职责。《同胞》中的梁詹姆斯、梁玛丽自愿放弃美国优越舒适的生活，回到贫弱落后的祖国，到艰苦的农村故乡创办医院，为故乡的底层百姓送医疗病，改善环境，改变他们的卫生习惯。其弟彼得更是为改变不合理的社会现状，置个人生死于不顾，采取过激手段而遭到政府密探暗杀。《北京来信》中的中美混血儿、大学校长杰拉尔德宁可放弃与妻儿在美国过团圆、安宁的生活，也要留在百废待兴的中国参加建设。在这些作品中，《水浒传》的英雄旋律久久回荡着。

同时，《水浒传》中的匪气、杀气和戾气也经常以土匪、强盗等题材或话题被表现在赛氏作品中。虽然民国时期土匪盛行，报刊杂志充斥着内地农村土匪骚动和行凶的耸人听闻的报道。到1930年，土匪人数的保守估计，为2000万左右，老百姓抱怨国家已成为土匪世界。[1]但对于这种司空见惯的社会现象，中国现当代作家作品真正写及的却并不太多，仅萧军《八月的乡村》、李劼人《死水微澜》、姚雪垠《长夜》、曲波《林海雪原》、莫言《红高粱》等涉及过这一社会问题。而赛珍珠却对这个话题保持了持久的兴趣，多部作品或正面或侧面地反映中国社会中的土匪或强盗行径。除了得益于作家对现实生活的敏锐观察外，《水浒传》对其产生的持久影响则是十分重要的因素。

《大地》中，旱灾和水灾来袭时，乡间土匪盛行。平时朴实厚道的村民为了一口食物，竟直闯入邻居家中，搜索积存的粮食，犹如仇寇。王龙的叔叔索性加入红胡子匪帮，并成为帮中二头领，凭借这个

---

1. 贝思飞（菲尔·比林斯利，Phil Billingsley）：《民国时期的土匪》，徐有威等译，上海人民出版社2010年版，第1页。

地位，他们一家公然理直气壮地吃住在王龙家中，吆三喝四，耀武扬威。可见土匪、强盗种种残忍行径的盛行。只不过赛珍珠将《水浒传》中"官逼民反"改成了"灾逼民反"或"贫逼民反"。《分家》中描写王虎最终的结局是遭到乡间土匪的吊打而被折磨至死的，这个以剿匪起家的地方小军阀，最终又被土匪所亡，可谓一报还一报。《儿子们》则是对土匪和军阀生活的正面反映，其中王虎怒杀心存二意的妻子的细节与宋江怒杀阎婆惜十分相似，屠夫挖匪徒豹子心的情节也显然模拟了李逵手刃黄文炳。《龙子》中的大儿子杀死向他讨饶的日本士兵，三儿子手刃日本士兵后，顺势一脚踢进路边的沟壑中，然后若无其事地回家吃饭，与武松血溅鸳鸯楼中杀死连声讨饶的后槽，大闹飞云浦中杀死公人，将尸首揎在浦里的细节何其相似。《爱国者》中刘恩澜的部下对待投降的俘虏一概格杀勿论，还将年轻倔强、不肯听命的俘虏留下来慢慢弄死他们以取乐，"先把他们关在笼里，或者锁在树上，谁高兴去看的，就可以向他们唾一口，或用叉刺他们，或用火烧他们的手指足趾，以酷刑对付敌人当作娱乐。"[1]这是折磨"只求早死"的黄文炳的李逵心理和行为的直接翻版。赛珍珠有许多作品涉及暴徒虐杀，短篇小说《晏神父》（收入《元配夫人》）中的传教士晏神父被青年革命军人打死，再现了北伐军袭击南京白人的历史事件，《回老家》（1959）中定居纽约的吴涟一回到新中国就被贪图他钱财的乡间匪徒打死。长篇小说《同胞》（1949）中的由美回国报效祖国的彼得因参加革命集会而遭暗杀；《北京来信》（1957）中的中美混血儿、有着复杂海外关系的大学校长杰拉尔德遭到暗杀；《梁太太的

---

1. 赛珍珠：《爱国者》，钱公侠，施瑛译，启明书局1948年版，第176页。

三千金》(*The Three Daughters of Madame Liang*, 1969)中，优雅而爱国的梁太太把三个女儿从美国召回国内参加新中国建设，而她得到的回报却是在武斗中被红卫兵小将打死。

2. 赛珍珠对中国现代社会的文学想象与《水浒传》的影响

赛珍珠在其部分中国题材作品中，习惯设置一个常态生活空间之外的另类世界，即军阀世界或土匪世界，如早期作品《大地》中即提及王龙的叔叔是匪帮"红胡子"中的老二，他虽在王龙家肆意挥霍，但王龙一家借由他的保护也免受其他土匪骚扰，不过此作中的匪帮世界还隐在幕后，只在叔叔一家的无赖和堂弟的流气、痞气中偶见一斑。到《儿子们》中，这个世界开始浮出水面，王虎、豹子、刘门神等军阀、土匪形象的塑造正是作者受到同时期翻译的中国古典名著《水浒传》影响的成果。而抗战小说《老虎！老虎！》[1]中的大老虎和小老虎以及青狼等人的匪窟、《龙子》中林郯的大儿子、三儿子活动的山林一带皆属此类世界，《爱国者》中恩澜所在的西北红军的活动区域也是此类世界的延伸。此类世界其实都是《水浒传》中的梁山泊在不同作品中的投射和变形，仔细辨析，可发现两者之间存在许多相似之处。

首先，这个世界是法外之地，其地域一般被设定在类似梁山泊的山上，这里远离市井，地势险要，易守难攻，因而为这类法外之民普遍青睐。这里拒绝外人进入，既与常态生活空间隔绝而又依此生存，

---

1. *Tiger! Tiger!* 收入赛珍珠短篇小说集 *Today and Forever: Stories of China*（1941）中。上海国华编译出版社 1942 年出版蒋旂、安仁翻译的该短篇小说集，小说集名译为《永生》，小说译为《老虎！老虎！》；台湾维新书局 1971 年出版周叔翻译的《宁静的庭院：赛珍珠短篇小说选》，将此篇小说名译为《虎窟奇缘》。

居住在山上的人以攻城略地、打劫山下的城市富户为生。如《老虎!
老虎!》中，老虎居住在城市东面山上，手下聚集了两万多土匪，"大
老虎每天打发人下山打劫，回来带着各式各样的东西——绸子、珠
宝、各种衣服、家具、被褥等等的东西"[1]。城里百姓人人谈虎色变，
而山上土匪则"过着王侯的生活"。为求平安，城里百姓每年纳"虎
捐"供养他们，但仍时时恐惧老虎来袭。这和《水浒传》中梁山好
汉啸聚山林何其相似。梁山好汉一旦感到资用匮乏，就会到附近州县
借物"借粮"。如第六十九回"东平府误陷九纹龙，宋公明义释双枪
将"，宋江和卢俊义以"借粮"为由，各自领军攻打梁山泊东的东平
府和东昌府。宋江打下东平府，"开了府库，尽数取了金银财帛，大
开仓廪，装载粮米上车"[2]，两者行为方式别无二致。

　　其次，前往另类世界的人原因各不相同。有人是不甘默默无闻
过一辈子，希望痛痛快快、轰轰烈烈活一回。如早期小说《儿子们》
中的王虎听到叔祖与"红胡子"匪帮的事，读了《水浒传》《三国演
义》之后，弃绝父亲要他在家务农的人生设计，离家出走，先投奔老
军阀，后另立山头，自立旗号，成了独霸一方的新军阀。在抗战小
说《老虎!老虎!》中，老虎父子是占山为王的土匪，是不劳而获的
草头王。这就如《水浒传》中智取生辰纲的晁盖、吴用、阮氏三雄等
人，他们羡慕梁山强人"不怕天，不怕地，不怕官司，论秤分金银，
异样穿绸锦，成瓮吃酒，大块吃肉"，希望"学得他们过一日也好"[3]。

---

1. 赛珍珠：《永生》，蒋旂，安仁译，上海国华编译社1942年版，第132页。
2. 施耐庵原著，金圣叹批评：《第五才子书水浒传》，天津古籍出版社2006年版，第961页。
3. 施耐庵原著，金圣叹批评：《第五才子书水浒传》，天津古籍出版社2006年版，第132页。

也有人是由于受了冤屈或欺凌，无法按原来的轨迹继续生活下去，而被逼落草为寇的。《水浒传》中的林冲因高衙内欲霸占其貌美之妻，被高衙内养父高俅设计陷害，先遭酷刑流放，再遭火烧追杀，走投无路，万不得已之下被迫落草为寇。柴进是皇亲国戚，家藏前朝铁卷丹书，却遭到当朝权相高俅亲戚强霸叔宅，全家监入大牢，受尽折磨，险丧性命，被梁山好汉救出后，加入其行列，二人在常态生活空间中原来都拥有十分优越的社会地位，无须通过造反来获取财富，却横遭欺凌，迫不得已逼上梁山。这类人的经历对社会黑暗的揭露更深刻。《龙子》中的老三和老大的经历与林冲、柴进二人十分相似。老三是个英俊少年，却在少不更事的青春期被兽性大发而又找不到女人的日军士兵抓住发泄兽欲，身心遭受极大的摧残。这个孩子从此变了，他的青春期被强行切断，他离开记载着自己屈辱的家园，跑到"山上"，变成一个目光阴沉、面色严峻、心地残忍、专以杀日本人为乐的人。老大原是个憨厚老实的乐天派，却接连遭受娇妻被日军强暴致死、幼子在瘟疫中夭折的悲惨命运，在被剥夺得一无所有、无所依恋之后，他也追随三弟去了山上。他们的经历演绎的正是现代版的"逼上梁山"。

第三，赛珍珠塑造的土匪或军阀世界的人大多没有自己的名字，小说仅以诨名、绰号呼之。在早期小说《儿子们》中，王家老三没有名字（这个细节有疏漏，此处不展开论述），因其长着一双虎眼，像老虎一般凶猛，因此被人们唤作"王虎"。抗战小说《老虎！老虎！》中，作者又一次将她的主人公的绰号定为"老虎"。《龙子》虽未为其人物起绰号，但描写林老三"皮肤是金黄色的，一双眼睛跟老虎眼睛没得两样，总是那么躁动不安，总是那么咄咄逼人"[1]，活脱脱一只两脚虎。检索一下《水浒传》，绰号中带有"虎"字的不下十个：插翅虎雷横、锦毛虎燕顺、矮脚虎王英、跳涧虎陈达、花项虎龚旺、中箭虎丁得孙、打虎将李忠、笑面虎朱富、青眼虎李云，还有病大虫薛永、母大虫顾大嫂（"大虫"是"虎"的别称）。《儿子们》中被王虎剿灭的匪首绰号为"豹"，《水浒传》中则有豹子头林冲，锦豹子杨林，金钱豹子汤隆，使用频率仅次于"虎"和"龙"。背叛王虎的属下绰号叫"鹰"，《水浒传》中则有扑天雕李应，等等。《水浒传》多用凶猛动物为人物绰号，赛珍珠小说亦然。

赛珍珠为这群占山为王的法外之民设计的结局，也与《水浒传》异曲同工。《老虎！老虎！》中的小老虎在突然闯入虎穴的富家小姐朱曼莉的劝说下，决定向政府投诚，归化文明，带领军队前往上海抗日前线，为保卫国家和民族的利益而效力。《龙子》中的林老三连父亲的巴掌也无法管束住他病毒般滋长的杀人野性，却轻易接受了海归华侨、外交官之女梅丽的劝说，与梅丽一道去国民党统治区参加抗日战役，并在《龙子》续集《诺言》（The Promise，1943）中得到上司青睐，改名林胜，受到提拔，成为赴缅甸支援英国抗日远征军的一员。小老虎和林胜最终都改邪归正，修成正果，与梁山泊众好汉最终归顺朝廷、接受招安形式类同。朱曼莉和梅丽犹如前来招安的宿太尉，只是她们并非奉诏而来，而是自发前往，替代御酒和金帛的是女性的美丽与柔情，但取得的效果却完全一致——扰乱正常秩序的游兵散勇最终与政府同心同德。

---

1. 赛珍珠：《龙子》，刘锋等译，漓江出版社1998年版，第261页。

　　　　　　　　　　　　　　　　　　　面朝东方大地

3. 如何评价赛珍珠对中国现代社会的文学想象

赛珍珠对土匪、强盗这类题材的描写是否符合现代中国社会的实际？是否有夸大之嫌？ 20 世纪的现代中国是否仍如 12 世纪的北宋末年一般土匪横行？赛珍珠在《我的几个世界》等书中也再三强调，《水浒传》虽然成书于五百年前，但中国人某些生活的历史表演却依旧相同。在为《吾国吾民》所作的序中，她又指出："然而在我们的眼前，分明各处都是饥荒，遍地都有土匪……"[1]

中国自古就有"成者为王败者为寇"之说，在胜负未决之时，指斥对方为"寇"、为"匪"，正是对自身正义性、正统性、合法性的肯定，仍是对传统思维的延续。徐清认为，在近代中国，"兵和匪是军阀政治的一体两面"，"像这样兵（官）与匪通融的关系在世界历史上也是罕见的，政府军队不但不能负起剿匪保民之责，反而去招匪、抚匪、通匪"[2]。《儿子们》多多模仿了中国古典小说，却如此清晰地反映出 20 世纪初叶中国的现实，这恰恰说明，无序、非理性、无组织状态，一直是中国历史演进的基本形态。"[3]

鲁迅先生曾多次论及《水浒传》《三国演义》和"土匪"的话题。例如，他认为，《水浒传》有不少时候打着"侠"的旗号，行的是"匪"的行径，他们反奸臣却不反天子，聚义梁山泊是不得已而为之的，宋江心心念念的只是接受招安，求的不过是当上合法的顺民，

---

1. 《吾国吾民·赛珍珠序》，《林语堂文集》第 8 卷，张振玉等译，作家出版社 1996 年版，第 5 页。

2. 徐清：《文化边际性与经典建构：赛珍珠中国题材小说研究》，南开大学出版社 2021 年版，第 190 页。

3. 徐清：《文化边际性与经典建构：赛珍珠中国题材小说研究》，南开大学出版社 2021 年版，第 192 页。

当"土匪"是做不成太平时节的"奴才"时的无奈选择。只要奸臣压迫剥削得不是太厉害，或者他们自己能过上官那样的快活日子，就不必当土匪了。所以，实质上讲，"'侠'字渐消，强盗起了，但也是侠之流，他们的旗帜是'替天行道'。他们所反对的是奸臣，不是天子，他们所打劫的是平民，不是将相。李逵劫法场时，抡起斧头来排头砍去，是看客。一部《水浒》，说得很分明，因为不反天子，所以大军一到，便受招安，替国家打别的强盗——'不受招安的人们'，终于是奴才。"[1] 这种心理一直延续着，存在着，人们对《三国演义》《水浒传》的热衷，其实就是这种隐秘心理的体现："中国确也还盛行着《三国志演义》和《水浒传》，但这是为了社会还有三国气和水浒气的缘故。"[2] 再深挖一步，对《三国志演义》的热衷，是国民身上有"官魂"；对《水浒传》的热衷，是国民身上有"匪魂"："中国的国魂里大概总有这两种魂：官魂和匪魂。……望偏安巴蜀的刘玄德成功，也愿意打家劫舍的宋公明得法；至少，是受了官的恩惠时候则艳羡官僚，受了官的剥削时候便同情匪类。""……唯有民魂是值得宝贵的，唯有他发扬起来，中国才有真进步。"[3] 鲁迅的观点犀利而深刻，赛珍珠没有作出如此清晰精准的剖析，但她用形象性的文学语言所表达出来的与鲁迅先生的思想其实是一致的。

然而，与《水浒传》作者以欣赏的口吻津津乐道于杀人故事的立

1.《三闲集·流氓的变迁》，《鲁迅全集》第 4 卷，人民文学出版社 2005 年版，第 159 页。
2.《且介亭杂文二集·叶紫作〈丰收〉序》，《鲁迅全集》第 6 卷，人民文学出版社 2005 年版，第 228 页。
3. 鲁迅：《华盖集续编·学界的三魂》，《鲁迅全集》第 3 卷，人民文学出版社 2005 年版，第 221、222 页。

面朝东方大地

场不同，赛珍珠是以忧郁和担心的态度讲述这类充满"匪气"的行为的。《龙子》中的玉儿投毒之后曾害怕丈夫从此不再爱她，林郯为儿子们杀人时的冷酷、暴戾、习以为常的心理和行为感到忧心忡忡，丝毫没有梁山英雄们那种津津乐道，豪气满怀，这充分表明赛珍珠对《水浒传》带给中国社会的影响进行着清醒而理性的反思。她关注中国民众是否具有一个现代社会所要求的健康、健全的人性，就是鲁迅先生说的是否有"民魂"。从这个意义上讲，赛珍珠与关注国民性的鲁迅确有几分相似之处。

三、赛珍珠对中国战争的想象与《水浒传》

赛珍珠擅长摹写农民和知识分子题材，前者来自她在安徽宿县乡村生活的积累，后者则是她所属阶层生活的再现。但除此之外，她还写了多部战争和军队题材的作品，一类以民主革命和军阀混战为题材，即《青年革命者》《儿子们》等，另一类以中国抗日战争为题材，如《爱国者》《龙子》《中国天空》《诺言》《中国飞行》以及短篇小说集《今天和永远》等。与前两类题材不同，赛珍珠并无战争和军队生活的直接体验，她关于中国战争的文学想象多来自其他文学作品，《水浒传》也是她汲取素材和灵感的重要来源。

（一）《水浒传》对北宋时代战争的再现

《水浒传》的作者非常善于描写战事，铺写斗争场面，给人以真切、实在的感受。七十回本《水浒传》描写好汉们上梁山前单个行动的情节比较多，如鲁智深路见不平，拳打镇关西，林冲忍无可忍，手刃陆虞侯，武松景阳冈徒手杀猛虎，遭人暗算后报仇雪恨，血溅鸳鸯楼，等等，这些都是一对一或一对多的抗争，这些故事最为人们津津乐道。同时，七十回本《水浒传》也写了不少由几个人结伙的小规模战斗场面，如智取生辰纲、攻打二龙山等，这里既有斗勇，也有斗智，同样给人留下深刻印象。同时，施耐庵也很擅长对大规模战斗场面的铺叙，江州劫法场，三打祝家庄，攻打青州、大名城、曾头市、东平府等，人物众多，紧张激烈，写得各不雷同。如《水浒传》第四十七回到五十回，围绕梁山义军同祝家庄豪强势力间的矛盾斗争，展开了绘声绘色的叙述。作者对作战显然是有相当的了解和经验的，至少他在这方面积累了相当丰富的知识。

赛珍珠对《水浒传》中的作战、格斗、杀人等行动显然是有研究的，但她更善于模仿单个人的行动，而似乎不善驾驭大规模战斗。比如，《儿子们》中写王虎杀土匪豹的情景："王虎对准他的要害猛刺一剑，紧接着用力一搅，血和水一起喷了出来。"[1] 对比《水浒传》写林冲杀陆虞侯："把陆谦上身衣服扯开，把尖刀向心窝里只一剜，七窍迸出血来，将心肝提在手里。"[2] 两者之间的相似度不言而喻。再比如，王虎杀死豹之后，他的手下屠夫去挖豹的心脏："屠夫……伸手从桌上拿了一个碗，接着用他那双看上去粗糙、实际却精巧的双手切开豹子头的左胸，用力一挤肋骨，豹子头的心便从切口处滑出来，屠夫把心放到碗里。这颗心的确还没凉，放到碗里之后还动了一两下。"[3]

---

1. 赛珍珠：《大地三部曲》，王逢振等译，漓江出版社 1998 年版，第 431 页。
2. 施耐庵：《金圣叹批评本水浒传》，岳麓书社 2006 年版，第 118 页。
3. 赛珍珠：《大地三部曲》，王逢振等译，漓江出版社 1998 年版，第 432 页。

面朝东方大地

《水浒传》中杀人剜心掏肝的场面不止一处，如花荣杀刘高："把刀去刘高心窝里只一剜，那颗心献在宋江面前。"李逵杀黄文炳最为残忍，将他一片片生剐："无片时，割了黄文炳，李逵方才割开胸膛，取出心肝，把来与众头领做醒酒汤。"[1] 赛珍珠借鉴了这些描写。再如王虎杀表面依从、暗地里背叛他的豹的女人："他举起剑，干净利索地刺进她的喉咙。她的头枕在枕头上，他就把刺入喉咙的剑往上挑去，仿佛还不够发泄心头的怒气，他又狠命用剑掏了掏才拔出，……"[2] 对比《水浒传》中宋江杀阎婆惜："宋江左手早按住那婆娘，右手却早刀落，去那婆惜颡子上只一勒，鲜血飞出。那妇人兀自吼哩，宋江怕她不死，再复一刀，那颗头伶伶仃仃落在枕头上。"[3] 模仿痕迹十分显著，而且写得更为细致。

赛珍珠对小股部队的战斗描写得也很细致。如《西藏风云》中运送物资进藏的一支部队，虽人数有近千人，但真正描写到的只有六、七人，他们和藏地土匪的交锋并未真正展开。《爱国者》中吴一寰见到的西北红军部队也只是刘恩澜领导的小股游击部队，《龙子》以及抗战短篇小说《金花》《游击队的母亲》(收入《永生》)写的也是游击队的战斗。《龙子》描写老三"住在山上一个庙里，他把这庙改成了一个营垒。他带着手下的二百五十个小伙子，一次又一次从那里走出来，袭击敌人的哨卡，袭击被派来搜猎食物和搞突袭的小队敌兵。"[4]《水浒传》中英雄往往占山为王，在"众虎同心归水泊"之前，他们

---

1. 施耐庵：《金圣叹批评本水浒传》，岳麓书社 2006 年版，第 471 页。
2. 赛珍珠：《大地三部曲》，王逢振等译，漓江出版社 1998 年版，第 499 页。
3. 施耐庵：《金圣叹批评本水浒传》，岳麓书社 2006 年版，第 236 页。
4. 赛珍珠：《龙子》，刘锋等译，漓江出版社 1998 年版，第 261 页。

盘踞过少华山（史进、朱武、陈达、杨春）、桃花山（李忠、周通）、二龙山（鲁智深、杨志、武松）、白虎山（孔明、孔亮）、清风山（燕顺、王英、郑天寿）、对影山（吕方、郭盛）、芒砀山（樊瑞、项充、李衮）等。赛珍珠笔下英雄驻扎地也多是在山林、水畔，《老虎！老虎！》中匪徒老虎在城"东面山上"，《龙子》中老大、老三在城外"山上"，《爱国者》中刘恩澜的军队在西北山区，《游击队的母亲》中的游击队叫"黑河游击队"。此外，《儿子们》中的一些战术也直接从《水浒传》中套用过来，如王虎和老县长合谋诱骗豹等人来赴宴，王虎等人埋伏在门外，单等老县长掷杯为号，军士们便一拥而上，消灭豹子等匪徒[1]。《水浒传》第三十二回"宋江夜看小鳌山，花荣大闹清风寨"，黄信得知花荣通匪，背叛朝廷，前来逮捕他。"黄信接过酒来，拿在手里，把眼四下一看，有十数个军汉簇上厅来。黄信把酒盏望地下一掷，只听得后堂一声喊起，两边帐幕里，走出三五十个壮健军汉，一发上，把花荣拿到厅前。"[2]两者行动如出一辙，《儿子们》的情节可称得上是对《水浒传》的高仿。《儿子们》中的土匪和军阀都有绰号，"老虎""豹""鹰""刘门神"等，也与《水浒传》人物有高度相似性。赛珍珠甚至在描写蒋介石面相时，也以"虎"相喻："它太像一张老虎的脸了，高高的额头微微向后倾，耳朵向脑后贴着，宽阔的嘴巴似笑非笑，总透出一股残忍。他的一双眼睛最吸引人，又大又黑，闪烁着无所畏惧的光芒。这种无畏并非出自沉着坚忍的品质或睿

1. 赛珍珠：《大地三部曲》，王逢振等译，漓江出版社 1998 年版，第 430 页。
2. 施耐庵原著，金圣叹评点：《金圣叹批评第五才子书水浒传》，天津古籍出版社 2006 年版，第 301 页。

智，而是老虎的无畏，它自恃强大，不怕任何兽类。"[1] 短篇小说《老虎！老虎！》（收入《永生》）中的土匪、《龙子》中的游兵散勇最后的出路都是与政府合作，共同抗日，也类似《水浒传》中梁山好汉最后接受朝廷招安。

但当写到大规模的战斗场面时，赛珍珠便有笔力见绌之感，显示出她缺少这方面的经验和知识积累。如《儿子们》中只写了杀豹子、攻打刘门神两次大规模战斗，而两次战斗获胜都是智取，并无宏大战斗场面。收拾叛将鹰更是显得不费吹灰之力，兵临城下，对方即束手就擒，甚至是自杀而亡，无需王虎费力，分裂军队的重大危机被作者轻描淡写地一带而过，实则是在回避她不擅长描写的两军对垒。《青年革命者》也写一支国民党军队的行军和战斗，规模似乎很大，写得却十分模糊，只有印象式的描述，一阵乱枪响过，扣生所在的新兵部队差不多全体阵亡。这些描写都没能给读者留下清晰的印象，相比较《水浒传》，赛珍珠对大规模作战场面的描写是一块短板，显示出笔力不足。

《水浒传》主要反映的是啸聚水泊山林的土匪生活，以他们的作战为模仿对象，赛珍珠笔下的军人都不可避免地带着匪气。《儿子们》描写的是军阀阶层，兵和匪原是军阀政治的一体两面，尚不显得突兀。《龙子》写山上土匪在抗战时自动组成抗日游击队，也比较切合其原有身份。而《青年革命者》写国民党军队、《爱国者》写共产党西部游击队，《西藏风云》写解放军队伍，也无一不是匪气十足。国民党军队路过市镇，见到商铺里的东西就拿，而不

---

1. 赛珍珠：《我的中国世界》，尚营林等译，湖南文艺出版社 1991 年版，第 276 页。

付钱，士兵们私下谈论的话题总离不开金钱、女人。《爱国者》《西藏风云》中的共产党军队倒是不侵害百姓，但他们残忍狠毒，虐待俘虏，彼此之间互不信任，互不友爱。《西藏风云》的主题是反映藏汉民族矛盾，但重点却落在解放军指挥官和政委之间的矛盾上。解放军一支军队奉命给驻扎在西藏的第一兵站配送军饷和给养，遭西藏匪徒抢劫。在如何对付藏匪的问题上，两名军官发生争执，指挥官忍无可忍，掐死了文弱的政委。"他以强有力的手指头收紧被他牢牢箍紧的瘦小喉咙，他看见对方眼球向外突出。政委挣扎片刻，可是他太羸弱，不一会工夫就不动弹了，指战员这才松了手，然后举起还没有断气的身体，只一抛，就顺绝壁滚了下去。"[1] 赛珍珠想象中的解放军军官，从心理到行为，都更像民间结怨的冤家，复仇行为也更像土匪，指挥官的行为酷似武松或李逵，而不像现代军队的军人。

《水浒传》反映的是冷兵器时代的战斗，梁山好汉使用的兵器一般为枪（长枪、钩镰枪等）、刀（双刀、大刀、戒刀等）、棍棒（狼牙棍、哨棒等）、剑、板斧、禅杖等。赛珍珠描写的是20世纪的战争，已普遍进入热兵器时代，应以枪炮为主。虽然王虎变卖财产，购买大批枪支，但赛珍珠仍然热心写主人公用刀、剑等冷兵器近距离格斗。王虎把枪、手榴弹一类的武器称为"洋兵器"，他杀死豹和豹的女人、杀死为抢夺戒指而剁老妇人手指的士兵都使用剑。王虎手下的叛将鹰自杀时使用的是匕首，像日本人一样切腹自杀，甚至其动作也与水浒英雄十分相似。《龙子》中林郯的大儿子、三儿子上山与匪徒在一起，

1.《西藏风云》,《赛珍珠短篇小说选译》，郭功隽译，台湾商务印书馆1970年版，第163页。

面朝东方大地

他们暗杀遇到的小股日军使用的大多也是刀、剑一类的冷兵器，或用陷阱捉敌，再用匕首杀死，不费一枪一弹。大儿子在许许多多的路边设下陷阱，"要是逮住的是鬼子，他就很轻松地把刀子捅进他的身内，就像捅一只落入陷阱的小狐狸。"[1] 赛珍珠还将《水浒传》中投毒药（蒙汗药、慢毒药）、布陷阱等方法运用到笔下人物的战术之中。

（二）《水浒传》对赛珍珠战争想象的影响

对战争的文学想象与描写不是赛珍珠的强项。由于缺乏现代战争直接经验，凭借的二手知识又是古代战争场面，所以赛珍珠描写的战争要么是土匪之间的混战，要么是游击战。当她不得不涉及大规模的作战场面时，便以漫画化的笔法一带而过。对《水浒传》的历史地位和影响的估计，使赛珍珠把共产党的革命战争与水浒故事等同视之。她在《中国今昔》中写道："当共产党的革命在中国发生时，我观察到共产党在沿用五百年前《水浒传》中的强盗们使用过的游击战术，我便开始翻译《水浒传》。我花费了四年时间从事这项工作，并沉浸在某种幻想中，这种幻想在我看来又是不可避免的，那就是：一旦我们美国人被迫参加亚洲战争，他们便可以知道如何对付中国共产党的游击战争。""我听说，毛泽东经常随身带着《水浒传》，诚然，这部书也成了越南战争的基础。"她甚至扼腕叹息道："我怀疑是否有一个美国军人读过我的小说译本。"[2] 以一部反映古代游民生活的《水浒传》来解释中国革命战争的特点，甚至总结越战中美国之所以失利，是因为他们没有认真研读过《水浒传》，因而对中国战略家的思路、对中

---

1. 赛珍珠：《龙子》，刘锋等译，漓江出版社 1998 年版，第 213 页。

2. Buck, Pearl S.. *China Past and Present*, New York: The John Day Company, 1972. p. 80.

共军队作战特点缺少了解和研究，这样解释重大历史问题显然是过于简单化了。

　　但赛珍珠的这些想象和推测并非完全空穴来风，全无根据。据一些老革命回忆，毛泽东对《水浒传》的确非常痴迷，不仅熟读，且经常思考其中的战术。毛泽东在 1936 年 12 月发表的《中国革命战争的战略问题》一文中论述战略退却时说：“《水浒传》上的洪教头，在柴进家中要打林冲，连唤几个‘来’‘来’‘来’，结果是退让的林冲看出洪教头的破绽，一脚踢翻了洪教头。”[1] 毛泽东在此引用“林教头棒打洪教头”的故事，是批评党和红军中的“左”倾机会主义的军事冒险。1928 年以后，在毛泽东领导下发动农民开展土地革命，红军和根据地得到了迅速发展。韬光养晦，使红军得以在 1930 年冬到 1933 年 3 月，粉碎了国民党四次大规模军事“围剿”，创造了弱军战胜强敌的战争史上的奇迹。1933 年，蒋介石又调集约 100 万军队，发动第五次“围剿”。然而，面对强敌，直接领导这次反“围剿”的中央领导人博古推行军事冒险主义，提出“御敌于国门之外”的错误口号，反对采取保存我方军力、待机破敌的战略退却步骤，结果导致第五次反“围剿”的失败，红军被迫长征。毛泽东在该文中把推行“左”倾教条主义的博古、王明等人比作洪教头，连喊几个“来，来，来”，劈头使出全部本事，结果碰得头破血流，丢失了根据地，像洪教头一样，“羞颜满面，自投庄外去了”，红军只得“大规模搬家”。而林冲的“往后一退”里面，隐含着与战略退却相通的道理，林冲武艺高强又机智沉着，他对盛气凌人的洪教头屡次谦让，最后终于在退

1.《毛泽东军事文集》第 1 卷，军事科学出版社、中央文献出版社 1993 年版，第 723 页。

　　　　　　　　　　　　　　　　　　　　　　　面朝东方大地

却中找到了对方的弱点，趁机取得胜利。"《孙子兵法·军事篇》说：'避其锐气，击其惰归。'意思是避开敌人初来时的锐气，等敌人疲劳退缩时，再狠狠打击。积极防御中的战略退却，其意义正在于优势之军袭来时，避敌锐气，保我实力；拖敌疲惫，寻敌破绽，而后达到避实击虚歼灭强敌的作战目的。林教头的棒法，启发了毛泽东的战法。"[1] 赛珍珠对中国共产党的这些军事行动未必了解得非常清楚，但她用《水浒传》式眼光分析中国社会当时的战争、革命局势乃至战术，却说明了"《水浒传》模式"在她头脑中产生的根深蒂固的影响，是她理解中国新民主主义革命和战争的一把钥匙。

但是，在对待战争暴力问题上，赛珍珠与《水浒传》作者的立场截然不同。《水浒传》英雄多为杀人魔王，杀人如儿戏，安之若素且甘之如饴，丝毫没有内疚、忏悔、手软之时。第六十七回，宋江决定攻打曾头市，夺回被抢的马匹，吴用赞成："即日春暖无事，正好厮杀取乐。"[2] 打祝家庄，李逵将已投降的扈家庄人也杀得一个不剩，只杀得满身血污。遭到申斥后，还笑着说："虽然没了功劳，也吃我杀得快活！"[3] 战争、杀人成了"取乐""快活"的勾当，而作者对此则津津乐道，欣赏赞叹。点评者金圣叹加注："所谓人生行乐事，须富贵何时。"[4] 意即人生要及时行乐，想富贵还不知等到何时，用在当下语

---

1. 马银春主编：《毛泽东与四大名著》，中国档案出版社 2008 年版，第 172 页。

2. 施耐庵原著，金圣叹评点：《金圣叹批评第五才子书水浒传》，天津古籍出版社 2006 年版，第 638 页。

3. 施耐庵原著，金圣叹评点：《金圣叹批评第五才子书水浒传》，天津古籍出版社 2006 年版，第 467 页。

4. 施耐庵原著，金圣叹评点：《金圣叹批评第五才子书水浒传》，天津古籍出版社 2006 年版，第 467 页。

境中，还可解释为人生乐事不只是富贵，杀人一样是至乐。如果单单从现实主义层面来看，如此行径和动机的确让人难以接受。对此，赛珍珠翻译《水浒传》的中文助手龙墨芗先生有一段精彩论述：

> 中国古人，迷信神权，以为天上众星，各有其神，而其神之智愚善恶凶残，又至不一，每至人间罪恶满盈，历历劫数时，天上的众星神却应运降生为人，施行天器。所以古代的小说家，每每运用这神权的思想，描写一般奇特非常的人物。故我国人士对于宋江之假仁义；吴用之狡猾；公孙胜戴宗之奇；武松杨雄之残忍；鲁达李逵之凶狠嗜杀；张青孙二娘李立燕顺等之惨无人道，迹近生番；李俊张横等之为匪作歹。……非特毫无问言，且觉津津有味，难道这是中国人的本性吗？非也！因为描写这般人若不如此，中国人就不能看他们是上应列宿的人物，而本书也就要受礼教的制裁了。所以本书里的一切记载，只可以看作中国人神权思想的象征，却不可以误为中国社会的缩影。[1]

而赛珍珠对杀人与战争暴力则怀着极度厌恶和疑惧，对中国"小说中写到的对道德问题持有的明显的、麻木不仁的态度"表示"吃惊"、不解，因为"对丁西方人来说，这些道德问题是社会得以运作的基本要素"[2]。在创作中，她竭力摒弃暴力行为，有时甚至不惜将笔

---

1. 龙墨芗：《英译水浒传序》，载姚君伟编：《赛珍珠论中国小说》，南京大学出版社 2012 年版，第 150 页。
2.《中国早期小说源流》，张丹丽译，载姚君伟编：《赛珍珠论中国小说》，南京大学出版社 2012 年版，第 32 页。

下人物的动机与行为置于矛盾的两极。如王虎，他杀了豹以后觉得深深遗憾："要是我用不着杀他就好了，他这个人的确凶猛，只有英雄好汉才有他那样的眼神！"[1] 如果说这种心理还只是英雄之间的惺惺相惜，那么他在杀了砍妇女手指以抢夺戒指的士兵时，则是对为了财物轻易侵害他人生命的暴力行为的极度反感。攻打刘门神盘踞的城市，他一再告诫士兵不许惊扰百姓，杀害无辜。此外，梁山好汉攻城的主要目的就是为了夺得钱粮金帛，以补充给养。在战争和仇杀过后，他们从不忘把对方的财物搜走。而王虎则不赞同这种行为，当他攻下一座城市，不得不违心默许士兵抢劫三天，以满足他们的欲望，便于士气的调动后，他的内心异常痛苦，坚决不允许麻脸侄子参与抢劫，认为有辱王家门风。作为一个军阀，王虎心太软，道德感太强。尽管如此，儿子王源仍然感到无法忍受父亲和军队生活的残酷，决然选择离开军队，背叛父亲。《龙子》中的林郯则惊惧地发现，随着战争的推进，暴力和仇恨已经像瘟疫一样传染到中国民众心中。他那原本温和腼腆的大儿子杀人以后连手都不洗就接着吃饭，他那正处于青春期的小儿子在遭受过敌人的凌辱后变得只知恨不懂得爱："鬼子在这个儿子身上作的孽把他的天性泯灭了。如今，他把能够爱上一个女人所有的欲望倾注进了一个更深沉的欲望里。那就是杀人的欲望。杀人已经成了他的欢乐。"[2] 他担心战争会把中国人的人性变坏，变得残忍。这是赛珍珠对《水浒传》的一次背叛。《青年革命者》中的军官也以革命理想激励士兵不要像旧军队一样抢夺百姓，犯下强盗行径。这是赛珍珠对《水浒传》的又一次背叛。这是赛珍珠接受过现代文明、民主

1. 赛珍珠：《大地三部曲》，王逢振等译，漓江出版社 1998 年版，第 432 页。
2. 赛珍珠：《龙子》，刘锋等译，漓江出版社 1998 年版，第 22 页。

观念和基督教博爱思想、儒家仁爱精神熏陶的必然选择，也是她把书名译成"四海之内皆兄弟"的一个内在动机。

四、赛珍珠对中国政治形态的构想与《水浒传》

尽管赛珍珠说过，"我自己一向对政治不感兴趣，所关心的只是人们的思想变化。"[1]然而事实上，由于赛珍珠生活在各国列强竞相争夺势力范围，世界格局处于激烈动荡、面临重大调整与变革的近现代社会，尤其是她生活在中国这个遭到东西方帝国主义垂涎和觊觎的东方国家，政治与每一个人的生活都息息相关，成了人们无法回避的现实，每一次重大的政治转向都影响着千千万万人的命运，所以她根本绕不开这个话题。不断变化的社会局势，前途未卜的发展迫使她对中国社会的政治形态保持密切关注的立场。在自传《我的中国世界》中，她对中国近现代社会的每一次重大转折和变革都作了记录和评述，在晚年所写的回忆录《中国今昔》中，占据相当篇幅的也是对中国社会重大政治事件的回溯，可见这些事件给她留下的印象是异常深刻的。个人记忆和重大政治事件自然而然地纠合在一起，难以一一析离，她把这看作是上天的赐予："我一生最大的幸运，是我生逢其时。没有哪个时代——在读历史时我有这种感觉——比我目睹的时代更为动荡不安、更具启蒙意义了。"[2]但限于身份阅历，赛珍珠似乎并不是一个政治家或高屋建瓴的政治观察家，她对政局的看法多来自直觉以

---

1. 赛珍珠：《我的中国世界》，尚营林等译，湖南文艺出版社1991年版，第193页。
2. 赛珍珠：《我的中国世界》，尚营林等译，湖南文艺出版社1991年版，第2页。

面朝东方大地

及她从对诸如《水浒传》《三国演义》等作品的阅读中所获得的知识积累。

（一）《水浒传》表现的北宋时期国家政治形态

不少研究者提出，《水浒传》是一部政治小说。聂绀弩就指出，"《宣和遗事》（第一部《水浒》小说）是一部政治性的书"，"《水浒传》实际上反映了复杂的社会政治矛盾以及作者对引起社会政治动乱的原因的探讨，表明了作者的社会政治观，却是毋庸置疑的"[1]。王钟麒在《中国三大家小说论赞》一文中，认为《水浒传》"其一切组织，无不完备，则政治小说也"[2]。燕南尚生认为《水浒传》"平等而不失泛滥，自由而各守范围，则政治小说也"[3]。毛泽东也曾说过："《水浒传》要当作一部政治书看。它描写的是北宋末年的社会情况。中央政府腐败，群众就一定会起来革命。当时农民聚义，群雄割据，占据了好多山头，如清风山、桃花山、二龙山等，最后汇集到梁山泊，建立了一支武装，抵抗官军。这支队伍，来自各个山头，但是统帅得好。"他从这里引申出共产党领导革命也要从认识山头、承认山头，照顾山头到消灭山头，克服山头主义。[4] 对于《水浒传》包含着明确的政治性，研究者已经达成共识。

《水浒传》描写的北宋时期国家政治形态主要由两部分构成：官和匪。官此处泛指有权有势者，代表人物是上自朝廷、下至地方的贪

1. 聂绀弩：《中国古典小说论集》，上海古籍出版社 1981 年版，第 69 页。
2. 郑公盾：《关于〈荡寇志〉》，《学术月刊》1962 年第 12 期，第 19—24 页。
3. 谈凤梁：《论〈荡寇志〉的反动性》，《南京师范学院学报》1963 年第 1 期，第 72—76 页。
4. 薄一波：《毛泽东二三事》，转引自苏扬编：《中国出了个毛泽东》，解放军出版社 1991 年版，第 229—230 页。

官污吏、恶霸豪绅，从手握朝纲的高俅、蔡京、童贯、杨戬，到称霸
一方的江州知府蔡九、大名府留守梁世杰、青州知府慕容彦达、高唐
知州高廉，到为虎作伥的小官吏陆谦、富安、黄文炳、殷天锡，直到
横行乡里的郑屠、西门庆、张都监、张团练、蒋门神、毛太公父子、
祝朝奉等人。他们相互勾结，欺上罔下，只顾满足一己之私，不顾百
姓死活，把整个社会弄得暗无天日。高俅仅凭蹴鞠（踢球）技艺，就
从一个市井无赖骤然升至殿帅府太尉。为了让养子遂意霸占林冲娘
子，他不惜设局陷害林冲，并千方百计置他于死地，最终将这个武艺
高强、善良无辜、逆来顺受的八十万禁军教头逼得走投无路，只好上
了梁山，落草为寇，其美丽贤淑的妻子也因不甘受辱而自尽身亡。高
俅之弟高廉任高唐州知府，仗势欺人，纵容妻弟霸占柴皇城庄院，将
柴皇城活活气死，连柴进也被投入大牢，差点被折磨死。蔡京女婿梁
世杰给岳父祝寿的礼物是从大名府搜刮来的价值十万贯的金珠宝贝，
这不是偶一为之，而是年年如此。第七回中白日鼠白胜唱的民谣：
"赤日炎炎似火烧，野田禾稻半枯焦。农夫心内如汤煮，公子王孙把
扇摇。"道尽了上层社会和下层社会之间的尖锐对立。解珍、解宝兄
弟是登州乡下安分守己的猎户，被官府限令捕捉猛虎，好容易打伤了
老虎，却因此招来横祸，被欲霸占老虎的地方恶霸毛太公父子诬陷迫
害关进了监狱，且要伤了性命，以绝后患。阮氏三兄弟本是石碣村渔
民，可他们赖以生存的梁山泊被强盗占据了湖面，打不成鱼，而官府
又不作为，不肯管。阮小五说：

> 如今那官司，一处处动掸，便害百姓。但一声下乡村来，倒
> 先把好百姓养的猪羊鸡鹅尽都吃了，又要盘缠打发他，如今也好

教这伙人奈何！那捕盗官司的人，那里敢下乡村来！若是那上司官员，差他们缉捕人来，都吓得尿屎齐流，怎敢正眼儿看他！[1]

官府祸害百姓的程度超过了强盗。与其请他们来剿匪，还不如与匪相安无事。官府与民间豪强恶霸的剥夺与压迫使这些身处主流社会的人想当良民而不可得，从而走向江湖，成为江湖人，沦为官府所谓的匪。

匪即深受欺凌压迫，或不忍见他人身受凌辱压迫而奋起抗争的英雄好汉。他们有的出身低微，因犯了罪而不得不变成游民，如李逵、张青孙二娘夫妇、孙新顾大嫂夫妇、阮氏三雄等人；有的是从封建贵族内部分化出来的人物，如柴进、杨志、林冲等人，他们落草为寇，主要体现出一个"逼"字，官逼民反、逼不得已、逼上梁山。将门之后杨志，只因误失了花石纲，一次失误就被解除公职，弄得生机无着，走投无路，以至于沦落到变卖家传宝刀以糊口的窘迫地步。柴进家族是世袭贵族，仍无法逃脱高俅一类当朝权贵的欺凌和迫害，身不由己被卷进起义队伍。鲁达、武松，落草为寇则纯为他人。面对这些遭遇种种不公的人，我们始终看不到朝廷或政府有任何正面作为，更多看到的是欺凌百姓、鱼肉人民的离心力量。朝纲不振，仁义礼智、信行忠良等古风不行，是罪恶肆虐的总根源。《水浒传》的思想性有一个最强的地方：把尊贵的'朝廷'将相以及整个统治系统、整个压迫阶级里面的人物都当做反面人物处理，把下层社会的粗人、贱民、

---

1. 施耐庵原著，金圣叹评点：《金圣叹批评第五才子书水浒传》，天津古籍出版社 2006 年版，第 132 页。

'强盗'、痞棍、把'人人得而诛之'的'乱臣贼子'当做正面英雄处理。"[1] 用一个个典型事件和情节突出了"乱自上作"的主题。

(二)《水浒传》对赛珍珠构想国家政治形态的影响

在赛珍珠的中国书写中也存在着官与匪两个世界。赛珍珠居住中国时期,清王朝覆灭,中国社会逐步从帝制过渡到北洋军阀政府再到南京国民政府。赛珍珠的文学创作始于国民党执政时期,执掌朝纲的国民党自然是"官"。1927 年国共关系破裂之后,共产党便开始被当权的国民党称作"共匪"(同时共产党也将国民党称为"匪",如"蒋匪")。如《水浒传》的作者一样,赛珍珠对统治方国民党政府毫无信赖感,她认为国民党最大的问题是他们与人民群众隔着千山万水,不关心人民的疾苦。在《大地》中,王龙唯一一次直接和官府打交道,也是政府唯一的一次亮相是在洪灾之年,靠行贿上位的县官急于捞回本钱,竟置百姓生死于不顾,贪污修筑防洪堤坝的捐款,结果遭到愤怒的农民集体清算,被迫投水自杀。政府腐败导致它与百姓关系断裂,失去存在感,民众对政府毫无兴趣,更谈不上信赖。官员不再是百姓倚靠的"父母官""青天大老爷",而是蠹虫、吸血鬼。《龙子》表述得更直白:"自从革命以后,这里就再也没有帝王将相了,但仍然住着统治者。……他们搜刮了老百姓的民脂民膏,又吃喝玩乐挥霍掉,所以这儿仍然是寻欢作乐的场所。"[2] 新当权者与旧统治者只有名目不同,本质完全一致,以至于林郯等村民开始对日本侵略者并无太多恐惧,认为他们最多和本国政府一样坏:"我们自己的那些当官的

---

1. 聂绀弩:《〈水浒〉四议》,北京大学出版社 2010 年版,第 67 页。
2. 赛珍珠:《龙子》,刘锋等译,漓江出版社 1998 年版,第 63 页。

面朝东方大地

从来就没有好好待过我们。他们向我们收税，一样吃我们的肉。如果一个人反正要被吃掉，给老虎吃掉还是给狮子吃掉有什么不同呢？"[1] 政府的不作为导致人民把他们和入侵的敌人等同视之。这里透露出赛珍珠对当权的国民党的批判、否定的立场。

而对于中国共产党，赛珍珠的态度是复杂的。共产党密切联系群众，关心底层百姓的疾苦，代表千百万劳苦大众的利益，这与赛珍珠的立场完全一致，因此她对共产党抱有好感和希望，把他们看作改变中国现状的力量：

> 翻译这本书（《水浒传》）让我受益匪浅，尽管这本书写在五个世纪以前，但书中所描写的壮观场景仍可以在现实生活中找到。从逃往西北的共产党身上，我们似乎看到了古代帝国年间那些聚啸山林、反抗官府的绿林好汉们。[2]

就在去世前一年，在写作的最后一部回忆录《中国今昔》中，赛珍珠对毛泽东本人也作了很高的评价，尽管那时她访问中国的申请刚刚遭到拒绝：

> 蒋介石对中国共产党继续穷追不舍，一英里一英里地把他们驱赶到遥远的中国西北，其间中国共产党进行了令人难以置信的长征。如果没有毛泽东的出现和领导，共产党能否在经受如此巨大的困难面前依然保持军队的高度团结是令人怀疑的。毛泽东是

---

1. 赛珍珠：《龙子》，刘锋等译，漓江出版社1998年版，第91页。
2. 赛珍珠：《我的中国世界》，尚营林等译，湖南文艺出版社1991年版，第281页。

一个富裕农民的儿子，……他认为，必须承认农民是革命斗争的一个至关重要的力量。中国历史从来都没有一次成功的革命，除非农民和知识分子联合起来。在他的劝谏和领导下，中国革命的重心放到了农民身上，这一观点也一直持续着。……聪明机智的人在任何人群中都会鹤立鸡群。这次他们又成就了一位精英，去对抗那些不符合资格又必将反叛的人，从而来运转这个兴衰交替不断的国度。……在这方面，没有任何地方比中国更真实了——这里知识分子产生于农民群体，如果农民们能通过科举考试让自己显贵，他们就可以去政府部门工作；或者，如果他们没有通过，至少可以当老师，继而是知识分子，继而是学者。[1]

赛珍珠认为，中国革命要想取得成功，不能离开农民，而毛泽东正是十分明智地看清这一点的人，并进行了非常成功的实践，这是中国共产党取得政权的根本原因。而农民则要与知识分子结合起来，这既可使知识分子的思想有生根开花的沃土，也可使农民的思想有启蒙者、引导者，而不至于成为一股盲目的力量，中国社会也可避免分裂为上下两个不同阶层，如此，中国社会才有希望。这是赛珍珠对传统中国政治思想的超越。因此，她充分肯定共产党的群众路线：

中共被迫依赖自己的知识和经验，下决心尽一切力量去赢得农民的支持。为此，凡在传统上与农民为敌的人，中共也视其为自己的敌人，这些人通常是地主、收税人、放高利贷者以及一切

---

1. Buck, Pearl S.. *China Past and Present*, New York: The John Day Company, 1972, p. 48.

面朝东方大地

经纪人。共产党的这种策略赢得了农民的全力帮助。……农民们总是性情直率，讲求实际，他们只为那些帮助过他们的人出力。[1]

从以上这些引文中，我们应该看到赛珍珠对中共是有着良好印象的。但这是她在20世纪50年代和70年代的自传和回忆录中写下的感想[2]。而在当年，截至1934年返美前，赛珍珠一直生活在中国的国统区，她不可能不受国民党关于共产党的舆论宣传和《水浒传》的影响，并导致了她对共产党人及其革命斗争产生的偏见。虽然她十分倾向于进步作家，对共产党人及其领导下的人民所进行艰苦卓绝的抗战深感崇敬和敬佩，但毕竟隔雾看花，误解颇多。因而，她笔下的共产党人往往带着"匪气"，他们的斗争常常采用暗杀、偷袭等地下形式，如《同胞》中的人多次将"土匪"与共产党这两个概念混同起来。激进青年梁彼得急于将现有社会彻底翻个个儿，参加了共产党，行踪诡秘，最后死于暗杀。《龙子》中林郯的儿子们对敌斗争也多为游击战术，也都类似于《水浒传》。在《母亲》中，当人们议论共产党时，把它看做是最近才出现的一帮新土匪。"母亲"小儿子参加革命活动，被家人疑为当了强盗，在他留下的宣传革命的书籍中，他们看到了屠杀、血污，看到了许多可怕的场景，在母亲和家人看来，这是只有土匪强盗窝里才会发生的事，共产党组织则类似于土匪的邪恶帮会。《同胞》中的刘成医生出生于陕北苏区，他说到共产党组织动员他入党，"他们要我手指蘸血发誓。发什么誓？无非是忠啦，友爱啦，

1. 赛珍珠：《我的中国世界》，尚营林等译，湖南文艺出版社1991年版，第295—296页。
2. 赛珍珠的《我的中国世界》，英文原题名为：*My Several Worlds: A Personal Record*，由美国纽约约翰台出版社于1954年出版。

永远忠实啦这些拉帮结派的套话。但是我已经发过誓，要忠诚于全人类，于是我连夜逃了出来。"[1] 姚锡佩先生曾评价道："《龙种》(即《龙子》——笔者注)、《生路》等小说，其中有的即歌颂活跃在中国西部的抗日游击战争，遗憾的是，表现抽象，有的游击战士竟貌似梁山好汉，令人好笑乃至不快，但显然，这不是有意的歪曲，而是因为这位异国朋友太不了解现代中国革命战士的形象和气质。"[2]

《母亲》《同胞》《龙子》《生路》中描写的这类人是毛泽东在理论上和政策上作过总结的属于"游民"阶层的"土匪"："这个阶层是动摇的阶层；其中一部分容易被反动势力所收买，其另一部分则有参加革命的可能性。他们缺乏建设性，破坏有余而建设不足，在参加革命以后，就又成为革命队伍中流寇主义和无政府思想的来源。因此，应该善于改造他们，注意防止他们的破坏性。"[3] 也就是说，革命军队在组建过程中，有时候难免会有这类人参加进来，但他们是革命队伍既要吸收又要改造的对象。吸收他们进来，一是为了扩大革命队伍，二是为了防止他们成为反动势力的一员，站在革命队伍的对立面去，成为革命的敌人，但他们决不是革命队伍的主体和中坚力量。而赛珍珠在描写革命者的小说中却犯了以偏概全的错误，显然带有相当程度的道听途说或主观臆想的成分。出现这类描写主要是由于作者对中国共产党缺少近距离的观察和深入了解，也与她获取的人为歪曲的宣传所

1. 赛珍珠：《同胞》，赵文书等译，漓江出版社 1998 年版，第 120 页。
2. 姚锡佩：《从赛珍珠谈鲁迅说起》，载郭英剑编：《赛珍珠评论集》，漓江出版社 1999 年版，第 195 页。
3. 毛泽东：《中国革命和中国共产党》，载贾玉英主编：《马克思主义经典著作选读》，西南交通大学出版社 2018 年版，第 118 页。

制造的不真实信息有关，同时也说明赛珍珠习惯用《水浒传》的阅读经验去填补她关于真正的中国革命将士的知识空白。

在接受了《水浒传》影响的前提下，赛珍珠对现代中国社会、战争以及政治问题的文学想象既有真实、深刻之处，也有扭曲、变形的不实描写。但赛珍珠对中国社会的关切始终是十分真诚的，这一点毋需有半点怀疑。她最关心的就是解决她所认为的国共双方各自存在的"问题"——国民党如何走向民众，共产党如何建立现代观念，以最终建立起她所构想的中国社会理想的政治形态。这个理想的政治乌托邦就是：社会上层与下层的交流、沟通、结合，社会精英走向民间，开启民智，底层社会接受启蒙，将其深厚强健的生命力纳入文明有序的现代轨迹。而这一理想的具体落实，她将在有关中国知识分子的书写中继续深入探讨。

第 五 章
赛珍珠的家庭书写与中国小说

　　在任何民族、国度或文化体系中，家庭都是社会构成的基本单位，因而也是文学创作的重要题材，如俄国作家陀思妥耶夫斯基的《卡拉马佐夫兄弟》(1880)、德国作家托马斯·曼的《布登勃洛克一家》(1901)、英国作家高尔斯华绥的《福尔赛世家》(1906—1928)以及美国作家福克纳以美国南方家族兴衰史为创作内容的系列小说等，都是家庭或家族小说的典型范例。传统中国是一个以血缘关系为基础构筑而成的宗法制社会，历来就有以血缘为纽带聚族而居的习俗，家庭和家族文化是封建制度的重要组成部分，在几千年的阶级社会中占据着尤其重要的地位，因而家庭或家族生活更成为中国传统章回体小说的重要题材。如被称为"世情小说"的晚明兰陵笑笑生所著《金瓶梅》(1617)[1]、西周生辑著《醒世姻缘传》(1661)、随缘下士编辑、寄旅散人评点《林兰香》(约康熙中后期至雍正初年)、根据陈端生弹词《再生缘》(1784)改编的小说、曹雪芹所著《红楼梦》(1792)

---

1. 夏志清认为《金瓶梅》初版问世时间是 1610 年或 1611 年，见夏志清：《中国古典小说史论》，胡益民等译，江西人民出版社 2001 年版，第 211 页。本文采用袁行霈《中国文学史》(高等教育出版社 1999 年版) 中标注的出版时间。

等都是这类家庭或家族小说。

　　深谙中国文化传统的赛珍珠敏锐地发现了中国社会这一特征，因而在着手中国题材小说创作时，家庭书写不仅被列为首选内容，且在全部创作中占据了相当大的比重。某种意义上讲，"家"是贯穿赛珍珠所有作品的主题。从长篇处女作《东风·西风》，到成名作和代表作《大地三部曲》，以及其后的《母亲》《龙子》《群芳亭》《牡丹》《同胞》《北京来信》《梁太太的三千金》等，无不是以家庭或家族为轴心，将人物命运与时代风云、社会变迁和国家命运串联起来，描绘出一幅幅中国社会的风俗画。对家庭题材的热衷在其非中国题材小说创作中也得到同样明显的体现，如美国题材小说《愤怒的妻子》(*The Angry Wife*, 1947)，日本题材小说《隐匿的花朵》(*The Hidden Flower*, 1952)，印度题材小说《来吧，我的爱》(*Come, My Beloved*, 1953)，韩国题材小说《鲜活的芦苇》(*The Living Reed*, 1963) 等，都以一个或几个家庭或家族为聚焦点展开叙述。此时，中国传统家庭题材小说成为她汲取创作灵感、借鉴创作思路的重要源泉，从她的家庭题材书写中，我们可以找到这类影响的明显痕迹。当然，仔细阅读后也不难发现，由于创作时代以及作家文化背景的差异，在借鉴传统家庭题材小说创作经验的同时，她也在思想主旨、人物塑造、艺术形式等方面对这类作品进行了拓展、延伸和超越。

　　依据社会学理论，家庭是通过血统、婚姻或收养关系为基础形成的社会单位，一般包括父母、子女和其他共同生活的成员。而家族则是以血缘、婚姻关系为纽带的众多家庭的集合体，一般而言，是指共有同一男性祖先的子孙，分居、异财、各爨的许多家庭，按一定规则构成的社会组织形式。当然，两者之间并无严格界限，只是侧重点不同而已。如中国古代世情小说《金瓶梅》，主人公西门庆无父母叔伯，无兄弟姊妹，真正的姻亲也只有妻舅吴大舅、吴二舅以及儿女亲家陈洪、女婿陈经济，都采用略笔写成，其余如亲家（李瓶儿的儿子官哥的姻亲乔大户家），西门庆的十个结拜兄弟等都是假亲家、假兄弟，算不得数。《林兰香》中的耿朗也是独子，其堂兄弟很多，但大多面目模糊，在作品中并未对其经历和性格作全面展开与细致刻画，因而，对这些小说，我们主要将其作为展现人物个性的家庭小说分析。赛珍珠的《东风·西风》《大地》《母亲》《龙子》《群芳亭》《牡丹》《同胞》等，也少有家族关系的多维叙写，也可视为家庭题材小说；而西周生辑著《醒世姻缘传》涉及山东武城县晁家、山东秀江县明水镇狄家以及狄家两亲家薛家和童家，狄家舅氏相家，薛家亲家连家等多个家庭，以及由他们串联起来的不同家庭，构成了错综复杂的人际、宗族和社会关系网络。《红楼梦》更是通过贾、王、史、薛四大家族你中有我、我中有你，相互提携、关联，彼此掣肘、牵绊的复杂关系，深刻描绘出封建制度下官商一体、强强联合、一荣俱荣、一损俱损的复杂的封建家族关系。赛珍珠《大地三部曲》的第二部《儿子们》、第三部《分家》等，通过王龙的三个儿子以及众多的孙子孙女以及他们的配偶、配偶家庭构成的人数众多、关系复杂的家族关系网，展现了多姿多彩的近现代中国家族及社会的变迁。在借鉴明清家庭和家族题材小说思想艺术的同时，赛珍珠的家庭和家族小说又将家庭和家族命运与时代变迁、国家命运关联起来，由家庭和家族扩展、上升到家国忧思层面，体现出家国同构、家国一体的独特情怀。这是赛珍珠对明清时期家庭题材小说的超越之处。为避免行文过于冗赘，本章标题采用了"家庭书写"这种简洁表述，但从写作内容看，这个名称并不周延，本章实际写作范围并不局限于对家庭层面的分析，而拟从家庭、家族、家国三个层面对赛珍珠的小说创作与中国同类题材小说之间的内在关联进行梳理和考察，特此说明。

一、赛珍珠的家庭书写对中国传统小说的借鉴

鲁迅将中国古典家庭小说归为"人情小说"或"世情书"："当神魔小说盛行时，记人事者亦突起，其取材犹宋市人小说'银字儿'，大率为离合悲欢集发迹变态之事，间杂因果报应，而不甚言灵怪，又缘描摹世态，见其炎凉，故或亦谓之'世情书'也。"[1]《金瓶梅》是第一部成熟的家庭小说。据现有资料，最早提出"家庭小说"概念的是黄人，他在所编撰的《中国文学史》中首次将《金瓶梅》和《醒世姻缘传》称为"家庭小说"[2]。齐裕焜也同样采用"家庭小说"的名称："《金瓶梅》、《醒世姻缘传》、《歧路灯》等，以家庭生活为题材，着重描写家庭内部的矛盾和纷争，可以称为家庭小说。"但他却把以少男少女爱情和友情为重要内容的《红楼梦》排斥在家庭小说之外，理由是他认为家庭小说"大多不涉及恋爱问题而写家庭内部问题，用以反映世态人情"，因而认为《红楼梦》应归为"才子佳人小说"[3]。这种分类标准是值得商榷的。虽然古代才子佳人小说与家庭小说内容存在交

1.《中国小说史略》，《鲁迅全集》第 9 卷，人民文学出版社 2005 年版，第 186 页。
2. 转引自黄霖、韩同文选注：《中国历代小说论著选》，江西人民出版社 1985 年版，第256 页。
3. 齐裕焜：《中国古代小说演变史》，敦煌文艺出版社 1990 年版，第 345 页。

叉关系，但《红楼梦》不只是写一群处于青春期的青年男女的暗恋和友谊，它更是以贾、王、史、薛四大家族盛衰命运为主线的一部对早期清王朝各社会阶层生活的完整再现。相比较清初天花藏主人张匀的《玉娇梨》《平山冷燕》[1]等才子佳人小说，《红楼梦》无论是在题旨立意、内容深度与广度，还是人物性格的复杂性、人物关系的交错缠绕等方面都要高出许多，将之归于家庭小说（更准确地说是家族小说）应更为允当。所以我们更倾向于杜贵晨先生的观点，他明确指出《金瓶梅》《醒世姻缘传》《林兰香》《红楼梦》《歧路灯》等都是明清时期典型的家庭小说[2]。

赛珍珠曾在诺贝尔文学奖获奖演说中宣称，她的写作成就是由中国小说决定的，她还在不同场合多次发表演讲，热情洋溢地向读者介绍她所推崇的中国小说，就她列举的作品而言，她阅读并熟知的中国小说数量众多，可谓如数家珍，但她却从未具体谈及自己的文学创作在灵感、题材、主题等方面的所本所依。但在阅读作品时，我们又能清晰感知到两者之间的源流关系。所以，当我们梳理、辨析其创作与中国文学的异同时，不应拘泥于仅从她本人的创作谈中寻找依据，主要应从作品出发，找到两者的内在联系。由此立意出发，赛珍珠在其家庭或家族题材小说中塑造的女性形象、男性形象以及对家庭成员之间的相互关系，如夫妻关系、父（母）了关系、婆媳关系等的叙写，

---

1. 天藏花主人张匀、樵李烟水散人徐震是清初才子佳人小说的代表作家，多数作品出于其手笔。但也有研究者认为，《玉娇梨》最早版本所题编者是"荑秋散人"，真实姓名不详。见李剑国、陈洪主编：《中国小说通史》（清代卷），高等教育出版社 2007 年版，第1274 页。

2. 杜贵晨：《〈金瓶梅〉为"家庭小说"简论——一个关于明清小说分类的个案分析》，《河北大学学报》（哲学社会科学版）2001 年第 4 期，第 23—27 页。

多有取法中国家庭小说的痕迹，同时她在创作中引进的新思路，塑造的人物新类型，也对拓展这类小说的创作空间作出了贡献。

（一）家庭生活中的女性书写对中国传统小说的借鉴

在儒家文化熏陶下的中国传统社会通常是轻视女性的，男尊女卑思想相当严重，虐杀女婴现象屡见不鲜，女子，为人女、为人妻、为人母是别无选择的人生道路，"在家从父，出嫁从夫，夫死从子"的"三从"观念把女子生来就贬为居于从属地位的第二性。但在明清家庭小说中，女性却常常焕发出比男性更加耀眼的生命光辉。如《金瓶梅》中的吴月娘、孟玉楼、李瓶儿都比丈夫西门庆温厚、理性、深情，无论从人性的温度还是厚度上讲都更加丰满。《林兰香》中资质平平的耿朗所娶的一妻五妾，个个美丽聪慧，尤以燕梦卿及其陪嫁丫鬟春畹最为出色。《红楼梦》更是一首女性主义的赞美诗，作为作者代言人的贾宝玉就不遗余力地扬女抑男。在大观园中，不独金陵十二钗中的黛玉、宝钗、湘云、探春、凤姐等各有各的惊世奇才，就连梨香院中的十二个小戏子芳官、藕官等，荣国府各房的使唤丫头鸳鸯、平儿、金钏、紫鹃、司棋等，都流溢着迷人的青春芳华，以水为骨的女子将以泥为胎的男子反衬得污浊不堪。不仅在家庭小说中，女性时时受到赞美，在才子佳人小说《玉娇梨》中的白红玉、卢梦梨两位女主角也远比她们的丈夫苏友白有胆有识，《平山冷燕》中的山黛、冷绛雪主仆远比她们各自的丈夫燕白颔、平如衡有才。在清代中叶李汝珍所著的博物体小说《镜花缘》中，作者更是塑造了一百位娇艳如花、口齿伶俐、多才多艺的巾帼奇才，让几个自以为见多识广或满腹才学的男子在她们面前黯然失色，窘态百出。在清代末年几位女性作家所著的弹词小说《天雨花》《再生缘》《榴花梦》等作品中，女性更是当仁不让的主人公，如备受陈寅恪推崇的《再生缘》便塑造出孟丽君这个令满朝须眉文武大臣黯然失色的流光溢彩的女性形象，在男性强权的世界，为女性发出了呼吁两性平等的最强音。

　　赛珍珠生长于一个歧视女性的美国传教士家庭。其父赛兆祥牧师是个严谨的学者，虔诚的信徒，克己为人的基督徒，全身心投入上帝事业的传教士，被女儿称为"没有肉体的睿智之辈"，比作仅为灵魂生活的"战斗的天使"。但是在尘世生活中，尤其在与妻儿相处过程中，他却严厉刻板，缺少温情，因深受圣保罗思想影响，重男轻女倾向十分明显。圣保罗说："起初，男人不是由女人而出，女人乃是由男人而出。并且男人不是为女人造的，女人乃是为男人造的。因此，女人为天使的缘故，应当在头上有服权柄的记号。""妇女在会中要闭口不言，像在圣徒的众教会一样，因为不准她们说话。他们总要顺服，正如律法所说的。她们若要学什么，可以在家里问自己的丈夫，因为妇女在会中说话原是可耻的。"[1] 这些教义成为限制传教士妻女的紧箍咒。赛珍珠从小便目睹聪慧活泼、精力过人的母亲因性别原因在家庭中备受忽略的酸楚和无助，也亲身感受到父亲对女儿的忽视，这使她在内心产生了深深的不满。当她成为作家后，她首先关注的便是家庭中的女性。她的第一部人型作品是为母亲写的传记《异邦客》，这部作品出版于 1936 年，而实际写作时间是在母亲去世的 1921 年。第一部长篇小说《东风·西风》（1930）又名《一个中国女子说》，是

1.《新约·哥林多前书》第 11、14 章，《简化字现代标点和合本圣经》，中国基督教三自爱国委员会，中国基督教协会印。

从一个中国上流社会的女子视角展开叙事的。她关注同胞姐妹的命运，展示女性的生命之光，反思在男权社会中处于弱势地位的同类悲苦命运的根源，为她们寻找和设计圆满的人生出路和归宿，对于女作家赛珍珠而言，是顺理成章的自然之举。而这种选择又与明清家庭小说有诸多相似之处，所以，赛珍珠在着手塑造家庭中的女性形象时，便自觉不自觉地借鉴了明清家庭小说的某些特点。

这些女性，有的面对生活中的种种灾变能处变不惊，沉着应对，如《大地》中的阿兰、《母亲》中的"母亲"、《龙子》中的玉儿等；有的见识过人，聪慧能干，如《群芳亭》中的吴太太，短篇小说《游击队的母亲》中的钱太太，《牡丹》中的女仆牡丹等；有的忍辱负重，自抑自苦，大度忍从，以自我牺牲成全他人的幸福，如《元配夫人》中的妻子，《梁太太的三千金》中的梁太太等。这些形象大多可以从中国古典小说中找到原型。

1. 正面女性形象

（1）坚毅质朴、勇挑重担的女性

赛珍珠认为："我相信男女之间没有多大的差异（指遗传学上和生物学上），这种差异当然不比两个女人或者两个男人之间的差异大。"[1] 她不仅认为女性丝毫不比男性弱，相反，与明清家庭小说相似的是，赛珍珠家庭小说中的女性在资质禀赋上大多也优于男性。

赛珍珠在中国乡土题材作品中塑造了几位坚毅质朴，善良勤恳的乡村女性形象，阿兰、梨花和"母亲"都是这一类农妇形象。王龙家道开始兴旺，是在娶了阿兰之后。沉默寡言的阿兰不仅把王龙和公公

---

1. Buck, Pearl S.. *Of Men and Women*. New York: The John Day, 1941, p. 61.

两个单身汉的家居生活变得干净舒适，帮助丈夫干农活，且不断为王龙生儿育女，默然忍受生育的产痛。在大旱袭来，全家生计无着，王龙犹豫不决、优柔寡断时，阿兰临危不惧，勇于承当，果断杀牛充饥以救全家人性命。当叔叔逼迫王龙出卖土地时，阿兰挺身而出，坚定表达绝不会动土地这个命根子，只以出卖家具什物的钱充作全家人逃荒的旅费。当王龙离开了熟悉的乡村生活圈，在大城市中变得束手无策、一筹莫展时，又是阿兰因陋就简地安了家，并无师自通地教会孩子以乞讨求生，表现出惊人的应变能力和生存机智，比一家之主王龙高明许多。王龙的小妾梨花原本是荷花的丫鬟，王龙爱上她之后，她升为小妾，却与同为妾室的荷花截然不同。她耐心照顾年迈的王龙，慰藉他晚年生活的孤寂。王龙死后，她不争赡养金，不住豪门宅院，而是带着王龙和阿兰的傻女儿退守乡下的老房子，守着王龙的坟墓，照顾可怜的傻子，显得那么谦卑、正气和淡定，这个柔弱的女子以她的善良质朴不仅赢得了王龙的爱，也赢得了王家阖府和读者的尊重。"母亲"虽为女流，却是家中的主心骨、顶梁柱。她不仅承担着照顾婆婆、丈夫和三个子女日常生活的重负，而且是干田里农活的主力军，比她那长相俊俏却好逸恶劳的丈夫更有责任心，更能吃苦，也更有爱心。她虽很辛劳，却依然对生活充满热情，全家每一个成员都沐浴在她的爱的柔情中。当毫无家庭责任意识的丈夫抛妻别子、离家出走后，在短暂的慌乱之后，她毅然挺身对抗孤独、绝望和各种辛劳的折磨和打击，以一己之力独立支撑全家生活的重担，比起当逃兵的丈夫来，"母亲"要勇敢、坚强得多。这些形象与《醒世姻缘传》中的狄希陈母亲狄婆子、《林兰香》中的燕梦卿和春畹等人在精神气质上十分相似，尽管她们的身份地位、生活经历相距较大。《醒世姻缘

　　　　　　　　　　　　　　　　　　　面朝东方大地

传》中的狄婆子是"不戴头巾的汉子"（第三十三回），遇事"雷厉风行，斩钉截铁的果断"。是她把儿子从不学无术、误人子弟的汪为露手中领回，另寻高师教导；也是她把流连烟花巷中的儿子逼回家来，更是她鞭打泼悍的儿媳，整顿家风。厚道本分的丈夫狄员外"把家事都靠定了这狄婆子是个泰山"，以至于狄婆子被儿媳薛素姐气得风瘫之后，狄家"就如塌了天一般"（第五十六回）。《林兰香》中的燕梦卿是副御史燕玉之女，她在父亲遭受冤狱、即将充军时，以弱柳之质，上疏朝廷，自愿入宫为奴，"以代父远窜之罪"。此消息一出，遍长安皆知道燕梦卿是个孝女，连未婚夫耿朗的叔父耿怀也感叹："女子如此，我辈无所用之矣！"[1]（第二回）嫁给耿朗之后，当丈夫因酒色过度，一病不起，气息奄奄之时，她又效法古人割股救病之法，斩断小指煎药，为丈夫疗治，并向神祇祷祝："若其无命，愿销寿算，以代夫死！"[2]（第三十二回）从耿朗所做的梦看来，耿朗本难活命，幸亏梦卿相助才逃得一劫，而她后来早夭，似与此誓愿亦有关。当丈夫即将远征时，梦卿拖着病躯，背着众人，剪下头顶心发为丈夫缝制贴身绵甲，使丈夫躲过刀剑之厄。这样一个贤妇典范，真不愧为皇帝亲自赐匾的"孝女节妇"。她每在丈夫生命历程的关键时刻，总是能比其他妻妾虑得周到，谋得长远，更比"性不自定，好听人言"的丈夫强百倍，这与阿兰和"母亲"何其相似！而阿兰也像燕梦卿一样，对丈夫真心体贴关爱，却得不到丈夫的宠爱，丈夫宁愿宠爱娇媚妖冶、以色事人之辈，如王龙宠爱荷花，耿朗偏宠任香儿，而将这些优秀的女

---

1. 随缘下士编辑，于植元校点：《林兰香》，春风文艺出版社 1985 年版，第 12 页。
2. 随缘下士编辑，于植元校点：《林兰香》，春风文艺出版社 1985 年版，第 248—249 页。

子冷落在一边。王龙晚年所纳小妾梨花则与燕梦卿的陪嫁丫头、后被耿朗列为第五房妾室的春畹有不少相似之处。她们都是由丫头扶为妾室的，又都是谦卑守份而自尊自重的女性。她们都是在丈夫的妻室离世后才正式被收房的，比起妻室，她们的温婉恬静更能赢得丈夫的爱怜，但都不恃宠作威，举止有度，且都耐心抚养呵护妻子留下的孩子。从精神层面讲，这些女性深得中国古典小说家创造出来的艺术形象的神韵。

（2）知性聪慧、自尊自立的女性

赛珍珠的理想女性是独立知性、胸襟阔达的贤妻良母，她们常常表现得比男人更有头脑，有主见，聪慧能干，意志坚定，遇事更加沉着，气度宏大。《群芳亭》中的吴太太是赛珍珠给予极高赞誉的女性，她几乎是集《醒世姻缘传》《林兰香》《红楼梦》等古典小说中理想女性的优点于一身。她出身名门，非常美丽，年过四旬，生过七个子女，已成为祖母，但依然风姿绰约，身材苗条，满头青丝，雍容华贵。她还具有很高的知识修养和过人的见地，聪慧、能干、处事得体、为人公正，无论哪一方面，都比当惯少爷、老爷的丈夫强得多，酷似《林兰香》中燕梦卿的神韵，但又没有燕梦卿的道学气和头巾气，处世圆融得体，游刃有余。她是南方小镇大户吴家卓越的管家太太，知书达理，思想丰富、聪慧敏捷，多谋善断，治家理财、人情来往、调教下人，无一不处理得妥妥帖帖，为媳为妻为母为婆，担当各种角色都游刃有余，把里里外外的事务管理得井井有条。她的精明能干、治家之道堪比荣国府的管家奶奶王熙凤，但同时她又公正宽厚，绝无王熙凤的贪财弄权、骄横跋扈。王熙凤性格霸道，是丈夫眼中的"阎王老婆"，对下人严苛，以至于恨她的人、背后嚼她舌根的人很

282

多，而吴太太虽然并不爱平庸的丈夫，却包容他，给予丈夫足够的尊严，对待下人也非常宽厚，明知厨子虚报账目，贪小爱钱，却假充糊涂。王熙凤对丈夫纳妾、与别的女人相好非常嫉妒，曾醋意大发，当场侮辱与丈夫私通的仆人之妻鲍二媳妇，逼得她上吊自尽，又弄小巧借刀杀人，不动声色地折磨死贾琏的二房尤二姐。而吴太太却在四十岁时主动为丈夫纳妾，理由是："老天爷在男女之间造成了区别"，作为女人，自己的青春已经结束，而丈夫仍然是个欲火旺盛的年轻人，还能生更多的儿子。吴太太认为：

> 上天只重视生命，把生命的种子给了男人，把土壤给了女人。土壤很多，但是没有种子又有什么用呢？……男人老了，种子一定要种到更加肥沃的土壤里，这样，最后的种子便会结出强壮的果实。任何女人过了生育期，还缠着男人不放，那是违抗天命的。[1]

甚至在丈夫爱上妓女茉莉之后，吴太太也大度地让地位卑下的茉莉进入吴家，成为丈夫的三姨太，这种宽厚包容使她与王熙凤有了天壤之别。吴太太退出妻子岗位的年龄不是自定义的，而是有理论依据的。《韩非子·备内》有云："丈夫年五十而好色未解也，妇人年三十而美色衰矣。以衰美之妇人事好色之丈夫，则身见疏贱，而子疑不为后，此后妃夫人之所以冀其君之死者也。"[2] 宋代诗人梅尧臣《无悔》也写

1. 赛珍珠：《群芳亭》，张子清等译，漓江出版社 1998 年版，第 37 页。
2. 张松辉、张景译注：《韩非子译注》，上海三联书店 2018 年版，第 183 页。

道:"妇人未四十,容貌已改前;男年逾五十,嗜欲固自偏。"当然,吴太太风韵犹存,并未"色衰""容改",也不忧心"子疑不为后",她是在为家庭尽完责任后,想为自己活一回。

吴太太在接受意大利修士安德鲁(亦即西方文明的代表)的启蒙后,认识到自己为夫纳妾,抛弃管家的职责不管,去寻找个人的精神自由,是以牺牲另一女子秋明的自由和尊严以及家人的生活秩序为代价的,其实质仍是自私的。最终,她回归家庭,以利他之心重新担当起管家的责任。同时,在安德鲁死后,她又接管了安德鲁生前收留的孤女,把她们养育成人,为她们寻找到合适的归宿。这时的吴太太把对个人价值的追求扩大为以博爱之心关心身边的每一个人,把自主和独立精神传递给更多的人。这种精神状态使她更接近于《醒世姻缘传》中的女菩萨晁夫人。晁夫人的丈夫晁思孝是个媚上欺下、行贿买官的昏官,在华亭县做知县时,"一身的精神命脉,第一用在几家乡宦身上,其次又用在上司身上。待那秀才百姓,即如有宿世冤仇的一般。"[1]以至于地方百姓恨他如蛇蝎、避他如邪祟。长子晁源不读诗书,不务正业,欺男霸女,恩将仇报,停妻娶娼,逼死原配,最后因与有夫之妇通奸被杀。然而,晁夫人却是女中豪杰,经常劝夫省刑薄罚,教子为善务正,怜贫惜老,施财舍米,斋僧斋道,做尽善事。对待心术不正、如狼似虎般的族人,她以德报怨,助其产业。儿子的师娘遭亲生儿女虐待,她与幼子赡养其终身。她居安思危,丰籴荒粜,救荒活众。这些善举不但为她在乡里赢得女菩萨的美誉,且得到朝廷嘉奖。县令授她"女中义士"的牌匾,皇帝也亲封她三品诰命夫人,民

---

1. 西周生辑注:《醒世姻缘传》,人民文学出版社2015年版,第62页。

面朝东方大地

众更称颂她为"积德累仁的女范文正公"。赛珍珠一方面借鉴中国古典小说中的人物素材，另一方面又筛选掉其中的因果报应、今生来世等宗教因素，而将博爱、利他、为善等佛教、基督教和儒家的共同思想汲取出来，贯注到当下现实中。这是赛珍珠作品对中国古典小说的又一种继承与发展。

《同胞》中的梁玛丽是赛珍珠塑造的又一个颇具中国古代贵族遗韵的智性聪慧的女子。二十岁的大学毕业生玛丽身材娇小，面容姣好，看上去顶多只有十二岁。其实，她比实际年龄更加成熟。她有清晰理性的头脑，敏锐犀利的眼光，沉稳冷静的性格和果断务实的行事作风，她料事总是先于家中其他人。她第一个察觉哥哥深爱的来自上海的女子李莉莉可能不愿意在嫁给哥哥后和他一起返回祖国，并及时提醒哥哥早做精神准备，又是她第一个察觉妹妹路易丝和白人男孩菲利普之间的性爱游戏，并报告给爸爸，避免事态向更严重的方面发展。比起她那沉湎在幸福幻想中、闭眼不看现实的父亲以及懵懂混沌的母亲来，玛丽的洞察能力极强，犹如比迂阔的父亲贾政和糊涂的嫡母王夫人更加敏锐的贾探春，预感家庭悲剧即将发生并兴利除弊、努力挽救（《红楼梦》第五十六、七十四回）。同时，她又心思细腻，深深爱着家庭每一个成员。她尽力帮助哥哥詹姆斯挽回李莉莉的爱情，并未雨绸缪地思考一旦詹姆斯与莉莉成婚，她应该怎样帮助不会做事的莉莉处理家务。她劝说妹妹路易丝自重自爱，不做傻事，思考她与菲利普之间的关系发展的可能性，并谴责不负责任的菲利普，让他自觉远离妹妹。她还关心正在申请上大学的弟弟彼得，做他喜爱吃的炸虾片。她还安慰伤心的父亲，在父亲需要她相助时，带着妹妹和弟弟远渡重洋回国，离开是非之地。作为长女与长姐，玛丽对家庭成员的爱心，与自小失怙、母亲老迈、哥哥荒嬉的薛宝钗何其相像。宝钗虽为皇商之女，家境阔绰，但她深知没有可靠男子为顶梁柱的家族多么脆弱，遂秉持低调安分的处事原则，并以自己早熟的细心体贴慰藉寡母。她帮助性格豪爽、快人快语而虑事不周的史湘云，让湘云惠而不费地请了客，既不失体面，又不至于为筹措东钱犯难（《红楼梦》第三十七回）；她忠告行酒令时无意泄露了偷读禁书的林黛玉，让一向视她为情敌、处处提防她的黛玉心服口服（《红楼梦》第四十二回）；她体恤未过门的堂弟媳邢岫烟，悄悄帮她赎回典当的衣服以度春寒，着实让家境贫寒的岫烟身心两方面都体会到贴心的温暖（《红楼梦》第五十七回）。1938年，赛珍珠曾试图与林语堂合译《红楼梦》，说明她对这部中国古典名著非常推崇也非常熟悉，曾认真研读过。因而在进行中国家庭题材的小说创作时，她将中国古典小说中杰出女性的一部分个性嫁接到自己笔下的人物身上，是顺理成章的事。

　　知性聪慧不只为贵族阶层所独有，在下层人身上同样也可以具备。《醒世姻缘传》中银匠之妻童奶奶的处世智慧一流，她和内官太监陈公公巧妙周旋，让丈夫虎口脱险；她和公差机智交涉，平息了女儿寄姐逼死丫头小珍珠引发的诉讼；她沉着应对泼悍的素姐，逼得这个母老虎在京城上吊寻死，不动声色地打压她的气焰。《林兰香》中最完美的女性并不是贵族出身的名媛，而是贵族女子燕梦卿之婢、后来成为耿朗第六房姨太太的春畹。"春畹年岁与梦卿相当，容貌与梦卿相仿，端庄流丽，兼而有之"[1]。梦卿于归耿朗后，春畹作为她的贴身侍女，对待梦卿忠心耿耿，面对耿朗又自尊自重。作者以家中老婆

---

1. 随缘下士编辑，于植元校点：《林兰香》，春风文艺出版社1985年版，第13页。

　　　　　　　　　　　　　　　　　　　　　　　　　　面朝东方大地

子评价她"挨金是金，挨玉是玉"，"宁娶大家奴，不娶小家女"，有意无意将她与出身商人家庭、凡事爱争风吃醋、胸襟狭隘、爱搬弄是非的四娘任香儿进行对比，为她日后的进身做了铺垫。她照料耿朗饮食十分周到，但知礼守分，轻易不与交言，因而深得耿朗爱重。这一特点在《红楼梦》中的平儿身上得到进一步体现，但平儿对贾琏的有意疏远更多是出于对王熙凤妒意和淫威的忌惮与防范，春畹完全无此顾虑，她只是出于自尊自重。第二十一回写耿朗独坐晚香亭，偶遇被雨水湿透衣服、纤体毕现的春畹，禁不住戏言挑逗，春畹正色回应道："秾桃艳李，固属东君。而秋菊夏莲，亦各有主。君家总有所私，妾不敢有所背也。"耿朗赠她油衣（即雨衣——笔者注）遮雨，亦遭其拒绝："以侍婢而衣主人之衣，将置主母于何地也？"[1] 至三十六回梦卿去世后，春畹作为梦卿后身逐渐走到前台，成为小说后半部的主角，在梦卿孝满之后，嫁给耿朗成为六娘。但她并未因身份改变而略有骄矜，与恃宠骄横的四娘任香儿有天壤之别，而一直以谦卑处世待人，忠心耿耿地抚养梦卿留下的儿子顺哥，自己亦为耿朗生下一女顺姐。耿朗要大家以六娘呼之，以提高她的身份，她表示"得侍枕席"已是望外之福，不敢与其他妻妾并尊，坚辞不受。这种安守本分的谦卑和对梦卿的怀念与忠诚，终于使她赢得了众人的爱敬。耿朗伯父泗国公耿忻无子，即令春畹过继给他，春畹带着顺哥顺姐移居泗国府，"事母无违，治家有法，待奴仆以恕，抚儿女以严"，亲族莫不赞为贤妇，耿朗也甚爱之。后朝廷批准泗国公棠夫人所请，立耿顺为泗国公嫡孙，承祧宗嗣，钦赐春畹为耿顺继母，成为耿氏家族的正妻。对

---

1. 随缘下士编辑，于植元校点：《林兰香》，春风文艺出版社1985年版，第162页。

此，寄旅散人有一段完整的点评：

> 以六人而论，香儿、彩云，纯乎流丽而不端庄，云屏、梦卿，
> 过于端庄而少流丽，爱娘又流丽多而庄重少，皆未若春畹之端庄
> 流丽之彬彬也。故富而且贵且寿，驾乎五人之上。甚哉！处人身
> 后者勿自弃，而居人前者切勿扬扬也。[1]

出身低贱、身份卑微的春畹最终得以以卑为尊，她固有的高贵品
格和人生智慧起了决定性作用。

赛珍珠小说《牡丹》中生活在中国开封的犹太商人伊兹拉独子大
卫的贴身女仆牡丹也是一个身份卑微而聪慧过人的青年女性。牡丹是
赛珍珠精心打造的一个年轻女仆形象，她是一个孤女，从小被卖到伊
兹拉家中，和年岁相仿的大卫一同长大，可谓青梅竹马，两小无猜。
牡丹身材娇小，面容姣好，有晴雯的俏丽和妩媚；她常在书房侍奉大
卫跟从先生读书，久而久之，她自己亦颇能识字断文，甚至能诗善
画，有香菱的好学和颖悟，还有惜春的绘画才能；同时她又像袭人一
样善解人意，处处用心，不仅在照料大卫日常起居时十分周到体贴，
且像袭人暗恋宝玉一样暗恋大卫，对自己的未来早有谋划和考虑；同
时她又像紫鹃一样忠心和体贴，为大卫的未来暗中作了安排。她是兼
具《红楼梦》众丫鬟之美于一身的人，是大家族中众丫鬟形象的复合
体，同时也是大卫生活的引路人。牡丹暗恋大卫，很大一部分原因是
因为大卫祖母是中国人，大卫身上有中国人的血统，不同于血统纯粹

---

1. 随缘下士编辑，于植元校点：《林兰香》，春风文艺出版社 1985 年版，第 16 页。

面朝东方大地

的犹太人伊兹拉夫人有极强的种族优越感。牡丹希望将来能长久留在大卫身边，即使犹太家庭不允许娶妾，她也乐意一直侍候大卫。为此她希望大卫能娶伊兹拉先生生意上的合伙人、中国商人孔诚之女桂兰为妻（这个情节可能受到袭人暗中期待宝玉能娶随和宽厚的宝钗，而不是敏感尖刻的黛玉的启发），而不是伊兹拉夫人内定的准儿媳犹太女子莉雅，以免自己因文化上的阻隔无法与莉雅相处。为此，她采取了一系列行动：她模仿大卫的口吻给桂兰写情诗，自己作为大卫的女仆传递给桂兰，向她转达大卫对她的爱慕之情，其实是她在启发桂兰对大卫的感情，甚至面陈孔诚以促成这门亲事。大卫在牡丹的推进、桂兰的回应、孔诚的热情以及伊兹拉的默许下，最终接受了充满人性温暖的中国文化和中国爱情，而拒绝了美丽、端庄却严肃、古板的莉雅，牡丹的心愿终于达成。这部小说在主干情节设置上存在着艺术真实性的硬伤，牡丹显然被过分理想化，她的胆量和职权范围都被过分夸大了。她竟然能与女主人伊兹拉夫人抗衡，并最终挫败女主人的计划而让自己的意愿得以贯彻，这无论如何都有一厢情愿的主观臆想成分。而缺少对中国贵族家庭生活亲炙机会的赛珍珠，塑造这一形象的灵感以及一些细节的设计则无疑来源于《红楼梦》《林兰香》等古典小说的生动描写（更何况赛珍珠创作《群芳亭》《同胞》《牡丹》等家庭小说时已回美国多年）。作者用许多细节展示牡丹的才华，如在她卧室墙上，悬挂着她自己创作的水墨四季画轴和题画诗：

The peach flowers bloom upon the trees,
Not knowing whether the frosts will kill them.

The hot sun burns, the thunder drums across the sky.
The cicadas sing endlessly, unheeding.

The red leaves fall, and all the court is still.
I tread the leaves and under my feet they die.

Snow covers the living and the dead,
The green pine tree, the perished flowers.[1]

笔者试译如下：

四季歌

桃花跃枝头，灼灼映其华。唯恐寒霜至，纷纷坠落花。
夏日烁流金，空雷更惊心。蝉噪声声里，谁人是知音？
霜叶萧萧下，万户披红霞。依依傍我足，踟蹰不忍踏。
白雪铺满地，万物皆空寂。天寒松犹绿，落红何处觅？

如此才华，是否兼具了大观园中黛玉诗才和惜春画才于一身？牡丹的确是赛珍珠最为理想化的女仆形象。

《牡丹》借围绕犹太青年大卫婚姻的选择问题，讨论中犹文化的差异以及作者的文化立场，其主题是深刻的，作者赞美开放博大、兼容并包的中国文化的立场也是非常先进的。但小说从女仆牡丹的角度切入故事，并把她当做整个情节的主要推手，则难免人

---

1. Buck, Pearl S.. *Peony*, New York: The John Day Company, 1948, p. 30.

为和生造之处，但如果将之看作是赛珍珠对她所熟知并热爱的中国传统文学中关于家庭文化描写的一种模仿和纪念，倒不失可圈可点之处。

（3）自抑忍从、忍辱负重的女性

赛珍珠家庭小说中塑造的第三类性格鲜明的女性是遇事自抑忍从、忍辱负重的女性，如《东风·西风》中的桂兰母亲以及桂兰，《元配夫人》（《结发妻》）中的李袁妻子，以及家境富裕后遭喜新厌旧的王龙冷落的阿兰等人皆是这类女性形象。

这类女性在旧时中国家庭中占据很大比例，在男权主导的中国传统社会中，他们无论是为女为妻还是为母，都必须以忍从为美。桂兰出嫁前的最大任务，就是把自己塑造成获得婆家认可的孝顺媳妇和贤惠妻子。为了取悦未来的丈夫，她七八岁时就在母亲的亲自监督下开始裹小脚，痛得日夜流泪，不想吃也不想玩，却被取悦丈夫的伟大目标激励着忍受非人的痛苦。桂兰母亲作为一个富商大户的正房太太，不仅要为丈夫生儿育女，帮丈夫料理各种家庭事务，还要忍受丈夫的好色，已娶了四房姨太太的丈夫还要娶第五房，而作为正妻的她不能表示任何不满，否则就犯了七出中的一条：妒忌。桂兰母亲长期过着无爱的生活，变得沉默寡言，端庄严肃，把全部爱和希望都寄托在独子身上。阿兰在王龙贫贱之时嫁给他，和丈夫一起胼手胝足，日夜劳作，帮助丈夫挣下了一份不错的家业，还拥有了三个儿子，两个女儿。可是富裕后的王龙开始嫌弃长相粗陋的阿兰："他第一次看到她的头发是棕色的，蓬乱而没有油性；她的脸又大又平，皮肤也很粗糙；她的五官显得太大，没有一点美丽和光彩，她的眉毛又稀又少，嘴唇太厚，而手脚又大得没有样子。"[1] 尽管王龙知道他是在怎样贫贱的情况下娶进了阿兰，这么多年来这个女人一直像狗一样忠实地跟着他吃各种苦头，生孩子前还为他烧好饭，刚生完孩子就下床帮他干各种苦活，可他依然抑制不住内心的嫌弃和厌恶，直到娶回荷花，内心才重新找回快乐和满足。而遭到丈夫冷落的阿兰，甚至不知道该怎样表达自己的愤怒，除了哭泣，除了向他发出无力的抗议："我给你生了儿子——我给你生了儿子——"外，就不知道还能做些什么。女人在一夫多妻合法化的年代里，面对丈夫的种种合法背叛，除了隐忍还能做什么？赛珍珠对这些女子寄予了深切的同情，用小说的形式为她们鸣不平："赛珍珠的小说给予那些从来没被人听到过声音的人们以讲话的声音"[2]，她成为这些底层女性的代言人。

赛珍珠塑造得最为忍辱负重的女性是《元配夫人》中李袁的妻子。妻子是个在旧式教育下"深明内则，习娴庭训"的女子，小说开始时她嫁到李家已十年时光，与丈夫已育有一儿一女。换言之，这门婚姻在开始时是被李袁接受的，他承认了妻子的地位并履行了做丈夫的职责。妻子婚后把时间、精力全都消耗在生儿育女、照顾公婆、管理家政之上，其中有七年时光是在丈夫留学国外的情况下独力承担的。然而她无怨无求地担当着贤妻良母的角色，把这一切看作是天经地义应该尽的责任。公公对她的评价是"一个难得的好媳妇"，"兑进孝道，又不忘记孩子的教导，谨慎治家，对仆人们也公道"[3]。但在留学归来、价值观已然改变的新式丈夫眼中，她的所作所为非但不是功

1. 赛珍珠：《大地三部曲》，王逢振等译，漓江出版社 1998 年版，第 134 页。
2. 彼德·康：《赛珍珠传》，刘海平译，漓江出版社 1998 年版，第 428 页。
3. 赛珍珠：《元配夫人》，李敬祥译，启明书局 1946 年版，第 4 页。

面朝东方大地

绩，反而成了过失，她做得越好，越说明她在旧的规范中陷得极深，缺少主见，没有自我，当时代突然转向时，她就愈加无法用三寸金莲赶上新潮的步伐。这个自觉地把服从丈夫、温顺地听从他的指令当作律条，以他的喜怒哀乐为自己的喜怒哀乐、彻底无我的女性，在留洋归来的丈夫眼中，只是毫无思想见解、只会唯唯诺诺的"半奴半妾之旧式妻室"，陈旧落伍，无法与丈夫沟通，更无法与丈夫同步前进，她的存在只会让丈夫感到闹心。但在新时代、新文化中，这个已将旧礼教中三从四德的标准内化为自我的行为规范，并以此规则训导女儿（她教女儿事事都要让着弟弟，学会顺从，因为现在孝顺父母，友爱兄弟，将来才知道怎样侍奉丈夫）的旧式女子，仍然只懂得听命于她的丈夫，从未想到过为自己辩解、申诉。在丈夫单方面咄咄逼人的要求下，妻子不得不一让再让，一退再退，终至在这个她为之付出全部青春的家中连立足之地都不再有，完全成为一个碍手碍脚的多余人，最终她不得不退向死亡来捍卫残存的尊严，无条件地为丈夫的幸福让道。此时，妻子的意志是缺席的，留给她的唯一权力就是在新时代里服从丈夫新的然而却是绝对自私的要求。我国近代翻译家毛如升先生对这篇小说作了十分动情而精确的评价：

　　这种家庭悲剧的故事，事实上仍然在中国各处发生着，所以本书仍是一本描写中国近代家庭在新旧潮流激荡中的悲惨的写实小说。故事是依然平凡，可是如此的精细，表现得如此的优美。当李元（即李袁）的妻子在他们新婚的三年（实际是十年——笔者注）中是表现得多么温存可爱；及至李元要离弃她的时候是表现得多么无助而可怜；最后在她种种努力希求李元对于她能恢复旧爱的万分绝望中悬梁自尽，表现得又是多么凄惨！旧式女子不能踏上时代的尖端，这是整个宗法社会制度的罪恶，而不是旧式女子本身的过失。受过高等教育的李元，不能积极地打倒宗法社会制度，改造旧式女子的命运，反而忍心地把他的发妻逼死，这是一件多么惨痛的事！……勃克夫人把旧式女子所具有的美的旧道德之表现，不能不算是她对于中国旧式女子的深切的同情。[1]

此评堪称得当。元配夫人李袁之妻是赛珍珠塑造得最成功的隐忍退让的中国旧式女性的代表。赛珍珠虽是作为西方传教士之女来到中国的，但在两种文化遇合之时，她从未以西方先进文化的代表自居过，对于中西两种文化的优劣利弊长短，从一开始就持有公正的立场和清晰的认识。一种文化需要不断吸收各种养分，更需要异文化的刺激，才能保持活力。只要是在平等基础上的相互交流，转益多师，对双方都将产生积极的影响。问题的关键在于，文化是人创造的，也是为人服务的，倘若文化的发展需要人尤其是处于弱势地位的女人付出牺牲幸福乃至生命的代价，这种交流的价值至少是方式就值得怀疑。自古及今，社会的价值标准都是由男人制定的，女人从来只有服从的义务。旧时代，男人制定了一套标准要求女人恪守；新时代，他们又举起舶来的西洋镜对这些女子的言行习惯指指点点，百般挑剔，自己则永远是真理的化身。这类女子是在西方文明尺度下严重落伍的中国旧式妇女。她们深锁闺闱，因袭着千年相传、似乎天经地义的"好女

---

1. 毛如升:《勃克夫人的创作生活》,载郭英剑编:《赛珍珠评论集》,漓江出版社1999年版,第51页。

面朝东方大地

人"的法则生活着。她们很少真正享有属于自己的幸福，在旧文化中就是牺牲者。当时代巨变到来时，她们又因深陷于旧的传统或积习而无法迅捷适应这一变化，及时更新自己的心理结构、价值标准和行为习惯，因而首当其冲成了传统文化不光彩的代表而遭到遗弃。她们曾经付出的自我牺牲竟成了耻辱的胎记，在新文化到来之时又一次作为牺牲者而被推上祭坛。而她们除了哀叹"命运"不济，连申诉、反诘的闪念都不曾产生。当然，赛珍珠的智慧之思并未因激荡的同情心而停止，从而对中国传统文化中的褊狭、封闭、保守、因循和肮脏有所袒护或加以粉饰，相反，她毫不留情地指出她们对新文化缺少接纳的胸襟、学习的能力，因而难逃毁灭的命运。但是，在西方文化摧枯拉朽的横扫中，当社会普遍对新文化带来的新景象欢呼雀跃时，赛珍珠却将同情的目光转向行动的起点同时也是行动的目的——人，尤其是那个无声的群体——女性遭受的巨大牺牲，并自觉成为她们的代言人。在现代中国的新文化运动中，当本土作家顺应主流、服从将令而无暇关注这些时代的零余者时，赛珍珠的这一回眸是独具一格的。

在中国古典家庭小说中，忍辱负重的女性数见不鲜。在传统中国社会，婚姻既然是女性的唯一归宿，且置身于多妻制时代，隐忍几乎是女性必具的品格，"退一步海阔天空，忍一时风平浪静"，这一类教诫性俗语在我们的文化中比比皆是。《金瓶梅》中的吴月娘、嫁入西门府后的李瓶儿，《林兰香》中的燕梦卿，《红楼梦》中的李纨、迎春等都是对这一类人物的写真。吴月娘是西门庆的续弦夫人，丈夫好色无度，毫无节制，先后娶进五房姨太太，还和行院妓家保持密切来往，又不时勾引家仆、伙计的老婆，还蓄养娈童，像潘金莲形容的那样，"属皮匠的，逢着就上"。对此，她这个正头夫人既不能表示不满，更不能加以劝阻。她反对西门庆娶朋友花子虚的遗孀李瓶儿，认为于情于理都不妥当，所言句句在理，"几句说得西门庆闭口无言"（第十六回）。但因此阻遏，李瓶儿改嫁蒋竹山，西门庆恼羞成怒，加上潘金莲从中挑拨，便将所有责任归于吴月娘，竟与妻子反目。心气高傲的吴月娘只能焚香拜斗，祷祝于天，祈愿丈夫早日回心转意。后李瓶儿终嫁西门庆，吴月娘少不得忍气吞声，将她迎进家门。李瓶儿做花子虚妻子时，不守妇道，背叛丈夫，但她却真心实意爱着西门庆："谁似冤家这么可奴之意，就是医奴的药一般。白日黑夜，教奴只是想你。"[1] 未嫁入西门府前，就把大量财物送进西门府，既嫁之后，又做低伏小，对西门庆既爱且敬，柔顺体贴，对众妻妾更是自抑谦让。尤其在生子官哥之后，她变得完全与世无争，凡事息事宁人，即使面对凶悍嫉妒、不断挑衅的潘金莲，仍一句怨言不肯出口，直至抑郁病死。《林兰香》中的燕梦卿是得到皇帝钦赐"孝女节妇"匾额的杰出女性，德貌容工无不出众，出嫁之后，又甘居妾位，敬上爱下，举止合度，得到夫家上下尊卑交口称誉。可因为对丈夫不肯以色邀宠，多以良言相劝，加上丈夫多疑，四娘任香儿中伤，而失去丈夫欢心。在丈夫因纵欲而病时，她割指煨药救夫，在丈夫要去前线征战时，她割顶心之发为夫缝制护身软甲，再次救夫之命，但所有这一切都未能换得丈夫对她的恩爱，最终抑郁而死。《红楼梦》中的李纨是个心地善良、恬退自甘的女子，用仆人兴儿的话讲，是"第一个善德人"，可年纪轻轻就失去了丈夫，只能守着年幼的儿子贾兰过清心寡欲的生活，二十多岁的人便自称"稻香老农"，杜绝一切脂粉红妆和

---

1. 兰陵笑笑生：《金瓶梅词话重校本》，梅节校订，梦梅馆 1993 年版，第 188 页。

　　　　　　　　　　　　　　　面朝东方大地

一切娱乐。按照太虚幻境中的判词，苦熬大半生后，李纨终因儿子为官而得凤冠霞帔，品服加身，但不久便无常索命，撒手人寰。贾迎春是个老实懦弱、木讷内向的女子，奴才都来欺负她，她却丝毫不懂自卫反抗。生母早逝，嫡母邢夫人对她只是表面敷衍，哥嫂贾琏、王熙凤也不亲近她，父亲贾赦对她更是漠不关心，最后竟拿她抵债，将她草草许配给行伍出身、豪横骄纵的孙绍祖，一年有余就被折磨致死。迎春是朵未开而败的花蕾，从生到死一直处于懵懂境地，完全任人摆布，全书中她仅有的两次主动开口，都是向家人哭诉自己受丈夫虐待的情形。对这类忍辱含垢的女子命运的关注，赛珍珠的写作是承接和贯通中国古典文学的。

赛珍珠在以富贵家庭为题材的小说中常常塑造了美丽、纤弱、善良、本分的小妾形象，如《东风·西风》中的腊梅，《大地》中的梨花，《群芳亭》中的秋明。她们往往也是受欺凌而委曲求全、隐忍自重的女性，与《红楼梦》中的香菱处于同一层面中。

（4）母性闪耀、慈爱充溢的女性

赛珍珠虽然主张男女平等，赞赏有独立人格的知性女子，对女性在社会上所起的作用也十分肯定，但仍坚持认为，女性合适的位置、必然的归宿依然是家庭，生育子女、相夫教子是女性义不容辞的首要天职。只有首先为家庭尽责的女性，才有资格谈论人生的其他目标和追求。女性应该有独立的价值，但同时不能忽视培养男性、激励男性、辅佐男性的职责，女性独立自由的最佳路径是不离家的出走，不破坏旧伦理秩序的革命。家庭对于每个人——不仅是女人，男人同样如此——都是必然的、理想的归宿。她曾自陈自己天性属于家庭主妇型，1918年，新婚不久的赛珍珠对家庭生活心满意足，在得知好友埃玛·埃德蒙兹出嫁的消息时，由衷地祝福她："说到头，这还是女人唯一的生活。当然，一个人可以继续以其他东西来充实生活……但就实现生命的满足感来说，没有什么比得上结婚成家。"[1] 从这个意义上讲，赛珍珠的女性观总体上仍然从属于传统价值，尤其是中国传统价值观。因此有学者谈及赛珍珠的女性观时说："赛珍珠的女主人公虽然坚强、聪明、能干，但她们普遍接受父权社会，从不怀疑其存在的合理性。在父权社会下委曲求全，在家庭这个她们最重要的，也几乎是唯一的生存空间，她们平静地、尽力地扮演好妻子和母亲，从未因家庭的桎梏而逃跑、出走或自杀，从未想到要走出家庭，走上社会。"[2] 就赛珍珠大部分作品而言，此语是公允之论。

赛珍珠给予最高赞美的女性是作为母亲的女性，这与古典家庭小说的思想是完全一致的。在赛珍珠小说中，被礼赞的女性都是母亲或母爱十足的人。《东风·西风》中桂兰怀上身孕，她在婆婆眼中的地位陡升，她自己也立刻有了安全感和充实感，自认为完成了为妻的最重要的使命。有了儿子之后的桂兰也变得无比温柔，满满的幸福感，甚至女性与生俱来的创造力充溢着她，取代了先前茫然失措、空洞苍白的生存状态。《大地》中的阿兰被黄家地主卖给王龙为妻时，女主人对她的唯一嘱咐就是"听他的话，给他生几个儿子，多给他生几个"[3]，生儿子是女人最重要的使命。阿兰长相粗陋，王龙对她唯一充满柔情的时刻是她怀孕和生子之时。当新生的儿子和疲惫的阿兰躺

---

1. 彼德·康：《赛珍珠传》，刘海平等译，漓江出版社 1998 年版，第 70 页。
2. 方红：《西方女权评论家为何排斥赛珍珠》，载郭英剑编：《赛珍珠评论集》，漓江出版社 1999 年版，第 231 页。
3. 赛珍珠：《大地三部曲》，王逢振等译，漓江出版社 1998 年版，第 16 页。

在产床上时，王龙的心"扑向这母子两人"[1]。当阿兰坐在田头给孩子哺乳时，"女人和孩子晒成了土壤那样的褐色，他们坐在那里就像是两个泥塑的人。"[2]妻子、儿子、土地，王龙生命中最重要的三个对象，在此时融为一体，这是王龙一生中最幸福的时光，也是阿兰生命最美好的时光。此时的王龙丝毫没有像富裕之后那样嫌弃阿兰，对婚姻的热望之一就是多多生育子女，在自己的土地上传宗接代。《分家》中的梅琳虽是未婚女性，可她比真正当了母亲的爱兰更有母性，当爱兰因担心乳房和体型受影响而不肯给亲生儿子喂奶时，梅琳严厉地批评她。在给王虎临终关怀时，梅琳又一次体现出细腻、耐心、充满柔情的母性呵护。《母亲》中的"母亲"干脆连名字都没有，她的最高称谓就是"母亲"，她对生活最心满意足的时候，就是在她安稳做母亲的时候，她把婆母、丈夫、儿女甚至牛、猪、鸡、狗这些家畜都当做孩子一般照料，母性就是她最闪光的人性。《群芳亭》中的吴太太生育过七个子女，死了三个，留下四个，仍可谓子女众多。她的儿女中，最幸福的一对是依照传统生活的大儿子良模和大儿媳萌萌，妻子崇拜丈夫，丈夫对妻子要求简单，他们生儿育女，心满意足，这些足够了。吴太太教导在上海受过新式教育而没有生育的二儿媳露兰："一个女人在她丈夫家之外还有什么呢？即使我让你脱离这个家，你能自由吗？没有丈夫的女人——她最受人瞧不起哩。只有通过男人和小孩，她才能获得自由。"[3]《同胞》更是毫不含糊地将赞成票投给文化程度极低、言行举止都比较粗糙却为妻为母的梁太太，而对仪态万

---

1. 赛珍珠：《大地三部曲》，王逢振等译，漓江出版社1998年版，第31页。
2. 赛珍珠：《大地三部曲》，王逢振等译，漓江出版社1998年版，第34页。
3. 赛珍珠：《群芳亭》，张子清等译，漓江出版社1998年版，第192页。

方、风度迷人却既无家庭也无孩子的宋罗兰予以否定，认为她是"无根的人"。这种价值取向与中国古代家庭小说的思想导向何其相似。在《金瓶梅》中，寿数最长、得以善终的女子吴月娘是西门庆正妻，作者虽将她得以善终归为"平日好善看经之报"[1]，但与她为西门庆留下唯一的儿子孝哥也有很大关系。李瓶儿虽在27岁时就因崩漏之病而死，但作者将之归因于她早年气死前夫花子虚的恶报，与她后期的行为无关。这个原本与潘金莲一样贪恋色欲、毫无道德感和怜悯心的淫邪的女人，嫁进西门府后，转变成让一贯只知欲不知情的流氓丈夫西门庆为其病、为其死挂怀不已、痛断肝肠的女子，读者对她的态度也从憎厌变成同情，很大原因是她做了母亲。有了儿子官哥后，李瓶儿不再是从前那个贪恋床第之欢的浮浪女子，而变成一个善良、多情的慈爱母亲，不再与潘金莲等众妻妾争风吃醋，一心一意抚养身体孱弱的儿子。官哥被潘金莲的雪狮子猫惊吓而死后，李瓶儿摧肝裂胆，肠断心碎："没救星的冤家，娇娇的儿，生揭了我的心肝去了！撇得我枉费辛苦，干生受一场，再不得见你了，我的心肝！"[2]十足的母爱拯救了李瓶儿，为她洗去重重污垢，唤醒了她人性深处的温情，瞬时将她和潘金莲等浊妇划分成泾渭两支，她的生命在临近终点时，终于释放出一道美善的光辉。作为母亲的李瓶儿实现了对作为女性的李瓶儿的救赎。如果说，吴月娘的止气相当一部分来源于对佛的虔诚和对传统伦理的坚守，李瓶儿的可爱可悯则完全来自母爱的力量。而作品中写得最淫邪的女子潘金莲在生育问题上始终不如意：西门庆在世时，她想尽办法安胎受孕也未能如愿，西门庆死后，她和女婿陈经济

---

1. 兰陵笑笑生：《金瓶梅词话重校本》，梅节校订，梦梅馆1993年版，第1374页。
2. 兰陵笑笑生：《金瓶梅词话重校本》，梅节校订，梦梅馆1993年版，第758—759页。

私通，却很快怀了孕，只得私自打胎，而这也成了吴月娘发现她的不检点并将其逐出家门的口实。在《林兰香》中，作者只让最受其推崇的两个女子燕梦卿和女仆春畹生儿育女，成为母亲，耿朗的其余妻妾皆无所出，儿女，成为女性最好的锦标。

2. 负面女性形象

赛珍珠笔下的正面女性占据女性形象的主流，但她也塑造了一些负面女性形象。这些形象有的可从传统小说中找到蓝本，有的则是时代发展的新产物，是赛珍珠对现实生活的直接摹写和创造，这类人物是对传统女性形象画廊的拓展和延伸。前者有旧式家庭中的姨太太群像，如《东风·西风》中桂兰父亲的姨太太们，《大地》中的荷花，《群芳亭》中的茉莉等人。有恶仆形象，如《大地》中的茉莉，还有悍妇形象，如《龙子》中的三堂嫂。后者有在西方文明熏陶下，把西方生活习俗奉为金科玉律，完全拜倒在西方文明的脚下，而将中国传统文明中的俭朴、奉献、孝悌、克己控欲等观念统统丢弃，或贪图西方文化带来的物质享受的寄生女性形象，如《老母》中的儿媳，《分家》中的爱兰，《同胞》中的李莉莉、宋罗兰等人物。

（1）旧式女性的负面形象

在《东风·西风》中，赛珍珠以漫画化手法，勾勒了桂兰父亲四个姨太太形象。除年轻美貌且很自尊的四姨太腊梅外，其余皆无名无姓。作者以厌恶的语调，写出她们的平庸无聊、空虚乏味的生活状态和精神状态。大姨太身材矮胖，青春已逝，却爱慕虚荣，二姨太贪嘴好吃又胆小怕死，三姨太郁郁寡欢，萎靡不振。她们无所事事，吃零食，看热闹，飞短流长，争宠夺爱，如偷窥桂兰的嫂嫂玛丽，完全是一群无知愚蠢的市井小民。这些人物在明清家庭小说中不难寻觅到她们的先人，如桂兰父亲的商人身份与西门庆相同，他已有四房姨太太，正准备娶一个北京姑娘做第五房姨太太，连人数都与西门庆的妻妾数相同。《大地》中的荷花和《群芳亭》中的茉莉，都是男主人从妓院领回来的姨太太。如果说《东风·西风》《群芳亭》仅仅用漫画笔法简笔勾勒出桂兰父亲的姨太太群像和茉莉这个边缘人物，在《大地》中，作者则以细腻的笔法精心刻画了荷花这个姨太太的代表。荷花是王龙在一个洪水袭来的春末在镇上妓院结识的苏州籍妓女。在王龙眼中，她苗条的身材，白皙的皮肤，纤细的小手，涂成粉色的指甲以及走起路来颤颤巍巍的三寸金莲都使她美若天仙，娇艳如花，其实，她已经不再年轻，知道自己很快就会无人问津。于是，外表天真单纯而实质老于世故的荷花选择嫁给土地主王龙为妾，住进王龙为她盖的新院落。除了每天香汤沐体，吃吃睡睡，满足王龙的肉欲外，荷花一无所能也一无是处。当她烦闷无聊时，甚至去勾引王龙的大儿子。这个形象与《金瓶梅》中只知寻欢作乐，而内心冷酷，甚至与女婿乱伦的潘金莲如出一辙，都是贪图享受，好逸恶劳，过着以色事人的寄生生活且不守妇道的女人。荷花懂得怎样挑起王龙的欲望，不仅让自己时刻漂亮、诱人，且善于含羞作嗔，撒娇撒痴，保持对丈夫的魅惑性。自然，《金瓶梅》作者的视域宽广，笔法高妙，刻画人物性格穷形尽相，描摹人物心理淋漓尽致，诚如鲁迅先生所赞："作者之于世情，盖诚极洞达，凡所形容，或条畅，或曲折，或刻露而尽相，或幽伏而含讥，或一时并写两面，使之相形，变幻之情，随在显见，同时说部，无以上之，……"[1]这是赛珍珠难以望其项背的，但这是指

1.《中国小说史略》，《鲁迅全集》第9卷，人民文学出版社2005年版，第187页。

艺术成就高低的差异，而就真实性而言，她对这类人物的基本特性的把握还是准确的。她表现出荷花与潘金莲们的共同特性就是，在她们身上，动物本能远远大于人的特性，或者说她们始终没有养成人所应有的品质。荷花对年幼的孩子又绝无长辈应有的慈爱之心，与《醒世姻缘传》中薛起之的妾室龙氏有相似之处。龙氏是薛素姐生母，出身卑微，不明事理，见识短浅，骄纵女儿，助纣为虐，受过薛教授两番教训。王龙死后，年老肥胖的荷花又表现出泼悍凶蛮的一面，她对分家产公然表示不满，嫌每月给她的银子太少："才二十两？你说什么——才二十两？这点钱还不够我买点甜食的哩！要知道，我的胃口一向不好，那种粗茶淡饭我是咽不下去的！"并当场发作。王龙离世时，她的眼泪都是假的，但这次为了自己利益而大哭大喊时，眼泪都是真的："我的老爷哟！你要不死就好了！我现在叫人扔在一边不管了，你又跑到那么老远去了，再也救不了我啦！"[1]大吵大闹，完全不顾体统。最后家人只得妥协，给她再加五两银子才算了事。荷花泼悍、无赖的一面与《红楼梦》中的赵姨娘有相似之处。《红楼梦》第五十五回，凤姐小产患病，贾探春受王夫人之命，与李纨、宝钗一起协理家务。正值赵姨娘兄弟赵国基死了，探春依旧例赏银二十两，赵姨娘便来大闹了一场，原因是袭人的娘前不久去世，王夫人赏了四十两，赵姨娘感到自己受到不公平待遇，赶来数落探春，说她势利眼，攀高枝，不把亲舅舅放在眼里。曹雪芹如椽巨笔将事情的来龙去脉、个中细节、人物言行神态描绘得如在眼前，赛珍珠缺少这种功力，但对人物个性特征和场景氛围的把握同样是准确的，符合这类人

---

1. 赛珍珠：《大地三部曲》，王逢振等译，漓江出版社 1998 年版，第 311 页。

物的身份。也与曹雪芹一样，赛珍珠对这类女性既厌恶又悲悯。同属这类形象的还有《林兰香》中的四娘、出身商人家庭的市井女性任香儿等。

《大地》中还成功地刻画出荷花的女仆茉莉这个恶仆形象。茉莉原本与阿兰一样同为黄家的女仆，但与阿兰不同的是，她因貌美而成为地主少爷的相好。她不以为耻，反而得意洋洋，狗仗人势地欺负老实巴交的厨房丫头阿兰，使阿兰备受欺凌。黄家破落后，茉莉混迹妓院，当了茶房，后又作为荷花的女仆随嫁到王龙家。她和荷花及王龙婶婶臭气相投，是同类人，媚强凌弱是她的本性。这是一个典型的恶仆形象，与《金瓶梅》中潘金莲的女仆春梅有几分相似。荷花一死，茉莉就趁乱偷了女主人的金银细软逃走，这种行径我们同样在《金瓶梅》中西门庆的二姨太李娇儿身上领教过。李娇儿在西门庆暴死、吴月娘产子的混乱中，第一个想到偷月娘箱笼里的金镙子藏起来，卑下的本性在失去监控的情形下暴露无遗。此外，这类旧式女性还有《龙子》中的悍妇三堂嫂，她对手无缚鸡之力的文弱的秀才丈夫经常当众谩骂，百般羞辱，逼得丈夫想撞墙自杀，这个形象与《醒世姻缘传》中以泼、悍、妒、恶著称的薛素姐是跨越时空相望的同类人。薛素姐这个形象可谓古今第一恶妇，打夫骂婆，顶撞父母，诅咒兄弟，搅家破财，直至气死婆婆和父亲，无恶不作。作品中对她的恶行恶德、恶言恶语作了淋漓尽致的细描，使之成为文学史上的一个典型。相比之下，赛珍珠毕竟缺少那种笔底千钧的功力，缺少来自直接相处或观察的第一手资料，因而精细的细节和典型的场景较少。她笔下这类恶人有了影像轮廓，但缺少经典名著中人物的血肉丰满，生动立体，而多是漫画式的简笔勾勒，或如蜻蜓点水般的点到为止。

（2）新式女性的负面形象

赛珍珠刻画的新式女性的负面形象是她所处时代的产物，这些人既没有社会担当的责任感，也缺少对他人的理解和同情，面对文化变革，只从个人需要出发，将他人感受、国家利益抛到九霄云外。对这类奉行绝对利己主义原则的女性，赛珍珠的态度是鄙视、否定的。

《老母》中的儿媳与儿子一同留学归来，自我感觉极好，对乡下来的婆婆十分鄙弃，动辄呵斥她的举手投足、吃饭穿衣方面的种种不文明，参照标准则是她后天习得的西方行为习惯。在她眼中，婆婆就像一个化外之民，一个没有教养的野蛮人，尽管是这个乡下婆婆辛苦操劳，靠卖地和地里的收成供养她丈夫完成国外学业的。现在婆婆老了，变得一无所有，儿媳对她的感情却只有轻蔑，视她为不得不承受的负担。她不仅为婆婆的日常行为设置了种种规定，而且以婆婆不讲卫生为由，禁止婆婆亲近孙女，剥夺婆婆的天伦之乐。她以接受到的西方文明的皮毛来助长傲慢习气，在国人甚至家人面前显示骄慢的优越感，在西化的路上矫枉过正，把本源文化中的孝悌、敬老、中和等传统美德统统抛弃，在她身上甚至连人与人之间起码的同情和理解也荡然无存。将她塑造成冰冷而苛刻的女人，表明作者对这类人物的厌恶态度。

《分家》中的爱兰是个满脑子只有时髦的服饰、热闹的交际、逢场作戏的爱情游戏的轻浮女子，她生活在中国最时尚的现代化大城市（应指上海——笔者注），用母亲继承的遗产和军阀父亲搜刮来的民脂民膏过着奢侈享乐的阔绰生活。她未婚先孕，不得不匆匆出嫁。生育之后，为保持身材，又不愿亲自哺乳。传统文明对女性为妻为母的职责的训诫在她身上了无痕迹，而西方文明的精髓她也一无所知。她所理解的西方文明仅仅意味着娱乐、开放、物质享受,亦即纵欲的一面,而对西方文明崇尚的现代女性应自强自立的理念却全无领悟。可以说,爱兰对东西两种文化的理解都极其肤浅,是生活海洋上的一块随波逐流的浮木。

《同胞》中的李莉莉是贪图美国物质文化、娱乐文化的中国女孩,在国家民族处于战乱的危亡时刻,莉莉的父母带着她一道移居纽约,靠李先生银行里可供四代人享用的巨额存款生活,对遭受战乱之苦的同胞毫不关心。莉莉爱追求她的年轻、英俊、医道精湛、极有前途的外科医生詹姆斯,却丝毫没有和他一起回国效力的念头,最后嫁给了喜欢拈花惹草、劣迹斑斑的花花公子丁查理。另一个女性宋罗兰则是完全美国化的中国人,她们与母邦文明相隔千山万水,既不愿,也没有能力认识它、理解它。宋罗兰从外表看来中国味十足,但中国传统文化留给她的也仅限于东方女性婉约的姿容、优雅的气质,其实为了保住英国情人提供的物质享受,她连自己的情感都不敢面对,遑论其他!她们是寄生在他人身上、从未有过独立精神的人。她们的精神因无根而显得十分空洞、苍白。

(二)家庭生活中的男性书写对中国古典小说的借鉴

如果说在中国古典家庭题材小说中,女性多以正面形象出现的话,则男性恰好相反,他们多以负面形象出现。家庭是女性唱主角的大舞台,在此,她们尽情展露杰出的管理才能、治家智慧、纯美人性和惊世才华,而男性则多数是配角,且多数劣迹斑斑,尽给家中捅娄子、找麻烦,留下一个烂摊子,让本应站在其身后、受其保护的女性来收拾。贾宝玉的"奇谈怪论"是略知《红楼梦》的人都耳熟能详

　　　　　　　　　　　　　面朝东方大地

的："女儿是水做的骨肉，男子是泥做的骨肉，我见了女儿便清爽，见了男人便觉浊臭逼人！"[1]（第二回）这话乍听有点惊世骇俗，因为这是对男尊女卑的传统价值观念的彻底颠覆。其实，细究起来，这并非曹雪芹一个人的独到见解，他其实是有很多知音的，《平山冷燕》《林兰香》《镜花缘》乃至弹词小说《再生缘》等，这些小说的作者秉持的人的尊卑优劣观与曹雪芹一般无二，只不过他们都没有用如此精辟的语言加以概括而已。古典家庭小说中的男人，大多猥琐不堪，有的淫邪荒唐，过着没有灵魂的动物般的生活，如西门庆、贾珍、贾赦等人；有的平庸无能，无故多疑；有的虚伪自私，性情冷漠。当然，家庭题材作品中也有正面男性形象，如贾政、贾宝玉等。与古典小说不同的是，赛珍珠的家庭题材小说中出现的男性人物仍以正面形象居多，这与赛珍珠长于欣赏、赞美，而不长于批判、揭露的温和个性是分不开的。

1. 淫邪狎昵、为上不正的男性

《礼记·礼运》："饮食男女，人之大欲存焉。"《孟子·告子上》："食色，性也。"讲的都是人最基本也是最强烈的欲望：食与性。其中"食"也指物质追求，在很多作品中体现为对财富的追逐。在中国古典家庭小说如《金瓶梅》《醒世姻缘传》《红楼梦》等作品中，对男性这两方面的欲望尤其是对性的无餍足的追求都有充分描写。男人（主要是达官显贵或富商大贾及其子弟，唯其有权有势，才有条件不断满足欲望）在流连花街柳巷、醉卧温柔之乡、沉湎感官享受的过程中，

---

1. 曹雪芹原著，脂砚斋主人评点：《脂砚斋重评石头记》，天津古籍出版社 2006 年版，第 15 页。

逐渐沦为动物一般的生物，听凭原始本能的驱迫，俯首甘为欲望之奴，泯灭了自主意识，丧失了理性制约，最终伤人害己，直至连累整个家庭或家族。这方面最典型的男人莫过于《金瓶梅》中的西门庆，西门庆的后继者中典型的还有《醒世姻缘传》中的晁源，《红楼梦》中的贾赦、贾琏、贾珍、贾蓉以及薛蟠等人。

西门庆本为山东清河县一个破落户财主，只开一爿生药铺，因他不仅勾结官府，做非法买卖赚钱，且善于经营，有胆有识，短短五六年间，就从一爿铺子扩张出五个商号，财越积越多，家中"钱过北斗，米烂成仓。黄的是金，白的是银，圆的是珠，光的是宝。也有犀牛头上角，大象口中牙。又放官吏债，结人人"[1]（第三回）。有了金钱撑腰，他又能贿赂官场，打通关节，官越升越高。在这个权钱交易的污浊圈内，他开始肆无忌惮地淫人妻女、杀人害命、无恶不作，却凭借靠山保护，不但不受惩处，且能步步高升，称霸一方。腰缠万贯的西门庆认定"有钱能使鬼推磨"，豪横地宣称："咱闻那佛祖西天，也止不过要黄金铺地；阴司十殿，也要些楮镪营求。咱只消尽这家私，广为善事，就使强奸了嫦娥，和奸了织女，拐了许飞琼（中国古代神话传说中西王母的侍女——引者注），盗了西王母的女儿，也不减我泼天富贵！"[2]（第五十七回）他谋杀武大郎，偷娶潘金莲，趁火打劫结拜兄弟花子虚的房产，还勾引他老婆李瓶儿，与家奴来旺老婆、伙计韩道国老婆通奸，私会贵妇林太太，收用奶妈如意儿，丫头春梅、迎春、绣春等人都成了他的掌中物。正因日夜荒淫，纵欲无度，终在

---

1. 兰陵笑笑生：《金瓶梅词话重校本》，梅节校订，梦梅馆1993年版，第37—38页。
2. 兰陵笑笑生：《金瓶梅词话重校本》，梅节校订，梦梅馆1993年版，第720页。

面朝东方大地

三十三岁盛年之际，官运、财运如日中天般红火时节暴病身亡。这个没有道德、不信因果、藐视法规、不守规则的恶棍，终究因恶行累累、欲壑难填而落得个不得好死的结局。

以西门庆为代表的艺术形象后继有人。《醒世姻缘传》中的晁源只因父亲做了个贪赃枉法的知县老爷，家中积下不少家私，便欺男霸女、为所欲为起来。先将发妻计氏打入冷宫，另娶戏子珍哥为妾，逼得不堪凌辱的计氏自缢而死。妻死妾囚，父亲又病死，晁源只得退回祖居过活，可他并未有所收敛，竟和租借他家房屋的皮匠老婆私通，被皮匠血刃而死。晁源是典型的恶少形象，传统社会中这类恶少比比皆是，祖辈父辈辛苦创业，到他们这一代开始挥霍浪费，奢侈享乐，招是惹非，终致延祸，累及爹娘，是俗语"富不过三代"的根源所在。

《红楼梦》中贾府的败落是从文字辈开始的，宁府的贾敬、荣府的贾赦是罪魁，贾珍、贾琏、贾蓉等是从犯。贾敬身为长房一家之主，毫无家庭责任意识，只顾修道烧丹，放任晚辈胡作非为而不闻不顾，致使宁府纲常不振，上下失控，子弟整日斗鸡走马，狎妓赌博，弄得宁国府乌烟瘴气，"只有门前一对石狮子是干净的"。判词曰"漫言不肖皆荣出，造衅开端首在宁"，贾家败落，贾敬难辞其咎。贾赦身为荣国府长子，袭着祖父的官爵，享着祖宗的荫庇，却不见贤思齐，毫无进取之心。他不思感恩，反而暗讽贾母偏心；更不思教训子孙，垂范后人。他欺男霸女，为谋夺破落子弟石呆子的古扇，竟在贾雨村的帮助下，栽了个"拖欠官银"的罪名，硬是把石呆子的扇子抄没来家，还把石呆子下到狱中。此是关系到贾家最终败落的大关节，贾赦难辞其咎。他还和平安州节度使内外联络，"包揽讼词，依势凌弱"，最终导致荣国府被抄，世职革除，实是贾家败落的罪魁祸首。他好色成性，妻妾成群，年过半百，还垂涎貌美少女，思量谋夺。小说通过贾母和平儿、袭人之口对他进行了批评，贾母批评他"如今上了年纪，还左一个右一个放在屋里，耽误了人家的女孩儿"，"放着身子不保养，官儿也不好生做"；袭人批评他"这个大老爷太好色了！略平头正脸的，他就不能放手了。"谋娶鸳鸯为妾遭拒后，他竟放狠话威胁："我要他不来，以后谁敢要他？……凭他嫁到了谁家，也难出我的手心；除非他死了，或是终身不嫁男人，我就服了他！"[1]这件事直接导致鸳鸯最终自缢身死。贾赦的淫邪不端丝毫不在西门庆之下。

上梁不正下梁歪，儿辈如此，孙辈岂能望好？贾母孙辈贾珍、贾琏、重孙辈贾蓉等皆不学无术，"文不能安邦，武不能定国"，连祖业也守不住。冷子兴说贾珍"这珍爷那里干正事？只一味高乐不了，把那宁国府竟翻过来了"[2]，何等概括！他与儿媳通奸，致使秦氏自杀；与妻妹关系暧昧，间接导致尤三姐被拒婚自刎。贾蓉对长辈姨娘尤二姐、尤三姐态度狎昵，目无尊长，可谓不伦。国丧家丧期间，他帮助叔叔贾琏偷娶尤二姐，导致其后的轩然大波。他们的胡作非为最终导致宁国府被抄，贾珍也被革去世职。贾琏有娇妻王熙凤，通房丫头平儿，还是不能满足他的性饥渴，一有机会，就私通仆人之妻鲍二家的、多姑娘等，"腥的臭的都往屋里拖"，颇似西门庆与家仆来旺媳妇

1. 曹雪芹原著，脂砚斋主人评点：《脂砚斋重评石头记》，天津古籍出版社 2006 年版，第360、363、365 页。
2. 曹雪芹原著，脂砚斋主人评点：《脂砚斋重评石头记》，天津古籍出版社 2006 年版，第15 页。

面朝东方大地

宋惠莲、与绸布店伙计韩道国老婆王六儿、与儿子官哥的奶娘如意等人的性关系。他对尤二姐感情真挚，但常常抵不过本能欲望的驱使，一得到父亲赏赐的侍妾秋桐，贪恋女色的本性便暴露出来，立马将尤二姐抛至脑后，和秋桐如胶似漆，打得火热，也与西门庆真切痛悼李瓶儿，却依然管不住本能欲望极其相似。贾家亲戚薛蟠也是败家子。他仗着皇商之家的漫天财富和舅舅王子腾、姨夫贾政这些高官亲戚，为所欲为，拿着人命当儿戏，为夺英莲（香菱），打死冯渊，"人命官司，他却视为儿戏，自谓花上几个钱，没有不了的。"[1] 得到香菱，又毫不珍惜，经常出入勾栏青楼，结交狐朋狗友，宠幸娈童，调戏柳湘莲，心猿意马，毫无定力。皇商薛家偌大家财终因他的胡作非为而被败落罄空。

赛珍珠并无类似兰陵笑笑生、西周生、曹雪芹等人的生活经验，即使与某些中国上流家庭有些交结，也不过走马观花、浮光掠影，并无深入了解。但她笔下富室大户门中的男性却不乏此类人物，如《东风·西风》中的桂兰父亲，《大地》中黄家子孙及富裕后的王龙，《群芳亭》中的吴老爷，《同胞》中的苏大夫等人，皆为同路人。在塑造这些人物尤其是努力再现他们的灵魂时，阅读中国古典家庭小说当为她提供了不少帮助。

首部长篇小说《东风·西风》即是以上流社会家庭生活为题材的。这部小说成功塑造了桂兰父亲这个性情浮浪的商人形象。此前，研究者对此人物一直未予以重视，其实他是同类人物中塑造得最生

---

1. 曹雪芹原著，脂砚斋主人评点：《脂砚斋重评石头记》，天津古籍出版社 2006 年版，第 35 页。

动、最真实的一个。父亲在作品中正面出现只有四次，作者却在有限篇幅中，通过对他的语言、神态、动作的描写，寥寥数笔，便将这个骨子里透着轻薄、浮滑、猥琐同时又狭隘、保守、顽固的旧式商人形象活画出来。如西门庆一样，桂兰父亲也是一个富商，连他的妻妾人数都和西门庆相同（已有一妻四妾，准备娶第五房姨太太），其主要生活内容也只有"财""色"二字。他对儿子执意退婚、另娶外国女子为妻一事的理解，远没有妻子那么严肃、沉重。桂兰母亲与儿子的对立是两种不同观点之间的抗衡和对峙，是两种精神力量的交锋，儿子儿媳虽不肯屈从，对她却自有一份敬重。而桂兰父亲却毫无长辈应有的庄重或慈爱，在他温和、轻松、嬉笑的态度背后，是一种将儿子儿媳降低为动物的轻佻和鄙俗。他以己度人，把儿子和玛丽的关系仅仅理解为性游戏："他二十四岁了，正是血气方刚的时候。这没什么关系。在他这年纪，我已爱过三个戏子了。让他开开心吧。一旦他对她厌倦了，……他会很快安下心来成亲的。你能指望他在国外当四年和尚吗？外国女人不也是女人吗？"本着这种观点，他对玛丽的态度开始显得很友好，放肆地端详玛丽，随意地品头论足，很高兴家中来了个外国俊妞，"这可是家里的新鲜事"；"外国的花朵是漂亮的！她的双眼美如紫玉，肌肤白若杏肉！她能娱乐我们，不是吗？"他高声大笑着，"连肥胖的躯体都颤动了。"听说玛丽不懂中国话，他更露骨地说："没关系，没关系，我想亲昵之语在外国话中也会一样妙不可言的，嘿嘿嘿！"玛丽怀了孕，父亲很高兴，但这不是一个即将当祖父的人对含饴弄孙的期待，而是用轻薄的语调嬉笑着说："哎呀，现在我们要有一个小洋人来玩玩了。哎呀！一个新玩具，不错！我们叫他小丑，他会逗我们快乐的！"但是，当儿子郑重谈起让玛丽和孩子正式成为宗族中的一员时，父亲却断然拒绝了："洋人不能加入我们的家族，她的血管里流着异族的血。""小孩子生下后，把钱给她，打发她回国。你也玩够了吧，现在你该尽义务了！"[1]在父亲狭隘、僵化的陈腐观念中，男女之间除了欲望，不会有其他东西，"爱情""精神相吸"这些语汇在他原本就很贫乏的词典中是查找不到的。同时，他又固守着祖宗留下的成规，毫不接受新生事物。父亲的生命状态基本是动物性的，如同玛丽的评价"说他是个畜生一点不过分"一样，他眼中的女人仅仅是"雌儿"，她们的区别只是漂亮或不漂亮，和西门庆的判断标准完全一致。如果他还有精神世界的话，这个精神世界完全是因袭的，是对既定陈规的机械移用，自身毫无生命力和成长性。桂兰父亲是赛珍珠塑造得最成功的卑琐淫邪的男性形象。

为上不正的男性典型还有王龙的叔父。这个叔父最大的性格特征是游手好闲，懒惰成性。他不愿做任何一点艰苦的劳动，不仅不好好管理农田，连子女也懒得好好教育，家里永远乱糟糟，儿女全都不成器。到富有的侄子王龙家里捞点油水，蹭点便宜，就是这个叔叔最大的心愿。灾荒来临，叔父自救的方法首先是卖掉女儿，接着是沦为打家劫舍的土匪。侄子富有后，他又借此要挟，成为王龙家中赶不走的无赖食客，以至于王龙不得不诱使其吸鸦片以求太平。王龙堂弟效法其父，很早就堕落成小流氓，诱惑侄子嫖娼，图谋淫乱侄女。赛珍珠对这些人物的描写除了源于她的敏锐观察外，借助于对古典家庭小说的阅读来加深对大家庭中这类败类的认识，也是重要渠道。

---

1. 赛珍珠：《东风·西风》，林三等译，漓江出版社 1998 年版，第 467、500、516、506、518 页。

这类形象还有《大地》中黄姓地主家的少爷，富裕后的王龙，《群芳亭》中的康老爷，被太太分居后去嫖妓的吴老爷，《同胞》中的苏大夫等。除对王龙与荷花生活进行了细致的铺陈外，对此类人物的淫邪放浪的生活都是采用虚笔侧写或者简笔勾勒出来的。如对黄姓地主家少爷们挥霍、赌博、淫乱丫鬟终致家道败落的荒唐行为主要是通过阿兰、茉莉之口讲述的，康老爷出入花街柳巷主要是通过康太太和吴太太的对话叙述的，并无正面描摹，属于虚笔侧写。而与太太分居后的吴老爷的生活，将结发妻弃在老家、两度离婚、四做新郎的苏大夫的生活则是用简笔加以勾勒的。吴老爷原本就是非常平庸的人，在吴太太眼中，他"鲁莽、沉不住气、任性、愚蠢，有时脾气好，常常很自私"[1]，像个大孩子。前半生凭着母亲的培养和太太的辅佐，他尚能保持一家之主应有的威仪，后半生在与妓女茉莉共同生活后，吴老爷则彻底"堕落"了。但作者对此并未展开，只是用一段概括性的语言加以叙述："两人（指吴老爷和茉莉——引者注）朝夕厮守，和家人几乎不打交道，过着荒淫不经的生活，成日在一起饮酒嬉戏。他们也乐得这样如胶似漆地粘在一处，府上现在很少听到有人叫吴老爷了。有个仆人不怀好意地把这情形告诉同伙，情况已经发展到这般田地，真是无话可说了。"[2]一个主人的生活过得连仆人都看不下去，会是什么样不堪的状态呢？苏大夫这个从西洋留学归来的人，虽然医术高明，却对病人漠不关心。他的兴奋点集中在利用自己的优越地位不断离婚、结婚，既满足自己的猎艳心理，又不断更换靠山背景，增加

---

1. 赛珍珠：《群芳亭》，张子清等译，漓江出版社 1998 年版，第 234 页。
2. 赛珍珠：《群芳亭》，张子清等译，漓江出版社 1998 年版，第 308 页。

财富，提高地位（第四任苏太太是解甲归田的军阀之女）上。作者通过詹姆斯的眼睛打量着这场婚礼和那个经验丰富、精于计算的新郎，通过詹姆斯对苏大夫等人生活状态的迷惑，表现出这类人生活得多么迷乱。

2. 冷酷自私、庸常无能的男性

（1）冷酷自私的男性

《大地》中，富裕之后的王龙对妻子阿兰的残酷态度表现出他天性中冷酷的一面。他被荷花的娇弱、白皙、纤细的美所诱惑，第一次打量起阿兰的相貌来，并开始嫌弃阿兰丑陋、脚大、土气。为了讨好荷花，他竟冷酷地向阿兰索要她珍藏在怀里的两颗心爱的珍珠，尽管这两颗珍珠是阿兰找来的，且羞于承认自己想佩戴，只说打算给女儿当做嫁妆。王龙却依然粗暴地索要珍珠，理由是"珍珠是给好看的女人戴的！"。王龙的冷酷是前所未有的，此前，他连一头牛都不忍杀，他爱护家中每一个成员，宁可饿死也不肯把女儿卖给人家当丫头，现在他却无情地伤害着忠心耿耿的结发妻子。作者成功展现了情欲对人性中邪恶一面的驱迫。但作者在写王龙嫌恶糟糠之妻、倾慕美貌妓女的同时，也写出了他内心深处的羞赧、愧疚和不安。所以一开始他羞于在家人面前穿逛窑子时的漂亮衣服，他明白自己对不起阿兰，知道这样做对老实厚道的阿兰多么不公平，但他又实在无法接受阿兰粗陋的相貌，更无法平息燃烧在他周身血液里的强烈欲望。小说捕捉住王龙的每一个微小的心理变化，细腻展现出王龙人性中矛盾、复杂的多个侧面，使这一形象达到了现实主义文学的真实性和深刻性的高度，这也是《大地》高出赛珍珠其他小说的成功之处。

赛珍珠塑造的最冷酷自私的典型，是短篇小说《元配夫人》中的李袁和《老母》中的儿子。作为儿子，李袁的冷酷体现在他忤逆父母心愿，不听劝告，一意孤行休妻，把父母的左膀右臂去掉，给父母的日常生活带来不便，又让父母背上沉重的负疚感，给他们的精神生活也造成极大损害。作为丈夫，李袁留学归来，睥睨没有文化的结发妻子，不顾妻子的现实处境，只顾及自己的快意，直至将走投无路的妻子逼得投缳自尽，其行径与为中国人不齿的忘恩负义的陈世美［明代小说《增像包龙图判百家公案》，清代小说《续七侠五义》、传统戏曲《秦香莲》(又名《铡美案》) 中的人物 ］、蔡伯喈 (宋元南戏《赵贞女蔡二郎》) 完全类同。作为父亲，他粗暴地剥夺了两个幼小儿女的母爱，他自以为给孩子找一个有文化有教养的后妈，能给孩子更文明、先进的教育，殊不知他把儿童成长中最重要的部分剥夺了，那就是来自血脉相连的母子（女）亲情，这种爱的源泉才是一个人一生中最重要的启蒙教育。作者于不动声色中，对李袁这类灌了点西洋墨水便自大狂傲的洋进士、洋举人的负心背德的行为予以坚决的抨击。《老母》中儿子的冷酷自私主要表现在丢弃孝悌观念，嫌弃独力支撑他留学但没有文化的乡下母亲，让母亲在儿子家中成了寄人篱下的孤独老人，终日战战兢兢，动辄得咎。关于这两个人物，我们在第四章"赛珍珠的社会书写与中国小说"中作了细致分析。此处要说明的是，当赛珍珠塑造那些传统文化中的负面人物形象时，虽也否定、批判，但同时还会流露出悲悯、同情和宽恕，因为许多人的行为是不自觉地被环境改变，或被因袭的陈腐观念束缚所致。而当她转向塑造因接受了新文化或西方文化，转而轻视自己的同胞甚至亲人，忘却了自身职责的人物时，她的批判便会变得冷峻而尖刻，显示出她特别难以容忍洋奴。这与巴尔扎克、福克纳等作家写到没落贵族时，嘲讽否定中总带着一丝凄婉，而写到资产阶级暴发户时，则不遗余力地加以挞伐，情感立场应该是一致的。

中国古典家庭小说最令人难忘的冷酷自私的丈夫莫过于《醒世姻缘传》中的晁源和《红楼梦》中的孙绍祖。其实，《金瓶梅》也写过西门庆对待女性冷酷的一面，通过孟玉楼原夫的舅舅张四之口，指出西门庆"单管挑贩人口，惯打妇熬妻，稍不中意，就令媒人卖了"[1]，通过李瓶儿第二任丈夫蒋竹山之口，描绘西门庆是个"打老婆的班头，坑妇女的领袖"[2]，活画出一个性情粗暴、残害妇女的恶霸流氓形象。但作品对此并无正面描写。而晁源和孙绍祖冷酷自私的性格则被表现得淋漓尽致。晁源在家道不甚丰裕时娶了祖上曾经富有、家道还算殷实的旧家女子计氏为妻。开始看得相貌中等的计氏如天香国色一般，十分敬爱。后父亲考取功名，当了天下有名的华亭县知县，家境富有起来，便渐渐嫌憎妻子鄙琐，"如今计氏还是向来计氏，晁大舍的眼睛却不是向来的眼睛了"，"恨不得叫计氏即时促灭了，再好另娶名门艳女。"[3]后瞒着父母娶了年轻、娇俏、活泼的戏子珍哥为妾后，两人单过别居，把计氏冷落在后院，终年不相闻问，连过年也不送一点东西给妻子，单和小妾在前院热闹。计氏只得以娘家陪嫁来的田顷惨淡度日。后公婆在任上给媳妇捎回一些银钱，珍哥出于嫉妒，诬陷与尼姑交往的计氏私通和尚道士，晁源不反省自己停妻娶妾，却计较计氏如不守贞会损害他的名誉，在珍哥挑唆之下，不分青红皂白便要

---

1. 兰陵笑笑生：《金瓶梅词话重校本》，梅节校订，梦梅馆 1993 年版，第 76 页。

2. 兰陵笑笑生：《金瓶梅词话重校本》，梅节校订，梦梅馆 1993 年版，第 194 页。

3. 西周生辑著：《醒世姻缘传》，人民文学出版社 2015 年版，第 15 页。

休掉计氏："别都罢了！这王八我当不成！"[1] 计氏受屈不过，吊死在珍哥门前，珍哥被问成死罪收监。媒婆接二连三上门说媒，晁源开始还不舍珍哥，两人商量着托人情，希望减刑获释。后听得媒人来说乡宦人家年轻美少女，晁源便移了心性："说的晁大舍抓耳挠腮，恨不的此时就把那秦小姐、唐小姐娶一个来家，即时就一木掀把那珍哥掀将出去才好。"[2] 从此丢下珍哥不再上心营救。最终这个喜新厌旧、拈花惹草的男人死于非命。迎春丈夫孙绍祖更是狠毒无比，此人在《红楼梦》中始终没有正面出过场，只听说此人"生得相貌魁梧，体格健壮，弓马娴熟，应酬权变，年纪未满三十，且又家资饶富，现在兵部候缺提升"[3]，是个行伍出身的人。但贾府两个妥当人——贾母、贾政都不大愿意将迎春许配给他，贾政更是深恶孙家，给这门以利为重的亲事蒙上不祥阴影。此后关于此人行状主要通过迎春之口讲述出来。老实木讷的迎春在整部作品中讲话最多的几次，都是对丈夫的控诉。第一次是第八十回出嫁后回门，在王夫人房中哭诉委屈，从中获知孙绍祖"一味好色，好赌，酗酒，家中所有的媳妇丫头，将及淫遍"，对新嫁娘迎春张口就骂，威胁要打，并把迎春贬低成为抵父债卖与他的"醋汁子老婆拧出来的"，"好不好，打一顿撵在下房里睡去"[4]。第二次迎春回家哭诉已到第一百八回，贾家被抄后，贾政袭了贾赦被革去的世职，贾家出现复兴征兆，迎春才被放回来参加家中劫后第一次

1. 西周生辑著：《醒世姻缘传》，人民文学出版社 2015 年版，第 113 页。
2. 西周生辑著：《醒世姻缘传》，人民文学出版社 2015 年版，第 242 页。
3. 曹雪芹原著，脂砚斋主人评点：《脂砚斋重评石头记》，天津古籍出版社 2006 年版，第 619 页。
4. 曹雪芹原著，脂砚斋主人评点：《脂砚斋重评石头记》，天津古籍出版社 2006 年版，第 628 页。

面朝东方大地

聚会，她哭诉家中遭难时，孙绍祖不放她回家探望，恐怕沾染晦气。这与第一百六回孙绍祖听得贾家被抄，当即派人来向贾政索要贾赦欠他的银子接应上。众亲友评价道："人说令亲孙绍祖混账，真有些。如今丈人抄了家，不但不来瞧看帮补照应，倒赶忙的来要银子，真真不在理上。"[1]第三次迎春陪嫁的老婆子回来报信，迎春已被孙家揉搓身亡。结缡仅一年有余，一个如花似玉的侯门千金，生命就这样被践踏了结。曹雪芹以少见的愤激态度咒骂孙绍祖为"中山狼"："中山狼，无情兽。全不念当日根由。一味的，骄奢淫逸贪欢媾。觑着那，侯门艳质同蒲柳；作践的，公府千金似下流。叹芳魂艳魄，一载荡悠悠。"[2]

从西门庆、晁源、孙绍祖，到富裕之后的王龙、留学归来的李荩、"老母"的儿子，在对待家庭中的女性方面，其精神有贯通之处。

（2）庸常无能的男性

无论是在中国古典家庭小说还是赛珍珠的家庭小说中，女性形象大多比男性优秀，散发出更加迷人的生命光彩。男性的庸常无能在与女性的对比中才被更加鲜明地彰显出来。女性在各方面都远远高于男性。与女性相比，男人无论是在克己自制、知书达理、治家理财、息事宁人等方面都大为逊色，即如光辉门庭、打通关节方面，男人也不是真正的支柱（如贾府中，真正支撑这个家门面的是皇贵妃元春，而招使家庭败落的却是贾赦、贾珍等男人）。《红楼梦》可看作曹雪芹的忏悔录，开篇即言："近风尘碌碌，一事无成，忽念及当日所有之女

---

1. 曹雪芹原著，脂砚斋主人评点：《脂砚斋重评石头记》，天津古籍出版社2006年版，第780页。

2. 曹雪芹原著，脂砚斋主人评点：《脂砚斋重评石头记》，天津古籍出版社2006年版，第45页。

子，一一细考较去，觉其行止见识皆出我之上；我堂堂须眉，诚不若彼裙钗；我实愧则有余，悔又无益，大无可如何之日也！"[1]宝玉可谓是一无所用的大好人，凤姐病了，王夫人想到的是请妹妹探春协理家务，而不是当哥哥的宝玉，只因他"不是这里头的货，纵收伏了他，也不中用"（王熙凤语），家里遇灾遇难时，是指望不上他的（贾母临终遗言也是"我的儿，你要争气才好！"）。贾珍、贾蓉等辈更是成事不足败事有余，把宁国府搅得乌烟瘴气，到秦可卿葬礼时更是一团乱麻，结果还是靠"从小儿玩笑时就有杀伐决断"的王熙凤协理，才把整个丧事办得井然有序，无有差池。《醒世姻缘传》对晁夫人的评论是："负义男儿真狗彘，知恩女子胜英雄"，男性在女性的比照下黯然失色。因平庸而误事者首先要数《林兰香》中的耿朗。耿朗身为明开国元勋泗国公支孙，"慷慨广交，挥金如土，……但性不自定，好听人言，以此一生少得人力"[2]。也就是说这是个仗着祖上荫庇而坐享福祉、但自身无甚才德的富贵公子。他也无大恶，但品位不高，见识浅陋，宠爱争风吃醋、爱拨弄是非的四娘任香儿和缺少主见的五娘平彩云，而对有德的林云屏、有才的宣爱娘态度淡淡，对德才貌工无一不备的女中翘楚燕梦卿倍加冷落，以至反目，就是最好的证据。他对梦卿不加细究和考辨的怀疑、疏远，最终导致梦卿抑郁而死，其庸常非但只是无用，而真正是一种"平庸之恶"了。

赛珍珠笔下庸常无能的男人也同样是在与女性的对比中体现出来的。如《群芳亭》中的吴老爷之于吴太太，二儿子泽镇之于二儿媳露

1. 曹雪芹、高鹗：《红楼梦》，人民文学出版社 1964 年版，第 1 页。
2. 随缘下士编辑，于植元校点：《林兰香》，春风文艺出版社 1985 年版，第 3 页。

面朝东方大地

兰，在才智、聪明方面夫不及妻是一开始就被点明的。吴老爷虽然照顾着店铺生意，但他在家中的重要性显然不及太太。泽镶的学识不及露兰，他的英语须向露兰请教，他对人对事的觉知也无法与敏锐、颖悟的露兰相比。《牡丹》中少爷大卫与聪明灵秀而早熟的女仆牡丹相比，显得单纯而幼稚，与牡丹对未来生活的主动规划和切实缜密的积极行动相比，大卫对生活的态度则显得消极被动，随波逐流，任人摆布。虽然赛珍珠对这类男性的贬斥立场没有古典家庭小说作者那样分明，但我们依然看到男性在家庭中的存在感远远低于女性。

当然，赛珍珠在其家庭小说中，也塑造了一些正面男性形象，如《东风·西风》中桂兰的丈夫和哥哥，是尊重、爱护妻子的新型丈夫形象；《大地》中早期的王龙，同时扮演着恭敬孝顺的儿子、持家有方的丈夫和温存慈爱的父亲等角色；《龙子》中的林郯夫妇、父子，夫唱妇随、父慈子孝、兄友弟恭，是和谐美满的一家人（抗战爆发前）；《牡丹》中的犹太商人伊兹拉、中国商人孔诚等人都是温厚善良、善解人意又胸襟博大的丈夫、父亲。他们和《红楼梦》中的贾政、贾宝玉等人一样，是中国家庭中比较优秀的男性人物。这些男性人物往往同时兼具其他社会角色，正面形象在这里没有单独列出来重点论述。

二、赛珍珠的家族书写对中国传统小说的借鉴

依据社会学理论，家庭是通过血统、婚姻或收养关系为基础形成的社会单位，一般包括父母、子女和其他共同生活的成员。而家族则

是以血缘、婚姻关系为纽带的众多家庭的集合体，一般而言，是指共有同一男性祖先的子孙，分居、异财、各爨的许多家庭，按一定规则构成的社会组织形式。家族是以婚姻和血缘关系结成的社会单位，是家庭的扩大化，一般由两个或两个以上有共同男性祖先的家庭构成，是"男性血缘关系的有形及无形的社会组织"[1]。"家族作为高于家庭的人类二次组合单位，作为进一步显示宗法的、礼教的、血缘关系共同体的组织结构与观念集团，在传统中国，它上可扩延至国家（社会），下能简缩为家庭，是不可或缺的社会中介组织和功能单位，它将利益属性与亲情属性紧密结合，社会关系与自然血缘巧妙置换，并且与近两千年的传统文化体系融合在一起，成为所有价值观念的基点。"[2] 因而，"家族"比"家庭"具有更复杂的社会功能和更厚重的文化功能。据此分类，中国古代世情小说如《金瓶梅》《林兰香》等，赛珍珠《东风·西风》《大地》《母亲》《龙子》《群芳亭》《牡丹》《同胞》等可视为家庭题材小说，而西周生《醒世姻缘传》，曹雪芹《红楼梦》，赛珍珠《大地三部曲》的第二部《儿子们》、第三部《分家》等可视为家族题材小说。为避免行文过于冗赘，本章标题采用了"家庭书写"这种简化表述，但从写作内容看，这个名称并不周延，本章实际写作范围不限于"家庭"，也涉及"家族"这个层面，就赛珍珠的创作实际来看，她还进行了第三个层面——"家国"书写。对此必须作一个补充说明。

明清家族小说如西周生《醒世姻缘传》，曹雪芹、高鹗著《红楼

---

1. 冯尔康：《20世纪中国社会各界的家族观》，载《中国社会历史评论》第2卷，天津古籍出版社2000年版，第51页。

2. 梁晓萍：《明清家族小说界说及其类型特征》，《浙江社会科学》2004年第3期，第201页。

梦》等，以及赛珍珠《大地三部曲》的第二部《儿子们》、第三部《分家》等都包含着比家庭小说更复杂的伦理关系书写和以家族为核心的家族—社会立体叙事，包含着多维度、多层面的广泛的生活内容。这些小说折射出处于新旧时代变革的转折时期，旧的宗法制度、伦理关系、道德观念等都在悄然改变，旧制度、旧观念摇摇欲坠，逐渐走向分崩离析，正在被新制度、新观念取代。明清家族小说反映的是资本主义萌芽的出现给延续几千年的农业文明及其伦理道德带来的冲击，而赛珍珠家族小说则反映了现代西方文化观念的东渐对传统的封建文化和观念的洗礼。

（一）对家族制度下伦理关系嬗变的书写

长期处于儒家文化一统天下的宗法制中国，伦理道德对于社会秩序的建立不啻于宗教信仰的无上威力。而伦理首先体现在个人修养和家庭关系之中。《大学》开篇首先从结果倒推前因："古之欲明明德于天下者，先治其国；欲治其国者，先齐其家；欲齐其家者，先修其身；欲修其身者，先正其心；欲正其心者，先诚其意；欲诚其意者，先致其知；致知在格物。"再从因地出发，正面指明走向终极目标的路径："物格而后知至，知至而后意诚，意诚而后心正，心正而后身修，身修而后家齐，家齐而后国治，国治而后天下平。"诚意正心、修身齐家既是实现治国平天下的必由之路，也是与之本质相通的根本要务，所以，修身、齐家、治国三者是三位一体的，其遵循的共同原则都是伦理道德。《论语·颜渊》："君君，臣臣，父父，子子。"《礼记·哀公问》："夫妇别，父子亲，君臣严。三者正，则庶物从之矣。"《吕氏春秋·似顺论·处方》："凡为治必先定分，君君臣臣，父父子子，夫夫妇妇，六者当位，则下不逾节而上不苟为矣，少不悍辟而长不简慢矣。"董仲舒在《春秋繁露》中明确提出了"君为臣纲，父为子纲，夫为妻纲"的"三纲"之说，对几种主要的人伦关系作了详细规定和详尽阐释。《礼记》更是从各个不同层面对人的行为准则作了具体规定。但到了明代社会中后期，随着资本主义萌芽的出现，原先处于社会末流的商人阶层逐渐走向社会舞台的中心，在社会生活中扮演着越来越重要的角色，金钱在人们生活中的主导作用越来越明显。《金瓶梅》《醒世姻缘传》《红楼梦》都显示出，在这种力量冲击下，封建纲常的土崩瓦解，道德伦理的堕落沦丧，尊卑关系的混乱颠倒，以儒家思想为核心的封建秩序已开始走向末路。这些伦理关系的嬗变主要表现在父子、夫妇、兄弟和其他各种社会人际关系中。同样身处社会变革时期的赛珍珠在其家族书写中，也努力呈现出这种伦理关系的变化，但是造成变化的推手不同，情形也各具时代特征。本文主要从父子、夫妇、兄弟及其他关系几方面来谈赛珍珠对中国古代家族小说的借鉴与摹写。

　　需要说明的是，文中涉及的父子、夫妇和兄弟关系是一种泛称。父子关系，也包括父母与儿女、公婆与儿媳、叔伯与侄男侄女、舅父姨妈与甥男甥女等各种长幼关系，还可由父推及祖，由子推及孙。夫妇关系，也涵盖大妾、妻妾等相互之间的关系。兄弟关系，同时指称姊妹、大伯与弟妇、嫂子与小叔、妯娌、连襟等同辈亲戚关系。

　　1. 父子关系

　　在父权社会，父亲在家族中代表权力意志和最高权威。父对子有抚育、教养、引导之责，子对父有孝敬、顺从、承继之义。《孝经》《女孝经》中对子、媳孝顺父母翁姑都有详细规定，《礼记》中的《曲礼》《内则》对晚辈在家庭中如何在言行举止方面恭敬长辈有详细规定。如《礼记·曲礼》：

> 凡为人子之礼，冬温而夏清，昏定而晨省。在丑夷不争。
>
> 夫为人子者，出必告，反必面。所游必有常，所习必有业。

意即做儿子的，冬天要让父母足以御寒，夏天要让父母感到清凉，早晚要给父母请安。在众人面前不要与父母发生争执。外出前，要明确告知父母所去的地方，回家后，要及时通告父母，免其牵挂。游历或游学之处要确定，学习的内容要利于谋生立业。

《礼记·内则》更对做子媳的居家行为作了详细规定："在父母舅姑之所，有命之，应'唯'，敬对，进退、周旋慎齐。"意即对父母公婆的指示，要恭恭敬敬地回答"是"，进前、退后、转身，都要很端庄。"父母有过，下气怡色，柔声以谏。"意即如果父母有过失，要和颜悦色地低声劝谏。

但在复杂的现实生活中，严格按此执行却并非易事。何况从历史长河中看，父亲代表陈旧、落伍、保守的生产方式、意识形态和价值观念，儿子则代表更新、进取、开放的新生力量，子取代父是人类前进的必然趋势，父与子之间的矛盾是必然存在的。中国社会到明清之后，资本主义和商品经济这类异质于农业文明的因素出现后，旧的伦理价值崩溃的速度加快，各种逆天悖理的行为不断产生。《醒世姻缘传》《红楼梦》通过晁思孝与晁源、狄员外与狄希陈，贾赦与贾琏、贾政与贾宝玉等人的父子关系以及薛素姐与父母公婆的关系，为我们呈现各类父子婆媳之间正常秩序的颠覆与混乱情形。

晁思孝和狄员外都是中年得子，所以宠爱异常。晁源生得聪明俊秀，却不肯读书。狄希陈是晁源的后世，两人名姓不同面目各异，本性却基本一致，从小顽劣异常，"踢天弄井，无所不至"，却不肯读书。上了五年私塾，只会胡诌说《孟子》写着"天，上，明，星，滴，溜，转"。两个父亲对儿子的愚钝顽劣却放任不管，一味放纵。晁思孝人品低劣，贪得无厌，靠座师照拂，得选天下大县华亭知县后，只知谄上欺下，搜刮百姓，致使民怨沸腾。他毫无忠君报国之心，饱食官禄，却在蒙古犯境、国势危急时刻，只顾一己安危，谎称有病，请求致仕返乡。他还是忘恩负义之徒，靠梁生、胡旦两个戏子贿赂宦官王振得升通州知府，王振倒台后，他几次欲将躲藏在他家避祸的梁、胡二人作为余党献出。有其父必有其子，儿子晁源青出于蓝而胜于蓝。父母在任上为官，他在家乡借父名大肆受贿，把结发妻打入冷宫，另娶娼女为妾，并逼死发妻。父亲担心战火延及自身，他却既不顾及国家也不顾及父母，只顾自己卷银逃跑，却要父亲留在任上，以便继续做他的取款机。父亲要出卖恩人梁生、胡旦，他则将二人手中银两尽情榨干，将二人骗出府门，差点将二人逼上绝路。父亲的邪行恶德给儿子树立了样板，上行下效，儿子终于从无君无父走向无法无天，最终身首异处，死于非命。

　　狄员外质朴敦厚却疏于教了，狄希陈惯于恶作剧，侮弄老师，捉弄学官，挑拨同学夫妻关系，年纪轻轻就寻花问柳，甚至与尼姑私通，学业上却一窍不通，连秀才的身份都是靠表弟相于廷和小舅子薛如下作弊骗得的。这些品行为他终身受妻子薛素姐凌虐、丢官失财埋下了祸根。除了不肯读书上进，狄希陈并无不孝父母的劣行。但他无德无能，夫纲不振，不能驾驭悍妻，致使素姐打夫骂婆，气死亲生父亲和翁姑二人，犯下了忤逆大罪，狄希陈也难辞其咎。

薛素姐是中国古典小说中忤逆犯上的悍妇典型，集泼、悍、妒、恶于一身。素姐出嫁前"温柔雅致，娇媚妖娆"，婚后却似换了一个人，经常为一点小事或无端发怒，殴打丈夫，把丈夫打得"叫菩萨，叫亲娘"。她对翁姑父母也毫无孝心爱敬，公婆都被她活活气死，父亲也因她不听训导，羞愤而死。薛素姐的所作所为早已超过"七出"之条，用狄员外的话说："你闺女该休的罪过，说不尽，说不尽！如今说到天明，从天明再说到黑，也是说不了的！"[1] 因她这般打夫骂姑，搅家不宁，连她的亲兄弟都不愿和她来往。

《醒世姻缘传》中忤逆不孝之徒比比皆是，一个比一个行径可恶。秀才麻从吾家贫人恶，却惯会巧言令色，骗得一对家道殷实而无子女的善心老夫妇的同情，认作养子。待这对老夫妇耗尽家产供他读书做官，替他儿子娶媳成家，亲儿孙一般相待，实指望靠他一家养老送终，谁知他过河拆桥，连官衙都不许二老走进，逼得二老病死异乡，抛骨荒野（第二十七回）。狄希陈的塾师汪为露不但不学无术，且心术不正，贪财爱物，行为下流。其子小献宝有样学样，在父亲临终时，却骗了给父亲置办棺材的钱去赌博，父亲咽气时他无影无踪，致使继母独吞家产，将父亲草草发丧（第三十九回）。晁源、晁梁兄弟二人的塾师陈六吉和陈师娘为人正派热忱，但儿不争气，媳不贤良。陈先生被气死，陈师娘被凌虐，竟上演儿、妇、孙子三人合力抢老太太养老钱的丑剧。媳妇得钱后，孙子又谋夺，竟假扮狐狸精半夜来偷，被母亲无心打死。这些为人子女者外长人面，内怀狗心，孝道全

---

1. 西周生辑著：《醒世姻缘传》，袁世硕、邹宗良校注，人民文学出版社 2015 年版，第975 页。

无，伦常尽失（第九十二回）。

同时作者也塑造了晁夫人和晁梁这对将传统伦理继承下来的慈母孝子的典范。晁梁夫妇孝母至诚，婚后仍不愿离母独居，居母室内屋，以便早晚侍奉，与虎狼般的族人、村邻形成鲜明对比。晁氏族长晁思才死后无子，族人将他的家产全部瓜分，留下一个孤老婆子无人赡养，晁夫人和晁梁把她安顿在自己的田庄上，独门独院，供米供柴，赡养了她十二年之久。

《红楼梦》中的贾府作为累世簪缨的贵族之家，表面上将父子、上下、尊卑的伦理秩序保持得非常严格，连刘姥姥都赞叹"礼出大家"（第四十回）。贾母身为一家之尊，是全家的最高权威，无人敢拂逆她的意志。不惟在她面前要态度恭敬，儿孙们在代她传达旨意的仆妇面前都要起立回话。林黛玉初进贾府，拜见外祖母、两个舅舅的礼节、顺序一丝儿也不能少，不能错。王熙凤时刻关注着贾母的喜怒哀乐，对实际的当家人王夫人的意旨也小心顺承。她的婆婆邢夫人虽为长媳，并无实权，凤姐仍注意表面应酬，婆婆借贾母生日之机当众羞辱她，她也只能忍气吞声，不敢抱怨。贾赦为霸占石呆子的古扇，弄得他家破人亡，贾琏说了几句不中听的话，就被父亲打得起不来床。贾珍当众啐唾贾蓉，贾政见面必叱责宝玉，听闻挑拨就往死里打他，但做儿子的一句抱怨也不敢有。宝玉骑马经过父亲书房门前，即使父亲外任做官不在家，他也必定要下马表示恭敬。但事实上，从贾母以下，贾家的父子关系中上贤下尊、父慈子孝的实质已经改变。宁府贾敬、贾珍、贾蓉三代父子，贾敬无心骨肉亲情，放弃了家庭责任；贾珍自身不正，淫邪放浪；贾蓉和婶婶凤姐感情暧昧，对两个姨娘态度狎昵，父子二人"把那宁国府竟翻过来了"（第二回）。荣府贾赦、贾琏两父子，父亲蓄养姬妾，生事害人，儿子"腥的臭的，都拉了屋里去"，父子一同腐化堕落。贾府少有的品行端方的正人贾政与贾母偏宠的孙子贾宝玉本该是最有希望的一对父子，而事实上，因贾政观念陈腐，为人冬烘，思想平庸，方法粗暴，故作威严，无视儿子天性中的纯良、灵秀，不懂得因势利导，循循善诱，而是简单地逼他走举业之路，导致儿子最终走上了叛逆之路，将最有希望继承祖业的宝玉逼得逃离红尘。他们父子二人的关系是值得深思的。

贾政虽为荣国府次子，但因女儿贵为皇妃，又兼儿子宝玉受贾母偏爱，自己蒙主恩典得授员外郎，从而成为贾府的中心人物。他一心希望做孝子贤孙，延续祖宗基业，对母亲真心孝顺。但他外表勤谨厚道，实质冬烘迂腐，徒有大志，却碌碌无为，在外不能管束手下，致使仕途不顺，几无作为；在内无视子弟腐化堕落，不明家道日衰的真相，教子无方，经常用简单粗暴的训斥责罚代替对儿子的循循诱导，致使宝玉叛逆不驯。作为父亲，宝玉抓周时抓了脂粉钗环，便断定儿子将来必是酒色之徒，从此对他心怀偏见，终日疾言厉色，绝无慈祥温厚，对儿子的上进没有一点激励赞扬，以至于儿子对他畏之如虎。第十七回，宝玉在给大观园题匾额时表现得才思敏捷，聪明灵秀，所题匾额清雅脱俗，让"迂腐古板"的父亲更显得智拙才尽。可做父亲的并未给儿子一点褒奖，却连声断喝"无知的业障"，"胡说"，又喝令"又出去"。因为贾政虽然欣赏宝玉的才情，但始终认为这不是正途："什么《诗经》古文，一概不用虚应故事，只是先把'四书'一齐讲明背熟，是最要紧的。"[1] 从此语中可知，他对读书绝无个人心得，

---

1. 曹雪芹、高鹗：《红楼梦》，人民文学出版社 1964 年版，第 108 页。

只被主流价值观牵着走，只把读书当做博取功名的敲门砖，剥夺了宝玉的读书之乐，否定宝玉人性中灵光闪耀的精华部分，结果必然导致天性自由的宝玉的叛逆，将所有心系仕途的人都斥为"禄蠹"，终于走向另一极端，变成"于国于家无望"的逆臣二子。《孝经·圣治章》云："父子之道，天性也。"父子之间天生应有一种因血缘关系而形成的亲近爱悦，贾政却在严父观念下压抑着这种天性中应有的情感，在儿子面前总是板着面孔，不苟言笑，责之过切而爱怜甚少。第三十三回，是父子冲突最激烈的一次。贾政因宝玉应对贾雨村态度消极，又听闻他与戏子来往，听信贾环说宝玉逼死丫头的挑唆，对宝玉大加笞挞，打得宝玉皮开肉绽，气息奄奄。贾政是个责任感有余，对儿子期望很高却全然不懂教育方法的父亲，他从来没有，也根本不打算走进儿子的内心世界，却一心以空泛的大道理压制儿子，但时时有事与愿违的失望，自是必然之结果。二知道人说："贾政若以箕裘为念，善诱其子，媪（指贾母——引者注）断无不期其孙之成立也。顾平居安肆日偷，养蒙无术，时而趋庭有训，无非一曝十寒，是直纵之浮荡耳。及其淫佚无度，习成自然，而后施以大杖，几置之死地，竟归咎于其母之溺爱也。平心而论，宝玉之不肖，果贾媪之咎耶？"[1] 贾政是失败的父亲形象。作为父亲，贾政对儿子宝玉最深层的情感依然是爱，唯有爱之深，故而责之切，但正人君子和严父的人格面具使他羞于流露父爱柔情，封建正统观念又使他用剥夺人的个性的尺度去衡量、束缚宝玉，终使他与儿子的精神世界始终隔着重重障碍，父子内

---

1. 二知道人：《红楼梦说梦》，载一粟编：《红楼梦卷》第 1 册，中华书局 1963 年版，第 88 页。

心越走越远。本可以成为家国栋梁的贾政、宝玉父子关系的恶化，从另一侧面反映了封建伦理纲常在封建社会末期不可挽回的崩毁趋势。

浸润于中国古典小说中但毕竟缺少直接生活经验的赛珍珠在描写中国家庭父子关系时，只能借助积累较多的间接经验。她较少涉及婆媳矛盾，笔下的人物或者没有婆婆（如阿兰），或者与婆婆分居（如桂兰），或者婆婆非常明理（如林郯妻子、吴太太），或者婆媳关系和睦如母女（如《元配夫人》《母亲》中的婆媳），我们推测她对这方面内容了解不多，但对父子关系嬗变的描写却是其家族书写中的重要内容。尽管与上述古典小说相比，她的作品缺少汪洋恣肆的细节铺陈，对人物微妙心理的剖析也没有浸润其中的中国作家那么深刻，但在《大地三部曲》《元配夫人》《龙子》等小说中，同样细致呈现出她所观察到的几种不同类型的父子关系，并据此觉察到传统伦理价值正在逐步坍塌，同时也表达出她对儒家伦理纲常合理性的思考，对这种伦理观念逐渐瓦解的时代原因的探究。

在王家第一代和第二代人中，父子关系基本维持在正常秩序的范围中。王龙非常孝顺鳏居的父亲，每天清晨的第一件事就是烧一碗开水捧到父亲床前。阿兰过门后，孝敬公爹更是她的重要职责，以至于在临产前还要先为公公煮好饭食。在饥荒最严重时，家中仅存的食物也总是首先供给老父。王父在家中地位至高无上，只不过这个形象过于单薄。王龙与叔父的关系倒更有看点。好吃懒做、游手好闲的叔叔一家是王龙的心病，王龙稍有积余后，叔叔一家便常来蹭油水；堂妹们不守闺训，抛头露面，到处闲逛，也让王龙感到丢脸。王龙曾经忍不住对叔叔婶婶发牢骚："就算我有几个钱，那是我和我老婆干活挣来的，我们可不像有些人那样，在赌桌旁闲坐着，或者在从不打扫的家门口闲聊天，让庄稼地荒了，让孩子们吃不饱肚子！"但是，叔叔立刻狠狠地给了他两个耳光：

"真该揍你，"他喊道，"对你的父辈竟这样讲话！难道你没有良心道德？为人行事这么缺少教养？你没有听说圣人的书上规定一个人永远不能冒犯长辈？"

"我要把你的话告诉全村的人，"他叔叔怒气冲冲地用一种高大粗哑的声音喊着说，"昨天你训斥我家里的，在街上大声喊叫我女儿不贞；今天你又责备起我来，你父亲要是死了我可就等于你自己的父亲哪！"[1]

面对叔叔的责打，王龙既愤怒又自责。他深知，叔叔身为同族长辈，对他具有仅次于父亲的权威，顶撞叔叔就是忤逆犯上，是有悖人伦的，王龙叔叔反复强调"我要告诉全村人"，就是要给王龙施加舆论压力。但叔叔为上不尊，好逸恶劳，又不能引发王龙真正的恭顺之心。最后王龙不得不妥协，忍痛拿出准备买地的九块银元交给叔叔置办堂妹嫁妆，以免出丑。在全村遭受大灾荒的年代，王龙叔叔卖掉了所有土地和女儿，还当了土匪，在王龙富有之后，他带着妻儿公然住进王龙家中，靠着王龙养活。王龙对此敢怒不敢言，"因为一个人有足够的东西养活另一个人而且还有富余的时候，把他的亲叔叔父子俩从家里赶走，是会被人耻笑的。"[2] 即使王龙发现叔叔做了土匪团伙

---

1. 赛珍珠：《大地三部曲》，王逢振等译，漓江出版社 1998 年版，第 51 页。
2. 赛珍珠：《大地三部曲》，王逢振等译，漓江出版社 1998 年版，第 150 页。

面朝东方大地

的二当家，他也不敢去告发，因为结果很可能是他因检举亲叔叔的不孝行为而受到鞭笞。迫不得已之下，王龙只好用让叔叔婶婶抽鸦片的方法，来争取两者的相安无事。王龙的遭遇与《醒世姻缘传》中晁夫人对晁氏家族的照拂何其相似，晁思孝是晁家唯一当官发迹的，晁夫人主动将土地分给族人，帮助族人安居乐业。这是封建伦理对人的要求。王龙同样履行了对叔父的孝道，在堂弟不知所往之后，王龙完全承担起孝子角色，为二老养老送终，并让全家人为长辈戴了一年孝，以显示大户人家"富而好礼"的礼制。

王龙与儿子的关系比起上一代来有所变化。致富后的王龙对儿子拥有至高的权威，类似于贾府父子关系。但随着儿子长大，父亲的权威在逐步失落。当王龙的大儿子与小妾荷花发生私情时，王龙勃然大怒，对儿子大打出手，儿子被打得血流满面，满地乱爬，最后还被王龙赶出家门，躲避在外好几年，始终不敢有任何反抗。阿兰临终前，城里的大儿媳被娶进家门，顺从地听着阿兰对她的所有吩咐。但尽管这种父慈子孝的人伦关系在表面上依然被维持着，而实质上已经受到威胁并逐渐动摇。两个大儿子背着父亲开始商量卖地，小儿子则公开顶撞父亲，出走当兵。在第一代和第二代之间被严格遵循的长幼尊卑秩序，在第三代身上开始动摇。在这里，土地既是传统社会财富的主要来源和经济秩序的象征，也是传统伦理道德的象征。王龙死后，三个儿子全都远离土地，这既是对祖业的抛弃与背叛，也象征着传统伦理秩序不再被看作金科玉律而受到冷落和抛弃。但三个儿子在葬父、守孝、祭祖，包括赡养父亲的两位姨太太方面都做得一丝不苟，即使是最叛逆的王虎对娶妻生子，与父辈、兄长建立密切联系依然十分执着。而到了王家的第四代，叛逆者占据了绝大多数。王大的儿子与县公安局长的女儿自由恋爱，两人都坚决不接受父母指定的对象，经过一番折腾后，两人终于成婚。婚后，出身官门的大儿媳不愿侍奉婆婆，厌恶婆婆放着满屋子的女仆不用，偏偏让她倒茶的做法，并以忤逆婆婆的威权作为捍卫自己权力的标志。小儿子王孟不顾父母反对，参加革命军，差点送了命。王虎的儿子王源继承了父亲的叛逆性，屡次违背父命，先是拒绝成为一名军人，再是不愿接受父亲包办的婚姻，最后按照自己的心愿学习西方先进的农业技术，重新走向祖父祖母热爱的土地。王虎和王源这对父子关系是《儿子们》关注的焦点。王虎在王家三兄弟中类似贾政在贾家的地位，他不苟言笑，不喜女色，胸怀大志，对儿子充满厚望。但他一如贾政一样不了解儿子的内心，只是一厢情愿地将儿子设想成自己理想的执行者，而忘了儿子也如他一样是个不会轻易接受父辈意志的独立自由的生命。通过王家四代父子关系的改变，赛珍珠勾勒出家庭伦常在近代中国发生的变化。

赛珍珠观察到，在中国社会向现代转变的过程中，孝道的失落是家庭生活中最显著的变化。《礼记·内则》曰："子不宜其妻，父母曰：'是善事我。'子行夫妇之礼焉，没身不衰。"意即如果做儿子的不喜欢妻子，但父母却很喜悦，儿子也应该终身以夫妇之礼对待妻子。这种礼教固然含有以孝的名义扼杀子辈个人感情的不合理因素，但如果走向另一极端是否就是对的？鲁迅对崇尚孝道这一传统曾人加挞伐，认为"父子之间没有什么恩"（《我们现在怎样做父亲》）。但这是对父亲本位的批判，并非反对子女反哺父母，如果走向另一极端即为谬误。对此赛珍珠持同样立场。《元配夫人》中李袁父母在儿子留学国外的七年时光里，与儿媳相依为命，已经完全把儿媳当成亲生女儿，彼此难分难舍。但儿子回国后却立意休妻，逐妻子出门，小说中用老父的话对新的价值观表示抗议和质疑："今日之世，何怪异若是？抛一己之妻不顾，贬其地位，毁其尊严，并夫家亦不容居，何忍心若是！""当今之世，子既不孝，父权安在？"[1]《同胞》中詹姆斯的房东是两个垂暮老人，高门大院、参天古木显示其家也曾是非常富有的世家，但现在只剩下一所狐窜鼠居、落寞荒凉的空房大屋尚可见昔日的繁华与显赫，两个儿子久不归来，不知何往。作者通过男佣之口说："这年头儿算得了什么？一点不孝顺——一进洋学堂就不行了。"[2]看似轻描淡写，却道出抛弃孝道在 20 世纪初期的中国已屡见不鲜，究其因则是新文化的传入导致世事发生了巨变。作为一个女性作家，赛珍珠性情温和、笔锋含藏，相比较男性作家如西周生等人，并非那么锋芒毕露，让人心之恶、世之丑昭然若揭，同时，她也没有像西周生那样秉持着正统的价值观，对父权文化遭受威胁表现出义愤填膺。她对社会观念和风气的改变也并不作简单的肯定或否定，而力图秉持一种客观、公正的立场。但是，她一方面看到新文化带来的新气象，另一方面，也没有避讳它将传统文化中应该加以继承、保留的精华部分完全抛弃是粗暴而武断的，这种全盘西化的粗暴行为，势必带来文化传统的断裂和人心的败坏。

忤逆行为是人心败坏的标志。《龙子》中林郯一家原本生活在世外桃源般的世界里，山明水秀，天清地宁，人们日出而作，日落而息，男耕女织，自食其力，人心单纯笃厚，如同《醒世姻缘传》中明成化之前的明水镇，地杰人灵，风调雨顺，淳庞朝气，古风盎然，路

---

1. 赛珍珠：《元配夫人》，李敬祥译，启明书局 1937 年版，第 30—31、31 页。
2. 赛珍珠：《同胞》，赵文书等译，漓江出版社 1998 年版，第 122—123 页。

不拾遗，夜不闭户，绝无忤逆、欺诈这类事件。但战争爆发后，林郯的小儿子却变得凶悍残暴并以此为荣，父亲对他的嗜杀成性非常不满，试图以父亲的威权教训他，不料这个长得像女子一样俊美的青年竟伸手就打父亲，并向父亲咆哮："时代不同了！你少揍我点！不然，不然我就杀了你，像杀别人一样。"[1] 儿子的公然忤逆使父权神坛轰然倒塌，它给林郯带来的精神痛苦和忧虑甚至超过了日本人对他家园的践踏，而造成敦厚、笃实、和睦、孝行这类美德的丧失恰恰是因为社会秩序的混乱。《醒世姻缘传》中西周生将世风日下归于明代末年统治集团的荒政给社会带来的"戾气"（王夫之语），《龙子》中赛珍珠将之总结为是战争、暴虐、贪酷、强奸等种种罪行结下的恶果，两者都将父子关系的败坏与社会现实联系起来思考。

2. 夫妇关系

婚姻是家庭的基础，婚姻生活是家庭生活的重要组成部分。马克思说："人与人之间的直接的、自然的、必然的关系是男女之间的关系。"[2] 夫妇关系也为人伦肇始，《周易·序卦》云："有天地然后有万物，有万物然后有男女。有男女然后有夫妇，有夫妇然后有父子。有父子然后有君臣，有君臣然后有上下。有上下然后礼义有所错。夫妇之道，不可以不久也，故受之以恒。"吴澄《易纂言》云："先言天地万物男女者，有夫妇之所由也。后言君臣上下者，有夫妇之所致也。"韩康伯《周易》注："人伦之道，莫大乎夫妇。故夫子殷勤深述其义，以崇人伦之始，而不系之离也。"[3]《中庸》云："君臣之道造端于夫

1. 赛珍珠：《龙子》，刘锋等译，漓江出版社 1998 年版，第 215 页。
2. 马克思：《1844 年哲学手稿》，人民出版社 1985 年版，第 76 页。
3. 王振复：《周易精读》，复旦大学出版社 2008 年版，第 362 页。

妇。"说明夫妇关系在各种人伦关系中的重要性。夫妇关系的特殊性在于它没有父子、母子、兄弟、姐妹之间天然形成的血缘纽带带来的恒定性和稳固性,变数较多,因而更加依赖伦理规则、礼法之力加以制约和维持,在中国社会形成了一套长期稳固的婚姻制度和观念。但在明清家庭小说和赛珍珠的中国书写中,却多有关于这类观念受到颠覆的描写。

(1)否定"广家族,继宗嗣"的婚姻目的

《礼记·昏义》:"昏礼者,将合二姓之好,上以事宗庙,而下以继后世也,故君子重之。"意即婚姻的本意是承继家族香火,延续家族血脉。李泽厚也指出:"中国古代思想传统最值得注意的重要社会根基,是氏族宗法血亲传统的强固力量和长期延续,它在很大程度上影响和决定了中国社会及其意识形态所具有的特征。"[1]"不孝有三,无后为大",夫妻双方并非作为两个个体的人结合,而是作为家族链上的一环出现的,因而婚姻中是否门当户对比是否有爱情重要得多。中国小说呈现的婚姻主体形态基本是对这种思想的演绎,母以子贵,生子是做妻子最重要的任务,也是她在夫家立足的最大资本。《醒世姻缘传》中无儿的绝户在丈夫死后,族人甚至有权分光家产,逼寡妇嫁人,这是晁夫人为何那么疼爱丈夫的妾春莺所生的儿子晁梁之故。《林兰香》中最为作者颂扬的两个女性燕梦卿和春畹恰恰是为丈夫生儿育女的人,否则她们的妇德就有亏损,配不上作者的赞美。《红楼梦》中王夫人的女儿元春虽贵为皇妃,但对于王夫人个人地位而言,依然没有儿子重要。她在贾政痛打宝玉时,哀求他饶恕儿子:"我如

---

1. 李泽厚:《试谈中国的智慧》,载《中国思想史论》(上),安徽文艺出版社1999年版,第303页。

今已将五十的人，只有这个孽障，……今日越发要他死，岂不是有意绝我。"[1] 即使像王夫人这样的侯门之女，也得有儿子做后盾，在夫家地位才能稳固。邢夫人怕丈夫贾赦，主要原因也是她一直没有生育。贾政之妾赵姨娘之所以不像周姨娘那么安分守己，很大原因是她自恃为贾家生了一子一女，自以为是有功之臣。《东风·西风》中桂兰怀上身孕后，在夫家和婆婆眼中的地位立马得到提升。《大地》中王龙娶妻的主要目的也是为了在祖传的土地上传宗接代，生儿子带给他的激动和喜悦远远超过了结婚。阿兰出嫁，东家老太太对她的嘱咐也是多替丈夫生几个男丁，她抗议丈夫纳妾的理由，不是自己为王龙挣得多少家产，帮他发财致富，而是"我给你生了儿子——我给你生了儿子——"[2]。《梁太太的三千金》中梁太太因为只有三个女儿而没生儿子才被丈夫休弃。

　　但明代小说《金瓶梅》却颠覆了这种子嗣本位的婚姻观。西门庆"父母俱亡，兄弟全无"，就他一个独苗，且只有一个成年女儿，按理说他对接续家族香火应该非常重视。但其实，子嗣在他心中占据的分量并不重，李瓶儿生了儿子官哥，他也表现出极大的喜悦，但儿子一死，即刻就让人把儿子抬出去办后事，并无痛心疾首的悲哀。第二十回他对女婿陈经济说："常言道：有儿靠儿，无儿靠婿。……我若久后没出，这份儿家当，都是你两口儿的。"[3] 对于他而言，儿子具有可替代性，只要女婿贴心、能干，和儿子的作用完全一样。与传统观念

---

1. 曹雪芹原著，脂砚斋主人评点：《脂砚斋重评石头记》，天津古籍出版社 2006 年版，第 269 页。

2. 赛珍珠：《大地三部曲》，王逢振等译，漓江出版社 1998 年版，第 155 页。

3. 兰陵笑笑生：《金瓶梅词话重校本》，梅节校订，梦梅馆 1993 年版，第 233 页。

面朝东方大地

如此迥异的态度，一方面说明，在明代末年，儒家伦理观念在商人阶层心目中的崩毁，另一方面说明，作为市井文化代表的西门庆有更看重的东西，就是对个人欲望的满足，包括权欲、财欲和色欲。他将女儿嫁给杨提督的亲家陈洪之子，目的就是想和杨提督攀上关系。同时不惜重金贿赂蔡京，挣得金吾卫副千户之职，官居五品大夫，满足了自己的权势欲。权力与财富相连，货币与政治联姻，为的是互惠双赢，根本目的还是赢得更多金钱。他选择婚姻对象的一个重要标准是对方能否给自己带来财富。他娶孟玉楼和李瓶儿，很大程度上是看上了二人的财富。第七回"薛嫂儿说娶孟玉楼"，玉楼虽是个有姿色的寡妇，但比西门庆年长两岁，脸上还有几点微麻，而西门庆决定娶她进门，更主要的是看上了她"手里有一分好钱"："南京拔步床也有两张。四季衣服，妆花袍儿，插不下手去也有四五只箱子。珠子箍儿、胡珠环子、金宝石头面、金镯银钏不消说，手里现银子，他也有上千两。"[1]曾做过梁中书小妾，又有一个花太监做老公公的李瓶儿财富更多得惊人，在与西门庆隔墙密约、花子虚官司缠身时，她就把三千两金银、四口描金箱柜送到西门府中。拟嫁给西门庆时，又送了大量金银给他盖房盖花园。最终嫁过来时，"雇了五六副杠，整抬运了五六日。"精明的商人西门庆既懂得权钱交易，又懂得钱色交易，婚姻成为他积累财富的重要途径，很快助他成为富甲一方的"西门大官人"。他生活荒淫，但一旦遇到生意上的事则一丝不苟，临终前向嫡妻吴月娘清清楚楚交代了每一笔进出账目，并对身后生意作了妥帖安排。当然，西门庆对婚姻最直接的追求是色欲的满足。他对六个妻妾的亲疏

---

1. 兰陵笑笑生：《金瓶梅词话重校本》，梅节校订，梦梅馆 1993 年版，第 69 页。

态度更多注重的是对方能否取悦自己而非她是否生育儿子，以色事人的潘金莲始终最受西门庆宠爱就是最好的说明。他对女色有一种完全肉欲的、永不餍足的、完全动物性的追求，有权有钱后的西门庆依仗金钱力量更加肆无忌惮地猎艳，有夫之妇、寡妇、妓女、仆妇、奶妈、房中丫头……都成为他渔猎的对象，充满了疯狂的占有欲，潘金莲对他心理的揭示一针见血："若是信着你的意儿，把天下老婆都要要遍了罢！"置身性游戏中的西门庆已经从承祧宗嗣、延续血脉的伦理链条上挣脱出来，成为谋求最大限度地满足个体欲望的独立的人。

西门庆对声色权钱的疯狂追求，全面展示了生命原欲的非凡力量，体现了生机勃勃的个人潜力，是明代心学兴盛之后，主张"百姓日用即为道"的王艮等平民化倾向的心学和李贽等人肯定人欲、歌颂人情的思想的折射，这种思想是对主张"存天理，灭人欲"的程朱理学的反叛，否定抑制人的自由意志和创造性的做法，改变了让生命主体变得死气沉沉的蛰伏状态，这是其进步的一面。另一方面，无父无母的西门庆本身就是无法无天、无拘无束、极端放纵的生命状态的象征。他蔑视传统观念，破坏现存制度，虽然洋溢着一种盎然的生气，但挣脱了伦理道德约束后，又陷入了欲望的无底深渊而难以自拔。拔除了道德栅栏的家庭关系变得一片混乱，西门庆淫人妻女，在自己家中，女婿与岳母乱伦，家奴与主母通奸，妾室跟旧仆私奔，伙计拐财背主，朋友反面伤情，管家恩将仇报，"将一部中有名人物，花开豆爆出来的，复一一烟消火灭了去……作者直欲使一部千针万线，又尽幻化了，还之于太虚。"[1] 从西门庆出场，到加官生子，如烈火烹油、

---

1. 张竹坡：《金瓶梅读法》第二十六卷，载朱一玄编：《金瓶梅资料汇编》，南开大学出版社 1985 年版，第 216 页。

　　　　　　　　　　　　　　　　　　　　面朝东方大地

鲜花着锦一般，热闹非凡，炙手可热，到最后凄凉死去，灯吹火灭，烟消云散，立时衰败下来，前后总共五、六年时间，瞬生瞬灭犹如幻梦一场。这是对纵情声色、抛弃传统伦理的批判，诚如鲁迅所说的"著此一家，即骂尽诸色"[1]。

赛珍珠对中国婚姻中子嗣观的书写经历了一个曲折的发展过程。前期在中国时，作品立足于社会现实，人物的子嗣观既符合各自的身份，也符合时代节奏，写得真实可信，如《东风·西风》《大地三部曲》《元配夫人》《母亲》等。后期回到美国，远离中国社会现实生活，写作不得不借重于对中国社会美好的回忆，难免出现一些与时代脱节的细节而使读者对作品的真实性产生怀疑，如《群芳亭》等。《东风·西风》中桂兰哥哥与母亲的第一次冲突就是母亲希望他外出读书时能先结婚生子："跑到那大老远的城市去，你是拿你的性命冒险。你的生命并不完全属于你，除非你给我们生下个儿子来续香火。"[2]母亲代表传统观念，强调的是个体生命首先是为家族延续尽义务的工具，然后才能属于个人支配，她也不承认婚姻有除了延续血脉之外的意义，更不承认男女之间有欲望之外的关系。但受到新思想影响的哥哥显然已将传统完全抛弃，像桂兰丈夫所说的那样，"旧的三纲五常已经破裂了"，他只将自己当作唯一的主人，只把爱情当作婚姻的唯一理由。哥哥留学归来时带回外国妻子，并要求与李姑娘解除婚约，母亲和哥哥的交锋正面发生，冲突的焦点即在子嗣：母亲（还有暂未出场的父亲）不能接受洋媳妇，因为她不能接受血统不纯正的孩子进

1.《中国小说史略》，《鲁迅全集》第 9 卷，人民文学出版社 2005 年版，第 187 页。

2. 赛珍珠：《东风·西风》，林三等译，漓江出版社 1998 年版，第 467、500、516、506、453 页。

入家族，而对于哥哥而言，孩子只是爱情的结晶，并非目的，这是他们的根本分歧所在。持类似观点的还有《元配夫人》中的李衰，他并不满足于妻子已为他生有一儿一女，并始终为他侍奉老迈的父母，他求诸婚姻的是"得一志趣相同之伴侣"，妻子付出的是生儿育女，侍奉公婆，而他所求的是知性和思想，二人南辕北辙，只能分道扬镳。《分家》中王源和梅琳寻求的都是相互理解，而不以子嗣为务。但作者否定了爱兰的婚姻观，她奉子成婚，但对孩子并无爱心，因为怀孕影响她社交，分娩让她痛苦，哺乳会影响她体型，这些出于自私的考虑受到作者的批判。与这些受过新式教育的青年不同的是，那些从未接受过教育的农民如王龙、阿兰、"母亲"等，仍然依从传统，都渴望多生儿子。"母亲"在小儿子被处死后，痛不欲生，几近绝望，但听到长孙出生的消息后，立即获得重生的希望。这些描写，无论是对传统婚姻观的颠覆抑或是维护，都符合人物各自的身份和心理。

而在 1946 年创作的《群芳亭》中，赛珍珠却暴露了其家庭思想的矛盾性。作家却为我们塑造了一个近乎完美却不真实的贵妇人吴太太的形象。吴太太的不真实在于她思想的分裂和矛盾，对人对己不相统一。一方面，作家努力为我们塑造一个新旧兼顾、中西合璧的理想女性吴太太的形象，让她既担当柔顺媳妇、能干管家、贤妻良母的传统角色，又兼收现代思想、科学文化。表面看来，吴太太似乎是个让小说中的所有中国男性都显得庸碌无用、黯然失色的完美女性，但另一方面，通过她对大儿媳萌萌和二儿媳露兰婚姻状况的评价，却暴露出作者对中国传统家庭中男主女从模式的肯定和捍卫。她认为，受过教育的新式女性上海姑娘露兰生活得远不如没有受过教育的旧式女性萌萌幸福，因为后者头脑简单却肯夫唱妇随，因而婚姻（父母包办）

和谐；而前者太有头脑和主见，女方比男方聪明且过于外露，从而导致夫妇间龃龉、摩擦不断，婚姻（自由恋爱）危机四伏。据此，赛珍珠明确宣布：女性必须通过成为男性的附庸（妻子）并通过男性成为另一个生命的附庸（母亲），才能真正找到作为女性的完整的生命价值。也就是说，男性再庸常，也应该成为女性的主人（哪怕是名义上的一家之主），如吴太太本人，虽精神上已经自认为安德鲁的追随者，但仍然保留着吴太太的身份。赛珍珠一方面坚持女性应该有自己独立的精神世界，另一方面又强调女性的解放之路必须与传统不相抵触。她敢于挣脱婚姻枷锁，对旧的婚姻制度要求于女子的义务提出质疑，主动提出不再以身体侍奉丈夫，同时还师从传教士安德鲁学习新知，接受西方思想观念熏陶，可对于儿子的婚姻，她却只赞同传统的父母之命，媒妁之言，赞许专心一意多生儿子、顺从丈夫的大儿媳，批评以新潮的自由恋爱方式结合的二儿子和二儿媳的婚姻，并以二儿媳最终折服于婆婆的见解、向传统婚姻观回归告终。吴太太对人对己的标准不一，二儿媳思想转变也缺少说服力。

《群芳亭》的故事背景是在抗日战争时期即 20 世纪 30—40 年代，这时的中国，妇女独立解放的思想早已经由易卜生的《玩偶之家》（1879）以及受其影响而诞生的胡适的《终身大事》（1919）、欧阳予倩的《泼妇》（1922）、郭沫若的《卓文君》（1923）、熊佛西的《新人的生活》（1924）等一批"娜拉剧"的宣传而深入中国受过新式教育的青年女性的灵魂深处，走出家庭追求独立生活的女性比比皆是。而在赛珍珠笔中，露兰这个出生在上海、受到最新思想浪潮冲刷和洗礼的女性，在吴家的屋檐下做泽镆满意的妻子，居然找不到幸福和立足之地，这种对传统男女地位不加思辨、脱离时代的维护论调与主流思潮显然是不合拍的。即便在中国古代社会的封闭风气中，那些卓然超群的女性——全才如燕梦卿，聪慧如林黛玉、薛宝钗，能干如王熙凤、贾探春——难以找到施展才华的用武之地，尚且有陈端生在弹词小说《再生缘》中塑造出理想女性孟丽君女扮男装，与父亲、公公、丈夫同朝为官，位居三公之首，其治国之才让那些文武百官、七尺须眉相形见绌，那么在 20 世纪三四十年代，在西风东渐的时代大潮中，再将女性打回深宅大院、站在一群不如自己的男性背后，这种思想肯定是不合时宜的。考虑到赛珍珠早在 1935 年就在《分家》中塑造过王虎太太和梅琳这两个具有独立个性的女性形象，《群芳亭》的主题无疑是一种倒退。这种倒退源于赛珍珠的创作实际：在远离中国大陆十几年后，这位身居美国的女作家因失去了现实提供的鲜活素材，在进行关于中国家庭的文学想象时，出于对中国传统文化的热爱，对中国家庭模式进行了不由自主的美化和粉饰，从而损害了作品的艺术真实性。从对子嗣为婚姻本体的观念的突破到最终回归，体现了远离中国社会的赛珍珠对中国传统文化不加取舍的挚爱和怀念。

（2）颠倒男尊女卑的婚姻关系

《周易》云："一阴一阳谓之道"，阴阳配合，道方可产生，故夫妇之间的本然形态应该是男女平等、夫义妇顺、相伴相随、相亲相爱、相敬如宾。但自从人类社会进入父系社会后，女性再也未能作为完整独立的人而与男性并驾齐驱，而始终是作为男人的附庸出现的。《白虎通·嫁娶》云："阴卑不能自专，就阳而成之。"意即女子地位卑下，没有独立人格，只有通过嫁给男人取得人格。恩格斯说："母权制的被推翻，乃是女性的具有世界历史意义的失败。丈夫在家中也掌握了权柄，而妻子则被贬低，被奴役，变成丈夫淫欲的奴隶，变成

　　　　　　　　　　　　　　面朝东方大地

生孩子的简单工具。"[1] 波伏娃（Simone de Beauvoir）认为女性被强加的社会属性是低于男性的"第二性"。无论中外，男尊女卑成为人类社会的普遍现象。在希伯来神话中，女人是用男人的肋骨造成的，生来就是男人的附属品，所以必须服从男人。在古希腊史诗《奥德修纪》中，为夫守贞、从一而终的奥德修斯之妻珀涅罗珀受到赞美，而对丈夫却无同样要求。中国封建社会在儒家"三纲五常""三从四德"等思想的熏育下，妇女的从属地位更加明确。《醒世姻缘传》中香客刘嫂劝诫薛素姐道："丈夫就是天哩！'痴男惧妇，贤女敬夫。'折堕汉子的有好人么？"（第六十九回）强调丈夫对于妻子的主导地位。《林兰香》中的燕梦卿身为贵胄之女，却因父亲曾许婚于耿顺，便认为自己"生为耿家之人，死为耿家之鬼"（第十一回），宁为侧室，也不愿再醮他人，自觉遵守女子从一而终的规训。赛珍珠的作品也有"妻理应依从夫家为活也"的表述（《元配夫人》），妻子对夫妇关系的认识是"他（丈夫——引者注）不是我名正言顺的主人吗？"（《东风·西风》），"一个女人在她丈夫家之外还有什么呢？"（《群芳亭》）这些例子都说明夫妇关系的不平等已经内化为绝大多数人的观念。当然，在实际生活和文学作品中，悍妇懦夫或能干媳妇、无能丈夫形象比比皆是，对人们的思维定式形成一种强有力的冲击。如中国家族小说《醒世姻缘传》、《红楼梦》、博物小说《镜花缘》、弹词小说《再生缘》等，赛珍珠小说《群芳亭》《牡丹》等作品，都是对男尊女卑的社会现实的倒转。通过对描写婚姻状态嬗变的分析，可以管窥作品所反映

---

1. 恩格斯：《家庭、私有制和国家的起源》，载《马克思恩格斯选集》第 4 卷，人民出版社 1972 年版，第 52 页。

时代的社会变迁和风尚习俗的演进。

《醒世姻缘传》被论者评价为"上承《金瓶梅》，下启《红楼梦》，堪称明清'人情小说'三朵奇葩之一"[1]，三部作品通过不可胜数的细节描写不厌其详地呈现中国城市商人暴发户、乡村中下层地主或上层贵族家庭的日常生活。连贯起来对读，可对封建末期的中国社会有一个比较直观、清晰的印象。

《醒世姻缘传》最突出的成就是为我们塑造了悍妇薛素姐这个形象。薛素姐和狄希陈从小由双方父母定下姻缘，两家可谓门当户对。但素姐从小就不喜欢狄希陈，婚礼当日就将夫婿关在门外，不许进房。夫妻俩第一次正面冲突，素姐先是打了顶嘴的丈夫两耳刮子，"打的狄希陈半边脸就似那猴腚一般通红，发面馍馍一般暄肿。"再把丈夫压在地上，坐在他头上，拿鞭子全身抽打（第四十八回）。从此素姐一路凯歌，狄希陈望风败北，钳口裹足，不敢有任何反抗。素姐动辄针刺、棒打、饿饭，拶手指、熏眼睛也是家常便饭，甚至用火炭烫丈夫，用箭射击丈夫，完全是一种置之死地而后快的心理。至于恶语相向，更是家常便饭。第七十五回，丈夫要远行为官，素姐用一篇恶毒的咒语为丈夫送行：

> 你若行到路上，撞见响马强人，他要割你一万刀子，割到九千九百九十九下，你也切不可扎挣！走到什么深沟大涧的所在，忙跑几步，好失了脚吊得下去，好跌得烂酱如泥，免得半死辣活，受苦受罪！若走到悬崖峭壁底下，你却慢慢行走，等他崩坠下来，

---

1. 凌冒：《〈醒世姻缘传〉的作者是丁耀亢》，《文汇报》1997 年 7 月 29 日，第 12 版。

压你在内，省得又买箔卷你！要过江过河，你务必人合马挤在一船上，叫头口踢跳起来，好叫你番江祭海！寻主人家拣那破房烂屋住，好塌下来砸得扁扁的！……这几件你务必拣一件做了来，早超度了我，你又好早脱生！[1]

百般诅咒，似有刻骨仇恨。素姐的悍泼乖伦，逆姑殴婿的反常行为冠绝古今，而对于其行为动机，作者则试图从宿世冤仇、因果报应上加以解释。后来学者则或从父母包办导致无爱婚姻加以分析；或从心理学加以理解，认为她是歇斯底里的虐待狂，二人的关系是典型的虐爱；或认为这是素姐遭受压抑的女性意识的觉醒，是对几千年两性关系积淀下来的不平等观念的反叛。学者段江丽则认为，出嫁前夕父亲一番为妇之道的教训，是导致素姐性格突变、叛逆凶悍的关键，父亲那番"女婿叫是夫主，就合凡人仰仗天的一般，是做女人的终身倚靠"的说教，几乎是对《礼记》《女诫》等的原样搬用，引发素姐的逆反心理，她的凶悍是她主动进攻、免遭丈夫压制的自我保护行为[2]。以上分析皆有一定依据。同时，还有两个重要因素值得重视，一是尚未为学者论及的素姐生母、愚恶的小妾龙氏的恶劣影响，二是丈夫狄希陈自身不正。龙氏为丈夫育有三子一女，本当劳苦功高，却丝毫得不到包括儿子在内的家人尊重，女儿的悍泼当与生母类似赵姨娘的愚暗泼恶的心性言行密不可分，她要把生母半生的憋屈郁闷统统报

1. 西周生辑著：《醒世姻缘传》，袁世硕、邹宗良校注，人民文学出版社 2015 年版，第 991 页。
2. 段江丽：《礼法与人情——明清家庭小说的家庭主题研究》，中华书局 2006 年版，第 59—62 页。

复回来。生父临嫁一席谈，怎敌生母长期潜移默化、润物无声？素姐第一次对丈夫行凶，龙氏不但不责怪，反而护短，从旁挑唆鼓励，结果招来丈夫一顿拳打脚踢："叫我每日心昏，这孩子可是怎么变得这们等的？原来是这奴才把着口教的！"[1]龙氏助纣为虐，对素姐的泼悍毒恶无异火上浇油。同时，狄希陈从小促狭异常，捉弄业师，欺哄小贩，耍笑老农，哄骗同学，经常陷人于难堪甚至痛苦境地，积习不改，这等顽劣，自然难讨妻子欢心。他婚前留恋孙兰姬，新婚时轻薄仆妇薛三省娘子，婚后又与众尼姑邪淫。娶童寄姐为妾后，又猥亵丫鬟小珍珠，滥情失检，这等行径，自然难讨妻子信任。他心性愚顽，提起读书"就如糨糊一般"，才疏学浅，连秀才也是妻弟和表兄做枪手代中的，这等平庸无能，自然难得妻子尊重。夫纲不振，是牝鸡司晨、家反宅乱的外在助力。从六朝小说开始，惧内、怕老婆就是常见话题。薛素姐与狄希陈乾坤颠倒的夫妻关系在《醒世姻缘传》中并非唯一。狄希陈任成都府经历期间，上司吴推官家同样有"季常之惧"，二人同病相怜，惺惺相惜。吴推官曾别出心裁地对本府官员作了一个是否惧内的考察，结果只有两人不惧内：一个鳏居多年，一个未带家眷。吴推官总结道："据此看将起来，世上但有男子，没有不惧内的人。阳消阴长的世道，君子怕小人，活人怕死鬼，丈夫怎得不怕老婆？"[2]这番总结说明，惧内是当时社会的普遍现象，是明朝末年、皇帝荒政、朝纲不振、社会局面混乱的一个标志而已。"男权失落的

---

1. 西周生辑著：《醒世姻缘传》，袁世硕、邹宗良校注，人民文学出版社 2015 年版，第 648 页。
2. 西周生辑著：《醒世姻缘传》，袁世硕、邹宗良校注，人民文学出版社 2015 年版，第 1213—1214 页。

　　　　　　　　　　　　　　　　　　　　　　面朝东方大地

世界，从一个侧面反映了传统道德的崩溃和帝国体制的动摇，也许这才是'惧内'现象最本质的意义。"[1] 其他如《红楼梦》《镜花缘》《再生缘》中，家庭中的女性无不比男性更具生命光辉。

温和的赛珍珠笔下典型的悍妻形象并不多，最典型的是《龙子》中的三堂嫂。三堂兄读书读成孔乙己式的腐儒，除了认得几个字、会掉掉书袋以外，别无他能。赚钱无术，教子无方，胆小懦弱，生活困窘，深受太太嫌弃。一闻狮吼，顿时失措，行为举止颇似狄希陈。尤其是妻子不许上床，只得睡长凳的细节，以及避祸出走，逃离妻子的行径，都与狄希陈的遭遇如出一辙。三堂嫂羡慕林郊家道殷实，人丁兴旺，把满腔怨愤发泄在对丈夫的毒骂殴打上，最终逼得丈夫逃家隐踪，自己也成了孤苦的弃妇。其余人物，如《儿子们》中的王大太太，《牡丹》中犹太商人伊兹拉夫人都是个性强势、口角凌厉的厉害角色，但够不上"悍"。王大太太对懒惰好色、贪图享乐的丈夫日渐不满，满腹怨毒，靠诵经拜佛求得平衡，但诵经拜佛并未让她真正慈悲，她更似《红楼梦》中的王夫人，把念佛当做寻求精神寄托、求取更多福禄的手段。伊兹拉夫人固守犹太民族的优越感，轻视半中国血统的丈夫，在家独断专行，坚持让儿子娶犹太女子为妻，希望破灭后郁郁而终。这些女子表面强悍，实质上依然是可怜可叹的弱者。赛珍珠更为关注的是女强男弱、女尊男卑的婚姻关系。她认为：

> 中国女性在家庭中很有权力，在她们的生活范围之内，她们

---

1. 段江丽：《礼法与人情——明清家庭小说的家庭主题研究》，中华书局2006年版，第80页。

的力量已很深入并且升得很高。她们已经完全明白了男子的天性。她们抓住了男子的每种弱点，并且凶狠地利用这些弱点以达到她自己的目的。[1]

只要看看荣国府那个以贾母为最高统治者的女儿国，看看琏二爷和琏二奶奶在家政中不同的分量和威权，就可知此言不虚。阿兰虽然沉默寡言，在灾荒年间是否买卖土地时却发表了决策性的意见。"母亲"比游堕的丈夫更有能力，更是家人的倚靠，所有家事都靠她操持。吴太太更是吴家大院的皇太后，她不仅管理着吴家大大小小事务，而且决定着每个人的命运走向，包括受过新式高等教育的二儿媳。《牡丹》中决定大卫婚姻的并非伊兹拉先生而是伊兹拉夫人，她最终失败，也是败给了比她更有心计、更有智慧、更了解儿子情感需求的女仆牡丹，而不是败给了丈夫。与传统家族小说不同的是，赛珍珠对传统的男尊女卑婚姻关系的颠覆性描写主要不是写女性的悍泼，而是女性内在生命力的彰显，这些生命力原本存在，只是一直被隐没在男权之后。如曹雪芹、李汝珍、陈端生等人一样，赛珍珠倾力表现女性的内在魅力，她要表达的是并非乾坤颠倒、社会混乱才导致男强女弱、阴盛阳衰，而是说，女性在家庭生活中本来就具有超越男性的生活智慧。

（3）变异一夫多妻的婚姻状态

男女在婚姻关系中的不平等还表现在，女子必须从一而终，而男

---

1. 赛珍珠：《男女关系的不和谐》，载赛珍珠：《男与女》，李木译，正气书局 1947 年版，第 10 页。

子则可以三妻四妾。妻子必须为丈夫守贞，而丈夫则可以寻花问柳。西门庆是十足的淫棍，但他临终时却谆谆叮嘱妻妾"三贤九烈要贞心"，妻子吴月娘也郑重表态："平生作事不模糊，守贞肯把夫名污？"（第七十九回）贾琏与鲍二家的偷情，凤姐大闹，鲍二家的吊死，贾母虽也申斥孙子"成日家偷鸡摸狗"，不像大家公子，心中却不以为然，认为凤姐小题大做："什么要紧的事！小孩子们年轻，馋嘴猫儿似的，那里保的住呢？从小儿人人都打这么过。"（第四十四回）但尤三姐却因名誉可疑而遭柳湘莲退婚。贾珍逼奸儿媳被丫鬟发现，秦可卿含辱自杀，贾珍却毫发无损，贞洁之要求于男女的不平等甚至让男性作家都鸣不平："妇人以一夫终，外畏公议，内顾名行。男十色不谓淫，女过二便为辱。苦矣，身之女矣！"[1]赛珍珠《母亲》中也写年轻独居的"母亲"因与管家私通怀孕，不得不私自堕胎，差点丧命，因一旦事情败露，她将名誉扫地，无颜面世。中国丈夫可以公然纳妾，而妻子却不能反对。男人纳妾的深层心理当是性需求，但借口却往往是为求子嗣。鲁迅曾揭露过这种普遍的虚伪："性交是常事，却以为不净，生育也是常事，却以为天大的大功。"[2]然而有了这旗号，纳妾不仅堂皇了，做妻子的还不能反对，否则即触犯七出之条中的"妒"，夫家可因此休妻。因而"嫉妒"成了古代中国妇女德行上的一大污点，每个女性都怕沾上。凤姐生日大闹，明明是因丈夫偷情吃醋，告状时却改口说贾琏嫌她厉害要杀她。但"不妒"却与女性独占

---

1. 笔耕山房醉西湖心月主人：《醋葫芦·序》，载杨爱群等编：《中国古代珍稀本小说》，春风文艺出版社1994年版，第257页。

2.《坟·我们现在怎样做父亲》，《鲁迅全集》第1卷，人民文学出版社2005年版，第136页。

丈夫感情的人之常情构成了尖锐矛盾，让无数女性心灵饱受折磨。

绝大多数女性在丈夫纳妾问题上都会本能地持反对态度。凤姐借刀杀人，不落痕迹地除掉尤二姐，是妻强妾弱；《醒世姻缘传》中晁源嫡妻计氏则被小妾珍哥逼凌致死，是妾强妻弱；老实的阿兰迫于丈夫威势不敢阻止他娶妾，只能用朴实的申诉让王龙羞愧不安，是夫强妻弱；年老色衰的荷花因王龙纳自己的婢女梨花为小妾而愤恨不已，以索要玉镯耳环等首饰来达到内心平衡，是妾强夫弱。王龙大媳妇对丈夫讨妾醋意横生，常用尖酸刻薄的话挖苦丈夫，以至于丈夫想亲近小妾还要遮遮藏藏，是妻强夫弱。也有出身高贵的女子迫于礼教束缚，要显示宽容大度，只能隐忍妒意，忍气吞声，内心却如槁木死灰，无比凄凉，如桂兰母亲。但也有个性刚烈的女子对丈夫纳妾表现出大胆的抗议，如《镜花缘》中，一个强盗婆用公然对抗的方式搅黄了丈夫纳妾的如意算盘，发出了中国古典文学中反对纳妾的最强音。在《镜花缘》第五十一回中，两面国强盗意欲收唐闺臣、阴若花、林婉如几人为妾，遭到压寨夫人的激烈反抗。她不仅掀翻筵席、滚地哭闹、寻死觅活，用军门规矩将丈夫打了四十大板，打得丈夫皮开肉绽，差点丧命，还一叠声地声讨负心丈夫：

　　既如此，为何一心只想讨妾？假如我要讨个男妾，日日把你冷淡，你可欢喜？你们作男子的，在贫贱时，原也讲些伦常之道。一经转到富贵场中，就生出许多炎凉样子，把本来面目都忘了；不独疏亲慢友，种种骄傲，并将糟糠之情也置之度外，这真是强盗行为，已该碎尸万段。你还只想置妾，那里有个忠恕之道？我不打你别的：我只打你只知道有己不知道有人。把你打的骄傲全无，心里冒出一个忠恕来，我才甘心。今日打过，嗣后我也不来管你。总而言之，你不讨妾则已，若要讨妾，必须替我先讨男妾，我才依哩。我这男妾，古人叫作"面首"。面哩，取其貌美；首哩，取其发美。这个故典，并非是我杜撰，自古就有了。[1]

这是一篇掷地有声的"讨丈夫檄"！胡适对此段慷慨陈词有一段精彩评论："在李汝珍的眼里，凡一切'只知有己，不知有人'的男子，都是强盗，都是两面国的强盗，都应该'碎尸万段'，都应该被他们的夫人'打的骄傲全无，心里冒出一点忠恕来'。——什么叫'忠恕之道'？推己及人，用一个单纯的贞操标准：男所不欲，勿施于女；所恶于妻，毋以取于夫：这叫做'忠恕之道'！"[2]这篇文字说透了男子讨妾的恶劣本质，可视为李汝珍男女平等思想的宣言书，矛头直指一夫多妻的不平等婚姻的本质。

但中国古典文学中还有许多文字描写妻子出于各种动机，并不反对丈夫纳妾，甚至主动为夫纳妾。《红楼梦》中邢夫人为取悦丈夫，保全地位，竟欣然领命，替贾赦去游说鸳鸯做妾，被贾母讽刺为"你倒也'三从四德'的。只是这贤惠也太过了"（第四十六回）。《同胞》中李太太主动提出为丈夫纳妾，想弥补因自己不慎伤了儿子性命的过失。还有一种更为奇特的妻妾的关系是妻子不反对丈夫纳妾，是因为妻妾之间首先产生了友情甚至是一种同性恋情。李渔戏剧《怜香伴》（1651）、清代文人沈复自传体随笔《浮生六记》（1808）和长篇小说

---

1. 李汝珍著，易仲伦注：《镜花缘》，崇文书局2015年版，第199页。
2. 胡适：《〈镜花缘〉的引论》，载《中国章回小说考证》，安徽教育出版社2006年版，第393页。

《林兰香》都涉及女子的同性恋情。《怜香伴》又名《美人香》，写国子监学生范介夫之妻崔笺云在庙中进香时，偶遇乡绅小姐曹语花。崔笺云慕曹语花的体香（"脂粉香"），曹语花爱崔笺云的诗才（"翰墨香"），两人在神佛前互定终身，誓作来世夫妻。后崔笺云设局，将曹语花娶作丈夫小妾，为的却是自己与她"宵同梦，晓同妆，镜里花容并蒂芳，深闺步步相随唱"。沈复《浮生六记》写沈复妻陈芸（书中称芸娘）欲为丈夫寻觅"美而韵"的女子憨园为妾，芸娘初见憨园，"欢同旧识，携手登山，备览名胜"。沈复初时甚为不解，询问妻子："我两人伉俪正笃，何必外求？"芸娘却回答："我自爱之，子姑待之。"[1] 也就是说，是芸娘先喜欢上憨园，自作媒人，想方设法为丈夫求得此人，与《怜香伴》十分相似。"当时男子娶妾，视为平常。妻子主动给丈夫从外面找来一个美妾，却极少有。陈芸承认她是受了李渔《怜香伴》的影响。……她的这种行为与她婆婆两年前的表现恰成鲜明对照（婆婆反对公公纳妾，迁怒于儿媳陈芸——笔者注），因此我们猜测她也是有意识地在与凡夫俗子对抗，一反其道而行之。今天看来，当是她独特个性的一种畸形表现。"[2] 后来憨园与其母嫌贫爱富，背弃前盟，芸娘竟因此伤心得一病不起，加上翁姑知情后斥其"不守闺训，结盟娼妓"而将他们夫妇驱逐出家门，芸娘终至死地。

《林兰香》中耿朗一妻二妾林云屏、宣爱娘和燕梦卿之间的关系亦为明白无误的同性情爱。林云屏与宣爱娘是一对表姐妹，年貌相近，犹如玉山两座，玉树一对，二人情投意合，经常携手并肩，品茶

---

1. 沈复、蒋坦：《浮生六记　秋灯琐忆》，作家出版社1996年版，第33页。

2. 陈毓罴：《〈浮生六记〉研究》，社会科学文献出版社2012年版，第92页。

清谈，同榻而眠，难舍难分，长辈和侍女都戏称二人"好似一对小夫妻"。林云屏于归耿朗，宣爱娘孤单落寞，无意中与燕梦卿因诗神交，惺惺相惜。后二人恰巧做了邻居，一谈倾心。梦卿说："男儿知己，四海可逢。女子同心，千秋难遇。……自此以往，任他人是人非，务须同归一处。"[1]并留信物与爱娘。云屏与爱娘二人相互亲爱的表现与男女两情相悦完全一致。后在云屏与梦卿的共同运作下，爱娘最终也嫁给耿朗，三人终于相聚，不再离散。爱娘之所以愿嫁耿朗为妾，更多的是因为爱恋云屏、梦卿，她们之间自然不会出现妻妾纷争。书中写得最动人的篇章并非夫妻之爱，而是妻妾之间的心心相印。这种与常规相悖的妻妾关系突出的是女性之间的心灵契合，是女性为自身情感自由寻找的一个突破口，是女性对自身价值的肯定和嘉许，从另一个侧面对压制女性情感的畸形礼教进行了批判。

古典小说对一夫多妻的婚姻制度进行的变异描写也为赛珍珠所吸纳，在《东风·西风》《群芳亭》中，赛珍珠都描写过妻妾间不同寻常的情谊。《东风·西风》中，作为大太太的桂兰母亲对丈夫的四姨太腊梅表现出长姐般的关怀。一度专宠的年轻美丽的腊梅，在认识到丈夫只是一个耽于肉欲、喜新厌旧的俗物后，曾绝望地吞金自杀。是大太太救了她，并给予她体贴的关怀和温暖，把她安排到远离是非口舌的乡下静养，疗治精神创伤，两个本该势不两立的女性反倒结为亲密的朋友。大太太死时，腊梅像失去至亲者一样悲悼痛哭。当然，这段内容是小说的次要情节，占的比重很小，因叙述简略而显得单薄，不可与《林兰香》《浮生六记》中作为故事主干之一的情节同日而语，

---

1. 随缘下士编辑，于植元校点：《林兰香》，春风文艺出版社 1985 年版，第 85 页。

因而易为读者忽略。《群芳亭》中则有着大量模仿《浮生六记》的痕迹，笔者曾有专文论述[1]。小说不仅移用了古典小说中主动为夫纳妾的情节，而且写了更加奇特的夫妻与妻妾关系：年届四十的吴太太决定为夫纳妾，吴府上至老太太、儿子儿媳，下至贴身丫鬟无不反对这一决定，吴先生本人则极不情愿、极其委屈地认为自己被太太抛弃了，彻底颠覆了"贾二舍偷娶尤二姨""酸凤姐大闹宁国府"式的纳妾事件的常规情节桥段。赛珍珠诙谐地把中国古典文学中常见的男女不平等的双方完全颠倒了位置，把"弃妇"变成"弃夫"，把丈夫纳妾，妻子则拈酸吃醋、寻死觅活改变成丈夫无可奈何地接受妻子"赠与"的小妾。吴太太对她招来的小妾也比丈夫更喜欢、更关心，为她取名秋明（意为给丈夫的生命带来明亮的秋天——笔者注），打扮她，教导她，尊重她。吴太太比燕梦卿、宣爱娘、陈芸等人更具有现代意识，她为夫纳妾，目的是寻求自我解放，寻求不离家的精神出走，将现代娜拉式的妇女解放思想与传统妇女的家庭责任结合起来，总结出一条中国女性通向新世界的特殊道路。最后，她不仅给了自己自由，也给了秋明和吴先生自由：不愿为妾的秋明离开吴家寻找新生活，渴望被人认可的吴先生则与能给予他自尊、自信的女人一起生活。虽然在勾勒吴太太这个理想化色彩过于浓重的艺术形象时，与同时代作家相比，赛珍珠调色板上的古典绘画颜料显然多过现代材质，但她毕竟是生活在 20 世纪的作家，在这类家族伦理关系的书写中，超越了古典女性的情感疆界，让读者触摸到了时代变迁和震荡的脉搏。

---

1. 张春蕾：《赛珍珠〈群芳亭〉和沈复〈浮生六记〉的比较》，《南京师范大学文学院学报》2014 年第 4 期，第 130—135 页。

（二）以家族为核心的家族—社会的多维叙写

家庭或家族小说被鲁迅先生称为"人情小说"或"世情书"，后世则更多称"世情小说"。就内容而言，这类小说从书写朝代兴衰、英雄争霸、神魔鬼怪转变为书写社会和家庭中普通的人与事，"寄意于时俗"，即关注当代世俗社会。学术界公认"世情小说"的开山之作是《金瓶梅》，这不仅是中国第一部文人独立创作的白话长篇小说，也是第一部将小说结构从线性转变为网状的小说。普通话本小说、长篇小说《水浒传》《西游记》是线性结构，即情节的前因后果呈线性推进轨迹，而家族小说《金瓶梅》《醒世姻缘传》《林兰香》与《红楼梦》等则是一种网状结构或称"立体网络式"结构。李时人先生认为："所谓'立体网络式'指的是一种以人物命运为中心的非戏剧式的生活化的开放结构。这种结构是适应深入、广阔地展现复杂的现实生活而设置的。"[1] 石昌渝先生则认为："网状结构……是指小说情节由两对以上的矛盾的冲突过程所构成，矛盾一方的欲望和行动不仅受到矛盾另一方的阻碍，而且要受到同时交错存在的其他矛盾的制约，而冲突的结果是矛盾的任何一方都没有料到的局面。这种情节的横断面贯穿着两种以上的矛盾，其轴心是主要矛盾，横断面像一张蜘蛛网，其他次要矛盾点都归向着轴心，也牵制着轴心。这种结构切近生活的实际情形，是小说结构的高级形态。"[2] 网状结构以一个家庭为中心，全方位地描写社会生活，比线性结构小说更贴近生活原貌，且能更立

---

1. 李时人：《〈金瓶梅〉：中国十六世纪后期社会风俗史》，载《中国古代小说与文化论集》，中华书局 2013 年版，第 216 页。
2. 石昌渝：《中国小说源流论》，三联书店 2015 年版，第 370 页。

体、更全面、更深刻地反映生活的本质。

第一部家庭小说《金瓶梅》采用网状结构，不仅写了西门庆与六个妻妾的家庭生活，且如张竹坡总结的那样："《金瓶梅》因西门庆一分人家，写好几分人家，如武大一家，花子虚一家，乔大户一家，陈洪一家，吴大舅一家，张大户一家，王招宣一家，应伯爵一家，周守备一家，何千户一家，夏提刑一家，他如翟云峰在东京不算，伙计家以及女眷不来往者不算。凡这几家，大约清河县官员大户屈指已遍，而因一人写及一县。……且无论此回有几家，全倾其手，深遭荼毒也，……"[1]"因一人写一县"就是以西门庆家庭为轴心，辐射四面八方，涉及社会生活的方方面面。实际创作远不止张竹坡列举的内容，在《金瓶梅》中，涉及的人与事非常多，既有朝中官员弹劾倾轧，又有行院娼女倚门卖笑，既有西门庆重金贿赂蔡京求官、结交蔡状元、迎请宋巡按，又有苗青背恩害主、韩道国贪财献妻、汤来保欺主盗货，既有王婆、薛嫂贪财说媒，又有王姑子、吴神仙走门串户讲经说法、看相算卦。"在这里，上至朝廷，下及奴婢，雅如士林，俗若市井，无不使之众相毕露；其社会政治之黑暗，经济之腐败，人心之险恶，道德之沦丧，一一使人洞若观火。"[2]所以，张竹坡称《金瓶梅》"纯是一部史公文字"（《金瓶梅读法》第五十三）。鲁迅亦不以此书为一部专写市井间淫妇荡妇的诲淫之书："缘西门庆故称世家，为缙绅，不惟交通权贵，即士类亦与周旋，著此一家，即骂尽诸色，……"[3]夏

---

1. 张竹坡：《金瓶梅读法》第八十四，载朱一玄编：《金瓶梅资料汇编》，南开大学出版社1985年版，第226页。

2. 袁行霈主编：《中国文学史》第4卷，高等教育出版社1999年版，第170—171页。

3.《中国小说史略》，《鲁迅全集》第9卷，人民文学出版社2005年版，第187页。

志清先生认为《金瓶梅》结构松散，细节漏洞颇多，但对小说题材作了充分肯定："《金瓶梅》无疑是中国小说发展史上的一个里程碑：它开始摆脱历史和传奇的影响，去独立处理一个属于自己的创造世界，里边的人物均是世俗男女，生活在一个真正的、毫无英雄主义和崇高气息的中产阶级的环境里。……它那种耐心地描写一个中国家庭卑俗而肮脏的日常琐事，实在是一种革命性的改进，……"[1]

　　《醒世姻缘传》在文人独立创作、网状结构、摹写世情的详尽、琐细，"因一人写一县"，以一家写多家，反映社会各个阶层、各色人等之广方面直追《金瓶梅》。徐志摩将这本书称为"它是以'怕老婆'作主干的一部大书"，但小说内涵远远不止于此。在狄希陈与薛素姐、童寄姐两世恩怨纠葛的主干故事之外，汇聚着极其丰富的枝干情节。前二十二回以晁思孝、晁源家庭为主干，旁及晁源岳父计都一家、晁氏族人七家；后七十八回以晁源转世后身狄希陈家为主干，串联起狄希陈岳父薛教授一家、薛教授亲家连春元一家、狄希陈舅父相栋宇一家、贪酷教官单于民一家、狄希陈塾师汪为露一家、汪为露邻舍侯小槐一家、恶秀才严列星一家、负心秀才麻从吾一家、狄希陈小妾童寄姐一家、狄希陈同学张茂实一家、晁梁塾师陈六吉一家、狄希陈上司成都府推官吴以义一家。这些人物构成一个以血亲、联姻、师从、同僚、乡里等构建起来的纵横交错的人际关系网，展示了一个光怪陆离的明末乡村社会全景图。从中，我们可以了解到明代州县官府的运行机制如乡村社会教育、地方赈灾、宗族户绝与立嗣的民间习惯法及国家法律规定，基层诉讼与司法管理，民间宗教活动如民间香

---

1. 夏志清：《中国古典小说史论》，江西人民出版社 2001 年版，第 171 页。

会、庙会等，基层科举考试，乡村社会的婚姻习俗以及人们日常的衣食住行等生活风尚，等等。明末乡村生活的各主要方面几乎都在这幅图画中作了展现。徐志摩赞叹作者"本人似乎并不费劲，他把中下社会的各色人等的骨髓都挑了出来供我们赏鉴，但他却从不露一点枯涸或竭蹶的神情，永远是他那从容，他那闲暇，我们想象他口边常挂着一痕'铁性'的笑，从悍妇写到懦夫，从官府写到胥吏，从窑姐写到塾师，从权阉写到青皮，从善女人写到妖姬，不但神情语气是各合各的身份（忠实的写生），他有本领使我们辨别得出各人的脚步和咳嗽，各人身上的气味！他是把人情世故看烂透了的"，"他的画幅几乎和人生的面目有同等的宽广"[1]胡适更是对小说推崇备至："我可以预言：将来研究十七世纪中国社会风俗史的学者，必定要研究这部书；将来研究十七世纪中国教育史的学者，必定要研究这部书；将来研究十七世纪中国经济史（如粮食价格、如灾荒、如捐官价格等等）的学者，必定要研究这部书；将来研究十七世纪中国政治腐败、民生苦痛、宗教生活的学者，也必定要研究这部书。"[2]而这些画面揭示的中心主题，就是通过一系列人际关系的悖谬，揭示出昔日井然有序、世风纯朴的宗法社会的失落，是儒家伦理纲常的崩溃，是对人情浇漓的现实的愤激。除上述已论及的父子、夫妻关系的全面扭曲外，还写了明水镇教官单于民为勒索钱财，将新进秀才程法汤活活打死；塾师汪为露勒索钱财，硬是断送了学生宗昭前程，死后学生前来吊孝，竟大开玩笑，揭师丑行，全无敬意，这是师生关系的扭曲。薛教授因庶弟凶恶，致

---

1. 徐志摩：《醒世姻缘传》序，《醒世姻缘传》附录，上海古籍出版社 1981 年版。
2. 胡适：《〈醒世姻缘传〉考证》，《醒世姻缘传》附录，上海古籍出版社 1981 年版。

　　　　　　　　　　　　　　　　　　　　面朝东方大地

仕（即辞官——笔者注）后不敢回原籍；秀才严列星骗奸弟妇，弟妇忍辱不过，自尽身亡，他竟与妻子半夜盗墓，这是兄弟关系的扭曲。祁伯常与胞姐通奸，致胞姐家败人亡，这是姐弟关系的扭曲。狄家厨师尤聪"欺主凌人，暴殄天物"，终遭雷劈身死，这是主仆关系的扭曲。作者充满哀婉地感叹那个"官清吏洁、魂清梦稳、风调雨顺、五谷咸登"的清平世界一去不返。

《林兰香》以耿朗家为主线，不仅串联起耿朗一妻五妾林家、燕家、宣家、任家、平家，还涉及泗国公耿氏家族的许多旁支（耿朗即为泗国公耿再成支孙——笔者注）子侄，即耿朗的族兄族弟多人，涉及御史茅球及其兄茅白、茅束，其侄茅大刚家族，展现了贵族阶层社会的生活景象，与《金瓶梅》的市井商人阶层、《醒世姻缘传》的乡村平民阶层生活场景一道，构筑出明末三个不同层次的社会图景。

与《林兰香》相同，《红楼梦》也是一部关于贵族阶层家庭生活的长篇小说。作为中国古典小说最高成就的代表，《红楼梦》比此前家族小说人物更加众多（有名有姓者就多达480多人——笔者注），头绪更加纷繁，结构更加复杂和宏伟，且叙事层次多，叙述针脚相当绵密。小说以贾家为中心，旁及王、史、薛三大家族，另有作为贾家影子的江南甄家，还穿插了甄士隐家、封肃家、贾雨村家，第三回出现的林如海家，第六回提及的刘姥姥家，还有北静王府、南安王府、忠顺王府、迎春夫家孙绍祖家、探春夫家镇海总制周琼家，以及贾府众多族人贾瑞、贾芸、贾蔷等家，总管赖大家以及仆人袭人、晴雯、司棋家，等等。如此不同层次的各类家庭和各种人物，上至朝廷，旁及官场，下至市井，延及乡村，几乎不受空间限制，对清初社会作了一次全景式的扫描，且将生活的宽广、多样与琐屑、细致同时展现出来。

研究者一般认为，《红楼梦》与《金瓶梅》等家族小说同属网状结构。但笔者认为，《金瓶梅》《醒世姻缘传》是典型的网状结构，而《红楼梦》以及与之结构最相近的《林兰香》属于放射形网状结构或"羽毛式结构"[1]，即以贾家为总纲或羽轴，其他家庭和人物、事件都是与之有紧密相连的分支、条目、丝缕，牵一发而动全身，总纲一断，则树倒猢狲散，全面坍塌。因此《红楼梦》就是一个社会的完整缩影。而《金瓶梅》的人际关系并非如此。张竹坡认为，西门庆即使在人生最红火的时节，围绕在身边的也都是一群"假人"：

　　　　书内写西门许多亲戚，通是假的。如乔亲家，假亲家也；翟亲家，愈假之亲家也；杨姑娘，谁氏之姑娘？愈假姑娘也；应二哥，假兄弟也；谢子纯，假朋友也。至于花大舅、二舅，更属可笑，真假到没文理处也。敬济两番披麻戴孝，假孝子也。至于沈姨夫、韩姨夫，不闻有姨娘来，亦是假姨夫矣。惟吴大舅、二舅，而二舅又如鬼如蜮，吴大舅少可，故后卒得吴大舅略略照应也。[2]

　　正因为聚集在他身边的是一群乌合之众，他的富贵也来得极具偶然性或不够光彩（如靠婚姻获取朋友花子虚遗孀的财富），所以开头"热得可笑，后文一冷便冷到彻底"（《金瓶梅读法》第八十七），情节故事带有许多偶然性因素，与社会的关联也相对松散。而《红楼梦》

---

1. "羽毛式结构"是石麟对《歧路灯》结构的评价，见石麟：《从唐传奇到红楼梦》，中国文史出版社 2014 年版，第 214 页。笔者认为《林兰香》《红楼梦》结构与之相似。
2. 张竹坡：《金瓶梅读法》第八十六，载朱一玄编：《金瓶梅资料汇编》，南开大学出版社1985 年版，第 227 页。

则勾勒出贾、王、史、薛四大家族通过联姻结成的血脉相连、利益交关的紧密的关系网，他们相互提携，同频共振，你中有我，我中有你，一荣俱荣，一损俱损。荣时弹冠相庆，衰时拔茅连茹，盘根错节，并无可有可无的冗余之人。贾家祖先为开国元勋，荣国公长子娶金陵世家史侯女为妻，可谓强强联合。贾母次子贾政娶金陵世家王家女为妻，妻舅王子腾为九省统制，长子贾赦儿媳又为王子腾侄女，可谓亲上做亲，贵上加贵。王子腾和王夫人之妹的夫家皇商薛家，是"珍珠如土金如铁"的富豪之家，又是贵与富的结合，待贾政之女元春封为贵妃，四大家族再次走向尊贵的顶峰，其生活景象犹如"烈火烹油，鲜花着锦"一般繁盛。然而，尽管如此苦心经营，期待荣华富贵代代相传，无奈"气数已尽"，那等规模的荣耀也难保瞬时灰飞烟灭，不更能表现人生的虚浮不实、现实的外强中干吗？因而，曹雪芹原初构思"好一似食尽鸟投林，落了片白茫茫大地真干净"的结局，才比《金瓶梅》偶合关系的解散更有震撼力和深刻性。《红楼梦》既是一部家族小说，也是一部社会大书。

囿于生活经验的匮乏、个人兴趣甚至还有创作能力的限制，赛珍珠较少写作头绪纷繁、人物众多的家族小说，而更多描写人际关系相对简单的核心家庭生活。其家庭小说中的人物基本都生活在家宅或庭院这个相对封闭的空间里，较少亲戚间的往来走动。在中国古典家族小说中常见的在婚丧嫁娶、生日节日时亲戚间的贺吊问候、请客送礼、人情往来等无法避免的交往环节，在她的作品中被简化、压缩甚至直接省略或屏蔽掉。如《大地三部曲》第一部《大地》中，阿兰病死前，唯一的心愿是看到长子完婚。王龙是富甲一方的乡绅，亲家是家道殷实的粮商，且是长子结婚，自当非常隆重。但在小说中，新娘头一天就被接到王家，负责给她穿嫁衣的竟然是荷花、杜鹃和王龙婶婶这些婆家人，娘家人完全缺席！这一显而易见的失真叙述，唯一的作用是省去耗在新娘家人身上的笔墨，避开自己不熟悉的亲族关系。再如《群芳亭》，女主人公吴太太娘家是贵族（祖父官至一省总督——笔者注），夫家是城中首富，地主加商人，两家联姻是典型的薛姨妈式的贵与富的结合，至亲好友、直系旁支的族人以及各类非富即贵的社会关系理应众多。但在吴太太四十岁生日晚宴上，仅有六桌客人到贺（作者特别注明每桌八人——笔者注），来者被概念化地称为"伯叔婶娘、堂兄弟和朋友以及他们的小孩"，唯一有名字的客人是康太太这个闺蜜兼亲家母一家。至于吴太太的娘家人，二儿媳在上海的娘家人皆无一人露面，甚至未曾提及，与吴家的身份地位不相符合。《红楼梦》重点写了四次生日：第二十二回宝钗过十五岁生日，重点写唱戏，宝玉听《山门》曲文，悟出"赤条条来去无牵挂"的禅机；第四十三回凤姐生日，阖家凑份子听戏吃酒，贾琏偷情，夫妻大闹一场；第六十二回、第六十三回，宝玉、宝琴、平儿、邢岫烟四人同一天生日，大家在大观园私下凑份子吃酒欢庆，湘云醉卧芍药茵，怡红院夜半行酒令；第七十一回贾母八十大寿，因亲友全来，恐筵席排不开，便在宁荣两府齐开酒宴，男宾女宾分开在两府中，共摆了九天寿宴才把生日过完，寿礼多到贾母看不过来。四次生日写得各不相同，错落有致且合乎各自身份。将两部作品进行对比，足可见出赛珍珠缺少曹雪芹操控多头线索的驾驭能力，从家庭写到家族，再由家族而至社会，赛珍珠从游刃有余到逐渐笔力不逮，在进行广泛扫描方面必定受到种种限制。

赛珍珠真正称得上家族小说的作品唯有《大地三部曲》第二部

《儿子们》和第三部《分家》，即关于王龙和阿兰子辈和孙辈们的生活。王龙和阿兰育有三子两女，后两部主要围绕三个儿子和若干孙子的人生轨迹进行书写，而两个女儿，一个是傻子，一个出嫁后再未露面，属于略写。但这两部小说，更多注重的是王龙子孙的社会角色以及围绕他们所透露出的时代变迁，展开的社会画卷，而类似于《红楼梦》中的家族关系描写则比较单薄。《儿子们》中，对家族关系的描写比较浓墨重彩的是为王龙操办丧事，以及王龙死后的分家。在大家族中，这种时候往往是矛盾集中爆发的时候。《金瓶梅》中关于西门庆死后，家中众妾妇、女婿、亲戚、女佣、仆人趁乱打劫，写得纷纭复杂。《红楼梦》中秦可卿的丧事操办背后隐含着许多故事，贾母死后，贾家败落的窘况立即暴露无遗。而在《儿子们》和《分家》里的矛盾主要仍来自家族成员与外部世界的矛盾，比如王大要收租，与佃农之间的矛盾，王虎要扩张地盘，与其他军阀和政府官吏之间的矛盾，而家族成员彼此之间的矛盾往往被大大简化。比如，王龙丧礼上唯一的矛盾冲突是王大无能，他指挥的出殡场面既无序又低效，但等王虎一出现，不言自威，问题立马解决。王家分家时唯一的矛盾冲突是荷花嫌分给她的赡养费太少，大哭大闹，又是王虎快刀斩乱麻，提出从自己的份额中每月分出五两银子给荷花，矛盾又被轻松化解。在描写家族成员之间的关系时，这种简单化的处理方式使家族矛盾应有的内在张力被削弱了。王龙三个儿子之间原本应该有许多矛盾，但每次他们总能达成一致，偶有微澜也很快平息。甚至连王虎为了扩充军队，购买装备，欠下兄长大量钱财，在他败落之后，兄弟之间居然也没有反目成仇，王二只是向王源提出要父债子还而已。相反，作者用大量笔墨去描写他们各自代表的地主、商人和军阀这类社会角色及其与社会的矛盾。

《儿子们》中写得最为精彩、最细腻的家族矛盾是王龙大儿媳和二儿媳两妯娌之间的冲突。在上述古典家族小说中很少涉及妯娌关系，西门庆（《金瓶梅》）、晁源和狄希陈（《醒世姻缘传》）、耿朗（《林兰香》）以及皇甫少华（弹词小说《再生缘》中的男主角，孟丽君之夫）都是独子，因而不涉及妯娌关系。只有《红楼梦》中贾赦、贾政的太太邢、王二夫人是嫡亲妯娌，而她们身份高贵，又分爨而食，不会出现表面激化的矛盾。王熙凤与李纨、尤氏皆为堂妯娌，也少直接利害冲突，唯一的一次激烈交锋是贾珍、贾蓉撺掇贾琏娶了尤二姐，王熙凤醋意大发，大闹宁国府，尤氏躺枪，做了替罪羊。但尤氏毕竟不是主事之人，王熙凤泄愤之后，又假意道歉，两妯娌至少表面上仍维持友好关系。不过，《红楼梦》中有妻妾矛盾（王夫人与赵姨娘、夏金桂与香菱）、婆媳矛盾（邢夫人与王熙凤、薛姨妈与夏金桂）、姐妹矛盾（林黛玉与薛宝钗）、婢女矛盾（袭人与晴雯、司棋与柳家的等）等众多女性之间的矛盾冲突，《金瓶梅》中也有西门庆的众多妻妾吴月娘、潘金莲、孙雪娥与李瓶儿之间的明争暗斗，这些矛盾冲突都得到了十分细致的呈现，是大家族中后宫内斗的典型事件。赛珍珠将这种写作经验借鉴到《儿子们》中来，把王大太太和王二媳妇这对妯娌之间的内斗写得有声有色，生动活泼。王大太太是刘粮商的女儿，是有身份教养的城里姑娘，读过书，识得字，自视甚高。下嫁王大后，开始对土气的王大进行全面打造。很快，王大从新购置的黄家老宅的装修改造，到自己的衣着打扮、言谈举止全都被太太重塑一新。王大从钦慕太太到敬畏太太，夫妻关系逐渐走向阴盛阳衰。但节俭务实的王二却看不惯爱慕虚荣的哥嫂好面子、摆排场、花钱如流

　　　　　　　　　　　　　　　　　　面朝东方大地

水的做派，认为在家中庭院里种一些既不结果实、又不能食用的花草树木纯属浪费。他按照自己的意愿找了一个家道殷实的农家女为妻，王二和妻子志趣相投，三观一致，都善于勤俭持家，不尚虚浮。但王大太太对土气粗俗、缺少教养的王二媳妇十分鄙夷，看不起她高喉咙大嗓门地在家门口同小贩讨价还价、争斤论两的言行，认为这与大户人家媳妇的身份地位全不相称，丢了全家人的脸面。王二媳妇明知自己的出身教养都比不上嫂子，但她对嫂子却毫不尊重，很厌恶嫂子的傲慢做作、装腔作势，习惯用农村妇女特有的泼悍来捍卫自己的尊严。两人经常针尖对麦芒，互不相让。王龙的堂弟成了兵痞后回乡，用流里流气的口吻调戏两个侄媳妇，说王大太太是"一片又冷又无味的鱼干"，而王二媳妇则像"一块红通通的肥肉"。王大太太十分厌恶，庄重自持，王二媳妇却笑嘻嘻地与不正经的堂叔搭腔。王大太太为有这样一个粗野的妯娌而感到难堪憋屈："家里养着一个又粗野又缺乏教养的女人实在难以忍受。那个男人把她叫做红通通的肥肉，而她却对着那个男的笑。"王二媳妇立刻反唇相讥："我嫂子是有了嫉妒心吧！那男的说她是一片冻鱼呢！"[1]两人矛盾终于因王大太太指责王二媳妇在大门口当众敞怀哺乳，王二媳妇寸步不让地大声还击而彻底爆发，结果是兄弟二人各立门户，分家了结。最有趣的是，王大太太自恃身为长嫂，吃斋念佛，行为端方有度，所以经常主动挑衅，挑剔弟媳言谈举止无度，有失身份，但每次都占不到便宜。就在她精心搜集组织合适的措辞，再一板一眼、慢条斯理地摆明观点立场时，大大咧咧、反应迅速的王二媳妇早就从那张快嘴里喷出连珠炮似的反击之

---

1. 赛珍珠：《大地三部曲》，王逢振等译，漓江出版社 1998 年版，第 265 页。

语，每次都弄得王大太太招架不住，关门回避了事。赛珍珠将两人之间鸡争鸭斗的交锋和冲突描写得绘声绘色，生活气息浓郁。这一方面得力于赛珍珠对生活的用心观察，另一方面也受益于明清世情小说、说书评话艺人提供给她的丰富素材和写作经验。

三、赛珍珠的家国书写对中国传统小说的突破

前文已述，中国小说传统以讲史为主，似乎江山社稷、天下大事都付与讲史小说去完成了。而家庭和家族小说则卸去重负，基本围绕着日常生活中的内部矛盾展开，一般不将家庭或家族描写与国家社稷命运联系起来。即使有些小说在客观情节上涉及朝廷、官府，如《红楼梦》《再生缘》等，但作者叙述的兴奋点仍然指向家庭或家族内部。虽然有些索隐派研究者将《金瓶梅》看作一部关于朝廷的隐喻作品，将《红楼梦》看作对重大历史事件和历史人物的影射，但小说中并无明确的叙述和描写来佐证这类观点。《红楼梦》中的贾家是依靠祖上出生入死，为满清入主中原立下盖世功劳，子孙才获得皇恩荫庇的。贾母的孙女元春又贵为皇妃，他们和宫廷的关系十分密切，尽管如此，小说叙事依然以家庭为核心。虽然有贾政这样忠于职守，并以体恤圣上、不负隆恩劝慰女儿的人在，但并未着重强调与国与君同休共戚的情怀，倒是元春省亲时再三表达对骨肉分离、不能享受天伦之乐的抱憾与感伤。《再生缘》中孟丽君虽已位极人臣，皇甫少华虽在边疆立下汗马功劳，得为高官，但他们最大的心愿仍是知音相伴，白头偕老。家庭既是起点，也是终点，不论伸向外部世界的

　　　　　　　　　　　　　　　　面朝东方大地

触角有多少，最终仍然归结到家庭这个中心。这个结构是向心的、内敛的闭环结构，而不是离心的、发散的放射形结构。而赛珍珠的家庭小说，往往与社会政治书写相交叉，因此，她经常将家庭和家族题材扩展、上升到家国忧思层面，体现出家国同构、家国一体的高远情怀。同时，因受佛教因果报应思想的影响，中国古典家庭题材小说中经常会出现超越现世、超越自然的情节，体现出强烈的宿命观念。而赛珍珠因目睹基督教在华传教工作中的种种乱象，对基督教的信仰发生动摇，同时又受到儒家入世思想的影响，对这类超自然的宿命观念是坚决摒弃的。她用不同民族、不同国度之间的文化交流、沟通和融合取代了中国小说中的因果报应、转世轮回等情节，《东风·西风》《分家》《爱国者》《牡丹》《同胞》等小说都体现出这一特征。

（一）从超越现世到跨越民族与文化的演变

中国古典小说中经常会出现超越现实、超越现世的叙述和描写，与佛教教义中"因果报应""轮回转世"的思想渗透有关，《金瓶梅》如此，《醒世姻缘传》亦如此。《金瓶梅》与紫阳道人编的《续金瓶梅》比较完整地呈现出佛教因果思想。鲁迅先生在论及《金瓶梅》和《续金瓶梅》时写道：

> 所谓"说佛说道说理学，先从因果说起，因果无凭，又从《金瓶梅》说起"（第一回）也。明之"淫书"作者，本好以阐明因果自解，至于此书，则因见"只有夫妇一伦，变故极多，……造出许多冤业，世世偿还，真是爱河自溺，浴火自煎，一部《金

瓶梅》说了个色字，一部《续金瓶梅》说了个空字，从色还空，即空是色，乃自果报，转入佛法"（四十三回）矣。[1]

而鲁迅先生也强调，"然所谓佛法，复甚不纯，仍混儒道"。这是中国古代小说中普遍存在的现象，儒释道三者经常混杂一处，彼此交融，家庭小说《红楼梦》、神魔小说《西游记》等都体现了这一特征。而《醒世姻缘传》前后两段故事则完全是用转世轮回的观点结构起来的，比较突出地体现了佛教的三世因果观。

　　《醒世姻缘传》是一部反映现实人生的家庭小说，但整体故事却被安置在一个超现实的框架中。小说写的是一个冤冤相报的两世姻缘故事。山东武城人晁源人品低劣，在家庭尚未发达时娶妻计氏，没少受到妻子的欺凌。后晁源父亲谋得知县一职、晁源也随之变成官宦子弟，此时他开始嫌弃糟糠之妻，娶美艳的娼女珍哥为妾，对计氏百般凌虐。计氏不堪屈辱，投缳自尽。珍哥获刑收监，晁源与人私通，被亲夫杀死。这些鬼魂投胎转世，晁源托生为山东绣江县富家子弟狄希陈，娶了薛素姐，是前世被他射死的狐狸精投胎转世来向他索债的，晁源妻子计氏托生为狄希陈的妾室童寄姐，珍哥则托生为狄希陈家中的丫环珍珠。薛素姐极其凶恶泼悍，虐待丈夫如同仇人，多次把丈夫打成重伤，险些要了狄希陈性命，还气死了公婆和父亲，以报前世被射杀之仇；童寄姐则对丫环珍珠百般虐待，以报前世霸凌之仇。后得高僧胡元翳点化，说破两世姻缘的前因后果，从此狄希陈虔诚地吃斋诵经，终于解除了前世冤孽。薛素姐病死后，狄希陈将童寄姐扶正，

———————

1.《中国小说史略》，载《鲁迅全集》第9卷，人民文学出版社2005年版，第192页。

后得高寿善终。《醒世姻缘传》始终围绕着"因缘果报、丝毫不爽"这一主题展开叙述。

《红楼梦》延续了《醒世姻缘传》的再世轮回的结构，但在主题上有了极大深化，因而小说在思想深度和艺术高度方面都有了质的飞跃。补天无才的石头曾为赤霞宫神瑛侍者，曾以甘露沃灌一株绛珠仙草。后石头动了凡心，下降为人，仙草也随之同行，用一世眼泪还他灌溉之恩情。《醒世姻缘传》讲的是报仇，《红楼梦》讲的是报恩。同时，《红楼梦》不止步于《醒世姻缘传》"为善得福"（女菩萨晁夫人为典型）、"作恶致祸"（浪荡子晁源为典型）的道德说教和对世事的针砭，只是一部长篇的"醒世恒言"，而且上升到对人生、对世事变迁的哲学感悟的高度，认识到人生和人与人之间缘分的空幻不实，认识到荣华富贵、是非荣辱的瞬生瞬灭、变幻不居。贾宝玉和林黛玉之所以执着于彼此的爱情，不仅仅是前世因果使然，更由于二人在心灵上的高度契合，他们虽下凡人间，但精神上仍保持仙界的高洁，所以不愿随顺俗流，最终回归本源。从这个意义上讲，轮回转世、因果报应是《醒世姻缘传》的思想主题，但对于《红楼梦》而言，只是展开小说故事情节的一个由头，一个引子，小说的思想内涵远远超出这个框架范畴，变成对人生的深度感悟。

前世今生、彼岸此岸的因果联系形成中国传统家庭小说中的纵向结构，这使传统家庭题材小说在纵向上深化了人生内涵，曲折体现出中国人厚重的历史意识：前事不忘，后事之师。

由于对西方基督教传教活动的质疑，对儒家"子不语怪力乱神"思想的服膺和推崇，赛珍珠一生崇尚入世、崇尚现实精神，宗教意识淡薄而道德意识强烈。她摒弃了中国家庭小说中的超现实描写和宿命论观点，代之以"天下一家""世界大同"的儒家愿景和世界主义理想，把跨越今生、跨越本朝当下，向前世、向历史往事的时间经线上的纵向追溯，改变为跨越国界、民族、语言、宗教、地域等界限的空间纬线上的横向拓展。这使她的家庭题材小说打破了中国家庭题材小说的封闭型结构，代之以开放形和发散形结构。如《东风·西风》中桂兰哥哥没有按照父母意愿和家族规定，坚持与心心相印的美国女子玛丽结合，虽然为此付出了沉重代价，但是他打破了传统中国家长制的"父母之命媒妁之言"的婚姻程序，打破了以家族利益、传宗接代为唯一目的的婚姻观，代之以尊重人性、感情至上的新型婚姻观。桂兰哥哥和玛丽的结合，不仅仅是一对恋人成功捍卫了他们的感情，更是冲出封建堡垒的一次成功突围，也是中国文化走向开放、走向世界、走向新时代的重要一步，具有极强的象征意义。如果说桂兰哥哥拒婚从小定亲的李家姑娘而娶玛丽，是中国文化向美国文化的一次投奔，那么，《牡丹》中犹太商人之子大卫·伊兹拉拒绝了母亲为自己安排的婚姻，没有娶同族女子莉雅，而选择与中国商人孔诚之女孔桂兰结合，打破了母亲和犹太拉比坚守的保持纯正犹太血统的狭隘民族观，则是犹太文化向中国文化的一次投奔。事实上，这两部小说包含着一个共同主题，就是反对狭隘的文化观、宗教观和血统观。赛珍珠否定拉比和大卫母亲认为犹太人高人一等、是上帝唯一选民的民族优越感，同样，她也不赞同桂兰父母拒不接受家族中出现混血后代的顽固陈腐的立场。在东西方文化中，赛珍珠没有丝毫厚此薄彼的倾向性立场，她认为，没有一种文化比另一种文化更为优越，每一种文化都有存在的合理性，正确的态度应该是不同文化的相互包容，相互融合，如同桂兰哥哥和玛丽所生的孩子："他的出世带来怎样一种结合的快乐！他已把父母两人的心维系在一起，他俩出生、教养完全不同，而这种差异已存在几百年了。这是多么了不起的结合呀！"[1] "赛珍珠是积极意义上的文化相对主义者"，她"呼吁有着不同文化背景的人们互相宽容理解"，"倡导不同文化之间互相接纳而非排斥"，"鼓动不同民族的人们为了文化的共同进步，同时也为了异质文化之间最终的融合而努力学会互相学习"[2]。《同胞》中，在美国出生、从小接受美国教育的梁詹姆斯选择与土生土长的中国农村女子玉梅成婚，梁玛丽选择与中国大夫刘成结为秦晋，以及短篇小说《归国》《共产党员》等中涉及的跨民族婚姻或爱情等，都是作者试图在现实层面实现文化互通、创建"天下一家"的大同世界、人间乐土的社会理想的体现。从善恶有报的三世因果观，到文化融合的世界大同观，不仅是从纵向的人生感悟转变成横向的文化拓展，更是从家庭书写向家国书写的一次扩大和提升。

（二）从家庭、家族小说到家国同构书写的突破

有学者认为，《金瓶梅》是一部隐喻作品，《红楼梦》的索隐派研究成果更是内容相当丰富，两部作品都被指为以隐喻手法为特征的家国书写的典型。还有人说，《醒世姻缘传》是最高统治者的荒政、懒政在中下层社会生活中的体现。如果这些观点是成立的，则中国古典家庭小说中是有家国同构的写作传统的。其实，拥有这种写作传统是正常的，因为儒家常常把家庭当作国家的基础结构或者说微型结构，家是具体而微的国，国是放大延伸的家。"迩之事父，远之事君。"

---

1. 赛珍珠：《东风·西风》，林三等译，漓江出版社1998年版，第525页。
2. 姚君伟：《文化相对主义：赛珍珠的中西文化观》，东南大学出版社2001年版，第25页。

（《论语》）"欲治其国者先齐其家"，"求忠臣于孝子之门"，"君君，臣臣，父父，子子"（《大学》），都是强调父与君、家与国之间的联系，"家国同构"是中国传统文化的一个重要特征。只是，《金瓶梅》《红楼梦》等传统家庭小说中即使有家国同构的隐喻，也太过隐晦了。而赛珍珠的家庭小说书写则非常明确地体现了这种文化特征。

赛珍珠在诸多家庭小说中都包含着家国书写的隐喻。如《东风·西风》中桂兰哥哥与玛丽的混血婴儿就具有显著的隐喻性。玛丽对未诞生的孩子的想象："一星期的六天他是父亲的孩子，第七天我给他穿上亚麻和花边的服装，他是美国人。……他会属于两个世界，妹妹，他将属于你，也属于我。"孩子终于诞生了："他有着西方人宽大的骨骼、旺盛的精力，但他的头发眼睛像我们一样是黑色的，那嫩滑如玉的肌肤是深色的。我看得出来，他的眼、唇真像我的母亲。我的心中混杂着痛苦和欢乐的感觉。""嫂嫂，你在这个小东西身上把两个世界联在一起了。"[1] 这个孩子是东西方文化交融的结晶，前文我们已作了阐释。

《大地三部曲》有一个总书名：《大地上的房子》，小说中的"房子"带有显而易见的家国隐喻性。三部曲每一部都从王家的老房子写起，王龙、王虎两代人生在这里，死在这里。他们的人生轨迹虽然不同，一个是农民，一个是军人，但拒绝当农民的工虎，其人生从本质上依然对父辈人生也就是对传统家族文化的因袭，父亲梦寐以求的土地就是儿子念兹在兹的势力范围，他们都渴望子嗣，以便将财富和势力不断积累、扩充、传递下去。他们在骨子里都是农民。但孙子土源

---

1. 赛珍珠：《东风·西风》，林三等译，漓江出版社1998年版，第524页。

　　　　　　　　　　　　　　　　　　　　面朝东方大地

不同。虽然以王源为主角的《分家》的情节依然始于老房子，又终于老房子，但王源一开始走进老房子，是为了逃避，就充满着对父亲的反抗。最后，他和梅琳又一起走出了低矮的茅草房子，走出了代代相传的封闭的人生循环圈，走到月光下的广袤田野中，他们憧憬的是去新都，是建医院，因为他们是"一代新人"[1]。

《同胞》中具有家国隐喻的意象是"桥"，小说中多次写到"桥"。第一座是乔治·华盛顿大桥："他们（詹姆斯和玛丽——引者注）的左边就是哈得逊河，河上横跨着乔治·华盛顿大桥。这桥对他俩的生活影响深远。在他们的孩提时代，这桥使他们浮想联翩，他们想象着跨越大洋通往中国的桥梁，他们相信总有可能越过艰难险阻到达彼岸。"[2] "前面就是大桥，乔治·华盛顿大桥。这名字有着一定的含义。在他成长的过程里他崇拜过许多美国英雄。对他来说，华盛顿比孔夫子更有生命力。孔夫子是一个传道者，也许是像他父亲那样的教师，而乔治·华盛顿是一位实干家，一位新国家的缔造者。大桥跨越了宽阔的哈得逊河。一团团薄雾从河面上升起，遮住了大桥的另一端。大桥从河边一直伸向无边无际的远方，伸向未来，他丰富的想象力使大桥成为一种象征。他决心跨越自己梦中的大桥，即使他独自一个人也在所不惜。"[3] 这一段话可视作小说题旨所在。詹姆斯后来真的跨越了太平洋回到了祖国。第二座是彼得和同学一心要炸毁的大理石桥："正因这桥又古老又庞大，学生们打算把它炸掉，它的体积和它的耐久使他们发怒。它代表着过去时代的荣耀，这座桥不仅跨越它下

1. 赛珍珠：《大地三部曲》，王逢振等译，漓江出版社1998年版，第709页。

2. 赛珍珠：《同胞》，赵文书等译，漓江出版社1998年版，第17页。

3. 赛珍珠：《同胞》，赵文书等译，漓江出版社1998年版，第45页。

面的流水，而且还从现在通往过去。学生们想忘记过去，因为他们无法分享过去的荣耀，况且现在死去了的荣耀对他们也毫无好处。他们只想建设现在，渴望未来。然而人民，那些居住在乡村里生活在土地上的人民依然在桥的另一边，和大学生们隔开了。那些人仍然生活在过去。他们自满自足，相信永恒的土地。因此学生们想毁了这座桥表示抗议。"[1] 但是赛珍珠反对这种极端的历史虚无主义观，所以彼得们的计划失败了。第三座是詹姆斯、玛丽和彼得的母亲梁太太以及梁太太为詹姆斯找到的妻子玉梅，他们是桥梁式人物，是人桥。他们把詹姆斯和玛丽接引到真真实实的中国大地上，教会他们看中国的"地底下"，看真正的中国文化和中国人民。

在《牡丹》中，犹太会堂和中国孔庙同样隐喻着犹太教和中国的儒家思想。这些隐喻非常清晰地揭示出赛珍珠家庭小说中的家国情怀。

但赛珍珠家庭题材小说中更多的家国书写不是采用隐喻手法写作的，而是通过从家庭这个中心出发，再联系到国家命运的情节叙写。赛珍珠重视中国小说的道德说教宗旨，这与中国传统文学倡导"文以载道""微言大义"是一致的。她认为，中国小说是被当作寓言来写作的，目的是劝谏皇帝从主人公犯下的罪恶中吸取教训。"也许这样一些大手笔故事是出自朝廷人士之手，他们写故事，目的在于觅求良方，进谏敬爱的却又刚愎自用的皇帝。"[2] 她本人也深受启发和影响。在家庭题材小说中，她往往注重对家国情怀的抒发，将小说从对小家

---

1. 赛珍珠：《同胞》，赵文书等译，漓江出版社 1998 年版，第 276 页。
2. 赛珍珠：《小说里的中国》，载姚君伟编：《赛珍珠论中国小说》，南京大学出版社 2012 年版，第 5 页。

庭的有限描写上升到对民族、国家命运的思考。

赛珍珠真正意义上的家国书写发端于《分家》中的王源。在《分家》中，王源拒绝美国姑娘玛丽的爱情，更多是出于对民族精神的坚守。从美国归来的王源，满腹都是对国家未来的希冀和担忧，最大的忧思是祖国的贫弱落后，是在火车上对同胞不讲卫生、不守公共秩序的恶习的深恶痛绝。但是，广袤的乡村和大地让他对祖国充满热爱，新都的建立又让他对未来充满希望。《龙子》通过林郯的深深忧思，将自己一个家庭遭受的苦难与国家受难联系在一起，表达的是中国传统文化中"位卑未敢忘国忧"的家国情怀。

《同胞》是赛珍珠家国叙事的真正代表作，这部作品集中呈现《分家》中初露端倪的爱国情怀。医学院毕业的高材生梁詹姆斯爱上了新从上海移民美国的富商之女、美丽的莉莉，莉莉是他的初恋。詹姆斯挚爱莉莉，一则因为她的美丽让他怦然心动，心荡神驰，二则因为莉莉来自中国大陆，回去适应那里的生活不成问题。詹姆斯天真地以为，如果他和莉莉成婚，婚后莉莉能和他一起回国，服务于处在战乱中的祖国，他便可以将个人的小家和祖国这个大家两者统一起来。但他的计划却遭到了莉莉父亲李先生的反对。精明的商人李先生很早就将足够五代人花费的大笔资金存放在安全的美国银行里，并带着全家移居美国以躲避战乱。他看中詹姆斯高超的医道，但他坚决不同意詹姆斯将女儿带回他们刚刚逃离的处于战乱中的国家，而是要求他留在美国，不要回国冒险："对于一个中国人来说，家庭是第一位的。"这在他和詹姆斯之间划了一道深深的鸿沟。李先生无法理解更无法接受詹姆斯报效祖国的高尚情怀，这迫使詹姆斯不得不在爱情与事业、在家与国之间做出选择，这选择是痛苦的，艰难的，但方向却是明确的，没有徘徊、犹豫和纠结，家必须为国让路。初恋是深情的，珍贵的，但祖国在他心中的分量却更重："在他青少年时期的所有岁月里，他生活中一直有一个梦，这个梦就是，当他的祖国处在危难竭蹶之中时，他愿意献身救国。他不能放弃自己的梦想，否则他生不如死。"他鄙视只顾个人幸福而不顾国家利益的李先生："李先生从未为中国做过什么好事。他是一个只顾自己家庭的人。在中国，有多少人为了自己的家庭而常常牺牲国家啊！"[1] 詹姆斯为国献身的热情几近基督教传教士的宗教情感。

赛珍珠的家国书写更体现在她塑造了一批舍小家、保大家，具有侠肝义胆的巾帼英雄形象。赛珍珠往往将她笔下的女性放置在家庭环境这个背景中，但受到她最高赞誉的女性往往不囿于家庭责任，而将精神境界提升到国家或人类层面，体现出宽广的胸襟、博爱的情怀乃至于民族大义。《大地三部曲》中作者最同情的女性是阿兰，但最赞叹的女性则是梅琳。梅琳既有心灵也有头脑，不卑不亢，很有主见，爱得理性、含蓄而深沉。《龙子》中最具光彩的人物是玉儿，在她女性的身躯里，有着超过一般男子的胆识和果敢，所以她才敢去日军军营投毒。《群芳亭》中的吴太太最大的魅力不在于把一个大家庭管理得井井有条，而在于她追求与安德鲁这样高尚的灵魂为伍，在于她引导儿女走向开阔的人生，更在于她对没有血缘关系的孤儿们的挚爱和养育。

赛珍珠在短篇小说中也塑造了一批具有家国情怀的巾帼女英雄形象。《游击队的母亲》中的钱太太是一个类似于吴太太的贵妇人，"美

---

1. 赛珍珠：《同胞》，赵文书等译，漓江出版社 1998 年版，第 45 页。

面朝东方大地

丽娴雅"，外表秀丽动人，内心聪明智慧，渴求知识，教养子女，打理家务，管理祖上留下的田产和佃户，无所不能，管家井井有条，犹如统率三军的将官[1]。但在日军占领她生活的城市后，她却选择留下来参加抗日。她扮作肮脏呆傻的乡下小贩，搜集日军情报，帮助游击队打日本鬼子。《老虎！老虎！》中的富家女茉莉，敢于只身闯入匪窝，劝说土匪司令小老虎参加抗日。《金花》中机智地与日军周旋的女游击队长金花、《老魔鬼》中用洪水淹死日军的王老太太等，她们的智慧、勇敢、胆识，家国情怀，无不让须眉男子相形见绌，黯淡无光。

这些对跨民族、跨文化的家庭生活的描绘以及家国同构的精彩书写，是赛珍珠对中国传统家庭题材小说的最显著的突破，也使她的家庭题材小说拥有了与社会书写、知识分子书写同样开阔的景象和气势。

---

1. 赛珍珠：《游击队的母亲》，载《永生》，蒋旂，安仁译，上海国华编译社 1942 年版，第 224—225 页。

第 六 章
赛珍珠的知识分子书写与中国小说

赛珍珠以塑造中国农民形象成名，以中国底层民众公正的代言人著称，但这并不代表她忽略精英阶层，相反，对知识分子的关注与书写在她的全部创作中占据着极重的分量。她的中国题材作品《东风·西风》《分家》《爱国者》《同胞》《北京来信》等，主人公都是知识分子。1934 年回国后创作的美国题材作品，大多是围绕知识分子话题展开的，如《这颗骄傲的心》(*This Proud Heart*，1938)、《结婚写照》(*Portrait of A Marriage*，1945)、《小镇人》(*The Townsman*，1945)、《主宰清晨》(*Command the Morning*，1959)、《正午时分》(*The Time Is Noon*，1967)等。赛珍珠出生于知识分子家庭，她本人也是一名有着多重文化身份的地地道道的知识分子，是作家、翻译家，同时又曾担任过金陵大学英语和宗教学教授，曾被选为美国文学艺术院院士。她熟悉、关注并记录同类人群的精神历程和生活轨迹，既有近水楼台的观察和取材优势，也有夫子自道的本能需求。更重要的是，赛珍珠对知识分子在历史进程和社会变革中的地位和作用有着充分估价和深切期望。她对平民阶层和弱势群体的同情与关爱、对中国未来社会形态的构想与忧思，也与其知识分子立场有着千丝万缕的联系。而赛珍珠曾自陈，她自身的知识分子精神气质，是长期浸润于中国儒家文化的结果，中国"士"文化传统在她身上打下了清晰的印记。同时，中国古典小说中，知识分子形象从来都占据着重要地位。如《三国演义》中诸葛亮、郭嘉、沮授、田丰、张昭等军师、谋士，《水浒传》中的吴用、公孙胜、萧让、安道全等人虽身份不一，但主要是以知识分子形象示人的，他们在小说情节发展中起着举足轻重的作用。毛泽东曾说："一个阶级革命要胜利，没有知识分子是不可能的。……梁山泊没有公孙胜、吴用、萧让这些人就不行，当然没有别人也不行。"[1]这些形象不能不在熟读《三国演义》《水浒传》的赛珍珠的创作中留下烙印。而更为直接和集中体现出的，是她的中国题材的知识分子书写，与她熟知的中国古典小说《儒林外史》（约 1749）以及鲁迅《呐喊》（1923）、《彷徨》（1926）中知识分子题材的短篇小说存在着明显的对话与互文关系，将这些作品放在一起比对阅读，有助于我们更准确地理解赛珍珠知识分子书写的内在精神。

一、赛珍珠与中国"士"文化传统

赛珍珠知识分子的身份认同，首先来源于其出生的家庭。在《中国今昔》中她无比自豪地谈及自己的家庭成员身份，并由此联想到知识分子与民族、国家命运的内在联系："我的父母是不寻常的，或许这与他们承袭的智商有关。他们出生于知识分子家庭，自己是知识分

1.《毛泽东文集》第 3 卷，人民文学出版社 1996 年版，第 342 页。

子，他们的孩子也都是知识分子，我们为此而自豪，因为每个国家都需要自己的知识分子。尽管无知的、嫉妒的人虐杀我们，但当我们重生后，我们仍会以领头人的身份出现。一个没有知识分子的民族是不能长久存在的。"[1] 不过，在谈及自身知识分子精神气质的成因时，她却将之主要归结于中国文化，尤其是儒家文化的熏育，而中国家庭教师孔先生则是她的引路人。"孔先生温柔但坚定地把我领进了他的世界。……在孔先生绅士、贵族式地培养下，我形成了我的个人品位。……从孔先生那儿，我学会了在知识青年中寻找我的挚友，然后投身到他们的革命事业里。"[2] 孔先生是典型的儒生，他对赛珍珠的教育主要是儒家思想的输出。也就是说，她个人的品位、绅士、贵族式的精神气质来源于中国传统文化的熏陶，尤其是儒家文化的熏陶。赛珍珠对孔夫子及其伦理和哲学思想终身抱着诚敬之心。"尽管孔夫子是个哲学家，不是牧师，但实际上正是他为中国社会、为他的子孙创立了一整套与宗教、与道德作用相同的伦理纲常。恐怕还要经过相当长的时间，中国人才会重新认识孔夫子这个最伟大的人物对中华民族的贡献有多大。"[3] 赛珍珠此处所说的"绅士、贵族式"的精神气质，翻译成传统中国式表达，就是中国的士人传统。

知识分子在中国古代被称为士人，他们以传播知识为业，以知识和智能与社会进行劳动交换。《周易·系辞》云："形而上者谓之道，形而下者谓之器。""道"与"器"，分别指代一个社会的文化系

---

1. Buck, Pearl S.. *China Past and Present*. New York: The John Day Company, 1972, p. 151.

2. Buck, Pearl S.. *China Past and Present*. New York: The John Day Company, 1972, p. 12.

3. 赛珍珠：《我的中国世界》，尚营林等译，湖南文艺出版社 1991 年版，第 196 页。

统和物质系统。至春秋末年，周王朝的文化系统和政治系统逐渐分化而具有相对独立性，士人自觉承担起"弘道"重任，成为社会精神文化的创造者和弘扬者。今天我们所说的士人阶层，是在春秋战国五百年间中国政治文化发生巨变的时期形成的。按照余英时先生的观点，战国时期古代知识阶层的兴起是通过一种被美国当代社会学家塔尔科特·帕森斯（Talcott Parsons）称为"哲学的突破"（Philosophic breakthrough）而实现的[1]。孔子是中国"哲学的突破"的关键人物，他明确提出"士"是"道"的承担者："士志于道，而耻恶衣恶食者，未足与议也。"（《论语·里仁》）"士而怀居，不足以为士矣。"（《论语·宪问》）"君子谋道不谋食。耕也，馁在其中矣；学也，禄在其中矣。君子忧道不忧贫。"（《论语·卫灵公》）[2] 孔子对于知识分子品格的规定就是以学养成才干，"为天地立心，为生民立命"，以天下为己任，同时淡泊于物质享受，专注于精神境界的提升。余英时认为："中国知识阶层刚刚出现在历史舞台上的时候，孔子便已努力给它贯注一种理想主义的精神，要求它的每一个分子——士——都能超越他自己个体的和群体的利害得失，而发展对整个社会的深厚关怀。这是一种近乎宗教信仰的精神。"[3]

孔子的弟子曾参则进一步将对"士"的道德要求提升到前所未有

---

1. 余英时：《士与中国文化》，上海人民出版社 1987 年版，第 27—30 页。所谓"哲学的突破"即对构成人类处境之宇宙本质发生了一种理性的认识，而这种认识所达到的层次之高，则是从未有过的。与这种认识相随而来的，是对人类处境的本身及其基本意义有了新的解释。古代四大文明希腊、以色列、印度和中国都以不同的方式经历了"哲学的突破"。
2. 杨伯峻译注：《论语译注》，中华书局 1980 年版，第 37、145、168 页。
3. 余英时：《士与中国文化》，上海人民出版社 1987 年版，第 35 页。

的高度："士不可以不弘毅，任重而道远。仁以为己任，不亦重乎？死而后已，不亦远乎？"（《论语·泰伯》）[1]

孟子曾对"士志于道"一语作了细密的解释和发挥：

> 王子垫问曰："士何事？"孟子曰："尚志。"曰："何谓尚志？"曰："仁义而已矣。杀一无罪非仁也；非其有而取之非义也。居恶在？仁是也；路恶在？义是也。居仁由义，大人之事备矣。"（《孟子·尽心上》）[2]

孟子指出，士的最高使命就是使自己志行高尚，做个有仁有义的"大人""君子"。

士文化传统成为贯穿于赛珍珠中国知识分子题材创作的精神源脉，可概括为对儒家士文化传统的弘扬和对中国士大夫人文情怀的延续两个方面。

（一）对儒家士文化传统的弘扬

中国源远流长的士人精神传统对赛珍珠产生了深远影响，尤其是"士志于道"的理想抱负，"以天下为己任"的使命感，在她身上烙下了深深印记。作为一个作家，她不仅在文学创作中塑造了工源、吴峰镆、梁詹姆斯等以启迪民众、建设乡邦、振兴祖国为己任的人物形象，且在大量非文学创作的演讲、随笔、传记中，自觉担当起弘扬儒家之"道"的职责。具体体现在以下三个方面：

---

1. 杨伯峻译注：《论语译注》，中华书局 1980 年版，第 80 页。
2. 杨伯峻译注：《孟子译注》，中华书局 1960 年版，第 315—316 页。

面朝东方大地

1. 弘扬"以天下为一家"的大同世界观

> 大道之行也，天下为公。选贤与能，讲信修睦。男有分，女有归，货恶其弃于地也，不必藏于己。力恶其不出于身也，不必为己。是故谋闭而不兴，盗窃乱贼而不作，故外户而不闭，是谓大同。……故圣人耐[1]以天下为一家，以中国为一人者，非意之也。必知其情，辟于其义，明于其利，达于其患，然后能为之。[2]
>
> ——《礼记·礼运》

赛珍珠深深折服于以孔子为代表的儒家哲学的世界理想，以及由这种哲学孕育出来的整个中华民族的宽阔胸襟和博大爱心，毕生倡导世界各民族应如"天下一家"般的平等、博爱和融通，倡导文化共存共荣，为中西两个世界的理解沟通牵线搭桥。她认为大同思想是一种真正博大的全球观："我从小懂得了应该把地球上的各个民族……都看成一个大家庭内不同的成员，这种观念是孔先生最早灌输给我的。"[3]她对东西方之间的文化排斥心理则十分反感。在1935年发表的《东方与西方——我们真的不同吗?》一文中，她以嘲讽的笔调揭示了自以为是的文化自大心理："我们喜欢相信我们不同，因为我们喜欢听到陌生奇怪的事情，因为听到其他人没有我们拥有的东西，或者

---

1. 耐，古"能"字。注释见曾亦编著：《礼记导读》，中国国际广播出版社 2009 年版，第183页。
2. 曾亦编：《礼记导读》，中国国际广播出版社 2009 年版，第 174、183 页。
3. Buck, Pearl S.. *China Past and Present*. New York: The John Day Company, 1972, p. 60.

他们不知道如何做我们所做的事情时，我们就会产生一种优越感，我们喜欢这种感觉。"[1] 西方传教士对中国所作的歪曲宣传是造成西方人误解中国的根源之一："我的大学同学没有任何理解这个民族的经验。他们把那个伟大而美丽的国度想象成一个乞丐之邦，野蛮之乡，而不是世界上最古老、最文明的国家，一个比任何一个欧洲国家拥有更久远文明的民族。"[2] 在 1970 年发表的《我所见到的中国》中她抨击东西方彼此妖魔化的行为："美国流行小说和电影中的恶棍坏蛋全是狡猾的、心地阴暗的、来自东方国家的……而中国小说或电影里的恶棍则是身材高大的蓝眼睛高鼻子，带有卷曲的红毛，是英国身材、英国表情……恶棍总是对方那个家伙。"她反躬自省："谈到中国人，在我们心灵的阁楼上有着多得令人感到震惊的垃圾。"[3]

与那些鄙视中国的西方人士不同，她终身都对中国文化抱着赞赏、仰慕的态度。她在《我的中国世界》中写道："中国人似乎一生下来就具有一种世代相传的智慧，一种天生的哲学观，他们大智若愚……即使跟一个目不识丁的农民谈话，你也会听到既精辟又幽默的哲理。……我们民族有自己的教义和思想，也不乏偏见和信条，只是没有哲学。或许，哲学只能为一个拥有数千年历史的民族所拥有。"[4] 她如数家珍般地描述古色古香、含蓄幽雅，体现了崇高思想的"中国之美"："这堵临街的灰色高墙，气势森严，令人望而却步。但如果你有合适的钥匙，你或许可以迈进那雅致的庭院。院内，古老的方

---

1. Buck, Pearl S.. *China As I See It*. New York: The John Day Company, 1970, p. 58.

2. Buck, Pearl S.. *My Several Worlds*. New York: The John Day Company, 1954, p. 105.

3. Buck, Pearl S.. *China As I See It*. New York: The John Day Company, 1970, p. 59.

4. 赛珍珠：《我的中国世界》，尚营林等译，湖南文艺出版社 1991 年版，第 272 页。

砖铺地，几百年的脚踏足踩，砖面已经磨损了许多。一株盘根错节的松树，一池金鱼，一只雕花石凳，凳上坐一位鹤发长者，身着白色绸袍，宝相庄严，有如得道高僧。在他那苍白、干枯的手里，是一管磨得锃亮、顶端镶银的黑木烟袋。倘若你们有交情的话，他便会站起身来，深深几躬，以无可挑剔的礼数陪你步入上房。两人坐在高大的雕花木椅上，共品香茗；挂在墙上的丝绸卷轴古画会让你赞叹不已，空中那雕梁画栋，又诱你神游太虚。"[1] 话语中饱含热爱，充满家园意识，此时的赛珍珠不再是隆鼻深目的白种人，她是中国文化的女儿。

　　基于大同思想的影响，赛珍珠对于种族间的歧视和仇恨十分反感。中国义和团运动时期，童年的她因为自己是白种人而遭到同伴的嘲弄，被呼作"洋鬼子"，让她幼小的心灵受到伤害。成年后，她对西方入侵者在亚洲大陆巧取豪夺的卑劣行径十分痛恨："白人可以在中国大陆上杀人、强奸，为所欲为，而中国当局却无权逮捕他们，因为他们享有外交豁免权。……白人在亚洲非常傲慢，我认为他们是残暴的罗马帝国以来最傲慢的。"[2] 回国后她对于美国社会对有色人种尤其是黑人的歧视也痛心疾首，认为这与美国的立国之本——全民平等是背道而驰的。她预言："如果我们不实施伟大的人类平等原则，我们总有一天会由于白人的罪恶而在世界各地遭到惩罚。"对"大同"思想的认同和弘扬，把赛珍珠变成一个超越狭隘民族观念的世界主义者。

---

1. Buck, Pearl S.. *My Several Worlds*. New York: The John Day Company, 1954, p. 173.
2. 赛珍珠：《我的中国世界》，尚营林等译，湖南文艺出版社1991年版，第114页。

2. 宣传"四海之内,皆兄弟也"的人类平等观

> 司马牛忧曰:"人皆有兄弟,我独亡。"子夏曰:"商闻之矣:死生有命,富贵在天。君子敬而无失,与人恭而有礼。四海之内皆兄弟也。君子何患乎无兄弟也?"[1]
>
> ——《论语·颜渊》

这段话虽非出自孔子之口,但代表了儒家倡导的一种价值观,即兄弟不一定是指血缘上的同胞手足,更应该是精神相契、心灵共鸣,能患难与共、共同提高的朋友。获得这种朋友的渠道不是向外攀缘,而在于修养内在品德,做到内心端庄而外在恭敬,这样的君子还担心在天下找不到志同道合的兄弟吗?

这句儒家经典名言对数千年后一个生活在异土他乡的白人女孩有着难以抵挡的魅力,从而成了赛珍珠的信条,成为她的人生格言、思想轴心、生活准则和行为指南,她多次在不同场合加以引用。1925年,她把它用作硕士毕业论文的卷首语;1932年,她把它用作《水浒传》英译本的标题;1948年,在反映开封犹太人生活的小说《牡丹》中,她通过中国士绅孔诚之口评价犹太教中"上帝选民"的观点:"上帝   如果真有那么个上帝的话——才不会选择让一个人凌驾于别人之上,或一个民族凌驾于另一个民族之上。天底下,我们都是一家人。"[2] 作品以艺术的语言重申了她一贯的观点:世界不同种族、不

---

1. 杨伯峻译注:《论语译注》,中华书局 1980 年版,第 125 页。
2. Buck, Pearl S.. *Peony*. New York: The John Day Company, 1948, p. 152.

同信仰、不同阶层的人，其人性是平等的，无有优劣高下之分。

基于这一参照标准，赛珍珠反对所有高人一等的优越心理及歧视他人的人类活动。她反对海外传教活动，因为那些"狭隘、冷淡、迟钝、无知"的传教士视野狭窄、胸襟狭隘，对中国古老的文明一无所知，仅凭自己独有的肤色和宗教就狂妄傲慢地骄矜于人，毫无儒家文化倡导的内在品德修养，显得十分浅薄。1932 年，她在《海外传教活动有必要吗?》演说中谈道："我见过教会里很有名望的正统传教士……他们对本可拯救的灵魂毫不怜悯，对外族的文明一概鄙夷不屑；相互之间刻薄尖酸；在感情细腻、文质彬彬的民族面前显得粗俗愚钝。凡此种种，无不让我的心羞愧得流血。"[1] 她鄙视受过一点西方文明的熏陶，就把本民族深厚传统弃置一边的中国现代青年。在向西方介绍中国时，她没有选择生活在社会上层的"那一小群不问世事的贵族式的知识分子"，而是选择了社会底层"不断地与天灾人祸作顽强斗争，生机勃勃地生活着的伟大的中国普通百姓"，因为"他们充满了魅力，宽宏大量。虽然目不识丁，卑陋的生活环境又把他们同现代思想、科学发现隔离开来，他们仍那么富有教养。……他们心地善良，其精明智慧，令人吃惊，又令人愉快。"[2] 因为人的本性虽无有高下之分，但后天的修养却有高下之分，"四海之内皆兄弟"并非所有人等的乌合和杂陈，而是品性高尚的人的灵犀相通，脉跳共振，如同赛珍珠设想她的外祖父有一天能和孔先生促膝谈心。《孟子·告子上》："有天爵者，有人爵者。仁义忠信，乐善不倦，此天爵也。公卿

---

1. 彼德·康：《赛珍珠传》，刘海平等译，漓江出版社 1998 年版，第 168 页。
2. 赛珍珠：《我的中国世界》，尚营林等译，湖南文艺出版社 1991 年版，第 285 页。

大夫，此人爵也。"[1] "仁义忠信，乐善不倦"就是"敬而无失"、"恭而有礼"。赛珍珠以天爵取人而不以人爵取人，体现了她对儒家思想精神的颖悟和坚持。

相对于批判和否定错误的言行，赛珍珠更重视从事建设性的工作，以理解、宽容、平等的态度对待他人，和谐相处，彼此相爱。而这种行为原则的产生虽不能完全排除基督的感召，但无疑更多来自儒家智慧的启迪。她受中国人孝敬父母思想的熏陶，呼吁天下做子女的善待父母，"不应该有任何惹老人生气的言行"，因为"人生苦短，能与父母一起生活的时间尤为短暂，我们应该格外珍惜这分分秒秒才是。"[2] 这种思想影响最重要的成果，无疑是"欢迎之家"的创办。赛珍珠年轻时曾和父亲讨论过欧洲人和美国人在中国的行径，父亲不带任何偏袒和辩护地分析道："我们一定不能忘记，来中国的传教士是不邀而至的，我们到中国来是出于责任感，中国并不欠我们什么。……如果说我们国家没有得到租界的话，那么在其他国家取得租界时，我们却缄口不语。我们也从不平等条约中捞到不少好处。"[3] 这番话让赛珍珠大受震动，她相信其他白人对中国这个"兄弟"的所作所为，美国人同样无法摆脱干系。所以，1949年，因一个偶然的机缘，赛珍珠萌生了创办一个公益性慈善机构的念头，她为这个机构取了一个充满温情的名字——"欢迎之家"（Welcome Home），其功能是收养被其他机构拒绝的孩子，并为他们寻找永久性的领养父母和家庭。"欢迎之家"的创办源于一个美国传教士的未婚女儿和一个印度

---

1. 杨伯峻译注：《孟子译注》，中华书局1960年版，第271页。
2. Buck, Pearl S.. *My Several Worlds*. New York: The John Day Company, 1954, p. 187.
3. Buck, Pearl S.. *My Several Worlds*. New York: The John Day Company, 1954, pp. 89—90.

青年的私生子，赛珍珠把这些孩子称为"亚美人"。这一行为背后的深层心理应该是为所有的白种人——无论是美国人还是欧洲人——还债，还他们对亚洲人欠下的债。赛珍珠用这种方式表达她对异国同胞手足般的大爱之情，也践行着她一生笃信的"四海之内，皆兄弟也"的人类平等观念。

3. 肯定"敬鬼神而远之"的入世人生观

> "祭如在，祭神如神在。子曰：'吾不与祭，如不祭。'"——《论语·八佾》
>
> "敬鬼神而远之，可谓知也。"——《论语·雍也》
>
> "子不语怪力乱神。"——《论语·述而》
>
> "子生三年，然后免于父母之怀。夫三年之丧，天下之通丧也。"——《论语·阳货》
>
> "未能事人，焉能事鬼。""未知生，焉知死。"[1]——《论语·先进》

这些表述阐明了孔子对属于宗教信仰领域的"神""鬼"的理性态度。他更重视此在的现实人生，但也不排斥人们的宗教心理需求，非常重视祭祀、守丧等礼仪，然而他没有把人的情感心理引导向外在的崇拜对象或神秘境界，而是把它消融满足在以亲子关系为核心的人与人的世间关系中。我们可以进一步具体归纳为如下几层意思：第一，对神鬼的态度应该十分恭敬、虔诚，宁信其有，不信其无；第

---

1. 杨伯峻译注：《论语译注》，中华书局 1980 年版，第 27、61、72、113、188 页。

二，对待鬼神的态度应该是"敬而远之""存而不论"，不在理论上探求讨论，争论这些难以解决的哲学课题，而注重在现实生活中如何处理好它，这才符合理性之智（即"知"）。第三，与其崇拜虚无缥缈的神鬼，不如更注重对祖先的崇拜、对父母的孝敬，以守丧三年回报父母三年的呵护、劬劳，把外在于己的崇拜对象或神秘境界拉回到以亲子关系为核心的人与人的世间关系之中，以人伦之情、道德规范代替宗教信仰，"使构成宗教三要素的观念、情感和仪式统统环绕和沉浸在这一世俗伦理和日常心理的综合统一体中，而不必去建立另外的神学信仰大厦。"[1]第四，人更应该重视现世的作为，把"不朽""拯救"都放在此生的世间功业文章中，而不是去追求来世拯救、三生业报或灵魂不朽。

赛珍珠这个美国基督教长老会的女儿，在首先接触到父亲致力传播的耶稣福音之后，又接受了孔先生教诲的儒家充满人情温暖的理性道德，她毫不犹豫地表明了倾向于后者的立场。"我在基督教世界里长大，所学到的生活准则是博爱；我也在另一个更为慈爱的世界里长大，所接受的是中国人的观念：生命是神圣的。"[2]她认同这种态度：爱的宗教的核心应该是充满人道主义精神的现世关怀，而不是对虚无缥缈的天堂的追寻和对教义教规的偏执狂热，所以她终身致力于将基督的博爱纳入对现实人生的关怀。赛珍珠早就认识到，接受父亲劝说入教的中国教徒大多是"衣食基督徒"，他们更感兴趣的是随着受洗而来的医疗保健、食物和工作，而不是灵魂的归宿，因为他们缺乏的正是前者；

---

1. 李泽厚：《中国思想史论》（上），安徽文艺出版社 1999 年版，第 25—26 页。
2. Buck, Pearl S.. *My Several Worlds*. New York: The John Day Company, 1954, p. 42.

面朝东方大地

至于后者，他们可以通过比基督教早产生五百年的儒家哲学来解决，而无需父亲对基督教刻板的教条和僵化的教义的喋喋不休、枯燥乏味的讲解。所以她坚定地认为西方国家的传教工作是从错误的一端开始的，他们对准备"拯救"的民众究竟需要什么并不了解，不少传教士在精神、道德上甚至比不上那些"被施救者"，他们是那样品德高尚，富有智慧。在《我的中国世界》中，赛珍珠不乏幽默地讲述了这样一个细节：当听众对赛兆祥的布道感到不耐烦，纷纷离席而去时，一位好心的老太太出于对这个苦口婆心的传教士的同情，劝大伙儿别惹这位好心的洋人生气，说他来中国传教，是为了将来能去天堂享福，大家要帮帮他。这种反宾为主的心理，反映了西方传道工作动机和效果的悖谬，也表明了赛珍珠对基督教的疏离和对儒家宗教观的亲近。

在小说《群芳亭》中，她又借意大利修士安德鲁之口宣扬了儒家入世的宗教观。安德鲁宣称，他的上帝不是高高在上、虚无缥缈的，而在"我们的四周，在空气和水里，在生和死里，在人类之中"。他没有固定的传教之法和祷告之法，他的传教之法"在面包和水里，在睡觉和走路之中，在打扫我的屋子和花园之中，在喂养我拾到家里的弃婴之中，……在陪坐病人和帮助弥留的人之中。"[1] 她对小说家的忠告是："切弗生在一种伟大的信条的荫影之下，切弗生在'原罪'的重累之下，切弗生在超度的厄运之下。去！去生在吉普西人或匪徒们中间，或生活于阳光中而并不想到他们的灵魂的、快乐的、庸俗的人们中间。"[2]

---

1. 赛珍珠：《群芳亭》，张子清等译，漓江出版社 1998 年版，第 160 页。
2. 赛珍珠：《忠告尚未诞生的小说家》，天虹译，载姚君伟编：《赛珍珠论中国小说》，南京大学出版社 2012 年版，第 93 页。

许多评论者提及赛珍珠是将父亲传教的热情用于从事现世的事业，她是尘世的传教者。而对现世工作的热衷和对基督教出世观的否定正是儒家重生轻死思想的体现。所以，虽然众所周知具有东西方双重文化背景的赛珍珠是在双焦透视的文化语境下进行思考和创作的，但她的精神主脉依然根植于儒家文化传统之中。

　　除用写作的形式呼吁之外，在现实生活中，赛珍珠也直接致力于各类人道主义活动，身体力行地施行弘道的理想。她兴办各种社会慈善活动：虽然她从不承认自己是女权主义者，却是公认的男女平权运动的主要代言人。饱经风霜的中国老百姓始终是她关注的焦点，同时，她还谴责英国在印度的殖民统治，声援印度的民族独立运动。她支持中国平民教育家晏阳初的工作，以访谈录《告语人民》宣传他的伟大事业，产生了极大影响。从1932年开始，她一直致力于反对种族歧视、支持黑人民权运动的社会活动；1937年，她在《图解博览》上发表文章，抨击美国的排外政策和限制移民法律对那些急于逃离希特勒法西斯政权的欧洲犹太人和其他难民的漠然拒绝，强烈主张美国要实行开放政策，接纳移民，并和其他社会名流一起，利用移民法的一项例外规定，帮助几千个欧洲人来到美国避难。她和丈夫威尔士一道，为废除1882年的"排华法"而奔走，对美国最终在1943年10月废除存在长达61年的"排华法"起到了推动作用。1940年11月，在中国抗日战争期间，夫妇二人又一道成立了紧急援华委员会，募集资金，用于在抗战中实行人道主义救援。她还进行了50多次演讲、访谈和新闻发布会，为亚洲的民族解放运动发出呼吁。1941年，她发表讨论美国性别问题的论文集《男人女人面面观》，以犀利的笔触对美国传统文化对于妇女的种种限制和约束进行了尖锐的抨击，鲜明地阐述了要求妇女拥有与男子平等权利的立场，并将美国妇女是否获得平等和完整的自主权当作美国民主是否能够继续存在的决定性因素。她反对种族歧视，为争取美国黑人的平等权益大声疾呼。1948年，赛珍珠夫妇又创办慈善机构"欢迎之家"——一个临时收养战争期间出生的、被遗弃的美国人和亚洲人所生的混血孤儿的管理性中介机构，旨在为这类孩子寻找永久性的领养父母。此后20多年中，这个机构为几千个"亚美"儿童找到了新家和父母。1964年，她又筹备成立了赛珍珠基金会，旨在在美国筹集款项，资助在亚洲国家和地区成立的类似的社会机构。她一生都自觉担当"弘道"重任，并将这一责任感推向世界。在以知识分子为题材的小说创作中，这种精神同样贯穿始终。

（二）对中国士大夫人文情怀的延续

此外，中国传统知识分子（士大夫）对国家命运的忧患意识、对民间疾苦的关心、对战争的厌倦和对和平的向往这些特有的情怀在赛珍珠本人身上及其作品中也有充分体现。这种情怀与西方知识分子的精神传统大相径庭。西方知识分子精神追求的首要目标是探索新知，穷究真理。作为欧洲文化起源的希腊文明一开始就是以向外追寻、掌握自然知识、探究世界本源与宇宙奥秘为特征的。早期希腊哲学的四大流派都是自然哲学，伊奥尼亚派（即米利都学派，主要代表有泰勒斯、阿那克西曼德、阿拉克西米、赫拉克利特等）、毕达哥拉斯派、爱利亚派（主要代表有克塞诺芬尼、巴门尼德、芝诺等）、元素派（主要代表有恩培多克勒、阿那克萨戈拉、德谟克里特等）探讨的中心问题是世界的本源是一还是多，是变的还是不变的。直到智者学派和苏格拉底出现，才将哲学探究的方向从自然转向人类自身活动，开启了社会哲学的新领域。希腊城邦德尔菲太阳神神庙中的"认识你自己"代表了这种观点，后因苏格拉底的大力倡导而闻名遐迩。文艺复兴时期的标志性口号"知识就是力量"也是古希腊对了解客观世界真相、探究宇宙起源与奥秘的热情在新时代下的再现和延续。西方人的人文情怀，对待自身，主要是强调对个性的张扬，独立之人格，自由之思想，文艺复兴运动就是主张将人性从神性的束缚下解放出来，回到作为个体的人自身；对待民众，主要强调精神启蒙，开启民智，让民众从蒙昧、非理性的黑暗世界中走进被智性光辉照耀的世界，18世纪启蒙运动就是这种情怀的具体体现。而中国传统知识分子的智性之路和人文情怀则与之不同。在中国古典知识体系中，作为自然科学的一支并非主流，人文科学从开始即为主导。在占据精神主导地位的儒家思想引导下，士大夫从一开始就将关注的重点投向人本身，"大学之道，在明明德，在亲民，在止于至善。"知识阶层的精神出发点是"修身"，就是建立起以道德为核心的价值理念，直至达到完美人格（即"仁人""君子"），再向外层层拓展，到"齐家"（"孝"）"亲民"（"老吾老以及人之老，幼吾幼以及人之幼"），直至"治国""平天下"（将"孝"发展为"忠"），使仁德之泽普被天下。在家国一体的政治观和天人合一的宇宙观、人生观的指导下，士大夫树立起小我与大我必须融为一体、小我的价值必须通过大我的实现方可完成的理想观。而治国平天下是完美人格得以最终完成的正统渠道，在两千多年的帝制中，当其他通道几乎全被堵塞时，这几乎成了唯一渠道。"学会文武艺，货与帝王家"，读书求知以养成才干，治国平天下以发挥才干，没有治国平天下的志向，读书求知就毫无用武之地。所以，中

　　　　　　　　　　　　　　　　　　　　　　　面朝东方大地

国传统知识分子讲究"学而优则仕",中国读书人最理想的归宿就是成为士大夫,因为有了这方舞台,其志向方可得以伸展,那些始终不忘初心的仁人君子图的就是"为官一任,造福一方",官职品级低如杜甫,也念念不忘"致君尧舜上,再使风俗淳"。所以,中国士大夫的目标不是向外探求,而是向内观照,不是求索自然的奥秘,而是安顿内心;他们实现自身价值的标志不是彰显个性,而是普惠民众;在亲民方面,他们的方式是爱民如子,做百姓的父母官,为他们营造相对公平正义的生活环境,而不是开启民智,帮助他们成长为精神独立的公民。所有这些思想最终铸就了中国士大夫人文情怀的内涵。在赛珍珠的中国知识分子书写中,中国的而非西方的知识分子精神传统体现得分外明显。大致可归纳为三个方面:

1."位卑未敢忘国忧"的忧患意识

中国传统知识分子(士大夫)最重要的一种精神特质就是对家国命运的忧患意识,"忠孝"二字是构筑和支撑他们精神大厦的栋梁。因为古代中国实行"家天下",君就是国,国就是君,对君的"忠"就是对国的"忠",在国家面临危难之际,这种忠心尤其能被充分彰显出来。这种家国情怀主要是通过"言志"之"诗"来加以体现的。著名爱国词人辛弃疾一生志在抗金,把洗雪国耻、收复失地作为自己毕生事业,却因屡遭弹劾,致使壮志难酬。他把自己满腔的爱国热情写进词章,抒发自己对君王的期待与失望,报国的雄心和英雄的悲愤。"落日楼头,断鸿声里。江南游子,把吴钩看了,栏杆拍遍,无人会,登临意。"(《水龙吟·登建康赏心亭》)"凭谁问,廉颇老矣,尚能饭否?"(《永遇乐·京口北固亭怀古》)南宋抗金名将岳飞立志精忠报国,戎马一生,以洗雪靖康之耻、迎回钦徽二帝、收复大宋河山为己任。他的《满江红》词充分表达了其心声："靖康耻，犹未雪；臣子恨，何时灭？驾长车、踏破贺兰山缺。壮志饥餐胡虏肉，笑谈渴饮匈奴血。待从头、收拾旧山河，朝天阙。"文天祥在《正气歌》中列举了历史上许多建功立业、垂名后世的英雄："时穷节乃见，一一垂丹青：在齐太史简，在晋董狐笔；在秦张良椎，在汉苏武节；为严将军头，为嵇侍中血；为张睢阳齿，为颜常山舌。或为辽东帽，清操厉冰雪；或为出师表，鬼神泣壮烈；或为渡江楫，慷慨吞胡羯，或为击贼笏，逆竖头破裂。是气所磅礴，凛然万古存。当其贯日月，生死安足论！"这些人都把个人命运和国家命运紧密联系在一起，文天祥以其为人生楷模，他毁家纾难，以家产充军资，起兵抗元，"臣心一片磁针石，不指南方不肯休"（《扬子江》）。被元军俘获后，始终不改气节，绝不降元，留下了掷地有声的"人生自古谁无死，留取丹心照汗青"的慷慨诗句。陆游也是投笔从戎，亲率军队抗击金兵，"早岁那知世事艰，中原北望气如山。楼船夜雪瓜洲渡，铁马秋风大散关。"（《书愤》）但一次次努力仍未能完成复国大业，即使人至岁暮，百病缠身，依然"位卑未敢忘国忧，事定犹须待阖棺。……出师一表通今古，夜半挑灯更细看。"（《病起书怀》）然而最终仍不免"报国欲死无战场""书生无地效孤忠"的悲壮命运，他只能把对收复失地的热烈期盼以及壮志难酬的悲愤情绪写进诗行。直到即将离世，他仍念念不忘"王师北定中原日，家祭无忘告乃翁"（《示儿》），一片忠心溢于言表。中国传统知识分子（即士人）绝不以读书求知为终极目的，他们追求学以致用，学以报国，"风声雨声读书声，声声入耳；家事国事天下事，事事关心"。

赛珍珠视中国为第二祖国，在中国这块土地上发生的一切重大事件都十分关注。她在中国度过的近四十年，正是中国充满内忧外患的近现代时期。西方列强对中国的欺凌和掠夺引起她的愤怒和不安，日本侵华引发她对中国人民苦难的同情，国共两党之争促使她思考民族的出路。她把这些思考写进《分家》《爱国者》《同胞》等作品中，在王源、吴一寰、梁詹姆斯等人对生活道路的选择中，我们看到的正是中国知识分子精神传统的延续。王源在美国读了六年书，获得了美国大学农学博士学位，但他关注的重点并非在专业知识方面做出新的探索和发现，而是始终以捍卫民族尊严、振兴多难而贫弱的祖国为己任，为此他甚至坚持不与异族女子通婚，以确保能专注此志不受外力干扰；他不肯盲目接受外国宗教，坚持思想独立；他回国后的理想既不是在舒适的海滨大城市过奢侈享乐的个人生活，也不追求在专业方面作出什么惊人的建树，成名成家，盘踞在他脑海里的最重要的念头是如何在新建立的国家中培养更多的具有现代专业知识和技术的农业人才，以所学的知识，改造中国的农业生产，改善民生。循着这一思路，王源一步步走向社会底层，走向人生的来处——祖父王龙起家的乡间老房子，那是他的生命之根。吴一寰虽出生银行家家庭，从小过着极其优越的生活，却与贫苦出生的革命党同学刘恩澜同气相求。他渴求的是和代表广大民众利益的平民子弟站在一起，抗战爆发后，感到一刻也不愿待在日本，很快离开了深爱的日本妻儿，回国参加抗战。作者同时还意味深长地描写了一寰的妻子、日本女子玉子的表现。她对丈夫的行为非常支持，同时自己也表现出维护本国利益的鲜明立场。在家与国、夫妇之情与民族气节发生冲突时，吴一寰和玉子都毫不迟疑地站位民族利益，他们都不是心中只有自我的个人主义者。《同胞》中的梁詹姆斯是个成绩优异的医科大学生，一个前途无量的外科医生，却放弃了美国的优越生活和科研条件，回到正处于战乱中的父母之邦，支持祖国发展。而在美国大谈中国文化的父亲梁文华对此却坚决反对，他深爱的中国女子李莉莉一家正是为了躲避战乱逃到美国当寓公的，莉莉的父亲事先将资金存入美国银行，所以他可以享受无忧无虑的美国生活。莉莉沉迷的也是美国无线电城提供给她的娱乐大片。詹姆斯选择的生活方向与他们截然不同。对詹姆斯的肯定，当然就是对自私、唯我的梁文华和李莉莉一家的间接否定。詹姆斯回国后，不是留在条件相对优越、病人较多、有利于医术提高的大都市北京，而是选择回到最原始、最落后的河北故乡，真正走向了最底层的中国，用自己的才学服务于村民，改变他们顽固、保守、落后的观念以及他们的卫生习惯。詹姆斯的彻底无我，将自己彻底奉献给祖国，与古代士大夫"天下兴亡，匹夫有责"的使命感一脉相承。美国著名的文化批评家弗雷德里克·詹姆逊（Fredric Jameson）认为："在第三世界的情况下，知识分子永远是政治知识分子。"[1]这种显著的政治倾向性当源于他们所处的社会环境，更源于他们所浸润的文化传统。

2."疑是民间疾苦声"的悲悯情怀

关心底层民众疾苦，对他们受欺凌、受剥削的不幸命运深表同情，也为无声的人民代言，为他们发出抗争之声，同样是中国古代士大夫的精神传统。民间疾苦与沉重的赋税、徭役以及战乱分不开，与官吏、豪绅、土匪和恶霸的巧取豪夺分不开，还与旱灾、水灾、蝗灾

---

1. 詹姆逊:《处于跨国资本主义时代的第三世界文学》，载张京媛主编:《新历史主义与文学批评》，北京大学出版社 1993 年版，第 240 页。

等各种天灾分不开。太平时期，老百姓需要应付层层剥削压榨；战争年代，他们又要服徭役、兵役，一去千里，经年不归，很多人抛尸荒野，骨肉离散。对此古代士大夫都有文字加以记录和表现。从家喻户晓的李绅的《悯农诗》到杜甫的"三吏""三别"，再到白居易的"新乐府"和"秦中吟"，将百姓饱受的各种忧苦表现得淋漓尽致。杜甫《夏日叹》"万人尚流冗，举目唯蒿莱"，写出百姓在战乱中流离失所，又受到旱灾带来的饥荒之苦，对此诗人愀然不乐，"对餐不能食，我心殊未谐"。《夏夜叹》感叹戍守边疆的将士们忍受夏日溽热，连洗个澡冲个凉都成了奢望，"念彼荷戈士，穷年守边疆。何由一洗濯，执热互相望"，这些诗句表达了与《茅屋为秋风所破歌》中"安得广厦千万间，大庇天下寒士俱欢颜"同样的悲悯情怀。白居易"新乐府"50首，"秦中吟"10首，"为君、为臣、为民、为物、为事而作，不为文而作"，其中有多首诗反映民生疾苦，"唯歌生民病"（《寄唐生》），"但伤民病痛"（《伤唐衢》）。"伤农夫之困"的《杜陵叟》写贪官酷吏对百姓的任意欺凌："杜陵叟，杜陵居，岁种薄田一顷余。三月无雨旱风起，麦苗不秀多黄死。"可是，"长吏明知不申破，急敛暴征求考课。"官吏只顾自己完成征税任务，哪管百姓死活？"典桑卖地纳官租，明年衣食将何如？"《卖炭翁》的主题是"苦宫市也"，一个"满面尘灰烟火色，两鬓苍苍十指黑"的烧炭翁在隆冬季节到都城来卖炭，尽管因为衣衫单薄，冻得瑟瑟发抖，但为了炭能卖得贵一点，心里却期待天气再寒冷一点。而他却遭遇到霸道的宫廷采购者的强买强卖，卖炭翁辛苦烧得的一千多斤炭被强行拉走，那是他指望着换取衣食的生存来源，却被明火执仗地抢走，只换得既不能充饥也不能御寒的"半匹红绡一丈绫""充"做炭值。《买花》写的是贫富对比，满城争相以高价购买国色天香的牡丹花，一幅其乐融融的繁华景象，可是一个田舍翁却感慨："一丛深色花，十户中人赋！"原来富贵人家的豪奢是以广大底层民众所承担的繁重赋税做支撑的。诗人的郁愤之情、不平之意尽显于字里行间。张养浩《山坡羊·潼关怀古》对百姓遭受的痛苦作了高度概括："兴，百姓苦；亡，百姓苦！"不论太平还是离乱，不论哪朝哪代，承受痛苦最多的都是底层百姓。统治者只考虑自己的政权稳固，不会真心关心百姓的疾苦，只有那些深怀恻隐之心的士大夫时时牵挂百姓的冷暖与哀乐。在《水浒传》第十五回白日鼠白胜挑着酒担上黄泥冈时唱的歌谣也唱出了百姓疾苦和贫富对立："赤日炎炎似火烧，野田禾稻半枯焦。农夫心内如汤煮，公子王孙把扇摇。"《红楼梦》第五十三回，写春节前夕，替贾府收租的黑山村乌庄头乌进孝在雨雪中走了一个多月，才把年关贡品送到宁国府，全都是上等的珍禽异兽、山珍谷米，数量也多得惊人。而贾珍看了账目直皱眉，嫌太少，"这够做什么的？""真真是叫别过年了！"据乌进孝汇报："今年年成实在不好。从三月下雨，接连着直到八月，竟没有一连晴过五六日；九月一场碗大的雹子，方近二三百里地方，连人带房，并牲口粮食，打伤了上千上万的，所以才这样。"[1]农村的灾情凋敝、乡民的生计艰难，全然不在权贵的心上，他们虑及的只是自己的奢靡享乐是否会受到影响。清代郑燮将他对百姓的拳拳之心充分表达在《潍县署中画竹呈年伯包大中丞括》一诗中："衙斋卧听萧萧竹，疑是民间疾苦声。些小吾曹州县吏，一枝一叶总关情。"这是有良知的中国士大夫挂怀民生情感的经典表达。

---

1. 曹雪芹、高鹗：《红楼梦》，人民文学出版社 1964 年版，第 666 页。

类似情感在赛珍珠笔下也得到充分体现。无论是题材的选择，还是主题的确立，平民百姓始终是她表现的中心和焦点。收录在短篇小说集《元配夫人》中的《花边》《新马路》《春荒》《逃荒者》《父与母》《大江》都体现了赛珍珠对中国底层百姓的深切同情。《花边》和《新马路》是两个杰出的短篇小说，她用细腻的笔法，通过语言、神态、动作和心理刻画，准确再现了人物性格。在《花边》中，她将谦恭卑微的中国穷裁缝和盛气凌人的白人邮政局长太太进行了对比描写。中国裁缝为洋太太缝制一件绸缎洋袍，为了区区五块钱的工钱，他在自家简陋狭小的屋舍中小心翼翼地赶制着，生怕汗水和气味弄污了衣服。面对反复无常、百般挑剔的洋太太，他"恭顺""忍耐""温和""局促""卑怯""乞怜""哀求"，"颤声说话"，紧张得嘴唇发干，汗水涔涔而下，甚至"不敢触及她的视线"。而洋太太则用"严峻""冷冷""愤愤""轻蔑"的态度不耐烦地训斥他，挑剔他，说他"讨厌"。穿着合体、时尚、花边缝制得十分精致、熨得很伏帖且工钱十分便宜的绸袍，心里"沾沾自喜"，面上却世故地浮出"似乎满意，而不十分满意的神气"。裁缝百般忍耐着洋太太的挑剔和侮辱，是因为他的亲侄子快要死了，他等着钱为侄子料理后事。尽管他受尽了洋太太的精神虐待，心里却依然热切地期待洋太太能对他的手工满意，以便再给他一个生意做，让他再赚到一点廉价的工钱，再多一次受辱的机会。这与"可怜身上衣正单，心忧炭贱愿天寒"的卖炭翁的心理何其相似！《新马路》描写民国政府为了举行孙中山灵柩奉安大典，要在新都南京修建一条从长江下关码头直通东郊中山陵的新马路，需要把规划范围内的沿途民房统统拆除。罗成老头那爿从爷爷手里继承下来、已经开了六十年、全家人赖以为生的老虎灶正在拆除范围之内。罗成天真地希望通过索要高额赔偿金来吓退政府公务员，而那个年轻的公务员听了罗成的话，不仅"厉声"反诘，且"握住长枪"向罗成逼过来，吓得罗成缩进屋里，吓得他的孙子大哭起来。公务员没有半句安慰解释，只是冷冷地告诉他"没有钱"，"这是你对于新都的贡献"，"你是把这个献给了共和国"。这情形又与《石壕吏》中"吏呼一何怒，妇啼一何苦"的对比描写何其相似！赛珍珠以愤怒的心情写出古今官吏在本质上的相通处。老妇已经把三个儿子都奉献出来戍边，最终年迈力衰的她还免不了被带去给军队做后勤。罗成的房子在没有任何安抚和补偿措施的前提下被政府强拆，但他的儿子找到了监督修路的工作，可以挣得店面被拆后的一家人的生活费——这是赛珍珠温和善良的体现，她不常写人被逼到绝境的情节——但是不是所有拆迁户都有此幸运？赛珍珠怀着与古代士大夫相同的悲悯情怀，对中国底层百姓苦痛、绝望、无力自保的生活状况作了如实反映。这两个短篇小说摆脱了常见于其长篇小说中的与人物身份不相符合的说教和议论，将人物刻画得细致、客观，具有高度的真实性。1931 年 8 月，长江发生大洪灾，中下游地区淹没农田 5000 多万亩，淹死 14.5 万人，南京、武汉两大城市均被淹没。赛珍珠不仅和巴克等人一起积极参与援救行动，而且以《水灾》这组短篇小说及时记录下这一历史性灾难。《春荒》《逃荒者》《父与母》《大江》像一个个特写镜头，把挣扎在死亡线上的灾民的各种苦况再现出来，充分体现出她对无助灾民悲天悯人的哀怜同情之心。

3. 反战反暴力立场

几千年的中国封建社会经常处于战乱频仍的状态。改朝换代要动用武力争夺江山，江山坐稳后，仍离不开武力巩固权力。历代统治者少有不穷兵黩武、征战不息的。平民百姓于是遭了殃，一代又一代人不断被徭役、兵役、戍守边关、修筑防御工事奴役着，无数人抛妻别子，远离故土，更有许多人抛尸荒野，变成孤魂野鬼，被迫充当统治者无边权欲的牺牲品。他们痛恨战争，渴求和平，期盼安居乐业，骨肉不再分离。那些有良知的士大夫自觉充当深受离乱悲苦的百姓的代言人，用文学作品谴责连绵不断的战争，表达对苦难人民的深切同情。杜甫的"三吏""三别"、《兵车行》等都是谴责战争的残酷、揭露战争本质的著名诗篇："车辚辚，马萧萧，行人弓箭各在腰，爷娘妻子走相送，尘埃不见咸阳桥。牵衣顿足拦道哭，哭声直上干云霄……"战争给百姓造成巨大创伤，到处可见生离死别的悲惨景象："君不见青海头，古来白骨无人收。新鬼烦冤旧鬼哭，天阴雨湿声啾啾！"（《兵车行》）亲人一别可能就永隔阴阳。而可怜的妻子还在痴情盼望丈夫归来，与自己团聚："可怜无定河边骨，犹是春闺梦里人。"（晚唐陈陶《陇西行》其二）即使侥幸保住性命，但一生光阴已经消磨在边塞，留给自己的只有残生："去时里正与裹头，归来头白还戍边。"（《兵车行》）而唐代诗人曹松的诗句"凭君莫话封侯事，一将功成万骨枯"（《己亥岁》）则是对古代战争本质最凝练、最深刻的高度概括。战争带给底层百姓的是无穷无尽的灾难。唐代诗人李华的《吊古战场文》则是对"尝覆三军"的古战场惨烈景象的直接描写："浩浩乎，平沙无垠，夐不见人。河水萦带，群山纠纷。黯兮惨悴，风悲日曛。蓬断草枯，凛若霜晨。鸟飞不下，兽铤亡群。"这里"往往鬼哭，天阴则闻"，是无数不散之冤魂的悲惨哀诉。作者悲愤地责问残酷的统治者："苍苍蒸（众多意）民，谁无父母？提携捧负，畏其不寿。谁无兄弟？如足如手。谁无夫妇？如宾如友。生也何恩，杀之何咎?"这篇充满着血和泪的骈文,流淌着对人民的深切同情,对帝王功业的深刻怀疑,是对"一将功成万骨枯"的最好诠释。

赛珍珠反战争、反暴力的立场和情绪在许多中国题材的小说中都有表现。在《儿子们》和《分家》中,通过王源抵制父亲为他设计的军阀生涯,逃离军队,固执地走向土地的情节,作者初次表达了对战争和暴力的厌恶。在《群芳亭》中,赛珍珠借安德雷修士之口否定战争,"处在最低发展水平线上的人才会有争斗和战争","不开化的人才喜欢战争"。[1]吴太太对人们之间的争斗和国家之间的战争既不理解、也不赞同,当儿子泽镇在一旁大谈部队、坦克、轰炸机时,吴太太只是厌倦地打呵欠。她觉得让年轻人为战争和死亡操劳一辈子实在是太愚蠢,毫无价值。她认为胜利不在于消灭他人生命,而在于自己孕育更多的生命,人类有价值的工作是建设,而不是破坏和毁灭。为了强调此观点,作者仓促而草率地安排了让泽镇驾飞机爆炸身亡的情节,态度可谓十分鲜明。在《同胞》中,作者让詹姆斯和彼得兄弟二人选择了不同的人生道路,彼得走的是激进之路,爆炸、暗杀,期望用快速的方式摧毁旧的不合理的世界,而詹姆斯则选择了一条温和的改良之路,逐渐改进已有的一切,能活着看清自己的目标。作者再次以彼得的毁灭和詹姆斯坚定沉着的不断努力,来表明自己对暴力对抗道路的否定和渐进式渗透方式的赞同。赛珍珠的反战立场在《龙子》一书中得到最清晰、最充分的表达。《龙子》显示出赛珍珠透视战争的目光深邃而长远。她从开始描写日军暴行给中国人民的生命财产造成的巨大损失,到进一步看清战争与暴力对人性的摧残。战争发生之初,

---

1. 赛珍珠:《群芳亭》,张子清等译,漓江出版社1998年版,第279页。

日本士兵疯狂杀戮，肆意强奸，甚至连林郯那个胖得连路也走不动的亲家母也未能逃过日本士兵的凌辱。此时，林郯就意识到那些狂暴的日本士兵并非天性凶恶，是战争机器将他们铸造成了毫无人性的禽兽："一个人要是上了战场，就不再是自己，不过是一堆没有灵魂的行尸走肉罢了。"[1] 随着双方对峙的持续，林郯更加惊惧地发现，暴力和仇恨已经像瘟疫一样传染到中国民众心中。他那原本温和腼腆的大儿子杀人以后连手都不洗就接着吃饭，他那正处于青春期的小儿子在遭受过敌人的凌辱后变得只知恨不懂得爱："鬼子在这个儿子身上作的孽把他的天性泯灭了。如今，他把能够爱上一个女人所有的欲望倾注进了一个更深沉的欲望里。那就是杀人的欲望。杀人已经成了他的欢乐。"[2] 他深深忧虑："我们变得像世界上其他国家的人一样好战，难道说这不是我们的末日临头了吗？"[3] 李华在《吊古战场文》中对征战作了彻底否定，他侧重于战争使生灵涂炭、经济凋敝这些可见可感的事实；而赛珍珠对战争的否定，则是站在更高视野上，看到战争对人心的毒化。应当说，赛珍珠对战争本质的挖掘是在形而上的抽象层面加以思考的，因而具有超越特定历史时期的普遍意义和深远价值。

二、赛珍珠负面知识分子形象塑造与中国小说资源

赛珍珠对中国知识分子的认知一方面借助于直接的生活经验，另

---

1. 赛珍珠：《龙子》，刘锋等译，漓江出版社 1998 年版，第 110 页。
2. 赛珍珠：《龙子》，刘锋等译，漓江出版社 1998 年版，第 214 页。
3. 赛珍珠：《龙子》，刘锋等译，漓江出版社 1998 年版，第 215 页。

一方面，则源于从中国知识分子题材的文学作品中间接获取的信息。1914年，新文化运动开始的前一年，赛珍珠从美国伦道夫—梅肯女子学院学成，回到中国镇江父母身边。对时局十分关注、敏感的她通过阅读报纸，对正在发生的新文化运动有不少了解，所以当她开始写作时，她笔下那些妇女、知识分子的命运无不跃动着时代的脉搏，在社会大潮中翻转、沉浮。同时，身为知识女性的赛珍珠有许多知识分子朋友、同事，比如胡适曾是她的第一任丈夫巴克在康奈尔大学的同学，也是他们的朋友；她本人和林语堂、曹禺、老舍等作家都有过密切交往；她在金陵大学任教期间与许多中国教授如梁实秋等人做过同事，她和巴克在金陵大学的住宅，是不同国籍的知识界朋友经常聚谈的场所；在美国期间，她还和江亢虎等留美华人知识分子打过笔墨官司，同时，也和她景仰的平民教育家晏阳初先生有过亲密的接触和对谈。她从不缺少零距离观察中国知识分子的机会，有足够的条件获取第一手写作素材。但同时，在对中国知识分子这个群体进行整体观照，在探测、切入中国知识分子的精神脉跳，把握他们的心灵世界、描画他们的灵魂色彩时，她却无疑借助过中国作家的敏锐观察和睿智判断。所以，她书写的中国知识分子形象，既来源于她的个人生活积累，又来源于她与中国文学传统之间的对话，这些资源应该是综合的、多渠道的，既有传统的，也有现代的。以下重点选取赛珍珠熟知的清代小说家吴敬梓的《儒林外史》、现代小说家鲁迅的《呐喊》《彷徨》中的知识分子题材的短篇小说以及冰心等现代作家同类题材的短篇小说，来考察赛珍珠对知识分子形象的塑造与这些作品的对话和互文关系。

　　如第三章"赛珍珠对中国小说的借鉴"所述，赛珍珠的平民写作立场，使她在创作伊始，就将主要兴趣投注给普通平民，看到隐藏在他们粗粝外表下的善良、纯朴而坚实的犹如泥土一般的美好且真切的优良品德。也从这种民本意识出发，赛珍珠发现了"中国平民与知识阶级间的鸿沟太可怕了，已成为互不沟通的深渊"[1]。作为精英阶层，现代知识分子很少为平民阶级社会地位和生活状况的改善着想，他们中的一些人不再以古代的"任道"精神为己任，相反，学识的宏富、智力的超群只增加了高人一等、傲慢自负的精英意识。在新时期，这些根深蒂固的缺陷和恶习并未因时代变迁，因西装革履、洋腔洋调取代了长袍马褂、之乎者也而有丝毫改变，相反，这些缺陷和恶习潜伏在中国知识阶层的基因中，进入新时代，改头换面，以新的面目出现，依然危害着自己和他人，使部分受过数年高深教育的人，非但没有成为造福社会的有效力量，相反，他们或因所学的知识脱离实际，在生活中找不到适当的位置而遭人鄙弃，或因知识、学历、资历的获取而自视高人一等，成为一群高高在上的精致的利己主义者和无视他人疾苦的冷酷麻木的新贵。这些人物共同构成赛珍珠作品中的负面知识分子典型。这类人物身上或隐或显地映现着《儒林外史》中所刻画的中国传统文人以及鲁迅、冰心等现代小说家所塑造的同类形象的影子。

（一）迂阔懦弱、百无一用的知识分子

《儒林外史》是一部以讽刺见长的小说，对八股取士制度下造就出来的一群可怜可悲、可笑可叹或愚庸的穷酸士子，对封建伦理下产

1.《赛珍珠对江亢虎评论的答复》，*New York Times Book Review*, Jan. 15, 转引自郭英剑主编：《赛珍珠评论集》，漓江出版社 1998 年版，第 571 页。

生的一批伪君子，以及附庸风雅、博取虚名的庸俗的文人雅士进行了淋漓尽致的揭露和批判。鲁迅评价："迨吴敬梓《儒林外史》出，乃秉持公心，指摘时弊，机锋所向，尤在士林；其文又戚而能谐，婉而多讽：于是说部中乃始有足称讽刺之书。"[1] 这些人物或如周进、范进，埋头八股文中，耗尽半生，须发花白，受尽贫寒、屈辱，形销骨立，方得侥幸出头，何况还有更多人穷尽一生光阴和心血而终无出头之日！周进未进学之前，在年纪比自己小得多的秀才、举人面前，须自称"学生""晚生"，做低伏小，还要受人奚落。正因为所受屈辱太深，参观梦寐以求而终不得进入的贡院时，竟然晕死过去，醒来又哭得口吐鲜血。范进是另一个周进，未中举之前，动辄被岳父骂得狗血喷头，甚至衣食难继。听闻中举的消息后，先是不信，继而疯癫，窘态百出。他们生平的唯一目标就是进学，胸中除墨卷之外，了无所有。周进做了学道后，面对修学诗词歌赋的童生，愤然作色，斥责这种偏离八股"正务"的杂学、杂览行为，认为是"不务正业"。结果这些所谓"饱读之士"孤陋寡闻，竟然连苏轼、李清照、朱淑真、苏若兰这些著名诗人都不知道，甚至张冠李戴，把宋朝赵匡胤、赵普与本朝朱元璋、刘基的事迹混为一谈，"制艺之外，百不经意"[2] 马纯上马二先生是个八股文选家，他本性善良，古道热肠，但因对八股取士制度真诚信服，全力捍卫，导致他见解古板狭隘，精神世界一片荒芜。他的人生观就是："举业二字，是从古及今人人必要做的。""人生在世，除了这事，就没有第二件可以出头。"他主张好的文章，"全

1.《中国小说史略》，载《鲁迅全集》第 9 卷，人民文学出版社 2005 年版，第 228 页。
2.《中国小说史略》，载《鲁迅全集》第 9 卷，人民文学出版社 2005 年版，第 229 页。

面朝东方大地

是不可带词赋气"[1]。对举业的迷信阉割了他的审美能力和生活常识：面对可称天下至景的西湖山水，全无会心；面对洪憨仙的烧银骗局深信不疑，人家带他抄近路，他竟疑为仙家的缩地法。八股文章把书生整得一事不知，索然寡味。鲁迅在《孔乙己》《白光》中也塑造了两个被八股制度压扁的可笑可怜可叹可悲的书生形象。一是孔乙己，一个"站着喝酒而穿长衫的唯一的人"，一是陈士成，一个连考了十六回却连秀才也没考中的老童生。《孔乙己》中的孔乙己只因读了几句书，弄得文不能安邦，武不能定国，穷到偷盗的地步，却仍不肯脱下作为士人标志的那件又脏又破的长衫，不愿加入自食其力的短衣队伍，只能靠一点毫无实际价值的可怜的死知识来自我安慰。孔乙己除了做供人娱乐的对象，别无存在价值。《白光》中的陈士成的日常生活状态如何，单从他斑白的短发，灰白的脸色，红肿的双眼，乌黑的眼圈就可得知。他像赌徒一样把一生都押在进学、中举上，期待一旦成功，便可将半生所受的蔑视、屈辱、贫贱一扫而尽，从此出人头地，扬眉吐气，踏上锦绣前程。可他没有周进、范进那般幸运，等待他的却永远是落榜、失望，如糖塔一般坍塌的前程。强烈的渴望与无情的现实之间形成的巨大反差终于将他彻底撕裂，并最终将他推向毁灭。他们的遭遇与《儒林外史》中的倪霜峰十分相似。倪霜峰"从二十岁上进学，到而今做了三十七年的秀才。就坏在读了这几句死书，拿不得轻，负不的重，一日穷似一日……"[2]，只得借为人修补乐器的手艺勉强糊口，连亲生儿子都抚养不起，不得不一一卖到他州外

---

1. 吴敬梓：《儒林外史》，人民文学出版社 1977 年版，第 167、193、166 页。

2. 吴敬梓：《儒林外史》，人民文学出版社 1977 年版，第 298—299 页。

府，骨肉分离。读书毁了他们一生，让他们做了"百无一用是书生"的生动注解。

这些形象启发了赛珍珠的创作灵感，她在长篇小说《龙子》中也塑造了一个同类人物，一个旧式文人——林郯的三堂兄。他是全村唯一识字的人，可同时也是个可笑可怜的穷酸秀才，他干瘪的身体、稀疏的胡须、惧内的毛病都是全村人调侃、取乐的话题。他的文化学识丝毫没为他赢得地位和尊重，人们只在求人念信、写信时才想到他，更多的时候，文化成为他的负累。读书也使他变得百无一用，老朽不堪，全身上下都写着酸腐字样，甚至连嘴里都散发着臭气，与干净、清爽的农民林郯完全相反。老婆嫌他没用，一肚子墨水换不来钱，连人力车都没力气拉。读书把他变得懦弱无能，受人轻视。"大家都知道：是学问使人懦弱的。一个有学问的人断不会有一字不识的人勇敢。"[1] 学问还使他在生活上十分低能，不会耕种，不能挣钱，他的家贫寒、肮脏、混乱，时常要靠林郯接济。他在家中树立不起权威，所以连自己的儿子也教育不好。儿子既不肯读书，也不肯踏实做事，生在乡村却不肯务农，对父亲的学问自然也不屑一顾，整日游手好闲，不务正业，连媳妇都讨不上，最后被日本人打死。三堂兄的老婆凶蛮霸道，蔑视无能的丈夫，恣意践踏丈夫的尊严。抗战爆发后，她竟逼丈夫给汉奸吴廉通风报信、传递游击队员活动的消息以换取几个小钱，最后这个懦弱无用的可怜虫像说书人一样，靠向民众出卖无线电里偷听来的解放区的消息挣点买鸦片的钱，真是斯文扫地。当然，赛珍珠并非完全否定知识，女主人公玉儿也是一个会阅读能写字的人，

---

1. 赛珍珠：《龙子》，刘锋等译，漓江出版社 1998 年版，第 190 页。

钦佩水浒英雄，她不仅成为家中最有主见和见识的女人，还成为抗日女英雄。作者对三堂兄的嘲讽，主要是对凌空蹈虚、脱离实际的旧式学问的否定，这种学问只是一点僵死的知识，没有在品行、人格、能力方面给他任何造就提升，而对这些知识的追逐却使他失去了行动力，最终在严酷的现实面前彻底扭曲了人生轨迹。他的悲剧与周进、范进、孔乙己、陈士成等人在本质上是一脉相承的。

赛珍珠笔下百无一用的知识分子形象，除了三堂兄这类被旧式教育毁损的酸腐文人外，还有被洋八股、新教育培养出来的在社会上找不到用武之地的懦弱无能的洋博士、新学生。收录在短篇小说集《元配夫人》中的小说《雨天》，讲述一个留美八年归国的哲学博士李德俊的悲剧故事。德俊以优异的成绩从美国大学毕业回国，满怀报国热情希望为社会做点有益的事。然而等待他的却是冰冷、凡庸而无聊的现实：家族中，从祖父、父亲直至伯父、堂兄整个庞大家族把他当做摇钱树，要求他高额回报为他留学所付的投资；父亲强令他和从小定亲的陌生女子结婚，传宗接代；街道上污水横流，肮脏不堪，但县长对他改造家乡公共卫生的建议毫无兴趣。这个写出《东西哲学比较观》的优秀毕业论文的高材生，感到未来岁月只有"肮脏的女人，作牛马，永远的空虚"，他的理想火焰很快被现实的凄风苦雨浇灭了，吞下三颗鸦片烟泡自杀，了结了曾经充满理想、热情、青春的生命。收录在《永生》中的短篇小说《上海景象》讲述了一个类似的故事：一个能熟练运用英文写作时评的青年大学生袁，毕业后却迟迟找不到工作，他把自己时运不济归咎于自己没有一个有权有势的父亲。但最后还是靠了小店主父亲的努力，他才进了铁路局当了一名职员，在候车室里维护上车秩序。每天的工作就是面对愚昧无知的人，说着重复的话，干着无聊的事，和他在学校里写的英文文章"西湖之月"、"将死的爱情"、"我们的英雄孙中山"风马牛不相及。在现实与理想断裂成的峡谷中，袁感到无边无际的空虚，绝望得几乎要发疯，甚至真的神经失常般地殴打一名年老的乘客，以发泄怨气。他们擅长的东西方哲学、英语文章在现实生活面前，就像油漂浮在水面上一样，让他们失去了植根的力量。他们是不切实际的教育体制的牺牲品，学校设定的人才培养标准和现实标准之间的错位脱节导致他们受挫、失败乃至毁灭。

像李德俊和袁这类怀抱极高理想，却在残酷现实面前败下阵来的人物，是那个时代普遍存在的一类人。冰心的两则短篇小说《两个家庭》（1933）和《去国》（1933）写的也是同类主题。《两个家庭》中从英国留学归来的知识分子陈华民，既聪明又勤奋，其才干和学问连英国学生都妒羡，他"在英国留学的时候养精蓄锐，满想着一回国，立刻要把中国旋转过来"[1]，回国后，遭遇的却是素志难偿的社会和凌乱无章的家政，他改变不了现实，变得颓唐不堪，只得终日买醉，竟至郁郁而终。《去国》中留美归国的朱英士放弃美国优厚的工作条件，满怀激情地赶回新生的共和国，期待大有作为："我何幸是一个少年，又何幸生在少年的中国"，结果国内诸事不举的现状却令他大失所望，心情一变而为"我何不幸是一个中国的少年，又何不幸生在今日的中国……"[2] 为了不在蹉跎中消磨光阴，空度生命，半年后他不得不再一次离开祖国，登上回美国的轮船。梦想破碎，他在现实面前当了逃

---

1. 冰心：《两个家庭》，载《新编冰心文集》第一卷，商务印书馆2008年版，第8页。
2. 冰心：《去国》，载《新编冰心文集》第一卷，商务印书馆2008年版，第16、23页。

兵。这类现代文学形象无疑也给了赛珍珠不少启示。

赛珍珠和冰心一样观察到这类在西洋教育下的百无一用的新儒生形象。他们毫无人生经验,对中国社会现状缺乏了解,对严峻现实缺少准备,耽于幻想。有的则意志薄弱,满脑子都是与社会脱节的文学、哲学的空幻梦想,一遭遇社会这座铜墙铁壁,他们那些被幻想充斥的头颅便很容易被撞破击碎。《雨天》中的李德俊、《上海景象》中的袁与《龙子》中的三堂兄一样,他们与周进、范进、孔乙己、陈士成、陈华民、朱英士在本质上是同一类人,虽然身处新旧两个时代,学问有别,但他们所受的教育都是与现实脱节的,他们所处的社会问题丛生,最终使他们成为跟不上时代的百无一用、虚掷生命的懦弱书生,不能成为社会转型的有效力量。

(二)吟风弄月、玩赏智力的知识分子

赛珍珠塑造的第二类负面知识分子形象是那些栖身象牙塔中,利用所学知识沽名钓誉,为自己赢得名声、财富,并借以过着精神和物质双重优越生活的人。他们凭借智力优势沾沾自喜,自我陶醉,山鸡映水,顾影自怜,而对处于民族危亡中的祖国、对挣扎在苦难困顿中的人民却视若无睹,没有丝毫回馈的愿望与付出。《分家》中的王盛、《同胞》中的梁文华等同属这类人。他们出身于豪绅家庭,从小享受优裕的生活和良好的教育,凭借优越的外在条件和自身的聪明才学混迹于国内外精英圈和知识层,犹如古代的名士一般。在祖国遭受战乱和贫穷时,他们却躲在美国吟风弄月,广泛交游,过着悠然自得的生活。王盛潇洒从容,聪慧敏捷,写些形式精巧、内容空洞的新诗,在

美国大都市舒适的物质文明和开放自由的风气中如鱼得水，尽情享受，而对留在他背后的祖国的贫穷、饥荒、战争则丝毫不感兴趣，没有半点担当的愿望，精神世界狭窄渺小，空虚无聊。梁文华在美国大学教授中国古代哲学和文学，并借以赢得受人尊重的社会地位和舒适富足的生活。但实际上，无论是中国文化，还是中国人他都并不喜欢，甚至竭力掩饰他从中国带来的一些看似不文明的生活习惯。比如，他爱中国菜肴，喜欢在家大快朵颐的感觉，但在外面却只肯文雅地用小碗吃饭，以免被美国人当作大食量的乡下人。他屈尊到唐人街中国戏院观看粤剧《花木兰》，但他内心深处并不欣赏这种程式化的、闹哄哄的传统戏曲表演。"眼前舞台上这些大摇大摆、高声吟唱的演员和他们色彩鲜艳的古代服装，给人一种幼稚、傻气的感觉。这样的演出很可能符合中国农村观众的口味，符合坐在庙宇前、山坡上看戏的农民和乡巴佬的口味，但显然不符合一个现代民族的口味。"[1]但他却将真实的想法掩藏起来，准备在暑假给美国学生开设课程，介绍中国戏剧。可以想见，他在课堂上会以怎样炫酷的语言去介绍本民族戏剧，把它们说得天花乱坠，说些连他自己也不理解、不相信的话。他讨厌唐人街上粗俗的同胞，不愿和他们住在一起，甚至认为"像他自己这样的华人竟不是中国的唯一代表，这实在太不幸了。允许唐人街的存在真是一大遗憾。"[2]他清楚地知道中国的现状，来美国后拒不回乡，不愿意再回顾那里的闭塞、愚昧和肮脏无序，却在不明真相的美国人面前竭力粉饰中国，不仅夸耀它悠久、辉煌的文明史，而且虚构

1. 赛珍珠：《同胞》，赵文书等译，漓江出版社1998年版，第5页。
2. 赛珍珠：《同胞》，赵文书等译，漓江出版社1998年版，第6页。

它高雅、美好的现实，并不是出于对故国的怀恋，仅仅是为了借此抬高自己，巩固自己的社会地位。尚在孩童时代的长子詹姆斯已经觉察到其中的异常，他发现父亲和他那帮深受英国和欧洲文化熏陶的朋友个个风度翩翩，聚在一起无所不谈，"然而他们所谈的一切都被织在一张毫无实质内容的语言网之中，谈到最后，什么结论也没有，谁也说服不了谁，只是这张网倒化成了一片雾幛，人一走，连这雾幛也消失在一片寂静中。"[1] 幼子彼得在回国后看到祖国到处充斥着肮脏、疾病、愚昧的现实真相后，对父亲闭眼不看现实、鸵鸟式的自欺欺人的谎言非常愤慨："我一辈子也不能原谅爸——他把一切都藏在孔孟之道的云雾里，让我们相信一切都是美好的！难怪他自己不回来！"[2] 他们的夸夸其谈只是为了卖弄聪明，为自己博取虚名。但梁文华从未意识到这种爱国之情的虚假，反而自我标榜："尽管战乱使祖国残破，但我使她的精神在这异国他乡弘扬光大。"[3] 其实他所谓的爱国热情只是叶公好龙，并未真正做出任何对社会有神益的事情，赛珍珠说他们这类人从未把根扎进真正的生活，活得不真实。当这种矫情的爱国谎言事与愿违地培植出子女们的报国真心时，他既恐慌又无奈。长子詹姆斯打算用学到的医学知识回国效力，他竭力反对，痛惜儿子丢失了大好前程。但当小女儿路易斯失身于美国男孩时，他又觉得是对他教授的儒家训条的嘲讽，为了保全脸面，阻断小女儿荒唐的感情游戏，他强行把几个子女都送回中国，最终导致年轻气盛、思想单纯的彼得

---

1. 赛珍珠：《同胞》，赵文书等译，漓江出版社 1998 年版，第 95 页。

2. 赛珍珠：《同胞》，赵文书等译，漓江出版社 1998 年版，第 270 页。

3. 赛珍珠：《同胞》，赵文书等译，漓江出版社 1998 年版，第 104 页。

丧命于极端的爱国激情。他所制造的中国神话，最大的效用是为自己在美国人、在西方人面前筑起一道美丽优雅而神秘虚幻的高墙，以便遮挡住真正的现实，更好地衬托出自己的社会地位。赛珍珠否定梁文华之类的高智商知识群体的大话空言，他们对祖国没有任何实际的贡献，她把这些人称作是"无根地浮在生活表面的人"[1]。郭英剑认为，梁文华是侨居海外的理论家型的爱国知识分子，他们"以思想为主，靠传播其爱国理念为主旨而不付诸行动"[2]。彼德·康则认为，侨居纽约的中国哲学家"梁博士是个高级骗子。他讲述了一个玫瑰色的、童话式的中国，对古代的文本和模式作了依稀仿佛的演绎，用一种亘古不变的安详掩盖了所有剧变。……那些故事与当时的中国，与40年代后期的社会风暴以及内战最后几个苦涩的月份，毫无关联。"[3] 虽然"高级骗子"这种称谓可能有点过于偏激，但我基本赞同彼德·康的观点，并不认为赛珍珠的创作立意是要从理论和实践两个层面分别塑造梁文华及其子梁詹姆斯两类海外爱国华人知识分子形象，而是用子辈的真诚恳切去否定父辈的虚情假意。父辈是在消费中国传统文化，而子辈是在建设中国现代文化。作家对梁文华的讽刺和调侃虽然温和，但基本立场却十分鲜明。

也有学者称，赛珍珠塑造这一知识分子形象是影射、讽刺鄙视本民族普通民众的江亢虎之流的海外学者。不过，赛珍珠之所以能切准这类言不由衷、表里不一、自我标榜、自诩清高的文人的脉搏，除了

1. 赛珍珠：《同胞》，赵文书等译，漓江出版社1998年版，第128页。
2. 郭英剑：《抒写"海归派"知识分子的发轫之作》，《江苏大学学报》（社会科学版）2002年第3期，第60页。
3. 彼德·康：《赛珍珠传》，刘海平等译，漓江出版社1998年版，第351页。

面朝东方大地

在现实中对这类文人的观察和了解之外，还应归功于《儒林外史》等古典小说对知识分子精神世界的深层次挖掘和呈现。吴敬梓在《儒林外史》中，通过宴集莺脰湖、雅集西子湖、高会莫愁湖三幕闹剧，展示了一班附庸风雅的假名士的真面目，那些假名士可谓是王盛、梁文华等辈的祖师爷。

名士是科举制度派生出来的一批沽名钓誉之徒，他们在科场败北，不能在功名场上进身仕途，于是乎呼朋唤友，结诗社、刻诗集、写斗方、诗酒风流，相互吹捧，自我陶醉。已故中堂之子、现任通政之弟娄三、娄四公子，"因科名蹭蹬，不得早年中鼎甲，入翰林，激成了一肚子牢骚不平"[1]，便返回故里，效法战国春申君、信陵君，在家乡求贤人访名士，希图博取美名。在身边聚集了七八个"高人"，宴集莺脰湖是这幕颇具喜感的闹剧的高潮。"席间八位名士，带挈杨执中的蠢儿子杨老六也在船上，共合九人之数。当下牛布衣吟诗，张铁臂击剑，陈和甫打哄说笑，伴着两公子的雍容尔雅，蘧公孙的俊俏风流，杨执中的古貌古心，权勿用怪模怪样：真乃一时胜会。"[2]其实，那杨执中是个呆子，权勿用是个无赖，张铁臂是个骗子。即如蘧驷夫这样的太守之孙、名门之后，虽于科举功名十分淡泊，却热衷文人江湖的名利，竟在明初诗人高启的绝本手抄诗集《高青邱集诗话》上，加上"嘉兴蘧来旬驷夫氏补辑"字样，冒充成自己搜集整理编校后的成果，誊抄刊刻，到处传送，以博取虚名。当名士的真面目逐渐暴露之后，这个群体自然作鸟兽散，二娄公子半世豪举的终局只

---

1. 吴敬梓：《儒林外史》，人民文学出版社1977年版，第111页。
2. 吴敬梓：《儒林外史》，人民文学出版社1977年版，第159页。

落得一场扫兴。西子湖畔则聚集着一帮斗方名士，医生赵雪斋，冢宰后嗣胡三公子，头巾店老板景兰江，还有假冒秀才的盐商支剑峰，秀才浦墨卿，他们聚集在一起，限韵联诗，高谈阔论，舞文弄墨，风流自许，其实为的也是附庸风雅、博取虚名来唬人。景兰江自鸣得意地说："赵爷（雪斋）虽不曾中进士，外边诗选上刻着他的诗几十处，行遍天下，那个不晓得有个赵雪斋先生？只怕比进士享名多着哩！"[1]他还向匡超人揭示邀名的目的："倒是我这雪斋先生诗名大，府、司、院、道，现任的官员，那一个不来拜他！人只见他大门口，今日是一把黄伞的轿子来，明日又是七八个红黑帽子吆喝了来，那蓝伞的官不算，就不由的不怕。"[2]邀名的目的仍在提高社会地位，借以获现实利益，只不过是在科举无门之后寻一条终南捷径而已，正像杜少卿评价的"雅得那样俗"。而杜少卿的族兄杜慎卿出身名门，一表人才，貌若神仙，且颇有才气，见解不俗。但他除了空发几句议论外，别无作为。一面故作清高，标榜自己不近女色，"和妇人隔着三间屋就闻见他的臭气"[3]，一面又以承继宗祧为由纳妾，并打着"朋友之情"的幌子，亲近男风。遭季苇萧捉弄后，又在莫愁湖筹办高会，召集全城一百多个唱旦角的戏子来展示才艺，品评他们的色艺，满足自己酷好男风的需求。杜慎卿清高风雅的外表只为掩饰恶俗的本性。吴敬梓刻画出科举制度下附庸风雅的文人追逐虚名的无聊行径，批评他们不顾"文行出处"的失节行为是对士人应有的人格尊严的弃置，是道

---

1. 吴敬梓：《儒林外史》，人民文学出版社 1977 年版，第 217 页。

2. 吴敬梓：《儒林外史》，人民文学出版社 1977 年版，第 220 页。

3. 吴敬梓：《儒林外史》，人民文学出版社 1977 年版，第 353 页。

面朝东方大地

德堕落，不仅造成个体生命的浪费，也是对社会风气的荼毒。赛珍珠笔下的王盛、梁文华一类人物，也是一些现代名士，精神上与之一脉相承。所不同的是，吴敬梓借助这类形象，是用来批判科举制度对士人价值观念的扭曲，而赛珍珠则借助这类形象，批判那些对国家、对同胞命运缺少关注、缺少担当，心中只有一己之念的自私、狭隘之徒。

（三）数典忘祖、自私利己的知识分子

现代中国，在新文化潮流下，许多留学西洋或东洋的中国知识分子在知识结构上发生了根本性改变，从过去的四书五经、子曰诗云，改变为当时的格致化学、ABCD。但知识结构的改变，并未使所有人的精神本质都随之提升，部分知识人士虽从新知中获取了某些技能，却并未在人格上有所长进，有些人甚至将传统文化中的精粹也抛弃了。赛珍珠塑造的李袁（《元配夫人》）、儿子和儿媳（《老母》）、康大夫、苏大夫、彭大夫（《同胞》）等人就是这类数典忘祖、假遵礼教、自私冷漠者的代表。读书没有让他们德行增长，只是给他们镀上了一层欺世盗名的炫目色彩，增长了他们的傲慢心，放大了他们的冷漠无情，并让他们为自己的自私自利找到了看似合理的借口。他们骄傲自大，孤芳自赏，厌弃结发之妻，嫌恶生身母亲，漠视病人的生死，这些行为暴露出某些掌握新知的知识分子可憎可鄙、自私冷酷的本性。留洋经历让他们自视高人一等，却让他们丧失了人性中弥足珍贵的温暖与柔情，使他们沦为《儒林外史》中的严贡生、王德、王仁、匡超人，以及《祝福》中的鲁四老爷、《离婚》中的七大人之流的同类。

尽管异国作家赛珍珠由于文化的阻隔，缺少吴敬梓、鲁迅洞悉人心与现实的犀利目光，未达到他们批判的深度和力度，也由于性格的温和、气质的差异，其笔触缺少那种力透纸背的千钧笔力，但她洞穿人性的准确性与揭示问题的清晰性却与前两者不谋而合。

《元配夫人》中的李袁是新旧交替时代的新青年。他接受过西方文明教育，思想开放、激进，同时，他也像那个时代许多年轻人一样，在中西文化冲突中，切实感受到旧式婚姻加于己身的束缚之苦。当他还是一个无知青年时，18 岁便循着父母之命、媒妁之言，与素未谋面的妻子结合，尽管已育有一双儿女，与结发妻依然像两个陌生人，没有产生过丝毫的爱情或友伴之谊。在西方思想标准参照下，这个由旧式传统强加于他的结发妻在他眼中只是个"半奴半妾式"的女人，无法满足他的精神需求和情感需求。对于这类婚姻，赛珍珠的态度是同情的，我们从《东风·西风》中她对桂兰哥哥境遇的描写明了赛珍珠的立场所在。但是，在《元配夫人》中，作者关注的角度转向了同样是这场婚姻悲剧牺牲者的妻子一方，在视角产生变化以后，她对人物的评判便随之而变。李袁对妻子的支配权源于他接受过高等教育，并因此获得了优越的社会地位。在他有能力改变自身命运的时候，没有接受过新式教育的妻子却未能与之同步，依然处于接受命运支配的被动者地位。作为旧式婚姻中的丈夫，李袁原本不乏令人同情之处，他接受西式教育后的家庭观念和育儿观念也有许多合理之处。但是，他在追求一己的自由和幸福时，完全忽略了妻子多年默默的奉献，以及妻子的处境和感受，甚至将她逼到无路可走的绝境，终于使他变成自私、冷酷的化身，以至于那本该引人同情、尊重的一面完全淹没在私欲的冰水中。李袁为摆脱婚姻束缚，对妻子发起三次逼攻，第一次的理由是妻子既不会写，又不会读，无法帮他主持京城新家的家政，会使他在朋友面前蒙羞。第二次的理由是现代知识女性不能容忍做妾的身份，所以必须与结发妻离婚，以便按照自己的心愿重新择配。第三次的理由是结发妻如果不离开他父母的家，将来新夫人返乡省亲时，相处会非常尴尬。每一次对妻子的指责都是围绕自己的面子、幸福和利益打算，从未考虑过结发妻的处境。赛珍珠强调指出的是，李袁在接受新式教育的同时完全排斥中国旧式教育，受过"四书"开蒙的李袁留学之后却不允许儿女再读"四书"，而要他们进新学堂，因为"'四书'如今是无用了，不过是一些新奇的古玩，不能使人得到什么地位"[1]。随着"四书"一起被抛弃的恰是中国传统伦理中的忠孝、仁爱、信悌等美德。李袁在争取婚姻自由的同时，也把对父母的孝道、对子女的慈爱抛在了一边，没有考虑父母的生活需求和子女的情感需求。但是作者并未将谴责的矛头仅仅指向李袁个人，而是指向了盛行一时的西方价值观。信奉这种价值观的新潮青年在进行婚姻选择时暴露出人性中的卑劣，他们在争取自己的自由时，不再顾及"他人"是否自由。于是不相配的结发妻就成了一块心病，唯去之而后快。

虽然李袁接受的是西洋教育，说的是洋话，可他说话的腔调却极其陈旧。书生负心在古代中国数见不鲜，并不罕见。《隋书·地理志》记载当时豫章、永嘉、建安、遂安等包括现在江西、浙东、闽北等许

---

1. 赛珍珠：《元配夫人》，李敬祥译，启明书局 1946 年版，第 14 页。

多地方的风俗说:"豫章之俗,颇同吴中。其君子善居室,小人勤耕稼。衣冠之人,多有数妇,暴面市廛,竞分铢以给其夫。及举孝廉,更娶富者。前妻虽有积年之勤,子女盈室,犹见放逐,以避后人。"[1]这里所说的"衣冠之人",指的是地主阶层,他们的妻子不仅是家庭中的奴隶,还要抛头露面,挣钱养家,凭自己的劳动收入养活丈夫,一旦丈夫举孝廉,就不管她的积年勤劳,子女成行,而是一脚踢开,再娶新人。可是这种不合理的现象,从汉魏以来,一直被看作地方习俗,相沿不改。在宋元南戏《赵贞女蔡二郎》、传统戏曲《铡美案》中也有停妻再娶的蔡伯喈、陈世美等形象,李袁和他们一样同属中国文学传统中"书生负心"的典型。吴敬梓在《儒林外史》中也塑造了一个同类人物形象匡超人。匡超人家境贫寒,年轻时性情笃厚,孝顺父母,敬重兄嫂,营生苦读,勤奋不息。尤其是照料病重的父亲可谓尽心尽力,也为他博得孝子的美誉。后得同乡潘三相助,做了人品厚道、家境殷实的抚院差役郑老爹的上门女婿,初时感到满心欢喜,十分满足。但后来,他受到在京城做官的老师李给谏的提拔和赏识,要把自己的外甥女嫁给他为妻。匡超人为攀附高枝,竟隐瞒自己已经婚娶的事实,另娶豪门之女。匡超人还用蔡伯喈的例子为自己开脱:"戏文上说的蔡状元招赘牛相府,传为佳话,这有何妨!"[2]匡超人成了停妻再娶、忘恩负义的典型。他不但有负结发妻,而且有负朋友。市井潘三虽是个图利之徒,但在匡超人未发迹时对他多有提携,还助他娶妻安家,可谓匡超人的恩公。但后来潘三犯事坐监,匡超人连去

1.《隋书》卷三一《地理志》,高占祥主编:《二十五史》第5卷,线装书局2007年版,第1288页。

2. 吴敬梓:《儒林外史》,人民文学出版社1977年版,第242页。

监狱探望一次都不愿，还振振有词地以自己是朝廷命官，不能赏罚不明之类的冠冕堂皇的借口加以搪塞，又用日后帮衬几百两银子的空头支票来应付。对落难的故交恩人不仅一毛不拔，还要占据道德制高点，骗人骗己，冷酷无情、虚伪卑鄙到极点，令人心寒齿冷。匡超人发迹后也把父亲的临终叮咛置于脑后，父亲叮嘱他"功名到底是身外之物，德行是要紧的"，要他娶穷人家的女儿，"万不可贪图富贵，攀结高亲。"[1] 然而他日后的行为，与父亲的教诲叮嘱完全背道而驰，有背父志，实为大不孝。李袁则是匡超人之流的后继者，而且他在反对旧礼教的幌子下，做得比匡超人更隐蔽，更具有欺骗性。这些标榜新潮的知识分子，喝了一点洋墨水，就富贵忘本，背弃祖德，把做人应有的善良本性遗失了，将儒家的伦理关怀和道德责任丢弃在一边。这个动辄以参与国际间大事来吓唬老父弱妻的人，却完全漠视身边最切近的人的生存权。在文化变革的大潮中，赛珍珠能细致观察，冷静思考，揭开了一部分文化新青年借反对旧习俗的幌子掩盖着的狭隘自私的卑俗本性。为了把观点说透，她设置了一系列极端的情节，把结发妻置于困难的处境中：父母亡故，兄弟分家，离异后她将无家可归，或只能寄身于娘家兄嫂篱下，过仰人鼻息的生活。这种情况，即使在封建时代也属于"三不去"[2] 之列，何况是在大力倡导"人"的生存权利的 20 世纪？在审视文化新青年爱情观的缺陷和问题方面，赛珍珠

---

1. 吴敬梓：《儒林外史》，人民文学出版社 1977 年版，第 209—210 页。
2. "三不去"的内容包括：1. "有所取无所归"：指妻子无娘家可归；2. "与更三年丧"：指妻子曾替家翁姑服丧三年的；3. "前贫贱后富贵"：指丈夫娶妻时贫贱，但后来富贵的。是作为丈夫休妻的"七出"（不顺父母、无子、淫、妒、有恶疾、多言、窃盗）规定的补充规范制定出来的，用以保护女性免受不应有的伤害。

的思想深度已接近鲁迅的《伤逝》。

李袁的婚姻遭遇本是新旧交替时代许多知识分子的共同处境。鲁迅曾在发表于 1919 年 1 月 15 日《新青年》第六卷第一号上的一篇杂感中写出了自己类似境遇下的苦痛，写出了自己在无爱婚姻下的寂寞、苦闷和凄凉的心境。但同时他又写道：

> 但在女性一方面，本来也没有罪，现在是做了旧习惯的牺牲。我们既然自觉着人类的道德，良心上不肯犯他们少的老的罪，又不能责备异性，也只好陪着做一世的牺牲，完结了四千年的旧账。
>
> 做一世牺牲，是万分可怕的事；但血液究竟干净，声音究竟醒而且真。[1]

鲁迅在旧式婚姻枷锁下，宁可做一世牺牲，但不去用"姘人宿娼"这类苟且行为来从痛苦中讨得麻醉的快感，他要"大叫""呐喊"，直到让下一代、让孩子们完全不再承受这种牺牲。但是自己，却要和同样无辜的女性一起背负起四千年的旧账。这才是一个真正有人道主义情怀、有责任有担当，而绝无私欲的人应有的思想和行为，显示出他的人格伟大。

赛珍珠显然赞同这种宁可牺牲自我幸福，也要努力给他人留下更多生存空间的利他行为。她在《东风·西风》中肯定了中庸、调和、心怀不忍、兼顾新旧，在保存自我和照顾家庭成员感受之间寻找平衡点的桂兰丈夫的行为。他既对父母之命、媒妁之言的婚姻让步，又努

1.《热风·随感录四十》，载《鲁迅全集》第 1 卷，人民文学出版社 2005 年版，第 338 页。

力给自己营造独立生活的空间，不被旧习俗吞噬掉。在赛珍珠所有的小说中，经过沟通取得相互理解后的桂兰夫妇生活最为琴瑟和谐，完美协调，和她主张中西合璧、"天下一家"的博爱思想是分不开的。而哥哥的极端举动严重损害了母子情感，作者则通过桂兰和丈夫的口作了温和含蓄的谴责，对母亲表达了深切同情。

短篇小说《老母》的主题是批判因误解新文化运动的精神而捐弃传统孝道的冷酷行径。一个乡村老妇人的儿子从教会学校毕业后去国外留学，已经孀居的老母亲卖掉家中所有的田地给儿子提供学费，之后不得不依傍留洋归来的儿子儿媳一同生活，却因吃相不雅、食量太大、不讲卫生等旧的生活习惯与儿子儿媳秉持的西方价值观相抵触而每每受到嫌恶和呵斥。老母战战兢兢生活在儿子儿媳的屋檐下，仰着他们的鼻息，甚至被剥夺了亲近孙儿孙女的天伦之乐。绝无退路的老母想以自杀寻求解脱，儿子随即雇专人看守她，以免自己背负不孝的恶名。中国有句古话："子不嫌母丑，狗不嫌家贫。"而这对外表温文尔雅、内心冷酷无情的夫妇，内心已丝毫没有感念"母氏劬劳"的孝心，他们奉为至高无上的法度是所谓的科学、卫生、文明，但这些闪光的字眼在这里却成了压迫老母亲的冰冷的工具，害得老母亲求生不能求死不得。儿子儿媳奉养母亲仅仅是为了维护自己体面的名声，却绝无半点母子连心的亲情温暖，在自私之外又添了一层虚伪，在"孝"的名义下干着伤害母亲的不孝逆行。

孝道，是中华文化最为推崇的美德，所谓"百善孝为先"。在西方文化东渐的过程中，这种美德受到强烈冲击。1949 年，在赛珍珠回美国多年后写作的小说《同胞》中，她又一次提及这个话题。主人公梁詹姆斯在北京的房东有两个儿子也是这类人，他们对年迈病弱的双亲不闻不问，撇下孤苦无依的他们远走他乡，终年不见踪影，不闻音讯。家里的佣人都说："这年头儿子算得了什么？一点不孝顺——一进洋学堂就不行了。"[1] 直接点明孝道沦丧的根源在进了洋学堂，接受了西方文化教育。这种情形在当时社会是比较普遍的，虽然这不是新文化运动的本意。陈独秀曾撰文批判过这类打着革命、解放的旗号的无德行为："……现代道德的理想，是要把家庭的孝悌扩充为全社会的友爱。现在有一班青年却误解了这个意思，他并没有将爱情扩充到社会上，他却打着新思想新家庭的旗帜，抛弃了他的慈爱的、可怜的老母；这种人岂不是误解了新文化运动的意思？因为新文化运动是主张教人把爱情扩充，不主张教人把爱情缩小。"[2] 赛珍珠用形象的文学语言所批判的正是陈独秀直接指明的在新文化运动中出现的错误行为。

《老母》中的儿子还要高举孝道的大旗为自己贴金，但他的孝顺是虚伪的，甚至是冷酷的，与范进、权勿用等人的所谓孝顺如出一辙。范进中举，其母喜极而亡，他在为母守孝期间尊制丁忧甚严，居丧尽礼，连吃请用餐时都不肯动用银镶杯箸和象牙杯箸，唯恐显得奢侈，只肯用白瓷杯白竹筷，可在别人不注意时，却从燕窝汤里拣出大虾元子送进嘴里。假名士权勿用母亲去世后，与朋友相聚强调"居丧不饮酒"，而食用肴馔时却不避鱼肉，还为自己的行为狡辩。前后细节两相对比足见那守制只是做给别人看的，内心里并无丧母之痛。他们以假道学掩盖真实欲望的虚伪行为在鲁迅的《肥皂》《高老夫子》

1. 赛珍珠：《同胞》，赵文书等译，漓江出版社 1998 年版，第 123 页。
2.《新文化运动是什么》，载《陈独秀著作选》第 2 卷，上海人民出版社 1993 年版，第 125—126 页。

中也同样得到体现。《肥皂》中的四铭和一般文友热衷参与移风文社征集诗文活动，倡导"专重圣经崇祀孟母以挽颓风"，还要主张写"孝女行"。其实骨子里他不过是个好色之徒，大街上走过的十八九岁的女学生或十八九岁的女乞丐最能引起他的注意。两个光棍汉的一番议论立刻激活了他内心隐秘而又肮脏的欲望，他在潜意识作用下买了一块香皂回家，他不能实现的欲望只好转移为大骂光棍汉和围观的人全无心肝，对子女动怒。《高老夫子》中的高尔础是个不学无术、浪得虚名的假夫子，他对中国历史一知半解，却接受了女校历史教员的聘任，其实只是为了去看看那里的女学生。在受到学生的嘲笑后，又开始攻击办女校纯属胡闹，应该关门大吉。鲁迅通过这两个小丑式的人物，抨击了假道学的虚伪。

知识分子的自私冷漠在对待没有亲情关系的同胞乡亲时，表现得更加明显，连伪装的面纱都无需一张。《同胞》中，梁詹姆斯惊讶地发现，他在北京医院的同事彭大夫、康大夫、苏大夫，这些留过洋、接受过严格的专业训练、医术高明的医生，对穷苦的病人态度傲慢，对别人的痛苦甚至生死存亡都显得冷漠麻木。彭大夫公然宣称区分富人和穷人是再正常不过的做法，因为医院靠富人的捐款支撑。康大夫是一流的外科医生，做手术敏捷、精确，技术高超，可是他以个人的情绪、好恶决定自己是否收治病人，不喜欢就断然拒绝，对病人毫无怜恤之心。苏大夫的兴趣则在不断解除旧婚姻，缔结新婚姻，医生职业给他提供了优越的社会地位和丰厚的收入，使他可以安享娇妻、美食、舒适的生活，为此他志得意满。在美国长大、一心回国报效祖国的詹姆斯对此既惊诧又气愤同时还十分不解，而生长于中国的同事刘成却三言两语就将这类人的本质揭穿了："像康大夫、苏大夫、彭大夫那样的新式人物，其实并不是什么新式人物。他们虽然学识新，但品行还是旧的。""文人、地主、官僚、军阀——这些人都骑在人民头上。这些人现在还有的是，到美国镀金并不能改变一个人的灵魂，只会为他们欺侮老百姓提供更新更锋利的武器——如果他想这样做的话。"[1] 在赛珍珠看来，一些留洋归来的人，如果从精神上并未确立起对人的平等意识，就不具备一颗真正仁爱的心，他们留学仅仅是为了个人在社会上出人头地，拥有高位，获取高薪，这和旧式文人读书——考功名——做官当老爷并无二致，他们只是洋式的举人老爷罢了，骨子里仍属于旧式文人。学历越高，医术越高，身上的"老爷气"越重，读书是他们骄横傲慢的资本，读书的目的就是把他们提升到普通民众的对立面。赛珍珠在此将这类假新式文人与地主、官僚、军阀并列为人民的敌人，批判不可谓不激烈。

赛珍珠最推崇的个人品格就是本性的善良、待人的真切、仁厚的爱心，这是立身的根基，失去它，一切所谓的学识、地位、名头皆不足观。短篇小说集《今天和永远》中的第一篇小说《功课》(*The Lesson*)，主人公也是一名教会学校的学生，名叫如兰，她与老母的儿子完全不同。她智力鲁钝而心灵敏锐，情感细腻。她在教会学校学到的唯一的东西就是传教士夫妇彼此坦诚亲密的相爱。她在婚后把家庭营造成一个虽然不够整洁，却充满宽容、祥和、亲切、平等的安乐窝，为丈夫、孩子、身边的人带来了全然纯净的爱，也为自己赢得了生命中最重要的东西——幸福。赛珍珠认为，如兰抓住了生命中最核

---

1. 赛珍珠：《同胞》，赵文书等译，漓江出版社 1998 年版，第 119、120 页。

　　　　　　　　　　　　　　　　　　　面朝东方大地

心的东西，而李袁、老母的儿子儿媳则恰恰舍本逐末，丢弃了最重要的。鲁迅曾揭露中国封建文化中最黑暗的成分是"吃人"，即压制人性。赛珍珠认为，那是中国文化的糟粕，而这种文化中的精华是温良恭俭让；西方文化的糟粕是打着个性解放旗号的自私自利，精华则是爱人。如果摄取了糟粕部分，两种文化都会吃人，摄取了精华部分，两种文化都能给人以幸福安乐。李袁和老母的儿子儿媳就是那种用学识、文明、卫生、科学、进步等迷人的幌子，掩藏自私冷酷的内心的利己主义者。他们在解放个性的堂皇借口下，摧毁了父亲、母亲、妻子乃至孩子的幸福，镀金的外表光环下掩藏着的是早已发霉的旧品行。

赛珍珠在此强调的"旧"的品行，就是在中国某些传统知识分子身上隐伏着的顽固的劣根性，这种劣根性在《儒林外史》中的严贡生，王德、王仁兄弟，在《祝福》中的鲁四老爷，在《离婚》中的慰大人等人身上体现得非常明显，这类知识分子形象在此即可找到精神源脉。《儒林外史》中严致中名为贡生，实际上是横行乡里的劣绅恶霸。他在人前自吹："小弟只是一个为人率真，在乡里之间，从不晓得占人寸丝半粟的便宜，所以历来的父母官，都蒙相爱。"[1] 实际上，他乃地痞流氓之辈，讹诈邻居，欺骗乡民，抵赖船钱，抢夺寡妇弟媳的家产，坑蒙拐骗，无所不为，全无读书人的品行。其弟严监生的两个舅爷王德、王仁两秀才，广学有才，写起文章来花团锦簇，为人却十分猥琐。在得到妹夫相赠的银两时，义形于色，口口声声允诺要为妹夫主持公道："我们念书的人，全在纲常上做功夫，就是做文章，

1. 吴敬梓：《儒林外史》，人民文学出版社 1977 年版，第 57 页。

代孔子说话，也不过是这个理……"[1] 但当妹妹、妹夫一死，严贡生要霸占弟弟家产时，两人泥塑木雕一般，一言不发，弟妾要告大伯，请他们在状纸上签名作证，他们竟断然拒绝："身在黉门，片纸不入公门。"[2] 听任严贡生胡作非为。王德、王仁和严贡生都是一丘之貉，他们披着读书人的外衣，掩藏着狰狞、自私、猥琐、冷酷的灵魂。鲁迅《祝福》中的鲁四老爷、《离婚》中的七大人也是他们的同类。鲁四老爷是讲理学的老监生，他不同于严贡生、王德、王仁之处在于，从他的私德中找不到明显的问题，他的危害不存在于个人品行方面，而在于他自觉充当了吃人的理学伦理观念的执行者和卫道士，成为用神权绳索绞杀祥林嫂的主凶之一。祥林嫂第一次的寡妇身份惹鲁四老爷皱眉，丈夫病死，年轻守寡的不幸妻子反倒成了不祥之物，这是何种逻辑？第二次的寡妇身份令鲁四老爷给她竖起不许参与祝福活动的红牌，把她逐出了正常人行列，彻底宣判她失去了堂堂正正做人的权利，给了祥林嫂致命的打击。四十岁左右的祥林嫂已是头发全白，在除夕的祝福声中，在万家团圆的喜庆日子里，孤独而恐惧地死于漫天大雪之中。但这样的死丝毫没有引起鲁四老爷的怜悯，只是让他生气不已，大骂她是"谬种"，因为她搅了祈祷来年幸福的人们的好运。鲁四老爷每一次不高兴都是在祥林嫂遭遇到人生大不幸之时，当一个弱女子已经被命运推到极可怜的境地时，作为主流社会的代表人物之一的士绅鲁四老爷不是施以援手，抚以同情，反而落井下石，加速了她的毁灭，成为礼教杀人的帮凶。《儒林外史》中也有一个礼教杀

---

1. 吴敬梓：《儒林外史》，人民文学出版社 1977 年版，第 70 页。
2. 吴敬梓：《儒林外史》，人民文学出版社 1977 年版，第 86 页。

面朝东方大地

人的人物——王玉辉,他鼓励女儿以死殉夫,女儿自尽后,他笑赞:"死得好!死得好!"但王玉辉不同于鲁四老爷,他只是中毒太深,但天良并未丧失,当他天伦之情自然升起时,他依然为女儿一掬同情之泪。《离婚》中"和知县大老爷换过帖"的七大人在爱姑眼中是"知书识理、顶明白的"人,爱姑一心希望他为自己主持公道,可这个"知书识理"的人却完全成了官僚体制的代表,按照他的口气,他的意见不仅与县里一致,也能代表府里,甚至上海北京,甚至外洋,统统一样,那就是警告爱姑,像她这类无权无势的乡野村妇是申诉无门的,任她闹得鸡飞狗跳,最终也是枉然。正是这个官方代言人七大人把天不怕、地不怕,敢于为自己伸冤叫屈的爱姑压得败下阵来,树了白旗:"我本来是专听七大人吩咐……"[1]这个"知书识理"的读书人一旦与官僚勾结,便将"书""理"抛在一边,专事压制弱者的勾当。吴敬梓、鲁迅往往将犀利的矛头直接锲入问题最要害、最本质处,这类人物到赛珍珠笔下,则演化成自私冷漠的李袁(《元配夫人》)、康大夫、苏大夫、彭大夫(《同胞》)以及表面假遵礼教、实质毫无真情的儿子儿媳(《老母》)等形象,其精神是彼此贯通的。

不过,与吴敬梓、鲁迅相比,赛珍珠的才能并不体现在讽刺方面,虽然她也塑造了一些负面知识分子形象,但她用力最勤、着意最深的还是心怀忧患意识、追求独立人格、具有担当精神的新型知识分子形象,如桂兰哥哥、丈夫(《东风·西风》),王源(《分家》),小儿子(《母亲》),吴峰镇(《群芳亭》),梁詹姆斯、梁玛丽、梁彼得、刘成(《同胞》)等人。他们胸怀大志、忧国爱民、乐于奉献,在文化

1.《离婚》,载《鲁迅全集》第 2 卷,人民文学出版社 2005 年版,第 156 页。

转型、国家危难、民族存亡的历史性时刻，挺身而出，继承了中国古代士人的任道传统、使命意识，体现出知识阶层的独立社会角色和对文化职能的执着。他们的所思所虑、所作所为，是对王冕、虞育德、庄绍光、杜少卿、迟衡山、萧云仙（《儒林外史》），狂人（《狂人日记》），夏瑜（《药》），吕韦甫（《在酒楼上》），魏连殳（《孤独者》），疯子（《长明灯》）以及《故乡》《祝福》《在酒楼上》中的那些"我"的灵魂的回声，虽然由于所处时代不同、境遇不同，他们选择的生活道路、采取的行为方式可能存在着较大差异，但他们的精神基因相似度极高，具有外表相异而内在相似的亲缘关系，他们都保有儒家文化传统中士大夫精神的道德感、使命感，保有那种关怀苍生、关注天下兴亡的博大胸襟。在自觉接受中国文学资源影响、与中国文学中的知识分子书写形成明显的对话关系的同时，赛珍珠又努力塑造一批在新的历史时期，力图探索自身和民族出路的新型知识分子形象，这些形象尽管有的比较单薄，有的存在着概念化、矛盾性等缺陷，在谋篇运思上尽管带有简化矛盾的理想主义色彩，但他们彰显的"不为自己求安乐，只为众生早离苦"的一心利他的高尚情怀，依然是赛珍珠对中国文坛作出的独特贡献。

三、赛珍珠正面知识分子形象塑造与中国小说资源

吴敬梓、鲁迅和赛珍珠都有热切的救世情怀。吴敬梓虽以讽刺时弊见长，但他一直在追求理想，寻找精神支柱。他深受顾炎武思想的

影响，注重治经，用以对抗"于经生制举业外，未尝寓目"的八股颓风，用经学批判"独好窈虚谈性命之言"的宋明理学，表现出探求真理的顽强努力。他把儒家的礼乐仁政、文行出处等观念，作为《儒林外史》的正面理想，当作人的安身立命之学。另一方面，他深受颜（元）李（塨）学派的影响。颜元（1635—1704）是清初思想家，标举实学，主张"实文、实行、实体、实用"，与宋明理学相对立。鲁迅的救世情怀更是人所共知，他为了改变国人的精神，疗治他们的灵魂，放弃医学，改事文学，以起到振聋发聩的作用，所以鲁迅知识分子题材的小说更多的是向内探索，既是对作为被启蒙者的民众愚昧、麻木与残酷的精神状态的剖析，也是对作为启蒙者的知识分子自省后无路可走的茫然无助的精神特质的反思。赛珍珠笔下的知识分子虽然也有类似《一件小事》《故乡》《祝福》中的"我"对底层民众的关注、同情和敬重，但精神上更倾向于吴敬梓推崇的颜李学派的"实学"。作为一个熟悉西汉政治家晁错《论贵粟疏》等文章、推崇他的增加农业生产，振兴经济思想的西方女作家，她更崇尚实业救国，开启民智。故而她笔下的知识分子更注重行动力和建设性工作，有造福社会的计划和抱负，热衷于新天新地新世界的建立。他们很少有鲁迅笔下知识分子的精神迷惘，唯一的困境是来自外部世界妨碍其理想实现的阻力，如吴敬梓笔下人物那样有"我道不行"的慨叹，而没有自我怀疑的精神困惑。小而言之，这些正面知识分子形象追求人格独立和个人价值的实现；大而言之，他们具有胸怀天下、关注黎民百姓的忧患意识和担当精神，从不同侧面将赛珍珠推崇的儒家士文化传统发扬光大。

（一）追求独立人格的知识分子

在《东风·西风》中，赛珍珠塑造了桂兰丈夫和桂兰哥哥这两个勇敢追求人格独立的知识分子的典型。作者仍把人物置于家庭环境背景上展开其人生轨迹。桂兰丈夫和哥哥在新旧文化冲突的时代大潮中，自觉接受西方文化价值观念，按照自己的心愿选择生活。为此，他们放弃了优渥的物质享受、舒适的生活条件，做独立自主、自食其力的劳动者。桂兰丈夫不仅自己辛苦劳动，挣钱养家，且充当妻子的启蒙老师。从新婚之夜开始，就软款地鼓励她勇敢地活出女人自身的独立价值，不做男人的附庸。丈夫还鼓励桂兰放脚，带他去外国朋友家参观，和留洋同学交往，帮助她开阔眼界。桂兰哥哥为了守护建立在爱情基础上的婚姻，更是不苟且，不屈从，宁可放弃世子的名分、丰厚的家产，也不肯低头接受父辈强加于自己的虚伪而愚昧的生活方式。对自主选择的价值观的坚守，使他们获得了独立的人格以及蛰伏于父辈檐下过因循守旧生活的人所无法获得的尊严，在精神上继承了《儒林外史》中的王冕、庄绍光、虞育德、杜少卿等辈的传统。王冕隐居乡间，读书作画，孝亲养志，保持内心的从容自在，终身不事权贵。作为楔子中的人物，为全书倡导的价值观定了基调。庄绍光出身于书香门第，少有才华，年近四旬，仍只是闭门著书。后受举荐，皇帝召见，有重用之意，他却慨叹"我道不行了"，"恳求赐还本山"，放弃高官厚禄，携娘子退居皇帝所赐玄武湖，诗酒湖山，洁身自好，不肯侍奉权贵。杜少卿也认为"走出去做不出什么事业"，因而淡泊名利，拒绝走科举道路，也不愿受朝廷征辟，免受其污。被称为"真儒""圣贤之徒"的虞育德是作者殷勤称颂的理想人物，他

"不但无学博气，尤其无进士气。襟怀冲淡，上而伯夷、柳下惠，下而陶靖节一流人物"[1]。为了向"势"显示"道"的尊严，他们宁可不为官，不"进取"，也不愿牺牲高尚的品行。他们的积极性多在追求清高、慷慨、风雅的人格范畴中显示出来，但他们隐逸的生活状态体现了贫贱不能移、威武不能屈的儒家精神。他们学识渊博，却并不以此邀功名，求富贵。虽然因时代变迁，赛珍珠与吴敬梓笔下的人物在坚守人格独立的具体行为方式上不可能相同，但精神实质彼此贯通。同时，由于赛珍珠书写的题材涉及跨国婚姻，因而小说带上了中国传统小说不具备的世界主义精神。她通过人物之口将这一主题直接揭示出来："你在这个小东西身上把两个世界连在一起了"，"他会属于两个世界"，"他已把父母两人的心维系在一起，他俩出生、教养完全不同，而这种差异已存在几百年了。这是多么了不起的结合呀！"[2] 赛珍珠用一个象征意义十分显著的细节，诠释了她所崇仰的"以天下为一家"的世界大同思想。

不过，从现实主义的真实性和深刻性的角度比较赛珍珠与鲁迅自由婚恋题材小说，会发现鲁迅的思考比赛珍珠、也比同时代其他中国作家超前一步，因而也更冷静、更客观。他不仅看到青年人走出家庭的勇气，且深究他们走出家庭后的具体生活状况。鲁迅本着直击真相的冷峻观察，发现生计问题是青年人获得独立和自由后的第一大障碍，这个问题不解决，所谓独立，所谓自由，皆成画饼。在《幸福的家庭》中，自由结合的年轻夫妇整天被买劈柴、买白菜而抽屉里的

---

1. 吴敬梓：《儒林外史》，人民文学出版社 1977 年版，第 425 页。
2. 赛珍珠：《东风·西风》，林三等译，漓江出版社 1998 年版，第 524、525 页。

铜板即将告罄之类的形而下的生活琐事纠缠，是对那个向壁虚构小说"幸福的家庭"的作家丈夫的讽刺，也是对夫妇二人婚前甜蜜的憧憬的嘲弄，在充满热讽的语调背后含藏着作者的忧思。《伤逝》中涓生和子君爱情的覆灭固然因为爱情没能时时"更新，生长，创造"，而涓生失业，也是压沉他们爱情小舟的最后一根稻草，终于让涓生感到子君已成为负担，加速了他们之间的爱情的死灭。其他非爱情主题小说，《端午节》中的主人公也遭受过经济问题的窘困，乃至《在酒楼上》《孤独者》也顺笔提及的吕纬甫、魏连殳们迫于生存艰难而不得不违心地"躬行我先前所憎恶，所反对的一切，拒斥我先前所崇仰，所主张的一切了"[1]。相比之下，赛珍珠似乎忽略了这一至关重要的问题。她笔下的人物，除王源曾一度被父亲的债务逼迫之外，基本不会为失业、物资匮乏、经济窘迫等生计问题所困扰。这既取决于赛珍珠乐观的天性，更重要的是她对生活的复杂和艰难没有鲁迅体味得那么深刻，缺少鲁迅透视中国知识分子生存境况的警醒、深刻和痛感，习惯将复杂问题和矛盾简单化。这是赛珍珠小说中常见的问题，即一些至关重要的、在现实中最棘手的问题，在她的作品中往往轻易就被解决了。这与她受到中国古典小说浪漫主义风气影响也有关联，赛珍珠笔下人物就如同宋江遇九天玄女、贾宝玉遇癫头和尚一样，每至危急时刻皆能峰回路转，柳暗花明，于是矛盾化解，危机解除，获得一个皆大欢喜的美满结局。但这种处理使小说主题趋于肤浅，一定程度上降低了作品的真实性和艺术魅力。

1.《孤独者》，载《鲁迅全集》第 2 卷，人民文学出版社 2005 年版，第 103 页。

（二）充满忧患意识的知识分子

知识分子是社会的良心，面对社会的诸多不合理现象，必定会产生种种忧患意识。赛珍珠塑造的第二类正面知识分子形象是这些充满忧患意识的人物，如《母亲》中的小儿子、《分家》中的王源、王孟，《群芳亭》中的泽镆，《同胞》中的彼得、张山等人。王源前半生的生活道路比较曲折，因而年轻时代他一直在艰难地探寻个人出路。开始他与许多青年人一样，为争取职业、婚姻自由而与父辈抗争。到美国后，在种族歧视的激发下，他的民族尊严迅速觉醒，探索范围也从个人命运扩大为国家命运，在更广泛意义上寻求全民族的出路，人生目标变得深沉、远大。在国外，他为自己的民族受人歧视、被人矮化而愤怒，回国后，他又为同胞不文明、不卫生的劣习、因循怠惰、逆来顺受的奴性和劣根性而沮丧。此后，虽然他的爱国热情受到过挫折，饱受迷惘、孤独和失败的打击，但他始终不改初心，从最细微处着手，执着坚韧地从事改造国家的基础性建设工作。这个形象成为此后赛珍珠塑造的一系列探寻民族振兴之路的知识分子的先驱。在吴敬梓、鲁迅等人笔下这类人物更为众多。《儒林外史》写到的王冕虽只是一个乡民，但他一见明朝礼部发布的八股取士的邸抄，立即忧心如焚，预见到"一代文人有厄"："这个法却定的不好！将来读书人既有此一条荣身之路，把那文行出处都看得轻了。"[1] 鲁迅的《狂人日记》是一篇振聋发聩的小说，"狂人"对中国社会"吃人"本质的发现和揭露，主张掀翻"这人肉的宴席"的呐喊，"救救孩子"的呼

---

1. 吴敬梓：《儒林外史》，人民文学出版社 1977 年版，第 15 页。

吁，都可见到作者一颗拳拳赤子之心和对同胞的深挚同情。在《头发的故事》中塑造的N先生，用愤激的语言抨击中国人保守因循的劣根性："造物的皮鞭没有到中国的脊梁上时，中国便永远是这一样的中国，决不肯自己改变一支毫毛！"[1]N先生表面看似性情乖张，讲话"离奇""不通世故"，其实是个内心充满焦灼、忧患意识的人，对民族和国民的命运都非常关切。他"最大的性格特征是冷中见热。在凛若冰霜中见忧心如焚，在冷语反语中有热情焦灼。"[2]《故乡》《祝福》《在酒楼上》《孤独者》中的"我"都以悲悯的双眼忧郁而关切地凝望着世人，这种眼光和那些看客看热闹、寻谈资的目光判然有别。"我"看着一个个鲜活的生命、一颗颗淳朴的心、一片片救世的热忱、一点点做人的欲求被多子、饥荒、苛税、兵、匪、官、绅，被吃人的礼教、无聊而冷酷的看客，被泥足的现实、传统的阻遏、因袭的封锁、势利的人情、贪婪而自私的人性慢慢绞杀，内心沉痛到了难以言表的程度。这些人身上散发出来的基于博爱的忧患热情都被赛珍珠不同程度地接受，并化用在人物的塑造之中。

赛珍珠笔下的小儿子（《母亲》）、王孟（《分家》）、泽镆（《群芳亭》）、彼得和张山（《同胞》）等人与王源略有不同，他们是具有忧患意识的激进型的知识分子形象。他们有正义感，有激情，有梦想，对现存社会的不合理深恶痛绝，面对本民族遭到列强欺凌的现状忧心如焚，面对国民的愚昧和忍从，既"哀其不幸"，更"怒其不争"，试图以激进的个人主义的反抗方式迅速改变积贫积弱的落后面貌。这类

1.《头发的故事》，载《鲁迅全集》第1卷，人民文学出版社2005年版，第488页。

2. 范伯群、曾华鹏：《创新——不断突破自己铸成的模型——论〈头发的故事〉、〈白光〉、〈长明灯〉和〈示众〉》，《延河》1981年第9期。

人物与鲁迅塑造的夏瑜、魏连殳等新型知识分子有相似之处，他们对愚昧国民的憎恨，与鲁迅对国民的态度是一致的，有时连细节都很相似。如赛珍珠在不同作品中多次写到一群群闲散的国民愚蠢地、无所事事地张着嘴巴看一切能看到的热闹，和鲁迅描写的看客相近。王孟一方面无法忍受自己的穷苦同胞遭受外国人欺凌，另一方面，又对愚昧、温顺、得过且过的民众恼怒不已，甚至气得眼泪溢出，怀疑自己所做的一切，为之奋斗、努力的目标是否有价值。彼得同样看不起普通民众，他和几个大学生制止一个警察棒打无意中冒犯他的人力车夫，但他们像王孟一样，更生那个畏畏缩缩、不敢抗争的人力车夫的气，竟然轮流把那个胆小的人力车夫揍了一顿，比警察打得更厉害。但他们教训人力车夫，恰恰是出于对他的关切："无抵抗，是作者所反抗的，……而这憎，又或根于更广大的爱。"[1] 彼得反驳姐姐玛丽的观点："你和詹姆斯总是说人民。国家糜烂成这个样子全是他们的错。如果他们还有一点精力，不要仅仅考虑自己每天的几碗饭，那么事情就不会到这种地步。……改革必须从上面做起。""唤醒人民的唯一途径是对他们使用暴力。""杀掉那些不肯改变的人。"[2] 彼得和他的朋友张山并非共产党，他们谁都不信任，包括国民党政府、共产党组织和普通民众。赛珍珠描写道："张山是个绝对论者，如果有什么东西不好，他就认为必须把它彻底毁灭。所以他现在相信旧家族体系必须摧毁；大学校长、资本家必须彻底打倒；中国的文字必须废止；通货膨胀和高昂的生活费用以及金钱本位必须清除；孔孟之道、经书及政府

1.《〈医生〉译者附记》，载《鲁迅全集》第 10 卷，人民文学出版社 2005 年版，第 192 页。
2. 赛珍珠：《同胞》，赵文书等译，漓江出版社 1998 年版，第 181、237 页。

必须铲除。"[1] 张山和彼得之所以失败，是因为他们极端的、要摧毁一切现存制度、一切现有事物、一切传统的态度。作者设计了一个颇有象征意义的情节，张山和彼得要去炸毁北京郊外著名的建筑——卢沟桥，因为"它代表着过去时代的荣耀，这座桥不仅跨越它下面的流水，而且还从现在通往过去。……他们（学生们——引者注）只想建设现在，渴望未来。然而人民，那些居住在乡村里生活在土地上的人民依然在桥的另一边，和大学生隔开了。那些人仍然生活在过去。他们自满自足，相信永恒的土地。因此学生们想毁了这座桥表示抗议。"[2] 他们的行为是对国情的幼稚无知，是对人民力量的轻蔑和否定，是对形成中国国民本性的历史原因缺少深思，以及对个人力量盲目自信的结果。赛珍珠借张山、彼得等学生炸桥的荒唐行动，讽刺和反诘对文化传统采取极端否定态度的新文化运动。张山、彼得们的牺牲是无谓的，这与鲁迅在《药》里表达的对脱离民众的革命者夏瑜的态度、在《记念刘和珍君》中表达的对学生请愿行为的态度也是一致的。赛珍珠显然不同意这类行为，正如鲁迅不同意学生的徒手请愿。在《群芳亭》中，作者写吴太太在听儿子泽镆津津乐道地大谈部队、坦克、轰炸机时，感到十分厌倦，她接受了安德雷教士的观点："不开化的人才喜欢战争"。作者给这类人安排的结局往往也不好：小儿子被枪毙，泽镆飞机失事丧命，彼得、张三被暗杀。但她也与鲁迅一样，对彼得们以激进的、革命的方式去救助民众的勇气和热情、对他们忧国忧民的献身精神给予了同情的理解和适度的敬意。同时，她也

---

1. 赛珍珠：《同胞》，赵文书等译，漓江出版社 1998 年版，第 275 页。
2. 赛珍珠：《同胞》，赵文书等译，漓江出版社 1998 年版，第 276 页。

和鲁迅一样，不仅表现了革命者的牺牲，更看到这种牺牲全然不被革命者为之牺牲的对象所理解。夏瑜的死只是给华小栓提供了一味毫无作用的药，只是给茶馆里的茶客提供了谈资。同样，《母亲》中"母亲"的小儿子参加革命，但连他的亲生母亲都不知道他在干什么。哥哥把他当作游手好闲、不务正业的浪荡子，母亲甚至以为他当了土匪，把他藏在家里的一箱宣传册猜测成偷盗来的赃物。革命者"将一生最宝贵的去做牺牲"，"为了共同事业跑到死里去"，然而，"这苦楚，不但与幸福者全不相通，便是与所谓'不幸者们'也全不相通，他们反帮了追蹑者来加迫害，欣幸他的死亡，……"[1] 只是，赛珍珠仅仅从具体人物身上寻找失败的原因，将彼得们的失败归因于他们在奋斗目标、思维逻辑和斗争方式上出了差错，而鲁迅则从社会整体和历史的纵深处加以总结，认为除了应归咎于这些早期革命者自身的幼稚病外，更是社会这张无形的巨网最终缠住了他们搏击的翅膀。

（三）具有担当精神的知识分子

中国士文化传统既有"君子不可以不弘毅，任重而道远"的儒家精神，也有"天下兴亡匹夫有责"的家国情怀。他们读书立志，希望通过"立德、立功、立言"三不朽事业，来实现自己的抱负，完成人格建构和价值建构。吴敬梓对社会的担当意识更多受到清初思想家颜元"实学"的影响，颜元提出："如天不废予，将以七字富天下，垦荒、均田、兴水利；以六字强天下，人皆兵，官皆将；以九字安天

---

1. 鲁迅：《译了〈工人绥惠略夫〉之后》，载《鲁迅全集》第 10 卷，人民文学出版社 2005 年版，第 183 页。

下，举人才，正大经，兴礼乐。"[1] 其弟子李塨（1650—1733）继承并推举师说，对理学的空疏无用作了揭露。在《儒林外史》中，作者借迟衡山之口批评道："而今读书的朋友，只不过讲个举业，若会做两句诗赋，就算雅极的了，放着经史上的礼乐兵农的事，全然不问！"[2] 小说写了两件大事来体现作者的这种社会理想，一是祭泰伯祠，一是萧云仙重农桑、兴学堂的政绩。庄绍光、迟衡山因"我道不行"，选择"处"而不"出"，杜少卿因为"走出去做不出什么事业"，干脆辞了朝廷的征辟。但他们并未忘记改造社会的理想与责任，和虞育德等群贤一起，在南京集资修建泰伯祠，举行大型祭礼，以礼让天下的泰伯为道德典范，"借此大家习学礼乐，成就出些人才"，"助一助政教"[3]。他们的行为与那些热衷举业或假名士附庸风雅的做派完全不同。而文武兼备的戍边将领萧云仙在青枫城劝农、垦田、植树，兴修水利，开疆辟土，把荒芜的边疆建成桃红柳绿、绿荫遍地的塞北江南。他又开办学堂，聘请先生授课，开启民智，具体实施了颜元倡导的"礼乐兵农"的社会改造方案。

赛珍珠与吴敬梓一样，着重表现这类在服务社会中实现个人价值的知识分子形象，她笔下的吴峰镆、露兰（《群芳亭》），詹姆斯、玛丽、刘成（《同胞》）等，被爱国热忱和奉献精神所激励，放弃优越的生活条件和令人艳羡的个人前途，义无反顾地走向民间，在乡村开展平民教育运动，从社会底层开始默默开展民众启蒙活动。这些人

---

1. 李塨纂，王源订：《颜习斋先生年谱》卷下，载《续修四库全书》第554卷，上海古籍出版社2002年版，第296—297页。
2. 吴敬梓：《儒林外史》，人民文学出版社1977年版，第393页。
3. 吴敬梓：《儒林外史》，人民文学出版社1977年版，第393—394页。

物都接受过西方文化教育，带着"科学布道"的基督徒般的热情，其行为也带有西方实业家的影子，但同时在他们的精神里流淌的仍是中国文化传统的精髓。除了前文提及的儒家原始教义"士志于道"的思想外，明代王学平民化的泰州学派所倡导的从"百姓日用"中接受启发，既向民众学习，又用先进思想指导他们，对赛珍珠也有启发，王艮自己便是多年致力于对乡村百姓的教化。现代平民教育家、乡村建设家、中华平民教育促进会总会总干事晏阳初先生从事的乡村平民教育运动对赛珍珠也产生了极大的影响。晏阳初选择河北定县开展乡村平民教育实验，赛珍珠在《同胞》中也虚构了一个距北京不远的安明县梁家村作为詹姆斯等人的乡村建设工作点，两者之间的相似应当并非偶然巧合，更应该被看作是带有一定纪实性的艺术再现。同时，她早年曾与江亢虎围绕究竟是"构成中国人口的大部分"的下层民众，还是"极少一部分智识阶级"能作为中国的代表这个问题展开过激烈论战，事实上这个问题一直在困扰着她。在《同胞》中，她对这个问题展开了充分讨论。她认识到，在中国，作为少数社会精英的知识分子和处于社会底层的广大民众是中国社会缺一不可的两种力量。她借人物刘成之口谈到，历来人们都认为，在中国，知识分子（指读书有成的文人或书生——引者注）和地主、官僚、军阀一样属于统治阶层，都是人民的敌人，靠欺凌百姓而生活，与民众处于对立状态。中国社会的很多问题就是由于这两个阶层之间隔着一道深深的鸿沟造成的。而赛珍珠认为，知识分子与广大民众应该相互融合，知识分子的出路是必须走向民间，从一点一滴的小事踏踏实实地做起，从对社会最底层的民众的启蒙中，从对基层社会的建设中寻找发展的土壤，才能自新自救；民众也需要接受知识分子的启蒙，才能摆脱贫穷、狭隘、愚昧、保守（或如晏阳初先生总结的中国民众"贫、愚、弱、私"四大病），走向现代，走向新生。这既是知识分子与民众的共同出路，也是中国社会走向现代的通衢。在《群芳亭》中，作者借峰镆这一角色初步展开了这个主题。峰镆深受家庭教师安德鲁修士的影响，决定在奉献中度过一生，而他选择的方式就是帮助男女老少村民一起识字。村民从最初的反感、抵触，到受惠之后主动要求识字，峰镆的学堂从一个村办到另一个村，风生水起，连嫂子露兰和妻子琳旖也放下少奶奶的架子，加入他的行列。但峰镆这个形象塑造得比较粗略，只是这类知识分子的雏形。

《同胞》是赛珍珠关于中国知识分子命运和出路的总结性作品。在这部小说中，赛珍珠把《群芳亭》中只在小说结尾才涉及的平民教育问题变成主干情节，对这个主题作了充分展现。詹姆斯、玛丽、刘成就是这种理想的具体实践者。他们的精神追求大致可归纳为四个方面：

第一，反对知识分子过冷漠自私、浮在表层、无根漂泊的生活，像梁文华、宋罗兰、李莉莉、彭大夫、康大夫、苏大夫那样，只顾自己在安全而狭小的个人空间里享乐，对他人疾苦漠不关心，对祖国命运袖手旁观，活得"不真实"，没有价值。主张深入民众，解除他们的疾苦。詹姆斯、玛丽兄妹带着同事刘成回到老家安明县，创办医院，建立学校，修建浴室，干预乡村的卫生情况，说服顽固的焘大叔接受手术，从实际事务做起，从事乡村建设和民众启蒙工作，以实现救国救民的最终目的。

第二，反对空谈，力主务实，强调从具体小事、实事做起。詹姆斯认为，创办医院必须从小处着手，从一个一个病人看起，从一间房、两间房的诊所办起，直至扩大为一个很大的、让民众都能来治病的平民医院，直至培养起人民的治病、防病意识，直至人民都有了良好的卫生意识和文明健康的生活习惯。玛丽的学校也必须从小处入手，不虚张声势，不搞形式主义，而要以润物细无声的耐心和细心，实实在在地改良现实。安明县梁家村就是赛珍珠构想的一个类似河北定县的乡村实验基地。

第三，不仅要救人，也要自救。赛珍珠一方面像鲁迅一样，对民众愚弱的灵魂、麻木的精神有清醒的认识，但另一方面，她对存在于民众身上的自发的生命智慧更加关注，经常浓墨重彩地详加描述，因而民众不单单是需要知识分子启蒙的对象，也是能识别和戒除知识分子清高自大的劣习的导师。鲁迅在《一件小事》中也涉及这方面的主题，但没有充分展开，而赛珍珠对此却作了充分的展开，主要通过詹姆斯这个形象加以体现。詹姆斯不是高高在上的救治者，如王孟、彼得、张山那样带着浓厚的精英意识，他也是自救者，把自己看作是人民的一员，带着谦卑的态度来到民众中间，要在他们身上汲取自己因远离大地而造成的营养缺失和精神贫血，他要以民众的踏实、朴素来充实自己，直至真正找到生命的价值和意义。"也许他来这里根本就不是为了做什么好事，他来的目的是为了疏导隐藏在人民中的某种生命。救治更是为了疏导这种力量。这种力量是什么？它就是良知和睿智，这是一种继承。这也是他的继承。在他给予他的人民以健康和文字工具的同时，他也给予自己以学习他们智慧的手段。当他熟悉他们时，他可以取得他曾被割断的继承，这样他就能找到自己的根。"[1]詹

---

1. 赛珍珠：《同胞》，赵文书等译，漓江出版社 1998 年版，第 273—274 页。

姆斯最终与农民的女儿玉梅结婚，就是赛珍珠为体现这种思想刻意安排的情节。这个情节几乎是对晏阳初的要"化农民"，先要"农民化"主张的图解，虽显得生硬和不自然，甚至有向父母之命、媒妁之言这类早已被抛弃的传统婚姻形式退缩的复古倾向，但作为承载作者思想的情节，它的表意效果是十分清晰的：知识分子要做民众的引导者，民众则成为知识分子的坚强后盾，两者结合，才是双方共同的出路，也是古老的中华民族的唯一出路。赛珍珠曾明确指出，"大多数平民才是中国的生力、中国的光荣"，中国社会的问题要想减轻，也必须依靠平民的力量，"他们担负着这崇高的使命，去改易他们的时代"[1]。知识分子向民众靠拢，就是在精神上的寻根。小说中多次以梁文华和梁太太的关系来说明这一点，尽管梁文华是社会名流，但赛珍珠坚持认为，是他的太太做了他的忠实后盾，成为他脚下的泥土，才使他枝繁叶茂，果实累累。

第四，社会的建设不能脱离文化传统，相反，这种文化传统是所有建设的根基。中国社会要走向现代，既离不开自身传统，也应借助西方文化的精髓。为了表达主题，小说精心安排了两座构成对比的"桥"这个意象，一座是位于纽约哈得逊河上的华盛顿大桥，这座大桥是现代西方文明的象征，詹姆斯决心抛下美国舒适的生活、辉煌的前程、娇媚如花而十分富有的未婚妻莉莉，跨越这座大桥，象征着他决心把西方文明带回祖国，像受到上帝召唤的摩西一样，带着崇高的使命感，帮助古老中国完成向现代文明的过渡。另一座是北京郊外

---

1. 赛珍珠：《赛珍珠对江亢虎评论的答复》，载郭英剑编：《赛珍珠评论集》，漓江出版社1999年版，第572页。

　　　　　　　　　　　　　　面朝东方大地

永定河上的卢沟桥（书中称作"大理石桥"），它是中国传统文化的结晶和代表。詹姆斯赞美华盛顿桥，他认为，华盛顿是一个实业家，一个新国家的缔造者，他非常钦佩华盛顿，意味着他认为美国代表的西方文明才是现代社会的真正出路。同样詹姆斯欣赏作为中国传统文明象征的卢沟桥，他多次去卢沟桥游览，惊叹于桥上雕刻精美、巧夺天工、造型各异的狮子群像。他对中国传统文化的代表孔夫子同样推崇备至，但他认为孔夫子是一个传道者，而华盛顿则是更为有力的实业家。这种价值判断体现了作者救世主张的特点：主要从事建设性工作而非精神启蒙。赛珍珠的思想突出体现着儒家的现世主义主张，即重视当下的生存状况，而处于首位的则是生活条件的改善。在《分家》中，作者借美国姑娘玛丽之口，对主张重农抑商的汉代政治家、文学家晁错在《论贵粟疏》中表达的观点的赞同：

> 民贫，则奸邪生。贫，生于不足，不足，生于不农，不农，则不地著；不地著，则离乡轻家，民如鸟兽。虽有高墙深池，严法重刑，犹不能禁也。[1]

足见赛珍珠在那时已经形成这种观点。同时，她从父亲等海外基督教传教士的工作中发现，大多数中国信徒是"衣食基督徒"，是冲着提供给他们的物质利益而非灵魂拯救而来的。现实状况进一步促使她主张首先应当改善底层人民的生活条件，即首先要从事"形而下"

---

1. 晁错：《论贵粟疏》，载朱东润主编：《中国历代文学作品选》第 2 册上编，上海古籍出版社 1979 年版，第 25 页。

的建设工作，不同于鲁迅的首在"立人"，铸造国人的灵魂，让"围在高墙里的一切人众""自己觉醒，走出，都来开口"[1]的启蒙理想和目标。对于两种文明，詹姆斯从不打算切断彼此的联系，也并不想以一种文明去否定另一种文明，他主张两种文明的融合，社会的渐进式发展，将华盛顿桥和卢沟桥连接在一起，让它们各美其美，相映成辉。而张山和彼得希望迅速摆脱因袭的负累，否定传统，炸毁卢沟桥，主张的则是文明的断裂，社会的休克式发展，这种思想和行为十分偏执，遭遇失败是必然的。对桥的不同态度，意味着两类人观念的分歧及道路选择的差异。作品还直接将人物比作桥梁，詹姆斯认为他的母亲梁太太、妻子玉梅都是这类桥梁，她们分别把中国社会与美国社会、把古老中国与现代中国、把社会上层与社会下层连接起来，助他真正找到了生活的定位。

与中国文学资源，如吴敬梓、鲁迅等人关于士林群体的写作相比，赛珍珠在揭示负面知识分子的恶行败德以及人性中的幽暗方面比较零星。她不是批判型作家，虽然也塑造了一些负面知识分子形象，但显然看到的往往只是个别现象，缺少吴敬梓和鲁迅等人追根溯源的探究和全景立体的探察。她对如何运用先进的思想去启蒙民众的精神并未展开充分的思考，与吴敬梓、鲁迅等人的敦化民风、启迪愚昧、铸造国人的灵魂相比，赛珍珠确立的目标具体、平实，而思想未必深邃。她笔下的人物有时有充当作者思想传声筒的概念化倾向，与吴敬

---

1. 鲁迅：《俄文译本〈阿Q正传〉序及著者自叙传略》，载《鲁迅全集》第7卷，人民文学出版社 2005 年版，第 84 页。

梓入木三分的鲜明的人物性格和鲁迅精准、简约的人物勾勒相比，人物性格显得平面化。赛珍珠小说的情节设计，也常常以皆大欢喜的大团圆结局收场，有将复杂的人生和社会问题简单化的倾向，缺少鲁迅小说的思虑之远，忧患之深，因而在真实性上有所削弱。但赛珍珠的中国知识分子书写自有独到的特征和价值，她侧重表现有道德感、责任心和良知的知识分子如何在社会中发挥先进阶层的引领作用，这种引领作用主要是致力于平民教育和乡村建设，与其民本思想和平民主义写作立场依然密切相连。她的主张不可避免地接受了西方思想尤其是基督教救世精神的影响，但儒家的"任道"传统却贯穿创作始终。她看到物资匮乏给民众生活造成的痛苦，认同"仓廪实而后知礼节"的观点，非常注重改善民众的物质条件，塑造了践行实业救国、教育救国、卫生救国的早期海外归侨知识分子的生动形象以及展示了他们从事的具体工作，对指导知识分子开展这类工作具有极强的操作性。她的知识分子书写不同于鲁迅作品中彷徨四顾的困惑、困顿无助的沉郁、痛苦绝望的悲凉，注重行动、实干的务实精神，体现出一种由动机单纯高贵、目标远大崇高体现出来的信心，这种信心给人鼓舞，使人振奋，使作品充满轻快、明丽的亮色，别有一种感人的艺术魅力。她主张中国知识分子既要发挥传统的"士志于道"的精神，也要学习西方先进的科学文化，而终结目的是为广大的下层民众服务，打破社会阶层之间的障壁，实现社会的和谐发展的思想也远未过时。从这个意义上讲，赛珍珠的知识分子书写与她的农民书写一样，带有超越民族和时代的特质。

结
语

迄今为止，美国总统尼克松那句"一座沟通中西方文明的人桥"依然是对赛珍珠历史价值和地位的最简洁、准确而又高屋建瓴的评价。一般认为，赛珍珠最大的贡献就是向世界、向西方客观、平和、不带偏见地介绍她所见到的中国，借由这座人桥，西方人终于看到了一个真实的中国。过去，我们一般都把赛珍珠这座"人桥"看作是单行道的，认为她只引导西方游客前来观赏中国，了解中国，在"看"与"被看"之间，中西方文化的地位依然是不平等的。而通过研究，我们发现，赛珍珠在系统、深入学习、探究中国传统文化与文学之后，敏锐地发现这是一座藏量丰富的人类精神宝库，它所蕴藏的宗教、哲学、文学、美学、语言等精神财富，有些是东方文化独有的，有些是能与西方文化形成共鸣的，她在这座丰富的宝库面前惊叹不已，左采右撷，满载而归。因而，她这座连接中西方文化的"人桥"其实是双车道的，她不仅将全世界的目光引向中国，同时借助其创作和作品这一媒介，让中国传统文学走出国门，走向世界。她告诉世界，中国文化不是需要别人认可其价值的弱者，而是以其丰富内涵和完备形式拥有与西方文化平等对话资质的独立体系，甚至是能给西方文化提供借鉴的楷范。唯其有对中国文化心悦诚服的态度，赛珍珠才

　　　　　　　　　　　　　　　　　　面朝东方大地

能在众多西方人士中，琵琶独抱，别树一帜，终其一生，都以平等甚至仰视的态度弘扬传统的中国文化与文学。在时过境迁后的今天作平心之论，这是她文学创作最大的亮点。

就出生地、血缘及创作语言而论，赛珍珠是美国作家，而就成长背景、文化熏沐和精神倾向而言，赛珍珠又偏向中国作家。但她终究是美国人，缺少借助遗传基因烙在集体无意识深处的文化胎记，对中国社会、中国文化与文学难有中国本土作家那种幽微的洞悉和真切的把握，那种入木三分、深入骨髓的揭示，总有隔雾观花的隐约朦胧。跨文化创作是她最大的优势，成就了她今天的赫赫声名，但也成为她最大的劣势，限制了她在文学上取得更高的成就。从这个意义上讲，我们部分同意鲁迅先生的观点："……看她的作品，毕竟是一位生长中国的美国女传教士的立场而已，……"[1] 部分同意，意即从客观效果上讲，赛珍珠的中国写作还难以达到本土大家的深度、广度和真切程度，但就主观意愿而言，赛珍珠完全摒弃了民族主义的褊狭和文化沙文主义的自大，以客观、公正、友好乃至仰慕的目光注视并介绍中国社会、中国人民及其深厚的传统文化积淀。

赛珍珠在书写中国时，从主题、题材到人物、技巧都不断向中国传统文学借力。本书重点研究赛珍珠的小说创作对中国文学传统的深入研读、细心揣摩、虚心学习及成功模仿，并从六个不同方面论述她与中国文学传统的结缘过程，其中国题材的小说创作与中国古典小说尤其是元明清以来的章回体白话小说以及以鲁迅为代表的中国现代

---

1. 鲁迅：《书信·致姚克》，载《鲁迅全集》(第 12 卷)，人民文学出版社 2005 年版，第496 页。

小说之间的内在关系，旨在回溯赛珍珠的中国书写从内涵（题材、主题、人物等）到艺术形式（情节设置、结构安排、语言风格等）对中国文学传统的全面借鉴和汲取，并通过她在社会书写、家庭书写和知识分子书写方面的创作实践加以验证。正是这种独特的美学追求，才使赛珍珠的中国题材小说创作呈现出内外浑然一体的和谐性。她用中国人尤其是中国底层百姓熟悉的话语讲述中国人自己的故事，用中国的瓶装中国的酒，力求原汁原味。同时，我们也应清醒地看到，赛珍珠的文学成就在写作功力方面尚未能与她借鉴的中国古典小说相匹敌，但在题材选择、人物形象塑造和精神探索的深度方面，她的创作对中国小说传统不仅有学习模仿，也有拓展和提升。

当然，我们也应该看到，生于美国、长于中国的赛珍珠，曾长期浸润于中英两种语言文学传统之中，对两种语言文学都有较深的感悟，而不独接受中国文学的影响，如她与文学启蒙老师狄更斯就是最显著的例子，因而在进行小说创作时，她是无法回避英语文学传统的渗透的。在《东方、西方及其小说》这篇演讲中，她不仅对中国小说如数家珍，对英语文学经典作品同样侃侃而谈，展示了她在英语文学方面的深厚学养。早在 20 世纪 30 年代，中国学者雨初就曾指出："追溯她的文学的根源，确受三支派文学的影响。一是圣经文学，一是现代西洋文学，一是中国文学。"[1] 1965 年，美国学者保罗·多伊尔（Paul Doyle）也指出："《大地》文体是作品最感人的特色之一。那种由说书人口述笔录，从而代代相传的中国旧式叙事体传奇小说的风

---

1. 雨初：《〈大地〉作者勃克夫人》，载郭英剑编：《赛珍珠评论集》，漓江出版社 1999 年版，第 84 页。

格和钦译《圣经》那种甜美的散文形式是此种风格的基础。""中国传说和《圣经》的双重影响，能更准确地解释赛珍珠独特的文风。"[1] 同时，多伊尔还指出赛珍珠与左拉的异同："赛珍珠一直承认自己受了左拉的影响，这点是显而易见的。《大地》在许多方面确实显示出自然主义风格：对素材的纪实性处理、公正和客观的描述、强调环境和传统的作用、重视背景和细节的准确性、关心下层社会的贫民和小人物。""在赛珍珠的早期作品中，可以看出她对自然主义写作方式的偏爱。""但是赛珍珠不赞同自然主义的宿命论观点，她特别注重她在人性中领悟到的自力更生和个人奋斗因素，……"[2] 美国学者帕杜姆纳·乔汉（Pradyumna S. Chauhan）把王龙比作受难的约伯和普罗米修斯，把阿兰比作古希腊悲剧中的女主角，认为《大地》不仅体现了中国文化的特色，更是具有世界意义的史诗，风格也是《圣经》体的[3]。赛珍珠传记作者彼德·康则将她纳入美国文学传统加以考察，认为赛珍珠的作品同三四十年代美国文学所关心的某些问题有血缘关系："《大地》描写的都是美国人熟悉的主题。小说通过对话展开情节与许多美国经典小说的传奇故事式结构很相似。此外，王龙的经历也同霍雷肖·阿尔杰（Horatio Alger）作品中主人公的经历相似，都是运气和胆识、机遇和勤劳的结合。它也是一本有特色的反映大萧条

---

1. 保罗·多伊尔:《赛珍珠》，张晓胜等译，春风文艺出版社 1991 年版，第 25、26 页。

2. 保罗·多伊尔:《赛珍珠》，张晓胜等译，春风文艺出版社 1991 年版，第 33、35 页。

3. Pradyumna S. Chauhan. *Pearl S. Buck's The Good Earth: the Novel as Epic*. Elizabeth J. Lipscomb, Webb, Frances E., and Conn, Peter eds.: *The Several Worlds of Pearl S. Buck*, Westport, Connecticut: Greenwood Publishing Group, 1994. pp. 119—125.

时期的小说，是普通人深受天灾人祸之苦的故事。"[1] 顾钧认为，赛珍珠始终将代表"多数"的农民作为表现重点，其形象基本上都是正面的，是受到美国民主精神影响的结果[2]。中山大学朱坤领博士也认为，"赛珍珠不仅阅读中国小说，也广泛向西方文学取经。就文体风格而言，除了中国传统小说之外，基督教的《圣经》对她的影响也是至关重要的。"[3] 赛珍珠受狄更斯的影响更是全方位的，且是持久的，笔者在拙作《赛珍珠对狄更斯小说创作的借鉴》和《赛珍珠和狄更斯创作中的基督教精神》中曾进行过讨论[4]。限于精力、学力，本书未论及赛珍珠对英语文学资源的借鉴，但我们深知，英语文学同样是造就赛珍珠小说创作成就的重要组成部分。只有将赛珍珠的创作放在中英两种传统中进行综合考察，才能得出一种比较全面、公正、客观的印象。同时我们也注意到，她所借鉴和化用的，往往是汉语和英语文学传统中具有共同特征的成分，是那些相同、相通，能相互印证、相互对话、彼此应和、形成共鸣的部分。某种程度上，她的创作就是对这种对话关系的揭示，是对两种文学传统的融通，由此，她的作品成了沟通中英两种文学传统的中介和桥梁，也成为中国文学走向世界、加入世界文学大合唱的中介和桥梁。

---

1. 彼德·康：《赛珍珠与美国文学传统》，奚兆炎译，《河南师范大学学报》（哲学社会科学版）1996 年第 2 期，第 70 页。

2. 顾钧：《赛珍珠创作中的美国因素》，《镇江师专学报》（社会科学版）2001 年第 4 期，第 25—28 页。

3. 朱坤领：《多元视野里的中国文化与妇女书写——赛珍珠的中国书写》，中山大学 2006 年博士学位论文，第 45 页。

4. 张春蕾：《赛珍珠对狄更斯小说创作的借鉴》，《江苏大学学报》（社会科学版）2003 年第 1 期，第 74—79 页；《赛珍珠和狄更斯创作中的基督教精神》，《苏州大学学报》（哲学社会科学版）2005 年第 5 期，第 69—72 页。

同时，我们更应该看到，秉持"四海之内皆兄弟""天下一家"的伦理观和世界观的赛珍珠，其文化与文学立场也是多元、多维、立体、包容的。她走过许多国家，认识许多不同民族的人民，了解并热爱他们的文化，这种得天独厚的特殊经历使她能够超越一个民族的狭隘界限，成为文化意义上的世界公民。她热爱中国人民，也推崇日本的民族精神，她对韩国的历史文化有所涉猎，对印度民族也很着迷。她不仅有颗美国心，有颗中国心，同时还有颗世界心。早在 1827 年，歌德就曾说过："我越来越深信，诗是人类的共同财产。我喜欢环视四周的外国民族情况，我也劝每个人这么办。民族文学在现代算不了很大的一回事，世界文学的时代已快来临。"[1]赛珍珠以自己的文学创作实践证明，她的文学理想与歌德的"世界文学"愿景本质上是一致的。她努力超越任何一种民族文学的界限，打破单一诗学的局限，走向共同诗学。这才是跨文化创作的赛珍珠的独特魅力所在。

---

1. 爱克曼：《歌德谈话录》，朱光潜译，人民文学出版社 1978 年版，第 113 页。

参考文献

一、赛珍珠作品（以英文原著出版时间为序）

1. *East Wind: West Wind*, New York: John Day Company, 1930.
    《东风·西风》（钱青、赵宇、余宁平译），漓江出版社 1998 年版。此译本还
    包含 *The Exile*（1936，《异邦客》，林三译），*Fighting Angel: Portrait of A
    Soul*（1936，《战斗的天使》，陆兴华、陈永祥、丁夏林译）两部作品。

2. *The Good Earth*, New York: John Day Company, 1931.
    《大地三部曲》（《大地》《儿子》《分家》），漓江出版社 1998 年版。此译本包
    含 *The Good Earth*（1931，《大地》，王逢振、马传禧译），*Sons*（1933，《儿
    子》，韩邦凯、姚中、顾丽萍译），*A House Divided*（1935，《分家》，沈培
    锱、唐凤楼、王和月译）三部作品。

3. 《大地三部曲》（《大地》《儿子们》《分家》），彭玲娴译，时报文化出版企业股
    份有限公司 2017 年版。

4. *The Young Revolutionist*, New York: Friendship Press, 1932.

5. *The First Wife, and Other Stories*, New York: John Day Company, 1933.
    《元配夫人》，李敬祥译，启明书局 1946 年版。

6. *The Mother*, New York: John Day Company, 1934.
    《母亲》，万绮年原译，夏尚澄编译，东方出版中心 2010 年版。本著作所使用
    部分译文为笔者依照原文自行译出。

面朝东方大地

7. *The Patriot*, New York: John Day Company, 1939.

《爱国者》，钱公侠、施瑛译，启明书局 1948 年版。

8. *Of Men and Women*, New York: The John Day Company, 1941.

9. *Today and Forever: Stories of China*, New York: The John Day Company, 1941.

《永生》，蒋旂、安仁译，上海国华编译社 1942 年版。本著作所使用部分译文
为笔者依照原文自行译出。

10. *Dragon Seed*, New York: The John Day Company, 1942.

《龙子》，丁国华、吴银根、刘锋译，漓江出版社 1998 年版。

11. *China Sky*, Philadelphia: Triangle Books, 1942.

12. *China Flight*, Philadelphia: Triangle Books, 1945.

13. *Tell the People: Talks with James Yen about the Mass Education Movement*, New York:
The John Day Company, 1945.

晏阳初、赛珍珠著，宋恩荣编：《告语人民：与晏阳初谈平民教育》，广西师
范大学出版社 2003 年版。

14. *Pavilion of Women*, New York: The John Day Company, 1946.

《群芳亭》，刘海平、王守仁、张子清译，漓江出版社 1998 年版。

15. *Peony*, New York: The John Day Company, 1948.

16. *Kinfolk*, New York: The John Day Company, 1949.

《同胞》，吴克明、赵文书、张俊焕译，漓江出版社 1998 年版。

17. *The Hidden Flower*, New York: The John Day Company, 1952.

18. *My Several Worlds: A Personal Record*, New York: The John Day Company, 1954.

《我的中国世界——美国著名女作家赛珍珠自传》，尚营林、张志强、李文中、
颜学军、鲁跃峰、张晰译，湖南文艺出版社 1991 年版。本著作所使用部
分译文为笔者依照原文自行译出。

19. *Imperial Woman*, New York: The John Day Company, 1956.

《帝王女人》，王逢振、王予霞译，东方出版社中心 2010 年版。

20. *Letter From Peking*, New York: The John Day Company, 1957.

21. *Fourteen Stories*, New York: The John Day Company, 1961.

22. *A Bridge for Passing*, New York: The John Day Company, 1962.

23. *The Time Is Noon*, New York: The John Day Company, 1962.

24. *The Three Daughters of Madame Liang*, New York: The John Day Company, 1969.
《梁氏三姐妹》，秦兆启译，南京出版公司 1980 年版。

25. *China As I See It*, New York: The John Day Company, 1970.

26. *China past and present*, New York: The John Day Company, 1972.

27. 《宁静的庭院》，周莍选译，维新书局 1971 年版。

28. 《赛珍珠短篇小说选译》，郭功隽译，台湾商务印书馆 1973 年版。

二、赛珍珠的译著

All Men Are Brothers, (《水浒传》译本，译名《四海之内皆兄弟》) New York: The John Day Company, 1933.

三、英文研究著述

1. Baker, Margaret John. Translated Images of the Foreign in the Early Works of Lin Shu(1852—1924) and Pearl S. Buck(1892—1973): Accommodation and Appropriation, PhD dissertation, University of Michigan, 1997.

2. Cevasco, G. A.. Pearl Buck and the Chinese Novel，Asian Studies, April 22, 1939.

3. Conn, Peter. *Pearl S. Buck: A Cultural Biography*. Cambridge & New York: Cambridge UP, 1996.

4. Donald, Roden. *Pearl Buck's The Good Earld*. New York: Monarch Pr., 1965.

5. Doyel, Paul A.. *Pearl S. Buck*. Boston: Twayne Publishers, Inc.1965. 部分内容参看原文。

6. Esplin, Bruce Willard. *A Good Westerner Gone Wrong: Asia-Pacific Identity in Pearl Buck's Writing and Activism*, PhD dissertation, Utah State University，2006.

7. Gao, Xiong Ya. *Images of Chinese women in Pearl S. Buck's novels: A study of*

面朝东方大地

characterization in "East Wind: West Wind", "Pavilion of Women", "Peony", "The Good Earth" and "The Mother". PhD dissertation, Ball State University, 1993.

8. Harris, Theodore F.. *Pearl S. Buck, A Biography (I, II)*, Eyre Methuen London. 1969.

9. Kang, Liao. *Pearl Buck: A Cultural Bridge Across the Pacific.* PhD dissertation, West Virginia University, 1995.

10. Leong, Karen J.. Asian and American Women in Sino-American Relations, Diplomatic History. Nov. 2006, Vol. 30 Issue 5, pp. 919—922. 4p.

11. Lipscomb, Elizabeth J. Webb, Frances E. and Conn, Peter eds.: *The Several World of Pearl S. Buck: Essays Presented at a Centennial Symposium, Randolph-Macon Woman's College, March 26—28, 1992.* Westport, Connecticut: Greenwood Publishing Group, 1994.

12. Liu, Qin. Chinese Women in the Fiction of Pearl S. Buck, Maxine Hong Kingston, And Amy Tan: Discontent and Ambivalence. PhD dissertation, Angelo State University, 1997.

13. Ma, Ruiqi. All Under Heaven—The Portrayal of Chinese Women in Pearl S. Buck's Writing. PhD dissertation, University of California, Riverside, 2003.

14. Mitchell, Barbara. *Between Two Worlds.* Carolrhoda Books, Inc./Minneapolis, 1988.

15. Rizzon, Beverly. *The Final Chapter*, ETC. Publications, 1989.

16. Schoen, Celin V. *Pearl Buck, Famed American Author of Oriental Stories. Charlotteville*, New York, Samhar Pr., 1972.

17. Shaffer, Robert. Pearl S. Buck and the American Internationalist Tradition. PhD dissertation, The State University of New Jersey, 2003.

18. Spencer, Cornelia. *The Exile's Daughter: A Biography of Pearl S. Buck.* New York: Coward Mccann, Inc., 1944.

19. Stirling, Nora B. *Pearl S. Buck: A Woman in Conflict.* Piscatawny, N. J.: New Century, 1983.

20. Zhou, Qingmin. Chinese Culture as Pre-text/Pretext: A study of the treatment of Chinese sources by Ezra Pound, Pearl Buck and selected contemporary Chinese American writers. PhD dissertation, Geroge Washington University, 1996.

四、中文著述（含译著，以作者姓氏为序）

1. 约翰·彼得·埃克曼辑录：《歌德谈话录》，朱光潜译，人民文学出版社 1978 年版，1997 年重印。

2. 保罗·多伊尔：《赛珍珠》，张晓胜等译，春风文艺出版社 1991 年版。

3. 贝思飞：《民国时期的土匪》，徐有威等译，上海人民出版社 2010 年版。

4. 彼德·康：《赛珍珠传》，刘海平等译，漓江出版社 1998 年版。

5. 《新编冰心文集》第 1—4 卷，商务印书馆 2008 年版。

6. 蔡少卿：《民国时期的土匪》，中国人民大学出版社 1993 年版。

7. 蔡元培：《石头记索隐》，王国维：《〈红楼梦〉评论》，高语罕：《红楼梦宝藏六讲》，吉林出版集团股份有限公司 2016 年版。

8. 曹聚仁：《鲁迅评传》，生活·读书·新知三联书店 2011 年版。

9. 曹雪芹：《红楼梦》，脂砚斋主人评点，天津古籍出版社 2006 年版。

10. 曹雪芹、高鹗：《红楼梦》，人民文学出版社 1964 年版。

11. 《陈独秀著作选》，上海人民出版社 1993 年版。

12. 陈端生：《再生缘》，岳麓书社 2016 年版。

13. 陈国学：《〈红楼梦〉的多重意蕴与佛道教关系探析》，中国社会科学出版社 2011 年版。

14. 陈敬：《赛珍珠与中国——中西文化冲突与共融》，南开大学出版社 2006 年版。

15. 陈美林：《清凉文集》，南京师范大学出版社 1999 年版。

16. 陈美林：《儒林外史人物论》，中华书局 1998 年版。

17. 陈荣捷：《王阳明传习录详注集评》，华东师范大学出版社 2009 年版。

18. 陈汝衡：《说书史话》，作家出版社 1958 年版。

19. 陈文新：《传统小说与小说传统》，武汉大学出版社 2005 年版。

20. 陈文新、汤克勤：《明清小说名著导读》，武汉大学出版社 2008 年版。

21. 陈毓罴：《〈浮生六记〉研究》，社会科学文献出版社 2012 年版。

22. 楚爱华：《明清至现代家族小说流变研究》，齐鲁书社 2008 年版。

23. 楚爱华：《女性视野下的明清小说》，齐鲁书社 2009 年版。

24. 董晨鹏：《走向世界的中国与世界主义的赛珍珠——文化动线视角下的赛珍珠

面朝东方大地

现象研究》，上海文艺出版社 2013 年版。

25. 董国炎：《明清小说思潮》，山西人民出版社 2004 年版。

26. 段怀清：《赛珍珠的小说中国》，江苏大学出版社 2021 年版。

27. 段江丽：《礼法与人情——明清家庭小说的家庭主题研究》，中华书局 2006 年版。

28. 菲尔·比林斯利：《民国时期的土匪》，王贤知等译，中国青年出版社 1991 年版。

29. 冯梦龙编撰：《警世通言》，中华书局 2009 年版。

30. 冯梦龙编撰：《醒世恒言》，中华书局 2009 年版。

31. 冯梦龙编撰：《喻世明言》，中华书局 2009 年版。

32. 伏漫戈：《〈红楼梦〉研究述论》，中国社会科学出版社 2015 年版。

33. 高鸿：《跨文化的中国叙事——以赛珍珠、林语堂、汤亭亭为中心的讨论》，上海三联书店 2005 年版。

34. 高日晖、洪艳：《水浒传接受史》，齐鲁书社 2006 年版。

35. 高占祥主编：《二十五史》，线装书局 2007 年版。

36. 皋于厚：《明清小说的文化审视》，学苑出版社 2004 年版。

37. 郜元宝：《鲁迅精读》，复旦大学出版社 2005 年版。

38. 龚杰：《王艮评传》，南京大学出版社 2001 年版。

39. 顾鸣塘、陶哲成、凌松：《〈儒林外史〉精读》，上海古籍出版社 2012 年版。

40. 郭英剑：《赛珍珠评论集》，漓江出版社 1999 年版。

41. 哈罗德·伊萨克斯：《美国的中国形象》，于殿利、陆日宇译，时事出版社 1999 年版。

42. 何永康：《红楼美学》，北京文艺出版社 1994 年版。

43. 何永康：《〈红楼梦〉研究》，中华书局 2011 年版。

44. 胡适：《中国章回小说考证》，安徽教育出版社 2006 年版。

45. 黄霖、杨红彬：《明代小说》，安徽教育出版社 2001 年版。

46. 江苏省扬州市地方志编纂委员会：《扬州市志》，中国大百科全书出版社上海分社 1997 年版。

47. 匡亚明：《孔子评传》，南京大学出版社 1990 年版。

48. 兰陵笑笑生：《金瓶梅》，梦梅馆 1993 年版。

49. 《李大钊文集》，人民出版社 1984 年版。

50. 李城西：《鲁迅与中国传统文化》，云南人民出版社 2006 年版。

51. 李汉秋：《〈儒林外史〉研究新世纪》，上海交通大学出版社 2013 年版。

52. 李汉秋、胡益民：《清代小说》，安徽教育出版社 2009 年版。

53. 李剑国、陈洪主编：《中国小说通史》(先唐卷・唐宋卷・明代卷・清代卷)，高等教育出版社 2007 年版。

54. 李汝珍：《镜花缘》，易仲伦注，崇文书局 2015 年版。

55. 李时人：《中国古代小说与文化论集》，中华书局 2013 年版。

56. 李希凡、李萌：《传神文笔足千秋——〈红楼梦〉》，文化艺术出版社 2006 年版。

57. 李泽厚：《中国思想史论》(上、中、下)，安徽文艺出版社 1999 年版。

58. 李真、徐德明：《王少堂传》，江苏文艺出版社 1996 年版。

59. 梁漱溟：《东西文化及其哲学》，商务印书馆 1935 年版。

60. 林庚：《西游记漫话》，清华大学出版社 2006 年版。

61. 林贤治：《人间鲁迅》，人民文学出版社 2010 年版。

62. 《林语堂文集》第 8 卷，张振玉等译，作家出版社 1996 年版。

63. 林太乙：《林语堂传》，中国戏剧出版社 1994 年版。

64. 凌濛初编著：《初刻拍案惊奇》，中华书局 2009 年版。

65. 凌濛初编著：《二刻拍案惊奇》，中华书局 2009 年版。

66. 刘大杰：《中国文学发展史》，上海古籍出版社 1982 年版。

67. 刘龙主编：《赛珍珠研究》，云南人民出版社 1992 年版。

68. 《永恒的赛珍珠：刘龙先生文札选集》，江苏大学出版社 2022 年版。

69. 刘梦溪：《红楼梦与百年中国》，中央编译出版社 2005 年版。

70. 刘再复：《传统与中国人》，中信出版社 2010 年版。

71. 刘再复：《红楼人物三十种解读》，生活・读书・新知三联书店 2009 年版。

72. 刘再复：《红楼梦悟》，生活・读书・新知三联书店 2006 年版。

73. 刘再复：《贾宝玉论》，生活・读书・新知三联书店 2014 年版。

74. 《中国小说史略》，《鲁迅全集》第九卷，人民文学出版社 2005 年版。

75. 《鲁迅全集》第 1、2、6 卷，人民文学出版社 2005 年版。

76. 骆冬青：《心有天游：明清小说美学》，南京大学出版社 2008 年版。

77. 《毛泽东文集》第 3 卷，人民文学出版社 1996 年版。

78. 敏泽主编：《中国文学思想史》上、下卷，湖南教育出版社 2004 年版。

79. 聂绀弩：《〈水浒〉四议》，北京大学出版社 2010 年版。

80. 聂绀弩：《中国古典小说论集》，复旦大学出版社 2005 年版。

81. 裴伟、周小英、张正欣：《寻绎赛珍珠的中国故乡》，江苏人民出版社 2015 年版。

82. 彭华生、钱光培：《新时期作家创作艺术新探》，人民文学出版社 1991 年版。

83. 浦安迪：《中国叙事学》，北京大学出版社 1995 年版。

84. 启功：《启功给你讲红楼》，中华书局 2007 年版。

85. 齐裕焜：《中国古代小说演变史》，敦煌文艺出版社 1990 年版。

86. 钱理群：《鲁迅作品十五讲》，北京大学出版社 2003 年版。

87. 钱理群：《与鲁迅相遇》，生活·读书·新知三联书店 2003 年版。

88. 钱理群：《心灵的探寻》，河北教育出版社 2005 年版。

89. 秦晖：《传统十论：本土社会的制度、文化及其变革》，山西人民出版社 2019 年版。

90. 芮月英、顾正彤主编：《赛珍珠研究论文选萃》，江苏大学出版社 2013 年版。

91. 萨孟武：《水浒传与中国社会》，北京出版社 2005 年版。

92. 商伟：《礼与十八世纪的文化转折》，严蓓雯译，生活·读书·新知三联书店 2012 年版。

93. 佘大平：《草莽英雄的悲壮人生——水浒传》，云南人民出版社 2000 年版。

94. 沈复、蒋坦：《浮生六记　秋灯琐忆》，作家出版社 1996 年版。

95. 石昌渝：《中国小说源流论》(修订版)，三联书店 2015 年版。

96. 石麟：《从唐传奇到红楼梦》，中国文史出版社 2014 年版。

97. 施耐庵：《水浒传》，金圣叹评点，天津古籍出版社 2006 年版。

98. 施耐庵著，金圣叹批评：《金圣叹批评本水浒传》，岳麓书社 2006 年版。

99. 宋歌：《楼外寻楼：红楼女性赏析续编》，黑龙江教育出版社 2015 年版。

100. 随缘下士编辑，于植元校点：《林兰香》，春风文艺出版社 1985 年版。

101. 唐艳芳：《赛珍珠〈水浒传〉翻译研究：后殖民理论的视角》，复旦大学出版社 2010 年版。

102. 田刚：《鲁迅与中国士人传统》，中国社会科学出版社 2005 年版。

103. 托马斯·斯特恩斯·艾略特:《传统与个人才能》,卞之琳,李赋宁等译,上海译文出版社 2012 年版。

104. 王富仁:《中国反封建思想革命的一面镜子——〈呐喊〉〈彷徨〉综论》,中国人民大学出版社 2010 年版。

105. 王国维:《〈红楼梦〉评论》,浙江古籍出版社 2012 年版。

106. 王昆仑:《红楼梦人物论》,生活·读书·新知三联书店 1983 年版。

107. 王学泰:《水浒·江湖:理解中国社会的另一条线索》,陕西人民出版社 2011 年版。

108. 王引萍:《明清小说女性研究》,宁夏人民出版社 2007 年版。

109. 王玉国编著:《赛珍珠》,南京大学出版社 1991 年版。

110. 王振复:《周易精读》,复旦大学出版社 2008 年版。

111. 汪应果、吕周聚主编:《现代中国文学史》,南京大学出版社 2007 年版。

112. 魏兰:《赛珍珠作品土地主题研究》,江苏大学出版社 2015 年版。

113. 吴承恩:《西游记》,人民文学出版社 1980 年版。

114. 吴敬梓:《儒林外史》,人民文学出版社 1977 年版。

115. 希拉里·斯波林:《赛珍珠在中国》,张秀旭、靳晓莲译,重庆出版社 2011 年版。

116. 西周生辑著:《醒世姻缘传》,人民文学出版社 2015 年版。

117. 向楷:《世情小说史》,浙江古籍出版社 1998 年版。

118. 夏志清:《中国古典小说史论》,胡益民等译,江西人民出版社 2001 年版。

119. 夏志清:《人的文学》,福建教育出版社 2010 年版。

120. 肖淑芬、杨肖:《扬州评话发展史及海外影响》,社会科学文献出版社 2016 年版。

121. 萧相恺:《世情小说简史》,山西人民出版社 2005 年版。

122. 徐清:《文化边际性与经典建构:赛珍珠中国题材小说研究》,南开大学出版社 2021 年版。

123. 徐和平:《再见赛珍珠》,江苏大学出版社 2022 年版。

124. 徐谦芳:《扬州风土小记》,广陵书社 2002 年版。

125. 徐朔方编选:《〈金瓶梅〉西方论文集》,上海古籍出版社 1987 年版。

126. 许晓霞、俞德高、赵珏主编:《赛珍珠纪念文集》,吉林文史出版社 2003 年版。

面朝东方大地

127. 许晓霞、赵珏主编：《赛珍珠纪念文集》第 2 辑，广西师范大学出版社 2006 年版。

128. 许晓霞、赵珏主编：《赛珍珠纪念文集》第 3 辑，江苏大学出版社 2009 年版。

129. 许晓霞、赵珏主编：《赛珍珠纪念文集》第 4 辑，江苏大学出版社 2013 年版。

130. 杨爱群等编：《中国古代珍稀本小说》，春风文艺出版社 1994 年版。

131. 杨伯峻译注：《论语译注》，中华书局 1980 年版。

132. 杨伯峻译注：《孟子译注》，中华书局 1960 年版。

133. 阳建雄：《〈水浒传〉研究》，江西人民出版社 2010 年版。

134. 《杨义文存》第 6 卷：《中国古典小说史论》，人民出版社 1998 年版。

135. 杨义：《中国叙事学》，人民出版社 2009 年版。

136. 扬州评话编写组编：《扬州评话选》，上海文艺出版社 1962 年版。

137. 姚君伟编：《赛珍珠论中国小说》，南京大学出版社 2012 年版。

138. 姚君伟：《文化相对主义：赛珍珠的中西文化观》，东南大学出版社 2001 年版。

139. 伊恩·瓦特：《小说的兴起——笛福、理查逊、菲尔丁研究》，高原、董红钧译，生活·读书·新知三联书店 1992 年版。

140. 一粟编：《红楼梦卷》，中华书局 1963 年版。

141. 游国恩等：《中国文学史》，人民文学出版社 1962 年版。

142. 李爽学编译：《〈红楼梦〉、〈西游记〉与其他：余国藩论学文选》，生活·读书·新知三联书店 2006 年版。

143. 俞平伯：《红楼梦研究》，上海世纪出版集团 2011 年版。

144. 俞平伯：《俞平伯论红楼梦》，上海古籍出版社 1988 年版。

145. 余英时：《士与中国文化》，上海人民出版社 1987 年版。

146. 袁行霈：《中国文学史》，高等教育出版社 1999 年版。

147. 曾良：《明清小说研究》，四川大学出版社 2005 年版。

148. 曾亦编著：《〈礼记〉导读》，中国国际广播出版社 2009 年版。

149. 詹丹：《〈红楼梦〉与中国古代小说研究》，东华大学出版社 2003 年版。

150. 张梦阳：《悟性与奴性——鲁迅与中国知识分子的国民性》，河南人民出版社 1997 年版。

151. 赵兴勤：《古代小说与传统伦理》，山西人民出版社 2005 年版。

152. 镇江市文化局编：《镇江曲艺志》，2007 年印。

153. 郑铁生：《红楼梦叙事艺术》，新华出版社 2011 年版。

154. 周思源：《探秘集——周思源论红楼梦》，文化艺术出版社 2006 年版。

155. 周汝昌：《红楼小讲》，北京出版社 2016 年版。

156. 朱骅：《美国东方主义的"中国话语"——赛珍珠中美跨国书写研究》，复旦大学出版社 2012 年版。

157. 朱瑾如、童西苹编：《镇江指南》，镇江指南社 1922 年版。

158. 朱一玄编：《〈红楼梦〉资料汇编》，南开大学出版社 2012 年版。

159. 朱一玄编：《〈金瓶梅〉资料汇编》，南开大学出版社 1985 年版。

160. 卓如：《冰心全传》，河北教育出版社 2002 年版。

五、中文博硕论文及期刊论文（以作者姓氏为序）

博硕论文：

1. 孙宗广：《从乡土中国到现代中国——论赛珍珠跨文化的民族国家想像》，苏州大学 2008 年博士学位论文。

2. 吴晓龙：《〈醒世姻缘传〉与明代社会生活》，上海师范大学 2006 年博士学位论文。

3. 徐清：《跨文化视界中的尴尬——赛珍珠和中国》，南京大学 1999 年博士学位论文。

4. 晏亮：《赛珍珠小说观探究》，湖北师范学院 2011 年硕士学位论文。

5. 张春蕾：《赛珍珠对中国文学资源的借鉴》，南京师范大学 2018 年博士学位论文。

6. 朱坤领：《多元视野里的中国文化与妇女——赛珍珠的中国书写》，中山大学 2006 年博士学位论文。

期刊论文：

1. 艾丽辉：《毛泽东与中国四大古典名著》，《南都学坛》（人文社会科学学报）2004 年第 3 期。

2. 彼德·康：《赛珍珠与美国文学传统》，奚兆炎译，《河南师范大学学报》(哲学社会科学版) 1996 年第 2 期。

3. 曹人龙、胡建锋：《〈大地〉中的儒家文化与传统中国女性地位》，《边疆经济与文化》2020 年第 1 期。

4. 陈超：《中西宗教观的共融——赛珍珠作品〈群芳亭〉中的宗教观》，《长春大学学报》2008 年第 3 期。

5. 陈辽：《还是鲁迅对赛珍珠〈大地〉的评价正确》，《鲁迅研究月刊》1997 年第 6 期。

6. 陈毓罴：《〈红楼梦〉和〈浮生六记〉》，《红楼梦学刊》1980 年第 4 辑。

7. 丁尔苏：《前现代—现代转型的文学再现》，《外国文学评论》2009 年第 4 期。

8. 董晨鹏、刘龙：《士的人格理想和儒家文化心态——试析赛珍珠的中国传统文化观》，《镇江师专学报》1998 年第 2 期。

9. 董琇：《赛珍珠以汉语为基础的思维模式——谈赛译〈水浒传〉》，《中国翻译》2010 年第 2 期。

10. 杜贵晨：《〈金瓶梅〉为"家庭小说"简论——一个关于明清小说分类的个案分析》，《河北大学学报》(哲学社会科学版) 2001 年第 4 期。

11. 杜林：《论赛珍珠笔下的王虎》，《外国文学评论》2001 年第 1 期。

12. 段怀清：《赛珍珠诺贝尔文学奖受奖演说：考证与阐释》，《镇江高专学报》2021 年第 3 期。

13. 范伯群、曾华鹏：《创新——不断突破自己铸成的模型——论〈头发的故事〉、〈白光〉、〈长明灯〉和〈示众〉》，《延河》1981 年第 9 期。

14. 冯尔康：《20 世纪中国社会各界的家族观》，载《中国社会历史评论》第 2 卷，天津古籍出版社 2000 年版。

15. 冯仙丽：《苍凉的悲剧情怀——鲁迅知识分子小说解析》，《广西社会科学》2002 年第 4 期。

16. 高日晖：《〈水浒传〉传播接受史上的政治阐释》，《社会科学辑刊》2015 年第 1 期。

17. 郭英剑：《寻求女性个体生命的意义——论赛珍珠的〈群芳亭〉》，《镇江师专学报》2000 年第 2 期。

18. 郭英剑:《抒写"海归派"知识分子的发轫之作》,《江苏大学学报》2002年第3期。

19. 郭英剑、郝素玲:《一部真实再现中国人民抗日战争历史的扛鼎之作——论赛珍珠的长篇小说〈龙子〉》,《江苏大学学报》2005年第3期。

20. 郭英剑:《赛珍珠——与中国人民并肩战斗的美国作家》,《江苏大学学报》2015年第5期。

21. 顾钧:《论赛珍珠建构中国形象的写作策略》,《江苏大学学报》2002年第2期。

22. 顾钧:《赛珍珠与中国文化》,《江苏大学学报》2003年第4期。

23. 顾钧:《赛珍珠的英译〈水浒传〉》,《博览群书》2011年第4期。

24. 韩传喜、朱顺:《大地上的异乡者——重评赛珍珠的〈大地〉》,《社会科学论坛》2008年第6期。

25. 胡明贵:《林语堂与胡适鲁迅赛珍珠之间的聚合疏离关系探微》,《漳州师范学院学报》2006年第1期。

26. 黄玲:《〈大地〉的女性主义解读》,《湛江海洋大学学报》2006年第2期。

27. 黄伟:《从〈儒林外史〉看吴敬梓的人格理想》,《惠州大学学报》2000年第2期。

28. 李贻荫:《论赛珍珠的哲学思想》,《船山学刊》2004年第4期。

29. 李真瑜:《国家意识〈水浒传〉封建政治文化的核心》,《中州学刊》2008年第3期。

30. 梁晓萍:《明清家族小说界说及其类型特征》,《浙江社会科学》2004年第3期。

31. 刘海平:《一位需要重新认识的美国女作家——试论赛珍珠的女性主义特征》,《当代外国文学》1996年第3期。

32. 刘海平:《赛珍珠与中国》,《外国文学评论》1998年第1期。

33. 刘海平:《赛珍珠与中国文化关系的研究资料小识》,《镇江师专学报》2001年第4期。

34. 刘海平、沈艳枝:《赛珍珠传记作品与西方在华基督教传教运动》,《南京大学学报》2002年第1期。

35. 刘澍芃:《赛珍珠论中国传统小说的社会功能》,《江苏大学学报》2017年第2期。

36. 刘晓莉:《儒家思想与犹太文化碰撞——读赛珍珠小说〈牡丹〉有感》,《安徽工业大学学报》2006 年第 2 期。

37. 鲁新轩:《赛珍珠的文艺观》,《广西师院学报》1997 年第 3 期。

38. 裴伟:《〈梦影缘〉——赛珍珠读过的一部弹词作品》,《南京师范大学文学院学报》2004 年第 4 期。

39. 裴伟:《赛珍珠与淮扬说书》,《博览群书》2006 年第 4 期。

40. 乔世华:《探求理想的启蒙方式》,《江苏大学学报》2003 年第 2 期。

41. 乔世华:《大方之家,所见略同——赛珍珠与冰心文学文化观管窥》,《江苏大学学报》2013 年第 3 期。

42. 邵志华:《跨文化语境下赛珍珠对中国小说的接受》,《兰州学刊》2011 年第 10 期。

43. 沈梅丽:《赛珍珠宗教民俗观及其中国小说批评研究》,《江苏大学学报》2017 年第 4 期。

44. 史挥戈:《喧嚣时代的观察探究与在场主义写作——赛珍珠小说〈母亲〉解读》,《镇江高专学报》2012 年第 4 期。

45. 史炎赟:《庭院里的男人和女人——兼论赛珍珠的〈群芳亭〉中的两性自由与平等思想》,《江苏大学学报》2006 年第 4 期。

46. 宋金民:《论水浒小说是政治小说》,《德州学院学报》2013 年第 3 期。

47. 孙建成、温秀颖、王俊义:《从〈水浒传〉英译活动看中西文化交流》,《外语与外语教学》2009 年第 5 期。

48. 宋静、钟再强:《试析赛珍珠小说〈大地〉中的中国人形象》,《黑河学刊》2009 年第 5 期。

49. 孙宗广:《大地上的性格:循环怪圈与超越之路——读赛珍珠〈大地〉三部曲》,《镇江师专学报》2001 年第 2 期。

50. 孙宗广:《双焦透视下的中国传统社会品格——试析赛珍珠前期中国题材作品》,《苏州教育学院学报》2002 年第 4 期。

51. 孙宗广:《从欣赏到决裂——赛珍珠与林语堂文学交流活动刍议》,《苏州教育学院学报》2004 年第 3 期。

52. 孙宗广:《桥与信——试析赛珍珠作品中的两个沟通性意象》,《江苏大学学报》2007 年第 5 期。

53. 唐艳芳:《时代背景与译者主体的互动——〈水浒传〉英译选材的主体性》,《浙江师范大学学报》2007 年第 5 期。

54. 王劲松:《"知识分子原罪意识"与民间立场的认同——论鲁迅、托尔斯泰、张承志民粹思想的双重文化心理》,《江淮论坛》2006 年第 4 期。

55. 王守仁:《赛珍珠谈她的父母——〈异邦客〉、〈战斗的天使〉合论》,《镇江师专学报》1999 年第 4 期。

56. 王同书、夏颖:《〈镜花缘〉的现代意识》,《明清小说研究》2008 年第 3 期。

57. 王玉括:《赛珍珠的中国小说观》,《四川外语学院学报》2000 年第 1 期。

58. 王玉括:《茅盾与赛珍珠笔下的中国人形象》,《江苏大学学报》(社会科学版)2007 年第 1 期。

59. 汪应果:《关于赛珍珠研究的几个有待深入的问题》,《江苏大学学报》2003 年第 1 期。

60. 吴敢:《20 世纪〈金瓶梅〉研究的回顾与思考》,《徐州师范大学学报》2001 年第 2 期。

61. 吴庆宏:《第三世界女性主义视角下的赛珍珠》,《江苏大学学报》2009 年第 2 期。

62. 吴庆宏:《〈诺言〉赛珍珠对缅甸战事的文学和历史书写》,《文学教育》2016 年第 9 期。

63. 吴庆宏:《评价理论下小说〈龙子〉中态度资源的积极话语分析——赛珍珠的战争观》,《西南农业大学学报》2012 年第 12 期。

64. 吴庆宏:《赛珍珠笔下印度殖民社会人物群像——〈来吧,亲爱的〉后殖民主义解读》,《江苏大学学报》2017 年第 1 期。

65. 熊玉鹏:《赛珍珠与中国小说——读〈大地上的房子〉》,《文艺理论研究》1991 年第 5 期。

66. 徐清:《赛珍珠小说与 30 年代中国乡土小说比较研究》,《镇江师专学报》2000 年第 2 期。

67. 徐清:《赛珍珠家庭题材小说》,《福州大学学报》2000 年第 3 期。

68. 徐清:《幻象与真相——论赛珍珠小说〈同胞〉中的中国形象》,《江苏大学学报》2004 年第 6 期。

69. 徐清：《赛珍珠〈龙子〉中的乡土中国》，《南开学报》2010 年第 3 期。

70. 阎焕东：《真诚的艺术家心灵是相通的——解读鲁迅谈赛珍珠的意见》，《鲁迅研究月刊》2009 年第 3 期。

71. 姚君伟：《论中国小说对赛珍珠小说观形成的决定性作用》，《中国比较文学》1995 年第 1 期。

72. 姚君伟：《赛珍珠与中英小说比较研究——评〈东方、西方及其小说〉》，《镇江师专学报》2000 年第 1 期。

73. 姚君伟：《赛珍珠中国小说研究给我们的启示——〈中国早期小说源读〉读后》，《镇江师专学报》2001 年第 2 期。

74. 姚君伟：《赛珍珠文化相对主义思想溯源》，《南京师大学报》2005 年第 6 期。

75. 姚君伟：《巴金、朱雯与赛珍珠》，《新文学史料》2007 年第 1 期。

76. 姚君伟：《赛珍珠中国抗战叙事研究——对象与思路》，《江苏大学学报》2015 年第 5 期。

77. 姚锡佩：《论赛珍珠的〈大地〉三部曲》，《当代外国文学》1996 年第 3 期。

78. 叶公平：《〈大地〉背后的中国人》，《明报月刊》2009 年第 9 期。

79. 叶旭军：《赛珍珠中西文化和合思想探究》，《江苏大学学报》2008 年第 4 期。

80. 张春蕾、祝诚：《赛珍珠对狄更斯小说创作的借鉴》，《江苏大学学报》2003 年第 1 期。

81. 张春蕾、徐晓明：《文化交叉小径边的一脉馨香——赛珍珠短篇小说创作特色》，《江苏大学学报》2004 年第 6 期。

82. 张春蕾：《赛珍珠和狄更斯创作中的基督教精神》，《苏州大学学报》2005 年第 5 期。

83. 张春蕾：《文化际会中女性世界的裂变——对赛珍珠作品中女性形象的一种解读》，《江苏大学学报》2009 年第 4 期。

84. 张春蕾：《赛珍珠〈群芳亭〉和沈复〈浮生六记〉的比较》，《南京师范大学文学院学报》2014 年第 4 期。

85. 张春蕾：《〈水浒传〉与赛珍珠的中国书写》，《南京晓庄学院学报》2016 年第 1 期。

86. 张敬珏、周铭：《赛珍珠和冰心：跨太平洋女性文学谱系中的后殖民政治》，《外国文学》2019 年第 2 期。

87. 张子清：《永恒的赛珍珠：对一个伟大作家褒贬不一的初探》，《外国文学》2009 年第 2 期。

88. 赵爱华：《保守与激进的交融——论弹词女作家的创作心态》，《明清小说研究》2008 年第 4 期。

89. 赵梅：《赛珍珠笔下的中国农民》，《美国研究》1993 年第 1 期。

90. 周卫京：《赛珍珠〈东风·西风〉中"儿子"的形象的寓意》，《镇江师专学报》2000 年第 2 期。

91. 周锡山：《论赛珍珠创作和论说中的辩证思想》，《江苏大学学报》2003 年第 1 期。

92. 周锡山：《论赛珍珠在中国现代文学史上的地位和意义》，《社会科学论坛》2009 年第 3 期。

93. 朱春发：《动情的观察者：赛珍珠与中国新文化运动》，《文艺争鸣》2016 年第 12 期。

94. 朱刚：《无形中的有形——赛珍珠中国小说的形式》，《江苏大学学报》2002 年第 4 期。

95. 朱骅：《幻梦与原型：赛珍珠笔下的"中国话语"》，《兰州学刊》2008 年第 8 期。

96. 朱坤领：《赛珍珠的中国妇女观》，《江苏大学学报》2003 年第 3 期。

97. 朱希祥：《赛珍珠〈大地三部曲〉中的三个男主角解读》，《江苏大学学报》2003 年第 4 期。

98. 朱振武：《从诺贝尔文学奖的女性得主看创作理念的百年嬗变》，《当代外国文学》2009 年第 4 期。

后
记

　　我从事赛珍珠研究工作始于 2002 年。那年 10 月，江苏镇江主办纪念赛珍珠诞辰 110 周年国际学术研讨会，当时我供职的镇江高等专科学校校长祝诚教授找到我，要我代表学校去参会。那时有关赛珍珠的宣传和研究都没像后来那样广泛，即使镇江本地人对她也知之甚少，加上我当时正热衷欧美戏剧，对这位在国内一般外国文学史中连名字都不曾出现过的美国女作家既不了解也无兴趣，接到任务后颇有几分不情愿。祝校长却告诉我，赛珍珠是从镇江走出去的著名作家，因写中国故事而获诺贝尔文学奖，了解她研究她很有价值，也是地方高校从事外国文学教研工作者的职责所在。祝校长是个学术型领导，对学术的敏感度自然高出我许多，就这样，我在半被劝导半被指令的情况下临时抱佛脚式地搜集了我能找到的资料来突击阅读，当时主要是漓江出版社出版的"赛珍珠作品选集"系列丛书，然后匆促写出了第一篇赛珍珠研究论文——《赛珍珠对狄更斯小说创作的借鉴》提交会务组。那时我对这位女作家的了解十分片面肤浅，正应了"无知者无畏"这句话，大会交流时我毫无顾忌地讲出对她不甚敬服甚至不太首肯的阅读印象，我的发言引来了中国社会科学院姚锡佩研究员的讨论商榷，茶歇时她还专程找到我表达她的不同见解。姚老师的认真严谨给我留下了深刻印象。而镇江赛珍珠研究会会长、镇江市人大副主任徐晓霞女士却给予了我充分鼓励，她肯定了我敢于独立思考、独抒己见的学术态度，两位前辈的热情回应激发了我对赛珍珠研究的热情。原本我只打算应付完这次会议，就和赛珍珠说声再见，如此一来，我倒有点欲罢不甘，打算会后再细细阅读那些浮光掠影式浏览过的作品，再细细品味一下这位作家。不承想这一"细细"就是二十多年，直到如今。

此后，我对赛珍珠的关注一直没有中断过，随着对她的生平和创作了解得越来越深入，我对这位作家高尚的人品、博爱的胸襟、独立的思想以及左右不逢源的人生境遇越来越赞叹有加。我钦佩她一生对世界主义立场的坚守，对不论人种、国籍、性别的各类弱者的同情和帮助，对她赖以长养而成的中国文化的一生挚爱，然后才是她勤奋不已的文学创作成果。2003 年 7—8 月，因国家宗教局戴晨京司长的推荐，我有机会前往香港中文大学崇基学院进行为期一个月的暑期培训，此行最直接的收获是复印到一批香港中文大学赛珍珠研究资料，把那些沉重的纸质资料带回来很辛苦，但借助资料写出研究论文又令我很是欣慰。除了研究工作，我还利用一切机会宣传赛珍珠。在任镇江市第五、第六届政协委员期间，还提交了两个有关镇江赛珍珠文化建设项目的提案。现在，提案中提到的打造珍珠文化广场、扩建赛珍珠纪念馆等项目都已经变成现实，赛珍珠已经成为镇江的一张国际文化名片。镇江赛珍珠研究会每年都会举办赛珍珠学术研讨会，国内外赛珍珠研究者经常齐集镇江，共同讨论、纪念这位伟大的国际友人做出的杰出贡献。江苏大学图书馆赛珍珠研究资料中心也成为目前国内赛珍珠研究资料收集最齐全的地方，给赛珍珠研究工作带来了极大的

面朝东方大地

便利。2007年，江苏教育电视台（现江苏电视台教育频道）录制一档"城市故事"节目，我有幸受邀，和南京一位作家一道作为嘉宾去讲述曾在镇江和南京两座城市生活过、工作过、写作过的赛珍珠的故事。我和赛珍珠的缘就这样越结越深。

2011年，我在被引进南京晓庄学院工作三年之后，以教授身份考取了南京师范大学文学院汪介之教授的博士研究生。这一反常规之举让家人、朋友和同事都感到费解。在考场上，监考老师看了我的准考证，还感叹了一句："真不容易！"她一定以为，我偌大年纪还像范进一样埋头答题，一定是为职称、为功名这些利益诉求所迫，如果她知道我只是"为博士而博士"，会不会认为我是在自虐？在我，一是为了了却对博士受教过程的执念，二是借此机会完成研究方向的转型，因为那时我自感对赛珍珠的研究到了一个瓶颈，难以突破，想借完成学位论文的压力和动力转攻其他作家，并无"著书都为稻粱谋"的功利算计。但不承想几年在职读博，我对赛珍珠的认知反而更加深入了，在进入学位论文选题环节时，我想写的依然是赛珍珠。开题进行得很顺利，导师鼓励我在读博和写学位论文的同时，积极申报各级各类研究项目，于是，从省教育厅项目到教育部项目，从江苏省哲学社会科学项目到国家社科项目，几乎逐年申报，除了中了一个省教育厅项目外，其余尽皆落空。直至2017年，终于申报成功国家社科基金年度项目"赛珍珠与中国文学传统关系研究"。

2018年6月，我由南京晓庄学院选派前往美国德州理工大学进行为期六个月的访学研修。此行主要目的是查找为完成国家项目所需的第一手资料，试图寻找到赛珍珠日记、书信或手稿中有关她对中国小说与其自身创作关系的直接佐证材料。在该校英语系舒沅教授指导下，我听课、泡图书馆，并通过美国大学发达的网络系统查阅各高校赛珍珠研究资料，还购买到一些赛珍珠原著二手书。但最有收获的是 9 月中下旬，经镇江市人大秘书长、镇江市赛珍珠研究会会长蔡文俊先生和镇江市外事办公室张国云主任细致妥帖的联系和安排，我飞赴赛珍珠的美国故乡——西弗吉尼亚州摩根敦市（Morgantown），参加西弗吉尼亚大学于 2018 年 9 月 13—15 日举行的"第二届赛珍珠生活之路学术研讨会"（The Second Pearl S. Buck Living Gateway Conference），并在该校图书馆西弗吉尼亚及区域历史中心查阅赛珍珠手稿等珍贵资料，并参观了赛珍珠的出生地。与会期间，我受到图书馆西弗吉尼亚及区域历史中心负责人约翰·卡思伯特（John Cuthbert）先生、葆拉·马蒂内利（Paula Martinelli）女士的热情接待和周到关心，拍摄到一千多张与本人承担的国家社科项目相关的手稿资料，使我在摩根敦市的预定计划得到圆满完成。会后，我又搭乘赛珍珠国际图书馆馆长玛丽·托妮（Marie Toner）女士的车前往位于宾夕法尼亚州珀凯西（Perkasie）镇的赛珍珠国际，继续查阅、复印赛珍珠手稿，并参观赛珍珠故居和赛珍珠创办的慈善机构——欢迎之家。我得到赛珍珠国际总裁珍妮特·明泽（Janet L. Minzer）女士、赛珍珠国际图书馆馆长玛丽·托妮女士以及朱迪、纳西、凯蒂等人的热情相助。玛丽·托妮女士甚至事先就帮我复印好了我想要的资料。这两地的行程，不仅让我获得了大量赛珍珠研究的第一手手稿资料，而且让我对赛珍珠故居、赛珍珠生前生活过的地方有了非常直观的印象，同时也让我了解到赛珍珠的慈善事业和文学事业后继有人。

现在这部作为国家社科基金年度项目结项成果的专著终于问世了，终于为我多年的赛珍珠研究工作作了一个不失体面的总结，内心充满欣慰和感激。除了上文已提及的那些为我走进赛珍珠研究之路鼓劲加油的人之外，我还要感谢导师汪介之教授。没有他的鼓励，2011年我肯定没有勇气再度走进南师大门，接续八年前破灭的博士梦（2003年第一次考博失败）。导师是传统意义上的纯正学者，他首先示范于我的，是在一个日益浮躁的年代里，如何心无旁骛，坚守学术的本意，以淡泊而超然的态度静静地做自己应该且喜欢做的事。导师低调做人，踏实治学，不为名利所困，也成为我安守书斋的精神支点。他强调"高峰研究"的学术定位，鼓励我们与一流文学大师对话，提升自己的学术品格，并在我信心不足时给我鼓励、打气，助我前行。他把自己的学术历程和心得体会毫无保留地告诉我们，让我们看到依循的轨迹。在我选择研究方向以至于申报国家项目时，他都给以悉心指点和热心帮助。在我论文写作走入弯路，离题偏题时，他及时加以点拨，把我从迷乱中重新拉回主干道。当然，在我患上严重的拖延症时，他也曾严厉地批评、提醒。这些都为我顺利完成学位论文和项目研究提供了助力。

还要感谢南师大杨莉馨教授。在助我修改国家社科项目申报书时，杨老师的审读过程认真细致，敏锐地找到症结所在，并用精准的语言帮我理清不够清晰的思路，给出恰当的建议。她思维敏捷，表达简洁精准，正是我所欠缺的。同为女性，我们之间还多了一份无阻隔的易于沟通的亲近。同时，她在学术、教学、家事、个人情趣之间自如穿梭、平衡周全的能力也让我十分钦佩。

感谢南京大学杨金才教授、董晓教授和苗怀明教授。杨金才教授是第一批介入赛珍珠研究领域的学者之一，虽然赛珍珠并非他的研究重点，但他对赛珍珠是熟悉的。在刘海平、王守仁主编、他主撰的《新编美国文学史》（上海外语教育出版社 2002 年版）第三卷中，他将赛珍珠列为专节作家，郑重加以介绍。因此这次我请他为拙著写序，他欣然答应。董晓教授在我申报国家社科项目时，与杨莉馨教授同为南京晓庄学院外请专家，他一丝不苟地对我的申报内容提出修改意见，在包括项目名称的确定、作家创作成就的定位与评价方面都给过切中肯綮的批评。经董晓教授介绍，我还有幸结识了南大文学院明清文学研究专家苗怀明教授，向他请教过中国古典小说方面的知识并得到了他的热情指导。南师大姚君伟教授是国内赛珍珠研究的权威学者，在我论文开题时，曾给予我一些宝贵建议。

"师姐妹妹"陈瑞红、哈旭娴和卢婧也是我联系较多的同门，她们比我年轻而进师门却比我早，所以我称她们"师姐妹妹"。瑞红教授挚诚、热情、率真，我们之间的每一次交流都让我既受益又愉快。哈旭娴和卢婧两位老师在我准备出国访学和发表论文时，都曾给予过无私的帮助。

还要感谢南京晓庄学院和文学院各届领导，有了他们的支持和帮助，我才得以顺利完成博士研究生的攻读和国家社科项目的结题。我的同事、中国古代文学教研室的陈彝秋老师和马琳娜老师曾就明清小说研究资料的搜集和选择为我指点过迷津，我始终感激在怀。

最后当然不能忘记感谢我的家人。我和先生分居两地工作生活十数年，他从初时反对我读博到最后全力支持，虽不免有埋怨和无奈，但起心动念是不希望我压力太大，太过辛苦。异地工作和生活，我对家庭职责的疏忽是难免的，他却一次次报以宽容和理解，这些我都默默记在心上。女儿是我亏欠太多的人，在她读小学和初中时，我经常外出进修，从助教进修班、在职读研到脱产访学，我把很多时间和精力放在自身的提升上，而给她的陪伴比同龄孩子少了很多，对她的内心世界和情感需求也缺少细致的了解和呵护，这些是我一直深感自责和引以为憾的，至今想起她在我每次离家哭着哀求"妈妈不要走"时，心里还隐隐作痛。在本书完稿后，我的首要任务就是好好陪伴他们。

我出生于江苏淮安，参加工作后，除了在母校淮安市中学短暂从业三年外，其余三十多年都是在镇江和南京两地高校从教，这种生活轨迹与赛珍珠在中国的生活轨迹重合度极高。我多年从事外国文学教学研究，但念兹在兹的却是中国传统文化与文学，这种巧合是否意味着我和赛珍珠的结缘其实是冥冥中的一种定数？我不得而知。但是，赛珍珠高尚人格和温厚胸襟将始终陪伴我，激励我。

2025 年 3 月于镇江

图书在版编目(CIP)数据

面朝东方大地 : 赛珍珠与中国小说传统 / 张春蕾著.
上海 : 上海人民出版社, 2025. -- ISBN 978 - 7 - 208
- 19449 - 6

Ⅰ. I712.074

中国国家版本馆 CIP 数据核字第 2025ZR1535 号

责任编辑　马瑞瑞
封扉设计　人马艺术设计·储　平

面朝东方大地:赛珍珠与中国小说传统

张春蕾　著

出　　版	上海人民出版社
	(201101　上海市闵行区号景路 159 弄 C 座)
发　　行	上海人民出版社发行中心
印　　刷	上海商务联西印刷有限公司
开　　本	890×1240　1/32
印　　张	15.75
插　　页	2
字　　数	355,000
版　　次	2025 年 5 月第 1 版
印　　次	2025 年 5 月第 1 次印刷

ISBN 978 - 7 - 208 - 19449 - 6/I · 2206

定　　价　　89.00 元